STUTTGART

HARALD GÖRLICH

Kellerkind und Kaiserkrone

AUFSTIEG AUS NIEDERSTEM STAND Stuttgart um 1848. Bruno Kohler wächst in ärmlichen Verhältnissen bei seiner Mutter auf. In der Armenschule wird er vom Lehrer schikaniert, weil er der Sohn eines »Aufständischen« ist. Alles ändert sich, als er einem jüdischen Jungen das Leben rettet. Er wird von dessen Vater, dem reichen Stuttgarter Kaufmann Hirsch, der seine Begabung erkennt, gefördert. Es beginnt ein märchenhafter Aufstieg: gemeinsam mit Benjamin Hirsch, seinem besten Freund, studiert er in Berlin, findet Zugang ins Bankhaus von Gerson von Bleichröder. Er kommt in Berührung mit Berliner Geistesgrößen, lernt angesehene Wirtschaftskreise kennen und wird schließlich sogar mit Bismarck bekannt. Auch privat scheint er in einer Bäckerstochter seine große Liebe gefunden zu haben. Doch das Schicksal schlägt unerbittlich zu. Alsbald wirft der deutsch-französische Krieg seine Lebenspläne über den Haufen. In Versailles verliebt er sich ausgerechnet in eine Französin und muss hierfür einen hohen Preis zahlen …

Harald Görlich, Jahrgang 1955, promovierte an der Universität Mannheim mit einer Arbeit über die Geschichte der Handelsschulen in Stuttgart und Württemberg. Heute ist er Direktor eines Studienseminars in Weingarten/Oberschwaben und lebt mit seiner Familie im Landkreis Göppingen. »Kellerkind und Kaiserkrone« ist sein erster Roman im Gmeiner-Verlag.

HARALD GÖRLICH

Kellerkind und Kaiserkrone

Historischer Roman

GMEINER *Original*

Besuchen Sie uns im Internet:
www.gmeiner-verlag.de

Im Ehnried 5, 88605 Meßkirch
Telefon 07575/2095-0
info@gmeiner-verlag.de

1. Auflage 2012

Lektorat: Claudia Senghaas, Kirchardt
Herstellung: Julia Franze
Umschlaggestaltung: U.O.R.G. Lutz Eberle, Stuttgart
unter Verwendung des Bildes »Die Andacht des Großvaters«
von Albert Anker; http://commons.wikimedia.org/wiki/File:Anker-_
Die_Andacht_des_Grossvaters_1893.jpg?uselang=de
Druck: GGP Media GmbH, Pößneck
Printed in Germany
ISBN 978-3-8392-1265-3

Für Carina – mit liebevollem Lächeln

Prolog

DER SCHLAG TRAF ihn völlig unvorbereitet. Sofort schossen ihm Tränen in die Augen. Vom Schmerz überwältigt, konnte er ein gequältes Aufstöhnen nicht unterdrücken. Reflexartig war seine Hand zum Nacken gezuckt, wo die Weidenrute so unvermittelt seine Haut aufgerissen hatte. Er spürte das warme, klebrige Gefühl des austretenden Blutes. Die Wunde brannte, und die Tränen ließen sich trotz aller Anstrengung nicht zurückhalten. Verschwommen nahm er durch den Schleier vor seinen Augen seine Klassenkameraden wahr. Einige von ihnen grinsten und freuten sich augenscheinlich über die ihm widerfahrene Pein – eine weitere Demütigung für den kleinen Jungen, der in der letzten Bank sitzen musste. Vor ihm stand sein Lehrer. Wiesner lächelte ihn böse an, strich dabei fast zärtlich über die Rute, mit der er ungeheuerlich gemein zugeschlagen hatte. Mit voller Wucht war sie von hinten auf den Kinderhals niedergeknallt. Fast sah es so aus, als würde der Lehrer die Rute für den Dienst loben, den sie ihm soeben erwiesen hatte.

Vater hilf mir, hilf mir, bitte!, flehte der Junge in Gedanken. Er konnte gar nicht verstehen, was mit ihm geschah. Mit einem einzigen, scharfen Kommando brachte in diesem Augenblick Wiesner die Klasse zur Ruhe. Niemand wagte mehr ein Lachen, alle warteten nur noch gespannt, was als Nächstes folgen würde. Wiesner blickte den Jungen mit gehässigem Lächeln an. Sein spitzes Gesicht, das so gar nicht zu seinem fülligen Körper passen wollte, beugte sich zu ihm hinunter. Weil es ganz still war, empfand der

Junge sein leises Schluchzen als besonders peinlich. Alle sahen, dass er weinte. Er schämte sich dafür und senkte den Kopf.

»Schau mich gefälligst an, wenn ich mich mit dir befasse«, sprach Wiesner mit zischend leiser Stimme. Dabei hielt er die Weidenrute unter das Kinn des Jungen und tätschelte mit ihr leicht dagegen. Der Junge schaute auf, die Hand immer noch auf den schmerzenden Nacken gedrückt. Mit einer fast sanft klingenden Stimme fragte nun Wiesner:

»Mein lieber Junge! Ist dir klar, weshalb ich dich bestrafen musste?« Der Junge fürchtete sich. Er war sich keines Vergehens bewusst und schüttelte leicht den Kopf. Das verärgerte den Lehrer, der anfing, ihn mit der Rute zu stoßen.

»Unser Bruno weiß es nicht! Er weiß es anscheinend nicht!« Zur Klasse gewandt fragte er: »Na, wer von euch kann es ihm erklären?«

Die Buben rührten sich nicht. Tatsächlich konnte keiner einen Grund angeben. Sie schwiegen. Einige von ihnen waren sich in diesem Augenblick durchaus im Klaren, dass einer von ihnen ungerecht behandelt worden war. Und dabei geschah dies Bruno nicht zum ersten Mal. Sie erlebten dieses Schauspiel fast schon das ganze Jahr über. Wiesner hasste Bruno. Und er ließ es sich nicht nehmen, seinen Hass in aller Regelmäßigkeit auszuleben. Heute war er besonders brutal vorgegangen. Der Schulmeister hatte – seine Klasse aufmerksam beobachtend – an der Rückwand des Klassenzimmers gelehnt. Dann war er, die Rute sachte auf seine Hand schlagend, Schritt für Schritt auf Brunos Platz zugegangen. Völlig überraschend hatte Wiesner dann ausgeholt und die Rute von oben auf

Brunos Hals niedersausen lassen. Es klatschte hässlich, als der elastische Stock die Haut und das Fleisch getroffen hatte.

»Du bist nicht gerade gesessen, Bruno!«, hörten sie Wiesner sagen, der dabei mit einem leichten Kopfschütteln ihren Mitschüler ansah. »Und du weißt doch: Es ist in deinem Fall ganz, ganz wichtig, dir Haltung beizubringen. Sonst missrätst du wie dein Vater. Und das möchtest du doch keinesfalls, oder?«

Da war wieder die Anspielung auf seinen Vater, die sich Bruno schon so oft anhören musste. Bruno war neun Jahre alt, sein Vater bereits seit über einem Jahr tot. Wie sehr er ihn vermisste! Kein Tag verging, an dem Bruno nicht an ihn dachte. Peter Kohler, sein Vater, hatte sich gegen den König erhoben, so versuchte ihm seine Mutter zu erklären, weshalb er nicht mehr bei ihnen war. Und in der Tat hatte sich Peter Kohler in den Revolutionsjahren 1848 und 1849 als überzeugter Republikaner auf die Seite der Aufständischen gestellt. Er war mit Überzeugung für die demokratische Sache eingestanden. Als die Revolution zusammenbrach, kämpfte er Seite an Seite mit den badischen Revolutionären gegen die Preußen. Bei der Schlacht von Rastatt musste er gestorben sein, soviel wusste sein Sohn. Seither sagten alle, er wäre das Kind eines Revoluzzers. Lehrer und Pfarrer erklärten, gerade er dürfe nicht geschont werden. Zwar zählte man bereits das Jahr 1850, aber die Demütigungen hatten ständig zugenommen. Der schlimmste Peiniger von allen war zweifellos Ernst Wiesner, sein bösartiger Lehrer, der ihn jede Woche mit sadistischer Lust quälte.

Unvermittelt ließ Wiesner von ihm ab und holte einen anderen Jungen an die alte Tafel. Er tat, als wäre nichts geschehen. Bruno dachte derweil an seinen Vater. Damit lenkte er sich auch von seinen Schmerzen ab, ja, er spürte dabei etwas Beruhigendes. Sie konnten über seinen Vater erzählen, was sie wollten. Vielleicht hatte er sich wirklich gegen den König erhoben. Aber das zählte für ihn nicht. Mit Wehmut erinnerte er sich an seinen liebevollen Vater. Er sah ihn vor sich. Verschiedene Bilder wechselten sich ab. Dann kam ihm wie so oft der Tag in den Sinn, an dem sein Vater sehr ernst mit seiner Mutter gesprochen hatte. Die Mutter weinte. Bevor sein Vater wegging, streichelte er erst sie, dann ihn. Mit einem Lächeln, das eigenartig traurig wirkte, war er schließlich zur Tür gegangen. Dort drehte er sich noch einmal um, nickte ihnen zu und hob zum Abschied grüßend die Hand. Das war das Letzte, was Bruno von seinem Vater gesehen hatte. Er sollte niemals zurückkehren.

Der Vater

1841 – 1849

I

Die Residenzstadt von König Wilhelm I. war noch ausgesprochen kleinstädtisch geprägt. Stuttgart zählte kaum fünfzigtausend Einwohner. Das Königreich Württemberg bot den Menschen nur eher bescheidene Erwerbsmöglichkeiten. Viele Menschen verließen deshalb das Land, wanderten nach Amerika aus und hofften dort auf ein besseres Leben. Auch Peter Kohler überlegte seit geraumer Zeit, ob er nicht in die Neue Welt aufbrechen sollte. Er hatte in der Sonntagsschule zwar nur Lesen, Rechnen und Schreiben gelernt, doch galt er als kluger Kopf. Wie etliche andere, fühlte er sich eingeengt und ohne Chance auf ein Vorankommen. Auch der Transportunternehmer Schnitzler, bei dem er in Lohn und Brot stand, wusste nur zu gut um seine Fähigkeiten, die ungenutzt brachlagen. Zudem schätzte er Peter Kohlers Zuverlässigkeit und seinen Fleiß. Deshalb sah Schnitzler ihm auch manche Äußerung nach, mit der er immer wieder einmal aneckte. Peter Kohler sprach nicht selten allzu offen aus, was er dachte. Sein kritischer Geist prangerte dabei sowohl die wirtschaftlichen Zustände als auch die politischen Verhältnisse an. Allzu rasch konnte man dafür allerdings im Kerker landen. Nur weil Schnitzler selbst liberalem Gedankengut nahe stand, war Peter bisher davongekommen. Einmal hatte ihn ein Tagelöhner bei der Polizei angeschwärzt. Dort musste er sich dann dafür rechtfertigen, dass er über den Bau des Wilhelmspalais gemeckert und die fürstliche Geldverschwendung angekreidet hatte. Mit dem Palais wollte König Wilhelm einen überaus ansehnlichen städtebaulichen Akzent setzen, der jedoch enorme Steuergelder verschlang. Peter war jeden Tag an der Baustelle vorbeigekommen. Die kleine Kellerwohnung, die ihm und seiner Frau zur Verfügung stand, lag keine dreihundert Meter entfernt. Auf dem Weg zur Arbeit konnte er Tag für Tag die Baufortschritte bis zur Fertigstellung im Jahr 1840 verfolgen. Er stand jeden Morgen kurz nach vier Uhr auf, um gegen sechs Uhr an seiner Arbeitsstelle in Cannstatt sein zu können. Dort war er zuständig für das Entladen der Kohlefrachtkähne. Peter mochte Schnitzler. Vor allem konnte er ihm vertrauen. Der Fuhrunternehmer ließ selbst hin und wieder anklingen, dass es an der Zeit sei, die Herrschaft eines Monarchen durch eine ordentliche Volksvertretung einzuschränken. Doch Schnitzler hatte ihm bei derartigen Gelegenheiten auch immer wieder zu großer Vorsicht geraten. Allzu rasch konnte man sich mit einer unbedachten Äußerung den Mund verbrennen. Peter Kohler wurde bei solchen Gelegenheiten noch mehr in seinen Auswanderungsgedanken bestärkt. Immer wieder hörte er von dem Glück, das so mancher, der nach Amerika ausgewandert war, gemacht haben sollte. Zwar konnte selten jemand diese Meldungen bestätigen. Wie jeder andere, der vom großen Glück in der anderen Welt träumte, glaubte aber auch Peter an ein besseres Leben in Amerika. Seine fünf Jahre jüngere Frau Magdalena, mit der er gerade erst ihren zweiundzwanzigsten Geburtstag gefeiert hatte, wollte zunächst von den Amerikaplänen gar nichts wissen. Ja, sie sträubte sich regelrecht dagegen. Trotz ihrer ärmlichen

Lebensverhältnisse hing sie an Stuttgart und ihrer schwäbischen Heimat. Zudem hatte sie eine gewaltige Furcht vor dem Abenteuer, das sie in ein neues, unbekanntes, gar wildes Land führen würde.

»In Amerika sind alle Menschen gleich, und jeder ist seines Glückes Schmied«, begann Peter Kohler in einer Samstagnacht das Gespräch mit seiner Frau. Er lag mit ihr bereits unter der Decke in dem aus Strohmatten hergerichteten Bett. Peter genoss wie schon so oft die Wärme, die der Körper seiner Frau ausstrahlte. Er streichelte und liebkoste sie, doch verspürte er eine gewisse Abwehrhaltung. Magdalena hatte ihren Kopf von ihm weggedreht. Er wusste dieses Zeichen zu deuten. Sie war dann nicht bereit für sein Liebeswerben. Heute konnte er sein Verlangen ohne große Mühe beherrschen. Amerika ging ihm ständig durch den Kopf. So redete er in einem fort über das Land der unbegrenzten Möglichkeiten.

»Wir könnten zum Beispiel ein eigenes Transportgeschäft eröffnen«, träumte er laut vor sich hin. »Stell dir vor! Wir arbeiten hart, aber ich werde dabei mein eigener Herr sein. Ein Haus würden wir uns bauen können. Ein eigenes Haus! Vielleicht mit einem kleinen Garten. Alle unsere Anstrengungen würden sich für uns lohnen. Was wäre das für eine Zukunft!«

Doch seine Frau reagierte nicht. Auch das war etwas ungewöhnlich, hatte sie sich doch in letzter Zeit ein wenig auf seine Träumereien eingelassen. Seither hoffte er mehr und mehr, sie für seine Pläne gewinnen zu können. Ein klein wenig ernüchterte ihn deshalb Magdalenas Haltung in dieser Nacht. Er wollte aber noch nicht aufgeben und unternahm einen zweiten Anlauf.

»Mit einer eigenen Kutsche werde ich dich sonntags durch die Stadt fahren. Und dabei wirst du ein schönes Kleid tragen. Du wirst schon sehen, wir werden es uns leisten können. Du hast längstens hübsche Kleider verdient, so schön wie du bist.« Peter schmeichelte seiner Frau. »Und es geht dabei nicht nur um unsere eigene Zukunft«, fuhr er fort. »Denke einmal an unsere Kinder. Auch sie werden es dann besser haben. Was können wir uns mehr wünschen, als dass sie in einer besseren Welt groß werden?«

Doch kaum hatte er seine Frage beendet, bemerkte er verwirrt ein Seufzen bei seiner Frau. Sie schien gar zu weinen. Erschrocken richtete er sich auf. Es war stockdunkel in dem Raum, sparten sie sich doch das Kerzenlicht für ganz seltene Augenblicke auf.

»Was ist? Was ist mit dir?«

Magdalena drehte sich zu ihm um. Er wollte sie sogleich trösten. »Tut dir etwas weh? Hast du Schmerzen?« Trotz der Dunkelheit entging ihm nicht das leichte Kopfschütteln. Er sprang nun auf, tastete sich zum nahe stehenden Tischchen und griff nach der Kerze. Schließlich konnte er sie anzünden. Seine Frau saß im Bett. Auf ihre Arme gestützt weinte sie leise mit gesenktem Kopf. Peter Kohlers Nervosität nahm zu. Mit einem unguten Gefühl setzte er sich zu seiner Frau. Er wollte gerade noch einmal fragen, was ihr fehle, da kam sie ihm zuvor.

»Weißt du, Peter«, begann sie, »ich hätte dir so gern die Reise nach Amerika gegönnt.« Innerlich reagierte Peter mit Enttäuschung auf diese Worte. Hatte er doch gehofft, nein, er war sich in letzter Zeit sogar sicher gewesen, dass Magdalena doch noch mit ihm nach Amerika aufbrechen würde. Leise sprach seine Frau weiter.

»Vielleicht müssen wir die Reise nur ein wenig verschieben. Vielleicht geht es später, in zwei, drei Jahren.«

Peter blickte sie verwundert an. Er konnte sich keinen Reim auf ihre Worte machen.

»Peter, lieber Peter!« Magdalena fasste ihn an der Hand. Sie führte seine Hand zu ihrem Bauch und drückte sie sanft dagegen.

»Peter, wir werden bald einen Sohn oder eine Tochter haben.« Sie hätte es nicht sagen müssen. Peter Kohler hat es in dem Moment gewusst, als sie seine Hand auf ihren Bauch gelegt und ihn auf eigenartige Weise angeschaut hatte. Ihm war ganz heiß dabei geworden. Jetzt strahlte er sie an. Amerika spielte in diesem Augenblick keine Rolle mehr. Er umarmte seine Magdalena, drückte sie an sich und kämpfte mit den Tränen.

»Amerika kann warten«, sagte er leise. Er küsste seine Frau erst auf den Mund, dann auf die Stirn. »Ich werde ein guter Vater sein, Magdalena. Bestimmt! Ein guter Vater.«

Davon war sie überzeugt. Trotzdem hatte sie sich davor gefürchtet, ihm von der Schwangerschaft zu erzählen. Sie wusste, dass damit der große Traum erst einmal nicht zu erfüllen war. Ihre Sorge, ihr Mann könnte enttäuscht reagieren, war aber völlig unbegründet gewesen. Peter Kohler freute sich über alle Maßen.

2

Gegen halb elf Uhr morgens erschrak Magdalena heftig. Ihr Mann saß neben ihr auf dem Bett, er lächelte. Sie rechneten jetzt jede Stunde mit dem Einsetzen der Wehen.

»Drei Kanonenschüsse! Der Festzug setzt sich nun in Bewegung.«

An diesem Tag, man schrieb den 28. September 1841, sollten am späten Vormittag die Wehen beginnen. Es war der Tag des fünfundzwanzigsten Regierungsjubiläums von König Wilhelm I. Die ganze Stadt war auf den Beinen. Allein der Festzug umfasste mehr als zehntausend Personen. Zudem hatten sich mehr als zweihunderttausend Menschen in Stuttgart eingefunden. Eine geradezu riesige Zahl! Der Lärm, der von draußen in das Zimmer im Erdgeschoss des noch aus Holz gebauten Hauses in der Canalstraße drang, war deshalb gewaltig. Peter Kohler konnte leicht auf das Spektakel verzichten. Schon seit etlichen Jahren war er mit der Fürstenherrschaft nicht mehr einverstanden. Seiner Meinung nach sollte endlich das Volk selbst bestimmen dürfen. Dass dieses Volk nun zu Tausenden dem König huldigte und ihn bejubelte, konnte er gar nicht verstehen.

Magdalena hielt sich den Bauch. Sie stöhnte zum wiederholten Male auf. Die Wehen wurden heftiger.

»Wo sie nur bleibt?«, Peter dachte an die nebenan wohnende Dienstmagd, mit der sie sich so gut verstanden. Schon vor zwei Stunden war sie losgeschickt worden, um die Hebamme zu holen, die nicht weit entfernt gleich hinter der Leonhardskirche ein heruntergekommenes Häuschen besaß.

»Wenn Lisbeth nicht bald zurückkommt, gehe ich selbst los und schaue nach der Hebamme.« Kaum hatte er den Satz beendet, stürzte Lisbeth ins Zimmer.

Ziemlich außer Atem und mit einem von der Anstrengung geröteten Gesicht erklärte sie aufgeregt, sie könne die Hebamme nicht finden. Peter wurde immer nervöser. Wahrscheinlich hielt sich die Hebamme beim Festzug auf. Er machte sich Sorgen wegen der bevorstehenden Geburt, wusste er doch nicht, wie er sich dabei verhalten sollte.

»Sei so gut, Lisbeth. Versuche es drüben beim Schloss noch einmal. Und schaue vorher bei Dr. Mussler vorbei. Wenn wir Glück haben, ist er vielleicht zu Hause.« Zwar mochte er den Armenarzt des Viertels nicht besonders, da dieser Arzt wirklich grob mit seinen Patienten umging. Zudem war er allgemein wegen seiner Trunksucht bekannt. Doch Mussler schien immer noch besser zu sein, als gar niemanden zu haben.

Auf Lisbeth konnten sich die Kohlers verlassen. Sicherlich wäre sie allzu gern zum Festzug gegangen. Einen Blick auf den leibhaftigen König werfen – das wäre auch für sie ungemein spannend gewesen. Aber Magdalena und Peter waren ihr wichtiger. Sie machte sich rasch auf den Weg. Das Stadtviertel schien wie ausgestorben. Schon nach wenigen Minuten stand Lisbeth vor Musslers Haus, das als einziges Steinhaus in der Gegend besonders auffiel. Die umstehenden Holzhäuser sahen teilweise recht mitgenommen aus. Auf den ersten Blick konnte jedermann die ärmlichen Verhältnisse, die in dem Viertel vorherrschten, erkennen. Die meisten Menschen, die hier wohnten, lebten mehr schlecht als recht von Gelegenheitsarbeiten. Doch waren sie auch froh über Mussler, dem auch seine Neigung zum Alkohol nachgesehen wurde. Die miserablen Wohnverhältnisse, die unzureichende Ernährung und mangelhafte Hygiene sorgten für einen hohen Krankenstand in dem Viertel. Der Armenarzt hatte in mancher Familie nicht nur einmal Schlimmeres verhindert. Väter und Mütter waren ihm schon oft dankbar gewesen, wenn er ihre fiebernden und hustenden Kinder wieder gesund gemacht hatte.

Nach dem dritten energischen Klopfen wusste Lisbeth, dass sie kein Glück haben würde. Sie stampfte enttäuscht mit dem Fuß auf, klopfte noch einmal wütend mit der Faust gegen die Tür, resignierte dabei aber bereits und rannte kurz darauf wiederum zum Haus der Hebamme. Aber auch dieser neuerliche Versuch endete enttäuschend. Die Frau Barbara, wie die Hebamme von allen genannt wurde, war zwischenzeitlich nicht zurückgekehrt. Lisbeth musste erst eine Pause einlegen und verschnaufen. Sie hatte sich ziemlich verausgabt. Als sie wütend und deprimiert zugleich an der Leonhardskirche vorbei ging, bekreuzigte sie sich und flehte den Herrgott um Hilfe an. Beim Waisenhaus fing sie wieder zu rennen an. Doch als sie am äußeren Schlossplatz ankam, konnte sie wegen der vielen Menschen nur noch mühsam vorwärts gelangen. Inständig hoffte sie, die Hebamme durch bloßen Zufall anzutreffen. Die Menschenmassen drängten sich jedoch derart dicht, dass an ein Vorwärtskommen nicht mehr zu denken war. Lisbeth kämpfte sich noch eine Zeit lang tapfer durch die Reihen. Sie wurde dabei beschimpft, kaum jemand wollte ihr freiwillig Platz machen. Ein alter Mann, den sie angerempelt hatte, packte sie mit erstaunlicher Kraft an ihrem Oberarm und drückte ordentlich zu. Ihren schmerzenden Arm mit der anderen Hand haltend zog sich Lisbeth weinend zurück. Sie lief bald darauf die hintere Reihe entlang, bis sie fast die Königstraße erreichte. Doch weit und breit keine Frau Barbara! Plötzlich brach ein tosender Jubel aus. Die Menge klatschte, donnerte

Hochrufe. Hüte wurden in die Luft geworfen. Lachen und ein begeistertes Jauchzen – eine ungeheure Szene, wie sie Lisbeth noch nie erlebt hatte. Neugierig stellte sie sich auf die Zehenspitzen. Sie konnte aber trotzdem nicht sehen, was sich auf dem Schlossplatz abspielte. Die dicht gedrängten Reihen versperrten die Sicht. Sicherlich, ging es ihr durch den Kopf, ist der König erschienen und zeigt sich seinem Volk. Sie war etwas abgelenkt. Zu gern hätte sie auch den Monarchen sehen wollen.

Hoch zu Ross war der König tatsächlich mit seinen Prinzen zur Mitte des Schlossplatzes geritten. Seine Gemahlin zeigte sich derweil auf dem Hauptbalkon des Schlosses unter einem reich verzierten Baldachin. Der Festzug mit seinen vielen Musikabteilungen zog am König vorbei. Die Musikgruppen wollten sich offensichtlich gegenseitig übertreffen. Jedes Mal hob König Wilhelm grüßend seine Hand. Die Liederkränze aus dem ganzen Land stellten sich auf dem großen Platz auf. Sie sangen ihre Festlieder mit heller Begeisterung. Am Ende von jedem Lied wurde ein dreifaches Lebewohl ausgerufen, in das die Bevölkerung stürmisch einstimmte. Lisbeth war fasziniert. Allzu gern hätte sie selbst mitgejubelt. Sie liebte ihren König und konnte Peter nicht verstehen, der ab und an über die Fürsten mit ihrer Machtfülle abfällige Bemerkungen gemacht hatte. Lisbeth sah in ihrem König einen edlen Fürsten, der das Beste für seine Untertanen erreichen wollte. Die jubelnde Menge bestätigte sie in ihrer Überzeugung. Dann erinnerte sie sich aber wieder an ihren Auftrag. Sie ließ von ihren Träumen ab, verdrängte rasch die Gedanken an den König und machte sich wieder auf die Suche.

Peter Kohler legte zu dieser Zeit seiner Frau feuchte Tücher auf die Stirn. Die Wehen kamen in immer kürzeren Abständen. Die Fruchtblase war bereits geplatzt. Beide wurden sie deshalb immer aufgeregter. Magdalena hatte sich zwar in den zurückliegenden Wochen auf den Geburtsvorgang vorbereitet. Häufig hatte sie mit Frau Barbara und Frauen, die schon Kinder zur Welt gebracht hatten, gesprochen. Trotzdem bekam sie es wie ihr Mann nun mit der Angst zu tun. Sie empfand die Anwesenheit ihres Mannes zwar als Trost, doch beide wussten nicht so recht, welche Maßnahmen ergriffen werden sollten. Vorsorglich hatte Peter Wasser zum Kochen gebracht, einige saubere Tücher lagen neben dem brodelnden Kessel bereit. Aber auch er fühlte sich eher hilflos.

Magdalena stöhnte auf. Voller Sorge beugte sich ihr Mann über sie. Sie atmete heftig und hielt sich ihren Leib. Peter wollte ihr über den Bauch streicheln, doch seine Frau wies ihn ab. Die Schmerzen wurden stärker und als die Presswehen einsetzten fast unerträglich. Magdalena stützte sich instinktiv auf ihre Arme. Sie stieß selbst die Decke weg und lag nun mit angezogenen und gespreizten Beinen auf dem Bett.

»Das Kind kommt!«, keuchte sie. »Das Kind kommt, Peter. Hilf mir, hilf mir!«

Ihr Mann kniete jetzt vor dem Bett. Wiederholt stöhnte Magdalena auf. Mit geschlossenen Augen und angespanntem, verkrampftem Gesicht presste sie bei jeder neuerlichen Wehe.

»Hole Wasser und lege ein Tuch auf das Bett«, hörte Peter seine Frau undeutlich sagen. Er stürzte zu dem heißen Topf, verbrannte sich in seiner Hast die linke Hand an dem Eisendeckel. Er tauchte das Tuch ins Wasser und ignorierte den Schmerz, den das siedende Wasser verursachte. Als er es ausgewrungen hatte, schob er das dampfende Tuch hastig und ungelenk unter das Gesäß seiner Frau. Er zuckte unwillkürlich zurück, als er den Kopf des Kindes erstmals wahrnahm. Die Schädeldecke kam bei der nächsten Presswehe vollständig zum Vorschein. Peter Kohlers Gedanken rasten nun wie wild, seine Ängste wechselten sich mit einer noch nie empfundenen Freude ab. Völlig konfus registrierte er die schwarzen Haare. Wieder stöhnte Magdalena auf. Der Kopf schob sich weiter vor.

»Hilf mir! Hilf mir«, murmelte sie schweißgebadet. Peter hielt seine zitternden Hände ausgestreckt. Es war eher eine hilflose Geste. Er wusste nicht, ob sein Handeln richtig oder falsch war. Völlig überwältigt riss er die Augen auf, als mit der nächsten Wehe der Kopf bis zur Hälfte hervortrat. Magdalena schrie dabei auf. In diesem Augenblick wurde die Türe aufgestoßen.

3

Lisbeth war zutiefst betrübt gewesen. Sie hatte die Hoffnung bereits aufgegeben. Um sie herum lachten und strahlten die Menschen. Kein bekanntes Gesicht! Kein Dr. Mussler! Keine Frau Barbara! Sie fühlte sich vollkommen verlassen, einsam und allein. Enttäuscht hatte sie die Suche nach Frau Barbara aufgegeben. Sie wollte wenigstens den Kohlers helfen, auch wenn sie keinerlei Erfahrung mit Geburten besaß. Nachdem sie über die Eberhardstraße zurückgegangen war, kam sie schneller voran. Die Menschen standen nicht mehr so gedrängt, und ohne große Behinderung gelangte sie bis zum Leonhardsplatz. Da erkannte sie Frau Barbara. Die Hebamme schien auf dem Weg zu ihrer Wohnung zu sein. Sie war geradezu festlich gekleidet und sah in ihrem Gewand ganz ungewöhnlich aus.

»Frau Barbara! Frau Barbara!«, rief Lisbeth lauter als es an und für sich notwendig gewesen wäre. Verwundert drehte sich die Hebamme um. Sie sah Lisbeth auf sich zurennen und wusste augenblicklich, worum es ging.

4

»Oh, herrje!«, rief Frau Barbara händeklatschend. Sie schob Peter unsanft beiseite.

»Den Topf mit dem heißen Wasser, sofort!«, befahl sie ihm. Sie gab Lisbeth ebenfalls knappe Befehle. Peter, ziemlich durcheinander und außerordentlich gerührt, erledigte alle ihm auferlegten Aufgaben. Er wollte es unbedingt richtig machen. So bemerkte er zunächst gar nicht, dass seine Magdalena wieder ruhiger atmete. Als er den Schrei hörte, geriet er ganz aus dem Häuschen. Es war ein kurzer, hell klingender Schrei, der in ein kräftiges Weinen überging. Er stellte sich neben Frau Barbara, die mit geschickten Händen die Nabelschnur durchtrennte. Peter musste mit den Tränen kämpfen. Er sah auf seinen Sohn, der klebrig und blutverschmiert von Frau Barbara hochgehalten wurde. Als sie ihm seinen Sohn entgegenstreckte und er erstmals den kleinen Wurm in seinen Händen hielt, weinte er vor Glück.

Eine halbe Stunde später lag das Baby eingewickelt in ein weißes Leinentuch neben Magdalena im Bett des Kellerraumes, der als Schlafzimmer diente. Das Kind schlief und machte einen ausgesprochen zufriedenen Eindruck. Mit Stolz und unglaublicher Freude betrachtete Peter abwechselnd seine Frau und seinen Sohn. Er sollte Bruno heißen. Für diesen Namen hatten sie sich schon lange vor der Geburt entschieden.

5

Als der erste Geburtstag von Bruno gefeiert wurde, war der Händler und Fuhrunternehmer Ernst Schnitzler wieder einmal großzügig zu Peter Kohler gewesen. Er durfte früher mit der Arbeit Schluss machen. So konnte er noch vor Sonnenuntergang zu Hause bei Magdalena und seinem Sohn sein. Der Arbeitstag war allerdings nicht besonders gut für ihn verlaufen. Zusammen mit dem Tagelöhner Lukas Blaschke hatte er Kohlen in Stuttgarts Tübinger Vorstadt ausgeliefert. Diese Vorstadt war ursprünglich für diejenigen Handwerker geplant worden, deren Arbeit derart Geruchsbelästigungen verursachte, dass sie in anderen Stadtteilen nicht mehr geduldet wurden. Insbesondere die Gerber hatten sich deshalb hier niedergelassen, weshalb man auch vom Gerberviertel sprach. Der geruchsempfindliche Schnitzler schimpfte dann auch ständig über die schlechte Luft. Tatsächlich stank es in manchen Straßenzügen ekelhaft, doch davon ließ sich Peter nicht seine gute Laune verderben. Er freute sich über den Geburtstag seines Sohnes. Kaum konnte er seinen Stolz über den Jungen verbergen. Bruno hatte sich prächtig entwickelt. Im Gegensatz zu den anderen Kindern trotzte er den Krankheiten, und nur einmal im vergangenen Februar mussten sie den Armenarzt kommen lassen. Der Doktor hatte auf der Stelle entschieden, dass der Junge auf keinen Fall mehr im Kellerraum schlafen durfte. Fortan benutzten die Kohlers die ›gute Stube‹ im Erdgeschoss als ständigen Wohn- und Schlafraum. Die Rechnung des Arztes hatte Schnitzler bezahlt. Auch ihm war der Sohn seines Arbeiters längstens ans Herz gewachsen.

Seit dem vergangenen Jahr gingen Schnitzlers Geschäfte ungemein gut. Mehr und mehr verbreitete sich die Verwendung von Steinkohle für die Zimmerbeheizung in Stuttgart. Wegen der vielen Arbeit beschäftigte Schnitzler ständig irgendwelche Tagelöhner, die häufig nur zwei oder drei Tage mit anpackten, um dann ihren Lohn möglichst rasch in den verschiedenen Kneipen durchzubringen. Auch heute half wieder ein Tagelöhner aus. Zwar mochte Schnitzler Lukas Blaschke nicht besonders wegen dessen Unzuverlässigkeit. Da aber in dieser Woche niemand anderes als Aushilfe gefunden werden konnte, wurde Blaschke notgedrungen beschäftigt. Er war ein ziemlich grober, unsauberer und streitsüchtiger Mensch, doch kräftig gebaut und daher – soweit er willig war – für die schwere Arbeit mit den Kohlensäcken gut zu gebrauchen.

Trotz des strengen Geruchs gefiel Peter die Tübinger Vorstadt. Im Vergleich zum Viertel, in dem seine Wohnung lag, waren die Fortschritte unübersehbar. Alle aus Stein gebauten Häuser, zum Teil drei Stockwerke hoch, machten einen vornehmen Eindruck. So auch das Haus des Kommerzienrats Ostertag, dem in der Paulinenstraße ein großes Mittelgebäude gehörte, das links und rechts ein Einfahrtstor und ein kleines Nebengebäude besaß. Peter dachte über die im Vergleich zu seiner Wohngegend großzügig angelegten Straßen und Trottoirs nach, als im Hauseingang des Kommerzienrats ein wüstes Schimpfen ausbrach. Gleich darauf kam Blaschke aus der Haustür gelaufen. Ihm folgte ein Hausdiener, der mächtig fluchte.

»Sauerei! Verdammte Sauerei! Du Tagedieb hast alles schmutzig gemacht.« Blaschke stand jetzt verlegen neben Schnitzler, der vom Diener gleich als Chef erkannt wurde. Er kam auf ihn zu, wies auf Blaschke und schimpfte heftig weiter.

»Er hat einen ganzen Kohlensack fallen lassen. Stolpert einfach über eine Stufe im Hauseingang, obwohl ich ihn noch darauf aufmerksam gemacht habe! Schauen Sie sich einmal die Schweinerei an.« Schnitzler musterte erst Blaschke, dann blickte er zu dem Hausdiener.

»Wir bringen das in Ordnung.«

»Der Dreck ist nicht einfach wegzuwischen. Da wird was los sein, wenn erst der Herr Kommerzienrat heimkommt«, antwortete der Diener unversöhnlich. Blaschke wollte etwas sagen, doch Schnitzler hielt ihn mit einer Handbewegung zurück.

»Schau es dir an«, forderte er zunächst Peter auf, worauf er selbst ebenfalls zum Hauseingang ging. Kohlen und Kohlenstaub lagen im ganzen Eingangsbereich verstreut. Bei jedem Schritt musste man achtgeben, damit der Boden nicht noch mehr verschmutzt wurde.

»Idiot«, knurrte er Blaschke an, der vorsichtig zur Haustür hereinkam. Dieser zuckte nur mit den Achseln, was Schnitzler mächtig in Wut versetzte.

»Los, los! Mach voran. Hole den Besen und bringe das hier sofort in Ordnung.« Peter war derweilen bereits mit dem Einsammeln der größeren Kohlenstücke beschäftigt. Ein Dienstmädchen war auch schon mit einem Wassereimer und Putzlappen aufgetaucht.

»Mann, Blaschke. Da hast du dir etwas geleistet. Das kostet uns mindestens zwei Stunden Arbeit.« Blaschke blickte böse, er machte keine Anstalten mitzuhelfen.

»Blaschke! Fange mit dem Putzen an. Steh doch nicht bloß blöde herum«, maulte Schnitzler, der bereits selbst Kohlenstücke wegräumte. Widerwillig griff Blaschke nach einem Kohlensack. Der Hausdiener musterte ihn abschätzig und meinte dann, Schnitzler zugewandt: »Da haben Sie sich einen schönen Lumpen aufgeladen. So einen würde ich gleich wieder zum Teufel jagen.«

Blaschke hielt inne, ging dann zwei, drei Schritte auf den Diener zu und warf ihm den Kohlensack vor die Füße. Die makellose Kleidung wies augenblicklich Rußflecke auf. Einen Moment lang stand dem Diener vor Überraschung der Mund offen. Schnitzler packte Blaschke am Hemd und zerrte ihn nach draußen.

»Bist du völlig übergeschnappt?« Doch Blaschke ließ sich nicht beeindrucken. Er wollte Schnitzler wegstoßen, worauf dieser zornig an Blaschkes abgewetztem Hemd zerrte, das sogleich einriss. Blaschke wehrte sich dagegen. Gerade wollte er zu einem Schlag ausholen, da ging Peter dazwischen. Er schnappte ihn an beiden Armen und zog ihn zurück.

»Du Lump, du kannst gehen. Mit dir will ich nichts mehr zu schaffen haben. Lass dich nicht mehr bei mir blicken.« Schnitzler geriet ziemlich außer sich.

»Ich bekomme noch Lohn«, erwiderte Blaschke frech.

»Was? Lohn? Du hast dir doch nichts verdient. Ärger haben wir wegen dir. Scherereien, die uns zusätzliche Arbeit bereiten. Verschwinde! Ich sage es dir nicht noch einmal.«

Blaschke wollte nicht klein beigeben: »Ich habe den ganzen Morgen gearbeitet. Dafür steht mir Lohn zu.«

Peter stand bei Schnitzler und wollte ihn beruhigen. »Geben Sie ihm drei, vier Kreutzer«, versuchte er auf seinen Chef einzuwirken. Doch Schnitzler ließ sich nicht umstimmen.

»Er soll verschwinden. Von mir bekommt er nichts.« Peter wusste, dass es im Moment zwecklos war. Er sagte zu Blaschke: »Schau zu, dass du uns heute nicht mehr unter die Augen kommst. In ein paar Tagen sehen wir weiter. Dann melde dich, und wir werden sehen, was sich machen lässt.«

Blaschke schüttelte leicht den Kopf. Er dachte gleichzeitig an die Drohung Schnitzlers, der die Polizei einschalten wollte. Das durfte er nicht unterschätzen. Hatte er doch in letzter Zeit wegen zweier Schlägereien Ärger mit der Polizei gehabt. Also trat er den Rückzug an. Nach wenigen Schritten drehte er sich aber noch einmal um und drohte Schnitzler mit geballter Faust. Der Fuhrunternehmer wollte schon auf ihn losgehen, doch Peter hielt ihn zurück.

»Lassen Sie den Kerl doch ziehen«, meldete sich da der Hausdiener ebenfalls zu Wort. »Und überlegen Sie sich beim nächsten Mal, wen Sie für sich arbeiten lassen. Vor so einem Lumpenpack ist man sich ja nicht einmal seines Lebens sicher.« Und nach einer kurzen Pause rief er Blaschke nach: »Einsperren sollte man so einen wie dich! Einsperren wäre genau das Richtige!«

Blaschke verschwand hinter der nächsten Straßenecke. Schnitzler beruhigte sich derweil langsam. Zusammen mit Peter und dem Dienstmädchen machte er den Hausflur sauber. Erst eine Stunde später konnten sie die Reinigung beenden.

»Du hilfst mir noch zwei Stunden. Dann gehst du aber zu deiner Familie«, erklärte Schnitzler Peter, nachdem sie sich wieder auf den Weg gemacht hatten.

Als sich Peter nach dieser Zeit auf den Heimweg begab, dachte er schon nicht mehr an Blaschke. Ihm ging der Geburtstag seines Sohnes durch den Kopf und immer wieder sein Chef. Mit Schnitzler hatte er wirklich Glück. Ein feiner Mensch, der Sinn für Kinder und Familie besaß. Zwanzig Jahre war er glücklich verheiratet gewesen. Einmal hatte er Peter in einer besonders vertraulichen Situation erzählt, wie gern er selbst eigene Kinder gehabt hätte. »Es hat eben nicht sein sollen«, hörte ihn Peter heute noch sagen. Nur zu gut erinnerte er sich an die Traurigkeit, die in seiner belegten Stimme zum Ausdruck kam. Für Schnitzler war dann eine Welt zusammengebrochen, als seine Frau Emma überraschend verstarb. Die robuste Frau, der nie etwas Ernsthaftes gefehlt hatte, war im Winter auf einem vereisten Weg ausgerutscht. Sie hatte sich dabei den Hinterkopf angeschlagen, konnte aber doch wieder aufstehen und nach Hause zurückkehren. Bald klagte sie aber über Übelkeit. Sehstörungen kamen hinzu, dann sogar Lähmungserscheinungen in den Armen und Beinen. Der herbeigerufene Arzt konnte außer einer kleinen Beule am Kopf nichts feststellen. Er verordnete einfach ein paar Tage strenge Bettruhe. In der folgenden Nacht musste sich Schnitzlers Frau mehrfach übergeben. Die Lähmungen traten wieder auf, zudem konnte sie zeitweise nicht mehr sprechen. Der Arzt wollte sie am Morgen ins Hospital einweisen. Noch in seiner Gegenwart erbrach Emma Blut. Kurz darauf verlor sie das Bewusstsein. Völlig unerwartet starb sie wenige Minuten später. Niemand hatte ihr mehr helfen können.

6

Am nächsten Morgen machte sich Peter in aller Frühe auf zum Cannstatter Hafen. Als er ankam, herrschte dort bereits ein geschäftiges Treiben. Zwei mit Baumwolle voll beladende Schiffe, die am Vorabend angedockt hatten, wurden bereits gelöscht. Peter und Schnitzler beluden derweil ihren Kohlenwagen. Überraschend tauchte dann trotz der frühen Stunde Blaschke auf. Angetrunken kam er unsicher auf Schnitzler zu und erklärte lallend, er sei zu jeder Arbeit bereit. Schnitzlers gute Laune war sofort wie weggeblasen. Er herrschte den Tagelöhner an: »Ich habe dir doch gestern deutlich gesagt, dass du bei mir keine Arbeit mehr finden wirst. Und schon gar nicht in einem solchen besoffenen Zustand. Du verschwindest also besser wieder.«

Blaschke blähte die Backen auf. Er wollte zu einer Erwiderung ansetzen. Schnitzler drohte ihm aber bereits mit der Polizei. Daraufhin spuckte ihm Blaschke verächtlich vor die Füße. Peter fuhr dazwischen, stieß den Tagelöhner zurück und wurde dann seinerseits von Schnitzler zurückgehalten.

»Mach dir an dem Saufkopf nicht die Finger schmutzig. Lass ihn ziehen.« Und zu Blaschke gewandt fuhr er fort: »Bei mir brauchst du niemals mehr vorbeischauen. Mit dir bin ich fertig.«

Zwar hatte er befürchtet, die eigentliche Auseinandersetzung stände erst noch bevor. Aber zu seiner Überraschung machte Blaschke kehrt und trottete sich fluchend und schimpfend davon.

Nachmittags gegen 15 Uhr kehrten sie noch einmal zu Schnitzlers Kohleschuppen zurück. Wiederum beluden sie den Wagen. Die Fuhre musste heute noch zum Weißenhof gebracht werden. Der Weißenhof lag auf einer der nördlichen Höhen von Stuttgart, mindestens eine gute Stunde von ihrem Standort am Cannstatter Hafen entfernt. Über einen breiten Feldweg, der zur Hälfte durch die Cannstatter Rebhänge führte, gelangten sie später mit dem schwer beladenen Wagen sehr mühsam zu dem sehr beliebten Ausflugsziel der Bevölkerung. Schnitzler und Peter freuten sich auf die Ankunft, wussten sie doch, dass sie nach getaner Arbeit noch ein wenig in der Gartenwirtschaft Platz nehmen und sich ein Vesper schmecken lassen würden. Nachdem an diesem Tag ein wolkenloser Himmel mit einer kräftig scheinenden Sonne das Wetter bestimmte, stand dem gemütlichen Ausklang des ansonsten anstrengenden Arbeitstages nichts im Wege. Als sie schließlich mächtig schwitzend an der Rückseite des stattlichen Gebäudes ankamen, wurden sie vom Besitzer des Weißenhofes fröhlich empfangen. Der Weißenhof-Beck, wie er von allen genannt wurde, öffnete die Tür zum Kohlenkeller. Doch vor dem Entladen der Kohlensäcke mussten die beiden Männer erst einmal verschnaufen. Zudem galt es zunächst, ihr Pferd, ein ausgesprochen gutmütiges und kräftiges Tier, zu versorgen. Sie erledigten eine Arbeit nach der anderen. Und endlich konnten sie aus dem Kellerraum, in dem sie die Kohlen deponieren mussten, heraustreten. In einiger Entfernung sahen sie am Himmel erste dunkle Wolken. Obwohl beide ahnten, dass ein Gewitter am Heraufziehen war, wollten sie sich nicht stören lassen. Nachdem sie sich ordentlich am Brunnen gewaschen und erfrischt hatten, lud Schnitzler Peter zu einem deftigen Abendessen ein. Sie nahmen in der Gartenwirtschaft Platz. Zwischen den Bänken und Tischen standen uralte Bäume. Zudem hatte man einen herrlichen Ausblick. Weit unten im Tal sahen sie rechter Hand die Häuser Stuttgarts, die klein und irgendwie unwirklich erschienen. Blickten sie nach links, konnten sie unschwer Cannstatt und die Biegungen des Neckars mit dessen glitzerndem und die Sonnenstrahlen reflektierendem Wasser erkennen.

Später saßen sie unter einem Schatten spendenden Nussbaum. Sie aßen kräftiges Bauernbrot mit Griebenwurst und Käse, dazu wurde Birnenmost getrunken. Zeitweilig setzte sich der Wirt zu ihnen. Ihre Gespräche drehten sich um Gott und die Welt. Erst als die dunklen Wolken näher gekommen waren und erstes Donnergrollen ein ordentliches Gewitter ankündigten, standen sie auf und begaben sich in das Wirtshausgebäude. Rasch verdunkelte sich nun der Himmel, erste dicke Regentropfen fielen. Mit einem Mal war das Unwetter über ihnen. Ein Wolkenbruch ergoss sich, der Regen platschte gewaltig zu Boden, grelle Blitze und krachende Donnerschläge wechselten sich in rascher Folge ab. Peter und Schnitzler saßen am Fenster, von wo aus sie teils fasziniert, teils voller Sorge die Naturgewalten beobachteten. Solche Gewitter waren nicht zu unterschätzen. Allein in diesem Sommer hatten Blitze in zwei Stuttgarter Bauernhöfe eingeschlagen, die völlig abbrannten. Auch lag es noch keine drei Wochen zurück, dass ein Bauer zusammen mit seinem Sohn und einer Magd auf dem Feld vom Blitz erschlagen worden waren, als sie ihren mit Heu beladenen Wagen unter einer riesigen Eiche in Sicherheit bringen wollten. An einigen Tischen des Gasthauses waren bereits Kerzen angezündet worden. Und das nicht nur, weil es zwischenzeitlich recht dunkel im Gastraum geworden war. Die Menschen hatten Angst und beteten zu ihrem Herrgott um Schutz und Beistand.

Das Gewitter wütete bis zum Einbruch der Dunkelheit. Schnitzler machte sich wegen des Rückweges Sorgen. Zwar mussten sie nur noch mit dem leeren Fuhrwerk zurück nach Cannstatt, aber die aufgeweichten Feldwege und das abschüssige Gelände würden bei Nacht größte Sorgfalt von ihnen abverlangen.

7

Peter ging zur Sicherheit vorn am Fuhrwerk. Mit der einen Hand hatte er das Halfter des gutmütigen Pferdes gefasst, in der anderen hielt er eine Laterne, die wenigstens ein bisschen Licht spendete. Es war eine fast rabenschwarze Nacht. In weiter Ferne konnten sie die Lichter der Stuttgarter und Cannstatter Häuser sehen. Sie machten ihnen nur allzu bewusst, welch weiten Weg sie zurücklegen mussten. Peter achtete sehr darauf, dass das Gefährt nicht zu schnell werden würde. Nachdem sie eine knappe Viertelstunde Wegstrecke hinter sich gebracht hatten, hörten beide ein Geräusch schräg vor ihnen auf der rechten Seite.

Es war nichts zu erkennen. Sie hielten kurz inne, lauschten angestrengt, aber als nichts weiter geschah, setzten sie ihren beschwerlichen Weg fort. Einige Minuten später konnten sie die Glockenschläge der Stuttgarter Stiftskirche hören, zwar schwach, aber doch so laut, dass sie mitzählen konnten. Es war elf Uhr am Abend. Im nächsten Moment knackte es wiederum hinter irgendwelchem Gebüsch, viel zu laut, als dass es sich nur um einen Vogel oder einen Feldhasen hätte handeln können. Noch einmal stoppten sie, hielten inne und lauschten angestrengt. Peter ging dann zu Schnitzler zurück, der auf dem Bock saß. Sie besprachen die Situation leise. Als sich eine Zeit lang nichts mehr rührte, machten sie sich wieder auf den Weg.

Sie waren bereits wieder ein gutes Stück vorangekommen, da flog völlig überraschend etwas durch die Luft. Es knallte gegen den Kopf des Pferdes. Peter, der unmittelbar daneben stand, hörte den klatschenden Aufprall und zuckte instinktiv zurück. Fast zeitgleich wieherte das Pferd erschrocken. Es bäumte sich auf und brach augenblicklich aus. Peter nahm noch wahr – dem Pferd und dem Fuhrwerk mit einem Sprung ausweichend –, wie Schnitzler das Zaumzeug zurückriss. Doch damit ließ sich das Tier nicht unter Kontrolle bringen. Außer sich stürzte es ziellos davon. Das Letzte, was Peter schemenhaft erkennen konnte, war ein hochgeschleudertes Fuhrwerk, das sich scheinbar in der Luft drehte. Es tat kurz darauf einen furchtbaren Schlag. Danach konnte er Schnitzler vor Schmerz brüllen hören. Sein Schreien durchdrang entsetzlich die Nacht. Mit seiner Laterne stürzte sich Peter in die Richtung, aus der die Schreie kamen. Er stolperte über ein abgerissenes Rad. Die Laterne entglitt ihm, sie erlöschte augenblicklich. Als er wieder auf die Beine kam, hörte er nur noch ein leises Wimmern. In der Dunkelheit musste er sich ungeheuer konzentrieren. Er tastete sich voran, bis er einen Baum berührte, um den sich der Wagen gewickelt haben musste. Dann bemerkte er Schnitzler, der nur noch röchelte. Als er nach ihm griff, spürte er etwas Warmes, Klebriges. Er ahnte sofort, dass es Blut sein musste. Schnitzlers zittrige Hand fasste ihn am Ellenbogen. Peter griff zu. Er geriet ganz außer sich und musste sich zwingen, nicht die Nerven zu verlieren. Mehrfach sprach er den Fuhrunternehmer an, der aber nicht antworten konnte. Er machte sich los, denn die einzige Chance, die es noch gab, war Hilfe vom Weißenhof zu holen. Als er völlig aufgelöst vor dem Gasthof ankam, rief er laut um Hilfe. Den Herbeieilenden schilderte er nach Luft schnappend in knappen, hastig herausgeschleuderten Worten, was für ein Unglück sich ereignet hatte. Unverzüglich machten sich sowohl Gäste als auch Knechte des Weißenhofwirtes auf den Weg. Jeder Zweite führte eine Laterne mit, so konnten sie immerhin einigermaßen gut sehen.

Der Weißenhof-Beck entdeckte das kaputte Fuhrwerk abseits des Feldweges als Erster. Kurz darauf beleuchteten die Laternen die Szene gespenstisch. Das Pferd stand etwas abseits. Es schnaubte leise. Für einen Moment fühlte sich Peter sogar an ein friedliches Bild erinnert. Im nächsten Augenblick erkannte er aber das ganze Ausmaß des Unglücks. Ein Teil des Fuhrwerks war weggebrochen und lag etliche Meter entfernt in einem Graben. Die zwei Vorderräder waren zerschellt und bildeten jedes für sich ein eigenartiges V, darüber stand fast senkrecht der Kutschbock. Der andere Teil des Fuhrwerks hatte sich um einen dickstämmigen Baum gewickelt, dessen Rinde bei dem

Aufprall weggerissen worden war. Als er Schnitzler sah, blieb ihm fast das Herz stehen. Schnitzler lag eingeklemmt und gänzlich unnatürlich verbogen über einer Baumwurzel. Auf ihm lastete fast das ganze Gewicht des schweren, noch übrig gebliebenen Fuhrwerks. Sein Hals und sein Kopf waren über und über mit Blut verschmiert. Das Gras auf seiner rechten Körperseite war ebenfalls dunkel von seinem Blut verfärbt. Einige Knechte leuchteten Schnitzler ins Gesicht. Seine Augen standen offen, auf der linken Schädeldecke klaffte eine schreckliche Wunde. Sein Mund war verzerrt, eine Hand griff völlig unnatürlich in die Dunkelheit. Peter nahm mit Tränen in den Augen den geschundenen Kopf in beide Hände. Er streichelte vorsichtig über die blutverschmierten Wangen. Nach einer Weile ließ er Schnitzler wieder los. Vorsichtig legte er ihn auf den Boden. Als er sich aufrichtete, sah er die vielen Menschen, die helfen wollten, aber nun nur mit gesenkten Köpfen schweigend dastanden. Ernst Schnitzler war tot.

Es war nach Mitternacht, als von Stuttgart der Wachtmeister mit zwei Polizeisoldaten herbeigeeilt kam. Peter musste ihnen mehrfach den Hergang des Unglücks schildern. Dabei stellte er aber erstmals die Frage, ob es überhaupt ein Unfall gewesen sein konnte. Voller Trauer und Verbitterung dachte er ständig an Schnitzler. Ein Arzt hatte zwischenzeitlich die Leiche untersucht. Auch bei sofortiger Hilfe wäre der Fuhrunternehmer nicht mehr zu retten gewesen. Schon allein die schlimmen Kopfverletzungen hätten jede ärztliche Kunst überfordert. Die zerfetzte Halsschlagader, der völlig eingedrückte Brustkorb, schwerste Verletzungen im Bauchbereich – kein Mensch hätte ihm mehr helfen können.

Am nächsten Morgen, Schnitzlers zerschundener Körper war längstens in die Leichenhalle beim Hoppenlaufriedhof gebracht worden, suchte Peter mit dem Wachtmeister und weiteren Personen die Umgebung der Unglücksstelle ab. Neben dem Feldweg fanden sie einen Wackerstein, wie er beim Wegebau in der Stadt Verwendung fand. In diesem freien Gelände hatte solch ein massiver und behauener Stein aber nichts verloren. So vermuteten sie, dass der Stein als Wurfgeschoss benutzt worden sein konnte. Wenig später fand ein Polizist im Gebüsch eine speckige Kappe. Alle ahnten bereits, dass es keineswegs mehr nur um einen Unfall ging. Es musste ein Verbrechen vorliegen. Peter starrte wie gebannt auf die Kappe. Ihm war augenblicklich klar, wem sie gehörte. Verbittert sah er den Wachtmeister an: »Blaschke! Die Kappe gehört Lukas Blaschke!«

8

Peter und Magdalena waren zutiefst deprimiert. Sie nahmen an der Beerdigung auf dem Hoppenlaufriedhof teil. Der kleine Bruno wurde derweil von Lisbeth gehütet. Es war nicht nur der Verlust und das Abschiednehmen von Ernst Schnitzler, was den Kohlers große Sorgen bereitete. Sie mussten sich Gedanken um ihre Zukunft machen. Der Erbe des Fuhrunternehmers, ein in Heilbronn ansässiger Neffe, hatte schon vor der Beerdigung mit Peter gesprochen und ihm das Unternehmen zum Kauf angeboten. Doch das wenige Ersparte hätte niemals gereicht, um den verlangten Preis auch nur annähernd bezahlen zu können. Peter war nun ohne Arbeit, er wusste nicht, wie es weitergehen sollte. Mitte

September war bereits eine Jahreszeit, in der nur schwer eine Arbeit gefunden werden konnte. Im Herbst erhöhte sich jedes Jahr fast ganz automatisch die Zahl der Arbeitssuchenden. Wer noch im Sommer in Lohn und Brot gestanden hatte, musste häufig wenige Wochen später ernsthaft um seine Existenz kämpfen. Peter wusste nur zu gut von Fällen, in denen Väter ihre Familien nur mehr mühsam ernähren und versorgen konnten. Und Schnitzlers Erbe wollte natürlich rasch das Fuhrunternehmen verkaufen. Was aus Peter Kohler dabei werden würde, interessierte ihn nicht.

Am Abend des dritten Tages nach Schnitzlers Beerdigung wollte Peter wieder unter die Leute kommen. Deshalb suchte er nach längerer Zeit erstmals wieder den ›Goldenen Bären‹ auf. Dieses Wirtshaus lag in der Esslinger Straße und war von seiner Wohnung aus die nächstgelegene Kneipe. In ihr verkehrten vor allem Gerbergesellen. Auch kannte er den Wirt ziemlich gut. Mit Heinrich Gutfleisch hatte er vor Jahren im Straßenbau zusammengearbeitet. Jeder wusste in der Zwischenzeit von dem brutalen Mordanschlag auf Schnitzler. Voller Neugierde wollten die Gerber von Peter Einzelheiten über das Geschehen wissen. Zunächst fühlte sich Peter dabei überhaupt nicht wohl. Er spürte aber, wie es ihm auch gut tat, über den schrecklichen Abend zu reden. Blaschke wurde längstens mit Haftbefehl als mutmaßlicher Mörder gesucht. Für Peter war es nur eine Frage der Zeit, bis der Tagelöhner aufgegriffen und seiner gerechten Strafe zugeführt werden würde. Für diese Informationen aus erster Hand ließen sich die Gerbergesellen nicht lumpen. Nachdem ihm Gutfleisch bereits ein Bier spendiert hatte, hielten ihn die Gerber mit Most frei.

Die meisten Gäste waren bereits gegangen, als der Wirt mit dem Schließen der Fensterläden anfing. Er musste noch zwei-, dreimal ein paar Gerber ermahnen, schaffte es dann aber doch, dass sie friedlich abzogen. Ihr Gegröle konnte allerdings noch eine Zeit lang gehört werden. Sie zogen die Esslinger Straße hinunter. Erst als sie sich in irgendwelchen Seitengassen verstreuten, wurde es ruhig auf der Straße.

Heinrich Gutfleisch kam mit einem Schnaps an den Tisch. Er legte seinen Arm kurz auf Peters Schulter und stellte ihm das Glas hin.

»Für dich ist es jetzt auch nicht einfach«, begann er das Gespräch.

Peter zuckte mit der Schulter, schüttelte den Kopf und zog noch einmal mit einem Seufzer die Schulter hoch. Er atmete tief durch und klagte dann sein Leid.

»Ich muss vor allem Arbeit finden. Morgen früh will ich losgehen und schauen, ob es etwas für mich gibt.«

Eine Weile überlegte der Wirt. Dann sagte er: »Vielleicht kann ich dir einen Tipp geben.«

Erstaunt und interessiert schaute ihn Peter an.

»Ja«, fuhr Gutfleisch fort, »ich bekomme doch mein Bier von der Brauerei Deininger. Und der Bierausfahrer hat mir erst gestern Morgen gesagt, sie würden noch einen kräftigen Mann suchen. Ihr Chef will anscheinend das Geschäft ausweiten.«

Peter, obwohl nicht mehr ganz nüchtern, war sofort hellhörig geworden. Er schöpfte Hoffnung. »Das wäre natürlich ein Glücksfall. Was meinst du? Ob ich bei der Brauerei einfach morgen früh vorbeischauen kann?«

»Ja, sicher. Fragen kostet doch nichts. Je rascher du die Sache angehst, umso besser. Ich würde da nicht lange abwarten. Falls du mit Deininger selbst sprechen kannst, berufe dich auf mich. Ich habe ein ganz passables Verhältnis zu ihm. Er stand mir sogar mit Rat und Tat zur Seite, als wir vor drei Jahren den Goldenen Bären einrichteten. Ich war damals einer seiner ersten Großkunden. Und er ist bis heute mit dem Umsatz zufrieden.«

Peter lächelte. Endlich eine gute Nachricht! Er nahm das bis zum Rand vollgefüllte Schnapsglas, prostete Gutfleisch zu, dankte ihm für den Hinweis und kippte den Schnaps in einem Zug hinunter.

»Es wird schon klappen. Jedenfalls hättest du es verdient«, meinte der Wirt. Er schenkte Peters Glas noch einmal randvoll ein, behielt die Schnapsflasche in der Hand und stieß damit mit Peter an.

»Ich muss dich jetzt schnellstens hinauswerfen. Die Stadtpolizei achtet äußerst streng auf die Einhaltung der Sperrstunde. Nimm es mir nicht übel, aber wir müssen uns verabschieden.«

Peter stand auf. »Ach, was! Übelnehmen! Ich danke dir. Du hast mir die erste gute Mitteilung seit Tagen gemacht. Falls es wirklich klappen sollte, komme ich in den nächsten Tagen gleich wieder vorbei. Dann schenke ich dir einen aus. Mindestens einen!«, erklärte Peter. Als er in die bereits recht kühle Nachtluft hinaustrat, spürte er doch sehr deutlich die Wirkung des Alkohols.

9

Die Deiningersche Brauerei lag an der Ecke Tübinger und Christophstraße. Peter hatte sich schon ganz früh am Morgen auf den Weg gemacht. Die frische Luft ließ ihn ein wenig frösteln. Er marschierte energisch um das große Gebäude herum. An einem achteckigen Brunnen an der Westseite des Brauereiareals sah er zu, wie ein Kutscher die Pferde tränkte. Ein weiterer Kutscher striegelte ein mächtiges Haflingerpferd, bis dessen Fell glänzte. Er schaute kurz neugierig auf, Peter nickte ihm zu, doch machte er sich sogleich auf den Weg zum Eingang des stattlichen Hauses. Er trat in einen Kontor, der vollständig mit Holz vertäfelt war. Es roch fast penetrant nach Bier in dem ansonsten sehr gemütlich wirkenden Raum. Peter betrachtete die kunstvoll gearbeitete Stuckdecke, als eine von zwei Seitentüren aufging und ein älterer Mann mit einer großen, dunkelbraunen Lederschürze hereinkam. Er hatte schneeweißes, dichtes Haar und ein zerfurchtes, aber ausgesprochen freundliches Gesicht.

Peter stellte sich ihm vor. Er beschrieb knapp das ihm widerfahrene Unglück und fragte höflich mit Hinweis auf den Bärenwirt, ob er eine Anstellung finden könne.

»Ah so. Du warst der Arbeiter von Schnitzler. Natürlich habe ich von der Teufelstat gehört«, antwortete der alte Herr, der sich als Seniorchef des Brauhauses zu erkennen gab.

»Hat man den Übeltäter schon hinter Schloss und Riegel gebracht?«, fragte der alte Deininger. »Man kennt doch den Verbrecher, oder?«

»Sie werden den Gauner schon fassen.« Mit diesen Worten trat ein großer, kräftig gebauter Mann in den Raum. Er trug ebenfalls eine Lederschürze, die feucht glänzte und den Biergeruch noch verstärkte.

»Du bist also Peter Kohler«, meinte er weiter und machte damit auch klar, wer das Sagen hatte. »Man hat deinen Namen im Zusammenhang mit dem Verbrechen gehört. Du musst ja froh sein, dass dir dabei nichts geschehen ist.«

Peter nickte dem Sohn des alten Deininger zu. Der Alte meldete sich an seinen Sohn gewandt zu Wort: »Georg, Kohler sucht Arbeit. Er kann geschickt mit Pferden und Fuhrwerken umgehen. Er wäre doch der ideale Bierkutscher für uns.«

»Wir benötigen sowieso Verstärkung. Das passt gerade recht.« Die Stimme des Juniorchefs hörte sich freundlich an.

»Du machst auch einen kräftigen Eindruck. Kraft brauchst du nämlich. Die Arbeit ist nicht einfach. Aber wenn du schon Kohlensäcke geschleppt hast, wirst du auch Bierfässer stemmen können.«

Der junge Deininger hatte sich bereits entschieden. Peter konnte es kaum fassen. So einfach hatte er es sich nicht vorgestellt. Ohne viel Hin und Her boten ihm die Deiningers die Arbeitsstelle an.

»Um ehrlich zu sein: Wir haben von dir als zuverlässigen Arbeiter gehört. Solche Leute können wir natürlich brauchen. Aber damit eines auch klar ist: Wir stellen dich für eine Woche zur Probe ein. Dann entscheiden wir, ob du länger bei uns bleiben kannst. Gearbeitet wird von fünf Uhr morgens bis sechs Uhr abends. Und wenn es erforderlich ist, auch einmal bis acht oder neun Uhr. Dabei hast du eine Mittagspause von einer halben Stunde. Wenn du abends länger arbeiten musst, kannst du noch einmal eine halbe Stunde Pause einlegen. Dein Tageslohn beträgt vierzig Kreutzer. In der Mittagspause darf sich jeder Arbeiter einen Krug Bier nehmen. In der Sommerzeit von Mai bis September kann man sich sogar drei Maß genehmigen. Einverstanden?«

Peter stimmte sofort zu. Alles hörte sich bestens an.

»Was wir überhaupt nicht dulden, ist jede Art von Widerspruch«, fuhr Georg Deininger mit ernsterer Stimme fort. »Wir wollen keine Aufmüpfigen oder Besserwisser. Die Arbeit wird getan und damit basta. Im Übrigen wirst du zunächst hauptsächlich als Bierkutscher arbeiten. Aber ab und zu brauchen wir dich auch im Brauhaus. Genaueres besprechen wir nach deiner Probewoche. Heute wirst du Gustav zugeteilt. Er ist unser ältester Arbeiter und kann neben sich einen starken Mann gebrauchen.«

Georg Deininger reichte Peter die Hand, damit war die Sache besiegelt. Sein Vater begleitete ihn nach draußen, führte ihn zum Brunnen und stellte ihm den Mann vor, den er vorher beim Pferdestriegeln gesehen hatte. Mit einem Blick erkannte er, dass er mit Gustav Nagel ein gutes Gespann bilden würde.

Gustav Nagel bemerkte gleich beim Anspannen der Gäule das Geschick von Peter. Er musste ihm nichts mehr beibringen. Als sie wenig später von der Christophstraße in die Hauptstätterstraße einbogen, übergab er bereits die Zügel an seinen neuen Partner, der ohne Mühe das Pferdegespann lenken konnte. Sie belieferten bis zum Mittag verschiedene Wirtshäuser mit Bierfässern. Dann kehrten sie zur Brauerei zurück und gönnten sich ihre Mittagspause. Danach beluden sie ihren Wagen erneut mit den schweren, gefüllten Fässern. Schon auf ihrer zweiten Fuhre war der fast sechzigjährige Gustav froh über Peter, der ihn ganz erheblich von der schweren Arbeit entlastete. Gustav Nagel spürte das Alter. An manchen Tagen der letzten zwei, drei Jahre hatte er sich ordentlich plagen müssen. Schmerzen in den Gelenken und eine nachlassende Kraft waren der Tribut an jahrzehntelange schwere Arbeit. Gustav ahnte, dass es so nicht mehr lange würde weitergehen können. Auch die Deiningers hatten bemerkt, wie ihrem treuen Bierkutscher die Bewältigung der Arbeit zunehmend schwerer fiel. Ihren Vorschlag, er solle nur noch im Brauhaus arbeiten, wollte er nicht annehmen. Der Gedanke, nur noch in geschlossenen Räumen zu arbeiten, war ihm zuwider. Gustav Nagel brauchte die frische Luft, er wollte sein Stuttgart sehen können und nicht bloß im Gebäude den Tag verbringen.

10

Die Probewoche brachte Peter ohne Probleme hinter sich. Es dauerte nicht lange, da gehörte er fest zur Stammmannschaft der Brauerei. Wie Deininger bereits beim ersten Gespräch mit ihm bemerkt hatte, wurde er hin und wieder auch zu Arbeiten im Brauhaus eingesetzt. Diese Tätigkeit machte ihm besonders viel Freude. Mit großem Interesse versuchte er möglichst viel über das Bierbrauen zu lernen. Nach und nach begriff er, wie die verschiedenen Biersorten hergestellt werden mussten und welch sorgfältiges Handwerk dafür notwendig war. Fasziniert bemerkte er eine Menge von Umständen, die Einfluss auf den Geschmack des Getränkes nahmen. Da war zunächst die Beschaffenheit des Getreides. Dann die Art, wie es gemalzt wurde. Aber auch die Gerüche, denen man es aussetzte, wirkten sich auf den Geschmack aus. Vor allem aber besaß das Wasser eine ganz erhebliche Bedeutung. Darüber hinaus durfte der Einfluss der Luft, der das Bier auf der Kühle ausgesetzt war, nicht unterschätzt werden. Die Art des Einmaischens und des Kochens wiederum spielten eine Rolle. Und nicht zuletzt hatten die Behandlungsart und die Beschaffenheit des Hopfens, die Natur der Hefe, die Gärung, die Güte der Keller und die örtlichen klimatischen Verhältnisse ihren Anteil an der Geschmacksbildung.

All das lernte Peter. Er sammelte rasch Erfahrungen. Nach kaum einem halben Jahr konnte er neben dem Bierausfahren zu etlichen anderen Arbeiten herangezogen werden. Alsbald machte er bereits Verbesserungsvorschläge. Noch vor der Sommerzeit wurde sein Lohn aufgebessert. Mit Gustav Nagel verband ihn in der Zwischenzeit eine Freundschaft. Sie verstanden sich blendend, Gustav wurde bei den Ausfahrten nicht müde, aus seinem arbeitsreichen Leben zu erzählen. Von ihm erfuhr Peter einiges über die politischen Verhältnisse in der Zeit vor dem Regierungsantritt Wilhelms I. Dessen Vater Friedrich, der im Jahr 1806 von Napoleon die Königswürde erhalten hatte, duldete keinerlei Mitsprache oder gar Mitbestimmung seiner Untertanen. Er war ein absolutistischer Monarch, der Freidenkende in den Kerker werfen ließ. Besonders interessierten Peter die Ereignisse um den Dichter Christian Friedrich Daniel Schubart, der von Herzog Carl, dem Vorgänger des ersten Königs, über zehn Jahre lang auf dem Hohenasperg gefangen gehalten worden war. Peter konnte zu dieser Zeit nicht ahnen, dass dieses württembergische Zuchthaus für ihn alsbald ebenfalls eine schlimme Bedeutung bekommen sollte. Jetzt fand er die Erzählungen Gustavs über das ›düstere Schubartloch‹, in dem sich nichts befand als ein Strohlager, ein Ofen und ein in die Wand eingemauerter Ring, an welchem auf Befehl des Herzogs der Gefangene beim geringsten Vergehen angekettet werden sollte, unglaublich. Schubarts Vergehen bestand in einer allzu kecken Auffassung über die Regenten seiner Zeit, die er – oft genug gewürzt mit satirischen Ausfällen – ungeniert kundgetan hatte.

11

Im September des Jahres waren die Deiningers neben vier anderen Brauereien auf dem Landwirtschaftsfest in Cannstatt vertreten. Dieses Fest, man sprach zwischenzeitlich vom Cannstatter Volksfest, war aus bitterster Not entstanden. Als es im September 1818 das erste Mal durchgeführt wurde, strömten festlich gekleidete Bürger und Bauern zu Wagen, zu Pferd und zu Fuß zum nahe dem Neckar gelegenen Festplatz. Mehr als dreißigtausend Menschen nahmen an diesem ersten Fest teil, das fortan Jahr für Jahr auf den ausgedehnten Auen des Cannstatter Wasens stattfand.

Am letzten Sonntag im September brachten Peter und Gustav eine Wagenladung Bierfässer zum Festplatz. Peter erinnerte diese Fuhre schmerzhaft an Ernst Schnitzler, der gerade vor einem Jahr umgebracht worden war und dessen Mörder entgegen aller Überzeugungen bis heute nicht hatte gefasst werden können. Als sie gegen neun Uhr am Vormittag beim Deiningerschen Standplatz ankamen, war noch nicht viel Betrieb. Allerdings konnte sich der Umsatz der letzten Tage sehen lassen. Für den heutigen Sonntag versprach sich Deininger noch einmal ein hervorragendes Geschäft. Er sprühte auch nur so vor guter Laune.

»Noch eine Fuhre mit fünfzehn Fässern! Das müsst ihr

erledigen. Dann könnt ihr euch den Rest des Tages freinehmen. Sollte im Laufe des Tages das Bier ausgehen, werde ich auf Ludwig und Bernhard zurückgreifen«, bemerkte Deininger mit Blick auf die beiden anderen Bierkutscher, die gerade den Rückweg nach Stuttgart angetreten hatten.

»Falls ihr selbst das Fest besuchen kommt, habt ihr natürlich bei uns Bier frei. Auch ein ordentliches Vesper spendiere ich euch.« Deininger zeigte sich großzügig. Zu Peter gewandt meinte er: »Und du bringst am besten deine Familie mit. Deine Frau und dein Sohn hätten auch einmal ein wenig Abwechslung verdient.«

Die beiden dankten für das Angebot. Gustav wollte es sich nicht zweimal sagen lassen. Für ihn stand augenblicklich fest, wie er den Tag verbringen würde. Peter musste zunächst mit seiner Frau sprechen, die sich nicht allzu gern unter solch große Menschenmengen begeben wollte.

Als er am Nachmittag bei Magdalena und seinem quietschfidel aufgelegten Sohn ankam, stimmte seine Frau aber sogleich zu. Da sie freigehalten wurden, fiel ihr die Entscheidung nicht schwer. Magdalena sparte eisern und hätte nicht unnötig Geld für ein kurzfristiges Vergnügen ausgeben wollen. Nun richtete sie sich ein wenig her, zog ihr zweites, besseres Kleid an und keine halbe Stunde später machten sie sich auf den Weg. Mit vielen anderen Festbesuchern spazierten sie den nicht gerade kurzen Weg nach Cannstatt. Es war ein ungewöhnlich heißer Septembernachmittag, doch allen, die unterwegs waren, schien die Hitze nichts auszumachen. Mit ausgelassener Fröhlichkeit sprachen und scherzten die Menschen. Als Peter mit seiner Familie auf dem Festgelände ankam, erfreuten sie sich an dem bunten, lauten Treiben. Viele, viele Menschen mit lachenden Gesichtern, nicht selten gerötet von der Sonne, von zu viel Wein oder Bier, sorgten für ein quirliges Durcheinander. Die Kohlers ließen sich von dieser Atmosphäre gefangen nehmen. Magdalena und Peter genehmigten sich zusammen einen Krug Bier, ihr Bruno trank derweil süßen Apfelmost: ein Saft, den er begierig schlürfte, bekam er doch solch ein Getränk höchstens drei- oder viermal im Jahr. Sie schauten sich danach einige Attraktionen an. Gerade noch rechtzeitig konnten sie die Viehprämierung miterleben. Bruno rüttelte zwischendurch heftig am Arm seiner Mutter. Er wollte zu den Pferden, die keine vierzig Meter entfernt standen. Als Peter zu ihnen schaute, bemerkte er die Vorbereitungen für ein Pferderennen. Er fasste Magdalena rasch an der Hand, nahm seinen Sohn auf den Arm, und eilig marschierte er auf die eigens für das Rennen errichtete Tribüne zu. Sie fanden gerade noch Platz. Gespannt überblickten sie das Oval, das die Grenze der Rennbahn markierte. Plötzlich wurde es – wie von unsichtbarer Hand befohlen – ruhig. Es erklang ein dreifacher Fanfarenstoß. Und wie auf ein Kommando marschierten mit klingendem Spiel sämtliche Musikkapellen die rund fünfhundert Meter lange Rennbahn ab. Danach stellten sich zwölf am Rennen teilnehmende Reiter mit ihren Pferden an der Startlinie auf. Teilweise hatten sie mit der ungestümen Kraft ihrer Rösser Mühe, die das Startzeichen nicht abwarten wollten. Sowie der Startschuss ertönte, preschten alle Tiere vor, das Publikum johlte dazu und geriet ganz aus dem Häuschen. In der letzten Runde des Rennens lagen zwei Pferde deutlich in Führung. Sie lieferten sich bis zur Ziellinie ein ungeheuer spannendes Rennen. Die Zuschauer dankten mit viel Applaus begeistert und feierten den Sieger frenetisch. Auch die Kohlers hatten sich von der Begeisterung mitreißen lassen. Sie klatschten vergnügt in die Hände. Bruno warf mit Jauchzen seine Arme in die Luft.

Anschließend mussten sie sich erst ein wenig beruhigen. Sie schauten sich weitere Spiele und Darbietungen an. Bruno hielt dabei lange vor einem Kasperletheater aus, das mit schön geschnitzten und bekleideten Figuren ein Märchen aufführte. Später erhielt Bruno an einem Krämerstand eine Birne und einen Apfel. Auf ihnen kaute er abwechselnd herum. Plötzlich hielt er inne, wich zurück und klammerte sich sogar weinend an den Rock seiner Mutter. Magdalena streichelte ihm besorgt übers Haar. Sie hörte mit einem Mal ihren Mann laut auflachen. Sie schaute in die gleiche Richtung wie er und erschrak. Auf einem Podest stand wild gestikulierend ein Schwarzer, der unverständliche Laute ausstieß. Die Menschen hielten sich in respektvollem Abstand. Sein vermeintlicher Besitzer wollte das Publikum über diesen Menschen aufklären. Er hatte alle Mühe, sich mit seiner Stimme durchzusetzen. Seiner Meinung nach handelte es sich um einen Wakambaneger – ein Wilder –, wie der Schausteller ständig betonte, der in seiner fernen Heimat in Afrika zu den Menschenfressern gehörte. Dabei stieß der Wakambaneger einen durchdringenden Schrei aus, worauf die Zuschauer verängstigt zurückwichen. Die Kohlers mussten schließlich weitergehen, da sich Bruno nicht beruhigen wollte. Erst als der Schwarze außer Sicht war, konnte Peter seinen Sohn wieder absetzen. Er musste schmunzeln, wusste er doch, was es mit dem Wakambaneger auf sich hatte. Es handelte sich nämlich gar nicht um einen Schwarzen. Am Morgen hatte er mitbekommen, dass sich hinter dieser angeblichen Attraktion einheimische junge Cannstatter Männer verbargen, die sich schwarz angemalt hatten. Etwas ungläubig staunte Magdalena, als ihr Mann ihr die Zusammenhänge erklärte.

Als die Kraft der Sonne nachließ, schlenderten sie noch einmal zum Stammplatz Deiningers zurück. Wie versprochen erhielten sie von ihm ein ordentliches Abendessen. Allein das frisch gebackene Bauernbrot schmeckte vorzüglich. Dazu spendierte Deininger noch Blut- und Leberwurst. Für die Kohlers war das schon ein richtiges Festessen. Auch zu trinken bekamen sie genug. Satt und hochzufrieden machten sie sich eine knappe Stunde später auf den Heimweg.

12

Es verging ein weiteres Jahr. Wenige Tage vor Brunos drittem Geburtstag hatte Peter bis in die Nacht hinein arbeiten müssen. Das seit langem anhaltende warme und schwüle Wetter sorgte für einen mächtigen Bierumsatz. Die Deiningersche Brauerei arbeitete auf Hochtouren. Es war schon nach zehn Uhr am Abend, als er mit Gustav die letzte Fuhre beendet, ihre beiden Pferde ausgespannt und für die Nacht versorgt hatte. Der alte Deininger – an jedem Abend machte er als Letzter noch eine Runde, schaute nach dem Rechten und kontrollierte, ob alles in Ordnung war – lud die Spätankömmlinge auf einen Krug Bier ein. Alle drei Männer waren trotz der geleisteten, schweren Arbeit in bester Laune. Peter plagte zwar etwas ein schlechtes Gewissen, doch blieb er sitzen und entspannte sich bei drei Krügen kühlen Gerstensafts. Deininger erzählte von den Anfangsjahren der Brauerei und den weitgreifenden Ideen seines Sohnes. Die Männer hörten gespannt zu, fragten und kommentierten hin und wieder. Rasch verging in dieser gelösten Atmosphäre eine weitere Stunde. Den angebotenen vierten Krug lehnte Peter dann aber ab. Er verabschiedete sich freundlich; für ihn war es längstens an der Zeit, um nach Hause zu gehen.

Peter war in bester Stimmung. Er genoss den Heimweg geradezu, wobei er sich schon nach Magdalena sehnte und sich auf sie freute. In Höhe des Wilhelmsplatzes bemerkte er erstmals zwei Männer, die ihm folgten. Zunächst dachte er sich noch nichts Besonderes dabei. Er bog in die schmale Leonhardstraße ab. Die Männer tauchten keine halbe Minute später hinter ihm auf, was ihm nun schon recht komisch vorkam. Er beschleunigte seine Schritte. Die Männer ließen sich davon nicht abschütteln. Vor der Leonhardskirche hatten sie sogar aufgeholt. Sie trennten sich und gingen links und rechts hinter Peter weiter. Ein Unbeteiligter hätte an drei spätabendliche Heimkehrer denken können. Peter spürte allerdings eine drohende Gefahr. Hier stimmte etwas nicht! Er blieb abrupt stehen, drehte sich um und wollte die beiden zur Rede stellen. Da schlug ihm der Rechtsstehende völlig überraschend mit der Faust ins Gesicht. Der Schlag kam so unvermittelt, dass Peter keine Abwehrmöglichkeit besaß. Er taumelte erschrocken einige Schritte zurück, da packte ihn bereits der zweite Mann am Nacken und holte zum Schlag aus. Peter riss die Arme hoch, trat gleichzeitig instinktiv noch ein, zwei Schritte zurück. Das brachte den Angreifer etwas aus dem Gleichgewicht, und sein Schlag streifte nur Peters Schulter. Doch schon war der erste Schläger wieder bei ihm. Er packte ihn mit beiden Händen an seinem Hemd, das augenblicklich zerriss. Peter hatte sich vom Schock des ersten Angriffes erholt. Er schlug wutentbrannt nach dem Mann, traf ihn aber zunächst nicht, sondern trieb ihn nur einige Meter zurück. Peter drehte sich halb zur Seite. Der Angreifer, den er abgeschüttelt hatte, hielt ein Messer in der Hand. Hastig blickte Peter sich um. Niemand außer den beiden Räubern war zu sehen. Er wollte gerade um Hilfe rufen, da stürzte der mit dem Messer auf ihn los. Reaktionsschnell wich Peter aus. Nach einer halben Drehung trat er heftig mit dem Fuß nach dem Mann. Mit Wucht traf er ihn mit seinem schweren Arbeitsschuh am Handgelenk. Mit einem Schrei entfiel dem Angreifer das Messer. In diesem Augenblick verpasste ihm aber der zweite Halunke einen Schlag in die Magengrube und sofort darauf noch einen in die rechte Gesichtshälfte. Wieder taumelte Peter zurück. Als der Lump zum nächsten Schlag ansetzte, konnte Peter ihn aber abfangen und trotz seiner Schmerzen an der Gurgel fassen. Seine Kraft kam ihm jetzt zugute. Ohne Mühe drehte er den Mann mit einem schmerzhaften Ruck zur Seite. Er hob ihn an und schleuderte ihn regelrecht von sich. Zu spät bemerkte er, dass der Gauner gegen den Brunnen flog, der sich an der Ostseite der Kirche befand. In dem trüben Laternenlicht sah er, wie sein Widersacher mit dem Kopf gegen die Eisenstrebe knallte. Ein eigenartiges, unnatürliches Knacken war zu hören. Halb liegend, halb sitzend rutschte der Mann langsam am Brunnenrand ab. Seine Arme hingen bereits schlaff herunter. Er konnte sich nicht einmal mehr abstützen. Nur ein Röcheln und Gurgeln kam aus seinem geöffneten, verzerrten Mund. Der Kumpan des Verletzten stand wie angewurzelt da. Die Szene wirkte gespenstisch. Nur zwei Laternen des Leonhardplatzes spendeten ein fahles Licht. Der Verletzte war nun fast vollständig abgerutscht und lag lang ausgestreckt auf der Erde. Nur der Hals und der Kopf lehnten eigenartig verzogen an der Brunnenseite. Peter wollte sich zu ihm hinabbeugen, da kippte sein Kopf zur Seite und schlug im nächsten Moment auch schon auf die Pflastersteine. Peter nahm aus den Augenwinkeln wahr, wie sich der zweite Mann nach dem Messer bückte. Er schnappte es sich und lief schnell davon. An und für sich hatte ihm Peter nachsetzen wollen, doch entschied er sich, dem Verletzten Hilfe zu leisten. Er zog seinen Arbeitskittel aus, schob ihn unter den lädierten Kopf des Mannes, der deutlich jünger sein musste als er selbst. Nun erst bemerkte Peter das viele Blut. Die Stirn, auf die der Mann beim Abrutschen aufgeschlagen war, wies nur eine Platzwunde auf. Doch am Hinterkopf quoll aus einer klaffenden Wunde regelrecht das Blut hervor. Peter rief um Hilfe. Kurz darauf gingen in einigen umliegenden Häusern die Lichter an.

Zehn Minuten später kamen zwei Polizisten hastig herbeigerannt. Sie mussten erst einmal die gaffende Menschenmenge, die sich zwischenzeitlich versammelt hatte, auseinander treiben. Peter kniete immer noch neben dem Mann. Sein leises Röcheln war schon vor wenigen Minuten verstummt. Die offenen Augen starrten in den dunklen Nachthimmel. Jede Hilfe kam zu spät. Der kurz nach den Polizisten eintreffende Arzt konnte nur mehr den Tod des Mannes feststellen. Peter wurde daraufhin sofort grob behandelt. Die Polizisten befragten ihn danach, was vorgefallen gewesen sei. Aber ihr Verhalten zeigte deutlich, dass sie Peters Version nicht glauben wollten.

»Die ganze Sache bedarf einer exakten Untersuchung. Niemand hat einen zweiten Mann gesehen. Und womöglich hast du eben eine Schlägerei angefangen und den Menschen einfach totgeschlagen. Vielleicht aus Versehen, vielleicht auch nicht. Wer weiß das genau? Es gibt jedenfalls einiges zu klären.«

Schockiert stand Peter da. Er war empört und rang um Fassung.

»Wir nehmen dich mit auf die Wache. Da muss entschieden werden, wie es mit dir weitergeht. Jedenfalls kannst du nicht einfach behaupten, du wärst angegriffen worden. So einfach geht das nicht. Vielleicht war alles nur ein Unglück, vielleicht aber auch ein Totschlag!«

Schockiert blickte Peter den Polizisten an. Ungläubig schüttelte er den Kopf.

»Sie hätten mich abgestochen, wenn ich mich nicht zur Wehr gesetzt hätte«, versuchte er noch einmal zu erklären. »Dabei ist dann das Unglück passiert. Deswegen können Sie mich nicht einsperren.«

»Was weißt du, was wir können? Jedenfalls kommst du mit. Da gibt es nichts zu diskutieren. Der zweite Mann – so es ihn überhaupt gibt – könnte dich entlasten. Aber weit und breit hat keiner einen zweiten Mann gesehen oder bemerkt. Also, du kommst jetzt in Gewahrsam, morgen wird dann der Untersuchungsrichter klären, was mit dir geschehen soll.«

Peter wollte widersprechen, sah aber rasch ein, dass es zwecklos sein würde. Einen seiner Bekannten, der sich bei dem grausigen Schauplatz eingefunden hatte, bat er noch rasch, seine Frau zu informieren. Dann nahmen ihn die Polizisten auch schon in die Mitte. Der Tote wurde ins Leichenhaus abtransportiert und Peter auf die Wache in der Dorotheenstraße gebracht. Erstmals in seinem Leben verbrachte er eine Nacht in einer Gefängniszelle.

Am Geburtstag seines Sohnes saß Peter immer noch in der Gefängniszelle. Außer von seiner Frau war er in der Zwischenzeit dreimal von einem Kriminalinspektor besucht worden. Bei ihrem letzten Besuch wirkte Magdalena recht aufgelöst. Bruno hatte sie bei Lisbeth gelassen, sie wollte ungestört mit ihrem Mann reden können. Sie durfte während der Untersuchungshaft nur fünfzehn Minuten pro Tag bei ihm bleiben. Einen Advokaten konnten sie sich nicht leisten. So waren sie darauf angewiesen, dass der zweite Verbrecher gefasst werden würde. Wie der Kriminalinspektor mehrfach versicherte, suchte man energisch nach ihm. Auch bei den Anwohnern der Hauptstätter- und Leonhardstraße führte die Polizei Befragungen und Verhöre durch. Es fand sich aber kein einziger Entlastungszeuge. Und zu allem Übel konnte der Tote nicht identifiziert werden. So eröffnete nach fast vier Wochen Haft der Inspektor, es würde eine Anklage wegen Totschlags erhoben werden. Peter war fassungslos.

Die Gerichtsverhandlung fand noch vor Weihnachten im neuen Stadtgerichtsgebäude in der Urbanstraße statt. Peter beschwor seine Unschuld. Der Richter wies ihn aber sofort in die Schranken, weil er selbstbewusst und kämpferisch auftrat. Der als Ankläger auftretende junge Staatsanwalt formulierte scharf die Anklage wegen Totschlags. Der die Verhandlung streng führende Richter machte die ganze Zeit ein bitterböses Gesicht, was nichts Gutes erwarten ließ.

Mitten in die Verhandlung platzte eine Nachricht, die sich augenblicklich auf das weitere Verfahren auswirkte.

Der Tote war am Morgen als Rudolf Steinhuber von dessen Vater anhand der Kleider und der Beschreibung der Polizei identifiziert worden. Es handelte sich um Steinhubers zweitältesten Sohn, der als Handwerksgeselle auf seinen Wanderjahren durch die deutschen Länder unterwegs gewesen sein musste. Steinhuber war ein in München ansässiger reicher Zimmermeister, dem die Polizei aufs Wort Glauben schenkte. Von einem mit seinem Sohn möglicherweise mitreisendem Kompagnon wusste Steinhuber nichts. Die bei Peter bis dahin vorhandene Hoffnung auf ein gutes Ende zerstob mit dieser Aussage. Der Richter vertagte grimmig den Prozess auf den übernächsten Tag.

An diesem zweiten Verhandlungstag konnte Peter nicht übersehen, dass seine Frau sehr geweint haben musste. Der Richter, der zwischenzeitlich umfassend über die Steinhuberschen Verhältnisse informiert worden war und von einer anständigen, soliden Unternehmerfamilie ausging, gab sich noch strenger und abweisender gegenüber Peter als bisher. Der Richter konnte sich nicht im Entferntesten eine kriminelle Energie bei einem der Familienmitglieder vorstellen. Peter bemerkte sehr wohl die Voreingenommenheit des Richters. Allein der Ton, den dieser ihm gegenüber anschlug, machte deutlich, wie gering er ihn schätzte. Peter grämte sich mehr und mehr über den fehlenden Rechtsbeistand; einen Anwalt konnte er sich nie und nimmer leisten. Er spürte die Benachteiligung zunehmend. Voller Verärgerung musste er akzeptieren, wie er bereits als Verbrecher behandelt wurde. Immer wieder beherrschte er sich aufs Äußerste, damit seine Enttäuschung und Wut nicht aus ihm herausbrach. Aber bis zuletzt weigerte er sich energisch, die ihm vom Richter immer wieder zugeschobene Schuld auch nur ansatzweise zuzugeben. Peter sah sich völlig der Staatsmacht ausgeliefert. Der junge, ehrgeizige Staatsanwalt, der voreingenommene Richter – beide ließen ihm keine wirkliche Chance. Die beiden Deiningers und Gustav sprachen zwar für ihn, wollten ihn entlasten und traten nachdrücklich für ihn ein. Aber deren Auffassungen interessierte das Gericht nicht sonderlich.

Mit ohnmächtigem Gefühl musste Peter das zutiefst ungerechte Urteil am dritten Verhandlungstag entgegennehmen. Ganz im Sinne der Staatsanwaltschaft verurteilte ihn der Richter wegen Totschlags in einem schweren Fall zu sechs Jahren Zuchthaus. Unmittelbar nach der Urteilsverkündung wurden Peter Handschellen angelegt. Keine Stunde später war er bereits auf dem Weg zum Gefängnis auf dem Hohenasperg.

14

Der Hohenasperg, ein aus einer ehemaligen Festung umgebautes Zuchthaus, hieß im Volksmund auch Tränenberg. Er wurde ironisch als der höchste Berg Deutschlands bezeichnet, weil diejenigen, die dorthin kamen, in der Regel viele Jahre benötigten, um wieder herunterzukommen. In die imposante Festungsanlage, nur neunzig Meter über dem Tal zwischen den Flüssen Neckar und Enz gelegen, wurden Peter und drei weitere Gefangene durch das Löwentor, dem Eingangsportal zur Festung, in das Innere der Zuchthausanlage gebracht. Die Gefangenen mussten aussteigen. Sie standen in einem annähernd dreieckigen Hof. Zwei Wärter nahmen sie in Empfang und führten sie in das nördliche Gebäude. Dieser Gebäudeteil, Zwinger genannt, umfasste drei Stockwerke mit jeweils zwölf Gefängniszellen. Peter kam in die erste Zelle des obersten Stockwerkes.

Dort bemerkte Peter zunächst gar nicht den Gefangenen, der in der rechten Ecke zusammengerollt auf einer Pritsche lag. Das kleine Fenster ließ kaum Tageslicht herein. Erst als sich jemand bewegte und ein lautes »Sei gegrüßt aber auch!« von sich gab, sah er, wie ein Mann etwas umständlich und ächzend von seiner Strohmatte aufstand.

»Für dich ist das Bett auf der anderen Seite. Ich mache es mir schon seit drei Jahren in der linken Ecke bequem«, sagte der Gefangene mit einem gallig-bitteren Lachen. Peter war es schleierhaft, was es da zu Lachen geben sollte. Verzweifelt dachte er vor allem an seine Familie, an Magdalena und seinen Sohn Bruno.

Der Fremde stand vor ihm und streckte die Hand zum Gruß aus.

»Haberbosch, Johannes Haberbosch. Ehemals Privatdozent an der Universität zu Tübingen. Vor vier Jahren gescheitert an der Intoleranz und Menschenfeindlichkeit der Herren Professoren, denen ich meine nicht unbedingt hervorragende Lage verdanke.«

Der sarkastische Unterton war unüberhörbar. Peter wurde nicht recht schlau daraus. Er ergriff Haberboschs Hand, stellte sich vor, sprach aber nicht mehr als das Notwendigste. Er setzte sich auf die ihm zugewiesene Schlafstelle, dabei roch er sogleich den modrigen Geruch seiner Strohmatte. Auch sonst roch es in der Zelle streng. Als er in der schräg gegenüberliegenden Ecke einen Kübel stehen sah, wusste er, dass auch die Notdurft in der Zelle verrichtet werden musste. Haberbosch schien zu bemerken, was ihm durch den Kopf ging.

»Der Eimer wird jeden Abend geleert. Wir haben also nachts immer frische Luft! Es sei denn, du kannst dich bis zum nächsten Morgen nicht beherrschen.« Wieder lachte Haberbosch zu seinen Worten. Er kam dabei einige Schritte auf ihn zu und erklärte weiter: »Der Mensch gewöhnt sich an alles. Verzage deshalb nicht, morgen sieht die Welt schon wieder ganz anders aus! Wenn erst die Sonne in unsere Behausung hereinstrahlen wird! Und wir haben dank der ausgezeichneten Lage unseres Etablissements den ganzen Nachmittag Sonnenschein in unserer Bude. Denke nur, im gegenüberliegenden Trakt wird es dagegen schon am frühen Nachmittag dunkel. Die armen Teufel dort verbringen dann Stunden in einer Art Dämmerungszustand. Wir sind demnach nicht am schlechtesten dran. Aber das alles wirst du nach und nach noch selbst bemerken.«

Peter war immer noch nicht nach einem Gespräch zumute. Deprimiert fluchte er vor sich hin. Er setzte sich mit verschränkten Armen auf sein Bett. Dann stellte er knapp und nachdrücklich fest, dass er unschuldig eingesperrt worden sei.

»Ja, natürlich! Unschuldig! Unschuldig sind wir doch alle! Zwar nur nach unserer eigenen Überzeugung, die aber leider für die Gerichte keinesfalls maßgeblich ist. Wer ist nun tatsächlich im Recht? Und wer irrt sich gewaltig? Wir oder unsere Richter? Dummerweise haben die Richter die Macht und damit das Recht auf ihrer Seite. Und ihr Recht steht nun einmal nicht im Einklang mit Gerechtigkeit. Deshalb sitzen wir hier zwar ungerechtfertigterweise, aber zu Recht in einer kleinen, kalten und stinkenden Zelle.«

Haberboschs Zynismus irritierte Peter. Am liebsten wäre es ihm gewesen, wenn Haberbosch einfach nur Ruhe gegeben hätte. Aber Johannes Haberbosch befand sich anscheinend so richtig in seinem Element.

»Ich zum Beispiel habe nur laut gesagt, was ich mir in meinem Kopf ausgedacht habe. Meine Gedanken sind zu Worten geworden. Ein übler Zustand, denn damit war Anlass genug gegeben, mich hier einzusperren. Für mich eigentlich unverständlich, aber ich hätte es besser wissen müssen. Jeder Mensch sollte gefälligst von Natur aus das Recht zur freien Meinungsäußerung besitzen. Was man denkt, will doch gewissermaßen wieder aus einem heraus. Ich sperre doch nicht einfach meine eigenen Gedanken ein. Sondern ich gewähre, ja, ich gönne ihnen die Freiheit. Sie sollen sich doch wohl entfalten dürfen. Allerdings habe ich dabei eine eigenartige Erfahrung gemacht. Diese Worte, so simple Worte, die dann ganze Sätze bilden, wirken wie eine Waffe. Es ist unglaublich. Aber die Fürsten fürchten die Worte, von denen eine große Macht ausgehen muss. Die Macht der Worte – das ist für sie eine Bedrohung.«

»Du redest vielleicht daher«, antwortete Peter. Er gewann langsam Interesse an dem Mann. Zwar fasste dieser seine Überzeugungen in etwas vertrackte Worte, aber er konnte ihn verstehen und musste ihm recht geben. Er gab seine reservierte Haltung auf und erzählte, was ihm widerfahren war. Haberbosch hörte aufmerksam zu. Da es in der Zwischenzeit fast völlig dunkel geworden war, konnten sie sich nur noch schemenhaft erkennen. Als Peter seine Geschichte zu Ende gebracht hatte, ließ sich sein Zellengenosse etwas Zeit, bevor er antwortete:

»Dumm, wirklich zu dumm! Zumindest teilweise haben wir etwas Gemeinsames.« Haberbosch philosophierte ausschweifend über Recht und Gerechtigkeit. Dann empfahl er mit einem Mal zu schlafen, da es heute nichts mehr zu essen geben würde und ein knurrender Magen in wachem Zustand bedeutend lästiger zu ertragen wäre als im Schlaf. Er legte sich auf sein Bett, drehte sich um und schnarchte kurze Zeit später bereits leise vor sich hin. Peter dagegen lag noch lange wach. Die Sorgen um Magdalena und Bruno ließen ihn nicht einschlafen. Er wusste überhaupt nicht, wie sie über die Runden kommen und wovon sie leben sollten, wenn nicht alsbald seine Unschuld nachgewiesen werden und er wieder freikommen würde. Zunehmend fror er. Das Feuer im Zellenofen war längst ausgegangen; es wurde empfindlich kalt. Angewidert zog er die schmutzige Strohdecke über sich, die ihn jedoch immerhin wärmte. Irgendwann in der Nacht schlief er dann doch ein. Er wachte erst wieder auf, als die Gefängniswärter am frühen Morgen kamen und die Gefangenen grob weckten. Irritiert musste sich Peter erst zurechtfinden; es dauerte ein wenig, bis ihm wieder klar war, wo er sich befand.

15

Am Silvestertag traf der erste Brief von seiner Frau ein. Begierig las er die Zeilen. Es ging ihr und dem kleinen Bruno einigermaßen gut. Dank der Vermittlung des alten Deiningers hatte Magdalena einen Nebenverdienst finden können. Sie arbeitete für einen in Blaubeuren ansässigen Leinwandhändler, der ihr für Flachsspinnerei zwar nur einen kärglichen Lohn bezahlte. Aber es reichte für das

Notwendigste und war besser als gar nichts. Zudem schaute Gustav Nagel immer wieder einmal nach dem Rechten, von den Deiningers brachte er bei etwa jedem zweiten Besuch etwas Geld mit. Zwar hätte ihn Magdalena einmal im Monat besuchen dürfen. Aber sie sah keine Möglichkeit, wie sie nach Asperg hätte kommen können. Peter grämte sich sehr beim Lesen dieser Zeilen. Gleichzeitig beruhigte es ihn aber, dass seine Familie unterstützt wurde und keine Not leiden musste. Nachdem er Magdalenas Brief mehrfach durchgelesen hatte, bat er den Wärter um Schreibzeug. Mit dem Abendessen wurden ihm die Utensilien tatsächlich ausgehändigt. Bevor es richtig dunkel wurde, begann Peter seinen Brief an Magdalena.

Liebste Magda! Mein Engel!

Dass ich mich nicht einmal am Ende der Gerichtsverhandlung von dir habe verabschieden können, tut mir bis heute noch weh. Unaufhörlich sind meine Gedanken bei dir und unserem Bruno.

Wenigstens fühle ich mich gesund. Im Gegensatz zu meinem Zellengenossen. Er ist ein Studierter, ein Philosoph, der vor Jahren seinen Doktor an der Universität Tübingen gemacht hat. Obschon er ein weit schlimmeres Schicksal als ich hinter sich hat (schon das vierte Weihnachtsfest musste er im Zuchthaus verbringen), ist er fast jeden Tag bester Laune. Wir reden viel miteinander. Johannes, so heißt er, wird aber seit Wochen von einem Husten geplagt. In der Zwischenzeit ist es wirklich schlimm geworden, vor allem in den Nächten. Er macht sich noch lustig darüber, obwohl ich oft denke, er hustet sich die Lunge aus dem Leib. Essen gibt es zweimal am Tag. Am frühen Morgen und am späten Nachmittag. Die Mahlzeiten sind – wie du dir denken kannst – ziemlich gewöhnungsbedürftig. Sie machen jedoch einigermaßen satt. Schlimmer ist die zugige Zelle. Tagsüber dürfen wir zwar heizen. Doch ist das Holz rationiert, und wir müssen das Feuer gegen Abend ausgehen lassen. Dann wird es rasch bitterkalt. Ein paar Mal bin ich schon frierend aufgewacht. An ein Einschlafen ist dann nicht mehr zu denken gewesen. Und das alles ist natürlich Gift für Johannes. Mehrfach habe ich den Wärter um eine zusätzliche Holzration gebeten. Sie wurde jedes Mal strikt abgelehnt. Wir werden wie gemeine Verbrecher behandelt. Kein Mensch hat mit dem armen Johannes Mitleid. Vor wenigen Tagen wollte ich deshalb mit dem Gefängnisdirektor sprechen. Aber der Wärter hat mich nur ausgelacht.

Johannes ist übrigens wirklich ein intelligenter Mensch. Ich kann von ihm einiges lernen und höre ihm gern zu. Aber ich weiß beim besten Willen nicht, wie es mit ihm weitergehen soll. Sein Zustand verschlimmert sich von Tag zu Tag.

Immer noch hoffe ich inständig, dass sich meine Unschuld herausstellt. Man muss doch den zweiten Burschen finden und ihn zu einem Geständnis zwingen können. Johannes hat mir auf seine direkte Art klargemacht, dass dafür die Chancen denkbar schlecht seien. Da Steinhuber aus einer angesehenen Familie stammt, sein Vater sogar Mitglied der bürgerlichen Kollegien in München ist, wird sich jeder hüten, ihm kriminelle Machenschaften nachweisen zu wollen. Johannes hat mir viel über die Polizeimethoden in unserem Land und die Ausübung der Macht durch die herrschenden Fürsten erzählt. In Vielem wurde ich bestätigt. Johannes drückt es nur viel klüger aus als ich. Er kann immer auf irgendwelche Philosophen und große Denker verweisen, denen es um die Freiheit der Menschen und um ein besseres Leben für alle gegangen ist.

Herzallerliebste Magda!

Ich weiß nicht, ob du diesen Brief überhaupt erhältst und lesen kannst. Alle Briefe, die von draußen kommen oder nach draußen gehen, werden geprüft und unter Umständen einfach zurückbehalten. Johannes spricht dabei von einer scharfen Zensur, die es in Deutschland seit Jahren bei allen möglichen Presseerzeugnissen gibt. In der Hoffnung, dass du die Zeilen zu lesen bekommst, möchte ich dir sagen, wie sehr ich dich lieb habe. Und wie sehr ich dich und Bruno vermisse! Mache dir um mich keine Sorgen. Ich werde das alles schon durchstehen. Einmal im Monat darf ich dir schreiben. Es wird also wieder einige Zeit dauern, bis du wieder etwas von mir hören wirst. Gib du nur gut auf Bruno Acht.

In Gedanken umarme und küsse ich dich!

Dein Peter

Peter sprach viel mit Johannes über Philosophie. Johannes war selbst sehr froh darüber, hatte er doch jemanden, der ihm zuhörte und mit dem er diskutieren konnte. Als die letzte Januarwoche des Jahres 1845 anbrach, verschlimmerte sich jedoch sein kränklicher Zustand alarmierend. Er bekam hohes Fieber, fantasierte und erkannte zeitweilig nicht einmal mehr Peter. Wieder und wieder bat Peter die Wärter um Hilfe, die aber nicht helfen wollten. So gut es ging, versuchte er Johannes zu helfen. Doch zwischenzeitlich fürchtete er um dessen Leben. Johannes nahm keine Nahrung mehr zu sich. Seine Hustenanfälle nahmen gravierende Ausmaße an. Er spuckte Blut, verlor immer wieder das Bewusstsein und zitterte oft stundenlang am ganzen Körper. Als endlich ein Arzt zur Untersuchung kam, war es fast schon zu spät.

»Eigentlich müsste der Mann sofort in ein Lazarett. Er würde allerdings den Transport nicht überleben. Allem Anschein nach liegen eine beidseitige Lungenentzündung und eine Rippenfellentzündung vor«, stellte der Mediziner in Gegenwart von Peter und zweier Gefängniswärter fest. Peter blickte sie anklagend an, doch hielt er sich zurück, weil er fürchtete, die Wärter könnten sich noch zusätzliche Schikanen für ihn und seinen Leidensgenossen ausdenken.

»Ich muss es dem Direktor melden. Der Mann bekommt ab sofort eine besondere Verpflegung und zusätzliche Decken. Auch wird die Zelle von Stund an Tag und Nacht beheizt. Zunächst ist es wichtig, dass er es immer warm hat und man ihm Brust und Rücken mit einer lindernden Salbe einreibt. Dann muss er nach Möglichkeit immer wieder Tee trinken. Auch wenn er ihn wieder ausspuckt oder erst gar nicht aufnehmen will: Du achtest darauf, dass er den Tee schluckt!«

Das sagte der Arzt unmittelbar zu Peter. Dann wandte er sich zornig an die Wärter. »Wehe, es geschieht nicht so, wie ich es angeordnet habe. Falls der Gefangene stirbt, mache ich euch verantwortlich. Und was euch dann blüht, könnt ihr euch selbst ausrechnen.« Er instruierte die Wärter noch im Einzelnen, gab detaillierte Anweisungen und verließ dann grußlos die Zelle.

Keine Viertelstunde später wurden die vom Arzt verordneten Mittel und Utensilien gebracht. Peter bemühte sich sofort um die Linderung der Leiden seines Freundes. Mit altem Stoff dichtete er die Ritzen am Fenster ab. So konnte die eiskalte Winterluft nicht weiter ungehindert in den Raum dringen. In der Zwischenzeit kochte in einem Kessel auf dem Herd das Wasser. Er brühte einen Tee auf, anschließend tauchte er zwei Tücher in das heiße Wasser. Sie sollten als Wadenwickel dienen, die das Fieber senken würden. Er wrang sie aus und umwickelte Johannes Beine mit den heißen und feuchten Tüchern. Dann legte er trockene Tücher darüber, deckte den Freund bis zum Bauch zu, öffnete sein Hemd und rieb ihm Brust und Rücken mit der scharf riechenden Salbe ein. Ein Wärter brachte kurz darauf Kräuterwickel, die dem Schwerkranken ebenfalls auf Brust und Rücken gelegt wurden.

Johannes schwitzte jetzt gewaltig. Schweißperlen liefen über sein gerötetes Gesicht. Er fantasierte wieder. Undeutlich konnte Peter seinen gestammelten und verzerrten Worten eine Art politische Rede entnehmen. Der Kranke fuchtelte dabei immer wieder wild mit den Armen in der Luft herum. Auch seine Beine zuckten heftig. Mit einem Mal lag er aber plötzlich ruhig und still. Peter versuchte nun, ihm den Tee einzuflößen. Es war ein äußerst schwieriges Unterfangen, weil Johannes nicht schlucken wollte. Peter versuchte es immer und immer wieder. Er ließ sich auch nach etlichen Fehlversuchen nicht entmutigen. Die ganze Nacht wachte er am Bett des Freundes, bei dem es um Leben oder Tod ging. Die schlimme Nacht zog sich unendlich in die Länge. Peter kam es vor, als wollte sie kein Ende finden. Als er die Morgendämmerung wahrnahm, betrachtete er voller Sorge den kranken und zermürbten Körper seines Freundes. Johannes hatte eingenässt. Peter bemerkte es und säuberte Johannes mit warmem Wasser. Etwas später kam der Wärter. Peter verlangte nach einer neuen, sauberen Strohmatte und einem frischen Leinenkittel. Diesmal wurden die Sachen rasch gebracht. So konnte er für Johannes wieder ein sauberes Bett herrichten und dem Geplagten frische Kleidung anziehen. Das Fieber war zwar nur geringfügig zurückgegangen, doch immerhin nahm Johannes bereitwillig den Tee zu sich. Auch der Arzt besuchte den Kranken bereits am frühen Morgen wieder. Er untersuchte ihn sorgfältig, gab verschiedene Anweisungen an Peter und den Wärter. Er fuhr den Gefängniswärter ungeduldig an, als dieser die erbetenen Wadenwickel nicht augenblicklich besorgen ging. Mit Peters Pflege sichtlich zufrieden, verließ er die Zelle wieder und versprach einen weiteren Besuch für den Abend.

Peter kümmerte sich aufopferungsvoll um Johannes. Der üble Zustand hielt noch weitere Tage an. Peter konnte nur wenig Schlaf finden. Ständig wechselte er die Wadenwickel, die das Fieber senken sollten. Regelmäßig rieb er seinem Freund Brust und Rücken mit der heilenden Salbe ein, legte ihm Kräuterauflagen auf die Brust, gab ihm den lindernden Tee und reinigte mehrere Male am Tage den nassgeschwitzten Körper. Seine Mühe war nicht umsonst. Am letzten Januartag nahm der sichtlich abgemagerte und sehr schwache Johannes erstmals wieder feste Nahrung zu sich. Der Arzt konnte bestätigen, was Peter voller Freude bereits annahm. Johannes erholte sich. Zwar langsam, aber eine Besserung seines Zustandes war nicht zu übersehen. Als er zwei Tage später schwarzes Brot und sogar ein Stück Käse essen konnte, lächelte Johannes hin und wieder. Von nun an besserte sich sein Zustand von Tag zu Tag. Noch fast drei Wochen lang pflegte Peter seinen Patienten, der dann so viel Kraft gewonnen hatte, dass er sich wieder selbst versorgen konnte. Als der Februar sich dem Ende zuneigte, hatte Johannes die Krankheit endgültig überstanden. An einem Abend, Peter bereitete gerade frischen Tee zu, trat Johannes überraschend ganz nah an ihn heran. Er umarmte Peter und hielt ihn eine Weile still in seinen Armen. Peter bemerkte sogar Tränen in den Augen von Johannes.

»Ich bin dir so ungeheuer dankbar. Du hast mir das Leben gerettet. Ich weiß gar nicht, wie ich das jemals wieder gutmachen kann.«

Er schluckte. Peter war zutiefst berührt. »Du brauchst dich doch nicht zu bedanken. An meiner Stellte hättest du nicht anders gehandelt. Da bin ich mir völlig sicher.« Er erwiderte die Umarmung und streichelte seinem Freund den Rücken. Ein tiefes Gefühl der Zufriedenheit hatte ihn in diesem Moment gefangen genommen.

Der März verging, dann der April, schließlich wurde es Mai. Peter resignierte mehr und mehr. Seine Hoffnung, der Fall würde sich aufklären, schwand allmählich. Ihn plagte die Sehnsucht nach seiner Frau, die er seit einem halben Jahr nicht mehr gesehen hatte. Es lag nun an Johannes, ihn ein wenig zu trösten und ihm immer und immer wieder Mut zuzusprechen. Doch Peter haderte zunehmend mit seinem Schicksal.

16

Im Februar 1845 erteilte die Stadt Stuttgart drei Privatleuten die Konzession zum Bau und Betrieb eines Gaswerkes. Es wurde auf den Spitaläckern errichtet und sollte noch vor Ende des Jahres die Stadtbeleuchtung revolutionieren. In

Stuttgart stand damit die Einführung der Gasbeleuchtung der Straßen bevor. Mitte Mai war bereits das Mauerwerk des Gaswerkes hochgezogen und das Gestänge des Gaskessels montiert. In fast zehn Metern Höhe war eine Gruppe von Arbeitern auf einem Gerüst dabei, an diesem Gestänge Eisenplatten zu befestigen. Es war eine ungemein schwierige, überaus anstrengende Arbeit. Abwechselnd ächzten, stöhnten und fluchten die Männer. Beim Hochstemmen der Eisenplatten und dem danach folgenden Fixieren riefen sie sich aggressiv Anweisungen zu. Plötzlich brüllte ein Arbeiter auf. Seine Hand war zwischen einer Eisenstange und der Metallplatte eingeklemmt worden. Vor Schmerz zuckte er zurück. Er ließ dabei die Metallplatte los. Der ihm Nächststehende versuchte noch, das Gewicht aufzufangen. Ein aussichtsloses Unterfangen! Die schwere Platte rutschte unerbittlich weg. Erschrocken und die Gefahr ahnend ließ ein dritter Mann instinktiv los. Mit einem Sprung brachte er sich auf dem schmalen Gerüst in Sicherheit. Die Metallplatte wog zweihundertfünfzig Kilogramm. Ein vierter Arbeiter wurde von diesem Gewicht regelrecht weggeschoben. Verzweifelt griff der Mann um sich. Doch er konnte keinen Halt finden. Seine Arme ruderten in der Luft. Er verlor den Halt. Die Platte trieb ihn über das Sicherheit bietende Gerüst hinaus. Mit einem markerschütternden Schrei stürzte er ab. Er fiel auf einen Baumstamm. Keine Sekunde später schlug die Platte senkrecht mit voller Wucht auf seinen Unterkörper ein. Sie kippte um und begrub seinen Oberkörper und sein Gesicht vollständig unter sich.

Als die entsetzten und vor Aufregung durcheinander schreienden Männer der Baustelle die Eisenplatte wegzogen, lebte der Mann noch. Er war schrecklich entstellt. In völlig unnatürlicher Verrenkung lag er über dem Baumstamm. Das Gesicht kaum mehr als ein solches erkennbar. Die Nase gänzlich eingedrückt, den Kiefer zerschlagen, lag er mit aufgerissenen Augen da und murmelte Unverständliches vor sich hin.

Der schwer verletzte Arbeiter wurde ins Katharinenhospital gebracht. Sprechen fiel ihm unendlich schwer. Auch konnte er nur mit Mühe verstanden werden. Er verlangte aber zur Überraschung der Ärzte nach der Polizei. Den Polizisten, die daraufhin geholt wurden, erzählte er stockend und mit ungeheurer Anstrengung. Seine verzerrten und undeutlichen Worte waren schwer zu verstehen. Doch trotz der fürchterlichen Schmerzen, die ihn plagten, brachte er seine Geschichte zu Ende. Danach machte er auf eine eigenartige Weise einen zufriedenen Eindruck. Wenig später starb er.

17

Der 17. Mai war ein Sonntag. Peter und Johannes hatten gerade ihr Essen erhalten. Die Sonne stand hell am Himmel. Ein warmer Frühlingstag! Sonntags erhielten sie mitunter ein Stück Fleisch oder Speck. So auch heute, und sie ließen es sich besonders schmecken. Nach dem Essen durften sie sich eine Stunde lang im Gefängnishof aufhalten. Wie immer freuten sie sich bereits auf das Spazierengehen an der frischen Luft. Wie ein Ritual genossen sie jedes Mal Runde für Runde. Doch heute hörten sie schon früher als sonst die Wärter kommen. Den Stimmen nach schienen sie von weiteren Männern begleitet zu werden. Die Tür wurde aufgeschlossen. Zu Peters und Johannes Erstaunen trat der Gefängnisdirektor persönlich in die Zelle. Neben ihn trat der Stuttgarter Kriminalinspektor, der Peter vor Monaten mehrfach verhört hatte.

»Mein lieber Kohler«, begann der Direktor überraschend freundlich, ja fast kameradschaftlich. »Es tut uns allen ausgesprochen leid. Ich will kurz und bündig sagen, wie es ist. Du bist unschuldig! Wirklich unschuldig, ein Irrtum, bedauerlicherweise! Du kommst augenblicklich frei. Die württembergische Regierung wird dir für das halbe Jahr Haft eine Entschädigung zahlen. Alles ist bereits auf dem besten Weg.«

Peter und sein Freund waren aufgestanden. Mit offenem Mund standen beide da. Als Erster fand Johannes die Sprache wieder.

»Hurra! Die Gerechtigkeit siegt. Mein Freund, ich gratuliere dir zu deiner neu gewonnenen Freiheit!« Er umarmte Peter und klopfte ihm auf die Schulter. Dann trat er zurück. Peter bemerkte die Tränen in seinen Augen. Bei aller Freude, die er empfand, tat es ihm weh, seinen Freund nun allein zurücklassen zu müssen. Als hätte dieser seine Gedanken lesen können, sagte er mit seinem gewohnten lauten Lachen: »Mach dir um mich keine Sorgen. Unkraut vergeht nicht. Und wenn mich nicht alles täuscht, sind meine paar Jährchen ja auch bald abgesessen.«

Er machte eine kurze Pause, dann fügte er hinzu: »Wenn ich hier herauskomme, werde ich dich besuchen kommen. Einverstanden?«

Nun trat Peter auf ihn zu. Ihn umarmend sagte er ihm, wie sehr er sich auf seinen Besuch freuen würde. So verabschiedeten sie sich voneinander. Peter ging mit den Beamten hinaus. Bevor die Tür geschlossen wurde, drehte er sich noch einmal um. Zu gern hätte er seinem Freund zuwinken wollen. Doch Johannes stand am Fenster, er schaute auf den sonnigen Hof hinaus. Peter ahnte, dass der kluge und sensible Johannes mit den Tränen kämpfte. So rief er ihm noch zu: »Auf bald, Johannes! Halte tapfer aus und komme mich dann auf jeden Fall besuchen!« Ehe er aus der Gefängniszelle trat, sah er noch, wie sein Freund, ohne sich umzudrehen, still nickte.

Auf dem Weg zur Amtsstube des Direktors erklärte dieser die Situation. Ungläubig hörte Peter von dem furchtbaren Arbeitsunfall auf der Baustelle des Gaswerkes. Der Verunglückte war nach der Darstellung des Direktors ein gewisser Frieder Schenk, der aus dem Allgäu stammte. Bevor er starb, hatte er von seinem Freund Rudolf Steinhuber erzählt und sich alles von der Seele geredet. Er beschrieb den Überfall auf Peter. Und zwar genauso, wie es von Peter die ganze Zeit bei allen Verhören und vor Gericht berichtet worden war.

»Also, ein Justizirrtum«, schloss der Gefängnisdirektor seine Ausführungen. Der Kriminalinspektor hatte die ganze Zeit dazu genickt. Die Zimmertür wurde geöffnet. Peter hörte eine nur allzu vertraute Stimme. Seine Magdalena trat ein. Bruno, der sich hinter ihr schüchtern versteckt hielt, rannte sofort auf seinen Vater zu, als er ihn erkannte. Magdalena und Peter umarmten sich still. Beide weinten vor Glück. So verharrten sie einen Moment, bis der ungestüme Bruno sein Recht einforderte. Lachend nahm ihn Peter hoch, küsste ihn, streichelte ihm übers Haar und drückte ihn an sich.

Eine halbe Stunde später fuhren sie mit dem Inspektor in einer Kutsche nach Stuttgart. Als Peter sich umschaute, lag die Festung Hohenasperg schon weit zurück. Er dachte an seinen Freund Johannes, der nun allein im Hof spazieren gehen würde.

18

Am darauffolgenden Tag erlebte Peter die erste Enttäuschung nach seiner Entlassung. Er hatte rasch Deininger aufgesucht, der ihn zwar freudig und freundlich begrüßte. Doch er konnte ihm keine Arbeit anbieten. Erst im Vormonat hatte er zwei Arbeiter wegen der heftigen Wirtschaftskrise entlassen müssen. Trotz des immer besser werdenden Wetters litt der Umsatz. Die Brauerei musste um ihr Überleben kämpfen. Auch der alte Deininger zuckte dazu nur traurig mit den Schultern. Am Nachmittag musste sich Peter dann auf der Polizeiwache in der Königstraße melden. Es gab noch einige Formalitäten zu erledigen. Vor allem musste die Entschädigungsfrage angesprochen und geklärt werden.

Er wurde von einem ihm unbekannten Beamten des Innenministeriums empfangen. Dieser kam auf unfreundliche Art und Weise gleich zur Sache. Er eröffnete dem verdutzten Peter, dass er in Höhe von vier Wochenlöhnen für seine Haft entschädigt werden würde. Peter wies auf den geringen Betrag hin, der in keinem Verhältnis zu dem stand, was er hatte ertragen und erleiden müssen. Der Beamte setzte eine sauertöpfische Miene auf. Geradezu grob meinte er, er solle gefälligst froh sein und nicht noch irgendwelche Ansprüche stellen. Immerhin erreichte Peter etwas, als er auf seinen verloren gegangenen Arbeitsplatz hinwies.

»Vielleicht kann ich dabei etwas für dich tun«, erwiderte der Beamte. Er zeigte sich aufgeschlossener, weil Peter die Entschädigungsfrage auf sich beruhen ließ.

»Komm in zwei Tagen zum Aufseherhäuschen an der Baustelle in der Schlossstraße. Frage nach einem Herrn Oberingenieur Schneider. Und berufe dich dabei auf mich.«

Damit besaß Peter wenigstens so etwas wie einen Hoffnungsschimmer. Er fragte nach dem Namen des Beamten, der sich bislang nicht einmal vorgestellt hatte.

»Hofrat Sailer«, antwortete der Mann. »Berufe dich auf Hofrat Sailer. Vielleicht hast du Glück. Mehr kann ich nicht für dich tun.« Danach stand er auf, das Gespräch war für ihn beendet. Ein Polizeisoldat legte Peter anschließend noch zwei Formulare vor, die er unterschreiben musste. Dann konnte er gehen.

Schon vor Peters Verhaftung hatte man in der Schlossstraße mit dem Bau eines Bahnhofs begonnen. Die meisten Bürger waren zu dieser Zeit gespannt auf die Eisenbahn, die angeblich ein zukunftsweisendes Verkehrsmittel sein und das Wirtschaftsleben voranbringen sollte. Fast jeder Stuttgarter wusste noch zu gut, wie die Meldung über eine erste Zugfahrt in Deutschland zwischen Nürnberg und Fürth für allergrößtes Erstaunen gesorgt hatte.

Als Peter in der Schlossstraße ankam, sah er die bereits hochgezogenen Außenmauern des Bahnhofes. Er fragte sich bis zum Aufseherhäuschen durch, schließlich stand er vor einer Bauhütte. Sie lag unmittelbar in der Nähe eines Vorbaues des entstehenden Kopfbahnhofs. Peter trat ein, sofort fragte ein über verschiedene Pläne gebeugter Techniker barsch, was er hier verloren habe. Peter erwähnte den Hofrat, worauf der Techniker erklärte, er solle auf den Oberingenieur warten. Dieses Warten dauerte fast ein Stunde. Dann endlich näherte sich ein Mann der Bauhütte, dem man seine führende Funktion geradezu ansehen konnte. Peter stellte sich vor, rechnete mit einer unfreundlichen Reaktion und war dann ziemlich erstaunt, als ihn der Oberingenieur entgegen seiner Erwartung freundlich hereinbat.

»Ich bin über deine Geschichte informiert«, eröffnete Schneider unkompliziert das Gespräch. »Eine bei Gott in der Tat mehr als dumme Sache! Jetzt bist du auf Arbeitssuche, was aber in diesen Zeiten kein einfaches Unterfangen sein dürfte. Allerdings …«, und bei diesen Worten zündete sich der Ingenieur in aller Ruhe eine bereits halb aufgerauchte Zigarre an, »… kann ich dir doch etwas anbieten. Zwar nicht hier auf der Stuttgarter Baustelle, aber beim Rosensteintunnel. Der bereitet uns derzeit mächtige Probleme. Wir brauchen dort ein paar Männer, die kräftig zupacken können und vor allem nicht aufgeben, wenn die verfluchten Felsen ein Vorwärtskommen kaum möglich machen.«

Interessiert fragte Peter nach Einzelheiten. Schneider gab bereitwillig Auskunft über die technischen Probleme, vor die er sich als verantwortlicher Ingenieur bei dem Tunnelbau gestellt sah. Nur über diesen Tunnel konnte Stuttgart zum Mittelpunkt der württembergischen Eisenbahn werden. Über ihn sollte die zweigleisige Strecke von Cannstatt heranführen.

Schneider fragte Peter, ob er zu der harten, entbehrungsreichen Arbeit bereit wäre. »Ein freier Sonntag wird alle drei Wochen gewährt. Die meisten Arbeiter schlafen in den Baubaracken. Sie sind demnach für längere Zeit nicht zu Hause. Aber der Lohn ist angemessen für die schwere Arbeit.«

Peter musste nicht lange überlegen. Froh über das Angebot, nahm er augenblicklich an.

»Du meldest dich nächsten Montag in der Frühe bei dem dortigen Baustellenleiter, meinem Kollegen Varnbüchler. Er wird dich dann einweisen.« Anschließend machte Schneider nicht mehr viele Worte. Das Notwendige war angesprochen und geklärt worden. Nun wollte er sich wieder seiner Arbeit widmen.

19

Die Tunnelarbeit verlangte einem wirklich alle Kräfte ab. Ständig erkrankten Arbeiter, die dann aber rasch ersetzt wurden. Peter kam seine robuste Verfassung zugute. Nach wenigen Wochen hatte er sich den Respekt seiner Vorgesetzten erworben. Ab und zu konnte er daheim schlafen. Auf der Baustelle bekam er gut zu essen. So war Peter insgesamt recht zufrieden. Anfang Oktober sah er auf dem Cannstatter Bahnhof erstmals in seinem Leben eine Lokomotive, die dampfend und qualmend auf dem Gleis stand. Er musste nicht schlecht über dieses Ungetüm staunen. Dabei erging es ihm zunächst kaum anders als den übrigen Schaulustigen, die zum Teil erschrocken diese technische Sensation betrachteten und dabei die Vermutung äußerten, das ganze Ding werde über kurz oder lang in die Luft fliegen. Alsbald begeisterte sich Peter allerdings für diese neue Technik.

Am nächsten Morgen arbeitete er mit zwei seiner Kameraden im Tunnel. Sie standen kurz vor dem Durchbruch. Eine Bauarbeitergruppe hatte sich von der westlichen Seite herangearbeitet. Von der Decke, die bis auf die letzten zwei Meter abgestützt war, rieselte Kalk. Immer wieder fielen auch Erdbrocken herunter. Daran waren die Arbeiter längstens gewöhnt. Niemand achtete besonders darauf. Mit ihren schweren Pickeln schlugen sie in die Erde und gegen den Fels. Als Erster bemerkte Peter, wie plötzlich Wasser von der Decke strömte. Erst glich es eher einem Rinnsal. Doch keine Viertelstunde später lief es schon ordentlich herab.

»Wir müssen es dem Ingenieur melden. Hören wir lieber erst einmal mit dem Graben auf«, sagte Peter. Vier Hilfsarbeiter machten sich daraufhin gleich auf den Rückweg. Er und ein weiterer Mann stützten sich auf ihre Pickel und musterten die Decke.

»Ich stütze am besten noch einen Meter ab. Besorge mir noch ein paar Bretter«, wies er den anderen Arbeiter an. Dieser ging etwa zwanzig Meter zurück, dorthin wo das Baumaterial lagerte. Er stellte fünf Bretter zusammen, umständlich und langsam. Dann zog er einige Holzpfosten aus einem aufgeschichteten Stapel. Mit Mühe schleppte er diese zu Peter, der ihm einen abnahm und gleich in den Boden rammte. Um besser sehen zu können, hängte er eine Öllaterne an diesen Pfosten. Peter registrierte in diesem Augenblick noch, wie das Wasser lauter zu rauschen begann. Die drohende Gefahr kündigte sich an. Gerade als er zurückspringen wollte, brach die Decke auf. Wasser, Schlammmassen und Erdbrocken vermischt mit Felsgestein stürzten auf ihn herab. Er sah noch, wie die Laterne auf ihn fiel. Reflexartig hob er zur Abwehr die Hand. Dabei zerstörte er das Glas. Der Schmerz, der ihn daraufhin durchfuhr, als das heiße Öl seine Haut verbrannte, ließ ihn aufschreien. Im nächsten Moment wurde er vom Schlamm und Erdreich weggerissen und darunter begraben.

Entsetzt starrte der andere Arbeiter auf das Inferno, das sich nur wenige Meter vor ihm abspielte. Voller Angst drehte er sich um und rannte der tödlichen Gefahr davon. Noch bevor er das Ende des Tunnels erreicht hatte, kamen ihm schon die Männer eines Arbeitstruppes entgegen. Hinter ihnen brüllten der Ingenieur und der Vorarbeiter durcheinander. Völlig außer Atem schilderte der Arbeiter, was sich im Innern des Tunnels abgespielt hatte. Mit Spaten, Pickeln und Schaufeln machten sich dann alle auf den Weg zur Unglücksstelle. Sie kämpften gegen die Erdmassen an. Die letzten paar Meter kamen sie nur ganz mühsam voran. Mit größter Anstrengung suchten sie nach Peter, den Schlamm und Geröll ganz unter sich begraben haben mussten. Fast zwei Stunden vergingen, bis einer der Arbeiter auf Peters Bein stieß. Hektisch wurde er freigeschaufelt und schließlich aus dem Dreck gezogen.

Zwei Sanitäter kümmerten sich noch an Ort und Stelle um den Verunglückten. Wie durch ein Wunder lebte Peter noch. Sein Leben verdankte er einem Schubkarren, der auf ihn gekippt war und wie eine Luftblase gewirkt hatte. Als Peter wieder einigermaßen klar denken konnte, spürte er mehr und mehr den schlimmen Schmerz, der von seiner

Hand ausstrahlte. »Die Hand sieht gar nicht gut aus. Aber sonst kann ich wenigstens keine inneren Verletzungen feststellen«, hörte er den Arzt sagen. Peter sah auf seine Hand und erkannte eine schwarzrote und dunkelbraune Masse. Er erschrak und wusste im gleichen Moment, dass er damit lange Zeit nicht mehr würde arbeiten können.

Zwei Tage später litt Peter immer noch unter massiven Schmerzen. Jeden Tag musste der Verband mehrfach gewechselt und die schrecklich verstümmelte Hand mit einer Salbe bestrichen werden. Dr. Mussler übernahm diese Arbeit. Er betrachtete sorgenvoll die schwere Verletzung, wobei er für sich selbst bereits überlegte, ob nicht eine Amputation vorgenommen werden musste, wenn nicht alsbald ein Heilungsprozess einsetzen würde. Man zählte den 22. Oktober 1845, einen Sonntag, an dem zum ersten Mal in Württemberg eine Eisenbahn fuhr.

20

Dieser Heilungsprozess brauchte viel Zeit. Mehrere Wochen lang litt Peter unter unsagbaren Schmerzen. Problematisch erwies sich vor allem das Wechseln der Binden. Die großflächige Wunde nässte und war ständig entzündet. Erst als der nächste Sommer kam, hatte sich die Haut sichtbar regeneriert, und nach und nach vernarbten die Wunden an Hand und Fingern. Belastbar war die Hand allerdings noch lange nicht. Die Narben drohten aufzuplatzen, sobald Peter kräftiger zufassen wollte. Er konnte keinesfalls arbeiten, und die Familie war wiederum auf den schmalen Verdienst Magdalenas angewiesen. Die Entschädigung für den Zuchthausaufenthalt konnte nur einige Monate lang die Not aufhalten. Besonders verbitterte Peter, dass die Eisenbahn keinerlei Unterstützung oder gar eine Entschädigung anbot. Ihm wurde sogar unvorsichtiges Verhalten vorgeworfen. Völlig sprachlos verließ er im Frühjahr einmal das Büro des Oberingenieurs, bei dem er um Hilfe nachgesucht hatte. Dieser machte ihm unverfroren den Vorwurf, er sei doch selbst schuld an dem ganzen Malheur und solle ihn zukünftig mit seinen Bagatellen nicht mehr belästigen. Im Laufe des Jahres 1846 stiegen zu allem Unglück noch die Brotpreise. Immer mehr mussten sich die Kohlers deshalb einschränken. Das Weihnachtsessen fiel so kärglich wie nie zuvor aus. Peter haderte mit seinem Schicksal. Mehr und mehr steigerte er sich dabei in eine Kritik an den bestehenden politischen und wirtschaftlichen Verhältnissen hinein. Sie boten kaum Schutz. Mehr denn je spürte er, wie er um das Überleben seiner Familie kämpfen musste, die sich einer ungewissen und entbehrungsreichen Zukunft ausgesetzt sah.

Zu Beginn des neuen Jahres waren sie wie viele andere auf die öffentliche Speisung angewiesen. Jeden dritten Tag durften sie zur neu gegründeten Suppenanstalt gehen und eine dürftige, aber immerhin warme Mahlzeit einnehmen. Peter ereiferte sich nun ständig über die üblen und ungerechten Zustände. Seine Hand funktionierte zwar wieder etwas besser. Leichtere Arbeiten hätte er damit verrichten können. Doch eine Arbeit konnte er nirgends finden.

An einem wunderschönen Frühlingstag saßen er und Magdalena deprimiert in ihrer Stube. Irgendwann klopfte es leise an die Tür. Peter hätte es selbst gar nicht bemerkt. Erst nachdem ihn seine Frau darauf aufmerksam machte, stutzte er.

»Du hast dich verhört«, sagte Peter noch. Er ging aber trotzdem zur Tür. Als er sie öffnete, sah Magdalena, wie ihr Mann wie angewurzelt dastand.

»Nun ja, sei gegrüßt!«, hörte sie eine fremde Stimme sagen. In diesem Moment fand ihr Peter seine Fassung wieder.

»Menschenskinder! Ja, das gibt es doch nicht! Johannes! Mein lieber Johannes! Ist das eine Überraschung.«

Peter und Johannes umarmten sich. Voller Freude klopften sie sich auf die Schultern. Dann führte Peter seinen Freund in die Stube.

»Das ist meine Frau, meine Magdalena«, stellte er vor. »Und der Bursche in der Ecke ist unser Bruno.« Peter war wie umgewandelt. Er sprühte nur so vor guter Laune. Dann bemerkte er jedoch wieder mit unglücklicher Miene: »Ich kann dir leider nur etwas trockenes Brot und Wasser anbieten, lieber Freund. Es geht uns nicht besonders gut. Die schweren Zeiten machen uns sehr zu schaffen. Wir müssen wie viele andere ziemlich erbärmlich leben.« Johannes lächelte trotz der ernsten Worte. Er nahm seinen Rucksack, öffnete ihn und zog ein großes Stück Bauchfleisch, Käse, schwarzes Brot und eine Flasche Rotwein hervor. Nachdem er alles auf den Tisch gestellt hatte, nahm er auf einem Stuhl Platz, lehnte sich zurück, streckte Arme und Hände nach den Lebensmitteln aus und erklärte fröhlich: »Bedient euch! Für meinen Lebensretter ist mir das Beste gerade gut genug.«

Die Kohlers staunten nicht schlecht. Johannes machte ihnen mit dem Fleisch und dem Brot den Mund wässrig.

Sie zierten sich auch überhaupt nicht. Magdalena holte fast augenblicklich Messer und Gabeln aus der Schublade.

»Du bist doch tatsächlich immer für eine Überraschung gut«, begann Peter die Unterhaltung, nachdem seine Frau den Tisch hergerichtet hatte. Sie aßen alle mit großem Genuss. Auch dem kleinen Bruno schmeckte es vorzüglich. Magdalena und Peter erzählten, was sich in den letzten beiden Jahren ereignet hatte. Aufmerksam hörte Johannes zu, als Peter von seinem Unglück und den ganzen damit zusammenhängenden Folgen berichtete. Danach war Johannes an der Reihe. Nach seiner Entlassung aus dem Gefängnis war er zunächst zu seinem in Frankfurt lebenden Bruder gegangen. Von ihm, einem recht wohlhabenden Kaufmann, hatte er auch genug Geld erhalten, um ganz ordentlich leben zu können.

Am Abend lud Johannes sie sogar ins Wirtshaus ein. Zunächst lehnten die Kohlers verschämt ab, doch Johannes bestand energisch auf den Besuch der Gastwirtschaft, in der sich Johannes auch für mehrere Tage einquartiert hatte. So kehrten sie nach langer Zeit wieder einmal ein. Bruno bekam ein Glas Apfelsaft, was den Jungen ganz glücklich machte. Er freute sich uber alle Maßen, hatte er doch so etwas Gutes seit zwei Jahren nicht mehr bekommen. Später am Abend, Bruno schlief bereits mehr als zufrieden auf der groben Sitzbank, erzählte Johannes, dass er sich in wenigen Tagen mit zwei Professoren der Universität Heidelberg treffen wolle. Bis dahin hatte er noch drei Tage Zeit, und die beabsichtigte er mit Peter und seiner Familie zu verbringen.

21

Anfang März 1848 griff in Stuttgart eine aufgeregte Stimmung um sich. Peter hatte zu dieser Zeit bereits wieder Arbeit bei der Deiningerschen Brauerei gefunden, der es wirtschaftlich wieder besser ging. Seine Hand war gut verheilt. Auch schwerere Arbeit brauchte er deshalb nicht mehr zu scheuen. Jeden Tag fuhr er nun wieder mit einem neuen Arbeitskollegen – der kränkelnde Gustav Nagel konnte nur noch einfache Arbeiten in der Brauerei verrichten – durch die Stadt. Schon Ende Februar hatte er die eigenartige Stimmung bemerkt, die alle zu ergreifen schien. Allerorten wurden politische Diskussionen geführt. Aufmerksam registrierte Peter die kursierenden neuesten Nachrichten. In Frankreich war es nach heftigen revolutionären Erschütterungen zur Abdankung von König Louis Philipp und zur Ausrufung der Republik gekommen. Die Nachrichten aus Frankreich verbreiteten sich rasch in den deutschen Landen und erreichten in der Bevölkerung eine erhebliche Wirkung. Überall, nicht nur in Stuttgart, verschaffte sich aufgestauter Unmut Luft. Die lange schon vorhandene Verbitterung in weiten Bevölkerungskreisen über die miserablen Zustände äußerte sich in Protesten und Demonstrationen.

Tatsächlich schreckten die Fürsten zurück. Auch in Württemberg willigte der König in die Aufhebung der Zensur ein und akzeptierte die Pressefreiheit. Sehr rasch brach das über Jahrzehnte bestehende Unterdrückungssystem zusammen. Und wenn es auch in Stuttgart nicht zu Kämpfen kam, hörte man doch von demonstrierenden Bauern, die gegen herrschaftliche Güter und Amtshäuser loszogen. Im Laufe des Märzes überschlugen sich dann in ganz Deutschland die Ereignisse.

Johannes Haberbosch kam im Spätsommer wieder zu Besuch. Er konnte über die neuesten Nachrichten aus Berlin und Wien berichten. Was dort geschah, erzählte er mit Genugtuung. Endlich erfuhren die Fürsten das, was sie verdient hatten. Ausführlich beschrieb er seinem Freund die inzwischen eingerichtete Frankfurter Nationalversammlung, die aus den ersten freien und geheimen Wahlen in Deutschland hervorgegangen war.

»Die Abgeordneten arbeiten dort jetzt eine Verfassung aus. Eine Verfassung für das ganze Deutschland! Recht und Freiheit werden für jedermann verbürgt. Welch ein Fortschritt!«, erklärte er ein ums andere Mal und freute sich dabei wie ein Kind.

Magdalena und Peter hörten ihm aufmerksam zu. Am meisten begrüßte Johannes die Ereignisse in Österreich. »Der Kaiser musste nach Innsbruck fliehen. In Wien hat er sich nicht mehr halten können«, schwärmte er eifrig. »Im Mai und Juni war es die ganze Zeit zu Aufständen und Kämpfen gekommen. Wien muss geradezu anarchistische Zustände erlebt haben. Als der Kaiser glaubte, er müsse nicht nachgeben, ist es dann eben brisant für ihn geworden.«

Johannes schien mehr als zufrieden mit dem, was in den deutschen Landen geschah. Er blieb die nächsten Monate in Stuttgart. Doch noch ehe das Jahr um war, machte sich bei ihm eine Skepsis breit. Ihm dauerte alles zu lange. Zudem beunruhigten ihn Nachrichten, nach denen sich einzelne Fürsten anscheinend wieder daran machten, das Rad der Geschichte zurückzudrehen. Einmal besuchte er für ein paar Tage seinen Bruder in Frankfurt – letztlich wohl auch des Geldes wegen, das ihm langsam ausging. Von Frankfurt kehrte er eher deprimiert zurück. In der Nationalversammlung zerstritten sich die Abgeordneten mehr und mehr. Die Anfangseuphorie und der Zusammenhalt im ersten deutschen Parlament schienen zu verfliegen. Man konnte sich weder auf das einigen, was das ganze Deutschland ausmachen sollte, noch auf einzelne Punkte der vorgesehenen Reichsverfassung.

»Der größte Streitpunkt ist vor allem, ob man eine großdeutsche oder eine kleindeutsche Lösung anstreben soll«, erläuterte er Peter am Abend nach seiner Rückkehr. Peter verstand nicht gleich, was er damit meinte. »Es geht einfach um die Frage, ob Österreich dazu gehören soll oder nicht. Bei einer kleindeutschen Lösung bleiben die Österreicher draußen und dem preußischen König würde die Kaiserkrone angeboten werden. Er wäre dann Kaiser der Deutschen. Wenn du meine Meinung wissen willst: Wir Deutschen sollten überhaupt auf einen Kaiser verzichten. Machen wir es doch so wie die Franzosen. Die haben klare Verhältnisse geschaffen und gleich die Republik ausgerufen!«

Peter versuchte seinen Freund zu beschwichtigen. Doch Johannes traute der ganzen Entwicklung nicht mehr.

22

An einem Sonntagnachmittag Mitte April 1849 klopfte es energisch und aufgeregt an der Haustüre der Kohlers. Peter, der gerade mit Bruno spielte, schaute überrascht auf und ging dann leicht verärgert zur Tür. Als er öffnete, stürzte Johannes ziemlich außer sich herein.

»Du wirst es nicht glauben«, begann er mit hochrotem Kopf. »Du wirst es nicht glauben!«, wiederholte er noch einmal kopfschüttelnd.

Magdalena war ebenfalls – neugierig und besorgt zugleich – herangekommen. »Nun setze dich erst einmal hin, Johannes«, sagte sie und schob ihm einen Stuhl hin.

Johannes wollte sich aber nicht setzen. Stattdessen lief er aufgeregt im Zimmer hin und her. Endlich begann er zu erklären.

»Der Preußenkönig hat die ihm von der Nationalversammlung angebotene Kaiserkrone abgelehnt. Und wisst ihr, was der Lump dazu meinte? Ihr werdet nicht darauf kommen. Kein normaler Mensch kann es fassen. Erklärt doch dieser erzreaktionäre Borusse, er wolle keine Krone, die den Ludergeruch der Revolution mit sich führt. Und schon gar nicht wolle er sich an das Hundehalsband der Revolution ketten lassen.«

Peter und Magdalena waren sich über die Konsequenzen dieses Vorganges nicht ganz im Klaren. Magdalena meinte noch, darauf komme es doch gar nicht so sehr an, was Johannes völlig durcheinander brachte. Mit Mühe beherrschte er sich.

»In einigen Gegenden Deutschlands beginnt es anscheinend schon zu rumoren. So sieht es aus, meine Lieben! Die Demokraten müssen ernsthaft befürchten, dass all das Erreichte wieder verlorengeht. Dem Vernehmen nach holen bereits das preußische und österreichische Königshaus zum Schlag gegen die revolutionären Errungenschaften aus.«

Bei diesem Satz ließ sich Johannes resignierend auf

den angebotenen Stuhl fallen. Er schüttelte den Kopf und meinte schließlich: »Man hätte die Fürsten eben doch ganz davonjagen sollen. Wir hatten einfach nicht den Mut für ein solches konsequentes Handeln.«

Johannes sprang nun wieder auf. Er redete sich geradezu in Rage, fuchtelte mit Armen und Händen in der Luft herum, bis Peter ihn zu besänftigen versuchte.

»Beruhige dich. Es kann doch nicht alles zerfallen, nur weil ein Preußenkönig die Kaiserkrone ablehnt.«

»Doch, doch! Du wirst es erleben. Die Fürstenbrut wird zum Gegenschlag ansetzen.«

Immer noch ungläubig schüttelte Peter den Kopf. Er konnte seinen Freund jedoch nicht umstimmen. Johannes erklärte vielmehr fast feierlich, er werde diesen Gegenschlag nicht einfach hinnehmen, sondern dann für die Sache der Revolution kämpfen.

»Ich kann es nicht glauben. Aber wenn du recht haben solltest, müsste sich das Volk wirklich zur Wehr setzen. Nach all dem, was bisher gelungen ist, dürfen wir uns nicht mehr mir nichts, dir nichts in die alten Verhältnisse drängen lassen.«

Magdalena schaute bei diesen Worten ihres Peters stirnrunzelnd die beiden Männer an.

Als Johannes gegangen war, sprach Magdalena sehr ernst mit Peter. »Du würdest doch nicht etwa bei einem Aufstand mitmachen?«, fing sie fragend an.

»Es käme darauf an. Denke nur: Erstmals haben wir wirklich bessere Verhältnisse für alle Deutschen erreicht. Ob arm oder reich: Gleichheit vor dem Gesetz! Freiheitsrechte! Schon wegen unseres Kindes lohnt sich die Verteidigung dieser Fortschritte. Bruno und die vielen anderen haben jetzt ganz andere Bedingungen für ihre Zukunft. Nein, nein! Wir dürfen ein Zurückdrehen nicht hinnehmen.«

Magdalena stritt noch eine ganze Zeit lang an diesem Abend mit ihrem Mann. Peter ließ sich allerdings nicht von seiner Meinung abbringen. Er war überzeugt von einer besseren Zukunft, die es nicht geben würde, wenn die Fürsten zu den früheren Zuständen zurückkehren würden.

Auch an den folgenden Tagen blieb die Stimmung gedrückt. Die Nachrichten, die kursierten, verhießen nichts Gutes. Im Mai erfuhren die Kohlers, dass die Frankfurter Nationalversammlung zerfiel. Preußen ließ dem Vernehmen nach bereits in verschiedenen Gegenden, in denen sich Widerstand formierte, Truppen aufmarschieren. Johannes kam jeden Tag bei den Kohlers vorbei. Magdalena bemerkte, dass sie seine Besuche nicht mehr mochte. Sie spürte, wie Unheil heraufzog. Ihr Peter und Johannes sprachen viel davon, wie man sich wehren und eventuell den Aufständischen anschließen müsste. Magdalena hatte große Angst. Am liebsten hätte sie Johannes gesagt, er solle wegbleiben und sie in Ruhe lassen. Peter war aber schon längstens überzeugt, dass er es nicht stillschweigend hinnehmen würde, wenn die Fürsten die durch die Revolution erreichten Fortschritte mit Füßen treten sollten.

In der zweiten Juniwoche verschärfte sich die Situation. Nachdem sich die Frankfurter Nationalversammlung praktisch aufgelöst hatte, war eine kleine Gruppe gemäßigter und entschiedener Demokraten nach Stuttgart ausgewichen und bildete dort ein Rumpfparlament. Alle wussten vom Hass des württembergischen Königs, den dieser gegen dieses Parlament hegte. Die preußischen Truppen gingen zu dieser Zeit bereits militärisch gegen diejenigen vor, die die Revolution verteidigen wollten. Mitte Juni erklärte der preußische König, er denke auch in Württemberg an eine bewaffnete Intervention, wenn dieses Parlament bestehen bleiben sollte.

Am 18. Juni diskutierten Peter und Johannes wieder einmal über die politische Situation im Land. Sie gingen gerade in Richtung Königstraße, als sie den Aufruhr bemerkten.

»Was geschieht denn da?«, fragte Peter und wies mit der Hand auf eine Schar Lanzenreiter, die sich in einer Nebenstraße postiert hatten.

»Da gehen doch die Abgeordneten«, meinte Johannes. »Ja, natürlich! Das sind die Abgeordneten. Schau nur, Uhland ist ganz vorn mit dabei.«

Der in die Frankfurter Nationalversammlung gewählte württembergische Abgeordnete Ludwig Uhland war allseits bekannt. Er und etliche Abgeordnete des Rumpfparlaments gingen geradewegs auf die Soldatenmauer zu.

»Die werden es doch nicht wagen«, hoffte Johannes noch. Aber im nächsten Augenblick ertönte bereits ein Trommelwirbel. Kurz darauf galoppierten die Lanzenreiter los. An deren Spitze ritten einige Offiziere mit erhobenen Säbeln und brüllten: »Haut rein! Haut rein!«

Peter hielt seinen Freund am Ärmel fest. Sie konnten beide nicht glauben, was sich vor ihren Augen abspielte. Rücksichtslos ritten die Soldaten auf die Abgeordneten zu, drängten sie auseinander und vertrieben sie schließlich.

Am Abend dieses verhängnisvollen Tages wollte Johannes nach Baden aufbrechen, da sich die Preußen nach der Niederschlagung von Aufständen in der Pfalz an die Besetzung dieses Landes machten. Peter war nach kurzem Zögern zum Mitgehen bereit. Magdalena redete mit aller Macht auf ihn ein. Es kam so, wie sie es schon längere Zeit befürchtet hatte. Sie gerieten sogar in einen heftigen Streit, aber Peter blieb letztlich stur. Er wollte für eine bessere Zukunft kämpfen. Seine eigenen schmerzlichen Erfahrungen drängten ihn jetzt zum Handeln. Unweigerlich kam schließlich der Augenblick des Abschiednehmens. Er nahm den kleinen Bruno auf den Arm, streichelte ihn und drückte ihn an sich. Dann gab er Magdalena einen Kuss und umarmte sie ein letztes Mal. Magdalena weinte, als er zur Tür ging und noch einmal die Hand zu einem Gruß hob.

23

Peter und Johannes schlossen sich dem schwäbischen Freikorps unter Major Majer an. In der Nacht zum 21. Juni erreichten sie Schwetzingen. Sie vereinten sich dort mit den badischen Kräften und standen damit unter dem Oberbefehl von General Mieroslawski. Auf der Gegenseite hatte Prinz Wilhelm von Preußen gerade die Interventionstruppen aufmarschieren lassen. Über das Gebiet Badens war der Kriegszustand verhängt worden.

Peter, müde und von Selbstzweifeln geplagt, dachte nun fast ständig an seine Familie. Er wurde erst abgelenkt, als plötzlich um ihn herum helle Aufregung ausbrach. Mieroslawski hatte den Befehl zum Angriff gegen die preußischen Truppen gegeben, die sich im Dorf und Schloss Waghäusel festgesetzt hatten. Peters Bedenken verstärkten sich angesichts der bevorstehenden Feindberührung. Doch er konnte nicht mehr zurück. Wie Johannes war er längstens gefechtsmäßig ausgerüstet worden. Sie trugen einen Tornister und besaßen ein modernes Zündnadelgewehr. Johannes schimpfte den ganzen Marsch lang auf die unseligen Preußen. Schließlich steigerte er sich zu Peters Verwunderung in eine eigenartige Euphorie hinein. Mehr und mehr begeisterte sich Johannes daran, nun endlich dem Feind den Garaus machen zu können. Schon längere Zeit bevor sie Waghäusel erreichten, hörten sie den Geschützdonner. Als sie an einem Waldrand ankamen, tauchte ein Melder auf, der über die Lage Bericht erstattete. Danach standen die Preußen unter schwerem Druck. Für die badischen Truppen und Freischärler sah es gut aus. Sie beherrschten mit ihren Geschützen die Straßen um Waghäusel. Das badische Artilleriefeuer nahm die Gebäude, in denen sich der Feind verschanzt hatte, unter ständigen Beschuss.

Es war gegen Mittag, als der Befehl zum Angriff erfolgte. Über dreihundert Freischärler machten sich augenblicklich bereit. Zunächst setzte noch einmal heftiges Kanonenfeuer ein, durch das die preußischen Truppen erhebliche Verluste erlitten. Splitter, umstürzende Mauern und herabstürzende Decken brachten den Soldaten, die ihre Stellungen zu halten versuchten, den Tod. Dann war mit einem Mal kein Laut mehr zu hören. Totenstille herrschte. Voller Verwunderung nahm Peter diese eigenartige Situation wahr. Genauso plötzlich knallte ein Schuss, dem unmittelbar ein geradezu schrilles Schlachtengetöse folgte. Mit Geschrei stürzten die Freischärler der ersten Reihe auf die Preußen los. Nach einigen Augenblicken des Zögerns setzte auch

Peter, die Hände fest um sein Gewehr geschlossen, den Vorauseilenden nach. Einige Meter schräg vor ihm hörte er ständig seinen Freund »Hurra!« rufen. Doch waren sie keine fünfzig Meter gerannt, als die Preußen das Feuer erwiderten. Der vorangegangene Granatenhagel hatte sie keinesfalls demoralisiert. Ihr Gewehr- und Geschützfeuer wirkte wie eine Wand. Erstmals sah Peter, wie zwei Kämpfer vor ihm zusammenbrachen. Der eine lautlos, gerade so, als hätte ihn eine unsichtbare, starke Hand einfach hingeworfen. Der andere mit einem schrecklichen Schreien, das ihm durch Mark und Bein fuhr. Peter wollte sich nach dem armen Menschen bücken.

»Liegen lassen, liegen lassen!«, brüllte jemand hinter ihm. Er wurde förmlich mitgerissen, kam aber nur bis zu einem wenige Meter entfernt liegenden Wassergraben. Er stolperte über einen Ast und fiel auf den matschigen Boden. Neben ihm explodierte eine Granate. Mit Entsetzen musste er im nächsten Moment mitansehen, wie jemand, der da gerade herangestürzt kam, von einem Geschoss auseinander gerissen wurde.

»Vorwärts, vorwärts!«, trieb ein Offizier die Soldaten an. Aber nur noch vereinzelte Gruppen schafften es, näher an die Preußen heranzukommen. Peter traute sich nicht mehr aus der Deckung. Überall blitzte es um ihn herum auf. Nacheinander detonierten die Geschosse in unmittelbarer Nähe. Dann, wiederum überraschend, ließ das Feuer nach. Schließlich erstarb es völlig. Dafür hörte man nun deutlich ein Schreien und Brüllen im Dorf.

Einem badischen Infanterieregiment war das Eindringen von Norden her in Waghäusel gelungen. In einem Straßen- und Gebäudekampf setzten sie den preußischen Soldaten zu, die schon bald ihre Front nicht mehr halten konnten und den Rückzug antreten mussten. Kaum hatte Peters Kompanieführer diese Wende im Kampfgeschehen bemerkt, riss er seine Leute wieder mit sich, und mit Hurra-Geschrei fielen sie in Waghäusel von Westen her ein. Die Preußen leisteten fast keinen Widerstand mehr. Sie zogen sich, so gut es eben ging, zurück. Die erste Schlacht, an der Peter teilgenommen hatte, war siegreich verlaufen. Peter stand noch wie betäubt vor einem fast vollständig zerstörten und brennenden Gebäude, als ihm jemand voller Begeisterung auf die Schulter klopfte. Es war Johannes, der lautstark den Sieg über die verhassten Preußen feierte.

Die Freude sollte nur von kurzer Dauer sein. Keine zwei Stunden später machte die Meldung über eine herannahende preußische Division die Runde. Die Soldaten, die nach den harten Kämpfen müde und ausgelaugt waren, besaßen kaum mehr die Kraft, um einem schweren Angriff standzuhalten. Vernünftigerweise erteilte Mieroslawski den Rückzugsbefehl. So machten sich die Freischärlertruppen auf in das nahegelegene Ubstadt. Ein heilloses Durcheinander entstand aber, als es auf einmal hieß, die Preußen hätten eine Umzingelung vor. Die Truppe verlor an Disziplin, und der Zusammenhalt ließ nach. Peters Freischärlerkompanie brach überhastet nach Ubstadt auf. Ohne eine ordentliche militärische Führung kamen sie dort am Abend des 23. Juni an. Sie trafen auf andere versprengte Truppen und auf Männer der badischen Volksarmee. Von diesen erfuhren sie, dass für den nächsten Morgen ein Angriff gegen die aus der anderen Richtung nach Ubstadt vorstoßenden Preußen geplant sei. Den Befehl hatte der Finanzminister der provisorischen badischen Regierung, Amand Goegg, übernommen. Noch war es aber ruhig. Peter fand sogar einige Stunden Schlaf in einer Scheune. Neben ihm schnarchte Johannes, dessen Mut ihn bisher ordentlich überrascht hatte. Der Philosoph war in den Kämpfen todesmutig vorangestürmt und mit zäher Verbissenheit auf den Feind losgegangen. Mit der Zeit dachte Peter aber nur noch an Magdalena und Bruno. Erstmals befürchtete er, sie vielleicht nie mehr wiederzusehen.

Gewehrfeuer riss sie in den frühen Morgenstunden aus dem Schlaf. Noch in der Nacht waren die Preußen vor Ubstadt ungehindert aufmarschiert. Sie drangen nun zum Ortskern vor. Die Freiheitskämpfer warfen sich ihnen entgegen. Peter sah dabei noch schrecklichere Szenen als bei der Schlacht um Waghäusel. Hinter einer Steinmauer verschanzt beobachtete er, wie zwei Freischärler von einem Glockenturm aus feuerten, was das Zeug hielt. Ein preußischer Hauptmann, der mit seiner kleinen Gruppe den Turm einnehmen wollte, sackte zusammen, wälzte sich auf dem Boden und blieb dann ruhig liegen. Seine Soldaten, außer sich vor Wut, stürmten daraufhin ohne Rücksicht auf Verluste auf den Turm zu. Tatsächlich gelangten vier von ihnen zum Eingangstor. Wenige Minuten später erschienen sie oben im Glockenturm. Den Freischärlern war keine Abwehr und Verteidigung mehr möglich. Die rasenden Preußen packten einen von ihnen und warfen ihn aus dem Glockenstuhl. Mit einem entsetzlichen Brüllen stürzte der Mann herab. Noch ehe er auf dem Boden aufschlug, hatten die Soldaten den zweiten gepackt und aus dem Fenster gezerrt. Es gelang ihm aber, sich mit beiden Händen an einem Gesims festzuhalten. Auch er schrie vor Todesangst. Da holte ein Preuße mit dem Säbel aus. Der Freischärler erkannte noch das ihm drohende furchtbare Unheil. Er brüllte wie ein Besessener. Unbeeindruckt schlug der preußische Soldat zu und hackte ihm eine Hand ab. Wie ein Stein fiel der Mann herab, in halber Höhe drehte er sich im freien Fall. Kopfüber stürzte der Arme zu Boden. Als wenn es nicht schon genug gewesen wäre, feuerten die Preußen mit ihren Gewehren hinter ihm her.

Die preußischen Truppen gewannen rasch die Oberhand. Goegg musste erkennen, dass es für seine Männer nichts mehr zu gewinnen gab. Er befehligte den Rückzug, der allerdings nicht mehr ordnungsgemäß durchgeführt werden konnte. Einzelne Gruppen flohen in alle möglichen Richtungen. Teilweise setzten ihnen die Preußen nach. Wenn sie gestellt werden konnten, wurden sie unbarmherzig niedergemetzelt.

Peter hatte Glück. Mehrere Tage irrte er mit einigen Versprengten in der Gegend umher. Sie trafen dabei nicht unmittelbar auf die Preußen und freuten sich riesig, als sie schließlich unversehrt die Festung Rastatt erreichten. Immer wieder hatten sie zwar preußischen Truppen ausweichen müssen, die, wie sie nun erfuhren, auf der ganzen Linie siegreich vordringen konnten. Schon zwei Tage nach ihrem Eintreffen in Rastatt wurde die Festung von den Feinden unter General Gröben eingeschlossen. Wieder zwei Tage später, es war der 2. Juli, verbreitete sich die Nachricht, General Mieroslawski habe den Oberbefehl niedergelegt. In der Festung entwickelten die Soldaten nun rasch ein regelrechtes Lagerleben.

Einige Tage blieb es ruhig. Fast hätte man den Eindruck gewinnen können, die Preußen würden keinen Krieg mehr führen wollen. Am 7. Juli allerdings begannen überraschend die preußischen Geschütze mit dem Beschießen der Stadt.

Am darauf folgenden Tag, die Belagerten nannten den preußischen Oberbefehlshaber in der Zwischenzeit ›Kartätschenprinzen‹, entschied sich der Befehlshaber der Festung, Oberst Tiedemann, für einen Ausfall in Richtung der verhassten Angreifer. Johannes meldete sich sofort als Freiwilliger. So mochte Peter auch nicht zurückstehen. Am späten Nachmittag machten sie sich in zwei Kolonnen auf den Weg. Sie wollten vom Karlsruher Tor über das Bahnhofsgelände in den Rücken der preußischen Feuerlinie gelangen.

Am Ende des Bahnhofs trafen sie auf Soldaten. Sofort begann ein heftiges Feuergefecht. Nachdem sie sich zunächst noch gut schlagen konnten, mussten sie sich doch bald angesichts der feindlichen Übermacht zurückziehen. Johannes und Peter fanden Deckung hinter einem ausgebrannten Personenwagen.

»Wir müssen zurück«, rief ihr Zugführer.

Die Lage war aussichtslos. Einzeln zogen sich die Freischärler von Deckung zu Deckung hechtend zurück. Als die Preußen erstmals Geschützfeuer einsetzten, landeten sie auch sogleich einen Volltreffer. Eine Gruppe von vier Freischärlern, die hinter einer niederen Mauer Schutz gesucht hatte und gerade zur Flucht über die Gleisanlagen ansetzen wollte, wurde von einer Granate getroffen. Keiner der Männer überlebte den Einschlag.

»Zurück! Zurück!«, hörte man wieder den Zugführer rufen, der alles verloren gab. Johannes und Peter flohen aus ihrer Stellung. Sie fanden Schutz hinter einer kleinen Böschung, wo sie zumindest vor den preußischen Kugeln sicher waren. Johannes lud gerade sein Gewehr, als hinter ihnen eine Granate einschlug. Peter lag in diesem Moment ausgestreckt auf der Erde. Der kniende Johannes aber kippte kopfüber auf den Boden. Sein Freund benötigte einige Augenblicke, um zu begreifen, was geschehen war. Entsetzt robbte er zu Johannes, der mit starr geöffneten und verdrehen Augen dalag. Peter nahm noch den blutverschmierten Hinterkopf seines Freundes wahr, als mit Geschrei der Feind auf die Böschung zustürmte. Er griff nach Johannes' Gewehr, drehte sich blitzschnell um und schoss sofort auf den ersten Preußen, der bereits auf ihn angelegt hatte. Der Soldat wurde augenblicklich zurückgeworfen, wobei er einen zweiten umriss. Peter wollte gerade davonstürzen, da spürte er einen scharfen und stechenden Schmerz in seiner Brust. Immer noch wollte er davonlaufen, aber verwundert bemerkte er, dass ihm seine Beine nicht mehr zu gehorchen schienen. Er knickte ein und streckte noch seine Arme und Hände aus, um den Sturz abzufangen. Dabei drehte er den Kopf zur Seite. Er sah, wie ein preußischer Offizier den Degen zog und auf ihn einstach. Ohne die geringste Möglichkeit zu einer Abwehr fuhr ihm die Klinge in den Hals. Ein schrecklicher Schmerz peinigte ihn, doch konnte er weder schreien noch atmen. In seinem Kopf fing es zu rauschen an. Vor seinen Augen blitzte es auf. Ihm war, als sähe er seine Magdalena und seinen Bruno vor sich. Dann blitzte es ständig, das Rauschen nahm ungeheuerlich zu. Den zweiten Stich, den der Offizier in Richtung seines Herzens ausführte, konnte er bereits nicht mehr wahrnehmen. Als sein Kopf auf das stahlharte Gleis prallte, lebte Peter Kohler schon nicht mehr.

Der Sohn

I

1850 – 1851

1

Als im Herbst die Kartoffelferien vor der Tür standen, war die Wunde, die ihm Wiesner mit der Rute an seinem Nacken beigebracht hatte, längstens verheilt. Nur noch ein schmaler, hellroter Streifen erinnerte an den üblen Schlag. Vergessen aber würde Bruno diese Gemeinheit nie. Seine Mutter hatte ihn damals getröstet. Sie behandelte die Wunde mit Kräutern, die eine Entzündung verhinderten. Bereits zu dieser Zeit hatte sie einen Wegzug aus Stuttgart angedeutet. Es lag wohl an dem geringen Verdienst, den die Heimarbeit einbrachte und mit dem sie kaum über die Runden kommen konnten. Bruno hörte aus den Worten seiner Mutter heraus, dass es zunehmend schwerer wurde. Die Nachbarn schnitten sie, Magdalena fühlte sich schon längere Zeit wie eine Ausgestoßene. Zu allem Unglück hatte Lisbeth bereits im vergangenen Frühjahr eine Anstellung als Hausdienerin in einer vornehmen Familie im Unterland gefunden. So waren Bruno und seine Mutter allein zurückgeblieben.

Der Gedanke, von Stuttgart wegzugehen, tat Bruno weh. Nicht, weil er Freunde und seine gewohnte Umgebung verlieren würde. In dieser Hinsicht war er in den letzten zwei

Jahren so oft enttäuscht worden. Seine ehemaligen Spielkameraden und Mitschüler mieden ihn. Sie bezogen ihn nicht mehr in ihre Gemeinschaft und ihr Spiel ein. Bruno kam sich mehr und mehr verlassen vor. Was ihn tröstete, war der Weg zum Friedhof. Immerhin hatte es seine Mutter durchsetzen können, dass für seinen Vater ein Kreuz aufgestellt werden durfte. Und so ging er oft – auch ohne seine Mutter – zum vermeintlichen Grab seines Vaters. Wenn ihn seine Mutter begleitete, erzählte sie immer von den glücklichen Zeiten der Familie. Häufig erwähnte sie in ihren Erzählungen auch den Fuhrunternehmer Schnitzler. An ihn konnte sich Bruno nicht mehr erinnern. Aber nach und nach entstand aus den Geschichten seiner Mutter ein Bild über diesen freundlichen Menschen. Mit der Zeit glaubte er, ihn selbst gut gekannt zu haben. Und in aller Regel besuchte er auch Schnitzlers Grab auf dem Hoppenlaufriedhof.

In diese eher trostlose Zeit fiel nur ein Ereignis, das Bruno Anlass zur Hoffnung gab. Er lernte sehr leicht und bemerkte immer wieder, wie schnell er im Vergleich zu seinen Klassenkameraden die Dinge erfasste. Selbst den gehässigen Wiesner setzte er damit ein ums andere Mal in Erstaunen. Wiesner wollte ihn allerdings keinesfalls fördern. Viele der anderen Schüler neideten ihm seine Erfolge. Sie freuten sich dann jedes Mal, wenn der Lehrer ihn wieder drangsalierte. Für Wiesner wiederum war es ein unerträglicher Gedanke, dass der Sohn eines Revoluzzers in seinem Unterricht weitgehend unterfordert schien. Seine ganze Wut steigerte sich deshalb gerade in solchen Situationen, in denen Bruno hervorragende und kaum zu erwartende Antworten gab. Insbesondere im Rechenunterricht überflügelte Bruno alle anderen Schüler ohne jegliche Mühe. Bruno gehörte längstens auf eine höhere Schule. Das wusste auch Wiesner allzu genau.

Es gab aber jemanden, der ebenfalls die Talente des jungen Kohler bemerkte. Darüber geriet er mit Wiesner in heftigen Streit. Bruno zur Seite stand der Hilfslehrer Alois Ringhoff, ein sensibler junger Mann, der im zweiten Jahr an der Schule unterrichtete. Ihm war nicht entgangen, welche Leistungen Bruno vorweisen konnte. Ringhoff ließ sich vor allem nicht von Vorurteilen leiten. Bei ihm hatte Bruno ab und an richtige Erfolgserlebnisse. Ringhoff scheute sich nicht, ihn vor der ganzen Klasse zu loben. In solchen Augenblicken war Bruno ganz und gar glücklich. Voller Dankbarkeit bemerkte er in Ringhoff einen Freund, der es gut mit ihm meinte. Dieser Lehrer, klein und schlank gewachsen mit bereits schütterem, blondem Haar, hatte das Lehrerseminar als einer der besten seines Jahrganges verlassen und in Stuttgart seine erste Anstellung gefunden. Er liebte seinen Beruf und hätte rundum glücklich und zufrieden sein können. Wenn er nicht immer wieder mit Wiesner, seinem unmittelbaren Vorgesetzten, zusammengestoßen wäre. Wiesners Pädagogik war die des Rohrstocks. Ringhoff hingegen hatte sich seit Jahren intensiv mit den Schriften Rousseaus, Pestalozzis, Herbarts und Diesterwegs auseinandergesetzt und darüber ein Menschenbild gewonnen, das Wiesner geradezu als Provokation empfand. Nicht nur einmal hatte ihn Wiesner deswegen in der Vergangenheit zurechtgewiesen. So war Ringhoff häufig enttäuscht und desillusioniert. Er konnte seine pädagogischen Ideale nicht verwirklichen, solange Menschen wie Wiesner das Sagen hatten. Und er war klug genug zu sehen, dass ihm Wiesner größte Schwierigkeiten bereiten konnte, sollte er ihn zu sehr herausfordern. Ein ungünstiges Wort gegenüber der Schulbehörde oder dem Pfarrer konnte ihn seine Laufbahn kosten.

2

Nachdem in einer Rechenstunde Bruno wieder einmal mit seinen Leistungen glänzen konnte, nahm Ringhoff dies einmal mehr zum Anlass für ein Gespräch mit Wiesner.

»In der Klasse gibt es einen hervorragenden Schüler, der es verdienen würde, auf eine höhere Anstalt geschickt zu werden«, fing er das Gespräch an. Er saß mit Wiesner in der kleinen Kammer zusammen, die den vier hauptamtlichen und den beiden Hilfslehrern an der Schule vorbehalten war. Wiesner merkte kurz auf, runzelte fragend die Stirn, widmete sich dann aber wieder der Lektüre einer Zeitung, die er aufgeschlagen vor sich auf dem Tisch liegen hatte.

»Sie haben es sicherlich schon selbst bemerkt«, fuhr Ringhoff etwas irritiert fort. »Es handelt sich um den Schüler Kohler, der wahrhaftig ...«

Er konnte den Satz nicht zu Ende bringen. Ruckartig fuhr Wiesner auf, blickte ihn erstaunt an und sagte mit viel zu lauter Stimme: »Wer? Wen haben Sie für höhere Weihen auserkoren?«

Ringhoff versuchte möglichst ruhig zu bleiben. Er hatte sich schon vorher auf eine entsprechende Reaktion eingestellt und seine Vorgehensweise genau überlegt. So wiederholte er in aller Ruhe: »Bruno Kohler ist ohne Zweifel besonders intelligent und sollte ...«

Wieder unterbrach ihn Wiesner mit Entschiedenheit. »Hören Sie gut zu, mein Lieber«, stellte Wiesner nun mit belegter Stimme fest. »Wenn Sie sich nicht unglücklich machen wollen, denken Sie nicht einmal daran, für diesen Revoluzzerbalg ein gutes Wort einzulegen.« Ringhoff versuchte die Drohung zu ignorieren und unternahm abermals einen Anlauf.

»Sie können doch nicht den Jungen für das Verhalten seines Vaters haftbar machen. Wenn man seine Fähigkeiten und Begabungen sieht, ist doch unzweifelhaft festzustellen, dass …«

»Nein! Zum Teufel! Hören Sie auf! Schluss damit. Noch ein Wort von Ihnen, und ich schalte die Schulbehörde wegen Ihrer mangelnden Subordination ein.«

Bei diesen Worten war Wiesner aufgesprungen. Er stand jetzt drohend und mit vor Wut gerötetem Gesicht vor dem Hilfslehrer. »Ich warne Sie! Bei Kohler hört der Spaß auf. Nie und nimmer wird er eine höhere Schule besuchen. Und wenn Sie noch einmal mit diesem Thema anfangen, werden Sie längstens Lehrer gewesen sein.«

Ringhoff wusste um die Furchtbarkeit dieser Drohung. Wiesner konnte ihn zweifelsohne beruflich vernichten. Er hätte jetzt kuschen und klein beigeben können. Er wusste aber zugleich, dass er damit sein pädagogisches Ethos einfach wegwerfen würde. Darum entgegnete er furchtlos: »Herr Wiesner! Ich respektiere Sie als erfahrenen Schulmeister. Aber in diesem Fall muss ich Ihnen widersprechen. Sie verzeihen, aber Ihr unmögliches Vorurteil macht die Chancen eines jungen Menschen kaputt. Deshalb bitte ich Sie noch einmal, wenigstens darüber nachzudenken, ob wir nicht etwas für Bruno Kohler unternehmen sollten.«

Wiesner stand zunächst sprachlos da. Seine Augen blitzten vor Wut. Noch nie war es ihm passiert, dass ihn ein Hilfslehrer derart herausforderte. Plötzlich aber lächelte er. Bösartig und hinterhältig erschien es Ringhoff. »Ich habe Sie gewarnt. Passen Sie auf, Ringhoff. Im Moment sehe ich keine Veranlassung, mich mit Ihnen auf einen Disput einzulassen. Ich werde Ihre Auffassungen und Überzeugungen bei der zuständigen Stelle zur Sprache bringen. Und eines verspreche ich Ihnen: Was dann geschehen wird, haben Sie sich selbst zuzuschreiben.« Damit packte er seine Zeitung zusammen, würdigte Ringhoff keines Blickes mehr und verließ das kleine Lehrerzimmer.

Ringhoff saß danach deprimiert noch fast eine halbe Stunde allein in dem Zimmer. Dass das Gespräch einen derart aggressiven Verlauf nehmen würde, hatte er nun wirklich nicht erwartet. Er war zwar auf eine Auseinandersetzung mit Wiesner eingestellt gewesen, aber das harsche Reagieren seines Vorgesetzten traf ihn doch bitterlich. Er wollte sich gar nicht erst die anstehenden Konsequenzen ausmalen. Ständig überlegte er, wen er vielleicht noch als Verbündeten gewinnen konnte. Sein Hilfslehrerkollege kam nicht infrage. Dieser war in seinen Augen ein bloßer Speichellecker, auf den er keineswegs zählen konnte. Auf die anderen drei Hauptlehrer durfte er ebenfalls nicht zählen. Sie waren allesamt jahrelang Wiesners Kollegen. So gab es voraussichtlich niemanden, von dem Unterstützung zu erwarten gewesen wäre. Bis auf eine Ausnahme. Womöglich konnte der Pfarrer helfen. Er galt sowohl bei den Lehrern als auch bei der Schulbehörde als Autorität. Aber auch diesen Pfarrer kannte Wiesner seit Jahren. Vermutlich würde er ihm doch nicht in die Parade fahren. Recht verzweifelt bedachte deshalb Ringhoff seine vertrackte Lage. Schließlich entschloss er sich aber doch zu einem Besuch bei Pfarrer Hermann Lenau.

Pfarrer Lenau hatte die Sechzig fast schon erreicht und war allgemein als gutmütiger Seelsorger, der um die Stärken und vor allem um die Schwächen seiner Schäfchen wusste, bekannt. Er war Stadtpfarrer an der Leonhardskirche und damit für alle Schulen südlich der Königstraße verantwortlich. Seine Gemeinde hatte großen Respekt vor dem grauhaarigen und gedrungenen Mann, der eine Brille mit dicken Gläsern trug, die seinem Gesicht einen komischen Ausdruck verliehen. Als Ringhoff an die Tür des Pfarrhauses klopfte, öffnete ihm die achtzigjährige Pfarrhaushälterin. Sie musterte ihn als unangemessenen Störenfried. Ihr Gesicht hellte sich erst ein wenig auf, als er sich als Hilfslehrer vorstellte. Sie führte ihn dann zum Pfarrer.

»So, so! Gerade Bruno Kohler haben Sie sich ausgeguckt«, stellte Pfarrer Lenau fest, nachdem Ringhoff ausführlich über seine Erfahrungen mit dem Schüler und den unangenehmen Gesprächen mit Wiesner berichtet hatte.

»Eines muss ich Ihnen sagen. Wiesner ist eine harte Nuss. An ihm werden Sie sich vielleicht die Zähne ausbeißen«, fuhr der Geistliche fort. »Doch ich will versuchen, ein gutes Wort sowohl für Sie als auch für den jungen Kohler einzulegen.« Bei diesen Worten schöpfte der Lehrer wieder Hoffnung. Als ihm der Pfarrer noch zugab, auch ihm wäre die Begabung des Jungen schon aufgefallen, stellte sich sogar ein zuversichtlicheres Gefühl ein. Doch erhielt er fast sogleich wieder einen Dämpfer.

»Unterschätzen Sie Wiesner nicht. Sein Vetter ist Mitglied des Oberschulrates. Und damit besitzt er Einfluss, mit dem er Ihnen sehr schaden kann.« Mit gemischten Gefühlen verließ Ringhoff wenig später das Pfarrhaus. Er setzte seine ganze Hoffnung zwar auf den Pfarrer, doch allzu optimistisch durfte er nicht sein.

3

Bruno fiel es zunächst nicht auf. Erst als zwei Wochen vorübergegangen waren und das trübe Novemberwetter längst den milden Herbst abgelöst hatte, ohne dass Hilfslehrer Ringhoff in der Klasse unterrichtete, überlegte er, ob dieser vielleicht erkrankt sein könnte. Wiesner zu fragen, getraute er sich nicht. Seine Klassenkameraden fingen aber zur gleichen Zeit ebenfalls an, sich über Ringhoffs Fernbleiben zu wundern. Einige spekulierten bereits mit wilder Fantasie. Zeitweilig hieß es sogar, Ringhoff hätte sich im Neckar ertränkt. Letztlich fragten einige Mutige aber doch ihren Klassenlehrer.

»Er wird nicht mehr unterrichten. Zumindest nicht mehr in Stuttgart«, gab dieser schlecht gelaunt und übel aufgelegt zur Antwort. Eine genauere Erklärung blieb aus. Als einer der Schüler noch eine weitere Frage wagte, versohlte ihm Wiesner ohne Vorwarnung den Hosenboden. Damit war das Thema vorläufig erledigt.

Bruno Kohler würde die wahren Hintergründe für die Entfernung des Hilfslehrers erst später erfahren. Tatsächlich hatte Wiesner alle Hebel bei der Schulbehörde und der Kirchenleitung in Bewegung gesetzt. Er wollte Ringhoff unter allen Umständen loswerden. Dabei war er selbst vor Denunziationen nicht zurückgeschreckt. Am Schluss musste Ringhoff noch froh sein, dass er nicht aus dem Schuldienst endgültig entlassen, sondern nur auf Bewährung strafversetzt wurde. Pfarrer Lenau bekümmerte diese Entwicklung. Obwohl er sich für den Hilfslehrer eingesetzt hatte, war sein Einfluss zu gering gewesen, um dem Lehrer und Bruno helfen zu können.

4

Am Jahresende erhielt Magdalena Kohler die Kündigung der Wohnung in der Canalstraße. Sie hatte bereits seit einigen Monaten den Mietzins nicht mehr vollständig zahlen können und deswegen mehrfach mit dem Verwalter Metzlers gesprochen. Alfred Metzler gehörten etliche Häuser im Viertel. Er selbst wohnte in einer Villa, die vor wenigen Jahren am Nordhang der Stadt errichtet worden war. Drei Tage, nachdem sie seinem Verwalter, der das Mietgeld einzog, erklären musste, sie könne es nur zur Hälfte aufbringen, erhielt sie am frühen Abend Besuch von Metzler. Schon das war recht ungewöhnlich. Überließ es doch dieser reiche Mann normalerweise seinen Angestellten, sich um die Mietverhältnisse zu kümmern. Vornehm gekleidet stand der dickliche Metzler vor der Tür. Was Magdalena nach der ersten Überraschung auffiel, war seine völlige Glatzköpfigkeit und seine rote Nase, die entweder von der Kälte oder von zu vielem Alkoholgenuss herrühren musste.

»Guten Abend, Frau Kohler. Wie ich höre, gibt es einige Schwierigkeiten. Deshalb mache ich mir persönlich die Mühe und möchte einmal nach dem Rechten sehen. Ich kann mir ja gut vorstellen, wie schwer Sie es haben. Aber wir werden sicherlich eine Lösung finden.«

Bei diesen Worten lächelte Metzler und nickte freundlich, was Magdalena einigermaßen verwunderte. In ihrem ersten Schreck hatte sie sich schon das Schlimmste ausgemalt, doch beruhigte sie das Verhalten Metzlers zunächst einmal.

»Darf man eintreten? Wir sollten doch nicht die Nachbarn in unser Gespräch einbeziehen?«, setzte Metzler fort. Magdalena stimmte vorsichtig zu, öffnete die Tür vollständig und ließ ihren Vermieter in die Wohnung. Er ging geradewegs zum Tisch, setzte sich wie selbstverständlich auf den Stuhl, legte seinen Zylinder auf dem Tisch ab und streckte ganz bequem seine Beine von sich. Etwas verschüchtert stand Magdalena auf der anderen Tischseite. Dabei bemerkte sie überdeutlich, wie sie von Metzler gemustert wurde. Es war ihr unangenehm. Sie ging zum Spültisch und tat so, als wollte sie das Geschirr wegräumen.

»Setze dich doch, meine Liebe«, hörte sie Metzler sagen. Über diesen vertraulichen Ton erbost und erschrocken zugleich, drehte sich Magdalena um und sah in das grinsende Gesicht Metzlers. Obwohl es im Zimmer nicht besonders warm war, glänzte dieses Gesicht vor Schweiß. Nun begann er auch noch an seinem Hemdkragen herumzunesteln. Metzler öffnete die obersten zwei Knöpfe.

»Nun, ich denke, du hast Probleme genug. Du musst zugeben, mit der Heimarbeit allein ist kaum etwas verdient. Also kurzum: Ich glaube so gut wie gar nicht, dass du den Mietzins jemals in vollständiger Höhe wirst zahlen können. Um ganz ehrlich zu sein: Ich hatte diese Entwicklung schon geraume Zeit kommen sehen. Mich hat jedoch verwundert, wie du gut zwei Jahre doch irgendwie über die Runden gekommen bist.«

Magdalena schaute beschämt zu Boden. Sie empfand die ganze Situation als sehr unangenehm. Metzler fuhr fort: »Nachdem wir uns im nächsten Jahr wegen der Missernte auf steigende Preise einstellen müssen, wirst du es zukünftig wohl noch schwerer haben. Also, was machen wir, um aus der Misere herauszukommen? Einerseits kann ich auf meine Mieteinnahmen nicht allzu lange verzichten, andererseits bin ich ja schließlich kein Unmensch. Was machen wir also?«

»Im nächsten Frühjahr werden – wie ich gehört habe – zwei neue Fabriken in der Nähe aufgemacht. Es sollen dabei auch Frauen als Hilfskräfte eingestellt werden. Ich werde mich um eine Anstellung bemühen. Wenn ich eine Stelle erhalte, werde ich meine Mietschulden ganz rasch zurückzahlen.«

»Ja, wenn! Wenn du eine Stelle bekommen wirst! Aber ist das sicher? Nein, nein! Darauf dürfen wir uns nicht verlassen.« Metzler schüttelte energisch den Kopf und unterstrich damit gestenreich seine ablehnende Haltung.

»Ganz aussichtslos ist es nicht«, wollte Magdalena fortfahren.

»Aber schöne Frau!« Wieder unterbrach sie Metzler, der dabei aufstand, um den Tisch herumkam und sich unmittelbar vor ihr aufbaute. Wieder überzog ein Lächeln sein verschwitztes Gesicht, dann trat er ganz nahe an sie heran.

»Es gibt doch einfache Lösungen«, hörte sie ihn wieder reden. Allerdings sprach er mit belegter Stimme. »Überlege doch! Ich brauche das Geld nicht unbedingt. Andererseits soll man schließlich nichts verschenken.« Bei diesen Worten kicherte Metzler. Er streckte seinen rechten

Arm nach Magdalena aus, fasste sie an der Schulter. Sie sprang erschrocken auf, warf dabei den Hocker um und trat einige Schritte zurück. Nun begriff sie, worauf Metzler aus war. Sie schüttelte den Kopf, ging um den Tisch herum zur Tür und bedeutete ihrem Vermieter, dass er sich davonmachen sollte.

»Na! Sei nicht so empfindlich. Bedenke deine Situation. Ich komme dir doch nur entgegen. Überlege es dir. Vielleicht brauchst du nur etwas Bedenkzeit.«

Kaum hatte er den Satz beendet, stand er auf und ging langsamen Schrittes auf die Tür zu. Bevor er ins Freie trat, sagte er noch einmal: »Denke darüber nach. Ich schaue in einer Woche wiederum vorbei. Wie gesagt, wenn wir uns arrangieren könnten, wärst du deine Sorgen los. Im Übrigen: Unser nettes Gespräch bleibt selbstverständlich unter uns. Erzähle niemanden davon. Ansonsten müsste ich dir große Schwierigkeiten bereiten. Und das will ich doch nicht. Du weißt ja: Ich will nur dein Bestes. Ich gebe dir eine Chance und erwarte nur ein klein wenig Entgegenkommen.«

Metzler öffnete die Tür. Kalte Winterluft strömte in das Zimmer. Der Vermieter trat ins Freie hinaus und ging davon, ohne die Tür wieder zu schließen.

5

Das neue Jahr 1851 stellte sich bitterkalt vor. Selten hatten die Stuttgarter eine derartige Kälte erlebt. Das eingelagerte Brennmaterial wurde in Mengen verbraucht. Den ganzen Januar über blieb es schrecklich kalt. Die Schulbehörden verfügten nach den Weihnachtsferien, dass die Schulen noch zusätzlich eine Woche geschlossen bleiben mussten. Es gab einfach nicht genug Brennbares, mit dem geheizt hätte werden können. In der Mitte dieser Ferienwoche entschloss sich Bruno zu einem Ausflug an den Bärensee.

Der zugefrorene See war an diesem Tag weit weniger besucht, als er es erwartet hatte. Keine zwanzig Kinder und nur ein Erwachsener vergnügten sich auf dem Eis. Drei Kinder, etwas jünger als er, hatten bereits eine über zwanzig Meter lange Rutsche auf der Eisfläche angebracht. Jauchzend nahmen sie Anlauf. Dann schlitterten sie über das glatte Eis. Bruno stellte sich zunächst an den Beginn dieser Rutsche und wartete ab. Als ihn einer von den dreien zum Mitmachen aufforderte, ließ er sich das nicht zweimal sagen. Er ging einige Meter zurück, nahm Anlauf und schon rutschte er mit ordentlicher Geschwindigkeit über das Eis. Mit seinen Armen versuchte er sein Gleichgewicht zu halten. Aber er hatte die Sache doch zu energisch angefangen. Schon geriet er aus der Spur, verlor im Schnee sofort vollends das Gleichgewicht und fiel der Länge nach hin. Sogleich hörte er die Kinder über seine Ungeschicklichkeit lachen, was er ihnen aber keineswegs übelnahm. Mit Schnee im Gesicht rappelte er sich hoch. Er lachte über sich selbst, stapfte wieder zurück und probierte es noch einmal. Diesmal sollte ihm die Rutschpartie ausgezeichnet gelingen. Mit nach der Seite ausgestreckten Armen genoss er das rasche Dahingleiten auf der vereisten Strecke.

Etwa eine Stunde später rief der einzige anwesende Erwachsene seine beiden Kinder zu sich. Die drei machten sich auf den Heimweg. Zur gleichen Zeit spielte eine Gruppe weiterer Kinder ein Fangespiel. Bruno, immer noch fleißig mit Rutschen beschäftigt, bemerkte noch, wie sich diese Kinder immer mehr auf das Eis hinauswagten. Er dachte sich allerdings nichts weiter dabei. Selbst übermütig geworden, nahm er immer heftigeren Anlauf. Er wollte die Rutschbahn dadurch noch um einige Meter verlängern. Doch hatte er sich überschätzt. Zwar rutschte er mit enormem Schwung los, aber als er sein Gleichgewicht verlor, knickte er ein und fiel ordentlich hin. Von dem Aufprall schmerzten Ellenbogen und Hüfte. Nur langsam konnte er wieder aufstehen. Gerade als er bedächtig den Schnee von seinen Kleidern abschüttelte, hörte er den ersten Schrei. Zunächst nahm er ihn noch gar nicht als Angstschrei wahr, kam es doch beim Eislaufen oft genug vor, dass jemand laut rief oder vor Begeisterung jauchzte. Dann aber drang der zweite Schrei an sein Ohr, dem augenblicklich weitere folgten. Er blickte in die Richtung der gerade noch Fangen spielenden Kinder, von denen einige heftig gestikulierten und immer lauter brüllten.

Die Seemitte! Ihm schoss durch den Kopf, wie ihn seine Mutter immer wieder davor gewarnt hatte. Selbst bei großer Kälte konnte es dort Stellen geben, die nicht zufroren. Bruno wusste in diesem Augenblick, dass jemand eingebrochen sein musste. Er rannte los und bemerkte, wie es ihm andere gleichtaten. Die Schreie der Kinder klangen verzweifelt. Als er bei ihnen ankam, konnte er sie nur mit Mühe verstehen. Schluchzend redeten und gestikulierten sie durcheinander. Doch das große Loch in etwa fünfzehn Meter Entfernung sagte alles. Jemand war eingebrochen und untergegangen! Bruno ging nun Schritt für Schritt vor. Einige Meter vor dem Loch setzte er nur noch zaghaft den Fuß aufs Eis. Er bückte sich, schließlich ging er in die Knie und rutschte langsam auf die Hände gestützt weiter. Da tauchte plötzlich ein Kopf im Wasser auf. Gleich darauf schlugen wild zwei Arme um sich. Hinter sich hörte Bruno lautes Gebrüll. Aus seinen Augenwinkeln bemerkte er, dass ein weiterer Junge ihm folgte. Bruno spürte Angst aufkommen, aber als er den Körper des Ertrinkenden wieder auftauchen sah, robbte er – die Gefahr ignorierend – weiter. Der Kopf tauchte wieder unter Wasser, nur noch die beiden Hände platschten aufgeregt an der eisigen Wasseroberfläche. Bruno hatte den Rand des Loches erreicht. Er nahm wahr, wie es unter ihm verdächtig knirschte. Er streckte erstmals die Hand aus, hatte aber noch keine Chance, den Jungen zu greifen. Zentimeterweise bewegte er sich vorwärts. Wieder knirschte das Eis, nun schon erschreckend laut. Aber Bruno schaffte noch einen weiteren halben Meter. Er sah den Jungen nicht mehr im Wasser und alles schien ihm schon verloren. Da tauchte der Kopf plötzlich doch wieder auf. Er sah das Gesicht mit den aufgerissenen Augen und einem verzerrten Mund. Instinktiv rutschte Bruno nach vorn, griff zu und spürte fast sogleich, dass er das klatschnasse Haar zu packen bekam. Mit der anderen Hand griff er nach dem kleinen Arm, den er gerade noch erwischen konnte. In diesem Moment knirschte es wiederum gefährlich laut unter ihm. Bruno spürte, wie das Eis nachgab. Er fühlte, wie es unter seinen Knien eiskalt wurde. Augenblicklich zog sich die Kälte an seinen Schenkeln hoch. Er musste auch eingebrochen sein. Eiskaltes Wasser schwappte um seine Beine herum. Irgendwie registrierte er noch in seiner Verzweiflung, wie etwas Hartes seinen Fuß fasste. Im nächsten Augenblick tauchte bereits sein Gesicht in das

Wasser. Die Kälte war schockierend. Der Ohnmacht nahe versank er im bitterkalten Wasser.

6

»Ich kann die Kündigung immer noch zurücknehmen. Von mir aus kannst du bis zum Sommer hier bei halber Miete wohnen. Und das für nur ein bisschen Entgegenkommen!« Metzler war an diesem Nachmittag ein weiteres Mal überraschend aufgetaucht. Als Magdalena nach dem Klopfen die Tür geöffnet hatte, wollte sie den Eingang gar nicht erst freigeben. Doch Metzler drängte wie selbstverständlich herein und setzte sich wie beim letzten Mal mit ausgestreckten Beinen auf den Stuhl. Seinen dicken Mantel knöpfte er im Sitzen auf, ohne Umschweife kam er zur Sache. Verängstigt stand Magdalena in einigem Abstand vor ihm in der Nähe des Herdes. Sie ekelte sich vor diesem Menschen, der rücksichtslos und schamlos ihre Notlage ausnutzen wollte. Neben ihrer Angst beherrschte sie aber mehr und mehr auch Wut.

»Komm Mädchen«, fuhr Metzler fort. »Spiel doch nicht die Unschuldige. Dein Mann ist seit mehr als zwei Jahren unterm Boden. Es wird höchste Zeit, dass du auch einmal wieder etwas erlebst. Und bei mir bist du doch in jeder Hinsicht in besten Händen.« Bei dieser lüsternen Anspielung kicherte Metzler gierig und strich sich mit dem Handrücken über den Mund. Er machte Anstalten aufzustehen.

»Nein, Herr Metzler, nein! Sie sind bei mir an die Falsche geraten«, gab Magdalena mit energischer Stimme zur

Antwort. »Gehen Sie! Und damit Sie es wissen: Lieber ziehe ich noch heute aus, als Ihnen zu Willen zu sein.«

»Ach was, Mädchen! Du hast ja keine Ahnung. Wenn ich ehrlich bin: Du redest dich um Kopf und Kragen. Wo willst du denn unterkommen? Willst du erfrieren? Und was ist überhaupt mit deinem Balg? Der will es doch sicherlich lieber warm haben. Denke also wenigstens an deinen Jungen.«

Bei diesen Worten hatte sich Metzler tatsächlich erhoben. Magdalena wich zurück, stieß aber schon nach dem ersten Schritt an den Herd. Sie hob abwehrend die Hände, konnte aber nicht verhindern, dass ihr Vermieter sie mit beiden Händen an den Schultern packte. Er schüttelte sie leicht, sein Atem ließ sie angewidert den Kopf zur Seite drehen. Metzler verzog jetzt sein Gesicht zu einem Grinsen, wieder hörte sie sein anmaßendes Kichern.

In diesem Augenblick klopfte es energisch an die Haustür. Mit lauter Stimme rief jemand. Metzler ließ sie sofort los und wich einige Schritte zurück. Noch erschrocken von Metzlers unverschämter Attacke benötigte Magdalena einen Moment, um sich zu fassen. Ihr Herz fing mit einem Mal noch aufgeregter an zu schlagen, als zwei Männer die Tür aufrissen. Sie redeten hastig durcheinander. Magdalena hörte etwas von »ertrunken« und »im Eis eingebrochen«.

»Maria Mutter Gottes! Lass es nicht wahr sein«, murmelte Magdalena, die bis ins Mark getroffen war. Ihre Beine gaben nach. Sie knickte ein, fiel auf die Knie, faltete die Hände und flehte Gott um Hilfe an. Die beiden Männer fassten sie unter den Armen. Metzler verschwand bei dieser Gelegenheit lautlos.

7

Wie durch einen Nebelschleier sah Bruno seine Umgebung. Nur ganz langsam wurde das Bild klarer. Doch hörte er jetzt auch Stimmen. Sie klangen wie Gemurmel, wurden aber zunehmend deutlicher. Ebenso spürte er etwas auf seinem Kopf, und nach einer Weile wurde ihm bewusst, dass ihm jemand über die Haare streichelte. Der Nebel lichtete sich. Er bemerkte etliche Menschen, die um ihn herumstanden. Er selbst lag in einem großen, weichen Bett. Einige Personen waren ganz in Weiß gekleidet, alle schienen zu lächeln. Dann hörte er eine wohlvertraute Stimme »Bruno« sagen. Seine Mutter stand neben dem Bett. Sie war es auch, die ihm den Kopf streichelte. Bruno konnte nun sehen, dass sie leise weinte.

Bruno war am Abend aus einer tiefen Bewusstlosigkeit erwacht. Als er ins Eis eingebrochen war, hatten die anderen Kinder bereits weitere Hilfe holen können. Ein junger Leutnant und dessen Bursche waren herbeigestürzt. Der Offizier arbeitete sich furchtlos an Bruno heran. Bruno brach gerade ins Eis ein. Lang ausgestreckt fasste der Leutnant, selbst von seinem Burschen mit beiden Händen an den Stiefeln festgehalten, Brunos Fuß und zog ihn aus dem Wasser. Weil Bruno dabei den Jungen nicht losließ, sondern ihn trotz der Todesgefahr festhielt, konnten der Offizier und sein Helfer beide aus dem Wasser ziehen. Das Eis hielt die beiden Männer, auch wenn es schon wieder verdächtig laut zu knirschen angefangen hatte. Den beiden Eingebrochenen wurden die klatschnassen, eisigen Kleider vom Leib gerissen. Sofort wickelte man sie in warme, dicke Tücher der Militärs. Beide Verunglückten atmeten noch, wenn auch der von Bruno gerettete Junge im Gesicht tiefblau angelaufen war. Der Leutnant und sein Bursche nahmen je einen Jungen in die Arme und rannten so schnell sie konnten vom See zur naheliegenden Straße. Glücklicherweise kam gleich darauf eine zweispännige Kutsche herangefahren. Der Offizier stoppte das Gefährt, dessen Fahrer die Situation sofort erfasste. Als die Soldaten mit den verunglückten Kindern eingestiegen waren, jagte er in einem Höllentempo durch den verschneiten Wald und dann die verschneite Hasenbergstraße hinunter. In unglaublicher Zeit erreichten sie das Katharinenhospital. Während der Fahrt hatten die Retter die Jungen gerubbelt und alles versucht, um in ihre kalten Körper wieder Wärme zu bringen.

Beide Kinder überlebten. Der von Bruno gerettete Junge, der siebenjährige Sohn des jüdischen Stuttgarter Kaufmanns und Pelzhändlers Ignaz Hirsch, erholte sich zwar nur langsam. Doch war Louis Hirsch von einer körperlichen Robustheit, die ihn überleben ließ.

8

Eine Woche nach seiner Entlassung aus dem Krankenhaus begann die Schule wieder. Seit langem zum ersten Mal wurde Bruno nicht von seinen Schulkameraden gemieden. Im Gegenteil, schon am Schultor warteten einige von ihnen und fragten, wie es ihm gehen würde und was tatsächlich geschehen sei. Brunos Rettungstat war in Stuttgart in der Zwischenzeit allgemein bekannt. Sogar die Schwäbische

Kronik, die bedeutendste württembergische Zeitung, hatte ausführlich darüber berichtet.

Im Klassenzimmer wurde Bruno umringt und mit Fragen bombardiert. Als Wiesner zur Tür hereinkam, bemerkten die Schüler den Lehrer nicht gleich. Er schlug voller Wut die Tür zu. Erschrocken fuhren die Buben herum. Wiesner ging ans Pult. Danach holte er den Rohrstock hinter der Tafel hervor und zeigte damit gleich auf Bruno.

»Aha!«, begann er. »Unser Held! Prima! Großartig! Du hast dich tatsächlich hervorgetan. Einen Jungen gerettet. Dazu noch einen jüdischen. Ein Judenretter! Sehr gut!« Wiesner machte bei diesen Worten keineswegs ein freundliches Gesicht. Auch verstand Bruno die Anspielung auf den Juden Louis Hirsch nicht. Ihm war der eindeutig abfällige Tonfall überhaupt nicht klar. Das ungute Gefühl, das sich bei ihm einstellte, lag allein an der Anwesenheit Wiesners und dessen offenkundig feindseliger Haltung.

»Prima!« Wiesner wiederholte sich. Mit verkniffener Miene schlug er den Rohrstock auf das Pult. »Dich muss ich in Zukunft doch noch besser beobachten. Gerade jetzt, nachdem ich weiß, wozu du fähig bist.«

Damit war für Wiesner das Thema erst einmal erledigt. Abrupt holte er einen Schüler an die Tafel, drückte ihm ein Stück Kreide in die Hand, und als dieser es fallen ließ, zog er dem Jungen mit dem Stock mächtig eins über.

Am Freitag in dieser Woche saß Bruno abends im Kellerraum der Wohnung und schnitzte an einem kleinen Ast herum, den er sich mit nach Hause gebracht hatte. Er blickte auf, schaute nach oben, weil seine Mutter plötzlich ungewöhnlich laut sprach. Die Tür war nur angelehnt. So konnte Bruno das Gespräch gut verstehen.

»Deine letzte Chance, heute komme ich zum letzten Mal.«

»Es hat sich nichts verändert. Bitte gehen Sie, Herr Metzler. Gehen Sie.«

»Ha, da kann ich nur lachen. Wem gehört denn die Wohnung? Du bist dir wohl nicht ganz im Klaren darüber? Ich werfe dich heute noch hinaus. Ich kann doch mit meiner Wohnung tun und lassen, was ich will.«

Metzler hatte sich bereits gefährlich vor Magdalena aufgebaut. »Du dummes Stück. Sei doch nicht so blöde«, hörte Bruno den Mann nun sagen.

»Komm endlich her, du Schlampe!«

»Nein! Gehen Sie weg! Machen Sie, dass Sie fortkommen!« Ein Möbelstück fiel um. Gleich darauf stürzte wieder etwas zu Boden. Verängstigt stand Bruno auf. Er ging zum Treppenaufgang. Seine Mutter stieß einen spitzen Schrei aus. Der Mann grölte etwas, gleichzeitig hörte Bruno, wie weitere Gegenstände umfielen.

»Dir werde ich es zeigen. Du glaubst wohl, du könntest mich verrückt machen.« Metzler schlug Magdalena ins Gesicht. Sie fiel schockiert nach hinten. Schwer atmend stürzte sich der Vermieter auf sie.

In diesem Augenblick rannte Bruno nach oben. Entsetzt sah er, wie der Mann seine Mutter auf den Tisch drückte. Seine schwarze Hose war heruntergerutscht. Mit einer Hand zerrte er an seiner grauen Unterhose. Mit der anderen Hand hatte er Magdalena an der Gurgel gepackt. Sein massiger Oberkörper lag auf ihr.

Magdalena riss ihn am Ohr. Gleichzeitig kratzte sie ihm ins Gesicht. Vor Wut schlug Metzler mit der Faust zu und traf ihre Schläfe. Ihr wurde ganz schwarz vor Augen.

Bruno stand hinter dem Mann. Der riss wie von Sinnen am Rock seiner Mutter. Sein Unterleib war entblößt. Bruno ekelte sich vor dem Anblick. Vom Würgen des Mannes röchelte seine Mutter nur noch. Ohne weitere Überlegung holte Bruno aus. Er fürchtete um das Leben seiner Mutter. Mit aller Kraft schlug er zu. Sein Schnitzmesser durchdrang mit Leichtigkeit die Jacke und das Hemd des Unholds. Mit Grausen registrierte der Junge, wie es in das Fleisch eindrang. Er ließ das Messer sofort los. Es steckte bis zum Schaft in Metzlers Körper. Der dunkle Griff ragte schrecklich aussehend empor. Entsetzt hielt Bruno beide Hände vor den Mund. Er sah, wie Metzler langsam, ganz langsam zur Seite rutschte. Seine Arme baumelten dabei bereits leblos am Körper. Er stöhnte leise, als sein Körper eine halbe Drehung machte und dabei von der Tischplatte vollends herabglitt. Seine Mutter war dadurch freigekommen. Sie fasste sich an den Hals und schaute benommen zu, wie ihr Peiniger zusammensackte. Beiden bot sich ein hässliches Bild. Metzler mit seinem entblößten Unterleib lag halb auf dem Bauch. Er blinzelte mit den Augen. Es sah so aus, als ob er versuchte, eine Hand hochzuheben. Doch in seinem Körper war keine Kraft mehr. Das Messer steckte unterhalb des linken Schulterblattes und hatte die Herzkammer verletzt. Noch als Magdalena vor ihm stand und verwirrt ihre Kleider in Ordnung brachte, starb der schwerreiche Vermieter.

9

Bruno stand unter Schock. Als keine halbe Stunde später ein Arzt und zwei Sanitäter sowie mehrere Polizisten in der Wohnung mit den Untersuchungen begonnen hatten, versammelte sich vor dem Haus eine Menschenmenge. In Windeseile hatte sich das grausige Ereignis herumgesprochen. Die Menschen spekulierten heftig über das, was wohl vorgefallen sein mochte.

Bruno konnte nichts sagen. Er sah zwar, dass die Polizisten seine Mutter befragten, doch war er zu keiner Reaktion fähig. Zu diesem Zeitpunkt trat ein vornehm gekleideter Herr, der sofort Ruhe befahl, herein. Der Herr hielt seinen Zylinder in der Hand, ging einmal um den Tisch herum, beugte sich kurz über die Leiche, wechselte die Seite und schaute dann noch einmal – jetzt mit großer Sorgfalt – den Leichnam an. Danach forderte er alle – bis auf den Arzt und den Polizeileutnant – auf, nach draußen zu gehen. Schließlich schloss er die Tür. Es wurde ungewöhnlich still im Zimmer. Erstmals zeigte Bruno eine Reaktion. Er fing zu weinen an und klammerte sich an seine Mutter.

»Nun?«, fragte der Herr den Arzt.

»Nach der ersten Untersuchung lässt sich zumindest sagen, dass das Messer das Herz verletzt haben dürfte. Der Stich muss rasch den Tod herbeigeführt haben.«

»Wann ist es geschehen?« Mit diesen Worten wandte sich der Herr an den Polizeileutnant.

»Es ist fast eine Stunde her. Die Polizeiwache wurde etwa fünfzehn Minuten nach der Tat vom Reviergendarmen verständigt. Als wir ankamen, konnten wir nichts mehr tun.«

Der Herr nickte beiläufig. »Und wer ist der Tote?« Der Polizeileutnant antwortete augenblicklich. Er hatte anscheinend großen Respekt vor dem vornehmen Mann, der nun ganz souverän die Untersuchung übernommen hatte. »Es ist Alfred Metzler. Vierundfünfzig Jahre alt und einer der …«

»Schau an, schau an«, unterbrach ihn der Herr. »Alfred Metzler.« Er schwieg einen Moment, schaute noch einmal den Toten kurz an und fuhr dann fort: »Ist er nicht einer der reichsten Hausbesitzer, dem in der Gegend ganze Straßenzüge gehören?«

»Ja, ganz recht. In der Tat ist er einer der reichsten Bürger der Stadt. Gerade vor einem Jahr hat er sich eine der schönsten Villen am Nordhang bauen lassen. Sicherlich erinnern Sie sich daran. Über den Prachtbau wurde sogar in der Zeitung ausführlich berichtet.«

»Ja, ich erinnere mich. Alfred Metzler! Nicht ganz ohne Einfluss. Es heißt, er sei sogar bei Hofe bestens bekannt. Schöne Sauerei, die wir jetzt haben!«

Danach schwiegen sie alle. Jeder schaute auf den Leichnam. Nur das leise Weinen Brunos war zu hören.

»Tja«, setzte der Herr dann nach einer Weile an und wandte sich an Magdalena. »Hast du ihn umgebracht?«

Magdalena hielt ihren Sohn in den Armen. Sie antwortete nicht, ihre Lippen hatte sie fest zusammengekniffen.

»Du bist Magdalena Kohler, nicht wahr?«, begann er wieder. Jetzt nickte Magdalena.

»Also, wir müssen die Sache schon aufklären. Ich bin der Leitende Staatsanwalt in Stuttgart. Dr. Martin von Wagenschein. Und ich bin es gewohnt, dass man mir die Wahrheit sagt. Augenblicklich und ohne Tricks. Klären wir vielleicht zunächst einmal die Frage, weshalb Metzler so nackt hier herumliegt.«

»Er hat anscheinend versucht, sie …«, wollte der Polizeileutnant erklären. Er wurde aber mit einer raschen Handbewegung von dem Staatsanwalt gestoppt.

»Ich rede mit Frau Kohler und will es von ihr wissen.« Verlegen hielt der Polizist inne. »Nun, warum liegt Metzler entblößt da?«

Magdalena schluckte. Dann antwortete sie. »Er hat versucht, mich zu vergewaltigen. Ich habe mich kaum mehr wehren können. Er hat mich halb bewusstlos geschlagen, dann gewürgt. Und er hat mir dabei die Kleider vom Leib reißen wollen.«

»Aha. Und da hast du auf ihn eingestochen? In Notwehr, gewissermaßen?«

Sie antwortete nicht gleich. Der Staatsanwalt setzte nach: »Nun, war es so? Hat es sich in der Art und Weise abgespielt?«

Ganz leicht nickte Magdalena. Wieder kniff sie dabei den Mund zusammen und schaute auf den Boden. Bruno weinte lauter.

»Frau Kohler! Ich muss es schon hören«, insistierte der Staatsanwalt, der durchaus eine geduldige Miene aufgesetzt hatte. Nach kurzem Schweigen sagte Brunos Mutter: »Ja, so war es.« Mit diesen knappen Worten gab sich von Wagenschein nur vordergründig zufrieden.

»Sie haben ihn demnach erstochen, als er sie zu vergewaltigen versuchte?« Neugierig hatte er bei dieser Frage den Kopf hochgenommen und die Stirn in Falten gelegt. Wieder verging eine Weile, bis Magdalena antwortete.

»Ja, wie gesagt. Er hat mich bereits auf den Tisch gezwängt, geschlagen und gewürgt. Da habe ich nach dem Messer gegriffen und …«

»Nein, Mama«, sprach Bruno mit einem Mal dazwischen. Er weinte laut, die Tränen liefen ihm übers Gesicht. Magdalena wollte ihn zurückhalten. Sie drückte ihn fest an sich, gerade so, als ob sie ihn am Weitersprechen hindern wollte. Der Staatsanwalt trat heran, streichelte dem Jungen übers Haar, nahm ihn dann fast sanft an der Schulter und ging mit ihm ein paar Schritte im Zimmer. Bruno weinte immer noch bitterlich. Er drehte sich verzweifelt zu seiner Mutter um. Doch die starke Hand des Staatsanwaltes hielt ihn nun fest.

»Beruhige dich, mein Junge. Es ist schon schlimm, was hier geschehen ist. Aber wir müssen wenigstens die Wahrheit erfahren. Und dabei willst du mir doch helfen?«

Wagenschein blickte Bruno an, tätschelte ihm beruhigend die Wange und ließ ihm für die Antwort Zeit. Geduldig wartete der Staatsanwalt ab. Dann sprudelte plötzlich alles aus Bruno heraus. Er erzählte ganz genau, wie sich alles zugetragen hatte.

Nachdenklich setzte sich danach von Wagenschein. »Mmh, schwierig«, sagte er schließlich. Er zog zweimal kurz die Schultern hoch, blickte dann zu dem Polizeileutnant, um gleich darauf Magdalena streng anzuschauen.

»Wolltest du deinen Jungen schützen?«

Magdalena nickte heftig. Sie bestätigte nun aber die Aussagen ihres Sohnes. Aufgeregt schilderte sie sodann ausführlich die schon seit längerer Zeit von Metzler vorgenommenen Belästigungen.

»Na gut.« Der Leitende Staatsanwalt klatschte laut in die Hände. »Ich nehme dich und deinen Sohn zunächst mit auf das Polizeikommissariat. Es ist keine Verhaftung, zumindest vorläufig noch nicht. Ich muss mir über einige Details erst noch klar werden.«

Dem Polizeileutnant gab er einige Anweisungen. Dann forderte er Magdalena und Bruno auf, sich warm anzuziehen. Er wollte aufbrechen. Respektvoll wichen die Menschen an der Tür zurück. Als sich die drei den Weg durch die Menge gebahnt hatten, rief es plötzlich aus der Menschenmenge »Mörderin!«. Magdalena erstarrte. Der Staatsanwalt drehte sich nur um, augenblicklich trat Schweigen ein. Die meisten blickten zu Boden. Niemand gab auch nur noch einen Laut von sich.

»Gehen wir«, sagte von Wagenschein an Magdalena gewandt. Sie machten sich weiter auf den Weg zum Kommissariat, das in der Königstraße lag.

Dort mussten Magdalena und Bruno erst einmal eine Stunde in einer Zelle warten, die allerdings nicht abgesperrt war. In der Zelle spendete nur eine Kerze ein wenig Licht. Zudem war es zugig und alles andere als warm. Deshalb hielten sich die beiden fest umschlungen. Irgendwann kam dann ein Gendarm und holte Bruno zu einem Verhör.

»Nur der Junge«, kam der Gendarm der Frage der Mutter zuvor. Bruno fürchtete sich und wollte sie nicht loslassen.

»Geh nur, Bruno. Du musst keine Angst haben. Ich werde hier auf dich warten.« Langsam ließ Bruno seine Mutter los. Mit dem Polizisten ging er dann in ein am Ende des Ganges gelegenes Zimmer. Dort erwartete ihn bereits der Leitende Staatsanwalt. Bruno durfte sich setzen. Er sollte alles noch einmal erzählen. Wagenschein stellte danach noch alle möglichen Fragen. Auch die früheren Besuche Metzlers interessierten ihn in besonderem Maße. Nach knapp einer Stunde ließ er Magdalena holen. Auch sie musste sich einem fast einstündigen Verhör unterziehen. Zunächst war sie sehr nervös. Sie sorgte sich um ihren Sohn, der sie vor dem ekelhaften Metzler bewahrt hatte.

Dann wurde der Staatsanwalt plötzlich herausgerufen. »Keine Störung jetzt«, befahl er barsch dem Gendarmen. Der kehrte aber keine Minute später wieder in den Vernehmungsraum zurück.

»Verzeihen Sie, Herr Staatsanwalt. Ich bitte vielmals um Verzeihung.«

»Was ist denn?«, fragte von Wagenschein ungehalten.

Der Gendarm hielt ihm ein Schreiben entgegen. »Ein Kaufmann Hirsch wartet draußen. Er bittet um sofortige Unterredung. Und Sie möchten bitte einen Blick auf das Schreiben werfen.«

Von Wagenschein griff nach dem Papier. Schon beim Auseinanderfalten stutzte er. Es war das Briefpapier des Innenministers. Der Minister bat ihn in dem Schreiben, Kaufmann Ignaz Hirsch Gehör zu schenken und seinen Ausführungen Gewicht beizumessen. Der Staatsanwalt begab sich zu ihm. Nach ausführlichem Gespräch erklärte er:

»Ich bin überzeugt, werter Herr Hirsch, dass sich die ganze Angelegenheit genauso zugetragen hat, wie es der junge Kohler und seine Mutter erzählen. Da es aber keine anderen Zeugen gibt, muss ich mit der notwendigen Sorgfalt die Untersuchung führen und keine Möglichkeit außer Betracht lassen.«

»Selbstverständlich haben Sie umfassend Ihre Pflichten zu erfüllen. Ich bin auch sicher, kein anderer wäre in dieser heiklen Angelegenheit mit dieser Umsicht vorgegangen. Und selbstverständlich will ich Ihren Untersuchungsergebnissen keinesfalls vorgreifen. Doch bitte ich davon abzusehen, die beiden einzusperren. Eine Möglichkeit zur Flucht gibt es sowieso nicht für sie.« Von Wagenschein nickte zustimmend.

»Wenn Sie erlauben, möchte ich Ihnen einen Vorschlag unterbreiten«, begann Hirsch wieder. »Ich werde Frau Kohler und ihren Sohn zunächst bei mir aufnehmen und verbürge mich dafür, dass sie mein Haus nicht verlassen. Sie können sie jederzeit dort verhören oder zum Verhör in das Kommissariat holen lassen.« Wieder nickte der Staatsanwalt.

»Gut, mit diesem Vorschlag bin ich einverstanden«, gab er nach kurzem Nachdenken zur Antwort. »Für heute bin ich fertig. Wenn es Ihnen recht ist, können Sie die beiden gleich mitnehmen. Nur muss ich darauf bestehen, dass sich die beiden wirklich jederzeit zur Verfügung halten.«

»Das ist absolut selbstverständlich. Wie gesagt, ich bürge selbst dafür, dass Sie sie jederzeit sprechen können.«

10

Noch nie in seinem Leben hatte Bruno ein solch schönes und komfortabel eingerichtetes Haus gesehen. Sie hatten von der Polizeiwache nicht weit gehen müssen. Die Hospitalstraße, in der sich das Haus der Familie Hirsch befand, lag nur vier Querstraßen weit entfernt. Auf dem Weg dorthin sprachen die drei kaum ein Wort miteinander. Der Staatsanwalt hatte sie über die zu beachtenden Modalitäten informiert und sie dann mit Ignaz Hirsch gehen lassen. Am Eingang des Hauses empfing sie ein Dienstmädchen. Hirsch wies sie kurz an, fragte dann, ob sie Hunger hätten und als beide bejahten, ließ er noch etwas anrichten. Auch während der Mahlzeit sprachen sie nur wenig miteinander. Erst als Frau Hirsch etwas später hinzukam und beide besonders herzlich begrüßte, ließ die Anspannung und Scheu nach. Magdalena beantwortete redselig die Fragen von Frau Hirsch.

»Nun, sei etwas weniger neugierig«, unterbrach irgendwann der Hausherr. »Liebe Frau Kohler! Wir verdanken Ihrem Sohn das Leben unseres Sohnes. Ich freue mich sehr darüber, Ihnen jetzt – gewissermaßen als kleiner Ausgleich – zu Hilfe kommen zu können. Als ich von Ihrer misslichen Lage und dem üblen Geschehen erfuhr, habe ich augenblicklich meinen Einfluss geltend gemacht. Sie müssen wissen, ich bin gut befreundet mit dem Bruder des Herrn Innenministers, den ich ebenfalls zu meinem Bekanntenkreis zähle. Es war also gar nicht schwer, das Notwendige zu veranlassen.«

Hirsch lächelte bei seinen Ausführungen. Er erklärte, dass Louis zwar noch im Hospital sei. Doch nachdem die Lungenentzündung abgeklungen war, rechneten sie alsbald mit seiner Entlassung. Bei diesen Worten trat ein Junge ins Zimmer. Hirsch stellte ihn als seinen ältesten Sohn vor. Benjamin Hirsch war nur ein wenig älter als Bruno. Wie er hatte Benjamin schwarzes Haar, doch war er kleiner und schmächtiger, aber wie sich noch zeigen sollte, ein zäher und kämpferischer junger Bursche.

Der Schlafraum, den Magdalena und Bruno am späten Abend im hinteren Teil des Hauses zugewiesen bekamen, war fast doppelt so groß wie ihre gesamte Wohnung in der Canalstraße. Drei Leuchter waren an die mit schönen, ganz weißen Tapeten bezogenen Wänden angebracht. An allen brannten jeweils fünf Kerzen.

Welche Verschwendung, dachte Bruno, dem die häufige Mahnung der Mutter in den Sinn kam. Sie achtete ständig darauf, dass nur ja nicht unnötig die Kerze beansprucht wurde. Am meisten beeindruckten ihn aber die beiden Betten. Es gab richtige Matratzen und feine Bettwäsche, mit Gänsefedern oder gar Daunen gefüllte Kissen. Neben jedem Bett stand ein Nachtschrank mit einem Kerzenständer. Noch nie hatte Bruno in einem solchen Zimmer gewohnt oder geschlafen. Aber trotz der luxuriösen Umgebung schlief Bruno in dieser Nacht schlecht. Die schlimmen Ereignisse des Tages verlangten ihren Tribut.

11

Noch jemand verbürgte sich für die Kohlers. Zwei Tage nach der Tat bat ein Leutnant von Boden den Leitenden Staatsanwalt um eine Unterredung. Der Offizier setzte sich mit Entschiedenheit für Bruno ein. Er lobte sein mutiges, vorbildliches Verhalten bei der Rettung des in das Eis eingebrochenen Jungen. Dr. von Wagenschein wusste natürlich längstens über diesen Vorfall Bescheid.

Etwa zum Zeitpunkt dieses Gesprächs befragte Polizeileutnant Kramer mit einem Gehilfen die engeren Dienstleute Metzlers. Metzler war nicht nur vielfacher Hauseigentümer, sondern auch Inhaber verschiedener Handelsgeschäfte. Unter anderem war er gar Hoflieferant für Textilwaren. Seine Geschäfte florierten im Übermaße. Der unverheiratete Metzler hatte zwei Kaufleute mit der Führung seiner wichtigsten Geschäfte beauftragt. Einer davon war gleichzeitig sein Bürovorsteher und Verwaltungsleiter. Mit diesem Mann, Frieder Zieschank, sprach Kramer.

»Er war eben ein geiler Bock«, äußerte sich ganz unvermittelt ein anderer anwesender Kaufmannsgehilfe.

»Wie bitte?«, fuhr der Polizeileutnant herum. »Was sagten Sie gerade?«

»Ja, wenn man schon die Wahrheit sagen muss, sollten die Dinge beim Namen genannt werden. Sag doch selbst«, erklärte der Mann mit Blick auf Zieschank, »unser Herr Chef konnte doch nie genug kriegen. Zudem hat er sich ungeniert mit seinen Heldentaten gebrüstet. Neidisch hätte man werden können bei seinen Weibergeschichten.«

»Ja, ja«, stimmte Zieschank zu. »Er hatte in dieser Hinsicht seinen Spaß. Irgendeine Frau gab es für Herrn Metzler immer.«

»Nun sag schon«, setzte der Gehilfe nach.

»Was soll ich sagen?«, fragte Zieschank.

»Ja was? Die Sache mit der Kohler natürlich.«

»Was ist mit der Kohler?«, hakte sogleich der Polizeileutnant nach.

Zieschank druckste geheimnisvoll herum. Er zierte sich, doch als Kramer ungehalten wurde, erklärte er schließlich: »Herr Metzler hat schon seit einigen Wochen von dieser Frau Kohler erzählt. Irgendetwas von einer Notlage. Er war sich sicher, die Frau herumzukriegen. Kaum ein Tag verging, ohne dass er nicht gemeint hätte, er werde sie schon noch gefügig machen.«

»Ja, und vor drei Tagen ...«, fiel ihm der Gehilfe ins Wort, der aber mit einem Mal innehielt.

»Was war vor drei Tagen?«, fragte Kramer energisch nach, der bereits ahnte, was sich abgespielt haben dürfte.

»Ha! Er hat sich am Nachmittag noch gebrüstet, heute würde er die Kohler abschießen. Jawohl! ›Abschießen‹ hat er gesagt. Er hätte sie nun so weit. Er müsse nur noch ein wenig nachhelfen. Danach hat er sich auf den Weg gemacht.«

Polizeileutnant Kramer notierte sich die Aussagen. Danach brach er auf, um Staatsanwalt von Wagenschein Bericht zu erstatten.

12

Drei Tage später gab Hirsch am Abend ein Festessen. Seine Frau hatte Louis morgens aus dem Krankenhaus holen können. Er musste zwar noch das Bett hüten. Aber zum Feiern bot sich Anlass genug. Dazu kam noch, dass ebenfalls am Vormittag der Staatsanwalt vorbeigekommen war. Er hatte die Ergebnisse seiner Untersuchungen mitgeteilt. Zu Magdalena und ihrem Sohn gewandt sagte er, man schenke ihrer Darstellung nun unbedingten Glauben. Weil eine eindeutige Notwehrsituation vorgelegen habe, hätten sie nichts weiter zu befürchten. Der Fall würde in Kürze abgeschlossen werden.

Hirsch eröffnete das Festmahl mit einem Segensspruch. Dabei hatte er sich am Tisch in einer silbernen Schüssel die Hände gewaschen. Er trug – wie sein ältester Sohn Benjamin – eine Kopfbedeckung. Wie Magdalena und Bruno später erfuhren, nannte man sie Jarmulke. Auf dem Tisch stand ein siebenarmiger Leuchter, die Menorah – ein weiteres Symbol des Judentums. Alle Kerzen brannten. Bruno, der neugierig auf alle jüdischen Gebräuche und Sitten war, beobachtete die leicht flackernden Lichter. Hirsch beendete das Gebet. Er brach von einem Brot mehrere Stückchen ab und reichte jedem Anwesenden eines davon. Das Gespräch während des Essens wurde überwiegend von den Hirschs bestritten. Magdalena und Bruno hörten aber gern zu, mitunter gaben sie die eine oder andere Antwort. Erst als das Gespräch auf die Schule kam, taute Bruno regelrecht auf. Er schimpfte auf seinen Lehrer Wiesner, nachdem Benjamin ebenfalls kein gutes Haar an seinen Lehrern gelassen hatte.

»Auf welche Schule gehst du denn?«, fragte Frau Hirsch. Verlegen blickte Bruno zu Boden. Er räusperte sich und wollte nicht so recht antworten. Nach einer kurzen Pause sagte seine Mutter: »Er geht zur Armenfreischule. Ich kann ihn nicht zur Volksschule oder gar auf eine höhere Schule geben, weil ich das Schulgeld nicht bezahlen könnte.«

»Ah ja, natürlich«, antwortete Frau Hirsch ganz ungezwungen. »Ich kenne die Schule.«

»Ich bin froh, dass nichts bezahlt werden muss. Doch würde ich mir schon wünschen, Bruno könnte auf einer anderen Schule mehr lernen. Gescheit genug ist er. Es kommt mir dann immer wieder ungerecht vor, dass wir die Möglichkeit dazu nicht haben.«

»Wie meinen Sie das?«, fragte Hirsch interessiert. Mutig setzte Magdalena noch einmal an: »Bruno lernt ziemlich gut. Aber er bekommt natürlich keine Chance. Es hängt am Geld, das ich nicht aufbringen kann. Und an diesem Lehrer Wiesner, der alles tut, um Bruno zu drücken.«

»Erzähle mir doch, wie du lernst und wie deine Leistungen im letzten Jahr gewesen sind«, wandte sich Hirsch an Bruno.

»Ich habe keine Probleme. Vieles fällt mir leicht. Und der Hilfslehrer, der vor kurzem noch bei uns unterrichtet hat, sagte immer, er werde versuchen, etwas für mich zu tun. Bei ihm hatte ich wirklich richtige Freude im Unterricht. Aber es scheint, seit er sich mit Wiesner angelegt hat, ist es ihm schlecht ergangen. Jedenfalls fehlt er bereits seit einigen Wochen.«

Hirsch und seine Frau blickten sich kurz an. Frau Hirsch lächelte, schaute ihren Sohn Benjamin an und sagte: »Nun, Benjamin wird nach Ostern auf das Gymnasium wechseln. Er ist zwar ein fauler Mensch. Wir müssen deswegen immer hinter ihm her sein. Sonst nimmt er die Schule nicht ernst genug. Aber ich stimme Ihnen zu, Frau Kohler. Man sollte tatsächlich die Kinder fördern und ihnen eine gute Schulbildung zugute kommen lassen.«

»Ja, wenn man in der Lage dazu ist«, antwortete Magdalena.

»Nun, wir sind in dieser glücklichen Lage. Frau Kohler, wie heißt denn dieser Hilfslehrer, von dem Ihr Bruno so begeistert erzählt hat?«

»Herr Ringhoff«, gab Magdalena auf Frau Hirschs Frage zur Antwort. Sie konnte aber nicht fortfahren, weil Bruno sich sogleich zu Wort meldete.

»Wiesner hat ihn auf dem Gewissen. Er hat ihn fortgeekelt. Da bin ich mir ganz sicher. Wir haben gehört, er sei nach Reutlingen strafversetzt worden.«

»Nach Reutlingen?«, schaltete sich Hirsch wieder ein. »Na, mal sehen«, sagte er bedeutungsvoll. Dann wechselte er aber das Thema.

II

1851 – 1860

I

Bruno konnte sein Glück kaum fassen. Er beugte sich etwas nach vorn, wobei er sich am Fensterbrett abstützte. Vor Freude hätte er am liebsten laut gerufen. Aber er beherrschte sich, obwohl ihm zum Jauchzen zumute war. Berlin liegt mir zu Füßen, dachte er begeistert und schaute auf den Moritzplatz an diesem Oktobertag des Jahres 1860 hinunter. Vor einer Stunde hatte er die Dachkammer in einem großen Mietshaus am Ende der Kommandantenstraße bezogen. Das Giebelfenster im fünften Stock lag auf der Seite zum Moritzplatz. Zahlreiche Menschen, Pferdefuhrwerke und einzelne Reiter hoch zu Ross verursachten einen Lärm, der bis zu ihm hinaufdrang. Nicht zu vergleichen mit Stuttgart, wahrhaftig nicht zu vergleichen! Diese Gedanken gingen ihm durch den Kopf. Stuttgart erschien ihm im Vergleich zu Berlin wie ein ruhiges, beschauliches Provinzstädtchen. Beschaulichkeit und Ruhe gibt es wohl in Berlin nicht, überlegte er weiter. Er war am Morgen zusammen mit seinem Freund Benjamin Hirsch mit dem Zug angekommen. Sie waren dort in eine außergewöhnlich vornehme Kutsche gestiegen, die sie zum Haus des Berliner Großbankiers Gerson von Bleichröder gebracht hatte. Ignaz Hirsch war um einige Ecken mit den Bleichröders verwandt. Als er ihm geschrieben hatte, dass sein Sohn nach Berlin zum Studium gehen wolle, war es für

Bleichröder selbstverständlich gewesen, alles Weitere augenblicklich zu veranlassen. Zu dieser Zeit hatte Benjamin Bruno bereits von einem Studium in Berlin begeistert. Zunächst war er sehr skeptisch gewesen, hatte er doch keine Vorstellung, wie er sich solch ein Studium hätte leisten können. Dann aber, als er bei Familie Hirsch im vergangenen Frühjahr zum Passahfest eingeladen worden war, sollte er eine faustdicke Überraschung erleben. Fast neun Jahre ging Bruno nun schon im Haus der Familie Hirsch ein und aus. Er wusste in der Zwischenzeit fast alles über die jüdischen Gebräuche und Sitten. Zudem hatte er sich intensiv mit der jüdischen Religion befasst. Am besagten Abend saß die ganze Familie mit zahlreichen Verwandten an einer festlich gedeckten Tafel. Der Hausherr selbst leitete zunächst die Feier. Er sprach Segensworte über vier Becher Wein, über das ungesäuerte Brot und die zum Mahl gehörenden Speisen. Danach stimmte er Psalmgebete an und trug die Erzählung vom Auszug der Israeliten aus Ägypten vor. Es war dann schon spät am Abend, als die Runde auf das bald beginnende Studium von Benjamin zu sprechen kam. Benjamin wollte in Berlin Jura studieren, und alle Anwesenden beglückwünschten ihn zu diesem Entschluss.

»Nun Bruno, nach welchem Studium steht dir denn der Sinn?« Bruno war aufgrund der Frage von Ignaz Hirsch etwas verlegen.

»Die Juristerei könnte schon auch mein Fall sein. Allerdings möchte ich mich gern vor allem mit Philosophie und Geschichte befassen.«

»Das lässt sich doch kombinieren.« Ein Neffe Hirschs meldete sich zu Wort. »Ich selbst habe vor Jahren einen Schwerpunkt auf die Rechtsphilosophie gelegt. Bei diesem Studium kam ich wie von selbst auch auf die Historie.«

Mit größtem Interesse hatte Bruno zugehört. Doch gleichzeitig schien ihm ein Studium unmöglich. Er war ein ziemlich guter Schüler und würde ohne Probleme in wenigen Wochen mit Benjamin die Reifeprüfung bestehen. Mit Vorliebe hatte er bis zum vorletzten Schuljahr am Latein- und Geschichtsunterricht teilgenommen. Hier traf er auf einen vorbildlichen Lehrer, der ihm mit Sachverstand und pädagogischem Gespür diese Fächer nahebrachte. Aber studieren? Nein, so schön sich das auch anzuhören vermochte. Es scheiterte am Geld. Wie sollte er ein Studium finanzieren? Er war ein Habenichts. Und so fleißig seine Mutter auch für ihn sorgte, es reichte nie und nimmer für ein Studium. Bruno dachte eher an eine Laufbahn beim Militär. Seine Mutter war von derartigen Ideen alles andere als begeistert. Aber sie sah natürlich nüchtern die mehr als begrenzten Möglichkeiten. Doch es sollte alles anders kommen. Und Hirschs wohlkalkulierte Frage leitete die Änderung an diesem Abend ein. Diese Frage ging Bruno gerade durch den Kopf. Vom Moritzplatz herauf hörte er dabei ein Schimpfen, weil zwei Fuhrleute aneinandergeraten waren. Er musste schmunzeln und dachte gleich wieder an Hirsch, dem er so viel verdankte.

Hirsch hatte, nachdem die schreckliche Tat an Metzler ausgestanden war, dafür Sorge getragen, dass seine Mutter bei einer befreundeten Kaufmannsfamilie Arbeit fand. Damit war ein gleichmäßiges Einkommen sichergestellt und die größte Sorge endlich vorbei. Weiter stellte Hirsch ihnen in einem Haus in der Marienstraße eine gute Wohnung im zweiten Stock zu einem günstigen Mietzins zur Verfügung.

Ihr Leben nahm eine wirklich glückliche Wendung. Nie wieder mussten sie an einen Wegzug aus Stuttgart denken. Das Erfreulichste aber war ein Besuch beim Rektor des Stuttgarter Gymnasiums gewesen. Völlig überraschend hatte ihn Hirsch an einem Nachmittag dazu eingeladen. Ganz ehrfürchtig hatte er zusammen mit Hirsch und seinem Sohn Benjamin das große Schulgebäude betreten. Als sie vom Rektor empfangen wurden, machte er sogar respektvoll einen Diener. Der Rektor, den er sich als furchtbar strengen Menschen vorgestellt hatte, behandelte ihn sehr freundlich. Bruno wurde so herzlich begrüßt wie die beiden anderen.

»Ich werde Professor Steinmetz herbitten«, eröffnete der Rektor dann das Gespräch. Steinmetz trat wenig später zwar mit strenger Miene ins Rektoratszimmer, aber auch er grüßte jeden mit Handschlag und schien nichts Böses im Schilde zu führen.

»Professor Steinmetz wird der Klassenlehrer Ihres Sohnes sein«, erklärte der Rektor zu Hirsch gewandt. Danach ging Steinmetz auf Bruno zu.

»Du bist also der junge Kohler?« Bruno wurde nervös. Genau so hatte er sich einen Gymnasialprofessor vorgestellt.

»Tritt einmal an die Tafel«, wies ihn Steinmetz an. Etwas verwirrt begab sich Bruno zur Tafel. Und dann prüfte ihn der Lehrer tatsächlich im Rechnen. Anschließend testete er seine Fähigkeiten in der Rechtschreibung und der deutschen Grammatik. Bruno bestand die Herausforderungen mit Bravour. Zum Schluss bemerkte Steinmetz nur knapp »Gut! Ganz gut«. Danach mussten die Kinder den Raum verlassen.

Viel später hatte Bruno erfahren, dass Hirsch mit seinem nach Reutlingen strafversetzten Lehrer in Kontakt getreten war. Bei diesem Gespräch lobte Ringhoff die Fähigkeiten und Begabungen Brunos über alle Maßen. Er bedauerte es zutiefst, dass dieser kluge Bursche keine höhere Lehranstalt besuchen durfte. Als Hirsch sich schließlich verabschiedete, hatte er bereits seine Entscheidung getroffen. So wurde Bruno ins Gymnasium aufgenommen. Das Schulgeld bezahlte Ignaz Hirsch. Er erwartete dafür keinerlei Gegenleistung. Es war sein Dank an Bruno für die Rettung seines jüngsten Sohnes. Bruno stellte sich jedoch von Anfang an als Hilfsarbeiter für die Geschäfte und Lager Hirschs zur Verfügung. Zunächst konnte er nur einfache und wenig schwere Arbeiten übernehmen. Aber je älter und stärker er wurde, desto mehr entwickelte er sich zu einer ausgezeichneten und zuverlässigen Arbeitskraft. Vor allem schwere körperliche Arbeit übernahm Bruno, worüber einige der angestammten Arbeiter Hirschs immer recht froh waren. Bruno hatte gerade das sechzehnte Lebensjahr erreicht, da maß er schon über einen Meter achtzig. Es zeichnete sich bereits ein muskulöser, starker Körper ab. Kaum ein Jahr später bemerkte Bruno, dass ihm die älteren Mädchen nachschauten. Sein Freund Benjamin hänselte ihn immer wieder, weil er anscheinend die besten Chancen nicht wahrnahm. Und Bruno wollte wirklich im Gegensatz zu Benjamin von den Mädchen noch nichts wissen. Er konzentrierte sich ganz auf die Schule, lernte ausgesprochen fleißig und stellte sich in seiner Freizeit als Gehilfe für Hirsch zur Verfügung. In den ganzen Jahren am Gymnasium vergaß er nicht einen einzigen Tag, was er diesem jüdischen Kaufmann verdankte.

Bruno und Benjamin waren gute Freunde geworden. Sie besuchten zusammen die Schule, machten gemeinsam Hausaufgaben und spielten oft miteinander. Das Lernen fiel beiden leicht. So vergingen die Schuljahre fast ohne Probleme. Nur zwei Ereignisse trübten diese glückliche Zeit. Jetzt, da Bruno auf Berlin herabschaute, rief er sich die Ereignisse noch einmal in Erinnerung. Fast hätten sie ihn und Benjamin die Reifeprüfung gekostet.

2

Wenige Wochen vor den Sommerferien, an einem überaus heißen Sommertag, schlenderte er mit Benjamin durch das Schultor. Sie hatten sich bereits für den Nachmittag ein Bad im Neckar vorgenommen und waren in bester Laune. Gegenüber dem Schultor auf der anderen Straßenseite saßen vier Schüler einer höheren Klasse auf einer hohen Mauer.

»Hep, hep, hep«, riefen sie plötzlich. Bruno und Benjamin konnten damit zunächst nichts anfangen. Sie wollten schon abbiegen, da sprangen zwei der Burschen von der Mauer herunter. Sie kamen rasch über die Straße und bauten sich vor ihnen auf. Etwas zögerlich folgten die anderen beiden. Auf eigenartige Weise spürte Bruno eine Gefahr. Ihn befiel ein ungutes Gefühl.

»Ist dir klar, dass die Juden an allem Schuld haben?«, fragte der Wortführer. Es war Heinz Schröder, der bei seiner Frage Benjamin mit der Faust gegen die Brust schlug. Verdutzt blickte Benjamin den zwei Jahre älteren Schüler an. Er wusste überhaupt nicht, worum es ging.

»Juden sind unser Unglück«, setzte Schröder wieder an. »Mein Vater sagt, die ganze Krise sei von euch Juden verursacht, damit ihr Betriebe, die kaputtgehen, billig aufkaufen könnt.«

»Was soll denn dieser Quatsch?«, mischte sich Bruno ein.

»Halt dein Maul, Judenfreund.« Schröder wandte sich von Benjamin ab. Er packte Bruno am Hemdkragen. Der wollte zurückweichen, aber da fasste ihn der hinter ihm stehende Gehilfe Schröders am Genick. Bruno wurde wütend. Auch wenn er zwei Jahre jünger als die anderen war, hatte er keine Furcht vor ihnen. Er wusste um seine Kraft, auf die er sich verlassen konnte.

»Um etwas klarzustellen: Ich mag keine Juden. Und Judenfreunde genauso wenig.« Schröder blickte böse, gab dann aber seinen Kumpanen ein Zeichen, worauf sie sich davonmachten.

Die beiden Freunde waren danach recht durcheinander. Am Abend sprachen sie mit Benjamins Vater über den Vorfall. Er klärte sie über die Hintergründe auf. Ignaz Hirsch berichtete von den Vorurteilen gegen die Juden, die es schon seit Jahrhunderten gab und die immer wieder zu ungeheuerlichen Ausschreitungen geführt hatten. Bruno fielen nun sogar die Worte Wiesners ein, als er nach der Rettung von Louis wieder in die Schule gekommen war. Abfällig hatte der Lehrer von einem Judenbengel gesprochen und so getan, als ob die Rettung eines Juden von geringem Wert sei.

Am nächsten Tag wiederholte sich der Vorfall. Bruno und Benjamin verließen nach dem Nachmittagsunterricht die Schule. Noch nicht am Schultor angekommen, sahen sie die vier Burschen wieder auf der Mauer sitzen. Diesmal sprangen sie sofort herunter und kamen auf sie zu.

»Hep, hep«, stimmten sie alle an. Benjamin fasste Bruno am Ärmel. Er wollte zurück ins Schulgebäude.

»Es stimmt! An dir kann jeder sehen, dass es stimmt«, giftete Schröder. Irritiert schauten sie ihn an. Schröder grinste und rief laut: »Juden sind als feige bekannt. Und du, Hirsch, willst dich doch gerade aus dem Staub machen. Du bist eben ein Feigling. Aber dafür kannst du nichts. Das liegt in eurer Natur begründet.«

Wieder bedrohten die vier die zwei Freunde. Bruno spürte, wie er wütend wurde. Doch wusste er noch nicht so recht, wie er reagieren sollte.

»Lass uns in Ruhe«, antwortete Benjamin.

»Wie bitte? Einer wie du will mir etwas vorschreiben?« Gehässig grinste Schröder bei diesen Worten. »Typisch Jude! Spielt sich auf und will befehlen.« Er boxte wiederum gegen Benjamins Brust. Brunos Freund schaute ratlos und nervös auf den Boden.

»Kopf hoch! Du bist doch sonst so stolz.« Schröder trat jetzt mehr und mehr aggressiver auf. In der Zwischenzeit hatten sich etliche Schüler um die Gruppe versammelt. Sie beobachteten gespannt, was sich entwickelte.

»Pass auf, Jude«, sagte Schröder. »Du gehst mir zukünftig aus dem Weg. Wenn nicht, erlebst du eine Abreibung, die sich gewaschen hat.« Schröder stieß Benjamin nach hinten. Der dort stehende Schüler gab ihm einen weiteren Schubs. Er stolperte. Doch konnte er sich gerade noch rechtzeitig abfangen. Die Umstehenden lachten. Sie zogen dann enttäuscht ab, als alle auseinandergingen. Die erhoffte Schlägerei war ausgeblieben.

»Nur noch eine Woche Schule. Dann fangen die Sommerferien an. Damit wird der Spuk dann schon aufhören«, sagte Bruno. Er spürte aber gleichzeitig wieder das ungute Gefühl. Deshalb überlegte er, wie Schröder von seinen Sticheleien und Kränkungen abgebracht werden könnte.

Drei Tage lang geschah nichts. Bruno und Benjamin hofften bereits, die Sache wäre ausgestanden. Am nächsten Morgen wollte Bruno wie üblich Benjamin zur Schule abholen. Auf sein Klopfen öffnete überraschenderweise Frau Hirsch die Tür. Normalerweise stand Benjamin vor ihm, gemeinsam machten sie sich dann auf den Schulweg.

»Benny kann heute nicht zur Schule gehen. Er ist krank.« Benjamins Mutter schaute traurig.

»Was fehlt ihm denn?«, wollte Bruno wissen. Frau Hirsch atmete tief ein. Dann sagte sie mit belegter Stimme: »Er ist gestern Abend geschlagen worden.«

»Was? Geschlagen? Von wem denn?«, fragte Bruno, obwohl er bereits die Antwort wusste. Tatsächlich hatten Schröder und seine Helfer Benjamin aufgelauert. Keine hundert Meter von seinem Haus entfernt, wurde Benjamin von zwei Freunden Schröders gepackt und festgehalten. Ohne ein weiteres Wort zu verlieren, hatte Schröder ihn ein paar Mal ins Gesicht geschlagen. Danach wurde er heftig nach vorn gestoßen. Benjamin fiel dabei derart unglücklich, dass er sich die Hand brach. Die vier Angreifer liefen daraufhin laut grölend davon. Benjamin schleppte sich mit großen Schmerzen nach Hause. Er blutete aus einer aufgeplatzten Augenbraue und aus seinen verletzten Lippen.

Bruno ging an diesem Tage allein zur Schule. Als der Unterricht beendet war, trat er aus dem Schulhaus. Die vier Übeltäter sah er gleich darauf wieder auf der Mauer sitzen. Als sie ihn bemerkten, lachten sie. Provozierend wurde er gefragt, wo er denn heute seinen Freund gelassen habe. Bruno ging nicht darauf ein. Er machte sich schnell auf den Weg, aber nur, um sich hinter die nächste Straßenecke zurückzuziehen. Dort wartete er eine ganze Weile. Erst als die vier aufbrachen, schlich er ihnen vorsichtig nach. Als Schröder sich von seiner Gruppe trennte, verfolgte er nur ihn weiter. Fast am Ende der Seestraße bog der Schläger ab, um über einen eher provisorisch angelegten Weg, der links und rechts von Bäumen begrenzt war, eine Abkürzung zu nehmen. Bruno rannte gleich darauf an das Ende der Seestraße, bog um die Ecke und hastete die Stufen zum Häuserviertel hinauf. Oben angekommen, ging er rasch die Straße ungefähr fünfzig Meter entlang. Er traf dort auf den Weg, auf dem Schröder heraufkommen musste. Bruno ging den Weg langsam ein Stück weit hinunter und wartete dann gespannt an einer Biegung.

Nach einigen Minuten stapfte Schröder daher. Zu seiner völligen Überraschung trat ihm Bruno in den Weg.

»Was willst du?«, fuhr ihn Schröder an. Bruno trat noch einen Schritt nach vorn. Er schlug dem völlig verdutzten Schröder mit der Faust mitten ins Gesicht. Schröder taumelte nach hinten, stürzte und versuchte sich wieder aufzurappeln. Er war außer sich vor Schmerz und Wut. Als er sich auf Bruno stürzen wollte, bekam er ihn nicht zu fassen. Vielmehr wirbelte Bruno herum. Er packte Schröder energisch am Kragen, brachte ihn aus dem Gleichgewicht und schlug ihm zweimal mit der flachen Hand ins Gesicht. Schröder heulte auf. Noch einmal versuchte er einen Angriff. Bruno, jünger als er, war ihm an Kraft aber überlegen. Er schnappte ihn sich an seinen Haaren, zog gewaltig daran und schlug ihm noch einmal auf die Wange, dass es nur so klatschte. Als er die Haare losließ, fiel Schröder heulend zu Boden.

»Solltest du dich noch einmal an meinem Freund vergreifen, war dies heute erst ein Vorgeschmack«, sagte Bruno böse und außer Atem. Voller Hass schaute ihn Schröder von unten an. Er nickte aber mit dem Kopf.

Danach rechnete Bruno noch eine ganze Zeit lang mit Schröders Rache. Es geschah aber nichts. Er hatte auch niemals irgendjemandem von seiner Strafaktion erzählt. Genauso wenig wie Schröder, der log, dass er die Treppen herabgestürzt sei, weil er sich schämte zuzugeben, von einem Jüngeren ordentlich verdroschen worden zu sein.

3

Bruno stand kopfschüttelnd am Giebelfenster, als er sich an Schröder erinnerte. Vor allem hatte er damals nach einiger Zeit geglaubt, die Sache wäre endgültig erledigt gewesen. Da jedoch hatte er sich gründlich getäuscht. Das letzte Schuljahr sollte für ihn und Benjamin eine böse Überraschung bereithalten. Bruno rief sich auch diese Ereignisse in Erinnerung.

Dieses Schuljahr hatte schon ungünstig begonnen. Er lag mit Fieber im Bett und konnte erst in der zweiten Woche, noch recht geschwächt, zur Schule gehen. Während der Ferien war sein Geschichts- und Lateinlehrer, Professor Niederberger, überraschend verstorben, und die erste

Stunde bei dessen Nachfolger Dr. Liebermann verlief enttäuschend. Liebermann mochte ihn nicht besonders. Das ließ er Bruno von Anfang an spüren. In beiden Fächern gehörte Bruno zu den Besten in der Klasse. Aber schon in der ersten Stunde konnte sich Liebermann die Bemerkung nicht verkneifen, wie ungewöhnlich es doch sei, dass jemand, der nicht einmal selbst für sein Schulgeld aufkommen könne, in Kürze die Reifeprüfung ablegen würde. Der Lehrer schikanierte ihn zwar nicht ständig, aber immer wieder bekam Bruno seine Missgunst zu spüren. Bruno ging darüber eher großzügig hinweg. Seine früheren Erfahrungen mit Wiesner waren von ganz anderem Kaliber gewesen. Deshalb hielt er den Gymnasiallehrer einigermaßen gut aus. Was ihm allerdings mehr und mehr zu schaffen machte war, dass er zunehmend die Freude am Unterricht verlor. Liebermann praktizierte einen strengen Paukunterricht. Er ließ seine Schüler seitenweise aus den Büchern auswendig lernen. Sein streng pietistisches Wesen und sein damit verbundener absolut freudloser Charakter ließen die Stunden langweilig und zäh dahingehen. Dann tauchten eines Tages in der Schule Zettel mit einem Gedicht auf.

Kalt wie ein Fisch glotzt er uns an,
unser gestrenger Liebermann.
Vielleicht fehlt ihm ein Mädchen nur,
um zu werden Frohnatur.
Doch wer religiös verklemmt,
bleibt sein Leben lang gehemmt.
Also strenger Liebermann,
tust du besser gut daran,
unsere Schule zu verlassen,
weil wir dich ganz einfach hassen.

»Unglaublich, unglaublich!« Liebermann stand im Lehrerzimmer. Er hielt ein kleines Blatt mit dem Gedicht in der Hand und stammelte ein weiteres Mal: »Unglaublich.«

Ein Kollege hatte ihm den Zettel mit den Worten übergeben, die Schülerschaft sei heutzutage derart verkommen, dass sie jedes Maß verloren habe. Liebermann musste an sich halten. Nur mit größter Mühe konnte er seine Wut bändigen. Eine derartige Entwürdigung seiner Person war eine geradezu ungeheuerliche Beleidigung. Schließlich stürzte er aus dem Lehrerzimmer. Er wollte sofort den Rektor sprechen. Professor Beyerlein besprach sich gerade mit dem ältesten Lehrer des Gymnasiums. Beide hielten einen Zettel in der Hand. Augenblicklich erkannte Liebermann, dass es mehrere Abschriften geben musste. Der Rektor begrüßte ihn angesichts des Skandals mit finsterer Miene. Dass ein Lehrer seines Gymnasiums auf diese schäbige Weise von Schülern der Lächerlichkeit preisgegeben wurde, hatte es in der fast dreihundertjährigen Geschichte der Anstalt nicht gegeben. Staubacher war ebenfalls sprachlos und schüttelte nur entsetzt den Kopf.

»Wer das geschrieben hat, wird relegiert«, stammelte Liebermann. »Den Menschen werfe ich persönlich aus unserem Gymnasium. Mich derart lächerlich erscheinen zu lassen!« Rektor Beyerlein versuchte ihn wie sein Kollege Staubacher ein wenig zu beruhigen. Doch Liebermann geriet völlig außer sich. Er verlangte die Einschaltung der Polizei und wollte Anzeige wegen Beleidigung und übler Nachrede erstatten. Erst nach mehreren Anläufen gelang dem Rektor wieder ein vernünftigeres Ansprechen des derart Geschmähten. Staubacher legte die Hand auf die Schulter seines Kollegen: »Wir versprechen Ihnen: Wer immer diese perfide Ungeheuerlichkeit begangen hat, wird von der Schule verwiesen werden.« Der Rektor nickte dazu und gab dann eine Ehrenerklärung für seinen Lehrer ab.

Am nächsten Tag war dann tatsächlich die Polizei in der Schule. Rektor Beyerlein führte ausführliche Gespräche mit zwei Wachtmeistern. Liebermann machte sich zu dieser Zeit auf in Brunos Klasse. Als er die Klassenzimmertür öffnete, standen die Schüler wie immer auf. Jeder kannte natürlich in der Zwischenzeit das Gedicht. Die meisten hatten schadenfroh darüber gelacht. Aber rasch hatte es sich auch herumgesprochen, dass Liebermann mit aller Macht zurückschlagen würde. Es ging nicht mehr nur um einen gewöhnlichen Schülerstreich, wie er jede Woche allenthalben einmal vorkam. Böse um sich schauend stand der Lehrer vor der Klasse. Er schnaubte und sagte nur knapp »Setzen!«. Eine halbe Stunde verging mit Übersetzungsübungen. Liebermann stand dabei am Pult und klopfte die ganze Zeit nervös mit den Fingern auf die abgenutzte Tischplatte. Die Schüler der Klasse waren völlig überrascht, als es plötzlich aus ihm herausbrach: »Der Übeltäter sitzt in dieser Klasse. Da bin ich mir ganz sicher. Es ist einer von euch. Aber ich werde den Verbrecher schon stellen.«

Liebermann verlor jedes Maß. Er schleuderte Beleidigungen um sich, marschierte dabei aufgeregt durch die Bankreihen und fing schließlich zu brüllen an.

»Jetzt aber zu feige, um sich zu melden. Das sind mir die richtigen Burschen. Brüsten sich mit einer infamen Tat, zu der sie sich nicht stellen wollen. Aber der Lump wird bekannt werden. Ich sorge schon dafür! Er wird bekannt werden!«

Der Lehrer war wieder am Pult angelangt. Er biss sich auf die Unterlippe und schlug zu guter Letzt mit der Faust auf den Tisch. Die Klasse musternd schlug er noch einmal darauf, dann brüllte er: »Hinaus! Macht, dass ihr rauskommt! Ich kann euch nicht mehr ertragen.« Betroffen standen die Schüler auf. Ihnen war ganz und gar nicht mehr zum Lachen zumute. Liebermann führte sich wie ein Wilder auf und war in seiner Wut völlig unberechenbar geworden. Auf dem Pausenhof standen die Schüler in Gruppen zusammen und diskutierten das Vorgefallene. Keiner empfand Mitleid mit dem Lehrer. Es gab keinen, der ihn gemocht hätte.

Die Polizei begann mit ihren Ermittlungen. Sie fing mit den oberen drei Klassen an. Nacheinander wurde jeder einzelne Schüler befragt. Es war früher Nachmittag, als ein weiteres Gedicht auftauchte.

Liebermann, man sieht's dir an,
Kannst halt keinen Scherz ertragen,
Solltest dich mal selber fragen,
weshalb ein Mensch nicht lachen kann?!

Liebermann war sprachlos. Er konnte nicht einmal mehr schimpfen. Wie ein Geschlagener saß er auf einem Stuhl im Rektoratszimmer. Weit von sich gestreckt hielt er den Zettel mit den vier Zeilen in der Hand. Die Polizei beschlagnahmte den Zettel als Beweismaterial. Am nächsten Tag setzten sie ihre Verhöre fort. Nichts Neues geschah, die Untersuchungen kamen nicht voran. Am dritten Tag schließlich forderte der Polizeiwachtmeister von allen Schülern der höheren Klassen eine Schriftprobe. Jeder musste zwei Zeilen, und zwar die ersten beiden Zeilen des ersten Gedichtes, aufschreiben. Im Laufe dieses Vormittags erhielt die Polizeiwache anonym einen Brief zugestellt. Danach änderte sich die Situation grundlegend.

Benjamin Hirsch und Bruno Kohler standen im Rektoratszimmer. Professor Beyerlein saß mit verkniffenem Gesicht hinter seinem großen, dunklen Schreibtisch. Anwesend war auch Staubacher, der nervös auf und ab ging. Liebermann lehnte an der Tür und beobachtete die beiden Schüler und den Polizeiinspektor, der gerade aus dem Brief vorgelesen hatte. Er blickte Bruno und Benjamin streng an. Bruno schüttelte als Erster den Kopf. Sein Freund schaute zuerst den Rektor, dann Inspektor Wendeler an. Fast gleichzeitig sagten beide: »Nein, wir waren es nicht!«

Noch einmal nahm sich Wendeler das Papier vor und las: »Im Falle Dr. Liebermann: Prüfen Sie zwei Schüler der Abschlussklasse – B. Kohler und B. Hirsch haben schon lange dem Herrn Doktor eins auswischen wollen.«

Wieder schüttelten die Freunde den Kopf.

»Da will uns jemand verleumden«, erklärte Benjamin. »Nie und nimmer haben wir die Gedichte geschrieben.«

Der Rektor stand auf, kam um seinen Schreibtisch herum und stellte sich vor die beiden.

»Auf Ehre und Gewissen, meine Herren!«, fing er außergewöhnlich förmlich an. »Auf Ehre und Gewissen! Steckt ihr dahinter oder nicht?«

»Wir waren es nicht. Wir haben mit dieser Sache absolut nichts zu tun«, erklärte Bruno. Der Rektor atmete durch, drehte sich halb um und wandte sich an Liebermann.

»Herr Kollege! Trauen Sie es den beiden zu, derart Verwerfliches gegen Sie zu unternehmen?«

Liebermann schien etwas verunsichert, sagte dann aber doch: »Vorstellbar, durchaus vorstellbar. Vor allem dem jungen Kohler traue ich so etwas zu.«

Bruno blickte den Lehrer sprachlos an. Entsetzt musste er erst schlucken, bevor er sich zu Wort melden konnte. Da sprang aber bereits sein Freund für ihn ein: »Herr Doktor, Sie irren sich. Und Sie tun Bruno unrecht. Keinesfalls ist mein Freund der Übeltäter.«

Der Lehrer brauste auf: »Das habe ich mir gedacht. Nun schützt der Judenlümmel natürlich seinen Freund.«

Sofort fiel ihm Beyerlein ins Wort: »Herr Dr. Liebermann! Nicht in dieser Tonart! Bitte nicht an meiner Schule. Wir werden alles sorgfältig prüfen. Aber ersparen Sie uns irgendwelche Ausfälle.«

Das war deutlich. Liebermann zuckte zurück. Bruno hatte aber wohl registriert, dass Benjamin wieder einmal wegen seiner Religionszugehörigkeit angegriffen wurde. Am liebsten hätte er dem Lehrer seine Meinung gesagt. Doch wusste er allzu gut, dass dies nur Wasser auf dessen Mühlen gewesen wäre.

»Wir prüfen gerade eure Schriftproben«, meldete sich Polizeiinspektor Wendeler wieder zu Wort. »Da wir im Moment nicht weiterkommen, bestelle ich euch für heute Nachmittag aufs Polizeirevier. Dann habt ihr auch Zeit genug, eure Eltern von dem Malheur zu unterrichten.«

Und an Liebermann gewandt fuhr er fort: »Sie finden sich bitte ebenfalls nach der Mittagspause auf dem Revier ein.«

Der Schriftprobenvergleich erbrachte nichts. Einzig die schwarze Tinte, die beide Schüler benutzten, konnte ihnen zum Vorwurf gemacht werden. Aber welcher Schüler schreibt nicht mit schwarzer Tinte? Das Verhör auf dem Polizeirevier dauerte deshalb kaum eine halbe Stunde. Am nächsten Tag in der vierten Unterrichtsstunde klopfte es auf einmal energisch an die Tür des Klassenzimmers. Ohne auf ein Herein zu warten, traten der Rektor und der Polizeiinspektor ein. Ein Wachtmeister begleitete sie. Alle drei gingen auf Benjamin und Bruno zu, die nebeneinander in ihrer Bank saßen.

»Ihre Mappen!«, forderte Wendeler.

Erschrocken griffen sie nach ihren Schulmappen.

»Öffnen und durchsuchen!«, befahl der Inspektor dem Wachtmeister. Sorgfältig durchsuchte er zunächst Benjamins Mappe. Er fand zwei verdächtig erscheinende Notizzettel. Als er sich über Brunos Mappe gebeugt hatte, stutzte er einen Moment, zog dann einen kleinen Notizblock hervor und reichte ihn kommentarlos dem Inspektor. Bruno ahnte sofort das drohende Übel. Er besaß nämlich gar keinen Notizblock und wunderte sich, wie dieser in seine Schultasche hatte kommen können.

»Aha! Also doch!« Der Inspektor hielt den Notizblock dem Rektor entgegen. Beyerlein wich vor Schreck einen Schritt zurück, gerade so, als wolle er nicht glauben, was er da vor sich sah.

»Mitkommen«, befahl Wendeler. Bruno und Benjamin standen auf. In der Klasse war es mucksmäuschenstill.

Etwa die Hälfte der Seiten war aus dem Notizblock gerissen.

»Kein Zweifel. Es ist genau das Papier, auf dem die Gedichte stehen.« Der Inspektor nickte und schaute fragend erst Bruno, dann Benjamin an.

»Ich war es nicht«, brachte Bruno, immer noch erschrocken, hervor. »Der Notizblock gehört mir nicht. Ich sehe ihn zum ersten Mal.«

»Ich habe es doch gleich gesagt. Wem sonst würde ich so etwas zutrauen? Natürlich der Kohler, natürlich! Aber jetzt wird der Bursche büßen. Er wird büßen müssen, dass ihm Hören und Sehen vergeht.« Liebermann, den man aus dem Unterricht geholt hatte, triumphierte.

»Und dass dieser Hirsch ebenfalls in die Sache verstrickt ist, liegt für mich auch auf der Hand. Gestehe! Los, gestehe!«, fuhr er Benjamin an.

»Ich nehme euch mit. Die Angelegenheit wird auf dem Revier vollends geklärt werden.« Inspektor Wendeler gab dem Wachtmeister ein Zeichen. Zu viert verließen sie das Zimmer. Rektor Beyerlein blieb sprachlos zurück.

4

Dem Schulleiter blieb nichts anderes übrig, als die beiden mit sofortiger Wirkung von der Schule zu verweisen. Nachmittags besuchte er Hirsch und setzte ihm die Situation auseinander. Er war alles andere als glücklich darüber. Kein halbes Jahr mehr, dann wäre die Reifeprüfung bestanden gewesen. Die beiden waren gute, ja sehr gute Schüler und hätten den Abschluss leicht geschafft. Beyerlein konnte es einfach nicht glauben. Der alte Hirsch zeigte sich völlig überrascht. Er weigerte sich entschieden zu glauben, dass sein Sohn und Bruno die Schuldigen sein sollten.

Eine Woche später saßen Bruno und Benjamin wieder einmal zusammen. Verzweifelt zerbrachen sie ihre Köpfe darüber, wie sie dem Komplott beikommen konnten. Von der Schule hatte jeder ein offizielles Schreiben des Rektors erhalten, in dem es hieß, sie seien bis auf Weiteres vom Schulbesuch ausgeschlossen. Da Liebermann die Anzeige wegen Beleidigung aufrechterhielt, mussten sie jetzt sogar mit einem Strafverfahren rechnen. Hirsch hatte alle möglichen Stellen eingeschaltet, um zu retten, was zu retten möglich war. Aber auch er konnte momentan nichts weiter ausrichten. Die Beweise waren zu eindeutig. Kaum jemand wollte noch an ihre Unschuld glauben.

Eine weitere Woche ging ins Land. Nichts hatte sich zugunsten der beiden Schüler verändert. Trotz ständigem Hin- und Herüberlegen war ihnen keine Idee gekommen, wie die Sache hätte aufgeklärt werden können. Benjamin und Bruno spazierten gerade in den Wäldern um Stuttgart herum und überlegten angestrengt, wer ihnen überhaupt derart übel mitspielen wollte. Genau zu diesem Zeitpunkt brüstete sich Emil Schröder, der vierzehnjährige Bruder von Heinz, der bereits vor zwei Jahren die Schule nach dem Abitur verlassen hatte, vor seinen Klassenkameraden. Geradezu begeistert erzählte er. Was er in seiner Angeberei vergaß, war, dass in seiner Klasse auch Samuel Antmann, ein Neffe von Ignaz Hirsch, zuhörte. Samuel erzählte nach der Schule seinem Onkel, was er erfahren hatte.

5

Emil Schröder weinte. Er schluchzte und wollte sich nicht beruhigen. Rektor Beyerlein war mit Hirsch am Spätnachmittag zum Haus der Familie Schröder gegangen. Der Vater hatte zwar wenig erfreut reagiert, als Beyerlein den Grund für ihren Besuch nannte. Er holte aber doch sofort seinen Sohn und stellte ihn zur Rede. Schon nach kurzem Leugnen brach Emils Lügengebäude zusammen. Er war von seinem Bruder angestiftet worden, es Bruno und Benjamin heimzuzahlen. Heinz Schröder hatte den Plan ausgeheckt. Sein jüngerer Bruder musste die von ihm verfassten Gedichte heimlich in der Schule verteilen. Die Briefe an die Polizei hatte Heinz, der bereits in Tübingen studierte, ebenfalls von seinem Bruder einwerfen lassen. Emil hatte sich dann in einer Pause in das Klassenzimmer von Bruno und Benjamin schleichen und den Notizblock in eine Schulmappe der beiden stecken müssen. Es war bloßer Zufall, dass er die von Bruno erwischte. Auf die Frage, weshalb er so abscheulich gehandelt hat, antwortete er, sein Bruder habe sich an den beiden rächen und eine alte Rechnung begleichen wollen. Im Übrigen hatte er von ihm Geld erhalten, um sich endlich ein schon lange gewünschtes Messer kaufen zu können.

So kehrten Bruno und Benjamin nach mehr als zwei unfreiwilligen Ferienwochen wieder an das Gymnasium zurück. Sie holten den versäumten Stoff in kürzester Zeit nach und legten wenige Monate später als dritt- und viertbeste Schüler der Klasse die Reifeprüfung ab.

6

»Mmh«, entfuhr es Bruno. Er stützte sich wieder auf das Fensterbrett und betrachtete das unaufhörliche Hin und Her der Menschen unter sich. Er trat einige Schritte zurück und sah sich dann in seinem Zimmer um. Es war nicht besonders groß, fast quadratisch und besaß an zwei Seiten Dachschrägen. Das Giebelfenster ließ nicht allzu viel Licht herein, doch war das Zimmer gut mit Möbeln ausgestattet. Außer einem Bett und einem Nachttisch stand in einer Ecke ein relativ großer Schreibtisch mit einem gepolsterten Stuhl. In der gegenüberliegenden Ecke gab es einen bequemen Ohrensessel, dessen dunkles Leder allerdings schon etwas abgewetzt aussah. Gleich rechts davon stand eine kleine Kommode mit drei Schubfächern. Auf der Kommode befand sich die Waschschüssel, auf dem Boden unmittelbar daneben sah er die große, emaillierte Wasserkanne. Auf der anderen Seite stand ein Schrank, der nur eine Tür besaß, die beim Öffnen schrecklich quietschte. Die Hälfte des Zimmers war mit einem dunkelblauen, ebenfalls schon abgenutzten Teppich ausgelegt. Die andere Hälfte des Bodens bestand aus Holzdielen. Schließlich gab es noch einen Kohleofen, dessen Ofenrohr an der Decke durch das halbe Zimmer führte, um dann im Kamin zu verschwinden. Alles in allem war es keine üble Ausstattung.

Bruno kam Ignaz Hirsch und die Überraschung, die er für ihn bereitgehalten hatte, in den Sinn. Noch einmal erinnerte er sich an Hirschs Frage.

»Nun Bruno, nach welchem Studium steht dir denn der Sinn?« Zu diesem Zeitpunkt ahnte er noch nicht, welches Angebot Hirsch ihm offerieren wollte.

»Gut«, erklärte Hirsch damals am Ende des Gesprächs. »Wer etwas werden will, muss dafür auch etwas tun. Vor allem sollte sich derjenige anstrengen, der über genügend Intelligenz verfügt. Das ist gewissermaßen eine Art Kapital, das ihm mit auf den Weg gegeben worden ist. Und man ist doch verpflichtet, dieses Kapital zu vermehren.« Bruno kam es vor, als würde Hirsch philosophieren. Er nickte zwar, wunderte sich aber doch etwas über die fast feierlich vorgetragenen Argumente.

»Kurzum, lieber Bruno«, fuhr Hirsch fort, und dabei bemerkte er, dass alle Augen auf ihn gerichtet waren, »du besitzt alle Anlagen und Fähigkeiten für ein erfolgreiches Studium. Und du hast mir jetzt über all die Jahre gezeigt, wie gut du arbeiten kannst. Und zwar mehr arbeiten als manch anderer in deinem Alter. Ich werde dich deshalb weiter fördern. Du wirst Gelegenheit bekommen, in Berlin zu studieren, allerdings unter gewissen Bedingungen.«

Bruno hatte seinen Ohren nicht getraut. Er war wie vom Donner gerührt. Sollte es möglich sein? Sollte es tatsächlich möglich sein, dass ihm ein solches Glück zuteil wurde? Die Gedanken schossen ihm nur so durch den Kopf.

»Also«, hörte er Hirsch weiter reden. Immer noch schauten ihn alle Umsitzenden an, ausnahmslos lächelten sie. »In den Semesterferien, die es ja zur Genüge gibt, wirst du in einem Unternehmen der Familie Bleichröder unentgeltlich arbeiten. Während des Semesters wirst du ebenfalls an einem Tag in der Woche – du kannst ihn selbst frei wählen – bei Bleichröder tätig sein. Wahrscheinlich wirst du in einem Bankhaus arbeiten. Ich persönlich würde dies begrüßen, kannst du so doch am besten das Kaufmannsleben kennenlernen und vielleicht rasch deine juristischen Kenntnisse zur Anwendung bringen.«

Verblüfft hatte ihn Bruno angesehen. Er war zutiefst gerührt und konnte kaum fassen, was ihm da offeriert wurde. Überschwänglich bedankte er sich bei Hirsch und seiner Frau. Benjamin stand auf und schlug ihm freundschaftlich auf die Schulter. »Es wird eine gute Zeit, mein Freund«, sagte er. »Wir werden uns schon durchzuschlagen wissen.«

Anfang Oktober 1860 hatten sich dann Bruno und Benjamin auf den Weg gemacht. Jeder schleppte zwei Koffer mit sich herum, in denen sie das Notwendigste verstaut hatten. Sie fuhren zunächst mit der Kutsche nach Nürnberg, übernachteten unterwegs einmal und reisten von Nürnberg mit dem Zug nach Leipzig. Dort mussten sie umsteigen und einen halben Tag auf den Anschlusszug nach Berlin warten. Als sie schließlich in Berlin den Bahnhof verließen, konnte Bruno nur noch staunen.

»Du wirst dich daran gewöhnen«, bemerkte Benjamin, dem Brunos Erstaunen auffiel. »Alles ist hier größer, ausgeprägter und pompöser als in Stuttgart. Wir sind jetzt in einer richtigen Großstadt. Stuttgart ist dagegen bestenfalls eine Provinzstadt.«

Am Bahnhofsvorplatz erwartete sie bereits ein Kutscher, der sie zum Verwaltungsgebäude Bleichröders brachte. Empfangen wurden sie von einem Prokuristen, der sie kurz instruierte. Benjamin wurde anschließend zu einer Stadtvilla gefahren, in der er für die nächste Zeit sein Quartier finden sollte. Bruno dagegen fuhr der Kutscher in die Kommandantenstraße, wo ihn in dem großen Mietshaus am Ende der Straße bereits eine ältere Frau erwartete. Sie, die Hausverwalterin, wohnte im Erdgeschoss. Bruno wurde von ihr nach oben geführt, langsam, da sie rasch außer Atem geriet und sie die fünf Stockwerke sichtlich anstrengten.

III

1860 – 1862

1

Igor Kaminsky sprach bereits seit über einer Stunde. In dem verrauchten kleinen Zimmer saßen ein paar junge Leute beisammen, die bei dem Vortrag des Russen einige Male zustimmend applaudiert hatten. Kaminsky selbst mahnte sie aber zur Zurückhaltung. So sehr ihm die Zustimmung schmeichelte – und er war ein überaus eitler Mensch –, sorgte er sich doch darum, dass der Lärm nur ja nicht andere Hausbewohner aufmerksam werden ließ. Fast drei Jahre waren notwendig gewesen, bis er die Runde ihm treu ergebener Studenten zusammengebracht hatte. Bis auf Vinzenz Ölschläger, der heute Abend mit einer bösen Erkältung das Bett hüten musste, waren die sieben anderen Studenten, die er nach und nach für seine Ideen hatte gewinnen können, in einem Halbkreis um ihn herum versammelt. Er war mit sechsundzwanzig Jahren der Älteste unter ihnen. Und er wusste die jungen Leute in seinen Bann zu ziehen und zu beherrschen. Wie schon einige Male zuvor hatte er zu dem Zusammentreffen drei Flaschen Wodka und weitere Flaschen billigen Fusel mitgebracht. Bei den meisten zeigte der Alkohol bereits Wirkung. Nur der Jüngste in der Runde, der erst neunzehnjährige Herbert Mahlstein, saß wie Kaminsky selbst noch vollkommen nüchtern in einem alten, abgewetzten Sessel. Mahlstein rührte keinen Tropfen Alkohol an. Er wirkte noch ausgesprochen jung und sah mit seinem glatten Gesicht, das nur an der Oberlippe einen zarten Härchenflaum aufwies, eher wie ein Schüler der Mittelstufe aus. Doch hinter diesem Jungengesicht verbarg sich ein mit Intelligenz gepaarter Fanatismus, den niemand, der ihn nicht richtig kannte, auch nur vermutet hätte. Als ihn Kaminsky vor gut einem dreiviertel Jahr kennengelernt hatte, bemerkte er rasch dessen scharfen Verstand und den abgrundtiefen Hass auf die preußischen Adligen. Nach einigen Gesprächen während der Pausen zwischen den Vorlesungen waren sie vertrauter miteinander geworden. Kaminsky ließ zunächst sehr vorsichtig durchblicken, dass er das zaristische System Russlands ablehne. Mahlstein taute nach und nach auf. So erfuhr der Russe, wie sehr der junge Mann die ganze Adels- und Fürstenherrschaft verfluchte.

»Gehen wir ein wenig spazieren«, hatte Kaminsky damals Mahlstein aufgefordert. Sie hatten den Vorlesungssaal verlassen, traten aus der Universität heraus und gingen dann auf das rechts gelegene Bibliotheksgebäude zu. Sie sprachen zunächst über Belanglosigkeiten. Kaminsky wartete in Ruhe ab. Er wollte den Jungen keinesfalls drängen. Sie umrundeten das Bibliotheksgebäude und spazierten an der gegenüberliegenden Oper vorbei. Dort bogen sie nach links ab und näherten sich dem nahegelegenen Park. Es war ein klarer, aber sehr kalter Tag am Ende des Monats Januar. Beide hatten die Arme verschränkt und die mit Handschuhen geschützten Hände zusätzlich noch unter die Achseln geschoben. Nachdem sie fast eine halbe Stunde ihre Runden gedreht hatten, fragte Mahlstein unvermittelt, was er gegen den Zar einzuwenden hätte. Kaminsky blieb einen Augenblick lang stehen, schaute

Mahlstein ins Gesicht und überlegte dabei, wie viel er ihm erzählen sollte.

»Nun«, setzte er dann an, »weißt du, was sich hinter dem Dekabristenaufstand in Russland verbirgt?« Mahlstein runzelte die Stirn und erwiderte: »Ich habe schon einmal davon gehört. Einige junge Offiziere sollen eine Rebellion versucht haben. Mehr ist mir allerdings nicht bekannt.«

Daraufhin erzählte ihm Kaminsky seine Geschichte.

2

Als Zar Alexander I. im Jahre 1801 den Thron bestiegen hatte, verbanden viele Menschen damit die Hoffnung auf liberale Reformen und soziale Änderungen in Russland. Doch so hoffnungsvoll diese Regierungszeit auch begonnen hatte, sollte sich doch bald jede Erwartung auf Änderungen als bloße Illusion erweisen. Letztlich erwies sich Alexander als Absolutist, der sich mit reaktionären Ratgebern umgab.

Im Kampf gegen Napoleon fanden dann vor allem junge Offiziere Zugang zu politischem Ideengut, das ihnen das korrupte Verwaltungssystem Russlands, die Unterdrückung weiter Teile der Bevölkerung und die Missbräuche der Leibeigenschaft nur umso deutlicher vor Augen treten ließ. Nach dem Sieg über Napoleon bei Waterloo gehörten viele von ihnen der Besatzungsarmee in Frankreich an, wo sie fortschrittliche politische und soziale Ideen aufgriffen. In der Folge bildeten sich schon 1816 unter diesen Offizieren erste Verschwörergruppen. Es sollte aber fast noch ein Jahrzehnt vergehen, bis die zum Aufstand bereiten Offiziere zur Tat schritten. Als Alexander 1825 starb, war die Nachfolgefrage zunächst offen. Sein mutmaßlicher Nachfolger stand eigentlich mit dessen Bruder, Großherzog Konstantin, fest. Gleichzeitig erhob der jüngere Bruder Nikolaus Anspruch auf die Krone. In den Wirren um diesen Thronwechsel entwickelte sich im Dezember der Aufstand – nach diesem Monat Dekabristenaufstand genannt. Die Anführer des Aufstandes waren überwiegend Offiziere adliger und zum Teil mächtigster Familien Russlands. Am 14. Dezember meuterten dann in Moskau dreitausend Soldaten. Einer ihrer Führer war Oberst Paul Kaminsky, mit fünfzig Jahren der älteste unter den Offizieren. Auf dem Senatsplatz in Moskau kam die Bewegung ins Stocken. Zwar wurden brennende Reden gehalten, bei denen sich der Großvater Igors besonders hervortat. Doch machten sich der Mangel einer ordentlichen Planung und die mangelnde Absprache über die Vorgehensweise bemerkbar. Als der Abend hereinbrach, griff dann plötzlich die Regierungskavallerie an und eröffnete das Feuer auf die Meuterer. Eine Verteidigung oder gar ein Gegenangriff fanden so gut wie nicht statt. Bereits nach der dritten Salve der Regierungstruppen brach der Aufstand zusammen. Genauso mehr oder weniger rasch endeten die Aufstände in anderen Orten. Bereits Ende Dezember wurden die meisten Offiziere gefangen genommen. Manche ergaben sich freiwillig. Es folgten Gerichtsverfahren, die den Angeklagten keine Chance ließen. Mit äußerster Härte wurden die Urteile gesprochen. Über fünf der Rädelsführer verhängte Nikolaus I., der zwischenzeitlich den Thron bestiegen hatte, die Todesstrafe durch Erhängen. So starb Oberst Kaminsky in den frühen Stunden eines eisigen Dezembertages, noch bevor das Morgengrauen eingesetzt hatte, an einem Galgen im Hof des Moskauer Militärgefängnisses.

Die Familie Kaminsky war damit gesellschaftlich erledigt. Ihr wurde die Adelswürde aberkannt. Sie musste innerhalb von drei Tagen Moskau verlassen. Verarmt zogen die Kaminskys zu entfernten Verwandten nach Kiew. Igors Vater, Sergeij Kaminsky, der natürlich auch aus der Armee, in der er als junger Leutnant gedient hatte, verstoßen worden war, versuchte sich in Kiew als Kaufmann. Tatsächlich konnte er sich aufgrund seines ausgeprägten Geschäftssinnes und unermüdlichen Fleißes etablieren. Nach und nach erreichte er wieder eine wirtschaftliche Unabhängigkeit. Nach wenigen Jahren wurde die Familie sogar recht vermögend. Kaminsky brachte es dabei zu einigem Ansehen in der Kiewer Kaufmannschaft. Als 1835 Igor auf die Welt kam, hatte es sein Vater bereits zu Wohlstand gebracht, der von Jahr zu Jahr noch vergrößert werden konnte. Allerdings fand Sergeij Kaminsky nie mehr die Anerkennung des Adels. Und so sehr er sich auch um einen Wiederzugang bemühte, blieb ihm dieser Erfolg versagt. Zweimal hatte er sich an den Zaren mit einem Gnadengesuch gewandt und um die Wiedereinsetzung in den Adelsstand gebeten. Das erste Gesuch blieb gänzlich unbeantwortet. Ein halbes Jahr nach dem zweiten Gesuch wurde er ins Hauptquartier der Geheimpolizei bestellt. Dort wurde Sergeij Kaminsky unmissverständlich klargemacht, dass er mit seiner sofortigen Verhaftung zu rechnen hätte, falls er es noch einmal wagen sollte, sich an den Zaren zu wenden. Igors Vater war danach ganz verstört nach Hause gekommen. Noch heute erinnerte sich sein Sohn daran, wie er damals als Zwölfjähriger einen enttäuschten und verwirrten Vater erlebt hatte. Als Igor älter wurde, erfuhr er die ganze Geschichte seiner Familie. Je mehr die Verbitterung seines Vaters über dieses Schicksal trotz äußerem Wohlstand zunahm, desto mehr machte sich Igor wüste Gedanken über das zaristische Regime.

Igors Denken fand seine entscheidende Richtung in den Ereignissen um den Krimkrieg im Jahre 1853, in den Zar Nikolaus Russland in unglücklicher Weise verwickelte. Der russisch-türkische Konflikt artete schon zu Beginn des Jahres 1854 aus, als sowohl England als auch Frankreich Russland den Krieg erklärten. Im Februar und März fand in dieser angespannten Situation eine Säuberungsaktion der geheimen Staatspolizei statt. Igor Kaminsky erinnerte sich nur allzu gut an den ersten Sonntagnachmittag im März. Er saß gerade über seinen Schulbüchern und büffelte französische Grammatik. Plötzlich vernahm er Lärm und aufgeregte Stimmen. Die Stimme des Hausdieners klang ungewohnt laut. Erstaunt und überrascht erhob sich Igor. Seine Mutter stand bereits an der Tür. Sie war bleich und weinte, sagte aber kein Wort. Onkel Feodor, der seit einigen Tagen zu Besuch weilte, schüttelte unentwegt den Kopf, wobei er unverständlich vor sich hinmurmelte. Als Igor endlich begriff, was geschehen war, rannte er viel zu leicht bekleidet sofort aus dem Haus. Er lief zum Gefängnis der geheimen Staatspolizei. Die kalte Luft schmerzte ihn in der Gurgel. Sein Atem kondensierte in kleinen Nebelwölkchen. Ständig ging ihm ein und derselbe Gedanke durch den Kopf: Vater verhaftet! Vater verhaftet! Der Hausdiener hatte geschildert, wie drei Mann der geheimen Staatspolizei erschienen waren. Ohne eine Begründung abzugeben, hatten sie Sergeij Kaminsky Handschellen angelegt. Als er eine Frage stellte, schlug man ihm zweimal ins Gesicht, warf ihn zu Boden und drohte, ihn an Ort und Stelle zu erschießen. Unglaublich, unglaublich, dachte jetzt sein Sohn, der völlig außer Atem vor dem Gebäude der geheimen Staatspolizei ankam. Er musste kurz innehalten, um Atem zu schöpfen. Dann klopfte er schweißüberströmt an die Tür und trat, ohne eine Antwort abzuwarten, in das Gebäude, vor dem sich alle Menschen schon fürchteten, wenn sie nur daran vorübergingen.

Sofort sprang ihn ein Wachmann an.

»Wo ist mein Vater?«, rief Igor ungestüm und voller Sorge zugleich. Der Wachmann hielt ihn zurück und wollte ihn wieder zur Tür drängen. Igor aber war außer sich. Er ignorierte die Gefahr, die ihm drohte. »Ich will wissen, was mit meinem Vater ist!«

In diesem Augenblick ging eine Seitentür auf. Ein elegant gekleideter Herr trat ein. Igor fragte noch einmal energisch nach seinem Vater. Der elegante Herr machte nur eine knappe Bewegung mit seiner Hand. Sofort holte der Wachmann mit seinem Gewehrkolben aus. Er schlug Igor damit mitten ins Gesicht. Igor nahm das knirschende Geräusch wahr, fasste sich noch entsetzt an seine Nase, um dann benommen vor Schmerz zusammenzusacken. Auf dem Boden liegend spürte er das Blut, das aus seiner Nase lief.

»Du Lümmel machst besser, dass du fortkommst. Und wage nie wieder, dieses Gebäude ungefragt zu betreten.« Der Mann sprach diese Sätze völlig ruhig. Aber er trat mit seinen gepflegten Lederstiefeln Igor einmal kräftig in die Seite, um seinen Worten ordentlich Nachdruck zu verleihen. Dann packte ihn der Wachmann von hinten am Kragen, zog ihn mit einem energischen Ruck zur Tür und warf ihn regelrecht hinaus. Igor lag auf der Straße. Mit viel Mühe versuchte er sich aufzurichten, was ihm aber nicht gleich gelang. Durch seine verweinten und geschwollenen Augen nahm er verschiedene Menschen wahr, die sich aber davor hüteten, sich um ihn zu kümmern. Seine gebrochene Nase schmerzte schrecklich. Immer noch tropfte das Blut. Mit seiner Zunge betastete er vorsichtig die aufgerissene Oberlippe. Irgendwie stellte er dabei beruhigt fest, dass wenigstens keine Zähne ausgeschlagen waren. Einige Meter robbte er auf den Knien über die Straße. Dann fand er Kraft zum Aufstehen. Er fror sehr. Zitternd und verzweifelt machte er sich auf den Heimweg.

Igors Nase war mehrfach gebrochen worden. Aber diese Verletzung bereitete ihm die geringsten Sorgen. Nach fast zwei Wochen hatten sie immer noch keine Nachricht von seinem Vater. Seine Mutter hielt ihn mehrfach zurück, wenn er in Versuchung geriet, auf eigene Faust Nachforschungen anstellen zu wollen. Am Ende der zweiten Woche besuchte sie dann der elegante Herr, dem Igor seine gebrochene Nase verdankte. Mit Eiseskälte eröffnete er ihnen, dass Sergeij Kaminsky auf allerhöchsten Befehl nach Sibirien verbannt worden sei. Fragen erlaubte er nicht. Er ließ die beiden einfach stehen mit der Drohung, sie würde das gleiche Schicksal ereilen, wenn sie auch nur versuchen würden, etwas über ihren Ehemann und Vater herauszubekommen.

Schlimme Monate gingen nun für die Kaminskys ins Land. Tatsächlich erhielten sie keinerlei Nachricht von oder über ihren Vater. Die Ungewissheit und Angst ließen sie fast verzweifeln. Igors Hass auf den Zaren wuchs von Tag zu Tag. Die Schreckenszeit erfuhr kurz vor Jahresende ihren Höhepunkt. Sie erhielten ein Schreiben der Polizei, in dem ihnen in dürren Worten mitgeteilt wurde, dass ihr Vater an den Folgen einer Krankheit verstorben sei. Sie selbst wurden aufgefordert, Russland innerhalb eines Monats zu verlassen. Ansonsten mussten sie mit ihrer sofortigen Verhaftung und Verbannung rechnen. Überwältigt vom Schmerz über den Verlust ihres Vaters, verzweifelt und erniedrigt, zog Igor Kaminsky mit seiner Mutter im Januar 1855, zwei Monate vor dem Tod Nikolaus I., nach Frankreich. Vom Schicksal seines Vaters hatten sie nie wieder etwas gehört.

3

Während Kaminsky das Schicksal seiner Familie schilderte, hatte ihn Mahlstein nicht ein Mal unterbrochen. Verwundert war er nur über die vordergründig leidenschaftslose Schilderung dieser schrecklichen Geschichte, die Kaminsky mit gleichbleibender Stimme vortrug. Mahlstein blieb nun stehen, legte den Kopf in den Nacken und schaute sich eine Zeit lang den klaren, völlig wolkenlosen Himmel an.

»Ich verstehe dich«, erklärte dann Mahlstein. »Deine Geschichte hat viel Ähnlichkeit mit meiner eigenen.« Er musste sich zunächst schnäuzen, weil seine Nase in der Zwischenzeit doch ordentlich zu triefen begonnen hatte. Noch bevor er mit dem Putzen der Nase fertig war, sprach er mit dem Taschentuch vor dem Mund weiter.

»Es ist seit Jahrhunderten immer dasselbe. Die Fürsten regieren uneingeschränkt, der Adel kann tun und lassen, was er will. Ich komme aus Ostpreußen, einem kleinen Ort nicht weit von Königsberg entfernt. In Königsberg lebte der Philosoph Immanuel Kant, wie dir sicherlich bekannt sein wird. Kant ist nie aus Königsberg herausgekommen. Trotzdem brachte er Gedanken zu Papier, die ungemein fortschrittlich gewesen sind. Sie haben ihre Bedeutung bis heute nicht verloren. Ihm ging es um die Vernunft des Menschen. Er setzte sich für die Menschenwürde ein und plädierte dafür, dass die Menschen ihren Verstand zur Überwindung ihrer Unmündigkeit benutzen sollten. Der ostpreußische Adel hat sich davon bis heute nicht beeindrucken lassen. Der Junker herrscht auf seinem Landgut über seine Untertanen nach Gutdünken. Es ist kaum besser als die Leibeigenschaft in Russland. Sie führen sich auf wie kleine absolute Herrscher in der Provinz.«

Mahlstein setzte nun den Spaziergang fort. Kaminsky fragte: »Wie ist dir dein Studium möglich?«

»Da geht es mir ganz ähnlich wie dir. Durch meinen Vater verfüge ich über einiges Vermögen, das er durch rege Handelsgeschäfte mit den baltischen Kaufleuten verdient hat.«

»Dann könntest du doch mehr als zufrieden sein«, meinte Kaminsky. »Du kannst sorglos studieren, dich dabei bequem einrichten und anschließend ein gesichertes Auskommen finden.«

Mahlstein blieb wieder stehen. Er blickte still zu Boden, schüttelte dann den Kopf.

»Das war gewissermaßen der schöne Teil meiner Geschichte. Es gibt aber noch einen hässlichen.«

Mahlstein schnupfte wieder. Er zog noch einmal das

Taschentuch heraus und schnäuzte sich kräftig. »In Wirklichkeit hasse ich meinen Vater. Ihm ging und geht es immer nur um das Geschäft, ums Verdienen, und dafür hat er meine Mutter verraten.«

Kaminsky schaute ihn bei diesen Worten fragend an. Er wartete jedoch ab, bis Mahlstein von sich aus weitersprach. Der ließ zwei Passanten vorübergehen, bevor er seine Geschichte zu Ende erzählte.

»Ziemlich genau vor drei Jahren kehrten meine Mutter und ich von der Abendmesse nach Hause zurück. Wir mussten am Ende unseres Dorfes einen schmalen Weg zu unserem Haus entlanggehen, das etwas außerhalb liegt. Es hatte in diesem Winter ungemein heftig geschneit. Links und rechts vom Weg waren Schneehaufen aufgetürmt. Plötzlich hörten wir, wie zwei Reiter herangaloppierten. Wir blickten uns noch um und sahen zwei Pferde auf uns zustürmen. Ich zog instinktiv meine Mutter zur Seite und dachte noch, sie werden doch hoffentlich ihr Tempo verlangsamen. Sie mussten uns trotz der Dämmerung gesehen haben. Mutter hob sogar ihre Laterne hoch, die sie abends immer vor sich hertrug. Aber die Reiter kümmerten sich nicht darum. Die Pferde rasten auf uns zu. Tatsächlich lieferten sie sich ein Wettrennen und dachten nicht im Entferntesten daran, ihre mächtigen Tiere zu zügeln. Als sie nur noch wenige Meter von uns entfernt waren, riss mich meine Mutter herum und drückte mich in den Schneehaufen. In dem Moment wurde sie auch schon von dem ersten Pferd überrannt. Sie wurde zu Boden geschleudert und rutschte mitten in den Weg hinein. Ich sehe immer noch ihre ausgestreckten Hände – so als wollte sie sich an etwas klammern. Da stürmte auch schon das zweite Pferd über sie hinweg. Der vordere Huf traf sie voll am Kopf. Ihr

Kopf löste sich förmlich auf. Alles war plötzlich rot. Ihr Körper überschlug sich, als die hinteren Beine des Pferdes wie riesige Keulen zuschlugen.«

Mahlstein weinte bei diesen Worten. Er konnte seine Tränen nicht zurückhalten. Kaminsky ließ ihm Zeit und drängte nicht mit Fragen. Nach einer Weile hatte sich Mahlstein beruhigt. Er lächelte jetzt sogar paradoxerweise still vor sich hin. Dann erzählte er zu Ende.

»Es waren die beiden Söhne des reichsten Gutsbesitzers weit und breit. Sie kümmerten sich einen Dreck um meine Mutter und galoppierten davon, als wäre nichts geschehen. Meiner Mutter konnte ich nicht mehr helfen. Ich versuchte noch mit ihr zu reden, drehte vorsichtig ihren Kopf zur Seite. Doch ihr Gesicht war nicht mehr zu erkennen. Das bisschen Leben, das noch in ihr war, verlosch in wenigen Minuten. Ich war wie betäubt und konnte keinen klaren Gedanken fassen.

Zwei Tage später haben wir sie beerdigt. Mir stand der Sinn nur noch nach Rache. Es kam später auch zu einer Gerichtsverhandlung. Irgendwie hatte ich damals die Hoffnung, die Übeltäter würden einer gerechten Strafe zugeführt werden. Aber ich sollte eines Besseren belehrt werden. Baron von Kessel, der Vater der beiden Brüder, arrangierte alles sehr geschickt. Um es kurz zu machen: Er nutzte seinen Einfluss und seine Macht. Seine beiden Söhne wurden freigesprochen. Ich war außer mir, raste und tobte im Gerichtssaal. Und in dieser Situation erwies sich mein Vater als Feigling. Kessel herrschte ihn an, mich zur Ruhe zu bringen. Der Richter drohte gar mit einer Strafe. Vater wehrte sich nicht. Er und unser Hausdiener packten mich und zogen mich aus dem Saal. Ich höre heute noch die höhnenden Stimmen der Brüder, die sich über mich lustig machten. Daheim brüllte ich weiter und klagte meinen Vater an. Das aber änderte gar nichts. Vater ertrug das Verbrechen. Er wollte sich nicht mit dem Baron anlegen. Seit dieser Zeit weiß ich um die schreiende Ungerechtigkeit in unserem Land. Lange sann ich auf Rache. Ich wollte die beiden töten und lieber die Todesstrafe auf mich nehmen, als sie ungeschoren ziehen zu lassen. Im Laufe der Zeit wurde mir jedoch klar, dass es gar nicht so sehr auf die beiden adligen Lumpen ankommt. Nein! Was Not tut, ist die Vernichtung der ganzen Adelsbande. Und mit dem preußischen König werde ich anfangen!«

4

Vier Tage nach ihrer Ankunft in Berlin hatten Benjamin und Bruno alle notwendigen Formalitäten erledigt. Sie waren als ordentliche Studenten der Königlichen Friedrich-Wilhelms-Universität zu Berlin immatrikuliert. Bruno fand sich rasch in seiner neuen Umgebung zurecht. Allerdings hatte er schon einige Male Grund zum Staunen gehabt. Die Großstadt hielt manche Überraschung bereit. Heute nun besuchten sie ihre erste Vorlesung. Sie stiegen die breiten Stufen des Universitätsgebäudes hinauf und gingen auf den am Ende des Ganges gelegenen Hörsaal im ersten Stock zu. Dieser war schon sehr gut besucht. Mit Mühe konnten sie sich Plätze in der vorletzten Reihe sichern.

Das Reden und das Gemurmel hörten schlagartig auf. Fast völlige Stille trat ein. Bruno sah den ganz in schwarz gekleideten Mann, der sich zum Rednerpult begab. Der

Mann legte eine Ledertasche auf das Pult, öffnete sie und nahm einen Packen Blätter in die Hand. Er sortierte sie mit gesenktem Kopf, räusperte sich, sah dann auf und blickte in aller Ruhe in die Runde der Studenten. Theodor Mommsen grüßte mit einem freundlichen Lächeln und hieß die Studenten zu seiner Vorlesung über römische Geschichte herzlich willkommen. Der Geschichtsprofessor Theodor Mommsen genoss Weltruf. Er galt als Kapazität auf dem Gebiet der römischen Geschichte und arbeitete bereits seit 1858 in Berlin; doch nicht als ordentlicher Professor der Universität, sondern als Mitglied der Akademie der Wissenschaften. Über seine Berufung an die Universität war erst vor kurzem entschieden worden. Bruno war fasziniert von diesem Gelehrten. Schon in seiner ersten Vorlesung sprach er das an, was sein eigenes großes Interesse ausmachte. Er lernte von diesem berühmten Mann die Bedeutung der Geschichte für das Recht. Begierig folgte er den Worten und Ausführungen Mommsens.

5

Es ging schon auf Weihnachten zu. Zusätzlich zu seinen Studienpflichten arbeitete Bruno in einer Bank Bleichröders. Dort verrichtete er an einem Nachmittag in der Woche und an Samstagen Hilfsdienste. Und noch eine Aufgabe sollte er alsbald übernehmen. Als er im Dezember bei Bleichröder zu einem Abendessen eingeladen war, waren zahlreiche andere Gäste anwesend. Georg von Waldenfels, einer der gefragtesten Berliner Architekten, saß mit seiner Frau und seiner dreizehnjährigen Tochter Bruno gegenüber. Der leutselige und gesprächige Waldenfels verwickelte ihn bald in eine Diskussion über die politischen Ereignisse. Er war neugierig und hellhörig geworden, als Bruno von seiner interessantesten Vorlesung erzählte und dabei den Historiker Mommsen über alles lobte.

»Was gefällt Ihnen an Mommsen besonders?«

Bruno musste nicht lange überlegen. »Wie kein anderer versteht er über historische Ereignisse Bezüge zur gegenwärtigen Politik herzustellen. Dabei ist er in seiner Beurteilung und Bewertung offen für Äußerungen der Studenten. Und so kämpferisch er manche Meinung vertritt, so sehr schätze ich doch seine liberale Art.«

»Kommt diese – wie Sie es nennen – liberale Art auch in seinen politischen Auffassungen zum Ausdruck?«

Bruno reagierte mit Vorsicht. Er hatte im Hause Bleichröders schon erzkonservative, verstockte Leute erlebt, die auf alle liberalen Strömungen und Umtriebe geschimpft und sich in böse Anschuldigungen versteigert hatten. Aber sein Gefühl sagte ihm, dass Waldenfels, der sich mit ihm wie mit seinesgleichen unterhielt und keinerlei Standesdünkel pflegte, eine offene Antwort erwartete. Deshalb fing er an: »Mommsen hat einmal den Parlamentarismus als die für Preußen notwendige politische Entwicklung vorgestellt und die Rechte des Parlaments gegenüber der Krone unterstrichen. Er wollte die Auffassung der Studenten dazu wissen und hat in der Diskussion konservative Auffassungen als rückständig bezeichnet.«

Waldenfels lächelte. »Ja, das kann ich mir lebhaft vorstellen. Wissen Sie, ich kenne Mommsen recht gut. Er ist gewissermaßen ein Freund von mir.«

»Oh, dann brauche ich ja gar nichts Näheres ausführen. Dann wissen Sie weitaus besser Bescheid als ich.«

Waldenfels ließ ihn nicht weiterreden, sondern erklärte überraschend: »Wir werden eine neue Partei gründen. Deutsche Fortschrittspartei soll sie heißen.«

Etwas erstaunt schaute Bruno den Architekten an. »Ach so, jetzt wird mir manches klar. Mommsen hat in seiner Vorlesung das eine oder andere Mal darüber etwas angedeutet. Ich habe es bisher nur nicht richtig einordnen können.«

»Die Sache ist die«, fuhr Waldenfels fort, »Mommsen ist einer der führenden Köpfe dieser Bewegung. Ich werde selbst auch Mitglied dieser Partei werden. Wir hoffen alle sehr auf einen guten Erfolg bei den nächsten Wahlen zur Abgeordnetenkammer.«

Bruno staunte nun wirklich nicht schlecht. Er wusste von dem Konflikt, den die Liberalen mit dem König austrugen. Waldenfels wiederum war das politische Interesse Brunos nicht entgangen. Immer noch lächelnd fragte er weiter:

»Haben Sie schon einmal von Otto von Bismarck gehört?«

Wiederum bejahte Bruno. Er musste aber einräumen, dass er nicht besonders viel über ihn wusste.

»Merken Sie sich diesen Namen. Nach meiner Einschätzung wird Herr von Bismarck noch erheblich an Bedeutung gewinnen.«

Weiter ging Waldenfels nicht auf diesen preußischen Landjunker ein, der sich schon längst in der Politik umtat. Er merkte lediglich noch Bismarcks beste Beziehungen zu Bleichröder an. Bruno ließ er wissen, dass er damit rechnen müsse, den Herrn auch einmal persönlich kennenzulernen.

»Bilden Sie sich dann Ihren eigenen Eindruck«, sagte

er noch und wechselte daraufhin das Thema. Er kam auf die Schulbildung seiner Tochter zu sprechen. Dabei erwähnte er eher nebenbei die Probleme im Französischen. Er beugte sich zu seiner Tochter hin, streichelte ihr Haar und fuhr an Bruno gewandt fort: »Ich habe schon den Lehrer ausgewechselt. Aber leider, Elisabeth macht so gut wie keine Fortschritte.« Das junge Mädchen schien über dieses Gespräch nicht sehr glücklich zu sein. Sie hielt ihren Blick gesenkt. Benjamin mischte sich ein, der mit einem Ohr zugehört hatte.

»Elisabeth sollte einmal mit meinem Freund lernen. Bruno hat selbst mir auf dem Gymnasium in den Fremdsprachen helfen können. Er hat dafür ein ausgesprochenes Geschick, und Französisch liegt ihm besonders.«

Jetzt schaute Elisabeth auf. Ihre Mutter ergriff das Wort.

»Ah, ja, das höre ich aber mit Interesse. Herr Kohler, beherrschen Sie das Französische so gut?«

»Natürlich beherrscht er es gut! Bestens würde ich sagen«, erklärte Benjamin vorlaut. Bruno reagierte etwas verlegen, aber Frau von Waldenfels ließ nicht locker. »Wie wäre es, wenn Sie unserer Tochter einmal einige Nachhilfestunden erteilen würden?«

Bruno freute sich über das Angebot. Er fühlte sich geehrt. Waldenfels nickte zustimmend. »Probieren wir es doch einfach. Herr Kohler, wenn es Ihre Zeit erlaubt, würde ich es gern sehen, wenn Sie vielleicht ein- oder zweimal in der Woche mit Elisabeth lernen könnten. Was meinen Sie dazu?«

»Von mir aus gern«, antwortete Bruno und schaute dabei Elisabeth an.

»Wunderbar! Selbstverständlich werden Sie das nicht

umsonst tun müssen. Und im Übrigen lasse ich Sie jedes Mal mit einer Kutsche abholen und zurückbringen. Wissen Sie, wir haben ein Haus in Charlottenburg, das ist nun ja nicht gerade der kürzeste Weg für Sie.«

6

»Während der Krönung hätten wir ihn vielleicht in die Luft jagen oder erschießen sollen.«

Kaminsky saß mit Mahlstein Tee trinkend in seiner Wohnung im Souterrain des großen Mietshauses zusammen. Das Zimmer, das eigentlich ein besserer Kellerraum war, besaß lediglich zwei schmale Fenster unterhalb der Decke. Mahlstein hörte sich zum fünften oder sechsten Mal die Idee Kaminskys an. Anfang Januar war Prinz Wilhelm nach dem Tode seines Bruders offiziell zum preußischen König gekrönt worden. In seiner Fantasie malte sich Kaminsky aus, welcher Schock in sämtlichen europäischen Fürstenhäusern ausgelöst worden wäre, wenn er während der Zeremonie eine Bombe gezündet hätte. Kaminsky wusste in der Zwischenzeit, dass er sich auf Mahlstein hundertprozentig verlassen konnte. Ganz begeistert war er – ohne dies allerdings in dieser Deutlichkeit zu zeigen –, als Mahlstein bei einem ihrer Treffen mit zwei Pistolen auftauchte. Er selbst besaß ebenfalls eine Pistole und hatte nach und nach das Material besorgt, um eine Bombe basteln zu können. Es sieht gut aus, dachte er für sich. Es war für ihn nur noch eine Frage der Zeit, bis eine günstige Gelegenheit zu einem Anschlag kommen würde. Kaminsky schenkte sich Tee nach und goss auch Mahlsteins Tasse noch einmal voll. Er schlürfte das heiße Wasser, stellte die Tasse ab und lehnte sich auf seinem Sofa zurück. Die Hände hinter seinem Kopf verschränkt sagte er: »Eigentlich ist es schon in Ordnung, dass der Kerl noch lebt. Damit haben wir die Chance, mit einem Doppelschlag halb oder ganz Europa zu erschüttern.«

Mahlstein ahnte bereits, worum es ging.

»Wenn wir zuschlagen, dürfen wir nicht dilettantisch vorgehen. Vor allem dürfen wir nichts überstürzen«, erklärte Kaminsky. Mahlstein bemerkte den eigenartigen Gesichtsausdruck bei seinem Rädelsführer, den er schon einige Male beobachten konnte. In diesen Momenten fürchtete er sich vor dem Russen. Obwohl selbst zu allem entschlossen und fähig, spürte er, wie dieser Russe ihm an Brutalität weit überlegen war.

»Wir werden ihn erledigen«, setzte Kaminsky fort. »Ihn und den Zaren gleichzeitig! Das wird man in hundert Jahren nicht vergessen. Nur schade, dass wir den Habsburger nicht auch noch in die Luft jagen können.«

»Man kann eben nicht alles haben«, erwiderte Mahlstein. »Schon das Zusammentreffen dieser beiden Fürsten ist ein Glück für uns. Der Österreicher ist mir auch ziemlich egal. Hauptsache, der Preußenkönig verreckt.«

Kaminsky klatschte in die Hände, stand auf und zog einen Vorhang zurück. Er öffnete das Fenster, und kalte Februarluft strömte in das Zimmer. Er reckte den Hals nach oben und atmete die frische Luft ein. Dann räusperte er sich, schloss das Fenster wieder, setzte sich auf sein Sofa und erklärte dem Mitverschwörer:

»Zar Alexander wird an Ostern in Berlin und Potsdam sein. Damit kommt unser großer Tag. Ich muss nur noch herausbekommen, wo sich die beiden in der Öffentlichkeit zeigen. Doch das erfahre ich hoffentlich in den nächsten Tagen. Da kenne ich nämlich jemanden, der es mir wohl erzählen wird.«

Dabei lachte Kaminsky und klatschte wiederum fröhlich die Hände zusammen. Mahlstein wusste nichts Genaueres über diesen Informanten. Doch hatte Kaminsky schon öfters von einer Bekanntschaft, von der er Nutzvolles erfahren könnte, berichtet. Jedesmal war er dabei besonders guter Laune gewesen.

7

Es war fast Mitte Februar, und das erste Semester ging bereits seinem Ende zu. Bruno hatte sich in jeder Beziehung in Berlin gut eingefunden. Das Studium erfüllte alle seine Erwartungen. Mit Begeisterung besuchte er die Vorlesungen. Die Arbeit im Bankgeschäft Bleichröders bestand zwar bisher nur aus einfachen Hilfsarbeiten, aber Bruno achtete auch dabei auf ein gutes Erledigen der ihm übertragenen Aufgaben. Er wusste, was er seinem Gönner und Förderer Hirsch schuldig war und wollte dessen Erwartungen erfüllen. Nicht zuletzt hatte sich sein Nachhilfeunterricht als Segen für die kleine Waldenfels entpuppt. Zur Freude ihrer Eltern fand Elisabeth plötzlich Interesse am Französischen und lernte fleißig unter Brunos Anleitung.

Heute nun saß er bis zur Mittagszeit bei dem Rechtsgelehrten Rudolf Gneist in der Vorlesung. Gneist war ihm von allen Rechtsprofessoren der liebste. Da erging es ihm nicht viel anders als der Mehrzahl seiner Kommilitonen. Gneist fesselte die jungen Leute. Er erreichte eine Nachfrage und ein Interesse, die ihm die anderen Fakultätsmitglieder mehr oder weniger offen neideten. Bruno führte seine Anziehungskraft auf den politischen Akzent zurück, den Gneist geschickt seinen Vorträgen gab. Die meisten seiner Kollegen erschienen dagegen stockkonservativ und konnten sich nicht annähernd mit dem anregenden Geist von Gneist messen. Am Schluss seiner Vorlesung über die Verfassungslehre im deutschen und englischen Recht sparte er nicht mit einem Seitenhieb auf den sich in Preußen zuspitzenden Konflikt zwischen Parlament und König.

»Wie ich die Situation einschätze, wird unser hochverehrter König Wilhelm alsbald die zweite Kammer für aufgelöst erklären und damit die Hoffnung auf Neuwahlen, die ihm eine wohlgesonnene Mehrheit bescheren sollen, verbinden. Allerdings, meine Herren: Er könnte sich irren.« Gneist genierte sich nicht, derart kokett daherzureden. Seine Spitzen, die er gegen die Herrschenden richtete, hatten ihm bereits einigen Unmut eingebracht. Als sich Gneist verabschiedete und auf ein hoffentlich gutes Wiedersehen im Frühjahr nach den Semesterferien hinwies, klopften Bruno und die anderen Studenten begeistert auf die Bänke. Danach begab sich Bruno zum Ausgang, denn die nächste Verpflichtung wartete bereits auf ihn. In der Universitätsstraße stand auch schon die Kutsche bereit, die ihn zu den Waldenfels bringen sollte. Schon seit mehreren Wochen fuhr er immer am Dienstag nach der Vorlesung zu Elisabeth zum Nachhilfeunterricht. Über die Chaussee- und Charlottenburger Straße gelangte er dann zur Villa der Waldenfels, deren Architektur mitsamt der herrlichen Lage in einem parkähnlichen Grundstück mit altem Eichenbestand von Anfang an seine Bewunderung gefunden hatte. Sie bogen gerade in die Schlossstraße ab, als Bruno den ersten lauten Schrei vernahm. Er stutzte, beugte sich in der Kutsche vor, um besser aus dem Fenster sehen zu können. Als er das Schreien zum zweiten Mal hörte, sah er schräg gegenüber auf dem Gehweg eine junge Frau, die von einem geifernden Hund angegriffen wurde.

Bruno riss während der Fahrt die Tür auf, sprang aus der Kutsche, landete schlecht auf der Straße und fiel der Länge nach hin. Er schlug sich dabei heftig ein Knie und seine beiden Ellenbogen auf, doch rappelte er sich trotz des augenblicklich sich einstellenden Schmerzes sofort auf und stürmte auf die andere Straßenseite. Er nahm noch wahr, wie einige Passanten in sicherer Entfernung zuschauten, aber keine Anstalten machten, der angstvoll schreienden Frau zu helfen. Der große Hund biss wild knurrend und bellend um sich. Die Frau machte verzweifelte Abwehrbewegungen mit ihren Händen und Armen. Als Bruno den Gehweg erreicht hatte, sprang das wild gewordene Tier gerade die Frau von hinten an. Es versuchte, in die Schulter und den Nacken zu beißen. Die Frau sackte zu Boden und musste sich mit den Händen auffangen. Damit bot sie dem Hund aber völlig ungeschützt ihren Hals und Kopf dar. Der Hund schlug sein fletschendes Gebiss in die linke Achsel seines Opfers, das vor Schmerz aufschrie. Jetzt erreichte sie Bruno. Ohne nachzudenken stürzte er sich auf den wütenden Köder. Augenblicklich spürte er die harten Zähne an seiner Hand. Der Schmerz durchfuhr ihn gewaltig. Heftig biss der Hund auf ihn ein. Zweimal gruben sich seine Reißzähne in Brunos Hand und in seinen rechten Unterarm. Von der Frau, die auf dem Boden lag und schrecklich weinte, hatte das Tier aber abgelassen. Tollwütig griff es nun Bruno an, der auf dem Rücken lag und unkontrolliert mit seinen Armen auf den Kopf des Hundes einschlug. Er sah das geifernde Gebiss unmittelbar vor seinem Gesicht, roch den heißen Atem des Tieres und bekam dessen Speichel ins Gesicht gespritzt. Der Hund stand jetzt schräg über ihm. Er schnappte, einen Weg zu seiner Gurgel suchend, zu. Reflexartig zog Bruno heftig sein Knie hoch. Mit voller Wucht traf er in die linke Flanke des Hundes. Von diesem massiven Schlag wurde der Hund weggeschleudert. Bruno gelang es aufzustehen. Obwohl das wilde Tier sehr hart getroffen worden war, stürzte es nach einem kurzen Aufjaulen einen Moment später bereits wieder auf Bruno los. Er schlug mit dem Fuß zu, streifte den Hund aber nur am Kopf. In diesem Augenblick krachte eine Holzstange auf den Hund nieder. Bruno hörte ein Knacken und dachte zunächst, das Holz sei zerbrochen. Aber die Holzstange wurde noch einmal hochgezogen und sauste gleich darauf wieder auf den Hund nieder. Dieser jaulte nun erbärmlich und lag dabei in unnatürlich gekrümmter Haltung auf dem Boden. Zum dritten Mal schlug sein Kutscher, der ihm zu Hilfe geeilt war, zu. Er traf den Hund voll auf den Kopf. Wieder knackte es ekelhaft. Nach mehreren weiteren Schlägen auf den Kopf winselte der Hund nur noch. Er rührte sich nicht mehr. Die lange Zunge hing ihm aus dem Maul, und Blut lief ihm über die zerschmetterte Stirn. Bruno plagten starke Schmerzen von den Bisswunden. Er wandte sich von dem sterbenden Hund ab, stützte sich auf den Kutscher und beugte sich zu der Frau hin. Sie sah ihn mit ihrem verweinten Gesicht an. Er ging in die Hocke, was ihm wegen seiner Verletzungen schwerfiel. Er streichelte den Kopf der Frau und bemerkte, dass sie einige Jahre jünger sein musste als er. Die Frau versuchte sich zu beruhigen und blickte ihm dabei in die Augen. Diese Augen, dachte er und brachte zunächst kein Wort heraus.

»Gott sei Dank«, sagte er endlich. »Es wird alles wieder gut werden. Wir zwei kommen bestimmt wieder auf die Beine.« Trotz seiner Schmerzen lächelte er und ohne auf seine Umgebung und die gaffenden Zuschauer zu achten, hielt er dem Blick der jungen Frau stand.

8

Kaminsky war sehr erregt. Es hatte wieder einmal geklappt. Die Vorstellung über das, was er gleich bekommen konnte, ließ sein Herz schneller schlagen. Schon etliche Male hatte er versucht, sich in diesen Situationen unter Kontrolle zu halten. Doch jedes Mal spielte sein Körper nicht mit. Es war immer dasselbe. Kaum war sie in seinem Zimmer, fing er zu schwitzen und schneller zu atmen an. Er fragte sich, wie dies bei anderen Männern war. Er zumindest musste sich regelrecht zusammenreißen, um nicht gleich über sie herzufallen. Dabei kam sie ihm immer entgegen, hielt ihn also gar nicht zurück und gab ihm das, wonach er begehrte. Sie zierte sich nicht. Und was ihn verwirrte, war eher der Eindruck, dass sie es auch gern tat und sogar regelrecht genoss. Den ganzen Tag schon hatte er an sie gedacht. Nicht aus Liebe. Ein derartiges Gefühl lag ihm völlig fern. Aber sie verschaffte ihm Befriedigung. Und heute war es höchste Zeit für ein Vergnügen gewesen. Fast zwei Wochen waren seit ihrem letzten Beisammensein vergangen. Deshalb hatte er ihrem Zusammentreffen entgegengefiebert. Bei ihr konnten sie sich nicht treffen, da sie ihre Kammer mit zwei weiteren Mägden teilte und es undenkbar war, dass sie auch nur fünf Minuten unentdeckt bleiben würden. In der warmen Jahreszeit war es weniger schwierig und kompliziert. Seit er sie im vergangenen Frühjahr kennengelernt hatte, hatten sie es einige Male im Freien getan. Er erinnerte sich noch sehr gut an den ersten Sonntag nach Ostern, als er nachdenklich im Süden Berlins spazieren gegangen war und sie plötzlich seinen Weg gekreuzt hatte. Als sie an ihm vorübergegangen war, hatte er sich nach ihr umgedreht. Überrascht, dass sie das Gleiche tat, wollte er sich schon rasch abwenden. Doch sie strahlte ihn mit einem Lächeln an. So zog er etwas verschämt grüßend seinen Hut. Sie kam daraufhin ungeniert auf ihn zu. Und schon kamen sie gänzlich unkompliziert ins Gespräch. Er erfuhr von ihrer Arbeit als Küchenhilfe im Schloss. Bis auf zwei Freundinnen, die die gleiche Arbeit verrichteten, besaß sie weder Bekannte noch Verwandte in Berlin. Jede zweite Woche, nachmittags am Samstag oder Sonntag, durfte sie sich bis zum Abend freinehmen. Da zu dieser Zeit ihre Freundinnen arbeiten mussten, blieb sie entweder die ganze Zeit in ihrem Zimmer und strickte oder häkelte. Oder sie spazierte bei schönem Wetter für ein, zwei Stunden in der Umgebung Berlins herum. An diesem Tag war sie gerade auf dem Rückweg gewesen, doch leistete sie nun Kaminsky Gesellschaft. Kaminsky bemerkte zu seinem Wohlgefallen bereits bei diesem ersten Kennenlernen eine geschwätzige, junge Frau. Als er ihr eröffnete, er sei Student, schien sie einen Moment lang verlegen. Doch zeigte sie sich gleich darauf stolz, dass sich ein Student für sie interessierte. Eine gute Stunde später saßen sie auf einem Baumstamm und ließen sich die warme Frühjahrssonne ins Gesicht scheinen. Kaminskys Fantasie hatte zu diesem Zeitpunkt bereits zu arbeiten begonnen. Er bemerkte, wie ihn der dralle Körper der Frau anzog. Sie besaß zwar ein etwas grob geschnittenes Gesicht mit einem zu großen Mund. Aber je länger er mit ihr zusammen war, desto stärker wurde sein Verlangen. Zu seiner großen Überraschung zierte sie sich nicht, als er sie nach einer Weile zu küssen versuchte. Im Gegenteil, sie ermunterte ihn geradezu und ließ ihn sogar gewähren, als er ihre Brüste berührte. Als er vor Erregung schwerer zu atmen anfing, griff sie ihm in die Hose und befriedigte ihn mit der Hand.

Irgendwann hatten sie dann angefangen, sich auch bei ihm in seinem Zimmer zu treffen. Allerdings war die Sache nicht ungefährlich. Die Hausordnung verbot Frauenbesuche. Falls sie erwischt worden wären, wäre er noch am gleichen Tag hinausgeflogen. Eine Zimmersuche war aber das Letzte, was er brauchen konnte. Sein Zimmer war für seine Zwecke bestens geeignet. Schon allein deshalb musste er aufpassen, dass seine Geliebte unbemerkt zu ihm kam. So hatte er ihr etliche Male klargemacht, nie das Haus unmittelbar zu betreten, sondern zunächst daran vorbeizuspazieren und zu schauen, ob jemand vor dem Haus oder im Hausflur stand. Er selbst wartete dabei immer am Ende des Flures. Erst wenn er ihr ein Zeichen gab, durfte sie das Haus betreten. Rasch verschwanden sie dann über die Treppen, die in den Keller und auf halbem Wege zu seinem Zimmer führten.

Als sie jetzt vor ihm stand, zog er sie an sich, küsste sie und drückte sie auf sein Bett. Er nestelte an ihrem groben

Baumwollhemd herum und öffnete die oberen drei Knöpfe. Wie immer stellte er sich dabei ungeschickt an. Wieder half sie, damit er das ersehnte Ziel erreichen konnte. Irgendwo in einem Winkel seines Gehirns mahnte ihn etwas zur Vorsicht. Wenn sie zu viel Lärm machen würden, könnten sie entdeckt werden. Und obwohl er am liebsten gebrüllt hätte, beherrschte er sich und murmelte immer wieder »Leise, leise«, damit auch sie nicht allzu laut zu stöhnen anfing. Hinterher lagen sie eine Zeit lang schweigend im Bett nebeneinander. Paula Schierding war zweifelsohne in ihn verliebt. Kaminsky dachte schon seit geraumer Zeit an die Schwierigkeiten, die daraus möglicherweise entstehen könnten. Für ihn ging es nicht um Liebe. Er wollte sie als Frau besitzen. Gleichzeitig konnte er sie als Informantin nutzen. Sie wusste manches, was sich am Hofe zutrug, und plauderte auch gern darüber. Kaminsky war sich rasch darüber klar geworden, dass diese Beziehung ein Glücksfall für ihn war. Also ließ er sie in dem Glauben, er habe in ihr seine große Liebe gefunden. Doch heimlich amüsierte er sich über die Naivität seiner Geliebten.

»Im April kann ich dich nicht sehen«, sagte sie traurig, als sie bereits über den Küchenmeister und dessen Gehilfen heftig geschimpft hatte. Kaminsky richtete sich halb auf und blickte sie an.

»Wieso das denn?«

»Unser Ausgang ist für den ganzen April gesperrt worden. Der russische Zar kommt zu Besuch. Die Vorbereitungen laufen bereits. Zwar ist noch nicht sicher, ob er in Berlin oder in Potsdam übernachten wird, doch der König will ihm zu Ehren wohl im Schloss ein großes Abendessen geben. Das ganze Personal hat sich deshalb bereitzuhalten. Egal, ob es letztlich etwas zu tun gibt oder nicht.«

Der Russe heuchelte Enttäuschung. Er fluchte und machte dann ein betrübtes Gesicht. In Wirklichkeit war das die ersehnte Nachricht, auf die er schon Monate gewartet hatte. Alles war zwar noch etwas unpräzise. Doch innerhalb der nächsten zwei Monate würde der König von Preußen mit Zar Alexander zusammen sein. Damit näherte sich die große Stunde, die er zu nutzen gedachte.

9

Bruno lag in seinem Bett. Die Bisswunden, die ihm der Hund vor zwei Tagen beigebracht hatte, schmerzten sehr. Insbesondere sein linker Unterarm, in den der Hund seine beiden Reißzähne hatte schlagen können, tat nach wie vor ziemlich weh. Die Verletzungen an seinen beiden Händen und an seinem Bein waren dagegen einigermaßen aushaltbar. Er stand jetzt auf und hielt mit der einen Hand seinen verletzten Arm, der in eine feste Binde eingewickelt war. Wieder einmal gingen ihm die Ereignisse durch den Kopf. Der Kutscher hatte ihn und die junge Frau nach dem Kampf mit dem Tier auf dem schnellsten Wege in das nahegelegene Hospital in der Kirchstraße gebracht. Er war dann aufgebrochen, um den Eigentümer des Tieres in Erfahrung bringen zu können. Gerade als die beiden Verletzten verarztet waren, kehrte der Kutscher zurück. Seine Suche war vergebens gewesen. Niemand wusste etwas über den Hund. Die Gendarmerie versprach zwar noch, sich weiter um die Angelegenheit zu kümmern. Doch zumindest für den Augenblick konnte keine weitere Klärung erreicht werden. Die junge Frau hatte sich von dem Schock ein wenig erholt. Die böse Wunde an ihrer Schulter bereitete zwar heftige Schmerzen, aber sie lächelte Bruno nun erstmals tapfer an und bedankte sich für sein mutiges Einschreiten. Sie hieß Amelie Sonntag. Weiter redeten sie nicht viel miteinander. Es schien, als wären beide etwas verlegen. Kaum dass sie sich gegenseitig vorgestellt hatten, wurde Amelie von einem älteren Herrn, der sich als ihr Vater vorstellte, abgeholt. Der sehr aufgeregt wirkende Mann verabschiedete sich mit einem Dankeschön an Bruno. Dann verließen beide auch schon das Krankenzimmer. Bruno musste vor allem daran denken, wie sich Amelie, als sie zur Tür des Zimmers hinausging, noch einmal umgedreht und ihn angelächelt hatte. Er atmete tief durch, tastete vorsichtig seinen verletzten Arm ab und gestand sich ein, dass er sich schrecklich verliebt hatte.

10

Als es klopfte, war er für einen Moment richtig zornig, weil er aus seinen Träumen gerissen wurde. Er drehte sich um, ging auf die Tür zu und öffnete sie. Vor ihm standen eine Frau und ein Mann. Hinter ihnen lächelte Amelie Sonntag. Völlig perplex stand Bruno vor ihnen. Er bemerkte erst nach dem Gruß der Eltern, dass es ihm geradezu die Sprache verschlagen hatte. Hastig erwiderte er nun den Gruß und bat seine Besucher in sein Zimmer. Der Vater reichte ihm dann noch einmal die Hand und verbeugte sich sogar vor ihm. Dies war Bruno peinlich. Aber bevor er etwas sagen konnte, schüttelte ihm die Mutter die Hand und dankte ihm überschwänglich für seine Rettungstat. Sie überreichte ihm einen Kuchen. Die kleine, lebhafte Frau strahlte glücklich. Es war unübersehbar, dass Amelie von ihrer Mutter das feine Gesicht mit den schönen dichten Haaren und den herrlichen Augen geerbt haben musste.

»Wir wissen gar nicht, wie wir Ihnen danken können«, sagte die Mutter. Es schien fast, als wäre der Vater ein wenig in den Hintergrund gedrängt. »Unsere Amelie hat uns alles erzählt. Wir sind Ihnen unendlich dankbar.«

Bruno wurde ganz verlegen. Seinem Versuch, sein Eingreifen herunterzuspielen und als pure Selbstverständlichkeit darzustellen, entgegnete die Mutter: »Keine falsche Bescheidenheit, Herr Kohler. Wir wissen, etliche Leute haben tatenlos herumgestanden, die sich nicht trauten, unserer Tochter zu Hilfe zu kommen. Sie sind wirklich ein mutiger Mann. Dabei sind Sie selbst auch böse verletzt worden. Wie können wir Ihnen nur danken?«

»Aber nein«, antwortete er. Seine Schmerzen hatte er völlig vergessen. Er musste sich regelrecht beherrschen, um nicht nur Amelie anzusehen, die zwischen ihren Eltern stand und in ihrem hellbraunen Kleid mit der weißen Bluse einfach wunderschön aussah.

»Ich freue mich doch selbst am meisten über den glücklichen Ausgang dieser Geschichte. Und die Wunden heilen bereits.«

»Sie sind Student, nicht wahr?«, fragte die Mutter.

Bruno bejahte und erzählte von seinen Erfahrungen an der Universität. Sie unterhielten sich lebhaft. So erfuhr Bruno nebenbei, dass Herr Sonntag Bäcker- und Konditormeister war und eine Backstube in Charlottenburg betrieb. Amelie war neunzehn Jahre alt und schon seit mehr als vier Jahren im Geschäft ihres Vaters tätig, nachdem sie von klein auf immer Verkäuferin gespielt hatte.

»Nun, was zunächst immer Spaß gewesen ist, ist eben ernster Alltag geworden. Amelie steht jeden Tag sehr früh auf, weil ein Teil unserer Kundschaft schon vor sechs Uhr morgens Brot einkauft. Und noch vor sieben Uhr macht sie sich auf den Weg zu unseren Kunden, denen wir Brot und Backwaren nach Hause liefern. Sie müssen wissen, Herr Kohler, wir haben in Charlottenburg viele vornehme Herrschaften, die wir gewissermaßen frei Haus beliefern.«

Mutter Sonntag sagte das alles nicht ohne Stolz. Nach all ihren Ausführungen bemerkte Bruno sehr wohl, dass die Sonntags ein gutgehendes Geschäft haben mussten. Nach nicht ganz einer Stunde erhoben sich die Sonntags, bedankten sich noch einmal freundlich und verabschiedeten sich schließlich. Auch Amelie reichte ihm die Hand. Bruno spürte die Feinfühligkeit und Wärme und wollte sie gar nicht mehr loslassen. Er registrierte den sanften Druck, mit dem Amelie seinen Abschiedsgruß heimlich erwiderte. Die Eltern gingen bereits zur Tür. Herr Sonntag hatte schon auf die Türklinke gedrückt. Amelie drehte sich um und folgte ihren Eltern nach. Bruno war hin- und hergerissen. Er spürte instinktiv, dass er sie nicht einfach aus dem Zimmer gehen lassen durfte. Wer weiß, ob ich sie dann noch einmal wiedersehe, ging es ihm durch den Kopf. Als Amelie auf den Flur hinaustrat, drehte sie sich wiederum um und schenkte ihm abermals ein Lächeln. Nein, es war mehr! Sie strahlte Bruno geradezu an. Er war ganz verwirrt. Und von sich selbst überrascht, hörte er sich plötzlich fragen: »Darf ich Ihr Fräulein Tochter vielleicht einmal zu einem Spaziergang einladen?«

Amelies Eltern drehten sich zu ihm um. Ihre Tochter schaute ihn sehr überrascht, aber fröhlich an. Ihre Eltern tauschten kurz Blicke aus. Wieder ergriff Frau Sonntag das Wort.

»Herr Kohler, kommen Sie doch am Sonntag zu Besuch zu uns. Wir würden uns freuen, wenn wir Sie zu einer Tasse Kaffee am Nachmittag begrüßen dürften.«

Bruno kam ins Stottern. Er bejahte aber mehrfach. Wieder blickten sich die Sonntags an. Dann sahen sie zu ihrer Tochter, und beide nickten sich leicht zu.

»Also, Herr Kohler, bis Sonntag dann. Kommen Sie doch gegen 3 Uhr zu uns.«

Noch immer ein wenig verdutzt stand Bruno in der Tür. Er sah der Familie nach, wie sie das Treppenhaus hinunterging. Als die Haustüre ins Schloss fiel, wurde er aus seinen Träumen geweckt. Bald sehe ich sie wieder! Am Sonntag! Das sind nur drei Tage! Vor Freude hätte er bei diesen Gedanken fast einen Luftsprung gemacht. Glücklich ging er in sein Zimmer zurück.

Hundert Meter von dem Mietshaus entfernt spazierte zu diesem Zeitpunkt ein Elternpaar, das seine Tochter in die Mitte genommen hatte, den Gehsteig entlang. Den Eltern entging nicht, dass ihre Tochter vor Glück strahlte.

11

König Wilhelm tobte. Er brüllte seinen Kriegsminister von Roon an. Der General stand stocksteif und mit verkniffenem Gesicht vor seinem König. Er wusste, es war besser, in einer solchen Situation kein Wort mehr zu verlieren. Jedes Mal, wenn der Monarch außer sich geriet, konnte ihn zunächst nichts mehr beruhigen. In den letzten Monaten hatte Roon ihn des Öfteren so erlebt. Man musste einfach nur abwarten, bis der König sich von selbst nach einiger Zeit wieder beruhigte. Das Gewitter verzog sich gewissermaßen von selbst.

»In drei Wochen besucht mich der Zar. Was soll der Russe denken, wenn er sieht, wie mir das Parlament die Stirn bietet? Ich werde ja als Lackaffe dastehen. Ohne Autorität und der Lächerlichkeit preisgegeben! Mein Gott, wer hat nur so eine Verfassung ins Leben gesetzt? Was bin ich denn noch als König? Roon? Bin ich nur noch ein Hampelmann?«

Der General erwiderte nichts. Er hielt Schweigen in dieser Situation für die geeignetste Verhaltensweise.

»Ich lasse mich nicht zum Sklaven des Parlaments machen!« Der König schrie vor Zorn, stellte sich unmittelbar vor Roon und funkelte ihn böse an. Er stampfte mit dem Fuß auf, drehte sich weg und begann im Raum umherzugehen.

Jetzt fängt er an, sich zu beruhigen, dachte Roon. In diesem Augenblick klopfte es. Ein Lakai erschien und kündigte den Chef des Militärkabinetts, General von Manteuffel, und den Generaladjutanten von Alvensleben an. Der König ließ bitten. Die beiden hohen Offiziere traten ein und grüßten militärisch.

»Nun, meine Herren? Was raten Sie?«

Manteuffel blickte Roon an, der kaum merklich nickte. »Eure Königliche Hoheit! Lösen Sie das Abgeordnetenhaus auf. Neuwahlen werden vielleicht fürs Erste weiterhelfen.«

»Was? Sonst fällt Ihnen nichts ein? Wissen Sie, auf welches gewagte Spiel ich mich damit einlassen würde?«

Wilhelm beantwortete selbst die Frage. »Mir wird schlecht bei dem Gedanken an die Mehrheitsverhältnisse. Eine Neuwahl würde meines Erachtens den Liberalen in die Hände arbeiten und mich vollends zum Gespött machen.«

Minister von Roon schaltete sich ein. »Eure Majestät! Es gäbe noch einen Weg, wie man dem Parlamentarismus Herr werden könnte.«

»Aha! Wieder ein neuer Vorschlag. Wieder etwas, das uns doch nicht weiterhilft!«

Roon ließ sich nicht beeindrucken. Zwar ahnte er den Unwillen des Königs, doch es musste gesagt werden.

»Im Prinzip ist es nichts Neues. Ich wiederhole nur, was ich schon einmal als Lösungsvorschlag unterbreitet habe.«

»Also?«, fragte der König, als Roon innehielt. Dieser schaute zu den Militärs. Sie wussten ganz genau, was er antworten würde, und hielten gespannt den Atem an.

»Ernennen Sie Herrn von Bismarck zum Ministerpräsidenten. Bismarck ist die einzig angemessene Antwort!«

Einen Moment lang schien es, als hätte es Wilhelm die Sprache verschlagen. Dann setzte er wütend an: »Davon will ich nichts hören! Sie kennen meine Auffassung über diesen flatterhaften Menschen. Bismarck würde alles auf den Kopf stellen. Nein, nein, mein Lieber! Diesen anmaßenden Gutsherrn werde ich nie und nimmer berufen. Am Schluss hätten wir wegen diesem unberechenbaren Herrn noch Straßenkämpfe!«

Roon wartete nur kurz ab. »Wir wären vorbereitet. Für den Aufstandsfall liegt ein Operationsplan vor. Berlin wäre innerhalb eines Tages befriedet.«

»Herr General!« Der König wurde förmlich. »Solange ich das Land regiere, wird nicht Hand an mein Volk gelegt. Das wäre noch schlimmer, als meinen Rücktritt zu erklären. Ich würde Letzteres vorziehen, das verspreche ich Ihnen.«

Zunächst wagte niemand eine Erwiderung. Dann meldete sich Manteuffel.

»Eure Majestät! Ich würde zwar auch zu einer Ernennung Bismarcks raten. Aber vielleicht sollten Sie doch vorab noch einmal das Parlament auflösen. Womöglich ergäben Neuwahlen eine für die Krone angemessenere Zusammensetzung der Abgeordneten. Dadurch würde sich die Ministerpräsidentenfrage erübrigen.«

König Wilhelm hatte sich wieder in der Gewalt. Er bat seine Getreuen Platz zu nehmen. Sie besprachen die möglichen Optionen in Ruhe. Er forderte seine Militärs ausdrücklich zur offenen Meinungsäußerung auf. Nach gut zwei Stunden gingen sie auseinander.

12

Am Abend des 11. März saß Kaminsky mit seinen Verschwörern zusammen. Es war schon gegen elf Uhr nachts, als er sie verabschiedete. Nach einer Viertelstunde kehrten Mahlstein und zwei weitere zurück. Kaminsky hatte Otto Zapeck und Wilhelm Röderbach als weitere enge Vertraute ausgewählt, die beim bevorstehenden Attentat eine zentrale Rolle spielen sollten. Er schob seinen Schrank ein Stück vor, kniete auf den Boden und entfernte ein Brett auf der Rückseite des Schrankes. Dann hielt er ein etwa eine halbe Elle langes und ein fünf Zoll dickes Metallrohr in der einen und ein Säckchen in der anderen Hand. Fast liebevoll trug er die Sachen zum Tisch, öffnete dort das Säckchen und schraubte von dem Metallrohr einen Verschluss ab.

»Das ist mein Prunkstück«, stellte Kaminsky nicht ohne

Stolz fest. Das Säckchen enthielt Schwarzpulver. Jedem der Anwesenden war klar, dass Kaminsky eine fast fertige Bombe in den Händen hielt. Kaminsky erklärte die einfache Handhabung, wobei er auf die einzig noch fehlende Zündschnur hinwies.

»Diese habe ich auch schon. Gut versteckt natürlich! Wenn es soweit ist, werde ich sie anbringen. Ich werde die Bombe werfen. Und ihr bekommt die Schusswaffen. Jeder eine und jeder mit mehreren Schuss Munition.«

Röderbach und Zapeck hatte es ordentlich die Sprache verschlagen. Ihnen wurde endgültig der Ernst der Lage klar. Mahlstein dagegen betrachtete fasziniert das Metallrohr und stellte sich in seiner Fantasie schon die verheerende Wirkung vor, die das mit scharfen Metallsplittern gefüllte Stück Eisen anrichten würde.

Die Verschwörergruppe ging erst weit nach Mitternacht auseinander. Kaminsky war übermüdet. Zum ersten Mal verzichtete er unvorsichtigerweise darauf, das Metallrohr und das Pulver wieder ordentlich in dem dafür vorgesehenen Schrankfach zu verstecken. Er schob beides nur unter den Schrank. Er wollte die Sachen am nächsten Morgen sorgfältig in dem Versteck verstauen. Jetzt hatte er nur den Gedanken an Schlaf. So legte er sich aufs Bett und schlief rasch ein.

13

Es war ein herrlicher Sonntag. Als Bruno aus dem Haus trat, strahlte die Sonne vom wolkenlosen Himmel. Sie besaß zwar noch kaum Kraft an diesem Märzwochenende. Doch er atmete die kühle Luft glücklich ein. Er war etwas nervös, als er sich auf den Weg zu den Sonntags machte. Die Schmerzen in seinem verletzten Bein ignorierte er. Sie hinderten ihn zwar ein wenig beim Gehen, doch heilte die Wunde überraschend gut. Deswegen brauchte er sich keine Sorgen mehr zu machen. Dabei hoffte er, auch Amelies Wunden würden genauso rasch verheilen. Kurz nach 3 Uhr klopfte er an die Haustür der Bäckersfamilie. Über dem Eingang zum Ladengeschäft hing ein Messingschild der Bäckergilde, in dessen Mitte ein Laib Brot abgebildet war. Ein großes Fenster neben dem Eingang erlaubte einen Blick in das Geschäft, dessen Regale hinter einem breiten Ladentisch aber leer waren. Das zweistöckige Haus mit dem steilen Dach machte einen gepflegten Eindruck und schien weniger alt zu sein als die umstehenden Gebäude. Herr Sonntag öffnete und empfing ihn mit einem freundlichen Willkommensgruß. Er bat ihn herein und führte ihn den Flur entlang in ein nach hinten liegendes Zimmer. Es war das Wohnzimmer der Sonntags, von dem aus man in den Garten hinaussehen konnte, der von einer roten Ziegelmauer begrenzt war und in dem drei Apfelbäume standen. Amelie saß auf einem Sofa. Sie erhob sich und lächelte ihn an, als er eintrat. Einen Moment lang war Bruno etwas verlegen. Er wusste gar nicht so recht, was er zur Begrüßung sagen sollte. Da trat aber auch schon Frau Sonntag in das Wohnzimmer. Sie begrüßte ganz zwanglos den Gast und bot ihm Platz an. Bruno setzte sich auf einen gepolsterten Stuhl am Tisch, auf dem bereits ein Kuchen stand.

»Wie geht es Ihnen?«, begann Herr Sonntag das Gespräch. Bruno berichtete über den Heilungsprozess. Mit Blick auf Amelie fragte er dann, ob es ihr gutgehe.

»Wir sind zufrieden«, gab Herr Sonntag zur Antwort. »Die Wunde an der Schulter hat sich zwar etwas entzündet. Der Arzt hat uns aber gezeigt, wie wir sie ordentlich behandeln müssen, damit es nicht schlimmer wird. Besser heilen die Verletzungen an den Händen und Armen. Hier muss Amelie nicht einmal mehr einen Verband tragen.«

Frau Sonntag, die hinausgegangen war, kam nun wieder mit einem Tablett, auf dem Kaffeegeschirr stand, zur Tür herein. Es duftete auch bereits nach Kaffee. Bruno bemerkte sehr wohl die ihm zuteil werdende freundliche Behandlung.

»Ich hoffe, der Kuchen hat Ihnen geschmeckt. Sie dürfen gleich noch einen anderen probieren, den ausnahmsweise nicht mein Mann, sondern ich gebacken habe«, bemerkte die Mutter mit einem Seitenblick auf ihren Ehegatten. Sie stellte das Tablett auf den Tisch, woraufhin Amelie aufstand und Tassen, Teller und Besteck verteilte. Bruno musste sich beherrschen, um ihr nicht dauernd zuzusehen. Es gefiel ihm, wie sie heute ihre langen Haare zu einem Pferdeschwanz zusammengebunden hatte. Zu ihren schwarzen Haaren passte wunderschön das hellblaue Kleid, das sie trug. Sie sieht fantastisch aus, dachte er bei sich. Als sie beim Tischdecken kurz aufschaute und ihn für einen Augenblick anlächelte, merkte er, wie ihm das Blut in den Kopf schoss. Herr Sonntag hatte seine Reaktion bemerkt und half ihm aus der Verlegenheit, indem er nach seinen Eltern fragte. Bruno erzählte von seiner Mutter. Über seinen Vater berichtete er nur kurz, dann wechselte er das Thema. Er fragte Herrn Sonntag nach den Anfängen seiner Bäckerei.

»Wir feiern nächstes Jahr unser zwanzigjähriges Jubiläum. Aber mir ist es, als sei es erst gestern gewesen. Es war eine spannende Zeit für uns. Und wie Sie sich denken können, auch keine einfache. Zwar besaß ich etwas Erspartes. Meine Frau hatte ein wenig Vermögen. Doch war der Erwerb des Hauses und die Einrichtung der Bäckerei ein ordentliches Risiko. Die ersten drei, vier Jahre waren dann auch hart, sehr hart zum Teil. An Kaffeetrinken durften wir überhaupt nicht denken. Wir mussten uns in vielem einschränken und als sich Amelie bald nach Eröffnung des Geschäfts ankündigte, wussten wir eine Zeit lang gar nicht so richtig, wie wir zurechtkommen sollten. Meine Frau hat damals ungeheuer viel geleistet. Ich bin ihr heute noch dankbar dafür.«

Bei diesen Worten trat seine Frau ins Zimmer. »Was erzählst du da für Geschichten über mich?«

»Herr Kohler wollte wissen, wie wir die Bäckerei aufgebaut haben. Und ich habe bloß ein klein wenig unsere schwierige Anfangsphase beschrieben.«

Seine Frau lächelte. »Oh je, hoffentlich langweilst du unseren Gast nicht.«

»Keineswegs«, antwortete Bruno. »Ich habe immer ein großes Interesse zu erfahren, wie die Dinge entstanden sind und sich entwickelt haben. Und auf Ihr Geschäft können Sie ja wirklich stolz sein.«

Herr Sonntag fühlte sich bei diesen Worten geschmeichelt. Ihm tat ein solches Lob sichtlich gut. Seine Frau schenkte den Kaffee ein. Danach plauderten sie über die verschiedensten Dinge. Bruno fühlte sich im Kreis dieser Familie ausgesprochen wohl. Er spürte die bei den Sonntags vorliegende Harmonie. Amelie schaltete sich nur einige wenige Male in die Gespräche ein. Doch sah sie Bruno häufig an, wobei sie immer rasch zu Boden blickte, wenn er ihren Blick erwiderte. Der Nachmittag verging viel zu schnell. Als die Märzsonne ihre wenige Kraft verlor, wusste Bruno, dass es an der Zeit war, sich zu verabschieden. Er hätte sich zwar wenigstens einige Minuten mit Amelie allein gewünscht. Aber er war sich sicher, sie bald wiederzusehen. So freundlich wie er empfangen worden war, verabschiedeten ihn die Sonntags. Das Schönste aber war ihre Einladung zu einem weiteren Besuch.

»Wir müssen schließlich wissen, ob Sie wieder ganz hergestellt werden. Auf jeden Fall wünschen wir Ihnen ein rasches Verheilen der Verletzungen.« Frau Sonntag begleitete ihn bei diesen Worten zur Tür. Amelie kam hinter ihnen her. Bruno verabschiedete sich von beiden herzlich. Am liebsten hätte er die Hand von Amelie nicht mehr loslassen wollen. Schließlich trat er aus der Haustür und sagte abschließend zu den beiden: »Bis auf bald. Ich freue mich sehr darauf.«

14

Kaminskys Atem ging schneller. Er lag auf Paula, die ihn in sich aufgenommen hatte. Sie stöhnte unter seinen gierigen Bewegungen. Es stand der Augenblick bevor, in dem er sich völlig gehen ließ und die Kontrolle verlor. Seine Hände ausgestreckt, die die Handgelenke seiner Geliebten umklammerten, drang er immer schneller in Paulas Körper ein. Als er so weit war, stöhnte er auf und atmete heftig die Luft ein und aus. Danach lag er einige Zeit lang still auf Paula, die ihm dabei den Rücken streichelte. Er konnte jetzt wieder klarer denken, versuchte aber noch die Freuden, die er gerade empfinden durfte, nachklingen zu lassen. Als es für Paula unbequem wurde, ließ er sich zur Seite rollen. Er griff dabei nach der vom Bett auf den Fußboden heruntergerutschten Decke und zog sie über ihre nackten Körper. Nach einer Weile wollte sich Paula sauber machen. Kaminsky störte sich etwas daran, weil er es gern hatte, möglichst lange so nebeneinander zu liegen. Aber mit Paula war es immer dasselbe. Sie verlangte nach einem Tuch. Doch lag heute keines parat. Kaminsky hatte erst am Morgen seine Wäsche gewaschen. Darunter waren auch drei Stofflaken, die er für gewöhnlich als Handtücher benutzte. Sie hingen im Hinterhof des Hauses, wo er sie zum Trocknen aufgehängt hatte. Auf Paulas Drängen stieg er widerwillig aus dem Bett. Er brummelte vor sich hin, zog aber seine Hose und sein Hemd an und ging aus dem Zimmer.

Paula drehte sich um. Sie lag auf ihrem Arm und betrachtete verträumt die gegenüberliegende Wand. Sie fühlte sich befriedigt und schläfrig und ließ ihre Augen langsam hin und her wandern. Irgendwann registrierte sie dann, dass etwas unter dem Schrank lag. Ihre Neugierde nahm rasch überhand. Kurzum schlug sie die Decke zurück und stand auf. Nackt trat sie vor den Schrank, kniete sich nieder, fuhr mit der Hand unter das Möbelstück, spürte einen metallenen Gegenstand und zog ihn hervor. Erstaunt betrachtete sie das kurze Eisenrohr. Sie wusste nicht so recht, was sie damit anfangen sollte. Dann bückte sie sich noch einmal, griff wieder zu und hielt das Pulversäckchen in ihren Händen. Im ersten Moment konnte sie sich keinen Reim auf die Dinge machen. Sie öffnete das Säckchen. Als sie den Inhalt sah, begriff sie augenblicklich, worum es sich handelte. Ihr Bruder, der als einfacher Soldat diente, hatte ihr einmal angeberisch gestohlenes Schießpulver unter die Nase gehalten. Das lag zwar schon etliche Jahre zurück. Sie war damals noch ein junges, leicht zu beeindruckendes Mädchen gewesen. Aber es bedurfte jetzt keiner Erklärung mehr. Igor bastelt an einer Bombe, dachte sie voller Erschrecken. In diesem Moment ging die Tür auf. Kaminsky trat herein.

Kaminsky erfasste die Situation sofort. Nach der ersten Schrecksekunde schloss er schnell die Tür. Innerlich verfluchte er sich für seine Vergesslichkeit, hatte er die Gegenstände doch längstens wieder in ihr Versteck zurücktun wollen. Eine böse Wut stieg in ihm auf. Er machte ein paar Schritte auf Paula zu und wollte ihr die Sachen aus den Händen reißen. Er konnte aber nur das Eisenrohr fassen. Das Pulversäckchen zog Paula instinktiv an ihre Brust. Mit fragendem und verwirrtem Blick schaute sie ihn an.

»Dummes Weib!«, fuhr es aus ihm heraus. Dabei fasste er noch einmal hastig nach dem Pulver. Aber Paula wich einen Schritt nach hinten. Kaminskys Wut steigerte sich.

»Gib es her, du blöder Mensch.«

Entsetzt hörte Paula seine bösen Worte. Sie versuchte auszuweichen, dann warf sie ihm das Pulversäckchen vor die Füße. Kaminsky bückte sich. Paula wollte diese Zeit nutzen. Rasch griff sie nach ihrer Unterwäsche und ihrem Kleid.

»Was hast du getan?«, herrschte Kaminsky sie an. Paula spürte die Gefahr, die ihr mit einem Mal drohte. In Kaminskys Kopf rasten die Gedanken. Er sah bereits seine Pläne durchkreuzt.

»Was hast du vor?«, fragte Paula fast flehentlich. Irgendwie wollte sie nicht wahrhaben, was ihr ihr Verstand klarmachte. »Was hast du vor? Du hast doch nichts Schlechtes vor?«

Paula bewegte sich rückwärts auf die Tür zu. Kaminsky kam ihr nach, wollte etwas sagen und sah dabei, wie Paula nach der Türklinke griff. Er durfte sie auf gar keinen Fall gehen lassen.

»Setze dich auf das Bett!«, befahl er ihr zornig. »Los, setz dich hin.«

Paula schüttelte nur leicht den Kopf. Die Angst überwältigte sie.

»Setze dich wieder hin oder …«

»Was denn, Igor? Was willst du denn tun?«

Paula hatte die Türklinke bereits heruntergedrückt. Kaminsky sah, wie sich die Tür einen Spalt breit öffnete.

Er fürchtete, ein Hausbewohner könnte bemerken, was sich abspielte. Noch einmal sagte er, allerdings erstaunlich ruhig und fast leise: »Paula, setze dich aufs Bett. Ich erkläre dir alles.«

Paula stand noch immer nackt vor ihm, die Kleider in der einen Hand zusammengedrückt. Sie weinte und schüttelte heftig den Kopf. Gerade so, als wolle sie sagen, dass es nicht wahr sein dürfe. Auf einmal drehte sie sich um. Kaminsky erkannte sogleich ihre Absicht. Sie wollte fliehen. Bei diesem Gedanken hatte er bereits das Eisenstück hochgerissen. Er sah Paulas Rücken und ihr ausladendes Hinterteil mit den stämmigen Beinen. Ihre helle Haut hob sich heftig vom Kontrast des dunklen Flures ab. Da sauste das Eisenstück auch schon herunter. Es traf Paula am linken Hinterkopf. Sie schnappte nach Luft, brach gleich darauf aber in die Knie. Kaminsky holte dabei bereits zum zweiten Mal aus. Er schlug mit aller Gewalt zu. Beim Fallen hatte sich

Paulas Kopf gedreht. Das Eisenrohr traf sie oberhalb der Nasenwurzel mitten auf die Stirn. Es knackte schrecklich. Sie fiel nach hinten. Augenblicklich strömte Blut über ihr Gesicht. Es klatschte, als ihr Körper unkontrolliert auf den Boden aufschlug. Nackt, ordinär verrenkt, lag sie vor ihm. Der Oberkörper mit dem Kopf, der sich ganz leicht hin und her bewegte, lag auf dem Flur. Schnell griff Kaminsky nach ihren Beinen und zog sie ins Zimmer. Eine Blutspur bildete sich, als er sie über den Boden schleifte. Die Wunde an ihrem Kopf blutete furchtbar. In kurzer Zeit bildete sich eine Blutlache, die sich immer weiter ausbreitete. Kaminsky zitterte jetzt. Er sah, dass Paula noch lebte. Sie bewegte die Lippen, brachte aber kein Wort heraus. Dann fing ihr Bein an zu zucken. Gleichzeitig schlug sie reflexartig mit einem Arm um sich und verspritzte dabei Blut, das aus der schlimmen Wunde hervorquoll. Er kniete neben ihr nieder, griff nach ihrem Hals und drückte mit aller Kraft Paulas Gurgel zu. Er spürte, wie er ihr den Kehlkopf zerquetschte. Paula traf ihn mehrmals mit ihrer Hand und ihrem Arm. Das geschah aber völlig kraftlos. Paulas Gliedmaßen zuckten lediglich im Todeskampf. Dann lag sie plötzlich ganz schlaff vor ihm. Die weit aufgerissenen Augen waren blutüberströmt, die Zunge hing ihr unnatürlich aus dem offenen Mund. Kaminsky bemerkte, wie er schweißüberströmt immer noch den Hals zudrückte. Langsam lockerte er den erbarmungslosen Griff. Er rutschte nach hinten und ließ sich auf den Boden fallen. So saß er eine Weile vor der Leiche, unfähig, einen klaren Gedanken zu fassen. Es dauerte geraume Zeit, bis er wieder einigermaßen klar denken konnte.

15

Am Samstagnachmittag nahm Bruno den letzten Stapel Abrechnungen vom Tisch und überprüfte sie. Wegen seiner guten Fremdsprachenkenntnisse hatte ihn der Prokurist Bleichröders zu Beginn des vorigen Monats vorläufig in die Auslandsabteilung versetzt. Dr. jur. Rudolf Döhnig war im Bankhaus Bleichröder ein strenger und gefürchteter Vorgesetzter. Er ließ keine noch so kleine Unregelmäßigkeit durchgehen und achtete äußerst penibel auf die ordnungsgemäße Bearbeitung eines jeden Geschäftsvorganges. Wenn ihm etwas missfiel, kanzelte er den betroffenen Mitarbeiter vor versammelter Mannschaft ab. Im Bankhaus gab es einen Spruch, der hinter vorgehaltener Hand und nur nach einer Art Sicherheitsüberprüfung, ob auch Döhnig ja nicht in der Nähe sei, die Runde machte: »Erst kommt Gott, dann unser König und gleich darauf schon Dr. Döhnig.« Bruno war noch keine zwei Wochen in der Unternehmung tätig, da hatte ihm abends der Portier des Bankhauses, der ihn in ein Gespräch verwickelte, den Spruch erzählt. Bruno selbst hatte den Prokuristen bei seiner Vorstellung kennengelernt. Der Mann war ihm zwar reserviert, aber keineswegs unfreundlich vorgekommen. Etwa eine Viertelstunde hatte sich der Prokurist mit ihm unterhalten und sich dabei sogar ziemlich interessiert gezeigt. An diesem Nachmittag nun wurde er zu Döhnig bestellt.

»Sie haben doch Semesterferien?«, begann der Prokurist. Bruno bejahte.

»Es ist so«, fuhr Döhnig fort, »wir wollen in den nächsten Monaten die Zulassung von Aktien einer großen hiesigen Unternehmung an der Pariser Börse erreichen. Das ist ein überaus schwieriges Unterfangen. Wir haben bislang noch immer große Probleme gehabt, wenn es darum ging, preußische Aktien an internationalen Börsenplätzen unterzubringen. Entsprechend sensibel und vorsichtig muss vorgegangen werden. Schon kleinste Fehler können einem das ganze Geschäft kaputtmachen.«

Er sprach ruhig, aber mit Nachdruck. Bruno wartete ab und äußerte sich zunächst nicht.

»Wissen Sie, Ihnen fehlt zwar die internationale Erfahrung, und aufgrund Ihrer Jugend wird man Sie derzeit natürlich noch nicht als Verhandlungspartner akzeptieren. Aber Sie könnten mir vielleicht bei der ganzen Angelegenheit assistieren?«

Bruno war einen Moment ganz verdutzt. Er konnte zunächst gar nicht fassen, welches Angebot ihm gerade unterbreitet wurde. Döhnig ließ ihm Zeit zum Verdauen der Neuigkeit.

»Ich werde mich etwa einen Monat lang nur mit dieser Aktienemission befassen müssen. Anfang April muss ich für etwa fünf Tage in Paris sein. Ich müsste in dieser ganzen Zeit absolut auf Sie zählen können. Auch nach Frankreich würden Sie selbstverständlich mitkommen.«

Döhnig blickte ihn fragend an.

Bruno hatte sich jetzt gefasst. Er strahlte über das ganze Gesicht und sagte begeistert zu. Der Prokurist zeigte sich zufrieden, auch wenn er das Lächeln und die freundliche Miene Brunos nicht erwiderte. Sein Gesichtsausdruck blieb streng.

»Sie werden sofort Schluss machen. So haben Sie noch eineinhalb Tage zur Entspannung. Am Montagmorgen erwarte ich Sie gegen sieben Uhr in meinem Büro. Dann werden Sie für vier Wochen zu nichts anderem mehr kommen als zu intensiver Arbeit. Ein Wochenende wird es für Sie erst nach dieser Zeit wieder geben.«

Döhnig verabschiedete ihn, begleitete ihn zur Tür und schloss sie hinter ihm zu. Erst auf dem Heimweg ging Bruno die Einzigartigkeit dieses Vorganges auf. Dass Dr. Döhnig hinter einem Mitarbeiter die Tür selbst zumachte, dürfte jedenfalls noch nicht oft vorgekommen sein.

Zwei Stunden später traf er mit Amelie zusammen. Sie hatte von ihren Eltern die Erlaubnis zu einem Spaziergang mit Bruno erhalten. Bei der Begrüßung reichten sie sich strahlend beide Hände. Er nahm allen Mut zusammen und sagte: »Ich habe mich die ganze Woche auf diesen Augenblick gefreut!«

Amelie hatte ihr Gesicht etwas genierlich gesenkt, doch auch sie lächelte. Beide wussten längst, wie es um sie stand und was sie füreinander empfanden. Sie gingen im großen Park an der Charlottenstraße spazieren, setzten sich hin und wieder auf eine Bank, und ab und zu berührten sich ihre Hände. Jedes Mal empfand Bruno eine solche Berührung als etwas Wunderbares. Schließlich führte er die Berührungen bewusst herbei. Zunächst plagte ihn ein wenig ein schlechtes Gewissen, weil er fürchtete, Amelie damit zu nahe zu treten. Doch als er bemerkte, dass ihm Amelie gar entgegenkam, fühlte er sich glücklicher als je zuvor. Sie unterhielten sich über alle möglichen belanglosen Themen. Beide bemerkten jedoch an sich, wie sie immer angespannter wurden. Es war ein gutes Gefühl, das sie allerdings etwas verlegen machte. Der sonnige Samstagnachmittag hatte etliche andere Bürgerinnen und Bürger zu einem Spaziergang animiert. Der Park war gut besucht. Bruno bedauerte dies, wäre er doch am liebsten mit Amelie allein gewesen. Irgendwann sah er hinter einer Birkengruppe eine Bank. Er führte Amelie dorthin. Sie setzten sich. Einem Impuls folgend beugte er sich etwas vor. Ganz sanft berührte er mit seinen Lippen ihren Mund. Es schien, als würde Amelie erschrecken. Sie wich ein klein wenig nach hinten aus, verharrte dann aber mit geschlossenen Augen. Mutig, doch mit Herzklopfen, küsste sie Bruno noch einmal. Fast übervorsichtig berührte er sie. Nun spürte er die Hand Amelies auf seinem Oberarm. Es durchflutete ihn geradezu. Er nahm ihren Kopf in beide Hände und küsste sie liebevoll auf ihre Wangen und dann noch einmal zart auf ihren Mund. Amelie hielt dabei die Augen geschlossen. Erst als er sich wieder zurücknahm, öffnete sie sie wieder. Sie lächelte sanft.

»Ich liebe dich«, sagte Bruno mit leiser und verlegener Stimme. Amelie schaute ihn an. Er registrierte noch das Blau ihrer Augen, in das er förmlich zu versinken drohte.

»Ich liebe dich auch. Ich liebe dich sehr, Bruno«, vernahm er zärtlich Amelies Stimme.

16

»Geben Sie eben nach. Akzeptieren Sie die liberale Bewegung in Preußen.«

Kronprinz Friedrich sagte seinem Vater unverblümt, was er von der politischen Situation im Staat hielt. Seine englische Frau, die Tochter der englischen Queen Victoria, saß neben ihm mit zusammengekniffenen Lippen. Am liebsten hätte sie schon längstens in das Gespräch eingegriffen. Aber nach ein paar Jahren am preußischen Hof und ihren Erfahrungen mit dem König und seiner Frau wusste sie, dass bereits ein falsches Wort für die Auslösung eines heftigen Streites genügte. Prinzessin Victoria litt unter der am Hofe vorherrschenden Atmosphäre. Sie sehnte sich oft nach England zurück. Nur ihr Gemahl konnte sie in manchen Stunden in ihrem Kummer trösten. Alles erschien ihr rückständig. Die Strenge des preußischen Königshauses, der Einfluss reaktionärer Militärs und Politiker widerte sie an. Wie fortschrittlich erschien ihr demgegenüber England. Allerdings hielt sie sich nicht immer derart zurück wie am heutigen Nachmittag. Mitunter hatte sie schon unerschrocken und fast rücksichtslos ihre Meinung geäußert. Ihre Taktlosigkeit war am gesamten Hof bekannt. Entsprechend angespannt war ab und an ihr Verhältnis zur Schwiegermutter, Königin Augusta, und zu König Wilhelm. Doch sie besaß einen erheblichen Einfluss auf Friedrich, der mehr und mehr Aufgeschlossenheit gegenüber einer liberaleren Politik zeigte und manche Reform auf den Weg hätte bringen wollen. Friedrich hatte sie heute ausdrücklich um Zurückhaltung gebeten. Er wollte nicht noch einen Konflikt mit seinen Eltern provozieren. Die Eheleute hatten derzeit auch ganz andere Sorgen. Ihr erstgeborener Sohn Wilhelm bereitete ihnen außerordentlichen Kummer. Der dreijährige Wilhelm gebärdete sich zunehmend jähzorniger. Alle Bemühungen, auf ihn günstig einzuwirken, schlugen fehl. Victoria ahnte allzu gut die Ursache für dieses beängstigende Verhalten. Es musste wohl mit dem verkrüppelten Arm ihres Kindes zusammenhängen. Trotz aller Heilungsversuche und der Hinzuziehung hervorragender Ärzte konnte bislang nicht die mindeste Besserung erreicht werden. Wilhelms linker Arm war durch einen

Geburtsfehler schwer geschädigt worden. Keine ärztliche Kunst vermochte etwas daran zu ändern. Erst am Morgen war der Arm in ein Eisenkorsett gebunden worden. Ihr Sohn hatte dabei wie am Spieß gebrüllt, den Arzt und seine beiden Helfer bespuckt und wild mit den Füßen nach ihnen getreten. Ihr klang sein Schreien und Weinen, das bald drei Stunden angedauert hatte, immer noch in den Ohren. Zumindest für heute wollte sie sich keine weitere Belastung zumuten. Prinzessin Victoria merkte zwar auf. Bereits zum zweiten Mal wurde England an den Pranger gestellt. Noch aber beherrschte sie sich.

»Bitte Vater, Sie wissen um die Brüskierung meiner Frau und Ihrer Schwiegertochter. Lassen wir deshalb die englischen Verhältnisse aus dem Spiel. Obwohl ich sagen muss, es würde uns nicht übel anstehen, wenn wir uns in manchem an England ein Beispiel nehmen könnten.«

»Um nochmals die Berater zu erwähnen: Weißt du, was man mir nun schon zum wiederholten Male geraten hat?«

Wilhelm schaute erst seinen Sohn, dann dessen Frau an.

»Ich bin zwar noch nicht überzeugt, aber mir scheint doch, dass es eines Ministerpräsidenten bedarf, der rücksichtslos durchgreift.«

»Was wollen Sie damit sagen?«

Friedrich ahnte bereits, welche Antwort folgen würde.

»Bismarck! Bismarck ist wieder und dringlicher denn je im Gespräch. Ihm wird ein Beendigen der Misere zugetraut.«

»Um Gottes willen!« Mit Victorias Zurückhaltung war es schlagartig vorbei. Sie konnte noch nicht einmal diesen

Namen ertragen. Die Vorstellung, dieser Mann könnte Regierungschef Preußens werden, ließ sie heftig reagieren.

Wilhelm atmete hörbar aus. »Ich weiß ja selbst, Bismarck wäre alles andere als eine optimale Lösung.«

Friedrich war im Moment schon froh, dass ein Streit vermieden werden konnte. Im Prinzip waren sie sich alle in der Beurteilung Bismarcks einig. Er hielt diesen Mann zwar für geschickt und politisch versiert, aber gleichzeitig für rücksichtslos und brutal. Von ihm konnte nichts Gutes erwartet werden. Das Gespräch drehte sich nun allerdings im Kreis. Die Hoffnung, seinen Vater in seinem Sinne beeinflussen zu können, hatte sich nicht erfüllt.

17

Kaminsky schwitzte schrecklich. Energisch bekämpfte er das Gefühl der Übelkeit, das in ihm hochstieg, als er die Säge ansetzte. Schon nach zwei Hin- und Herbewegungen traf das Sägeblatt auf den Knochen. Es hatte mit Leichtigkeit das Fleisch durchtrennt. Kaminsky musste jetzt stärkeren Druck ausüben. Das Durchsägen der Knochen hörte sich anders an als bei hölzernen Gegenständen. Zudem ging es leichter. Der Widerstand des Knochens war überraschend gering. Als das ganze Bein durchtrennt war, betrachtete er sein abscheuliches Werk. Zunächst noch mit Ekel erfüllt, interessierte ihn zunehmend die Anatomie, die er nun an dem geschändeten menschlichen Körper studieren konnte.

Innerhalb von nicht einmal einer halben Stunde zerteilte Kaminsky die Leiche. Jedes Bein trennte er noch einmal unterhalb der Knie. Als er die Arme von den Schultergelenken abgenommen hatte, zersägte er sie wiederum in Höhe der Ellenbogen. Diese Arbeit hatte er schon ruhig und unaufgeregt ausgeführt. Schlimmer erging es ihm dann, als er den Kopf abschnitt und den Nacken mit den Halswirbeln durchtrennte. Den Kopf packte er gleich in ein altes Tuch, weil er den Anblick mit den halb geöffneten Augen, die sich nicht schließen ließen, kaum ertragen konnte. Dann schob er alle Leichenteile wieder unter sein Bett. Er säuberte den Boden sehr gründlich. Schließlich setzte er sich zufrieden in den Sessel und wartete auf das Einbrechen der Dunkelheit.

Seine Sorge, dass im Laufe des Tages jemand an seine Tür klopfen könnte, erwies sich als unbegründet. Niemand wollte etwas von ihm. Er musste nur Geduld aufbringen. Als es draußen völlig dunkel geworden war, holte er seinen Tornister aus dem Schrank. Ihn hatte er vor etlichen Jahren einem Soldaten abgekauft. Der Tornister erwies sich in dieser grausigen Situation als besonders geeignet. Er brachte die zwei Teile eines ganzen Beines und einen halben Arm darin unter. Mit dem Tornister auf dem Rücken machte er sich dann vorsichtig auf den Weg. Beim ersten Mal marschierte er über eine Stunde nach Westen bis zu einem Kanal. Er schaute sich mehrfach um, wartete dann – seine Umgebung beobachtend – noch fast eine Viertelstunde in der Dunkelheit hinter einem Baum. Schließlich nahm er den Tornister vom Rücken, packte die Leichenteile aus und warf sie in den Kanal.

Diesen schrecklichen Vorgang wiederholte er noch zwei weitere Male. Nur ging er immer in eine andere Richtung. Beim zweiten Mal entledigte er sich Paulas Körperteile in einem Wäldchen. Mit den Händen grub er die Erde auf. Sie war aber kalt und viel fester, als er vermutet hatte. Nicht ganz zufrieden, konnte er lediglich eine flache Grube ausheben und die sterblichen Überreste nur mit einer dünnen Erdschicht bedecken. Sein dritter Gang führte ihn zu einer Abfallgrube, die aber auch etwa eine Stunde Fußweg entfernt lag. Wieder beobachtete er eine ganze Weile seine Umgebung. Dann kippte er den Inhalt des Tornisters einfach den Abhang hinunter. Der in Stoff eingewickelte Kopf kullerte den Hang hinab, stieß gegen einen Gegenstand und wechselte daraufhin die Richtung. Kaminsky verlor das Bündel in der Dunkelheit rasch aus den Augen.

Es war schon nach drei Uhr am Morgen, als er von dieser dritten Tour zurückkehrte. Nur der Torso Paulas lag noch unter seinem Bett. Er hatte sich zwar für diese Nacht die vollständige Beseitigung der Leiche vorgenommen, doch war er nun vollkommen erschöpft. Er brachte nach all der Anstrengung keine weitere Kraft für einen erneuten Gang auf. Todmüde ließ er sich aufs Bett fallen. Nicht einmal seine verdreckten Hände interessierten ihn. Auch der Torso Paulas unter seinem Bett störte ihn nicht mehr.

18

Bleichröder gab letzte Anweisungen. Sein Prokurist notierte ab und zu etwas auf die beiden bereitgelegten

Blätter. Hin und wieder stellte er eine Frage, die Bleichröder mit Bedacht beantwortete. Am Schluss rief der Bankier nach einem Lakai, der ihnen ein Glas Rotwein einschenken musste.

»Auf unser aller Wohl, meine Herren!« Bleichröder hielt das Glas in die Höhe und nickte Döhnig und Bruno zu. Bruno fühlte sich überaus glücklich. Einzig die Trennung von Amelie machte ihm zu schaffen. Umständlich hatte er ihr bei ihrem letzten Zusammentreffen nahegebracht, dass er für vier Wochen weg sein würde. Sie war ein wenig traurig darüber. Doch gleichzeitig freute sie sich über diese ihm eingeräumte Chance.

Nachdem sie ihr Glas geleert hatten, wurden sie von Bleichröder verabschiedet. Als er später daheim ankam, war die Abenddämmerung bereits hereingebrochen. Er fühlte sich müde. Im Hauseingang saß eine tigerfarbene Katze, die ihm schon seit etlichen Tagen auffiel. Das schöne Tier mit dem glänzenden Fell sprang erschreckt den Flur entlang. Er schmunzelte und ging neugierig auf sie zu. Die Katze drehte den Kopf nach ihm um, dann rannte sie die Stufen hinunter. Belustigt ging Bruno hinter ihr her. Er versuchte sie zu locken, aber das Tier blieb lediglich auf dem Treppenabsatz stehen, bereit, weiter zurückzuweichen. Langsam setzte Bruno seinen Fuß auf die Treppe. Er wollte die Katze nicht erschrecken. Tatsächlich wartete sie, bis er auf vier, fünf Stufen heran war. Dann drehte sie sich abrupt um und lief wieder davon. Bruno wollte die kleine Jagd schon aufgeben und kehrtmachen, da hörte er die Stimmen. Er hielt inne. Entgegen seiner sonstigen Art versuchte er etwas von dem Gespräch mitzubekommen. Bruno wusste zwar von dem bewohnten Zimmer im Souterrain. Doch konnte er nicht sagen, wer dort zur Miete lebte. Zunächst schnappte er nur einzelne Worte auf. »Lüften«, »frische Luft«, »stinkt es ja«, hörte er eine eher jugendliche Stimme sagen. Er ging bedächtig die letzten beiden Stiegen hinunter und stand dann nur noch zwei Meter von der Tür entfernt, an deren unteren Spalt Licht durchdrang. Er hielt die Luft an und lauschte. Eine ältere Stimme äußerte sich belustigt. Ein kurzes Lachen war zu hören, dann wieder die Klage des Jüngeren. Er konnte nun jedes Wort verstehen.

»Mach deine Fenster auf. Am besten einmal den ganzen Tag lang. Dein Zimmer gehört ordentlich durchgelüftet. Heute Abend hält man es ja kaum aus. Lass uns besser in eine Kneipe gehen.«

»Ja, da hast du vielleicht recht. Heute Morgen lag im Hinterhof ein Haufen fauliger Müll. Ich hatte das Fenster auf. Da muss wohl der Gestank hereingekommen sein. Der Müll war am Abend weg, aber der miese Geruch hängt immer noch in der Luft.«

Bruno hörte, wie eine Schranktür knarrte und ein Stuhl oder ein Sessel zurechtgeschoben wurde. Sie brechen auf, wahrscheinlich kommen sie gleich zur Tür heraus, dachte er. Hastig drehte er sich um. Leise nahm er die Stufen. Als er in den ersten Stock hinaufgehen wollte, hörte er, wie sich die Tür öffnete. Rasch stieg er noch ein paar Stiegen empor. Auf einem Treppenabsatz blieb er dann stehen. Vorsichtig schaute er um die Ecke. Er sah die beiden Männer zur Haustür gehen. Den älteren der beiden hatte er auf jeden Fall schon einmal gesehen. Nur wusste er bis dahin nicht, dass es sich um den Mieter des Souterrainzimmers handelte. Als sich hinter den beiden Männern die Haustür geschlossen hatte, trieb ihn eine Neugierde an, und er kehrte zu dem Zimmer zurück. Dort angekommen schnupperte er und sog die Luft ein. Und wirklich, es roch ganz komisch. Geradezu ekelig, so als ob etwas verfaulen würde. Dann erschrak er plötzlich. Neben ihm stand die Katze, die sich unbemerkt an ihn herangeschlichen und sein Bein berührt hatte. Sie schlängelte sich vertraulich zwischen seinen Beinen hindurch und schmiegte ihren gestreckten Kopf an seine Waden. Bruno musste lächeln. Er atmete erleichtert aus. Doch bekam er ein wenig ein schlechtes Gewissen, weil er im wahrsten Sinne des Wortes vor einem fremden Zimmer herumschnüffelte.

19

Bruno schlief längstens, als drei Stunden später Kaminsky wieder zurückkehrte und mit schnellen Schritten zu seinem Zimmer ging. Er schloss auf und und bekam sofort den üblen Geruch des unter dem Bett versteckten Torsos in die Nase. Kaminsky zog rasch seinen Mantel aus. Er kniete vor dem Bett nieder. Schnell schob er den zusammengerollten Teppich und die Pakete zur Seite. Der Verwesungsgeruch war hier deutlich stärker. Einen Moment lang musste er würgen. Er konnte aber gegen den Brechreiz ankämpfen. Dann überwand er sich. Kaminsky fasste das in ein dünnes Tuch eingewickelte Körperteil und zog es unter dem Bett hervor.

Den ganzen Tag über hatte er sich schon überlegt, wie er auch dieses letzte Stück von Paula Schierding beseitigen konnte. Der Torso passte nicht in seinen Tornister. Zudem war er erheblich schwerer als die bisher beseitigten Körperteile. Den Torso aufschneiden und zerteilen getraute er sich nicht. Er fürchtete sich vor dem Offenlegen der Organe und war überzeugt, dass deren Verwesungsprozesse schon weit fortgeschritten sein mussten. Kaminsky entschied sich. Er ging zu seinem Bett und schlug die Decke zur Seite. Dann zog er das dunkle Leinentuch mit zwei, drei raschen Bewegungen ab, griff nach seinem Messer und zerteilte es. Die eine Hälfte des Leinentuchs breitete er auf dem Boden aus. Darauf legte er den Torso. Dann faltete er darüber das Tuch sorgfältig zusammen. Er nahm eine dicke Schnur zur Hand, drehte vier Ecken des Tuches zu einem Knoten zusammen und band die Schnur daran fest. Er nahm das Bündel. Es schien zu funktionieren. Dann räumte er noch sein Zimmer auf. Anschließend packte er das Bündel auf seinen Rücken und schlich sich in die Nacht hinaus. Es war bereits nach Mitternacht. Kein Stern zeigte sich in dieser dunklen Nacht am Himmel. Auch der Mond spendete kein bisschen Licht. Für Kaminsky war diese rabenschwarze Nacht ein Vorteil. Die einzige Gefahr, die ihm drohte, war ein Zusammentreffen mit einem Gendarmen. Man würde ihn sicherlich für einen Landstreicher halten. Alles konnte dann schiefgehen. Darüber wollte er aber gar nicht nachdenken. Kaminsky konzentrierte sich bei jedem Schritt. An den Straßenecken verlangsamte er sein Tempo. Jedes Mal hielt er geschwind inne und blickte vorsichtig nach links und rechts. Einmal hörte er, wie ihm mehrere Personen entgegenkamen. Ihre Stimmen hatten ihn rechtzeitig gewarnt. Er konnte sich in den Hof eines Hauses zurückziehen. Dort harrte er aus, bis die Leute vorbeigegangen waren. Er war schon gut eine halbe Stunde unterwegs. Nach seiner Einschätzung musste er nun bald das Tempelhofer Feld erreichen – das Ziel seiner nächtlichen

Wanderung. Er kannte dort einige Tümpel. In einem von ihnen wollte er das Bündel mit Paulas Überresten versenken. Da stolperte er plötzlich über einen Gegenstand. Er stürzte zu Boden. Um sich abzufangen, ließ er das Bündel los, das dumpf auf die Straße schlug. Gleichzeitig fing ein lautes Gejammer an, das in ein wüstes Schimpfen überging. Kaminskys erster Schreck verwandelte sich in Wut. Er merkte, dass ein Betrunkener halb auf dem Gehweg und halb auf der Straße gelegen haben musste. In der Dunkelheit hatte er ihn einfach nicht sehen können. Der Säufer versuchte ebenfalls aufzustehen. Kaminsky stand jetzt über ihm. Undeutlich nahm er wahr, wie der Mann seine Hand nach dem Leichenbündel ausstreckte. Reflexartig stieß er heftig mit seinem Fuß nach vorn. Hart traf er den Unterarm des Mannes, der nach hinten geschleudert wurde. Nun begann ein lautes Schluchzen und Weinen. Kaminsky geriet in Panik und schlug noch einmal mit dem Fuß zu. Dieses Mal traf er den Hals des Mannes, dessen Geheul schlagartig verstummte. Stattdessen setzte kurz darauf ein Würgen und ein Japsen ein, das in ein Röcheln überging. Er beugte sich nach dem auf dem Boden liegenden Geschundenen. So konnte er sehen, wie sich der Mann mit beiden Händen an den Hals fasste. Das Röcheln wurde immer leiser. Es kam nur noch stoßweise, so als ob das Atmen manchmal ganz aussetzen würde. Dann fiel eine Hand vom Hals. Gleich darauf rutschte auch die andere langsam auf die Straße. Es war kein Laut mehr zu hören. Kaminsky lauschte angestrengt, beugte sich noch tiefer hinunter und berührte mit seiner Nase fast das Gesicht des Betrunkenen. Er konnte den penetranten Alkoholduft und sonstige üble Ausdünstungen des Mannes riechen. Kaminsky wich zurück, verblieb noch eine Weile in halbgebückter Haltung. Dabei lauschte er sorgfältig. Alles blieb aber ruhig. Das Geschrei des Mannes hatte anscheinend niemanden alarmiert oder geweckt. Er packte den toten Säufer unter den Achseln und zog ihn einige Meter über den Gehweg. Kaminsky bemerkte eine kleine Böschung. Er ließ die Leiche einfach hinunterrollen. Dann kehrte er zurück, wobei er sich einen Augenblick lang erst orientieren musste. Er fand sein Bündel, das er nun so rasch wie möglich loswerden wollte. Nach etwa einer Viertelstunde fand er, wonach er suchte. Er knüpfte das Bündel auf und legte einige größere Steine, die um ihn herum auf der Erde lagen, hinein. Das Gewicht des Packens nahm dadurch ordentlich zu. Doch konnte er so sicher sein, dass der Torso Paulas nun für immer auf dem Grund eines Tümpels bleiben und dort vollends verfaulen würde.

20

Bruno hatte vor einer guten Stunde mit Dr. Döhnig die preußische Grenze überschritten. Zum ersten Mal in seinem Leben befand er sich in Frankreich. Er war etwas übernächtigt, doch gleichzeitig zu aufgeregt, um in dem französischen Zug, der sie nach Paris brachte, schlafen zu können. Sie hatten zwar für sich ein ausgesprochen schönes Abteil, das sogar mit einem eigenen Waschbecken und einer eigenen Toilette ausgestattet war. Doch trotzdem wurde man ordentlich durchgerüttelt. Bruno konzentrierte sich auf das Beobachten der Landschaft, die an ihm vorüberzog. Zu dieser Zeit saßen zwei junge Frauen im Berliner Polizeipräsidium am Molkenmarkt und weinten. Die jüngere der beiden schluchzte heftig. Sie konnte sich kaum beruhigen.

Am Tag zuvor war ein Berliner Handwerker mit seinem Hund bereits am frühen Morgen zu einem Spaziergang aufgebrochen. Der Mann, ein Schreinermeister namens Berthold Bentelich, der die sechzig bereits überschritten hatte, litt seit etlichen Jahren unter Schlafstörungen. Oft wachte er bereits in den frühen Morgenstunden auf, zumeist konnte er dann keinen Schlaf mehr finden. Heute Morgen war er wie schon oft aufgebrochen, als es noch ganz dunkel war. Zunächst spazierte Bentelich mit dem angeleinten Hund durch die Straßen. Kaum jemand begegnete ihnen. Wie immer ließ er den Hund von der Leine, als sie den letzten Häuserblock hinter sich und die Wiesen mit dem spärlichen Wald vor sich hatten. Der Hund rannte ständig ein Stück voraus, drehte sich dann um und stürmte auf sein Herrchen zu, um die Prozedur auf diese Weise noch etliche Male zu wiederholen. Der Morgen dämmerte, als Bentelich ans Umkehren dachte. Er rief seinen Hund, der soeben zwischen einigen Bäumen verschwunden war. Als er nach dem dritten Ruf noch immer nicht auftauchte – was ganz ungewöhnlich war, da ihm das Tier normalerweise aufs Wort parierte und auf seine Zurufe unmittelbar reagierte –, ging Bentelich auf die Baumgruppe zu. Er rief wiederum, verließ den Feldweg und hielt nach seinem Tier Ausschau. Er musste unter den Zweigen der Bäume hindurchtauchen. Dann sah er in dem schwachen Morgenlicht etwa zwanzig Meter entfernt seinen Hund mit gekrümmtem Rücken die Erde aufscharren. Bentelich pfiff jetzt zweimal kurz und rief den Hund mit seinem Namen. Der Hund hielt einen Moment lang inne, drehte seinen Kopf zu seinem Herrn, setzte aber gleich darauf seine Arbeit energisch fort. Noch nie war sein Hund derart unfolgsam gewesen. Bentelich wollte ihn schon ordentlich schimpfen. Doch als er ihn erreichte, sah er, dass sein Hund etwas ausgegraben hatte. Er trat näher heran, bückte sich und konnte zunächst nicht glauben, was er da vor sich sah.

Nach den ersten Schrecksekunden leinte er das Tier an und zog es aus dem Wäldchen. Auf dem Feldweg angekommen, lief er so schnell es ihm in seinem Alter möglich war, los. Immer wieder musste er zum Verschnaufen innehalten. Schließlich kam er aber bei der Polizeiwache an, die mitten im Handwerkerviertel lag, in dem er selbst wohnte. Die Wache war Tag und Nacht besetzt. Ein verschlafen wirkender Polizist schaute erstaunt hoch, als Bentelich wie ein unliebsamer Störenfried in die Wachstube trat.

Eineinhalb Stunden später standen mehrere Polizisten und etliche Helfer in dem Wäldchen, in dem der Hund die Leichenteile gefunden hatte. Zwischenzeitlich war neben dem Ober- und Unterschenkel auch ein Unterarm mit der Hand ausgegraben worden.

21

Noch vor dem Mittag ließ sich der Berliner Polizeipräsident berichten. Er hatte schon am Morgen den königlich-preußischen Polizeioberinspektor Lorenz Stamacher mit der Lösung des Falles beauftragt. Stamacher hatte sich in den letzten zehn Jahren als hervorragender Kriminalist erwiesen, der alle ihm übertragenen Kapitalverbrechensfälle lösen konnte. Dies war durchaus ungewöhnlich, denn in dem ständig sich vergrößernden Berlin stiegen auch die Schwerverbrechen seit der Jahrhundertmitte deutlich an. Es gab bereits etliche ungelöste Fälle. Zum Teil lagen sie Jahre zurück und würden wohl für immer ein Rätsel bleiben. Stamacher, wegen seiner Erfolge mit noch nicht einmal vierzig Jahren verhältnismäßig jung zum Oberinspektor aufgestiegen, was ihm mitunter den Neid älterer Kollegen einbrachte, war ein etwas korpulenter und fast glatzköpfiger, stiller Beamter, den diejenigen für unzugänglich hielten, die ihn nicht näher kannten. In Wirklichkeit blieb ihm ein Charakterzug trotz seiner Erfolge und Fähigkeiten erhalten: seine Schüchternheit. Sie kaschierte er durch ein Auftreten, das andere als Reserviertheit und Arroganz wahrnahmen. Stamacher berichtete dem Präsidenten, der mit ernsthafter Miene und ohne seinen Inspektor einmal zu unterbrechen, zuhörte. Stamacher registrierte nur ab und zu, wie der Präsident die Augenbrauen hochzog und mitunter ungläubig leicht den Kopf schüttelte.

»Veranlassen Sie die sorgfältigste Überprüfung aller Vermisstenmeldungen. Die Journalisten werden zunächst nicht informiert. Wer weiß, was darüber gleich wieder ausgelöst wird, wenn die Schreiberlinge über diesen Horror berichten. Schauen Sie zu, dass wir ganz rasch ein Ergebnis erzielen. Bevor irgendjemand unruhig wird, müssen wir die Lösung präsentieren.«

Mit diesen Sätzen war Stamacher entlassen.

Am nächsten Morgen saß der Kriminalist im Vorzimmer von Professor Mendel. Mendel galt als der unumstritten beste Chirurg an der Berliner Charité. Der hagere und groß gewachsene Mendel, vom Aussehen das genaue Gegenstück zu Stamacher, trat in das Zimmer. Stamacher stand auf. Die beiden kannten sich schon längere Zeit recht gut. Der Mediziner hatte dem Polizisten in der Vergangenheit bereits mehrfach helfen können. Die Berliner Charité, ursprünglich von König Friedrich Wilhelm I. 1710 als Militärkrankenhaus gegründet, gehörte zwischenzeitlich zu den Krankenanstalten Europas, die über die jeweiligen Landesgrenzen hinaus bekannt und berühmt waren.

»Na, mein Lieber.« Mendel reichte ihm zur Begrüßung die Hand. »Nehmen Sie doch Platz. Das ist ja nun eine jämmerliche Angelegenheit, die Sie mir da auf den Tisch gelegt haben. Wenn ich es so bedenke! Unser Krankenhaus weist mit seinem Namen auf Barmherzigkeit oder Nächstenliebe hin. Und was passiert mitunter bei uns? Man kann die Schlechtigkeiten der Menschen förmlich sezieren. Helfen kann man in diesen Fällen ja überhaupt nicht mehr. Was muss das für die junge Frau für ein Gefühl gewesen sein, als sie merkte, dass ihr jemand nach dem Leben trachtet?«

Stamacher nickte nachdenklich. Die letzte Bemerkung des Chirurgen hatte allerdings seine besondere Aufmerksamkeit erregt.

»Eine junge Frau, sagen Sie, Herr Professor?«

»Ganz eindeutig. Ich habe die Leichenteile untersucht. Nach dem Knochenbau und der Muskulatur handelt es sich um eine weibliche Person, die bestenfalls fünfundzwanzig Jahre, wahrscheinlich eher einige Jahre jünger, sein dürfte. Im Übrigen ist sie keinesfalls eine schlanke Person gewesen.«

»Sind Ihnen sonstige Merkmale aufgefallen, die uns vielleicht die Identifizierung erleichtern könnten?«

»Es gibt eine Narbe auf dem Handrücken. Sie ist etwa so

groß wie ein Daumennagel und dürfte wahrscheinlich von einer Brandwunde stammen. Allerdings muss sich diese die Frau schon vor vielen Jahren zugezogen haben. Weiter ist ein Hühnerauge am linken Fuß feststellbar, das sie voraussichtlich mächtig geplagt haben dürfte. Mehr kann ich derzeit nicht sagen. Ich will aber noch einmal am späten Abend eine weitere Untersuchung vornehmen.«

»Das ist doch immerhin schon etwas. Eine Narbe auf der Hand und ein Hühnerauge hat ja gleichzeitig auch nicht jeder. Wenn Sie erlauben, schaue ich morgen früh wieder vorbei. Womöglich können Sie mir dann weitere Hinweise geben.«

Stamacher bedankte und verabschiedete sich. Als er auf die Straße trat, atmete er erst einmal einige Male kräftig die frische Luft ein und aus. Damit wollte er den Geruch des Krankenhauses, den er nur mit Blut, Schmerzen und Leid verband, loswerden. Er war nach diesen ersten Informationen Mendels ganz zufrieden. Doch konnte er zu diesem Zeitpunkt noch nicht ahnen, dass er keine zwei Stunden später bereits wieder in der Charité sein sollte.

22

Der wachhabende Polizist am Eingang des Präsidiums ging sofort aufgeregt auf ihn zu, als er Stamacher herannahen sah. Stamacher hörte sich neugierig an, was er zu sagen hatte. Danach machte er sich mit schnellem Schritt auf den Weg in den zweiten Stock. Er schien auf eine vielversprechende Spur gestoßen zu sein. Stamacher trat in das kleine Verhörzimmer. Seine beiden Mitarbeiter und ein

Polizist in Uniform standen um einen Tisch, an dem zwei junge Frauen saßen. Eine weinte schluchzend vor sich hin, die andere schien sich besser in der Gewalt zu haben, aber auch ihr liefen Tränen über die Wangen.

»Die beiden leben mit einer weiteren jungen Frau in einer Bedienstetenkammer im Schloss. Dort sind sie als Küchenhilfen beschäftigt. Gestern am späten Abend hatte die eine bei der Polizeiwache gegenüber dem Schloss das Verschwinden ihrer Freundin angezeigt.«

Julius Gröber, ein sehr eifriger Untergebener von Stamacher, zeigte bei diesen Worten auf die links sitzende Frau.

»Sie heißt Gerlinde Dopfendorf und lebt seit drei Jahren in Berlin«, erklärte Gröber weiter. »Heute Morgen kam von der Polizeiwache die Meldung mit einer Beschreibung über die vermisste Person durch. Ich habe daraufhin sofort die Überstellung der beiden Frauen veranlasst. Die zweite heißt übrigens Martha Breitmaier.«

Stamacher bemerkte seine innerliche Anspannung und Aufgeregtheit. Er wandte sich an die Frauen.

»Seit wann vermisst ihr eure Freundin?«

Diejenige, die sich besser unter Kontrolle hatte, schaute ihn mit verweinten und geröteten Augen an.

»Am Samstagmittag ist sie gegangen.« Nachdem sie zweimal schlucken musste und dabei heftig schniefte, fuhr sie fort: »Normalerweise kehrt sie am Abend wieder zurück. Ja, sie muss sogar zurück sein wegen der Arbeit. Zunächst dachten wir uns noch nichts dabei. Erst als wir uns schlafen legten, machten wir uns Sorgen. Den ganzen Sonntag haben wir dann abgewartet. Einer der Küchenmeister hat dann ihr Fehlen festgestellt und mit uns geschimpft. Aber wir konnten auch nichts dazu sagen. Naja, und als sie einen

Tag später immer noch nicht wieder auftauchte, schickte uns der Küchenmeister zur Polizei.«

Stamacher ließ sie einen Moment in Ruhe. Er sprach leise mit Gröber und hörte ihm anschließend mit größter Aufmerksamkeit zu.

»Beschreibt mir eure Freundin.«

Wieder begann Gerlinde Dopfendorf.

»Sie ist so alt wie ich, zweiundzwanzig Jahre. Doch ist sie kleiner und gut beieinander.«

»Weißt du etwas von einem Hühnerauge?«

Erstaunt blickte Martha Breitmaier auf und starrte Stamacher an. Ihre Freundin nickte bestätigend.

»Paula wird sehr von einem Hühnerauge geplagt. Oft hat sie über ihr Schuhwerk geschimpft, weil es drückte und sie bei jedem Schritt Schmerzen hatte. Mit allen möglichen Salben hat sie es eingerieben. Aber eine wirkliche Besserung stellte sich nie ein.«

Stamacher trug dem Polizisten auf, möglichst rasch eine Kutsche bereitstellen zu lassen. Eine halbe Stunde später stieg er mit Gröber und den beiden Frauen in die Kutsche. Sie ließen sich zum Krankenhaus bringen. Stamacher musste die Frauen vor eine harte Prüfung stellen. Doch blieb ihm nichts anderes übrig. Er wollte absolute Sicherheit. Nach ihrer Ankunft ließ er Professor Mendel suchen. Schon ein paar Minuten später hörte sich der Mediziner die neuen Erkenntnisse an. Dann bat er alle in einen anderen Raum. Dort roch es stark nach einer alkoholischen Lösung. Er nahm einen großen, dunkelbraunen, aber noch durchsichtigen Behälter von einem Regal. Stamacher und Gröber wussten nur zu gut, was jetzt kommen würde. Mendel stellte den Behälter auf den Tisch und zog den Deckel ab, der mit einem starken Gummiband befestigt war.

»Oh mein Gott!« Martha Breitmaier stieß einen Schrei aus und fasste sich an den Mund. Sie hatte als Erste bemerkt, was sich in dem Behälter befand. Sie würgte und versuchte das zurückzuhalten, was von ihrem Magen aufstieg. Mendel ahnte, was jetzt geschehen sollte. Er schnappte sich die Frau und zog sie rasch zu dem nahen Spültisch. Es reichte jedoch nicht mehr ganz. Die Frau erbrach sich heftig. Ein Teil ihres Mageninhaltes landete nicht im Spülbecken, sondern auf dem Boden. Sofort verbreitete sich der unangenehme Geruch von Erbrochenem. Der Arzt wurde damit ohne Schwierigkeiten fertig. Die menschlichen Auswürfe konnten ihn nach seiner jahrzehntelangen Praxis nicht im Mindesten irritieren. Als Mendel sicher war, dass sich Martha Breitmaier auf den Beinen halten konnte, ging er zu dem Behälter, der fast bis zum Rand mit einer Alkohollösung gefüllt war, zurück. Mit einer Zange fasste er hinein. Er zog die verschrumpelte Hand mit ihren zusammengekrümmten Fingern heraus und legte sie in eine Messingschale. Voller Entsetzen starrte Gerlinde Dopfendorf dieses abscheulich wirkende menschliche Gliedmaß an.

»So schlimm das nun für euch ist: Ihr müsst die Hand anschauen. Es geht uns um eine Stelle, die man nur erkennt, wenn man genau hinsieht.«

Stamacher sprach leise und mit bemüht beruhigender Stimme. Er zeigte auf den Handrücken.

»Diese helle, eher glatte Stelle auf dem Handrücken. Darum geht es. Hatte Paula Schierding dort eine Narbe?«

In diesem Augenblick kippte Martha Breitmaier um. Bei ihrem Sturz riss sie noch zwei Gläser und eine Schale vom Tisch. Gröber konnte gerade noch verhindern, dass sie selbst mit dem Kopf auf die Tischkante traf. Er bekam sie an den Haaren zu packen und ließ sie vorsichtig zu Boden gleiten. Ihre Freundin weinte still vor sich hin. Sie nickte zu der von Stamacher noch einmal gestellten Frage. Vor ihnen lag die Hand von Paula Schierding.

Stamacher glaubte sich nach dieser Identifizierung bereits der Lösung des Falles recht nahe. Aber er sollte sich täuschen. Noch einen Monat später war er keinen Schritt weitergekommen. Zudem beschäftigte ihn die Entdeckung einer weiteren Leiche. Hatte man zunächst gedacht, der Tote, ein stadtbekannter Trinker, hätte sich im Vollrausch zu Tode gestürzt, ergab die Obduktion eindeutig, dass ein Gewaltverbrechen vorliegen musste. Jemand hatte dem armen Mann mit großer Wucht den Kehlkopf zertrümmert.

23

Zu der Zeit, als Stamacher sich den Kopf darüber zerbrach, wie er endlich einen Schritt vorankommen konnte, trat Bruno in den Laden von Bäckermeister Sonntag. Es duftete nach frisch gebackenem Brot. Die Laibe lagen ordentlich sortiert in den Regalen. Auf der Verkaufstheke standen ebenfalls schön angeordnet mehrere Osterhasen aus Mürbteig, die mit Puderzucker bestreut waren. Bruno musste lächeln und an die Feiertage denken, die kurz bevorstanden. Er schaute sich gerade das Gebäck interessiert an, da wurde der Vorhang zur Seite geschoben.

»Bruno!«, Amelie sagte leise seinen Namen. Er ging rasch um den Ladentisch herum. Ein bisschen aufgeregt stellte er die Dinge, die er in Händen hielt, auf den Tisch und trat ganz nah an sie heran. Dann legte er beide Arme auf ihre Schultern und zog sie ganz zu sich heran. Allein der Duft ihrer Haare machte ihn selig. Wie oft hatte er an sie denken müssen? Wie oft war er in seinen Tagträumen bei ihr gewesen? Ohne ein weiteres Wort zu sagen, streichelte er sanft über ihr Gesicht. Dabei spürte er den zarten Druck ihrer Hände, die ihn umfasst hatten.

»Das ist für dich, Amelie.«

Amelie nahm das Geschenk. Sie entfernte die luxuriöse Verpackung. Neugierig hielt sie das geschmacksvoll geformte Fläschchen in der Hand.

»Es ist echtes Parfüm aus Paris.«

Amelie sah rasch zu dem Vorhang, der zur Wohnung führte. Kurz blickte sie auch zur Ladentür. Dann gab sie ihm einen Kuss auf die Wange. Bruno hielt sie wieder fest, am liebsten hätte er sie gar nicht mehr losgelassen.

»Wie schön, Sie wiederzusehen, Herr Kohler.«

Amelies Vater war in den Laden getreten. Bruno strahlte den Bäckermeister etwas verlegen an. Dann reichten sie sich zur Begrüßung die Hand. Sonntag rief nach seiner Frau, die gleich darauf erschien. Auch sie freute sich sichtlich über seine Rückkehr. Als sie von Bruno ein Geschenk erhielt, wusste sie zunächst gar nicht, ob sie es annehmen sollte. Doch als ihr ihre Tochter das seidene Halstuch aus den Händen nahm und es ihr umband, musste auch Herr Sonntag feststellen, dass es ihr hervorragend zu Gesicht stand. Sie gingen ins Wohnzimmer. Bruno musste erzählen, was er alles erlebt hatte. Immer wieder wurden sie unterbrochen, weil ein Kunde in den Laden kam. Schließlich sagte Herr Sonntag:

»Am besten, Sie machen mit Amelie einen Spaziergang.

Ich glaube, wir können unsere Tochter für eine Stunde entbehren. Und danach essen wir zusammen zu Mittag. Dann ist das Geschäft geschlossen, und wir können in Ruhe miteinander reden.«

Sonntag blickte dabei seine Frau an, die zustimmend nickte.

24

Das Essen schmeckte vorzüglich. Zum Abschluss trugen zwei Bedienstete des Bankiers Bleichröder drei silberne Teller mit ausgesuchtem Konfekt auf. Gleichzeitig wurde noch Kaffee serviert. Bleichröder, Döhnig und Benjamin rauchten dicke Zigarren in einem ganz mit Holz vertäfelten Zimmer, Kabinettchen genannt, und verbreiteten beim Ausatmen mächtige Rauchschwaden. Bruno hatte die angebotene Zigarre höflich abgelehnt, da er bereits nach dem zum Essen ausgeschenkten Wein ein ungutes Gefühl im Magen verspürte. Er war von der Einladung ziemlich überrascht worden. Erst am Morgen, gerade als er aus dem Haus gehen wollte – das neue Semester hatte vor einer Woche begonnen –, überbrachte ein Bediensteter Bleichröders die Einladung zu einem gemeinsamen Abendessen. Bleichröder wollte damit seine Wertschätzung für die in Paris geleistete Arbeit zum Ausdruck bringen.

»Nun, mein lieber Kohler, Sie sollten auch einmal Gelegenheit zu einem Gespräch mit Benjamin haben. Er wird ja am Ende der Woche nach Bonn gehen. Mir ist es zwar unverständlich, weshalb jemand freiwillig Berlin verlassen will. Aber Reisende soll man schließlich nicht aufhalten.

An Ihrer Situation wird sich nichts ändern. Sie können in Ruhe weiter studieren und selbstverständlich in meinem Bankhaus nebenher arbeiten. Ja, ich möchte fast sagen, dass es nach den bisherigen Erfahrungen nur recht und billig wäre, wenn Sie uns erhalten blieben.«

Bruno fühlte sich durch dieses Kompliment des reichen Bankiers überaus geschmeichelt. Ein Diener öffnete eine Flasche Champagner.

»Nachdem Herr Dr. Döhnig und Sie in Frankreich einen ganz besonderen Erfolg erreichen konnten, wollen wir doch ein wenig die französische Kultur genießen.«

Bleichröder griff zu dem in der Zwischenzeit gefüllten Champagnerglas, hielt es hoch und stieß mit allen an. Dem konnte sich Bruno nun doch nicht entziehen. Zwar musste er ein Durcheinandergeraten seiner Verdauung befürchten. Aber das prickelnde Getränk schmeckte einfach vorzüglich. Gerade als er das schön geformte Kristallglas absetzte, trat ein Diener herein und kündigte einen weiteren Besucher an.

»Ah, wunderbar. Ich hatte schon befürchtet, es würde heute nicht mehr klappen.«

Bleichröder stand auf und ging auf die Tür zu. Ein Mann trat in das Zimmer. Bruno schätzte ihn auf Mitte vierzig. Ihm fielen zunächst die buschigen Augenbrauen und der üppige Schnauzbart, der die Oberlippe vollständig bedeckte, auf. Der Mann mit der hohen Stirnglatze und einer kerzengeraden Haltung begrüßte mit tiefer und lauter Stimme Bleichröder herzlich. Döhnig war aufgestanden. Es schien, als wartete er respektvoll darauf, ihm die Hand zu reichen. Ihm musste er nicht mehr vorgestellt werden.

»Benjamin, Herr Kohler! Darf ich Herrn von Bismarck vorstellen.«

Der Bankier machte sie mit dem Rittergutsbesitzer bekannt, von dem Bruno in der Zwischenzeit nun schon so vieles gehört hatte. Als sie alle wieder saßen und Bismarck ebenfalls ein Champagnerglas eingeschenkt bekommen hatte, erhob Bleichröder ein weiteres Mal sein Glas. Sie tranken auf das Wohl des preußischen Gesandten in Paris. Sich an Bruno und Benjamin wendend sagte Bleichröder: »Herr von Bismarck ist seit Jahren nicht nur ein Freund meines Hauses, sondern gewissermaßen auch mein Berater.«

»Das Beraten beruht auf Gegenseitigkeit«, griff Bismarck den Hinweis auf. »Sowohl in meinen persönlichen als auch in politischen Angelegenheiten steht mir das Bankhaus Bleichröder mit seinen Ratschlägen zur Seite.«

Bruno bemerkte, wie die bloße Anwesenheit des Mannes, der als zukünftiger preußischer Ministerpräsident gehandelt wurde, die gesamte Atmosphäre bestimmte. Er musste zugeben, dass ihn dieser Mann zutiefst beeindruckte. Im Laufe des weiteren Gesprächs rief er sich daher immer in Erinnerung, dass Bismarck zahlreichen Anfeindungen liberaler Politiker ausgesetzt und in weiten Teilen der Bevölkerung geradezu verhasst war. An diesem Abend aber wurde Bruno klar, wie geschickt dieser Diplomat zu diskutieren verstand und seinen Gesprächspartnern intellektuell viel abverlangte. Er entsprach keineswegs dem Bild des plumpen, preußischen Landjunkers, das seine Feinde von ihm entwarfen. Bismarck, selbst als Jurist ausgebildet, konnte mit reichlicher politischer und diplomatischer Erfahrung, die er als Abgeordneter des preußischen Landtages, als preußischer Gesandter beim Bundestag in Frankfurt und als Gesandter in Petersburg und schließlich in Paris gesammelt hatte, brillieren. Das Gespräch nahm auch alsbald eine politische Wendung.

»Sie hielten sich also in Paris auf.« Bismarck wandte sich bei diesen Worten an Bruno, der merkte, wie er sich trotz der Wirkung des Alkohols angespannt fühlte. »Wie schätzen Sie als junger Mann unsere Beziehungen zu Frankreich ein?«

Bruno zögerte mit der Antwort. Dann sagte er: »So wie ich es bei unseren Geschäften erlebte, darf man wohl festhalten, dass auch Frankreich an besten wirtschaftlichen Beziehungen gelegen ist. Preußen und Frankreich dürften zweifelsohne von guten Wirtschaftsbeziehungen profitieren.«

Bismarck wog die Antwort ab, indem er zustimmend leicht nickte.

»Erreichen wir darüber aber nicht eine Gegnerschaft Österreichs?«

Bruno war einigermaßen überrascht. Darüber hatte er noch nie nachgedacht. Deshalb antwortete er ausweichend.

»Es kommt wahrscheinlich darauf an, inwieweit Österreich eine Einbuße seiner Vormachtstellung befürchten muss.«

»Hat denn Österreich eine Vormachtstellung?«

»Ich denke schon. Auch wenn der Zollverein – gewissermaßen unter preußischer Führung – für die meisten deutschen Staaten erfolgreich wirkt, dürfte politisch die Habsburgermonarchie bei zahlreichen deutschen Ländern mehr Bedeutung haben als Preußen.«

Bruno wusste um die mögliche Provokation dieser Behauptung. Trotzdem wollte er seine Auffassung nicht einfach verheimlichen.

»Mhm. Liegt die Zukunft Deutschlands demnach eher in österreichischer Hand?«

Bruno spürte die Herausforderung, die in dieser Frage Bismarcks lag.

»Ich komme aus Württemberg. Aus dieser Perspektive gedacht, erkenne ich eine enge Beziehung zu Österreich. Preußen – erlauben Sie mir diese Feststellung – wird zwar wegen seiner Wirtschaftskraft und den Vorteilen des Zollvereins geschätzt, aber politisch steht man den Hohenzollern keinesfalls nahe.«

Bleichröder hatte bei diesen Worten Brunos die Augenbrauen hochgezogen. Auch Döhnig rutschte auf seinem Stuhl unruhig hin und her. Benjamin blickte von einem zum anderen. Bismarck fixierte Bruno.

»Sie bevorzugen das offene Wort. Bei einem jungen Menschen, der vorankommen will, findet man das selten. Denken Sie denn – bitte ebenfalls geradeheraus gesagt –, es besteht bei den süddeutschen Staaten eine Abneigung gegen Preußen?«

Bruno fühlte sich zunehmend unwohler. Doch wollte er jetzt nicht kneifen.

»Abneigung ist vielleicht nicht das richtige Wort. Es bestehen Vorbehalte. Dass daneben in manchen Bevölkerungskreisen allein wegen der Ereignisse vor nunmehr dreizehn Jahren eine ausgeprägte Abneigung vorhanden sein dürfte, wird man nicht bestreiten können.«

»Sie sprechen von der Revolution. Damals mussten Sie ja noch ein Kind gewesen sein.«

»Ich war in der Tat ein Kind und habe damals die Ereignisse nicht verstehen können. Nur so viel: Mein Vater starb in diesen Revolutionstagen. Er wurde im Kampf von preußischen Soldaten getötet. Diese persönliche Betroffenheit liegt in vielen Familien vor. Deshalb dürfen Sie sich nicht wundern, wenn starke Vorbehalte gegenüber Preußen bestehen.«

Bismarck ließ sich nicht beeindrucken.

»Ist es denn nicht im Sinne des größeren Ganzen gerechtfertigt gewesen, die Revolution niederzuwerfen?«

Bruno getraute sich, mit einer Gegenfrage zu antworten.

»Was ist für Sie denn das größere Ganze, das Menschenleben rechtfertigt?«

Erstmals erschien es Bruno, als hätte er bei Bismarck Unmut ausgelöst. Dieser antwortete nicht sofort, sondern kniff ein wenig die Augen zusammen. Es schien, als überlege er genau seine Antwort.

»Deutschland, mein Lieber! Die geeinte Nation in einem geeinten Deutschland! Darum geht es.«

Bruno war mit dieser Antwort keineswegs zufrieden. Er wollte zu einer Entgegnung ansetzen, doch kam ihm Bleichröder zuvor, der das Gespräch absichtlich in eine andere Richtung lenkte.

Die Männer saßen noch fast zwei Stunden zusammen. Man sprach vor allem über das Verhältnis Preußens zu Österreich. In Übereinstimmung mit Bismarck stellten Bleichröder und Döhnig fest, ein Konflikt zwischen den beiden größten deutschen Staaten würde sich letztlich nicht vermeiden lassen, wenn es um die Klärung der Vorherrschaftsfrage in Deutschland gehen sollte. Als Bismarck aufbrach, löste sich die kleine Gesellschaft rasch auf. Bleichröder kümmerte sich um Bruno, den er mit der Kutsche nach Hause bringen ließ.

25

Der Wein und das Essen waren Bruno nicht gut bekommen. Langsamer als sonst stieg er die Treppen zu seinem Zimmer hoch. Nachdem er im zweiten Stock kurz innehielt, ging die Haustüre auf. Bruno sah zwar so gut wie nichts. Aber er konnte mehrere Männer leise miteinander sprechen hören. Sie kamen ihm allerdings nicht wie erwartet entgegen, sondern verschwanden offensichtlich in der Souterrainwohnung. Bruno wartete noch ein wenig, dann siegte die Neugierde. Statt endlich schlafen zu gehen, machte er kehrt und schlich sich zu dem Zimmer. Gedämpft vernahm er Stimmen. Um sich besser konzentrieren zu können, schloss er die Augen. Als er erfasste, worum es ging, fing er vor Aufregung an, durch den Mund zu atmen.

»Leider wird der Zar nun doch nicht Berlin besuchen. Davon können wir zwischenzeitlich mit Sicherheit ausgehen. Das ist zwar schade, aber ich habe mich bereits zu einer Änderung unseres Planes entschlossen. Zu gern hätte ich Zar Alexander in die Hölle befördert. Aber wenn dies nun nicht möglich sein soll, werden die Hohenzollern dafür doppelt büßen müssen.«

Bruno war sich darüber klar, dass derjenige, der das sagte, der Anführer sein musste.

»Am nächsten Sonntag ist es soweit. Die Parade vor dem Schloss ist unsere Chance. Wie jedes Jahr wird der König mit dem Kronprinzen daran teilnehmen. Sie werden nebeneinander herreiten und sind wenig geschützt. Vor und hinter ihnen wird freier Platz gelassen. Und diesen Umstand werden wir nutzen.«

In seiner Fantasie sah Kaminsky bereits alles wie am

Schnürchen ablaufen. Er würde in der zweiten Reihe stehen und dem König wie alle anderen Umstehenden zujubeln. Unter seinem Mantel wäre allerdings die Bombe verborgen, deren Lunte Zapeck mit einer brennenden Zigarre heimlich anzünden müsste.

Fünfzehn Sekunden stehen mir zur Verfügung. Dann schicke ich die beiden in die Hölle, ging es Kaminsky durch den Kopf. Seine Augen glänzten. Er erklärte Mahlstein und Röderbach, sie müssten sofort um sich schießen, sobald er mit der Bombe die vordere Menschenreihe durchbrechen würde. Die dann entstehende Verwirrung und Panik könnten sie für ihre Flucht nutzen.

Kaminsky sah bereits zerfetzte Pferdeleiber und zwei tote und verstümmelte Herrschergestalten auf der Straße liegen. Er malte sich aus, wie er sich nach Russland absetzen und dort ebenfalls eine konspirative Gruppe aufbauen würde. Etwas enttäuscht war er zwar, weil der Zar nun doch nicht nach Berlin kommen wollte. »Aber seinem Schicksal wird er nicht entgehen. Dafür sorge ich höchstpersönlich«, erklärte er fanatisch seinen Mitverschwörern.

Bruno hatte genug gehört. Er zog sich zurück. Dabei spürte er, wie etwas Weiches an seinem Schienbein vorbeistrich. Im nächsten Moment kreischte die Katze aber laut auf. Er musste sie wohl auf den Fuß getreten haben. Gleich darauf wurde die Tür aufgerissen. Zwei Männer erschienen im Rahmen und stürzten sich sofort auf ihn. Bruno erkannte das Gesicht Kaminskys, das er schon ein paar Mal gesehen hatte. Zum Überlegen war aber keine Zeit. Schon versuchten ihn die Männer zu packen. Bruno holte mit dem Bein aus und traf einen der Angreifer mit Wucht in den Unterleib. Der Getroffene stöhnte vor Schmerz auf. Im selben Moment traf jedoch Bruno ein harter Schlag mitten ins Gesicht. Er spürte, wie dabei einige Zähne ausgeschlagen wurden. Nach hinten stürzend schlug er mit dem Kopf auf das Treppengeländer. Der Schmerz machte ihn benommen. Kaminsky packte ihn an der Gurgel. Er schlug gleichzeitig mit der linken Faust mehrfach in Brunos Gesicht. Mit seiner rechten Hand versuchte er ihn zu erwürgen. Brunos Kopf schien zu explodieren. Er spürte, wie ihm jemand die Füße wegzog. Ohne Halt krachte sein Körper auf die Stiegen. Seine Nase brach, als er mit der linken Gesichtshälfte hart aufschlug. Beim Fallen hatte ihn aber Kaminsky losgelassen. Er bekam wieder Luft. Jetzt rief Bruno um Hilfe. Allein würde er gegen drei oder vier Männer nichts ausrichten können. Das war ihm klar. Seine einzige Chance bestand darin, andere Hausbewohner aufmerksam zu machen. Kaminsky trat ihn mit den Füßen mehrmals in den Leib. Diese Tritte fanden aber kein allzu empfindliches Ziel. Trotz seiner Schmerzen gelang es Bruno, ein Bein zu umfassen und mit einem Ruck hochzuziehen. Kaminsky kippte zur Seite und stöhnte gleich darauf auf. Er musste sich beim Fallen verletzt haben. Ein anderer Mann stürzte sich aber augenblicklich auf Bruno, der zum wiederholten Male laut um Hilfe rief. In der Zimmertür tauchte ein weiterer junger Mann auf, der etwas in der Hand hielt. Bruno schlug wild auf seinen Angreifer ein. Seine unkontrollierten Schläge hielten ihn zumindest auf Distanz. In der Zwischenzeit hatte sich Kaminsky wieder aufgerappelt. Mit schmerzverzerrtem Gesicht hielt er sich seine linke Hand. Bruno erkannte die Pistole, die der Mann im Türrahmen in den Händen hielt. Als der Schuss ohrenbetäubend krachte, hatte Bruno seinen Gegner fest am Kragen gepackt und zu sich hergezogen. Dieser Mann erschien ihm plötzlich ganz schwer. Es war, als würde alle Kraft aus ihm weichen. Bruno hatte Mühe, das schwere Gewicht zur Seite zu stoßen. Die Kugel, die ihm gegolten hatte, hatte den Mann in den Rücken getroffen. Zu dieser Zeit wurden in den oberen Stockwerken mehrere Türen geöffnet. Ein allgemeines Geschrei und Durcheinander setzte ein. Jemand rief laut nach der Polizei. Mehrere Personen stürzten die Treppen herab. Der Pistolenschütze zielte auf die ersten, die am unteren Treppenabsatz ankamen. Er drückte erbarmunglos ab. Wieder krachte es überlaut in dem Haus, ein Getroffener schrie entsetzt auf. Sofort wichen die Hausbewohner zurück. Kaminsky war zu diesem Zeitpunkt in sein Zimmer zurückgelaufen. Bruno stand hastig auf und ging auf den Mann mit der Pistole los. Er war ihm körperlich weit überlegen. Mit mehreren Schlägen streckte er ihn nieder. Bruno griff nach der fallengelassenen Pistole. Auf der Straße wurde laut um Hilfe gerufen. Einer der Mitverschwörer suchte sein Heil in der Flucht. Bruno blieb keine Zeit zum Nachdenken. Kaminsky erschien wieder in der Tür. In seiner unverletzten Hand hielt er ein Eisenrohr, an dem eine Schnur hing. Die Schnur brannte, feine Funken sprühten um sich. Bruno erkannte augenblicklich die riesige Gefahr. Er warf sich Kaminsky mit voller Wucht entgegen. Zwar versuchte sich Kaminsky festzuklammern. Da er aber die Bombe keinesfalls loslassen wollte und die andere, verletzte Hand nicht einsetzen konnte, misslang ihm dieser Versuch. Er fiel rückwärts in sein Zimmer. Kaminsky brüllte wie ein Tier, als Bruno nach der Tür griff und sie heftig zuwarf. Als sie zuschlug, detonierte die Bombe. Bruno fiel bereits zu Boden, als ihn die Druckwelle erfasste und wegschleuderte. Die Tür wurde aus ihren Angeln gerissen, die Wand riss auf, und von der Decke stürzten Holz- und Mörtelstücke herab. Bruno wurde fast vollständig unter diesem Holz und den Steinen begraben. Die Tür, die auf ihn gefallen war, schützte ihn aber wie ein Schild. Er hörte nichts mehr außer einem gewaltigen Dröhnen in seinen Ohren, und sein Gesicht brannte höllisch vor Schmerzen. Aber er lebte.

IV

1862 – 1864

1

»Der Himmel mag sich unser erbarmen! Wenn du dies wirklich tun willst, können wir gleich den Strick um unseren Hals legen.« Königin Augusta war völlig außer sich. Ihr Mann hatte ihr soeben eröffnet, er werde Bismarck zum Ministerpräsidenten ernennen. Das Königspaar stand sich auf dem rückwärtigen Balkon des Berliner Schlosses gegenüber. Es war ein heißer Tag Mitte Juli 1862. Schon die Tage davor hatten sie in angespannter und schlechter Stimmungslage verbracht.

»Das ist die Schreckensnachricht, die ich immer befürchtet habe«, fing die Königin wieder an.

»Dieses Land ist bald nicht mehr regierbar. Die Liberalen spielen sich immer kecker auf, meine Autorität wird fortgesetzt infrage gestellt. Sie wollen das Königtum dem Parlament unterordnen. Und ich sage dir: Bevor es so weit kommt, danke ich ab, und Friedrich soll König von Abgeordnetengnaden werden. Nein, nein und nochmals nein!«

»Ich bin entsetzt und zutiefst betrübt! Nicht das Parlament ist die Gefahr für die Monarchie. Bismarck ist unser wahrer Feind. Du scheinst oder willst dies nicht bemerken. Bismarck ist ein politischer Abenteurer!«

Wilhelm wischte auch diese Bemerkung seiner Frau mit einer Handbewegung weg. Sie gab sich aber noch nicht geschlagen.

»Ich sage vor allem: Denke wenigstens an Victoria! Der englische Hof sieht in dem Herrn eine Wende hin zur Reaktion. Es wird eine verhängnisvolle Absonderung Preußens vom kultivierten Europa befürchtet werden. Victoria erkennt in diesem Machtmenschen die größte Gefahr für die Dynastie.«

Wilhelm schienen auch diese Argumente nicht zu beeindrucken.

»Gehen wir ins Zimmer«, forderte er seine Frau auf, weil ihre Auseinandersetzung zunehmend an Lautstärke gewann. Im Balkonzimmer ließ er sich schwer auf ein Sofa fallen.

»Wir sind nicht in England, und das englische System darf für Preußen kein Beispiel sein. Victoria sollte endlich einmal anfangen, preußisch zu denken und die Interessen unserer Dynastie ins Auge zu fassen.«

Augusta, die nun wirklich kein gutes Verhältnis zu ihrer Schwiegertochter besaß, war sich allerdings mit ihr in der Frage der Ernennung Bismarcks einig. Sie ergriff für sie Partei und reizte dadurch ihren Mann noch mehr. Der sprang abrupt auf, ging einige Schritte auf seine Frau zu und herrschte sie viel zu laut an: »Schluss jetzt! Schluss damit! Meine Meinung ist entscheidend. Ich habe genug von Einwendungen aller Art. Seit Monaten suche ich nach einer Lösung. Niemand ist mir genannt worden. Bis auf Bismarck, der fähig und in der Lage wäre, mit dem Parlament fertig zu werden. Und damit du es weißt: Deine Privatansichten gehen mich nichts an.«

Wilhelm trat heftig mit dem Fuß auf. Seine Frau starrte ihn tief getroffen an. Dann machte sie kehrt und verließ wütend das Zimmer. Das Gespräch war beendet.

Am 23. September 1862 berief der König Otto von Bismarck-Schönhausen zum preußischen Ministerpräsidenten. Wie zu erwarten war, trieb Bismarck den Konflikt mit dem Parlament auf die Spitze. Er nahm ihm das Budgetrecht und verkündigte, dass die preußische Regierung die Umstrukturierung des Heeres weiter fortsetzen und die dafür notwendigen Ausgaben vornehmen werde. Den Vorwurf des Verfassungsbruchs ließ er nicht gelten. Er konnte sich auf eine Lücke in der preußischen Verfassung berufen, die offen ließ, was zu geschehen habe, falls sich Parlament und Regierung nicht über den Haushalt einigen konnten. Als er Ende September mit der Budgetkommission streiten musste, erklärte er, die großen Fragen der Zeit würden nicht durch Reden und Parlamentsbeschlüsse, sondern durch Blut und Eisen entschieden.

2

Bruno erfuhr von Bismarcks Ernennung aus der Zeitung in Stuttgart. Er war Mitte September zu seiner Mutter gefahren, nachdem er sich ein Jahr lang nicht mehr in Stuttgart aufgehalten hatte. Und schon seit längerer Zeit verspürte er den Wunsch, seine Mutter endlich einmal wiederzusehen. Vor allem nach der tödlichen Gefahr, in der er sich im Frühjahr befunden hatte, wollte er längstens so schnell wie möglich nach Hause. Zunächst musste er aber erst seine Verletzungen ausgeheilt haben. In Berlin sorgten seine Gönner für eine optimale medizinische Versorgung. Über Wochen war er von seinem gebrochenen Jochbein geplagt worden, das ihn sogar heute noch schmerzte. Sein

Nasenbein machte ihm dagegen gar keine Probleme mehr. Seine Befürchtung, er würde eine krumme oder platte Nase zurückbehalten, erwies sich als unbegründet. Seine verletzten Beine und die geprellten Rippen, von denen zwei gebrochen waren, heilten sehr rasch. Schon fünf Wochen nach der Bombenexplosion konnte er sich fast wieder uneingeschränkt bewegen. Als offenkundig wurde, was durch ihn verhindert worden war, erfuhr er von verschiedener Seite Lob und Ehre. Kaminskys Körper war durch die Explosion völlig zerfetzt worden. Über den erschossenen Zapeck war die Polizei wiederum rasch den geflohenen Mitverschwörern Mahlstein und Röderbach auf die Spur gekommen. Schon am Abend des nächsten Tages wurde Röderbach in der Nähe seiner Wohnung festgenommen. Er leistete keinerlei Widerstand, gestand alles und wurde später zu zwanzig Jahren Zuchthaus verurteilt. Mahlstein ging der Polizei bereits einen Tag später ins Netz. Er hatte sich tagsüber an belebten Plätzen in Berlin aufgehalten und die Nächte in einem Wäldchen an der Stadtgrenze verbracht, wo er am frühen Morgen einem Waldarbeiter verdächtig vorkam. Er alarmierte schließlich die Gendarmerie. Daraufhin begann eine Hetzjagd, bei der Mahlstein von einer Kugel in den Unterleib getroffen worden war. Er lebte noch drei Tage. Die ersten beiden Tage brüllte er vor Schmerzen, dann wurde er immer stiller. Er fieberte mehr und mehr und sprach wirr von einem geplanten Attentat. Immer wieder erzählte er auch von einer Paula, woraufhin Oberinspektor Stamacher etliche Stunden an seinem Sterbebett verbrachte. Geduldig fragte der Kriminalbeamte den fiebernden Mahlstein immer wieder nach dieser Paula. Schließlich konnte er sich einen Reim auf das Geschehene machen, auch wenn Mahlstein nur bruchstückhaft und verworren preisgab, was er über Paula Schierding wusste. Die letzten Stunden seines Lebens wimmerte Mahlstein leise vor sich hin. Die Versuche Stamachers, von ihm noch Weiteres zu erfahren, waren vergeblich gewesen. Mahlstein sah ihn nur mit halboffenen Augen an. Stamacher musste dabei an Kinderaugen denken. Der Verschwörer lag wie ein zu groß geratener Junge im Krankenbett. Als er gestorben war, empfand Stamacher sogar Mitleid mit ihm.

Bruno saß, diesen Gedanken nachhängend, über der Zeitung. Seine Mutter lenkte ihn ab, sie wollte einfach mit ihm reden. Zu guter Letzt erzählte Bruno von einem schönen Abend bei den Waldenfels. Dann kam er auf Amelie zu sprechen. Aufmerksam hörte seine Mutter zu. Danach wusste sie, ihr Bruno musste über alle Maßen verliebt sein.

3

Sechs Wochen später saß Bruno wieder in seiner Berliner Dachkammer. Der Abschied von seiner Mutter war nicht besonders schwergefallen, da beide wussten, sie würden sich bereits im Dezember wiedersehen. Das nasskalte Novemberwetter lud zwar nicht gerade zu einem Spaziergang ein. Aber Bruno entschloss sich aus einer Laune heraus trotzdem zu einem Rundgang durch die Berliner Straßen. Nachdem ihn aber fröstelte, wollte er schon bald wieder nach Hause zurückkehren. Er kam gerade am Ende der Köpenicker Straße an, als er durch die Fenster eines Wirtshauses einen vollbesetzten Saal und einen Redner sehen konnte, dem alle dem Anschein nach interessiert zuhörten. Neugierig geworden – und weil er sowieso gern ein Bier getrunken hätte – betrat er das Lokal. Er öffnete die Tür des Wundt's Saal. Der Wirtshausraum war mit langen Tischen und Bänken ausgestattet. Fast alle Plätze waren mit rauchenden und Bier trinkenden Männern besetzt. An der Stirnwand stand vor einem provisorischen Pult ein vielleicht vierzigjähriger, gut gekleideter Mann, der mit einem leichten sächsischen Akzent, aber mit lauter Stimme sprach. Sein Äußeres passte nicht so recht zu dem übrigen Publikum. Bruno erkannte unschwer ein typisches Arbeiterlokal. Doch er bemerkte auch den Respekt, den die Arbeiter dem Redner entgegenbrachten. Er hatte in der Zwischenzeit an einem der mittleren Tische Platz genommen, wo er neugierig und auch misstrauisch gemustert wurde. Die Anwesenden konzentrierten sich aber rasch wieder auf den Mann, der gerade davon erzählte, er habe nun nach seiner fünfjährigen Verbannung die Erlaubnis erhalten, sich wieder in Berlin aufhalten zu dürfen.

»Selbstverständlich muss ich nach wie vor ständig mit der Gefahr einer neuerlichen Ausweisung leben. Aber wie dem auch sei: Die Staatsgewalt wird letztlich die neue Bewegung nicht verhindern können. Ja, sie tut gut daran, die Interessen der Arbeiterschaft sehr viel ernster zu nehmen, weil diese die bestimmende Kraft der Zukunft sein wird.«

Bruno hörte aufmerksam zu. Es war nicht zu übersehen, wie dieser Mann die Arbeiter für sich vereinnahmen konnte. Er stieß seinen Nebenmann an und fragte nach dem Namen des Redners.

»Lassalle. Das ist doch Ferdinand Lassalle.«

Bruno hatte bislang noch nie etwas von einem Ferdinand Lassalle gehört. Aber wie es schien, kümmerte sich dieser um die Interessen des einfachen Volkes.

»Schulze-Delitzsch irrt. Ja, er irrt sogar gewaltig. Ich will nicht sagen, dass das, was er entwirft, schlecht wäre. Aber es führt uns letztlich nicht weiter. Von seinem Ansatz erwarte ich keine wirkliche Lösung der Arbeiterfrage.«

Bei der Erwähnung von Schulze-Delitzsch war Brunos Interesse ganz geweckt. Schließlich hatte er erst vor kurzem mit diesem Mann reden können. Und es war ein Gespräch, das ihn durchaus beeindruckt hat. Auf seinen Rat hin hatte er sich sogar in Stuttgart über seinen Gönner Hirsch die verbotene Schrift von Karl Marx beschafft. Vom Inhalt war er enttäuscht und sogar entsetzt gewesen. In seinem Kommunistischen Manifest sprach Marx von der Arbeiterrevolution und von der Erhebung des Proletariats gegen die Bourgeoisie. Manche der vertretenen Auffassungen erschienen ihm äußerst extrem, manche in ihrer Begründung gar nicht verstehbar. Jedenfalls schreckte der revolutionäre Ansatz Bruno ab, obwohl es Passagen gab, für die er Verständnis aufbringen konnte.

»Die Selbsthilfe, die Herr Schulze betont, mag vorübergehend etwas zur Verbesserung der Lage der Arbeiterschaft beitragen. Natürlich sind eigene Kredit- und Konsumvereine für die Arbeiter zunächst ein bestechender Vorschlag. Aber solange wir politisch entrechtet sind, wird es darüber nur zu einem Kurieren an Symptomen kommen. Was wir vor allem brauchen, ist eine politische Selbsthilfe. Worauf es ankommt, ist die Teilhabe an der politischen Herrschaft.«

Bruno fühlte sich bei diesen Ausführungen zunächst an Marx erinnert. Allerdings trug Lassalle seine Gedanken nicht eifernd und aggressiv vor.

»Der Lohn des Arbeiters wird nie über den notwendigen Lebensunterhalt hinausgehen. Dies ist ein ehernes und grausames Gesetz. Der Arbeiter wird immer nur die Lebensnotdurft erhalten, was darüber hinausgeht, wird immer Unternehmeranteil sein. Deshalb gibt es nur eine Lösung: Die Aufhebung des Unternehmergewinns in der friedlichsten, legalsten und einfachsten Weise, indem sich der Arbeiterstand durch freiwillige Assoziationen als sein eigener Unternehmer organisiert. Damit gelangen wir zu einer wahrhaften Verbesserung der Lage der Arbeiterschaft.«

Bruno war durchaus beeindruckt. Spontan stimmte er in den Beifall ein, den die Zuhörer am Ende des Vortrages spendeten. Bravo-Rufe ertönten, und viele der Anwesenden klopften anerkennend mit den Biergläsern und Bierkrügen auf die Tische. Lassalle nahm an dem vordersten Tisch in der Mitte des Saales Platz. Begeistert klopften ihm manche Männer auf die Schultern. Zu gern hätte Bruno ein Gespräch mit ihm angefangen. Doch Lassalle war bereits völlig in Beschlag genommen. Er leerte deshalb sein Glas, bezahlte und machte sich auf den Heimweg. In Gedanken beschäftigte er sich mit den Vorschlägen und Ideen Lassalles. Dabei erinnerte er sich allzu gut an seine durch Armut geprägte Kinderzeit in Stuttgart. Zudem schweiften seine Überlegungen immer auch zu seinem Vater ab. Was hatte ihm seine Mutter nicht alles über ihn erzählt! Noch nie war er auf seinen Vater so stolz gewesen wie in dieser Nacht. Nach langer Zeit überfiel ihn bei diesen Erinnerungen an seinen Vater eine tiefe Traurigkeit, und verwundert musste er feststellen, dass er seinen Vater vermisste. Er nahm sich fest vor, sich mit den sozialen Umständen der Zeit auseinanderzusetzen. Das Elend und Leid der Arbeiterschaft wollte er nicht mehr einfach als von Gott gewollt hinnehmen.

4

Das Jahr 1863 sollte für Bruno ein sehr gutes Jahr werden. Er erinnerte sich, wie rundum glücklich er sich damals gefühlt hatte. Alles schien ihm zu gelingen. Sein Studium machte beste Fortschritte, in Bleichröders Bankhaus genoss er bereits einen hervorragenden Ruf. Und Döhnig, der sich schon längstens als sein Mentor empfand, förderte ihn nach Kräften. Die Waldenfels schätzten ihn nicht nur in seiner Funktion als Nachhilfelehrer ihrer Tochter, sondern auch als Gast und Gesprächspartner in ihrem Hause. Er erhielt regelmäßig Einladungen, lernte weitere einflussreiche Persönlichkeiten des wirtschaftlichen und politischen Lebens kennen und unterhielt zudem gute Kontakte zu einem Teil seiner Professoren. Seine Liebe zu Amelie empfand er von Tag zu Tag stärker. Das Schönste für ihn war das Zusammensein mit ihr. Sie sprachen dabei über ihre gemeinsame Zukunft, schmiedeten Pläne, alberten miteinander herum und liebten sich, wann immer sich eine Gelegenheit dazu ergab. Das herausragendste Ereignis aber fand im Dezember statt. Die Verlobungsfeier am ersten Weihnachtsfeiertag verlief fröhlich und in ausgelassener, doch sehr harmonischer Atmosphäre. Brunos Mutter war bereits einige Tage früher in Berlin eingetroffen. Er hatte ihr die Stadt gezeigt und mit ihr die Sehenswürdigkeiten angeschaut. Sie hatte sich auf Anhieb mit den Sonntags gut verstanden. Am Verlobungstag kamen die Verwandten Amelies zu Besuch. Amelies Patenonkel, äußerlich ein eher grobschlächtiger Mann mit einer rauen Stimme, hielt eine mit viel Witz und Humor vorgetragene Ansprache auf das junge Paar und wünschte ihm viel Glück. Alle Anwesenden fielen in die Glückwünsche ein und beklatschten heftig die beiden Verliebten.

Diesen Patenonkel sah Bruno deutlich vor sich, als er aus dem Fenster des Zuges blickte, mit dem er sich auf die Heimreise gemacht hatte. Ganz in Gedanken versunken sah er das gerötete Gesicht von Onkel Fritze, wie ihn Amelie immer nannte. Onkel Fritze war schon etwas angeheitert gewesen. Der Alkohol zeigte eine für alle sichtbare Wirkung. Als er mit seiner Rede zum Ende gekommen war, stand er auf, hielt sich am Tischrand fest, weil er ein klein wenig schwankte, und erhob sein Glas.

»Bruno! Ich trinke nun speziell auf dein Wohl und verbinde damit die Erwartung, dass du ein Leben lang gut für meine Amelie sorgen wirst.«

Alle Gäste hatten dabei ebenfalls ihre Gläser erhoben, und Onkel Fritze trank das seine in einem Zug leer. Danach ging er auf Bruno zu, umarmte ihn mit großer Herzlichkeit und sagte ihm noch leise ins Ohr: »Pass auf das Mädchen auf. Ich verlasse mich auf dich. Hüte Amelie wie einen Schatz.«

Er hatte das mit großem Ernst gesagt, und irgendwie passte diese Ernsthaftigkeit gar nicht zu der ansonsten so gelösten Stimmung. Bruno erinnerte sich an jede Einzelheit dieser Szene. Ja, er glaubte sogar, den Atem des Onkels riechen zu können. Was hatte er gesagt, fragte sich jetzt Bruno, als Felder, auf denen das Korn erntereif stand, draußen vorbeizogen. »Dass du ein Leben lang gut für meine Amelie sorgen wirst.« Immer wieder ging ihm dieser Satz durch den Kopf. Damals dachte er noch, so etwas hätte ihm niemand zu sagen brauchen. Natürlich wollte er ein Leben lang für Amelie sorgen. Wer hätte damals auch nur annähernd denken können, dass ihm das Schicksal dafür kaum Zeit einräumte. Mit der Hand wischte er die Tränen aus seinen Augen. Vor vier Monaten hatten sie Amelie begraben. Das Leben, das noch so lange hätte dauern sollen, war, als die Krankheit ausbrach, in wenigen Wochen aus ihr gewichen. Es tat ihm nach wie vor noch furchtbar weh, wenn er sich an diese Leidenszeit Amelies erinnerte. Schließlich war sie einfach von ihm gegangen, ganz still und leise. Erst hatte er es gar nicht gleich bemerkt. Er hatte damals ihre Hand gehalten und wunderte sich noch, wieso der leichte Druck auf einmal nachließ. Er wollte fragen, ob die Schmerzen stärker geworden wären. Mit Entsetzen sah er aber, wie sich die Farbe ihres Gesichtes veränderte. Es war nicht mehr das bleiche Gesicht mit der fast weißen Haut. Es kam ihm vor, als würde der Tod sie mit einer besonderen Blässe übermalen. Und als er sie dann unendlich sanft und vorsichtig über ihr Haar streichelte, war seine Amelie gestorben.

Bruno sah sich am Bett Amelies sitzen. Da wurde er aus seinen Gedanken gerissen. Er hatte gar nicht die Einfahrt des Zuges in den Kölner Bahnhof bemerkt. Die schwere Dampflok pfiff, die Räder sprachen auf die Bremsen an und quietschten laut. Es ruckte etliche Male, dann stand der Zug. Erst als alle anderen Reisenden das Abteil verlassen hatten, stand Bruno langsam auf. Er nahm seinen Koffer und trat auf den Bahnsteig. Er wusste genau, wohin ihn sein Weg führen sollte. Hatte er doch nicht umsonst die umständlichere Fahrt von Berlin nach Stuttgart über Köln angetreten. Amelie liebte Kirchen. Sie besaß sogar zwei prächtige Bücher über die berühmtesten Kirchen Europas. Immer wieder hatte sie davon gesprochen, wie gern sie einmal den Kölner Dom besuchen wollte. Sie wusste sehr viel über diese karolingisch-ottonische Bischofskirche, mit deren Bau schon 1248 begonnen worden war. Amelie geriet jedes Mal ins Schwärmen, wenn sie auf dieses Wahrzeichen von Köln zu sprechen kam. Irgendwann hatte ihr Bruno dann versprochen, dass er ihr eine Hochzeitsreise nach Köln schenken würde. Es sollte alles anders kommen. Einsam ging er mit seinem Koffer in der Hand nun allein auf den Kölner Dom zu, der nur wenige Minuten vom Bahnhof entfernt lag und mit seiner imposanten Größe das ganze Stadtbild bestimmte.

Langsam schritt er das Innere des Domes ab. Er fragte sich dabei immer wieder, was wohl Amelie zu all dem, was er sah, gesagt hätte. Wie beeindruckt sie wohl gewesen wäre von der monumentalen Westfassade mit ihren beiden Türmen? Oder von dem jahrhundertealten Gemäldezyklus im Hochchor? Vom Dreikönigsschrein? Von dem mittelalterlichen Chorgestühl? Oder von der Mailänder Madonna? Bei all diesen wunderbaren Kunstschätzen stellte sich Bruno immer wieder dieselbe Frage. Er setzte sich in eine der rückwärtigen Kirchenbänke und versuchte das Imposante der Kirche zu erfassen und auf sich wirken zu lassen. Seine Gedanken schweiften aber bald wieder ab, und noch einmal zogen die vergangenen eineinhalb Jahre an ihm vorbei.

5

Das Glücksgefühl der Verlobungsfeier hielt zunächst an. In einem halben Jahr wollte er sein Studium beenden und dann Amelie heiraten. Alles verlief bestens nach Plan. Döhnig wurde ihm zu einem wertvollen Gesprächspartner, der ihm schon bald bedeutete, dass er im Bankgeschäft eine glänzende berufliche Perspektive finden könnte. Auch über das soziale Elend der Arbeiterschaft konnte er mit ihm reden. Selbstverständlich lehnte der Prokurist jeglichen revolutionären Ansatz ab, Karl Marx war ihm geradezu zuwider. Doch wies er nachdenklich auf eine Verantwortlichkeit des Staates und der Unternehmer hin, die beim Kampf gegen die miserablen Lebensverhältnisse nach seiner Auffassung an und für sich hätten vorangehen müssen. Er konnte zwar auch nicht vorbehaltlos den Lassalleschen Gedanken zustimmen. Aber er konnte immerhin auf Bismarck verweisen, der das Gespräch mit dem Führer des zwischenzeitlich gegründeten Allgemeinen Deutschen Arbeitervereins suchte. Niemand wusste zwar so recht, was es damit auf sich hatte, und ob tatsächlich etwas Wahres daran war. Aber ein Interesse Bismarcks an den Lebensverhältnissen der Arbeiterschaft konnte jedenfalls nicht ausgeschlossen werden.

Dann kam Bruno eine andere Szene in den Sinn. Amelie war schon sehr schwer krank gewesen. Da erhielt er im April eine Einladung zum Abendessen bei den Waldenfels. Er wollte gar nicht hingehen. Die meiste Zeit saß er an einem Tischchen neben Amelies Bett und studierte in seinen Büchern und Aufzeichnungen so gut es eben ging. Nachdem die Krankheit ausgebrochen und bald das

Schlimmste zu befürchten war, hatten die Sonntags ihm gleich angeboten, bei ihnen zu wohnen, damit er bei ihr sein konnte. Er schlief im Wohnzimmer auf einem hergerichteten Sofa. Die wichtigsten Vorlesungen besuchte er noch, weil er kurz vor den Abschlussprüfungen stand. Einmal wöchentlich gab er noch den Französisch-Nachhilfeunterricht für Elisabeth, ansonsten aber blieb er und wachte bei seiner Verlobten. Amelie war bereits sehr geschwächt, aber immer noch konnte sie ihn zurechtweisen. So auch dieses Mal, als er Waldenfels absagen wollte.

»Bruno, geh hin. Es wird dir guttun. Du musst auch endlich einmal wieder einen Abend in Gesellschaft verbringen, um auf andere Gedanken zu kommen.«

Er hatte sie nur schweigend angesehen. Beide wussten nur allzu gut, ihre gemeinsame Zeit würde bald zu Ende gehen. Und als hätte Amelie seine Gedanken erraten, fügte sie hinzu:

»Geh doch, Bruno. Ich laufe dir schließlich nicht weg und warte auf dich. Und es macht mich glücklich, wenn ich weiß, dass du wieder einmal einen Abend bei deinen Freunden verbringen kannst.«

Schließlich hatte er sich überreden lassen. Als er gegen acht Uhr am Abend bei den Waldenfels ankam, herrschte dort schon eine anregende Atmosphäre. Er wurde in den Salon geführt, wo ihm ein Diener sogleich ein Champagnerglas anbot. Die gute Stimmung der Gäste war unmittelbar spürbar. Etwa die Hälfte kannte Bruno ganz gut in der Zwischenzeit. Waldenfels trat auf ihn zu, klopfte ihm auf die Schulter und nahm ihn freundschaftlich mit sich.

»Wir haben gesiegt! Stellen Sie sich vor, Herr Kohler: auf der ganzen Linie gesiegt!«

Bruno begriff zunächst nicht recht, worum es ging. Sein

Gastgeber führte ihn mit strahlendem Gesicht zu einer Gruppe sich aufgeregt unterhaltender Männer.

»Das ist schon eine Leistung. Alle Achtung! Ich habe zwar nie einen Hehl aus meiner Distanz zu Herrn von Bismarck gemacht. Aber hier hat er ein diplomatisches und militärisches Kunststück vollbracht. Alle Achtung kann ich nur noch einmal sagen!«

Der das sagte, war einer der reichsten Kaufleute Berlins, der für die liberale Partei im Abgeordnetenhaus saß. Weil Waldenfels Brunos fragende Miene bemerkte, klärte er ihn rasch auf.

»Unsere Soldaten haben gestern die Düppeler Schanzen gestürmt. Die Dänen sind in einer Weise geschlagen, dass an einem Sieg nicht mehr zu zweifeln ist. Ganz Jütland wird jetzt von uns besetzt werden. Und das Allerbeste: Nicht einmal England wagt einen Einspruch. Die preußischen Truppen haben glänzend gekämpft. Bismarck konnte demonstrieren, welche Macht Preußen verkörpert.«

Natürlich wurden Bruno die Zusammenhänge nach dieser Erklärung rasch klar. Der Konflikt um die Herzogtümer Schleswig und Holstein hatte bereits vor einem halben Jahr begonnen. Nach einer internationalen Abmachung gehörten die Herzogtümer zu Dänemark, doch hatte dieses Land gegenüber Preußen und Österreich schon vor zwölf Jahren zugesagt, dass für die beiden Länder ein Sonderstatus gelten würde und die Eigenständigkeit in Verwaltung und Landständen unangetastet bliebe. Aber es kam immer wieder zu dänischen Versuchen, diesen Sonderstatus auszuhöhlen. Als im November 1863 der neue König Christian IX. mit einem neuen Grundgesetz die dänische Gesamtstaatsverwaltung auf Schleswig ausdehnen wollte, reagierten die deutschen Staaten sofort. Durch eine äußerst geschickte Diplomatie gegenüber den europäischen Mächten gelang es Bismarck, diese aus dem Konflikt herauszuhalten. Zusammen mit Österreich stellte Preußen Dänemark ein Ultimatum. Die beiden deutschen Vormächte verlangten die Aufhebung der im November erlassenen Verfassung. Da Dänemark auf die Hilfe Frankreichs, Russlands, Schwedens und vor allem Englands vertraute, ignorierte das kleine Land die preußisch-österreichische Forderung. Dänemark sollte sich damit ordentlich verrechnet haben. Als es dann schließlich die Forderung ablehnte, begann Anfang Februar der Krieg. Dänemark wurde von keiner Seite unterstützt.

Kein anderes Thema wurde an diesem Abend im Hause Waldenfels besprochen. Bruno registrierte einen Nationalstolz bei den Gästen, wie er ihn zuvor so nicht erlebt hatte. Er war etwas irritiert, weil bisher bei den Gesprächskreisen Bismarck häufig im Zentrum der Kritik gestanden hatte. Mit einem Male schien dies wie weggewischt. Er hörte allenthalben Lob, und selbst Persönlichkeiten, die sich bisher als erbitterte Gegner des preußischen Ministerpräsidenten gezeigt hatten, zollten ihm nun Beifall und Lob in den höchsten Tönen.

Auch heute noch wunderte sich Bruno. Er hatte sich in der Kirchenbank ganz zurückgelehnt und schaute die Decke der Kirche an. Verrückt, ging es ihm durch den Kopf. Gerade noch verhasst, und wegen eines Krieges auf einmal der geschätzte Staatsmann. Allerdings war es für ihn auch keine Frage, dass der nächste Konflikt unausweichlich folgen musste. Derart politisch dachte er in der Zwischenzeit. Und bei allem, was er von seinen einflussreichen Bekannten hörte, würde dieser Konflikt zwischen Preußen und Österreich ausgetragen werden. Zwar waren die beiden deutschen Staaten im Krieg gegen Dänemark als Verbündete aufgetreten, doch musste zwischen ihnen fast wie zwangsläufig noch die Entscheidung darüber fallen, wer tatsächlich die Vormachtstellung in Deutschland besitzen sollte. Bruno wusste von den Vermutungen und Spekulationen, wonach Bismarck heimlich die Annexion der beiden Herzogtümer durch Preußen plante. Allerdings machte er sich darüber nicht viel Gedanken. Er schob das Thema beiseite, stand auf und ging langsamen Schrittes durch das Hauptschiff des Doms. Vor einem Marienbild blieb er stehen. Religion hatte in seinem bisherigen Leben so gut wie keine Rolle gespielt. Aber ihm war bewusst, dass Menschen im Gebet und im Glauben an Gott Trost finden konnten. Ihm fiel eine solche Beziehung zu Gott schwer. Doch einem Impuls folgend stellte er seinen Koffer ab und kniete sich auf das vor dem Marienbild aufgestellte Bänkchen nieder. Er versuchte ein Gebet, aber es wollte ihm nicht recht gelingen. Dann schaute er das Bild mit der Mutter Gottes an, und seine Gedanken wanderten zurück zu den schwersten Wochen seines Lebens.

6

Alles hatte angefangen, als noch Schnee lag. Ein besonders kalter Februar mit eisigen Ostwinden ließ die Menschen selbst an den Sonntagen in ihren Häusern und warmen Stuben bleiben. So waren Amelie und Bruno am letzten Sonntagnachmittag im Februar auch ganz allein unterwegs.

Tapfer trotzten sie mit ihrem Spaziergang der Kälte. Dick eingemummt und mit Wollmützen auf den Köpfen entschieden sie sich jedoch schon nach wenig mehr als einer Viertelstunde für die Rückkehr nach Hause. Rasch gingen sie den Weg zurück. Daheim angekommen genossen sie die herrliche Wärme des Wohnzimmers. Sie legten ihre Winterkleidung ab, die sie vor der ärgsten Kälte geschützt hatte, und mit geröteten Gesichtern schüttelten sie sich und schlugen die Hände zusammen, um auch noch die allerletzte Kälte zu vertreiben. Es war ein herrliches Gefühl. Die Wärme tat ihnen nach dem eiskalten Ausflug unwahrscheinlich gut, der Kaffeeduft verstärkte ihr Wohlgefühl. Sie nahmen am Tisch Platz, auf dem Amelies Mutter bereits die Gedecke aufgetragen hatte. Sie fühlten sich rundum glücklich; wenig später saß die ganze Familie beisammen. Alle ließen sie sich Kaffee und Kuchen schmecken. In aufgeräumter Stimmung erzählten sie sich von dem, was jeder die Woche über erlebt hatte. Danach stand Amelies Mutter auf und wollte das Geschirr abtragen. Ihre Tochter erhob sich ebenfalls. Sie sammelte die Tassen ein, nahm noch zwei Unterteller hinzu, um sie auch in die Küche zu bringen. Sie drehte sich vom Tisch weg und schaute dabei Bruno an. Er erwartete ihr vertrautes Lächeln. Umso überraschter war er, als Amelie plötzlich anfing nach Luft zu schnappen. Sie ließ die Tassen und Teller fallen und fasste sich mit beiden Händen an den Leib. Erschrocken waren Bruno und ihr Vater aufgesprungen. Amelie stöhnte laut, dann brach sie zusammen und krümmte sich vor Schmerzen auf dem Boden. Herr Sonntag rief entsetzt nach seiner Frau, die völlig verdutzt aus der Küche gerannt kam. Bruno hatte sich bereits zu Amelie hinuntergebeugt. Er wusste allerdings überhaupt nicht, was er tun konnte. Ein paar Mal fragte er in seiner Hilfslosigkeit, was denn los sei. Amelie stöhnte nur noch. Sie war nicht zu einer Antwort in der Lage. Die Schmerzen nahmen ihr fast den Atem. Ihre Mutter griff ihr unter die Achseln. Sie wollte sie ein wenig anheben. Doch Amelie schrie auf. Ihr Gesicht war nun ganz gerötet. Kalter Schweiß glänzte auf ihrer Stirn, im nächsten Moment musste sie sich übergeben. Am schnellsten reagierte jetzt ihre Mutter.

»Hole den Arzt! Rasch, renn los, um Gottes willen.«

Ihr Mann schnappte sich hastig den Mantel, knöpfte ihn gar nicht erst zu und war auch schon aus der Haustür. Derweilen versuchten Frau Sonntag und Bruno so gut es nur irgend ging zu helfen. Nach dem Erbrechen besserten sich die Schmerzen. Sie unterstützten Amelie beim Aufstehen und legten sie aufs Sofa, wo sie mit angezogenen Beinen und den Händen auf ihrem Bauch leise weinte. Beide wussten nicht so recht, was sie tun konnten. Amelie antwortete nur bruchstückhaft auf ihre besorgten Fragen. Immer wieder keuchte sie auf und zog dann die Beine noch mehr an ihren Körper. Frau Sonntag holte eine Decke und setzte Wasser für eine Wärmekanne auf. Bruno saß solange völlig durcheinander neben Amelie und versuchte sie durch Streicheln zu beruhigen.

Überraschend schnell kehrte dann Herr Sonntag mit dem Arzt zurück. Dr. Fiedler hatte sich nicht einmal die Mühe gemacht, einen Mantel überzuziehen. Die Kälte ignorierend war er mit seiner Arzttasche losgerannt, als ihm Herr Sonntag außer Atem erzählt hatte, was mit seiner Tochter geschehen war. Er öffnete die Arzttasche, holte einige Instrumente heraus und begann mit der Untersuchung Amelies. Die beiden Männer schickte er hinaus. Sie warteten nervös in der Küche. Endlich ging die Tür auf. Beide sahen es dem Gesicht von Amelies Mutter an, dass etwas Schwerwiegenderes vorliegen musste.

»Ich vermute Gallensteine«, begann Dr. Fiedler seine Ausführungen. »Wahrscheinlich eine böse Kolik. Die Schmerzen sind in der Zwischenzeit zwar etwas abgeklungen, und die Arznei, die ich ihr gegeben habe, wird sie noch mehr lindern, wenn sie erst einmal zu wirken anfängt. Aber ihr Puls geht nach wie vor zu schnell. Er hätte sich an und für sich auch wieder normalisieren müssen. Alles in allem: Ich rate dringend, Ihre Tochter ins Hospital zu bringen. Sie sollte von einem Spezialisten untersucht werden. Ich kann nicht ganz ausschließen, dass die Schmerzen vielleicht auf eine andere Ursache zurückzuführen sind. Womöglich der Magen, eventuell etwas mit dem Dünndarm. Auf jeden Fall ist es das Beste, wenn sie ins Krankenhaus gebracht wird. In der Charité hat sie eine bestmögliche Betreuung. Ich bin mit Professor Zechlin eng befreundet und werde ihn persönlich unterrichten. Bei ihm ist Ihre Tochter bestimmt bestens aufgehoben.«

Bevor sich dann der Arzt verabschiedete, schaute er noch einmal nach Amelie. Er tastete wiederum ihren Bauch ab. Nach wie vor fühlte sich der Oberbauch prall und hart an; sein Stirnrunzeln verriet nichts Gutes. In größter Sorge machte sich Herr Sonntag auf zum Nachbarn, der eine Kutsche besaß und nun helfen musste. Zwei Stunden nach ihrem Zusammenbruch saß Amelie in einer dicken Decke eingehüllt mit ihren Eltern und Bruno in der Kutsche. Sprechen fiel ihr schwer. Alle konnten an ihrem Gesicht erkennen, dass es ihr sehr schlecht ging. Schweigend fuhren sie ins Krankenhaus. Ab und zu warfen sie sich einen fragenden Blick zu. Doch keiner wollte ihrer großen Sorge nach den Ausführungen des Arztes Ausdruck verleihen. Im Krankenhaus nahm sie ein alter Pfleger in Empfang. Bruno musste Amelie tragen und in den Krankensaal bringen. Darin standen mindestens zwanzig Betten, nur wenige davon waren nicht belegt. Es roch nach Erbrochenem und nach Urin. Der Pfleger wies ihnen ein Bett an der Fensterseite zu. Bruno und die Sonntags wollten eigentlich bei Amelie bleiben, doch drängte der Pfleger zum Gehen. Sie verabschiedeten sich. Amelie bemühte sich um ein Lächeln, was ihr aber nicht richtig gelingen wollte. Alle drei küssten sie auf die Stirn. Dann gingen sie sorgenvoll aus dem Saal. Draußen trafen sie auf Dr. Fiedler.

»Ich habe bereits mit Professor Zechlin gesprochen. Er wird sie noch in der nächsten halben Stunde untersuchen. Wenn Sie wollen, können Sie hier warten. Ich werde meinen Kollegen bitten, Sie dann so rasch wie möglich zu informieren.«

Die drei mussten lange warten. Es war längstens dunkel geworden, zudem hatte starker Schneefall eingesetzt. Trotz der langen Wartezeit sprachen sie wenig miteinander. Amelies Eltern saßen die meiste Zeit auf einer Holzbank. Sie hielten sich an den Händen. Bruno wanderte dagegen immer wieder nervös den Gang auf und ab. Dann endlich trat ein kleiner, sehr schmaler und älterer Herr auf sie zu. Er hatte eine Brille auf, die nicht richtig saß. Seine langen, zerzausten grauen Haare vermittelten eher das Bild eines zerstreuten Gelehrten. Doch mit präziser Stimme und einem Habitus, der nicht ganz frei von Eitelkeit war, stellte er sich als Professor Zechlin vor. Er schilderte in seiner medizinischen Fachsprache seinen Eindruck und stellte eine vorläufige Diagnose. Die Sonntags konnten nicht immer folgen, trauten sich aber nicht nachzufragen. Bruno dagegen verstand sehr wohl.

»Eine massive Entzündung im gesamten Bauchraum«, beschied der Professor. Er machte keinen Hehl daraus, dass – sollte seine Diagnose zutreffen – von einer sehr schweren Erkrankung ausgegangen werden musste.

Auf dem Heimweg versuchte Bruno die offenen Fragen von Amelies Eltern so gut er konnte zu beantworten. Etwas verschwieg er allerdings: Professor Zechlin hatte sich im Hinblick auf eine mögliche Erkrankung der Bauchspeicheldrüse sehr sorgenvoll geäußert. Bruno ahnte bereits in dieser kalten Februarnacht, womit dann zu rechnen wäre. Amelies Eltern hofften zu diesem Zeitpunkt allerdings noch auf eine vollständige Besserung. Auch Bruno wollte sich an diese Hoffnung klammern. Immerhin hatte der erfahrene Arzt von einer schwierig vorzunehmenden Diagnose gesprochen und auf die Chance verwiesen, es könnte sich auch nur um eine besonders ausgeprägte Entzündung im Bauchbereich handeln. Sollte dieser Fall vorliegen, müsste nach den Worten des Professors nur viel Geduld aufgebracht und neben der Behandlung mit Arzneien auf eine besondere Ernährung in den nächsten Wochen geachtet werden.

Diese Hoffnungen sollten sich sehr rasch als bloße Illusion erweisen. Amelie blieb fast fünf Wochen im Hospital. Jeden Tag besuchten sie ihre Eltern und Bruno. Jedes Mal gingen sie sich Hoffnung machend hin, doch immer kehrten sie verzweifelt und enttäuscht zurück. Auf dem Heimweg wurde so gut wie nichts gesprochen. Jeder hing seinen Gedanken nach. Als sich im Laufe des März der Zustand Amelies mehr und mehr verschlechterte, mussten sie alle das Schlimmste befürchten. Am Ende der ersten Aprilwoche, der Frühling hatte schon längst das kalte Winterwetter abgelöst, wurden ihre letzten Hoffnungen zerstört. Wie jeden Tag standen sie am Bett von Amelie in dem großen Krankensaal. Die Stunde Besuchszeit am Nachmittag verging immer viel zu schnell. Und das, obwohl sie mit Amelie kaum sprechen konnten. Sie war nun schon sehr schwach geworden. Nur noch mit leiser Stimme konnte sie sprechen. Nach einigen Sätzen musste sie Pausen einlegen, da sie das Reden ungemein erschöpfte. Auch war sie abgemagert, da sie kaum feste Nahrung zu sich nehmen konnte. Bestürzt mussten ihre Eltern und Bruno feststellen, wie innerhalb eines Monats aus dem schlanken, aber kräftigen Körper alle Kraft gewichen war und sich die Knochen deutlich abzeichneten. Tiefe schwarze Ringe lagen um ihre Augen. Ihre blasse Haut machte deutlich, wie sehr die Krankheit ihren Tribut forderte. Nach Ablauf der Besuchsstunde verabschiedeten sie sich leise. Bruno küsste sie ganz zart, streichelte über ihr Gesicht und versuchte ein Lächeln. Amelie drückte ein wenig seine Hand und schloss und öffnete ihre Augen drei-, viermal langsam hintereinander. Es war ihr Zeichen, um ihm zu sagen, wie sehr sie ihn liebte. Vor dem Krankensaal trafen sie auf Professor Zechlin. Er nahm sie beiseite. Seine präzise, den Dozenten verratende Stimme besaß dieses Mal einen traurigen Unterton.

»Ich wollte Sie schon die letzten Tage ansprechen. Aber es hat sich leider nicht ergeben.«

Bruno und die Sonntags bemerkten fast gleichzeitig, dass sie nun mit der bereits geahnten, aber doch auch immer wieder verdrängten Wahrheit konfrontiert werden würden. Der Professor fasste Frau Sonntag vorsichtig am Arm.

Nichts mehr wirkte an dem Mediziner arrogant. Jedem, der die Szene verfolgt hätte, wäre klar gewesen, welche schwierige Aufgabe hier ein Arzt erfüllte.

»Schauen Sie! Es tut mir unendlich leid. Wie gern hätte ich Ihrer Tochter helfen wollen. Aber ich stehe an der Grenze meiner medizinischen Möglichkeiten. Zwei Kollegen, die ich in den letzten beiden Wochen hinzugezogen habe und die beide Kapazitäten in ihren Fachgebieten sind, haben meine Vermutungen bestätigt.«

Frau Sonntag weinte bereits leise. Ihre Augen waren voller Tränen. Bruno hatte das Gefühl, als schnüre ihm ein Kloß den Hals zu. Er musste ständig schlucken. Amelies Vater stand mit gesenktem Kopf da und nickte nur, gerade so, als ob er sich nun bestätigte, was er schon längere Zeit wusste.

»Es ist offenkundig ein Geschwür, das wir nicht behandeln können. Wir haben schon ähnliche Fälle erlebt, doch handelte es sich zumeist um ältere Patienten. Ein sehr erfahrener Kollege aus England, der seit einigen Monaten bei uns ist, kennt aus seiner Krankenhauspraxis die Symptome sehr gut. Und unser Professor Virchow, der als Kapazität gilt, teilt nach eigenen Untersuchungen an Ihrer Tochter meine Diagnose ebenfalls. Wir wissen nicht allzu viel über diese Krebsgeschwüre. Nur haben wir bedauerlicherweise so gut wie keine Chance, etwas dagegen zu unternehmen. Was wir mit Sicherheit jedoch wissen, ist der Umstand, dass wohl andere Organe bereits angegriffen und geschädigt sind. Sicherlich die Leber, wahrscheinlich auch die Nieren. Das bedeutet, liebe Frau Sonntag …«

Der Professor hielt einen Moment inne, so als würde er noch einmal überlegen müssen, bevor er weitersprechen wollte.

»Nun, es tut mir wirklich sehr leid. Aber Ihre Tochter wird sterben müssen. Wir können nichts dagegen tun.«

Eigenartigerweise nickte jetzt auch Frau Sonntag. Sie schaute dem Arzt ins Gesicht. Ansonsten zeigte sie keinerlei Reaktion. Ihr Mann schluchzte ein wenig. Bruno drehte den Kopf zur Seite. Er konnte sich nicht mehr beherrschen. Die Beklemmung in seiner Brust suchte einen Weg. Er weinte los, und die Tränen liefen ihm unkontrolliert über sein Gesicht. Er hörte schon nicht mehr richtig, was Zechlin sagte. Wenige Minuten später gingen sie schweigend und mit gesenkten Köpfen aus dem Krankenhaus. Herr Sonntag hielt seine Frau fest in seinem Arm. Bruno lief etwas hinter ihnen. Den ganzen Weg kämpfte er mit seinen Tränen.

Noch am Abend holten sie ihre Tochter aus dem Krankenhaus ab. Professor Zechlin hatte es ihnen geraten. Daheim, in der vertrauten Umgebung, würde es für Amelie leichter sein, hatte er erklärt. Sie bekamen noch ein Päckchen mit Medikamenten ausgehändigt. Im Falle starker Schmerzen sollte Amelie das Pulver in Flüssigkeit aufgelöst einnehmen. Ansonsten konnte bis auf eine liebevolle Pflege nichts mehr für Amelie getan werden.

7

Erstaunlicherweise ging es Amelie zunächst daheim viel besser. Alle schöpften sogar Hoffnung, als sie überraschend etwas zu Kräften kam und ihr auch Unterhaltungen nicht mehr allzu schwerfielen. Aber all dies hatte doch nichts mit einer Heilung zu tun. Amelie fühlte sich in ihrem Heim einfach wohler. Es tat ihr unglaublich gut, dass immer jemand für sie da war. Der Mai brachte dann ein herrliches Wetter. Ihr Vater und Bruno rückten ihr Bett an das Fenster. So konnte sie hinausschauen und die schon sehr kräftige Sonne und die frische, aber warme Luft ein wenig genießen. Bruno saß an diesem Spätnachmittag neben Amelie auf dem Bett. Da sie schlief, las er in einem Buch. Eine Hand hatte er auf ihre Schulter gelegt. Als sie aufwachte, bemerkte er es zunächst gar nicht. Überrascht spürte er dann plötzlich ihre Hand auf seinem Rücken. Er drehte sich ein wenig und schaute sie an. Sie anzusehen tat ihm weh. Sie war nun völlig abgemagert. Das einstmals schöne und strahlende Gesicht war eingefallen, die Augen hatten jeglichen Glanz verloren.

»Sei nicht allzu traurig, lieber Bruno. Es ist so schön, dass du bei mir bist. Und du musst wissen, wie gut mir deine Nähe tut. Aber ich weiß, wie es um mich steht. Doch habe ich jetzt schon einige Tage keine starken Schmerzen mehr. Glaube mir, ich kann es ertragen und bin schon glücklich, wenn ich dich bei mir weiß.«

Bruno lächelte sie sanft an und strich über ihr Haar. Er nahm eine Bürste und kämmte sie, weil er wusste, dass ihr das wohltat.

»Draußen strahlt die Sonne. Es ist unendlich schade. Wir können leider nicht spazieren gehen. Wie schön es immer gewesen ist. Aber du wirst sehen, wenn erst der Sommer kommt, wird es dir besser gehen, und dann holen wir alles nach, was wir jetzt versäumen.«

»Ach Bruno. Lieber Bruno. Wie sehr wünschte ich mir, es käme dazu. Aber wir müssen ehrlich zueinander sein. Es ist nun einmal so. Und ich habe es akzeptieren gelernt. Ich glaube nicht …«

»Komm Amelie! Sprich nicht so. Auch wenn es dir heute ganz schlecht geht, du wirst wieder gesund werden. Alles braucht eben seine Zeit.«

Nun lächelte Amelie milde. Sie streichelte seinen Handrücken. Dann nahm sie seine Hand in ihre Hände. Sie führte sie zu ihrem Mund und küsste jeden seiner Finger.

»Ich bin so glücklich, dass ich dich kennengelernt habe. Ich habe immer ein schönes Leben gehabt. Meine Eltern haben für mich gesorgt. Und es ist mir immer gut gegangen. Aber mit dir ist alles noch schöner, noch strahlender geworden. Ich habe zum ersten Mal erfahren, was es heißt, einen Mann zu lieben. Es ist einfach so: Du bist meine große Liebe. Und dass ich dich bald allein lassen muss, ist das Einzige, was mir Kummer bereitet.«

»Rede doch nicht so«, fiel ihr Bruno ins Wort. »Wir müssen einfach ein wenig zuversichtlicher sein. Schon andere Menschen sind ähnlich schwer krank gewesen wie du. Sie haben sich dann auch wieder erholt. Nein, nein, Amelie. Wir werden im Sommer wieder zusammen spazieren gehen, und alles wird uns dann wie ein böser Traum vorkommen.«

»Es wird keinen Sommer mehr für mich geben, Bruno.«

Amelie sagte dies mit leiser, aber fester Stimme. »Ich bin nicht traurig oder wütend darüber. Der Herrgott will es so. Mein Glaube hilft mir sehr bei alledem. Es wäre schön, wenn du auch ein wenig an Gott glauben könntest. Dann würdest du sehen, dass es nicht das Ende ist. Wir sind alle nur Gast auf dieser Erde. Und wir müssen uns freuen, wenn wir diese Zeit glücklich verbringen dürfen. Ich glaube, die meisten Menschen sind sich gar nicht klar darüber, wie wertvoll ein Tag ist, an dem einem nichts fehlt und man bei seinen Liebsten sein kann. Nun, ich habe meinen Teil Glück gewiss bekommen. Dafür bin ich sehr, sehr dankbar.«

Amelie streichelte wieder seine Hand. Bruno wusste nicht so recht, was er ihr entgegnen sollte. Er hatte das Gefühl, dass er mehr litt als Amelie, die ganz gefasst, ja auf irgendeine bestimmte Weise sogar zufrieden und glücklich wirkte.

Wenig später war sie eingeschlafen. Als sie zwei Stunden später wieder aufwachte, war es draußen bereits dunkel. Sie verlangte nach etwas Tee, essen wollte sie nichts. Ihre Mutter versorgte sie. Ihr Vater nahm derweil neben ihr Platz und erzählte von dem, was er den Tag über mit den Kunden erlebt hatte. Von mehreren musste er herzliche Grüße und den Wunsch nach Besserung und baldiger Genesung ausrichten. Amelie freute sich sehr darüber. Sie sprach aber wenig und schloss dann bald die Augen. Ihre Eltern gingen aus dem Zimmer. Nun saß Bruno wieder am Rande des Bettes und hielt ihre Hand fest. Vielleicht eine halbe Stunde hat er so dagesessen. Die beiden brennenden Kerzen spendeten Licht in Amelies Zimmer. Zum Lesen hatte er sich nicht aufraffen können. Und so dachte er einfach über sich und Amelie nach. Ganz in Gedanken versunken saß er da. Alles war ganz ruhig. Kein Lärm auf der Straße, nicht einmal ein Geräusch im Haus störte die Stille. Alles schien so friedlich. In dieser friedlichen Ruhe starb seine Amelie.

Bruno hatte dann Amelie unendlich sanft gestreichelt. Er weinte still und nahm ruhig und leise Abschied. Dann stand er vorsichtig und langsam auf, verließ genauso vorsichtig das Zimmer, gerade so, als könnte er Amelie wecken, falls er nicht achtgeben würde. Er holte ihre Eltern. Nach einer Stunde ging er aus dem Haus und spazierte dann die ganze Nacht durch die Straßen Berlins.

Drei Tage später wurde Amelie beerdigt. Bruno stürzte sich danach wie ein Wilder in seine Studien. Mitte Juli schloss er die juristische Staatsprüfung ab. Sein Entschluss stand damals schon fest. Er verabschiedete sich im August von seinen Freunden und Bekannten. Nicht einmal das Zureden von Dr. Döhnig konnte ihn in Berlin halten. Von den Sonntags, die er noch jede Woche mehrmals besucht hatte, fiel ihm der Abschied besonders schwer. Herzlich wurde er von ihnen in die Arme genommen. Alle gingen sie mit viel Wehmut auseinander. Er spürte, wie sehr ihn die Eltern Amelies in ihr Herz geschlossen hatten, aber auch sie konnten ihn nicht von seiner Entscheidung abbringen. Er wollte zunächst erst einmal zurück nach Stuttgart und dort seine Zeit als Rechtsassessor absolvieren. Am Tag seiner Abreise stand er in den frühesten Morgenstunden auf. Er machte sich auf zum Friedhof, um das Grab Amelies zu besuchen. Etwa eine halbe Stunde stand er am Grab. Er erinnerte sich an all die schönen Stunden mit Amelie und ließ noch einmal ihre gemeinsame Zeit vorüberziehen. Erst als die Sonne aufgegangen war und vom Himmel strahlte, wusste er, dass es höchste Zeit zum Aufbrechen war. Er kniete sich nieder, strich mit einer Hand über die Erde, so als wollte er seine Amelie zum letzten Mal streicheln. Dann schaute er auf das dunkle Holzkreuz. Als er den Namen las, sprach er ganz leise: »Amelie Sonntag! Wie habe ich dich geliebt, wie sehr habe ich dich geliebt.«

Die Tränen liefen ihm über die Wangen. Er merkte, wie ihn die Traurigkeit zu überwältigen drohte. Da stand er abrupt auf. Mit schnellen Schritten machte er sich auf den Weg.

V

1866

1

Sein Gönner Hirsch hatte ihm auch in Stuttgart weitergeholfen. Bereits im Oktober konnte Bruno als Mitarbeiter bei Dudenkopf und Baumeister, einer der bekanntesten Anwaltskanzleien in Württemberg, eintreten. Ihm wurde bei seiner Arbeit genügend Zeit zur Vorbereitung auf das Assessorenexamen eingeräumt. Nebenbei stellte er sich Hirsch als juristischen Berater zur Verfügung und arbeitete darüber ein wenig von der Schuld ab, die er ihm gegenüber empfand. Auch beschäftigte er sich in Stuttgart weiter mit der Arbeiterfrage. Er setzte das in die Tat um, was er sich schon seit längerem vorgenommen hatte. Er redete nicht mehr nur über die Arbeiterfrage, sondern begann mit einem aktiven Eintreten. Seine Aktivitäten konzentrierte er auf den erst im Vorjahr gegründeten Stuttgarter Arbeiterbildungsverein. Dort hielt er Vorträge zu verschiedenen Rechtsfragen. Darüber vergingen eineinhalb Jahre. Bruno konnte sich über Arbeit nicht beklagen. Er ging ganz in ihr auf und bestand auch das Assessorenexamen mit Auszeichnung. Im Anschluss an das Examen musste er darüber nachdenken, wie es für ihn beruflich weitergehen sollte. Es waren schließlich die politischen Ereignisse, die seinem Leben die entscheidende Entwicklung vorgaben.

Bismarck steuerte rücksichtslos auf eine kriegerische Auseinandersetzung Preußens mit Österreich zu. »Es kann nicht ein friedliches Nebeneinander unserer beiden Mächte geben. Ein zweiköpfiger Deutscher Bund ist ausgeschlossen. Die Zeit ist reif für eine Entscheidung«, hatte Bismarck dem König im Frühsommer klargemacht. Mit Sorgfalt hatte er die notwendigen diplomatischen Schritte in den zurückliegenden Wochen unternommen und darüber das Eingreifen anderer europäischer Staaten ausgeschlossen. Dank Bleichröders Anstrengungen war zudem die preußische Kriegskasse gut gefüllt und damit die Finanzierung des Krieges sichergestellt. Zudem besaß er mit von Roon einen brillanten Generalstabschef. Helmuth von Moltke hatte ihm wiederum eine überzeugende Kriegsführungsstrategie vorgestellt. Zunächst erfolgte der Einmarsch in Holstein. Die Österreicher wurden daraus vertrieben. Eine Zuspitzung der Ereignisse konnte nicht ausbleiben. Österreichs Gesichtsverlust war zu groß gewesen. Am 18. Juni 1866 begann offiziell der deutsche Bruderkrieg. Die preußische Armee erhielt Befehl, in Sachsen, Kurhessen und Hannover einzumarschieren.

2

Im April, als sich für jedermann bemerkbar die Krise in Deutschland zuzuspitzen begann, war Bruno zum Militär eingezogen worden. Er hatte an und für sich schon längere Zeit damit gerechnet. Doch als das Schreiben von der Königlich Württembergischen Rekrutierungskommission mit dem Einberufungsbescheid eintraf, fühlte er sich erst einmal gar nicht wohl. Es passte einfach nicht mehr in seine Lebensplanung. Gerade ein Unterbrechen seiner beruflichen Tätigkeit hätte er am liebsten vermieden. Aber er konnte an dem Militärdienst nicht vorbeikommen. Er musste sich fügen und meldete sich wie befohlen bei der Ausbildungskompanie des Infanterieregiments König Wilhelm in Urach. In Urach, einem verschlafenen Städtchen auf der rauen Schwäbischen Alb, sollte er das rüde Kasernenleben und das eintönige Üben auf dem Exerzierplatz kennenlernen. Bruno, kräftig und mit einer hervorragenden Konstitution ausgestattet, steckte die Schleiferei auf dem Kasernenhof im Gegensatz zu manchen seiner Kameraden leicht weg. Seine Klugheit und sein besonnenes Wesen blieben den Vorgesetzten nicht verborgen. Durch einen Zufall traf Bruno auf den Regimentsbefehlshaber Oberst von Bischoff, der Ärger wegen einer Erbschaftsangelegenheit hatte. Bruno konnte ihm juristischen Rat geben. Danach wurde er zu dessen Verfügung abkommandiert und zum Unteroffizier befördert. Die Schinderei auf dem Kasernenhof fand damit ihr Ende.

Am Tag des Kriegsausbruches reiste Bruno mit Oberst von Bischoff und weiteren Offizieren nach Wien. Die zwanzigköpfige württembergische Delegation wurde von General Eugen Simpfendorf angeführt. Württemberg war wie die anderen süddeutschen Staaten Bayern, Hessen und Baden mit den Habsburgern verbündet. Zur Abstimmung der militärischen Operationen entsandte jeder dieser Staaten einige Offiziere in die Hauptstadt der Donaumonarchie. Jeder Offizier wurde von einem Burschen begleitet. Von Bischoffs Wahl war auf Bruno gefallen, weil er nicht nur jemandem um sich haben wollte, der ihm gerade einmal die

Stiefel putzen konnte. Bruno war ihm als intelligenter junger Mann aufgefallen. Ohne es bereits deutlich auszusprechen, dachte er daran, ihn für das Militär zu gewinnen. Ihm schien Bruno sehr für eine Offizierslaufbahn geeignet. Als fortschrittlich denkender Offizier war sich von Bischoff schon lange im Klaren darüber, dass der Nachwuchs des württembergischen Offizierskorps eine weit bessere Bildung und Ausbildung haben musste, als dies bislang der Fall war. Dabei konnte er sich im Gegensatz zu vielen seiner Kollegen gut ein Überschreiten bisheriger Standesgrenzen vorstellen. Seiner Meinung nach sollten auch befähigte Männer, die nicht von Adel waren, die Chance auf eine höhere Offizierslaufbahn eingeräumt bekommen. Er stieß zwar mit diesem Ansinnen auf wenig Gegenliebe, doch ließ er sich in seiner Auffassung nicht beirren. In Bruno sah er gewissermaßen ein mögliches Beispiel, mit dem er seiner Überzeugung Ausdruck verleihen konnte.

Als sie in Wien eintrafen, herrschte bereits helle Aufregung. Die ersten Kriegstage brachten bittere Niederlagen für die österreichischen Verbündeten. Hannover, Kurhessen und sogar Sachsen waren bereits durch preußische Truppen unterworfen. Zu aller Überraschung strebten nun die drei preußischen Armeen dem Raum von Jitschin in Böhmen zu. Die österreichischen Feldherren, allen voran General Ludwig von Benedek, hatten sich gründlich verkalkuliert. Sie waren davon ausgegangen, dass Preußen über Schlesien in Mähren einbrechen und auf dem kürzesten Weg nach Wien marschieren würde. Die Möglichkeit, drei getrennte Armeen in das Feindesland zu entsenden, basierte auf dem überragenden strategischen Denken Moltkes, der in strengster Gedankenarbeit diesen Plan entworfen hatte. Moltke entstammte einer mecklenburgischen Adelsfamilie und war nach einer harten Jugend im Kadettenhaus zu Kopenhagen 1822 in die preußische Armee eingetreten. Nach umfassenden Erfahrungen, unter anderem war er Instrukteur in der Türkei gewesen, stieg er zum Prinzenadjutant und 1857 schließlich zum Chef des preußischen Generalstabs auf. Moltke, ein wortkarger und äußerst arbeitsamer Mann, hatte unermüdlich daran gearbeitet, die neuzeitlichen Erfindungen – Telegraf und Eisenbahn – für das Militär zu nutzen. Auf ihn ging ebenso die Einführung des Zündnadelgewehrs zurück, das den Preußen eine Feuerkraft verlieh, die sich beim österreichischen Gegner geradezu verheerend auswirkte. Dem österreichischen Kaiser Franz Joseph und seiner Generalität wurden innerhalb weniger Tage die Rückständigkeit und die veraltete Taktik ihrer Armee vor Augen geführt. Alles ging viel zu langsam. Die Schwerfälligkeit der Truppenverbände zeigte sich mehr und mehr. Die preußischen Armeen schienen weitaus überlegen.

3

König Wilhelm besprach sich mit Bismarck und seinen militärischen Führern am Nachmittag des 2. Juli. Sie waren in einem Raum des südlichen Flügels von Schloss Sichrow in Böhmen zusammengekommen und erörterten die militärische Lage. Im Gegensatz zur österreichischen Hektik und aufgeregten Betriebsamkeit verlief die Besprechung in ruhiger, ja fast entspannter Atmosphäre. Als zu diesem Zeitpunkt General Benedek seine österreichischen Truppen auf die bevorstehende Schlacht vorbereitete, traf die württembergische Delegation auf der Festung Königgrätz ein. Nach einer kurzen Begrüßung wurden die Mitglieder dem kaiserlichen General, Herzog Wilhelm von Württemberg, zugewiesen. Herzog Wilhelm befehligte eine Brigade des zweiten Armeekorps. Auch dort fiel die Begrüßung kurz und knapp aus, obwohl sich der Herzog über die ihm nun zur Seite stehenden württembergischen Offiziere sichtlich freute. Doch waren seine Truppen bereits fieberhaft mit der Herstellung von Pontonbrücken über die Elbe beschäftigt, sodass keine Zeit für die erhoffte Konversation blieb. Bruno machte wie alle anderen in dieser Nacht kein Auge zu. Er wurde in die Arbeiten einbezogen, nachdem er mit der notwendigen Felduniform ausgestattet worden war. Mit Oberst von Bischoff begab er sich in den frühen Morgenstunden des 3. Juli zu einer Truppeneinheit, die zwischen Lochenic und Predmeric zwei Brücken über die Elbe errichtete.

Noch bevor die Schlacht begann, fing es in Strömen zu regnen an. Es war ein warmer Sommerregen, der unter anderen Umständen willkommen geheißen worden wäre. Heute allerdings wurde der Regen für das Militär zur zusätzlichen Belastung. Der Boden weichte auf, die Wege wurden schlecht, die Uniformen sogen sich voll, und bei der Munition musste sorgfältigst achtgegeben werden, damit sie nicht feucht wurde. Einige Stunden lang geschah für Brunos Einheit noch gar nichts. Zwar steigerte sich das herannahende Schlachtgetümmel von Stunde zu Stunde. Doch das zweite Korps wurde nicht in den Kampf geschickt. Aufregung entstand dann nach neun Uhr morgens, als feindliche Truppen bis auf zwei Kilometer herangerückt waren. Die Brigade des Herzogs von Württemberg wurde zum Schutz der Nordflanke abkommandiert. Nach einem heftigen und kräftezehrenden Marsch von knapp einer halben Stunde stießen die Soldaten vor einem Waldgebiet auf preußische Truppen. Gerade als für die österreichischen Verbündeten der Befehl zum Aufpflanzen der Bajonette kam, wurden sie unter Artilleriefeuer genommen. Die einschlagenden Granaten ließen die Soldaten in heller Aufregung zurückweichen. Die Verluste waren erheblich. Zum ersten Mal in seinem Leben suchte Bruno Schutz vor diesem Inferno hinter einem aus dem Boden gerissenen Baumstamm, den eine Granate regelrecht umgepflügt haben musste. Er war zunächst bei dieser ersten Feindberührung sehr erschrocken gewesen und hatte große Angst empfunden. Eigenartigerweise war dieses Angstgefühl aber rasch verschwunden. Nur noch mit einem Gefühl der Anspannung erwartete er nun den gegnerischen Angriff. Dieser erfolgte auch wenige Minuten später. Noch ehe das Artilleriefeuer richtig verstummen wollte, stürmten preußische Soldaten mit lautem Geschrei aus dem Wald. Bruno schoss, lud sofort nach und schoss abermals die Kugel ab. Obwohl er sehr geübt war beim Nachladen und rasch und sicher arbeitete, waren die preußischen Soldaten schon heran, als er gerade das dritte Mal feuern wollte. Ein heranstürmender Grenadier, der ihn hinter dem Baumstumpf entdeckt hatte, rannte von halbrechts auf ihn zu. Er schoss im Laufen. Bruno spürte den Luftzug des Geschosses, das ihn knapp verfehlte und in eine Wurzel des Baumstumpfes einschlug und sie dadurch zur Hälfte aufriss. Bruno war aufgesprungen und drückte ab. Keine fünf Meter vor ihm stoppte der Soldat schlagartig. Er riss dabei seine Arme auseinander. Es sah aus, als wäre er gegen eine unsichtbare Wand geknallt. Für den Bruchteil einer Sekunde hielt er in dieser Haltung inne, dann brach er zusammen und rührte sich nicht mehr. Mit Entsetzen schaute Bruno auf den Mann, den er erschossen hatte. Ihm wurde schlecht, doch da hörte er Gebrüll auf der rechts hinter ihm liegenden Seite. Fünf Soldaten der Brigade kämpften mit mindestens der doppelten Zahl von Preußen und wurden Meter um Meter zurückgetrieben. Einen Moment besann sich Bruno, dann drehte er sich vollends um und eilte seinen Kameraden, die er erst wenige Stunden kannte, zu Hilfe. Er zog die Aufmerksamkeit von einigen Feinden auf sich. Sie wollten gerade mit ihren Bajonetten auf ihn losstürzen. Noch ehe sie ihn erreichten, schlug hinter ihnen eine Granate ein. Als er das Pfeifen des herannahenden Geschosses gehört hatte, hatte sich Bruno sofort zu Boden geworfen. Die Granatsplitter verletzten seine Angreifer furchtbar. Bei einem fehlte plötzlich ein Arm. Aus der offenen Schlagader spritzte das Blut schrecklich heraus. Einem anderen war das Gesicht regelrecht aufgeschlitzt worden. Brüllend vor Schmerz lief der Erblindete wie ein Wahnsinniger hin und her. Die Granate hatte allerdings auch zwei Österreicher schwer verletzt, ein dritter war auf der Stelle getötet worden. Die übrigen Kämpfenden ließen voneinander ab und wichen jeweils zurück. Auch Bruno robbte wild in seinen Graben. Er hörte Bischoff rufen und erkannte ihn etwa fünfzig Meter hinter ihm mit gezogenem Säbel gegen drei Preußen kämpfen. Bruno setzte zu einem Spurt an, um seinem Offizier beizustehen. Er hatte gerade die Hälfte des Weges zurückgelegt, da kündigte wieder ein scharfes Pfeifen das Unheil einer Granate an. Sie schlug einen Augenblick später mitten in die kämpfenden Männer ein und zerfetzte sie regelrecht. Bruno konnte nicht mehr erkennen, welcher der verstümmelten Leiber der von Bischoff war. Entsetzt und schockiert schaute er sich um. Aus dem Wald stürmten weitere preußische Truppen. Sie schienen gänzlich unverbraucht und brachen mit lautem Hurrageschrei in die österreichischen Reihen ein. Die Lage entwickelte sich für die Österreicher äußerst verheerend. Da eilten Teile eines ruthenischen Reiterregiments zu Hilfe. Die Reiter wüteten furchtbar mit ihren Säbeln unter den preußischen Soldaten. Bruno konnte sich mit etlichen anderen einigermaßen geschützt zurückziehen. Die Brigade sammelte sich hinter einer Hügelkette. Dort erhielt sie zu ihrer Überraschung den Befehl, sofort zu dem zwei Kilometer entfernten Dorf Chlum loszumarschieren. An der dortigen Frontlinie musste unbedingt der Durchbruch preußischer Truppen verhindert werden.

Sie erreichten jedoch Chlum gar nicht mehr. Die 1. preußische Garde-Division unter General Hiller von Gärtringen hatte unter schweren Verlusten die Höhe von Chlum genommen. Der General selbst war dabei getötet worden. Die Garde-Division stieß dann sofort weiter vor. In dieser Situation trafen die österreichischen Bataillone auf der Linie zwischen den Dörfern Chlum und Rosberitz auf den Feind. Das sie empfangende Schnellfeuer schockte die Österreicher zutiefst. Die Preußen hatten sich auf den Höhenzügen festgesetzt. Ohne Hilfe der Artillerie war nicht daran zu denken, gegen sie anzustürmen. Der Truppenverband, in dem Bruno mitmarschiert war, wurde nach kurzer Zeit in südöstlicher Richtung zurückgezogen. Nachdem sie ein kleines Flüsschen durchquert hatten, hörten sie, dass der Feind wohl auf der ganzen Linie durchgebrochen sein musste. Das Kampfgeschrei kam rasch näher.

Alsbald tauchten die ersten preußischen Truppenverbände auf. Die Österreicher konnten einem Kampf nicht mehr ausweichen. Zwar bot das Flüsschen noch vorübergehend einen Schutz. Doch nachdem weitere preußische Einheiten von der nördlichen Flanke heranrückten, konnte nur mehr an Flucht oder Angriff gedacht werden. Die österreichischen Offiziere hatten ihre Soldaten zunächst noch unter Kontrolle. Auch um die Moral der Truppe stand es nicht schlecht. Also warfen sie sich trotz hoher Verluste ins Gefecht. Die Österreicher hofften anfangs noch auf Verstärkung. Nach beinahe einstündigem Kampf und ständigem Rückzug brach ihre Widerstandskraft aber doch zusammen, weil die erhoffte Entlastung einfach ausblieb. Plötzlich löste sich alles in heilloser Flucht auf, und das Feld wurde den Preußen überlassen. Auch Bruno hatte seine nachlassenden Kräfte natürlich bemerkt. Er war mit mindestens acht Preußen zusammengestoßen. Einen von ihnen hatte er erschossen, drei weitere mit dem Bajonett erstochen. Ein weiterer wurde von seinem Gewehrkolben niedergestreckt, die anderen hatten aus irgendwelchen Gründen einfach von ihm abgelassen. Er selbst hatte von einem Bajonettstich eine Wunde am linken Oberarm davongetragen. Bruno rannte an einem Hügel vorbei, traf auf eine niedere Steinmauer und hechtete augenblicklich darüber, weil er es knallen hörte. Er fiel auf etwas Weiches. Als er den Kopf drehte, blickte er auf einen schwer verletzten preußischen Offizier. Zur Hälfte bedeckte er ihn mit seinem Körper. Einen Moment war Bruno durcheinander. Er wollte schon aufspringen und sich vor den Preußen retten. Dem Offizier vom Range eines Obersten war ein Arm von oben bis unten aufgeschlitzt. Ein Ohr fehlte, und überall war Blut. In Höhe der Armbeuge war die Schlagader verletzt. Bei jedem Herzschlag spritzte Blut heraus. Bruno wusste, dass es mit dem Offizier schnell zu Ende gehen würde, wenn er nicht sofort Hilfe erhielt. Er besann sich, und nach kurzem Zögern riss er sein Halstuch in drei Stücke. In Höhe des Oberarms band er die Ader ab. Damit stoppte er den Blutverlust. Ein anderes Stück Tuch wickelte er zu einem Ballen und drückte ihn auf die klaffende Wunde an der rechten Kopfhälfte, wo eigentlich das Ohr hätte sein müssen. Mindestens fünf Minuten kniete er so vor dem Schwerverletzten, der ihn mit glasigen Augen anschaute, aber außer einem Röcheln kein Wort hervorbrachte. Seinen Rock hatte Bruno ausgezogen, zusammengefaltet und unter den Kopf des Mannes geschoben. Er bemerkte darüber nicht rechtzeitig die herannahenden Preußen. Der Erste sprang über die Mauer und stürzte sich sogleich mit einem riesigen Bajonett auf ihn. Eine reflexartige Abwehrbewegung rettete Bruno vor dem tödlichen Stich. Er bekam den Soldaten zu fassen und konnte ihn zur Seite werfen. Dann krachte ein Schuss. Völlig überrascht nahm Bruno mit Entsetzen wahr, dass etwas in seinen Körper eingedrungen sein musste. Er schaute noch auf seinen Bauch und registrierte den Schmerz, der ihn auf einmal durchflutete. Gleich darauf verschwammen seine Gedanken. Es kam ihm vor, als würde jemand wie aus weiter Ferne »Nein, nein« rufen. Er fiel zu Boden und schlug sich dabei das Gesicht kaputt. Ein preußischer Soldat packte ihn grob und zog ihn über die Erde. Das bekam er aber nicht mehr mit. Eine tiefe Bewusstlosigkeit schützte ihn.

4

Bruno hatte einige Tage bewusstlos in einem Feldlazarett gelegen. Anfangs wollte sich der Feldscher noch nicht einmal um ihn kümmern, da er ihn als aussichtslosen Fall abtat. Er gedachte, seine Kräfte besser für diejenigen einzusetzen, bei denen noch berechtigte Aussicht auf Erfolg bestand. Deshalb hatte man Bruno in den hinteren Teil des großen Zeltes gebracht. Dort lagen die bereits vom Tode Gezeichneten. An der Rückwand gab es eine durch mehrere Holzknöpfe befestigte Plane. Diese ließ sich leicht zurückschlagen, um auf diesem Wege die verstorbenen Soldaten ohne großes Aufsehen zu den ausgehobenen Gräbern zu bringen. Bruno merkte nicht, wie am ersten Tag sechs und am zweiten Tag zehn Kameraden um ihn herum verstarben. Einige taten dies leise. Kaum einer bemerkte, wie sie dahinschieden. Andere fingen wie in einem letzten, gewaltigen Kampf an zu brüllen. Sie schlugen um sich, um plötzlich ganz still zu werden. Jedermann wusste dann, dass es zu Ende gegangen war. Erst am dritten Tag nach seiner schweren Verletzung fiel er dem Feldscher wieder auf. Verwundert blieb er vor der Pritsche stehen, die noch nicht einmal eine weiche Unterlage besaß. Bruno lag wie die anderen lediglich auf einem Holzgestell, über das ein grober Stoff gespannt war. Der Feldscher beugte sich über ihn. Er kontrollierte Brunos Atem. Dann legte er den Kopf zur Seite und dachte nach. Schließlich rief er nach einem Sanitäter, der Bruno das Hemd herunterstreifen musste. Er tastete den Bauch ab, kniff angesichts des Gestankes den Mund zusammen. Ihm wurde klar, dass er die Kugel hätte gleich herausoperieren müssen. Zwischenzeitlich hatte sich die Wunde schwer entzündet. Ein gelblich-grüner Eiterherd bot einen erbärmlichen Anblick. Die Kugel war rechts unterhalb des Bauchnabels eingedrungen. Sie hatte aber wohl nicht den Darm verletzt. Der Feldscher wusste, dass der Soldat sonst längstens hätte tot sein müssen. Er entschied sich für das Herausschneiden der Kugel an Ort und Stelle. Zwar schätzte er die Chancen nicht allzu hoch ein. Aber er wollte wenigstens sein schlechtes Gewissen beruhigen, das ihn plagte. Der Sanitäter musste eine Schere und einige chirurgische Instrumente bringen. Ohne mit der Wimper zu zucken, stach er mit der spitzen Schere in das Zentrum der Wunde. Vorsichtig stieß er voran, bis er etwas Hartes berührte. Und wirklich: Er hatte sich nicht geirrt. Die Kugel war bestenfalls wenige Zentimeter eingedrungen. Er nahm rasch ein Chirurgeninstrument zur Hand, das aussah wie eine lange, schmale Zange. Er führte das Instrument ebenfalls in die Wunde. Als er damit die Kugel berührte, spreizte er die Zange und schob sie langsam weiter voran. Der Wundscher war nicht ungeschickt. Schon beim zweiten Versuch bekam er die Kugel zu fassen. Im nächsten Moment hielt er die Zange von sich weggestreckt. Er betrachtete das Geschoss. Dann schaute er den Sanitäter an, der ihn gespannt bei seiner Arbeit beobachtet hatte.

»Vielleicht hat er Glück. Durchaus möglich, dass er durchkommt. Allerdings braucht er einen großen Schutzengel. Also, ordentlich verbinden und dann nach vorn verlegen. Heute Abend wird noch einmal der Verband gewechselt. Und falls er morgen früh noch leben sollte, wird noch einmal ein neuer Verband angelegt. Alles klar?«

Der Sanitäter nickte eifrig, wiederholte dabei die Anweisungen seines Vorgesetzten und machte sich gleich darauf an die Arbeit.

Bruno hatte mehr Glück als etliche andere Soldaten, die ihre Verletzungen nicht überlebten. Nach fast drei Wochen, Mitte Juli war bereits vorbei, war er wieder so weit auf den Beinen, dass er mit anderen Soldaten abgeholt und in ein Militärlager gebracht werden konnte. Zu diesem Zeitpunkt hatte Bismarck mit entschiedener Unterstützung des Kronprinzen König Wilhelm endlich umgestimmt. Österreich sollte nicht gedemütigt werden. Der König grollte zwar noch trotz seines Nachgebens weiter und ließ wissen, dass er als Sieger nun vor den Toren Wiens in einen sauren Apfel beißen und der Nachwelt das Gericht darüber überlassen müsse. Doch am 26. Juli 1866 wurden die Friedenspräliminarien unterzeichnet. Bismarcks Ahnungen über ein mögliches Eingreifen einer anderen europäischen Macht waren – wie sich zu dieser Zeit ebenfalls zeigte – nicht unbegründet gewesen. Napoleon III., unter dem Einfluss seiner Gemahlin und seines Außenministers gedrängt, forderte für Frankreich Kompensation für die Machtsteigerung Preußens. Dabei zielte er auf nichts Geringeres als die Grenzen von 1814, dazu Luxemburg, die bayerische Rheinpfalz, Rheinhessen und die bisherige Bundesfestung Mainz. Diese Bedrohung genügte, damit sich die süddeutschen Staaten Bayern, Württemberg und Baden mit Preußen durch ein Schutz- und Trutzbündnis verbanden. Das ganze außerösterreichische Deutschland war damit militärisch unter den Oberbefehl des Königs von Preußen gestellt. Napoleon wiederum machte rasch einen Rückzieher. Ein militärisches Eingreifen in Deutschland wäre viel zu riskant gewesen.

5

In dem Lager, in das Bruno gebracht worden war, herrschten üble Zustände. Schon vor mehr als einer Woche war dort die Cholera ausgebrochen. Jeden Tag erkrankten Hunderte an der schweren Darmkrankheit. Niemand wusste, was man dagegen tun konnte. Die Epidemie griff unaufhaltsam um sich, und alle Versuche, sie aufzuhalten, nutzten nichts. Bruno kam zu etwa tausend anderen Männern, die nur leichtere Verletzungen aufwiesen und auf eine baldige Rückkehr in ihre Heimatorte hoffen durften. Das preußische Wachpersonal behandelte sie kaum als Gefangene. Längstens hatte die preußische Führung die Devise für einen ordentlichen Umgang mit den Kriegsgefangenen ausgegeben. Doch sowohl Österreicher als auch Preußen reagierten mit Verwirrung und Entsetzen auf die Cholera, die die meisten der Infizierten innerhalb kurzer Zeit dahinraffte. Was sich unter den Erkrankten abspielte, war unbeschreiblich. Kam die Krankheit erst einmal richtig zum Durchbruch, wanden sie sich unter heftigsten Leibschmerzen. Die damit einhergehenden Brechdurchfälle steigerten sich von Mal zu Mal. Da es nicht einmal provisorische Aborte gab, spuckten und schieden die Menschen den Unrat und das Gift gerade dort aus, wo sie sich eben befanden. Alles stank fürchterlich. In der Nacht hörte sich das Stöhnen und Flehen der armen Geschöpfe schrecklich an. Fast jeder Dritte verstarb. Die Männer kollabierten, ihre Haut verfärbte sich dabei blau, und an Hilfe war dann nicht mehr zu denken.

Bruno saß mit einigen Kameraden auf einer Anhöhe, von wo aus sie einen schönen Blick über die weite böhmische Landschaft besaßen.

»Wunderschön! Zu dumm, dass wir unter diesen Umständen hier vielleicht noch verrecken müssen. Schaut euch nur die Landschaft an. Den halben Tag könnte ich nur daliegen und mich an der Natur erfreuen.«

Das sagte Ludwig Hofenreuter, ein Bäckergeselle aus Wien, der als einfacher Soldat in der Habsburgerarmee gedient hatte. Er legte sich etwas zurück in das Gras und betrachtete die Obstbäume, auf deren Ästen und Zweigen sich die Vögel vergnügten.

»Idyllisch, ja, es ist eine Idylle.« Walther Hubatsch meldete sich zu Wort. Er, der ebenfalls in der Nähe von Wien in einer Arbeitersiedlung aufgewachsen war und jahrelang nur triste Hinterhöfe und graue Fabrikgebäude gesehen hatte, genoss die Umgebung geradezu. Der warme Sommertag, der hellblaue Himmel, das Nichtstun – all das hätte jeder tatsächlich genießen können. Aber jedem der Männer war die Gefahr, in der sie schwebten, bewusst. Allerdings redeten sie nicht viel darüber.

Am Abend dieses schönen Tages erbrach sich Hubatsch zum ersten Mal. Schon einige Stunden zuvor hatte er über Bauchschmerzen und Übelkeit geklagt. Bruno und Hofenreuter erschraken, obwohl sie bereits geahnt hatten, dass ihr Kamerad an der Cholera erkrankt sein könnte. Zu deutlich waren die Symptome gewesen, und das Erbrechen und der kurz darauf einsetzende Durchfall bestätigten ihren Verdacht. Daraufhin machte sich Hofenreuter rasch davon. Die Angst vor einer Ansteckung saß zwar auch Bruno im Nacken. Doch ließ er Hubatsch nicht allein zurück. Ihm ging es bereits sehr schlecht. Noch bevor es dunkel wurde, hatte er sich mehrfach erbrochen und ständig Durchfall gehabt.

Am nächsten Nachmittag schien es einige Zeit lang, als würde sich sein Zustand etwas bessern. Er fantasierte nicht mehr. Seine Schmerzen hatten nachgelassen. Auch musste er sich nicht mehr übergeben. Völlig geschwächt lag er im Gras. Doch mit einem Mal fing er zu sprechen an. Leise zwar, aber doch mit klarem Verstand. Er knüpfte an das an, was er vor gerade vierundzwanzig Stunden schon einmal gesagt hatte.

»Mensch, Bruno. Ich habe mir all die Jahre gewünscht, einmal aufs Land zu fahren und gar nichts zu tun. Nur herumfaulenzen! Das war immer mein Traum. Seit meinem siebten Lebensjahr musste ich in die Fabrik. Zeit zum Lernen und für die Schule blieb dabei nicht. Ich beneide dich sehr um deine Bildung. Wie gern hätte ich etwas lernen wollen. Ich kann gerade ein wenig schreiben, rechnen und lesen. Zu mehr hat es nicht gereicht. Aber meinen Traum, einmal nicht von früh morgens bis spät abends in einer stinkenden Fabrikhalle zu stehen, sondern einmal herauszukommen, ja, diesen Traum habe ich immer gehabt. Und das Verrückte ist, dass ich noch gestern gedacht habe, es musste erst dieser verdammte Krieg kommen, um den Traum Wirklichkeit werden zu lassen. Es hört sich vielleicht komisch an. Aber gestern Nachmittag habe ich genau das gehabt, wovon ich jeden Tag in der Fabrik geträumt habe. Nichts tun, im Gras liegen, faulenzen, den Vögeln zuschauen, mit Freunden reden – ich war richtig glücklich.«

»Das wird sich wiederholen«, gab Bruno zur Antwort. »Du wirst sehen, nachdem es dir schon besser geht, braucht es noch ein, zwei Tage, bis du wieder auf den Beinen bist. Dann kannst du noch oft solch einen Tag genießen.«

»Schön wär's. Vielleicht stimmt es ja auch.«

Hubatsch schwieg danach. Mit geschlossenen Augen lag er langgestreckt im Gras. Erst als sich seine Haut verfärbte, merkte Bruno, dass er im Sterben lag. Er schüttelte ihn, redete auf ihn ein und wollte ihn wachbekommen in der Hoffnung, damit das Unausweichliche verhindern zu können. Alles war vergebens. Walther Hubatsch starb. Bruno saß lange Zeit neben dem Toten, den Kopf auf beide Hände gestützt. Er schaute sich die hügelige Landschaft mit den Wiesen, Feldern und Bäumen an, die Hubatsch mit so viel Gefallen betrachtet hatte. Wie nahe doch die Gegensätze beieinander liegen. Hier die blühende Natur, die Kraft, die in ihr steckt, die Frische und das Leben, das sie demonstriert. Und dort der tote Mensch, der gerade noch kraftvoll und hoffnungsfroh gewesen ist. Bruno philosophierte in sich versunken über die Gegensätze des Lebens. Mehr denn je wurde ihm dabei bewusst, wie rasch Hoffnungen und Freude ausgelöscht und für immer hinweggefegt werden konnten. Er dachte an das Streben der Menschen nach Glück und Glücklichsein. Gerade so, als hätte jeder einen Anspruch darauf. Bruno sinnierte noch eine ganze Weile über das Leben und den Tod. Er merkte deshalb zunächst nicht, wie sich ihm jemand näherte. Erst nachdem er angesprochen wurde, sah er überrascht einen Offizier neben sich stehen, dessen rechter Arm von oben bis unten verbunden war und in einer schwarzen Schlinge lag.

6

Eine Stunde später spazierte er mit dem Offizier aus dem Lager hinaus. Bruno hatte sich zunächst noch um seinen toten Kameraden gekümmert und war dann der Einladung von Oberst von Wittig gefolgt. Wittig hatte nach seiner eigenen Genesung nichts unversucht gelassen, um seinen Retter zu finden. So schwer auch seine Verletzung auf dem Schlachtfeld gewesen war, hatte er sich doch das Gesicht des Soldaten eingeprägt, der ohne Rücksicht auf sein eigenes Leben ihn vor dem Verbluten rettete. Nach tagelangen, hartnäckigen Nachforschungen bekam er in einem Feldlazarett den entscheidenden Hinweis. Er konnte schließlich Bruno in dem Lager ausfindig machen. Zwar wurde er vor der grassierenden Cholera gewarnt. Doch diese Warnungen schlug er in den Wind.

Bruno ging neben dem Offizier an einem Bachlauf entlang. Niemand hätte angesichts der Idylle, die sie umgab, sagen können, dass nur wenige Wochen zuvor tausende Soldaten hier getötet oder schwer verletzt worden waren. Lediglich weit hinter dem Bachverlauf konnte man niedergetrampelte Kornfelder sehen, die darauf hinwiesen, welche Tragödien sich abgespielt haben mussten.

»Ich bin der Chef des Stabes des 5. Preußischen Armeekorps unter General von Steinmetz. Mit der von mir befehligten zwanzigsten Brigade des Korps konnten wir bis weit vor Königgrätz vorstoßen. Es lief alles fast viel zu gut für uns. Als ich über die Mauer, hinter der Sie mich gefunden haben, sprang, tauchten wie aus dem Nichts österreichische Soldaten auf. Einer holte mit dem Säbel nach mir aus, ein anderer stach mit seinem Bajonett zu. Das Ergebnis kennen Sie ja. Ich hatte mich schon aufgegeben. Da fielen Sie plötzlich über mich. Im ersten Moment dachte ich, Sie würden mich vollends umbringen. Dann bemerkte ich voller Erstaunen, wie Sie mich verarzteten.«

Bruno war etwas verlegen. Er antwortete ausweichend.

»Es ist ein verrückter Krieg, Herr Oberst. Es ist noch

nicht lange her, da habe ich eine meiner glücklichsten Zeiten in Ihrer Hauptstadt verbracht. Und jetzt habe ich möglicherweise auf ehemalige Freunde geschossen. Und diese auf mich. Ich frage mich, wie spätere Generationen diesen Krieg beurteilen werden.«

»Sie hielten sich in Berlin auf?«, fragte von Wittig neugierig.

»Ich habe dort studiert. Nebenbei arbeitete ich im Bankhaus Bleichröder und wurde in den drei Jahren nach und nach mit etlichen Persönlichkeiten der Gesellschaft bekannt. Nun ja, ich bin sehr gern in Berlin gewesen. Manchmal vermisse ich die Stadt und die Freunde, die ich gewonnen habe. Nur, bisher ergab sich keine Gelegenheit, wieder hinzufahren. Wissen Sie, ich bin nach dem Studienabschluss nach Stuttgart zurückgegangen und hatte an und für sich vor, mich als Rechtsanwalt niederzulassen.«

Dass er in Berlin auch seine große Liebe zurücklassen musste und deswegen die Stadt nicht besuchen wollte, erwähnte Bruno aber nicht.

»Das müssen wir aber ändern. Der Krieg ist vorbei. Alles Weitere wird sich schnellstens finden. Sie kommen einfach nach Berlin. Auf jeden Fall lade ich Sie auf das Herzlichste ein. Berlin ist für mich nur ein Katzensprung entfernt. Mein Haus steht in Potsdam, ganz in der Nähe von Schloss Sanssouci. Das werden Sie sicherlich kennen.«

»Vielen Dank für die freundliche Einladung. Ja, Sanssouci kenne ich. Zweimal bin ich in meinen Berliner Jahren dort gewesen. Beide Male im Herbst. Ein wahrhaft schönes Schloss mit einer wunderbaren Parkanlage.«

»Sie müssen kommen. Auf jeden Fall. Es wäre mir eine Ehre, wenn ich meinen Retter in meinem Haus begrüßen dürfte.«

Bruno gefiel die freundliche Art des Soldaten. Er entsprach gar nicht der gängigen Vorstellung über den schneidigen, zackigen preußischen Offizier, der vor allem bei den Süddeutschen auf hartnäckige Ablehnung stieß. Im Gegenteil zeigte sich von Wittig ausgesprochen gebildet. Er besaß eine fröhliche und durch und durch menschliche Art. Aufrichtig wollte er seinem Retter seine Dankbarkeit demonstrieren. Bruno nahm die Einladung an. Nach einigen Tagen, an denen sie jeweils ein, zwei Stunden zusammen waren, hatte Bruno vollends Vertrauen zu dem preußischen Offizier gefasst. Schließlich entstand zwischen ihnen eine Freundschaft.

7

Bruno verbrachte fast einen Monat in Stuttgart. Dann, in der zweiten Septemberhälfte, reiste er nach Berlin. Er mietete sich zunächst in einer relativ billigen Pension für zwei Tage ein Zimmer, da er danach von Oberst von Wittig in dessen Potsdamer Villa erwartet wurde. Seine Entscheidung, zunächst nach Berlin zu gehen, hatte einen wesentlichen Grund. Bruno zog es an das Grab von Amelie. Zwei Jahre waren in der Zwischenzeit vergangen. Ihm erschien sein Fernbleiben nun wie eine Flucht. Seit geraumer Zeit schon hatte es ihn deshalb nach Berlin gedrängt. Sowohl an seinem Ankunftstag als am Tag darauf ging er zum Friedhof und verbrachte in Gedanken versunken eine lange Zeit am Grab seiner geliebten Amelie. Er war dabei unendlich traurig. Doch spürte er, wie er das Schicksal akzeptieren lernte. Natürlich besuchte er auch die Sonntags, die sich über ihn aufrichtig freuten. Aber Bruno entging nicht, wie sehr beide nach wie vor unter dem Verlust ihrer Tochter litten. Es schien, als hätte sich über das einst fröhliche Haus ein Schatten gelegt, der alle Stimmungen dämpfte.

Als Bruno am Spätnachmittag des zweiten Tages nach Potsdam aufbrach, trafen König Wilhelm, Kronprinz Friedrich und Bismarck im Kabinettszimmer des Neuen Palais zusammen. Der Weg zur Gründung eines Norddeutschen Bundes unter preußischer Führung zeichnete sich bereits ab. Bismarcks Einfluss war ungemein stark. Er hielt die Fäden in der Hand und ließ sich auch von einem zögerlichen König nicht irritieren.

Die Stadtvilla der Familie von Wittig lag im Zentrum von Potsdam schräg gegenüber der Nikolaikirche. Bruno war am Bahnhof von Oberst von Wittig selbst abgeholt und mit der Kutsche zu seinem Haus gefahren worden. Die Eisenbahnverbindung von Berlin nach Potsdam bestand bereits seit 1838 und stellte seither eine rasche Verbindung zwischen den beiden Städten sicher. Bruno hielt sich eine Woche lang in Potsdam auf. Er war von Wittigs Familie freundlich aufgenommen worden und wurde zuvorkommend umsorgt. Ein weiterer Höhepunkt in dieser Woche war sein Besuch bei Dr. Döhnig. Der ihm so sehr zugetane Prokurist unterbreitete ihm ein glänzendes Angebot. Bevor Bruno wieder nach Stuttgart zurückreiste, besuchte er das Bankhaus Bleichröder noch einmal. Er hatte sich entschieden. Seine berufliche Zukunft sollte im Bankhaus liegen. Fortan wollte er, wie von Döhnig angeboten, als dessen Assistent zwei, drei Jahre arbeiten, um danach im Bankhaus Bleichröder eine verantwortliche Position zu übernehmen.

VI

1870 – 1871

I

Anfang März 1870 saß Bismarck misslaunig an seinem Schreibtisch. Er dachte angestrengt nach und wurde dabei immer unzufriedener. Ihm ging das in den vergangenen Jahren Erreichte durch den Kopf. Nach Königgrätz entwickelte sich alles in die von ihm angesteuerte Richtung. Österreich war ausgeschaltet. Preußen konnte sich als die führende Macht in Deutschland durchsetzen. In dem ein Jahr nach dem Sieg über die Österreicher geschlossenen Norddeutschen Bund spielte das Land die dominierende Rolle. Bismarck beugte sich über die vor ihm liegende Landkarte Deutschlands. Er seufzte. Das Ziel einer nationalen Einheit hatte er aber noch nicht erreichen können. Zwar reichte Preußens Einfluss und Macht mit dem Norddeutschen Bund über mehr als zwei Drittel Deutschlands. Aber nach wie vor bildete der Main gewissermaßen die Grenze, die bisher entgegen seiner Hoffnungen nicht überwunden werden konnte. Insbesondere Württemberg und Bayern verweigerten sich einer Annäherung. Dagegen wollte das Großherzogtum Baden mit seinen starken nationalen Kräften nicht unbedingt abseits stehen. Jedoch: Es ging einfach nicht weiter voran. Eine deutsche Einigung unter preußischer Vorherrschaft war bislang nicht gelungen. Bismarck schlug wütend die Faust auf den Tisch. Alle seine Anläufe zur Überwindung der Mainlinie erbrachten nicht das gewünschte Ergebnis. Noch einmal schlug er mit der Faust auf den Tisch und verlieh damit seiner Enttäuschung und Wut Ausdruck. Dann lehnte er sich zurück, schloss die Augen und versuchte, sich selbst zu beruhigen. Fast eine Viertelstunde verharrte er in dieser Haltung. Dann schlug er die Augen auf, atmete laut ein und aus und faltete die Deutschlandkarte sorgfältig zusammen. Er legte sie in eine Schublade, aus der er eine Akte hervorzog, die er gleich darauf bearbeitete. Ihm war eine Idee gekommen, die zwar eine grundsätzliche Änderung seiner bisherigen Auffassung bedeutete. Doch er ahnte eine neue Möglichkeit, ohne schon sagen zu können, ob tatsächlich eine Entwicklung in seinem Sinne erreicht werden könnte.

Bismarck hielt das Schreiben von Marschall Prim, dem Chef der provisorischen Regierung in Madrid, in Händen. Marschall Prim regierte in Spanien, seit dort im September 1868 Königin Isabella II. abgesetzt worden war. Die geflüchtete Königin ließ einen verwaisten spanischen Thron zurück. Nun hatten die Spanier Leopold von Hohenzollern-Sigmaringen, Sohn von Fürst Karl Anton, dem Oberhaupt der katholischen Linie des preußischen Herrscherhauses, als Thronfolger ins Auge gefasst. Ihr erster Versuch scheiterte allerdings, da sowohl Erbprinz Leopold als auch der preußische König Wilhelm abgelehnt hatten. Wilhelm hätte als Chef der Dynastie seine Einwilligung zur Annahme des spanischen Angebotes geben müssen, wozu er sich außerstande sah. Zweimal noch las Bismarck das Schreiben von Marschall Prim. Er dachte angestrengt über dessen Gesuch nach. Prim hatte sich mit einem förmlichen Ersuchen an die preußische Regierung gewandt, Leopold zum Umdenken zu bewegen. Immer deutlicher entwickelte sich ihm ein Bild, das er sich bisher nicht hatte vorstellen können. Er legte den Brief in die Akte zurück, stand auf und ging zum Fenster. Dort stand er mit verschränkten Armen wiederum eine lange Zeit. Das schlechte, regnerisch-kalte Wetter draußen bemerkte der Ministerpräsident gar nicht. Intensiv beschäftigte er sich mit den neu gewonnenen Ansichten. Mit Bedacht wägte er das Für und Wider ab. Zeitweilig schloss er die Augen, was ihm half, sich besser zu konzentrieren. Irgendwann drehte er sich endlich um und nahm wieder an seinem Schreibtisch Platz. Er holte zwei Bogen Papier aus der Schublade, griff nach seinem wertvollen Schreibzeug und notierte selbst ein Schreiben an den König. Bismarck hatte definitiv einen Entschluss gefasst. Wie es seiner Natur entsprach, wollte er nun mit aller Macht diesem Entschluss Taten folgen lassen.

2

Bruno machte wie schon so oft einen seiner ausgiebigen Spaziergänge, die ihn um den Wannsee führten. Zwar war das Wetter keineswegs einladend, aber er hatte sich fest in seinen Mantel eingepackt. Trotz gelegentlicher heftiger Regenschauer marschierte er energisch mit guter Laune am Ufer des Sees entlang. Ab und an holte er weit aus und warf ein Holzstück so weit es ging fort. Mit einer Unmenge an Energie raste dann Immanuel los. Es war jedes Mal eine Freude zu sehen, wie er beim Erreichen des Holzstückes herumwirbelte und seine Kraft kaum bändigen konnte. Er schlug seine Pfoten förmlich in die Erde. Sonst hätte er keinen Halt gefunden. Dann schnappte er nach dem Holz und raste damit auf seinen Herrn los. Sofort forderte er ihn zum gleichen Spiel auf. Der Hund schwenkte wild seinen Kopf hin und her. Wenn Bruno nach dem Holz griff und es ihm aus dem Maul nehmen wollte, knurrte er los. Ein Außenstehender hätte das vielleicht als Drohung gedeutet. Doch in Wirklichkeit hatte der Hund seine helle Freude an diesem Ritual. Er gab letztlich das Holz immer frei in der Hoffnung, es würde noch einmal geworfen werden. Bruno hatte sich vor drei Jahren das Tier zugelegt. Weil er sich zu dieser Zeit gerade mit dem Gedankengut des berühmten Königsberger Philosophen Immanuel Kant beschäftigte, verpasste er kurzerhand dem Hund dessen Vornamen. Noch heute musste er über diese Namensgebung lachen. Immanuel entpuppte sich weder als vernünftig noch immer als verständig und widersprach damit den zwei maßgeblichen Kategorien des Aufklärungsphilosophen. Aber so wenig folgsam der Hund auch war, war er ansonsten doch ein lieber Vertreter seiner Rasse, der trotz seiner Wildheit niemandem etwas zu Leide tat und seinem Herrn viel Freude bereitete. Er fiel nicht durch übermäßiges Bellen auf, verhielt sich eigenartiger Weise in Gesellschaft entgegen seinem sonstigen Gebaren zurückhaltend und zeigte keine Spur von Aggressivität. Selbst Brunos Hausdame, Frau Michaelis, hatte sich längstens an ihn gewöhnt, wobei sie es war, die Immanuel mit allerlei Leckerbissen verwöhnte. Was der Hund natürlich ruckzuck schätzen gelernt hatte. Nach Bruno stand deshalb Frau Michaelis bei ihm hoch im Kurs.

Seit dreieinhalb Jahren lebte und arbeitete Bruno schon wieder in Berlin. Alles in allem hatte sich wiederum viel von dem, was er anpackte, bestens entwickelt. Döhnig förderte ihn nach Kräften. Zunächst hatte er ihn auch noch zur Doktorprüfung gedrängt. Bruno nahm die Herausforderung an, und Ende 1867 war er an der Berliner Universität zum Doktor der Rechte promoviert worden. Im Bankhaus lernte er die verschiedenen Abteilungen kennen. Er ging mehrfach mit Döhnig auf Auslandsreise und fand rasch die Wertschätzung der Geschäftspartner des Bankhauses. In der Zwischenzeit war er zum Abteilungsleiter des Auslandsgeschäftes aufgestiegen und bezog ein Einkommen, von dem er vor wenigen Jahren noch nicht einmal zu träumen gewagt hätte. Von Bleichröder selbst bekam er eine schöne Wohnung zu einer symbolischen Mietzahlung in einer Villa, die in einem Park lag, gestellt. Er war gern gesehener Gast bei allen möglichen Zusammenkünften. Es verging kaum eine Woche, in der er keine Einladung erhielt. Natürlich lernte er dabei Frauen kennen. Aber keine von ihnen war für ihn die Richtige. So sehr er manche von ihnen mochte und gern mit ihnen zusammen war, war niemals Liebe mit im Spiel. Deshalb zog er sich in dem Moment zurück, als manche der Damen mehr von ihm erwartete. Eine Heirat gar konnte er sich mit keiner von ihnen vorstellen. Zu seiner Freude hielt auch von Wittig Kontakt mit ihm. Wittig selbst war vor knapp einem Jahr zum General befördert worden und vorrangig mit Aufgaben der Militärgerichtsbarkeit betraut. Sie trafen sich hin und wieder. Da General von Wittig in Berlin arbeitete, nahmen sie ab und zu sogar das Mittagsmenü gemeinsam ein.

Etwa jedes Vierteljahr fuhr Bruno zu seiner Mutter nach Stuttgart. Seit kurzem kränkelte sie. Am liebsten hätte er sie nach Berlin geholt. Aber das wollte sie keinesfalls. Er gab ihr zwar Geld, damit sie nicht mehr hätte arbeiten müssen. Doch fühlte sie sich im Hause der Hirschs ausgesprochen wohl und wollte die Stelle trotz ihrer angeschlagenen Gesundheit nicht aufgeben. Was ihn neben seinen geschäftlichen Angelegenheiten beschäftigte, war nach wie vor die Arbeiterfrage. Auch dabei hatte er in Döhnig einen verständnisvollen Gesprächspartner gefunden. Mit dem Prokuristen zusammen hatte er vor gut eineinhalb Jahren den Bau von Arbeiterwohnungen in Berlin initiiert. Damit war ein bedeutender Schritt zur Minderung des schlimmsten Elends für etliche Arbeiterfamilien beschritten. Bruno engagierte sich persönlich sehr. Er setzte eigenes Geld ein und verhinderte Unrecht, wo immer er konnte. In den Kreisen, in denen er verkehrte, wurde er dafür mitunter belächelt, ab und zu aber auch offen angefeindet. Bruno ertrug Derartiges einigermaßen mit Gelassenheit. Doch eine andere Entwicklung plagte ihn nach und nach mehr. Es zeichnete sich seit längerem schon ein Konflikt mit Frankreich ab. Er hatte Frankreich durch seine Reisen kennengelernt. Viele gute und sogar freundschaftliche Kontakte waren darüber zu seinen französischen Geschäftspartnern geknüpft worden. Auch schätzte er die französische Kultur und die im Vergleich zu Deutschland durchaus andere Lebensart. Der Gedanke, gegen Frankreich Krieg führen zu müssen, erschien ihm daher recht abwegig. Widerwillig äußerte er sich über diejenigen, die auf beiden Seiten einen solchen Krieg heraufbeschwören wollten. Auf preußischer Seite steuerte wiederum Bismarck gewieft und intrigant auf diesen Konflikt zu. Schließlich nutzte er gnadenlos eine Provokation Frankreichs aus. In Frankreich gingen die Wogen hoch. Auch dort waren die Kriegshetzer am Werk. Keine Seite wollte einen Schritt zurückgehen, die politisch Verantwortlichen und die militärischen Führer geiferten geradezu nach einem Ausbrechen des Konflikts.

3

Am 19. Juli erklärte Frankreich den Krieg. Nicht nur Preußen stellte sich gegen die Franzosen, sondern ganz Deutschland. Als der Krieg ausbrach, hätte Bruno wenige Tage später zu seinem württembergischen Regiment reisen sollen. General von Wittig hatte sich allerdings eingeschaltet und erreicht, dass er ihm als persönlicher Adjutant zur Verfügung stehen durfte. Das war zwar ganz ungewöhnlich. Doch Wittigs Einfluss bei den höchsten Stellen räumte die Hindernisse aus dem Weg. Soweit Bruno etwas mitbekam, hatte sich selbst Bleichröder persönlich in dieser Angelegenheit an Bismarck gewandt. Unversehens trug er deshalb eine preußische Uniform. Damit gehörte er zugleich zu den Einheiten des IV. Preußischen Korps. Bereits zweimal hatte er in großen Schlachten gestanden. Erst vor drei Tagen waren sie bei Spichern auf die Hauptstreitmacht der Franzosen gestoßen, die nach Metz zurückgezwungen werden konnte. Metz wurde von den deutschen Truppen eingekreist. Bei den erbittert geführten Schlachten von Vionville-Mar-la-Tour, Saint-Privat und Gravelotte erlitten die Deutschen größere Verluste als die Franzosen. Für diesen Preis war es gelungen, die französischen Truppen des Marschalls Bazaine in der Festung Metz einzuschließen. Bruno lag mit einigen Kameraden auf einer Anhöhe in der für diese Jahreszeit viel zu kalten Nacht. Im Dunkeln konnte er die unzähligen Toten liegen sehen. Nach wie vor hörte man das Stöhnen und Klagen der ebenso zahlreichen Verwundeten.

Am nächsten Morgen erreichte sie die Nachricht, Marschall MacMahon würde Streitkräfte aus Richtung Reims zur Entsetzung des französischen Heeres heranführen. General Moltke kommandierte unverzüglich Truppenteile ab, die sich den Franzosen, bei denen sich dem Vernehmen nach auch Kaiser Napoleon befand, entgegenstellen sollten. Es regnete in Strömen. Die deutschen Truppen trafen um die Mittagszeit bei Beaumont auf die Franzosen. Anscheinend waren sie von dem Angriff überrascht. Es gelang ihnen nicht, ihre Abwehr ordentlich in Stellung zu bringen. Die Granaten schlugen in ihre Reihen und brachten hundertfachen Tod. Die Franzosen wurden in der Nacht vom 30. auf den 31. August nach Sedan zurückgedrängt.

Am Nachmittag des 31. August saß Bruno neben von Wittig.

»Wir haben sie in der Falle«, erklärte der General. »Hundertdreißigtausend Franzosen sind von uns umzingelt. Unsere Artillerie bezieht bereits auf den umliegenden Höhen Stellung.«

Bruno nickte. Er wusste über die günstige strategische Situation Bescheid. Von der Stadt Sedan hatte er bis dahin kaum etwas gehört. Soviel ihm bekannt war, zählte die Stadt an der belgischen Grenze etwa sechzehntausend Einwohner. Einige bedeutende Tuchfabriken waren dort beheimatet. Ihr Verteidigungswert galt als gering. Die Stadt wurde bestenfalls als Festungsstadt zweiten Ranges geführt.

»Ich bin überzeugt, der Krieg wird heute oder morgen entschieden sein. Die Franzosen werden sich unmöglich halten können. Napoleon befindet sich bei den Truppen. Er wird sich ergeben müssen.«

»Wenn nur alles schon vorbei wäre«, antwortete Bruno. »Die vielen Toten. Das viele Leid! Wie viele Mütter werden auf beiden Seiten weinen? Ich kann das alles nicht verstehen. Mit den Franzosen habe ich nur gute Erfahrungen gemacht. Sie sind liebenswürdig, tüchtige Geschäftsleute dazu und haben eine Lebensart, die mir oft kultivierter erscheint als die der Deutschen.«

»Nicht jeder sieht das so. Unsere beiden Völker sind immer wieder aneinandergeraten. Und wenn ich an Moltke denke, dann stellt sich eine andere Sicht der Dinge ein.«

»Was meint denn der Generalstabschef?«

»Nun, er ist Franzosenhasser. Er sieht in unserem Nachbarn den Erbfeind der Deutschen. Mit entsprechender Begeisterung will er ihnen Niederlagen beibringen. Sein Denken ist dabei nur von militärischen Kategorien geleitet. Denke nur, vor kurzem hat er sogar von einem Vernichtungskrieg gesprochen.«

»Moltke schießt weit über das Ziel hinaus. Wenn ich das schon höre: Vernichtungskrieg! Bloß wenn ich daran denke, kann es mir schlecht werden.«

Bruno machte eine verächtliche Handbewegung. In diesem Augenblick traf ein Melder ein und übergab dem General ein Schreiben. Er brach das Siegel auf, faltete das Papier auseinander und las es.

»Morgen früh wird angegriffen. Die Bayern werden die Ersten sein, die zum Sturm blasen.«

Als die Bayern am nächsten Morgen angriffen, trafen sie auf den erbitterten Widerstand französischer Elitetruppen, die im Vorort Bazailles lagen. Weitere Truppenteile wurden in den Kampf geschickt. Trotz heftigster Gegenwehr zog sich aber der Ring um Sedan immer enger zu. Von den Höhen feuerten einundsiebzig Batterien auf die zusammengedrängten Franzosen. Hatte Bruno zunächst von Frenois aus das Schlachtfeld überblickt, wurde er um die Mittagszeit mit Wittigs Kommando an die westliche Grenze der Stadt abkommandiert, wo andere preußische Soldaten nicht vorankamen. Mit gezückten Säbeln ritten sie auf die Häuserzeile zu. Darin hatten sich die Franzosen verschanzt. Sie schossen aus Fenstern und Kellerluken. Einer der Reiter wurde getroffen. Alle anderen sprangen hektisch ab und suchten nach Deckung. Dabei erwischte es noch einmal einen der Preußen, dem ein Geschoss das Gesicht förmlich wegsprengte. Bruno hatte sich mit einem Satz hinter einen Pferdekadaver, der mit einer Hälfte auf der Straße und mit der anderen im angrenzenden Gemüsebeet lag, gerettet. Das tote Tier stank bestialisch. Bruno musste sich übergeben. Doch wagte er es nicht, seine Deckung aufzugeben. Kugeln, die in den Tierleib einschlugen, ließen ihn lieber den penetranten Gestank aushalten. Plötzlich stürmte von rechts ein bayerischer Stoßtrupp heran. Mit enormer Feuerkraft nahm er die Häuserzeile unter Beschuss. Daraufhin trieb General von Wittig seine Leute zum Angriff. Im Laufen schossen sie ihre Gewehre leer. Dann drangen sie in die Häuser ein. Bruno warf sich mit voller Wucht gegen eine verriegelte Haustür, die aus den Angeln brach. Mit zwei weiteren Soldaten stürmte er in den engen und dunklen Hausflur. Es knallte mehrmals. Einer der Soldaten brach stöhnend zusammen. Bruno lag auf dem Boden und hatte Mühe, sich zu orientieren. Er hörte Getrampel im oberen Stockwerk. Gleich darauf schossen die Franzosen durch die Dielenbretter. Ein neben ihm liegender Kamerad traf eine Kugel in den Oberschenkel. Unglücklicherweise zerfetzte sie die Schlagader. Sofort bildete sich eine dunkelrote Blutlache. Im Schockzustand lag der Soldat steif da. Bruno wollte helfen, aber er hatte nicht die geringste Chance dazu. Neben ihm schlug eine Kugel ein, schleunigst robbte er um die Ecke. Er brüllte um Hilfe, weil er sehen konnte, wie der Soldat verblutete. Auf einmal flogen zwei Brandsätze in den Flur. Es knallte dumpf, dann stand das Treppenhaus in Flammen. Einen Augenblick später traf eine Granate das Haus. Im ersten Stock detonierte sie. Mehrere Menschen brüllten. Ein französischer Soldat stürzte durch eine Tür mitten in das brennende Treppenhaus hinein. Er schrie wie ein Wahnsinniger, als er bemerkte, in welche Hölle er hineinsprang. Wenige Sekunden später war nur noch das Knistern der Flammen zu hören. Bruno schnellte hoch. Er schlug ein Fenster an der rückwärtigen Wand ein und hechtete ins Freie. Es war höchste Zeit gewesen, denn im ganzen Haus breitete sich beißender und dichter Qualm aus. Er hörte wieder Schreie. Es waren die derjenigen Männer, denen sich keine Fluchtmöglichkeit mehr bot.

Draußen bemerkte Bruno rasch, dass die Deutschen erheblich an Boden gewonnen hatten. Er schloss wieder zu seiner Truppe auf, die bereits einen Straßenzug weiter Häuser unter Beschuss nahm. Er traf auf Wittig, dem das Blut von der Stirn lief.

»Nur ein Kratzer von einer Gewehrkugel«, meinte er, als ihn Bruno fragend ansah.

»Kümmere dich nicht darum. Versuche zu dem Eckhaus zu gelangen. Von dort werden wir regelmäßig mit Granaten beschossen. Hinter dem Haus muss eine Kanone stehen. Solange die nicht ausgeschaltet ist, kommen wir nur mit hohen Verlusten voran.«

Bruno reagierte augenblicklich. Er nahm drei andere Soldaten mit. In einem großen Bogen rannten sie um ein Feld, das von einer niedrigen Hecke eingezäunt war. An deren Ende spähten sie vorsichtig um die Ecke. Sie sahen, woher die tödliche Gefahr kam. In einem Schuppen, der schräg hinter dem Eckhaus lag, musste die Kanone aufgebaut sein. Sie bekamen nur kurz das Kanonenrohr zu sehen, als die Tür des Schuppens aufgerissen wurde. Es knallte mächtig. Man sah den Pulverdampf, dann war die Tür auch schon wieder geschlossen. Bruno rannte mit seinen Männern noch einmal in einem Bogen weiter. Sie pirschten sich von hinten an den Schuppen heran. Ohne Zwischenfall erreichten sie die rückwärtige Wand. Sie lugten durch die Spalten der Bretterwand und erkannten vier Franzosen, die die Kanone bedienten. Bruno besprach sich kurz mit seinen Leuten. Danach schlichen sie sich um den Schuppen herum. Zwei von ihnen kamen von rechts, Bruno und ein weiterer Soldat von links. An die Vorderwand gepresst, warteten sie angespannt. Lange wurde ihre Geduld nicht auf die Folter gespannt. Die Tür flog auf, es krachte, doch bevor die Franzosen die Tür wieder zusperren konnten, sprangen die Deutschen in den Schuppen hinein. Sie schossen ziellos, einfach nur zur Verwirrung des Feindes. Dann stießen sie mit den Bajonetten vor. Zwei der Franzosen waren bereits durch ihre Kugeln verletzt worden. Die anderen beiden, völlig überrascht und überrumpelt, zeigten keinerlei Gegenwehr. Sie wurden niedergestochen.

Am Abend ritten drei Männer mit einer weißen Fahne aus Sedan kommend zum Feldherrnhügel von Frenois. König Wilhelm, um den in einem Halbkreis seine engsten Vertrauten standen, beobachtete das Herannahen der Reiter. Sie wurden von dem kaiserlichen Generaladjutanten Graf Reille angeführt. Er stieg vom Pferd, schritt auf den König zu, nahm sein Käppi ab und übergab ihm ein versiegeltes Schreiben mit den Worten: »Sire, hier ist ein Brief vonseiten des Kaisers.«

Wilhelm riss das Kuvert auf. Er las das Schreiben Napoleons.

»Da es mir nicht vergönnt war, inmitten meiner Truppen zu sterben, bleibt mir nichts übrig, als meinen Degen in die Hände Eurer Majestät zu legen.«

Nach einer kurzen Beratung mit dem Kronprinzen, Bismarck, dem Großherzog von Weimar, dem Herzog von Coburg und Moltke nahm Wilhelm die Kapitulation des Franzosenkaisers an. Als Graf Reille wegritt, fielen sich der König und sein Sohn um den Hals.

Der Jubel war etwas verfrüht. Zwar hatte sich Napoleon ergeben, doch wollte trotz zweimaliger Bitte des Kaisers dessen General de Wimpffen die Kapitulationsverhandlungen zunächst nicht aufnehmen. Erst am nächsten Tag unterzeichneten er und Moltke die Kapitulationsurkunde. Die französische Armee geriet in Kriegsgefangenschaft. Die Gefangenschaft des völlig gebrochenen Napoleons III., der nur noch ein Schatten seiner selbst war, und seine Exilierung nach Schloss Wilhelmshöhe in Kassel, bedeuteten das Ende des Zweiten Kaiserreichs. Man schrieb den 2. September 1870. Zwei Tage später wurde in Paris die Republik proklamiert. Damit begann aber eine zweite Phase des Krieges, da die neue Regierung der nationalen Verteidigung mit General Trochu an der Spitze zum erbitterten Widerstand des ganzen Landes gegen die Deutschen aufgerufen hatte.

4

Bruno stand schon um fünf Uhr am Morgen auf. Die letzten Tage waren außerordentlich aufregend verlaufen. Im Großen Hauptquartier in Versailles herrschte ein emsiges Treiben, ein ständiges Kommen und Gehen von hohen Militärs und Diplomaten. Jedermann wusste um das Ereignis, das nach monatelangen Verhandlungen heute stattfinden sollte. Als er sich ankleidete, klopfte es. General von Wittig trat ein. Auch ihm merkte man die Freude an.

»Wir sollten den Tag eigentlich mit einem Glas Champagner beginnen. Denke dir nur! Wir werden dabei sein! Der Tag wird in die Geschichte eingehen. Und die deutsche Geschichte wird man von heute an neu schreiben müssen.«

Wittigs Euphorie übertrug sich nicht ganz auf Bruno. Beide hatten in den letzten Wochen eifrig diskutiert. Im Grundsatz waren sie sich einig über die Entwicklung seit dem Ausbruch des Krieges. Bruno konnte aber seine Bedenken nicht einfach beiseite schieben. Er verfocht zwar auch die deutsche Einigung und verstand das ungestüme Nationalgefühl. Die Umstände allerdings, die nun die deutsche Einigung Wirklichkeit werden lassen sollten, beunruhigten ihn auf eine eigenartige Weise.

»Um uns herum tobt immer noch der Krieg. Deutsche und Franzosen sterben, etliche erfrieren und viele verhungern oder sterben an Lungenentzündung, Bronchitis und Typhus. Im Stadtgebiet von Paris droht eine Pockenepidemie. Selbst bei uns daheim gibt es Pockentote. Meine Mutter hat mir geschrieben, dass in Stuttgart schon über hundert Menschen an schweren Pocken gestorben sind. Die Krankheit dürfte von französischen Kriegsgefangenen eingeschleppt worden sein.«

»Jetzt sei nicht gar so pessimistisch. Wir haben den Krieg nicht angefangen. Die Franzosen haben längstens Zeit zur Kapitulation gehabt. Im Prinzip könnte alles schon vorbei sein. Aber die Hartnäckigkeit, mit der sie sich wehren, zeigt doch, dass sie es nicht anders haben wollen.«

»Vom militärischen Standpunkt aus hast du sicherlich recht. Aber mir scheint, was heute geschieht – so großartig es für Deutschland sein wird –, ist eine Schmach für Frankreich. Das wird eine Wunde schlagen, die genauso wenig heilen wird wie der Tod naher Angehöriger auf dem Feld. Glaube mir, Versailles wird zum Symbol für eine Schmach werden, die uns die Franzosen nicht vergessen werden.«

»Du denkst in politischen Kategorien. Mag sein, vielleicht hast du sogar recht. Jedoch: Weder du noch ich werden den Gang der Geschichte aufhalten können. Und wenn ich ehrlich bin: Ich denke nicht darüber nach, was wir bei den Franzosen für eine Betroffenheit auslösen. Ich sehe vielmehr eine ungeheure Chance für unser Vaterland. Deutschland einig Vaterland! Der lang ersehnte Traum von Millionen wird heute noch in Erfüllung gehen. Wegen anderer brauchen wir uns dadurch nicht den Kopf zu zerbrechen.«

Von Wittig klopfte Bruno freundschaftlich auf die Schulter. Sie gingen in ein Nebenzimmer, in dem sie ihr Frühstück einnahmen. Eine halbe Stunde später waren sie auf dem Weg zum Schloss Ludwig XIV. Wittig musste umfangreiche organisatorische Aufgaben erledigen. Er war für die Sicherheit des gesamten Tagesablaufs verantwortlich. Als sie im Schloss von Versailles an diesem Morgen – man schrieb den 18. Januar 1871 – ankamen, spürten sie dort sogleich die aufgeregte Atmosphäre. Offiziere, Wachmannschaften und Diener wetteiferten geradezu darum, durch hektisches Arbeiten die Zeit bis zu dem großen Ereignis zu verkürzen. In wenigen Stunden sollte es so weit sein: Die deutsche Kaiserproklamation stand unmittelbar bevor.

5

Als die Kaiserproklamation im Spiegelsaal von Versailles stattfand, ging Bruno in einem Wäldchen südlich von Versailles spazieren. General von Wittig nahm an der Zeremonie teil. Nur die deutschen Fürsten, ranghohe Diplomaten, ausgesuchte Offiziere, handverlesene Unteroffiziere, Mannschaften und geistliche Würdenträger waren im Spiegelsaal versammelt, um der Gründung des Deutschen Reiches beizuwohnen. Bruno wusste, wo die deutschen Truppen um Versailles herum stationiert waren. Ihm drohte auf seinem Weg keine Gefahr. Immerhin gab es immer wieder Anschläge von französischen Partisanen, die schon manchem Deutschen das Leben gekostet hatte. Bruno wanderte relativ sicher in dem Gebiet. Er überdachte dabei die letzten paar Monate. Zweifellos hatte er Glück gehabt. Nach Sedan war er bereits wenige Tage später mit General von Wittig zu den Truppen, die den Belagerungsring um Paris bildeten, gekommen. Er wurde in keine Kampfhandlung mehr verstrickt. Das Sterben ging zu dieser Zeit aber immer noch auf beiden Seiten weiter. Die Franzosen hatten nach der Gefangennahme ihres Kaisers und der Ausrufung der Republik einen erbitterten Widerstand organisiert und zeitweilig militärische Erfolge erreichen können. Erst mit dem Einsetzen des Winters wurden die französischen Heere von den wieder offensiv werdenden deutschen Armeen erfolgreich zurückgeschlagen. Mit seiner Versetzung ins Hauptquartier von Versailles war Bruno dann so weit vom Kriegsgeschehen entfernt, dass er zeitweilig glauben mochte, es wären Friedenszeiten.

Bruno hielt inne. Er sah zwei Rehe auf einer Waldlichtung stehen. Verdeckt hinter einer Baumgruppe beobachtete er sie eine Weile. Plötzlich nahm er ein Zischen wahr. Gleich darauf sprang eines der Rehe weg. Das zweite versuchte zwar auch einen Satz. Dieser verunglückte aber und sah fast komisch aus. Unmittelbar darauf brach das Reh zusammen. Es machte noch ein paar Versuche, wieder auf die Beine zu kommen. Doch vergeblich. Schließlich scharrte es nur noch mit einem Vorderbein auf dem Waldboden. Als das Tier den Kopf ein wenig drehte, sah Bruno den Pfeil, der auf der linken Halsseite eingedrungen war. Immer noch rührte er sich nicht. Er war sehr angespannt und beobachtete aufmerksam die Umgebung. Seine Augen wanderten rasch von rechts nach links und von links nach rechts. Trotz der Aufregung atmete er so langsam wie möglich aus, damit sein warmer Atem in der kalten Luft nicht zu sehr kondensierte. Er dachte an Partisanen, die in unmittelbarer Nähe sein konnten und gewiss nicht lange fackeln würden, falls sie ihn erst einmal entdeckten. Nach einigen Minuten, in denen er regungslos dagestanden hatte, bemerkte er, wie zwei Menschen vorsichtig aus dem Gehölz hervorkrochen, das etwa fünfzig Meter von ihm entfernt die Grenze der Waldlichtung markierte. Zunächst saßen die zwei Gestalten noch in der Hockestellung ruhig abwartend da. Dann legte einer der beiden etwas zur Seite. Bruno erkannte eine Armbrust. Er blickte auf das Reh, das tödlich verletzt ruhig dalag, auch der Kopf war nun zur Seite gekippt. Mit einem Mal sprang eine der Gestalten auf und lief rasch auf das Reh zu. Als sie angekommen war, duckte sie sich und spähte in alle Richtungen. Das Tier hob den Kopf ein klein wenig und zuckte mit einem der Hinterbeine. Es war noch nicht tot. Der Mann drückte eine Hand auf den Kopf des Rehs. Es hatte offensichtlich keine Kraft mehr zur Gegenwehr. Im nächsten Moment erkannte Bruno ein langes Messer, das der Mann dem Tier unterhalb des Schulterblattes in die Seite bohrte. Er wartete ein wenig, bis er es wieder herauszog. Er packte das Tier an den Hinterbeinen und schleifte es hinter sich her. Er kam nur langsam voran, obwohl er ganz offensichtlich mit aller Kraft arbeitete. Es sah irgendwie eigenartig aus, wie er den Tierleib mit dem nach hinten ausgestreckten Kopf über den Boden zog. Etwa nach der Hälfte der Strecke kam ihm der Komplize entgegengerannt. Er schnappte sich ein Bein. Zu zweit kamen sie sehr viel rascher voran. Sie hatten das Unterholz fast erreicht, der eine griff gerade nach der auf dem Boden liegenden Armbrust, da krachte ein Schuss.

6

Exakt zu diesem Zeitpunkt rief Großherzog Friedrich von Baden im Spiegelsaal von Versailles: »Seine Kaiserliche und Königliche Majestät, Kaiser Wilhelm, lebe hoch!« Kaum hatte der Großherzog diesen Lobruf ausgebracht, da stimmten die Anwesenden mit gezogenem Säbel und hochgezogenem Helm ein. Sie alle erlebten den eigentlichen Akt der Reichsgründung mit. Ihr Jubel ließ vergessen, welche Probleme auf dem Weg dorthin gelöst werden mussten. Kaiser Wilhelm stand auf einem Podium, um ihn herum die verbündeten Fürsten. Die, die darauf keinen Platz mehr fanden, gruppierten sich links und rechts in einem Halbkreis um das Podium herum. Bismarck, der eigentliche Schöpfer des Reiches, stand vor dem Podium, rechts daneben Generalstabschef von Moltke. Nach dem Jubel senkten sich die Fahnen. Die Militärkapelle spielte ›Heil dir im Siegerkranz‹. Dann beugte Kronprinz Friedrich zur Huldigung des Kaisers als Erster das Knie. Daraufhin wandte sich der Kaiser zur Entgegennahme der Glückwünsche den Fürsten zu. Anschließend begrüßte er zunächst Moltke, dann die anderen Generäle, die Geistlichen, das Offizierskorps und die Abordnungen der Armee. Die Feier dauerte etwa eine Stunde. Am Ende verließ Kaiser Wilhelm unter den Klängen des Hohenfriedberger Marsches den Saal.

7

Der Mann fiel, so als hätte ihm jemand einen heftigen Stoß versetzt, nach vorn. Er ruderte dabei mit den Armen, doch konnte er damit nicht verhindern, dass er mit dem Gesicht voraus in das Gestrüpp fiel. Die harten, gefrorenen Äste rissen sein Gesicht auf. Um Haaresbreite hätte sich ein kurzer, aber spitz zulaufender Zweig in sein Auge gebohrt. Keinen Zentimeter unter seinem Augenlid drang die Spitze des Zweiges neben seinem linken Nasenflügel ein, riss mit Leichtigkeit Haut und Fleisch auseinander und verletzte den Knochen. Vor Schmerz heulte der Mann laut auf. Er versuchte sich zur Seite zu wälzen, da ertönte mehrfach der Ruf »Keine Bewegung! Keine Bewegung!«

Bruno sah fünf deutsche Soldaten über die Lichtung rennen. Sie kamen von der anderen Seite und liefen mit vorgehaltenen Gewehren auf die Franzosen zu. Der Zweite von ihnen hatte, als der Schuss fiel und seinen Kameraden traf, zwar versucht, diesen aufzufangen, was ihm aber nicht gelungen war. Er blieb dann still stehen und nahm die Hände hoch. Zwei Deutsche packten ihn und warfen ihn zu Boden. Mit seinen Soldatenstiefeln trat ihm einer davon auf den Kopf und drohte ihm mit Zerquetschen bei der geringsten Gegenwehr. Der Verletzte wurde aus dem Gestrüpp gezogen. Die Soldaten zerrten ihm die Mütze herunter, tasteten ihn ab und rissen ihn schließlich in die Höhe. Bruno konnte das blutende Gesicht sehen. Im nächsten Augenblick aber sackte der Mann wieder zusammen. Dann zerrten sie den Zweiten hoch. Er wurde wie der Erste abgetastet. Plötzlich hielt einer der Soldaten inne. Er trat einen Schritt zurück.

»Menschenskinder! Das ist ja ein Weib!«, hörte ihn Bruno rufen.

»Das gibt es doch nicht! Ein Weibsbild!«

Er griff nach der Mütze, und zu Brunos Überraschung quoll langes, dunkelbraunes Haar hervor. Jetzt sah er das

Gesicht. Ein junges Frauengesicht blickte verängstigt die deutschen Soldaten an. Diese begannen begeistert zu johlen. Um den auf dem Boden liegenden Schwerverletzten kümmerten sie sich schon gar nicht mehr. Sie bildeten einen Kreis um die Frau. Einer, der hinter ihr stand, griff in ihr volles Haar und zerrte daran. Die Frau heulte auf, was die Soldaten aber nur amüsierte.

»Mensch Mädchen. Du bist aber eine Überraschung! Spielst hier wohl ein wenig Krieg? Na, für uns kommst du gerade recht.«

Der Mann hatte die junge Frau bereits an den Achseln gepackt. Er schüttelte sie ein wenig. Dann griff er nach ihren Brüsten. Wieder schrie sie auf und wollte nach hinten ausweichen.

»Sei nicht so zimperlich! Was glaubst du, was wir normalerweise mit jemandem wie dir machen. Du kleine französische Wildkatze! Damit du es weißt: Normalerweise stellen wir solche wie euch gleich an die Wand.«

Als der Soldat wieder zudringlich wurde, spuckte die Frau ihm mitten ins Gesicht. Der Soldat reagierte augenblicklich. Brutal schlug er zu. Es knallte regelrecht. Fast zeitgleich wurde sie von zwei anderen auf den Boden gezerrt. Noch einmal schrie die Frau in ihrer Not auf. Sie war den Männern ausgeliefert.

»Warte, du Schlampe, dir werde ich helfen. Auf so etwas wie dich habe ich schon lange gewartet.«

Der Mann hatte sich über sie gebeugt. Ein anderer unterstützte ihn. Beide rissen ihr erst die Jacke auf, dann zerrten sie an ihrer Hose. Die Frau leistete heftige Gegenwehr. Sie kratzte, spuckte und schlug mit Armen und Beinen um sich.

»Wenn du nicht augenblicklich Ruhe gibst, erschieße

ich deinen Freund. Es liegt an dir, ob das passiert oder nicht.«

Bruno trat hinter der Baumgruppe hervor.

»Sofort die Frau loslassen!«, rief er. »Sofort loslassen!«

Erschrocken fuhren die Soldaten herum. Drei von ihnen griffen nach ihren Gewehren. Als sie die preußische Offiziersuniform erkannten, stellten sie sich in Hab-Acht-Stellung hin. Bruno hatte die Uniform eines Unterleutnants an. Er war der Ranghöchste und besaß damit die Befehlsgewalt. Bis auf denjenigen, der die Frau vergewaltigen wollte, handelte es sich um einfache Soldaten. Ihr Anführer, ein Unteroffizier, grinste Bruno an.

»Aber Herr Leutnant, das sind zwei Partisanen. Da dürfen wir nicht zimperlich sein.«

»Halten Sie den Mund«, herrschte Bruno ihn sofort an.

Er war nun bei der Gruppe. Die Frau weinte und wehrte auch ihn erschreckt ab, als er sich nach ihr bückte. Bruno drehte sich um.

»Los, Mann! Kümmere dich um den Verletzten!«

Der Soldat, dem er den Befehl gegeben hatte, befolgte sofort seine Anweisung.

»Marsch, ihr beide auch. Sofort verarzten! Und du stehst unter Arrest.«

Bruno befahl den beiden anderen Soldaten, den Unteroffizier in die Mitte zu nehmen.

Noch einmal streckte Bruno die Hand aus. Er wollte der Frau aufhelfen. Sie hatte ihre Kleider wieder in Ordnung gebracht. Seine Hilfe lehnte sie schroff ab. Ihrem Kameraden hatten die Soldaten die Jacke und das Hemd geöffnet. Der Mann lag auf dem Bauch. Die Kugel hatte ihn am äußeren rechten Rückenrand in Höhe der unteren Rippenbogen getroffen. Bruno sah sich die Wunde an.

»Und?«, fragte er die Soldaten.

»Er scheint ein ziemliches Glück gehabt zu haben. Wenn er keine Blutvergiftung und keinen Wundstarrkrampf bekommt, wird die Verletzung rasch heilen. Die Kugel ist nicht einmal eingedrungen.«

Ein anderer Soldat hatte bereits Verbandsmaterial ausgepackt. Er konnte die blutende Wunde stillen. Die Frau, eine auffallend junge Frau, wie Bruno in der Zwischenzeit feststellen konnte, tupfte dem Verletzten das Blut vom Gesicht. Sie weinte noch immer. Doch versuchte sie gleichzeitig ihren Kameraden zu trösten. Da die Frau kein Deutsch verstand, sprach Bruno französisch mit ihr.

»Wo wohnt ihr?«

Die Frau schüttelte nur den Kopf. Offensichtlich wollte sie die Frage nicht beantworten.

»Sie müssen keine Angst haben«, versicherte ihr Bruno. »Ich werde Sie und Ihren Freund nach Hause bringen lassen. Dann können Sie einen Arzt rufen, der die Verletzung behandeln kann.«

Sie verneinte und schüttelte – um ihre Ablehnung zu unterstreichen – ihren Kopf. Einen Moment lang ertappte sich Bruno bei dem Gedanken, was sie für schönes Haar besaß, das ihr betörendes Gesicht wunderbar umrahmte. Er verscheuchte diesen Gedanken aber gleich wieder.

»Seien Sie doch vernünftig. Es droht wirklich keine Gefahr mehr. Um Ihres Freundes willen bitte ich Sie, mein Angebot anzunehmen.«

»Wir kommen allein zurecht«, antwortete sie trotzig.

Sogar die Stimme passte herrlich zu ihr. Bruno schien abgelenkt durch diese Gedanken. Er griff sich an die Stirn und tat so, als würde er nachdenken. Tatsächlich gestand er sich nur ein, wie faszinierend er die junge Frau fand, die er auf höchstens zwanzig Jahre schätzte.

»Lassen Sie sich doch helfen. Sie werden sicherlich nach Hause kommen. Aber was ist mit Ihrem Freund? Sie werden ihn doch nicht tragen können …«

Der Verletzte meldete sich zu Wort. Mit gepresster Stimme sagte er etwas zu der Frau, die ihm zunächst energisch erwiderte. Der Mann ließ sich aber nicht beirren. Bruno verfolgte aufmerksam das Gespräch. Der Mann riet ihr zur Annahme des Angebots. Er war in dieser Situation der Vernünftigere und wollte ihm offensichtlich Vertrauen schenken. Nebenbei erfuhr Bruno auch den Namen der jungen Frau. Ihr Kamerad sprach sie mehrmals mit Fabienne an. Schließlich willigte sie doch noch ein. Bruno befahl den Soldaten, den Verletzten zu tragen. Zwei von ihnen mussten den unter Arrest gestellten Unteroffizier zu seiner Truppeneinheit zurückbringen. Am Abend erwartete Bruno ihre Meldung. Dann marschierten sie mit dem verletzten Franzosen los. Mehrmals versuchte Bruno mit der Frau ins Gespräch zu kommen. Er unternahm einen weiteren Versuch.

»Sie heißen Fabienne, nicht wahr?«

Die Frau reagierte mit keinem Wort. Mit zusammengekniffenen Lippen ging sie neben ihm her. Sie zeigte jeweils nur mit einer Kopfbewegung an, wenn sie nach links oder rechts abbiegen mussten. Ansonsten sagte sie kein einziges Wort. Nach etwa einer Viertelstunde kam der Stadtrand von Versailles in Sicht. Bruno probierte es noch einmal.

»Wohnen Sie dort drüben? Ist das Ihr Zuhause?«

Er deutete auf die Häuserkette, die etwa dreihundert Meter vor ihnen lag. Aber auch dieses Mal wurde er von der Frau ignoriert. Zu seiner Überraschung antwortete aber ihr verletzter Freund.

»Ja, wir sind da. Wir kommen beide aus Versailles. Halten Sie sich bitte nach links. Wir wohnen am östlichen Stadtrand.«

Bruno freute sich über diese Reaktion. Er wollte mit dem Mann ausführlicher reden, bemerkte aber, wie sehr er doch geschwächt war, und beließ es daher bei einigen wenigen Fragen und Antworten. Immerhin erfuhr er, dass er der Bruder der jungen Frau war.

Keine zehn Minuten später bogen sie in eine Straße mit älteren, aber sehr gepflegten Häusern ein. Sie marschierten die Straße entlang. Die Anwohner, die ihnen begegneten, blickten böse und abweisend. Ein Junge, der mit seinem Schuhabsatz gefrorene Pfützen aufhackte, rannte sofort los, als er sie kommen sah. Fünf Häuser weiter riss er ein Gartentor auf und stürmte auf die Haustüre zu. Er rief nach seinem Vater und nach seiner Mutter. Beide erschienen kurz darauf in der Eingangstür. Der Vater lief auf die Straße und rannte ihnen entgegen. Hinter ihm kam seine Frau. Ihre Gesichtszüge verrieten Bruno sofort, dass es nur die Mutter von Fabienne sein konnte. Die Mutter weinte, nachdem sie erkannte, dass etwas mit ihrem Sohn geschehen sein musste. Der Vater nahm den Soldaten seinen Sohn ab und trug ihn wortlos ins Haus. Sie waren jetzt an der Gartentür angekommen. Die Mutter hatte um ihre Tochter den Arm gelegt. Allzu gern hätte sich Bruno von Fabienne verabschiedet, doch bot sie ihm keine Gelegenheit dazu. Ohne sich noch einmal umzudrehen, ging sie wortlos mit ihrer Mutter ins Haus hinein. Unschlüssig blieb Bruno zurück. Als die Tür aufging, hoffte er einen

Moment lang, sie würde sich doch noch einmal sehen lassen. Enttäuscht sah er aber nur den Jungen, der vorher vor ihnen fortgelaufen war, im Türrahmen stehen.

»Deutsche Schweine«, rief er und spuckte aus. Im nächsten Moment packte ihn aber seine Mutter am Kragen und zog ihn mit einem energischen Ruck ins Haus. Dann schlug sie heftig die Tür zu.

»Gehen wir«, sagte Bruno zu den Soldaten. Auf dem Heimweg hatte er nur einen Gedanken: Fabienne.

8

Der 16. Juni 1871 ließ die Berliner in euphorischen Jubel ausbrechen. An diesem trotz des Frühsommers bereits überaus heißen Tag feierte die Bevölkerung. Die Menschen feierten ihren Kaiser und König und die siegreichen Truppen des neu geschaffenen Deutschen Reiches. Auf dem Tempelhofer Feld harrten zweiundvierzigtausend Mann aus. Neben den Gardekorps und einem Bataillon des König-Grenadier-Regiments Nr. 7 waren Abordnungen aller deutscher Korps versammelt. Unter ihnen befand sich der zwölfjährige Prinz Wilhelm, der älteste Sohn des preußischen und deutschen Kronprinzen Friedrich. Kaiser Wilhelm hatte darauf bestanden, seinen heimkehrenden Truppen entgegenreiten zu können. Und so ritt er – umjubelt von der Menschenmenge – den ganzen Weg vom Palais Unter den Linden bis nach Tempelhof. Die Abertausenden, die die Einzugsstraßen säumten, jubelten noch lauter, als er an der Spitze der Truppen wieder in die königliche Residenz und Reichshauptstadt einzog.

Bruno stand die ganze Zeit bis zum Mittag auf dem Brandenburger Tor, das mit Girlanden und Adler-Medaillons geschmückt war. Dann drängte und zwängte er sich durch die Menschenmassen. Er benötigte eine ganze Stunde, bis er sich endlich in den Seitenstraßen wieder freier bewegen konnte. Seit zwei Monaten arbeitete er bereits wieder mit Dr. Döhnig zusammen. Es gab nach dem Sieg über Frankreich mehr denn je zu tun. Am 26. Februar war mit dem geschlagenen Frankreich ein vorläufiger Friedensvertrag, dem keine zweieinhalb Monate später das endgültige Friedensabkommen folgte, geschlossen worden. Frankreich wurde zur Zahlung beträchtlicher Kriegsentschädigungen verpflichtet – fünf Milliarden Francs, eine ungeheure Summe, die natürlich das Bankengeschäft massiv beeinflusste. Aber nicht diese Gedanken beherrschten ihn heute. Wie immer in solchen Situationen, wenn er mit seinen Gedanken allein sein wollte, marschierte er aufs Geradewohl los, ohne ein konkretes Ziel anzusteuern. Wie so oft in den letzten Wochen dachte er an Fabienne. Zum wiederholten Male rief er sich seine unternommenen Versuche in Erinnerung, um die junge Frau sprechen zu können. Das erste Mal hatte er sich am Tag nach dem vorläufigen Friedensvertrag auf den Weg gemacht, nachdem er über einen Monat lang mit sich gekämpft hatte. An dem kalten Februartag besprach er sich wieder einmal mit von Wittig. Der Offizier glaubte überhaupt nicht an eine Chance für Bruno. Er riet ihm bislang freundschaftlich, er solle das Mädchen am besten vergessen. Der General musste letztlich aber einsehen, dass er wohl Bruno nicht umstimmen konnte.

»Mach einen Versuch. Du begreifst es sonst ja doch nicht. Ich bin zwar überzeugt, du wirst dir eine Abfuhr holen.

Aber wer nach fünf Wochen immer noch den Gedanken an ein Weibsbild nicht aus seinem Kopf herausbekommt, der muss eben auf die Nase fallen, bis er es endlich besser weiß.«

Bruno erinnerte sich genau an jedes Wort des Generals. Seine Vernunft sagte ihm zwar damals, der Offizier habe wahrscheinlich recht. Doch wollte er es einfach nicht glauben.

»Am besten, du ziehst Zivilkleidung an, wenn du losgehst. Mit deiner preußischen Uniform bist du von vornherein auf verlorenem Posten. Du glaubst doch nicht, irgendein Franzose würde freiwillig einem preußischen Soldaten auch nur einen Spaltbreit die Tür aufmachen. Also, wenn überhaupt eine Chance besteht, dann mache dich in Zivil auf den Weg. Es wird zwar nichts nützen, denn ob preußischer Offizier oder Deutscher in Zivil – die Franzosen hassen uns, und daran wird auch die Tatsache nichts ändern, dass du das Mädchen und ihren Bruder beschützt hast.«

Gerade das war aber Brunos Hoffnung gewesen.

Zwei Stunden später stand er vor der Gartentür. Er öffnete sie, und aufgeregt legte er die fünf Meter bis zur Haustür zurück. Er bemerkte noch, wie sich etwas an einer Gardine am Fenster rechts neben der Tür bewegte. Dann klopfte er. Nichts rührte sich. Er klopfte ein weiteres Mal. Wieder ohne Erfolg. Er trat zwei Schritte zurück und schaute sich die Hauswand an. Als er sich umdrehte, sah er zwei alte Frauen vor dem gegenüberliegenden Haus stehen, die ihn stumm musterten. Er wandte sich noch einmal zur Tür, klopfte wieder und wartete. Vergeblich. Nichts tat sich. Schließlich gab er es auf.

Als er fortging, starrten ihm die zwei Alten nach. Bruno war sich mehr und mehr klar darüber, von etwas Unerreichbarem zu träumen. Aber auf eine irrationale Art und Weise, die nur derjenige kennt, der sein Herz verloren hat, wollte er noch nicht aufgeben. Wieder gingen drei Wochen ins Land. Der nahende Frühling brachte schon manchen schönen Tag. In den letzten Märztagen wurden sie in ein Quartier wenige Kilometer vor Paris verlegt. Einige letzte Arbeiten mussten erledigt werden. Dann kam schließlich der Befehl zur Rückkehr nach Deutschland. Am Tag vor der Abreise bat er seinen Freund um Freistellung. Von Wittig wunderte sich zwar darüber. Er ahnte aber, worum es Bruno ging. Dieses Mal ließ er ihn ohne Kommentar gewähren. Am Nachmittag brach Bruno auf. Wieder in ziviler Kleidung machte er sich auf den Weg nach Versailles. Es war Ostersonntag. Die Sonne strahlte vom Himmel. Als er in Versailles ankam, bemerkte er rasch, dass die Einwohner feierten. Er hörte Musik und fand die Straßen ziemlich verlassen vor. Zwar ging er zunächst zum Haus Fabiennes. Doch diesen Weg hätte er sich sparen können. Er wollte sich eigentlich schon wieder auf den Rückweg machen, da besann er sich einer Eingebung folgend und suchte den Festplatz auf. Die Versailler feierten anscheinend eine Art Frühlings- oder Osterfest. Ein Karussell war aufgebaut für die Kinder. Etliche Buden, die alle möglichen Getränke und Esswaren anboten, waren in einem großen Halbkreis errichtet worden. An manchen Ständen konnte man auch allerlei Schnickschnack kaufen. Holzbänke und Holztische standen ungeordnet auf der großen Wiese. Die Leute saßen fröhlich beisammen. Immer wieder wurde ein Lied angestimmt. Eine aus sechs Mann bestehende Kapelle spielte zum Tanz auf. Bruno ging umher. Manche sahen kurz zu ihm, dem Fremden, hin. Als er sich ein Glas Rotwein an einer Verkaufsbude bestellte, bemerkte niemand, dass er Deutscher war. Er lehnte sich mit dem Glas an einen breiten Baum und beobachtete seine Umgebung. Ab und zu nahm er einen Schluck. Dann plötzlich sah er, worauf er insgeheim so inständig gehofft hatte. Er verschluckte sich, musste kräftig husten, und nur wegen der lauten Musik wurden die Umstehenden nicht auf ihn aufmerksam. Doch trotz des Hustens behielt Bruno sie im Auge.

Sie stand neben einem Tisch und sprach mit einer Frau. Ihr dunkelrotes Kleid mit dem weißen Kragen, das bis zu ihren Knöcheln reichte, passte wunderschön zu ihrem Haar, das sie zu einem Pferdeschwanz zusammengebunden hatte. Bruno war wie elektrisiert. Sein Herz begann heftiger zu schlagen. Bei aller großen Freude stellte sich jedoch ein Gefühl der Hilflosigkeit ein. Er war sich überhaupt nicht klar darüber, wie er nun vorgehen sollte. Deshalb achtete er eine ganze Zeit lang nur darauf, sie ja nicht aus dem Blick zu verlieren. Fabienne ging gerade einen Tisch weiter und wollte sich setzen. Da trat ein Mann an sie heran. Es war ihr Bruder. Er hatte demnach die Verletzungen gut überstanden. Bruno hatte diesen Gedanken kaum zu Ende gedacht, da wurde ihm ganz heiß. Der Bruder deutete in seine Richtung. Fabienne folgte offenkundig seinem Hinweis. Sie schaute ihn jetzt an. Bruno versuchte ein Lächeln, das ihm aber nur verkrampft gelang. Er wusste nicht, was er nun machen sollte. Fabiennes Bruder nahm ihm die Entscheidung ab. Er kam auf ihn zu. Fabienne schaute ihn dabei immer noch an.

»Warum sind Sie gekommen?«, fragte der junge Franzose.

Bruno war für einen Augenblick verwirrt. Ihm fehlten zunächst die richtigen Worte. Konnte er überhaupt zugeben, dass er Fabienne wiedersehen wollte? Doch ihr Bruder nahm ihm ein weiteres Mal die Antwort ab.

»Hören Sie! Wir haben natürlich gesehen, wie Sie vor wenigen Wochen bei uns geklopft haben. Mir brauchen Sie nicht zu erzählen, mit welcher Absicht Sie gekommen sind. Ich weiß sehr wohl um Ihr Interesse! Aber vergessen Sie es! Sie sind Deutscher. Kein aufrechter Franzose wird sich mit einem Deutschen einlassen. Bedenken Sie nur, in welche Situation wir gebracht werden! Sie machen uns bei unseren Landsleuten unmöglich. Ich weiß nicht einmal, was geschieht, wenn Sie hier als Deutscher erkannt werden. Also, machen Sie sich am besten so schnell wie möglich auf den Heimweg.«

Bruno wollte etwas erwidern, aber der junge Mann fiel ihm ins Wort.

»Ich weiß, was wir Ihnen verdanken. Sie sind sicherlich kein schlechter Mensch. Deshalb rate ich Ihnen in aller Freundschaft: Gehen Sie des Weges! Sie werden bei uns nicht aufgenommen werden. Sie haben sowohl mich als auch meine Schwester gerettet. Dafür danke ich Ihnen. Mehr dürfen Sie aber nicht erwarten. Auch wenn ich Sie persönlich verstehen will, so taugen die Zeiten nicht, um mit Ihnen überhaupt nur zu sprechen.«

Bruno nickte still mit dem Kopf. Alles, was der Mann sagte, der etwa so alt wie er selbst sein mochte, stimmte. Dem konnte nichts erwidert werden. Er resignierte fast schon, dann stellte er aber doch noch eine Frage.

»Sagen Sie mir bitte eines: Hat Ihre Schwester einmal von mir gesprochen?«

Der Franzose zögerte mit der Antwort. Er drehte sich

zu seiner Schwester um, die immer noch zu ihnen herschaute. Dann wandte er sich wieder Bruno zu.

»Sie ist Ihnen wie ich dankbar. Sie sagte nach dem ersten Schock zu unseren Eltern, dass es immerhin einen anständigen Deutschen gäbe und …«

Fabiennes Bruder hielt inne. Bruno setzte nach.

»Und? Sagen Sie es mir, bitte.«

Noch einmal drehte sich der Franzose kurz zu seiner Schwester um. Dann antwortete er.

»Als Sie im Februar zu uns kamen, stand ich mit ihr hinter dem Fenster. Wir beobachteten Sie. Als Sie weggingen, hat sie gesagt: ›Vielleicht ein lieber Mensch, Victor. Schade, ich hätte doch gern seinen Namen gewusst.‹«

Brunos Herz hüpfte. Immerhin, immerhin, raste es ihm durch den Kopf.

»Sagen Sie ihr, ich heiße Bruno. Bruno Kohler«, brachte er schließlich heraus.

»Gut, Bruno. Ich sage es ihr. Jetzt bitte ich Sie aber in unser aller Interesse zu gehen. Vergessen Sie meine Schwester. Es ist aussichtslos.«

Mit diesen Worten ließ ihn Victor stehen. Er ging auf seine Schwester zu, nahm sie an der Hand und zog sie mit sich fort. Einen Moment lang dachte Bruno daran, ihnen einfach nachzugehen. Er sah aber die Unsinnigkeit seiner Überlegung ein. Deshalb stellte er sein Glas an einer Budentheke ab und machte sich auf den Heimweg.

Langsam spazierte er in Gedanken versunken die Hauptstraße von Versailles entlang. Er war traurig, obwohl er sich selbst die Frage stellte, was er eigentlich erwartet habe. Immer klarer wurde ihm die Unmöglichkeit seines Wunsches. Dabei wunderte er sich über sich selbst. Wie ein verliebter, dummer Junge! Dabei wirst du doch in wenigen Monaten dreißig Jahre alt! Von einem Erwachsenen kann man doch ein wenig mehr erwarten als kindische Fantastereien. Als er so mit sich selbst haderte, hörte er plötzlich, wie eine Kinderstimme nach ihm rief. Er drehte sich um. Ein Junge, der ständig »Monsieur, Monsieur« rief, rannte auf ihn zu. Er erinnerte sich, dass es wahrscheinlich der Junge war, der im Januar auf der Straße gespielt hatte und sofort losgelaufen war, als er sie kommen sah. Außer Atem stand der Junge nun vor ihm. Er drückte ihm einen Zettel in die rechte Hand, machte sofort kehrt und rannte wieder davon. Der verdutzte Bruno konnte nicht eine Frage stellen. Er sah dem Jungen nach, bis er um eine Ecke bog und verschwunden blieb. Dann schaute er den Zettel in seiner Hand an. Es war ein graues, zusammengefaltetes Papier. Er klappte es auf und las: »Das nächste Fest findet bei uns am 28. September statt. Vielleicht ist dann genug Zeit vergangen. F.«

Bruno explodierte innerlich vor Freude. Am liebsten hätte er laut gejauchzt. Er musste geradezu nach Luft schnappen, um sein Glück fassen zu können. Er hatte heute bereits ein Geburtstagsgeschenk erhalten. Der 28. September war sein Geburtstag.

»Mein Gott, mein Gott, ich werde da sein«, murmelte er überzeugt vor sich hin. Er strahlte über das ganze Gesicht. Dann beschleunigte er seine Schritte. Immer wieder las er den Zettel. Außer sich vor Freude kam er schließlich in seinem Quartier an, das Bild von Fabienne in ihrem dunkelroten Kleid vor Augen. Dieses Bild hielt er lebendig. Auch jetzt, als er durch Berlins Straßen spazierte, sah er sie noch deutlich vor sich. Noch gut drei Monate, dachte er bei sich. Nach wie vor stand für ihn fest, dass er im September nach Versailles zurückkehren würde.

9

»Darf ich Herrn Dr. Bruno Kohler vorstellen.« Der Bankier deutete mit einer knappen Handbewegung auf Bruno. Dabei schaute er den Reichskanzler an, der ihn mit ernster Miene musterte.

»Wir sind uns in diesem Hause schon früher begegnet«, antwortete Bismarck. Bruno war überrascht. Die letzte Begegnung lag einige Jahre zurück. Und trotzdem erinnerte sich der zum Reichskanzler aufgestiegene Bismarck. Bruno verbeugte sich leicht, worauf der Architekt des Kaiserreichs fortfuhr:

»Herr Bleichröder hat Sie immer wieder einmal erwähnt. Er ist voll des Lobes über Sie. Sie haben sich auf das internationale Finanzgeschäft spezialisiert?«

»Es hat sich fast wie von selbst ergeben. Ich fand in Herrn von Bleichröder einen Förderer, der mir diese berufliche Chance bereits eröffnete, als ich vor Jahren in Berlin studierte.«

»Vorübergehend sind Sie aber nach Stuttgart zurückgekehrt. Was hat Sie bewogen, dann doch wieder nach Berlin zurückzukommen?«

Bruno staunte nicht schlecht. Bismarck schien offensichtlich bestens über ihn informiert zu sein.

»Eine sehr private Angelegenheit. Ich habe es damals vorgezogen, etwas Abstand von Berlin zu gewinnen.«

»Ich verstehe. Es ist in der Tat mitunter das Beste, wenn

man die Plätze verlässt, an denen man einmal sehr glücklich gewesen ist.«

Wieder fragte sich Bruno, wie viel der Mann von ihm wusste. Sollte er tatsächlich auch über seine Liebe zu Amelie Sonntag Bescheid wissen? Jedenfalls vermittelte er den Eindruck vollkommener Informiertheit.

»Sie haben dann an zwei Kriegen teilgenommen?« Es war weniger eine Frage als eine Feststellung. »General von Wittig berichtete mir erst vor kurzem über Sie. Auch er hält große Stücke auf Sie. Lassen Sie uns doch nach draußen gehen.«

Die Aufforderung Bismarcks kam unvermittelt. Bleichröder nickte nur kurz dazu. Er ging dann rasch auf einen anderen Gast zu, den er wie viele andere zum heutigen Abend in sein Haus eingeladen hatte.

Bismarck schritt langsam die Stufen hinab. Im Erdgeschoss der großen Villa begab er sich nach links, wo am Ende des Ganges eine große Flügeltür zum Park hinausführte. Ein Hausdiener öffnete sie sofort. Bruno trat neben dem Politiker ins Freie. Er fühlte sich etwas unsicher.

»Wie ich hörte, haben Sie durchaus etwas für die ärmeren Klassen der Bevölkerung übrig?«

Bruno sagte sich, dass es am besten wäre, wenn er mit seinen Ansichten nicht hinter dem Berg halten würde.

»Ich habe mich mit den sozialen Verhältnissen der Arbeiterschaft befasst. Was ich da zu sehen bekam, hat mich zutiefst erschüttert. Wenn ich ehrlich bin, scheinen mir die Lebensverhältnisse zumindest teilweise unmenschlich. Ich würde mir wünschen, die Unternehmer würden im Einklang mit dem Staat für Verbesserungen Sorge tragen.«

»Welche Verbesserungen meinen Sie denn?«

»In erster Linie halte ich einen besseren Schutz in Krankheitsfällen für notwendig. Ganze Familien stehen vor dem Nichts, wenn der Ernährer erst einmal ausfällt. Das gilt auch für Unfälle. Ich habe Krüppel gesehen, die einen Arbeitsunfall hatten und damit regelrecht dem Elend ausgesetzt wurden. Krankheit und Unfall – da müsste etwas geschehen. Und um einen letzten wichtigen Punkt zu nennen: die Wohnverhältnisse. Von Wohnen kann man dabei oft gar nicht sprechen. Es ist ein Hausen in feuchten, beengten Räumen, in denen die Menschen schon allein wegen der mangelnden Hygiene kaum gesund bleiben können.«

Bismarck sagte nichts zu all dem Vorgetragenen. Sie gingen einige Meter, der feine Kies knirschte bei jedem ihrer Schritte. Bruno überlegte, ob er vielleicht fortfahren sollte. Andererseits fragte er sich, weshalb der Kanzler in keiner Weise auf seine Argumente einging, mit denen er die Notwendigkeit einer Hilfe für die Arbeiterschaft unterstrichen hatte. Zu seiner Überraschung wechselte er dann das Thema.

»Lassen Sie uns ins Haus zurückkehren.« Bei diesen Worten machte Bismarck kehrt. Im ersten Moment dachte Bruno, er habe wohl den Unwillen des Reichskanzlers provoziert. Dann aber nahm Bismarck das Gespräch wieder auf.

»Es gibt in diesen Zeiten nicht nur im Wirtschaftsleben viel zu leisten. Auch der Staat ist auf hervorragende Leute angewiesen. Allein der Aufbau der Reichsministerien macht kluge und loyale Köpfe erforderlich. Ich möchte damit andeuten, dass ich mir Sie für eine derartige Arbeit vorstellen kann. Der liebe Bleichröder würde zwar nicht unbedingt begeistert sein. Aber immerhin sagte er mir zu, sein Eigeninteresse müsse zurückstehen, wenn es um das Reich gehen sollte.«

Bruno war wiederum einigermaßen verblüfft. Bismarck und Bleichröder mussten bereits im Vorfeld des Gesprächs manches miteinander abgesprochen haben. Er hatte für sich bis zum heutigen Tag nicht daran gedacht, in den Staatsdienst einzutreten. Bevor er antworten konnte, traten sie wieder in die Villa, und zwei andere Gäste kamen auf sie zu. Bismarck sagte nur noch: »Denken Sie darüber nach. Und lassen Sie sich ein paar Tage Zeit damit. Niemand drängt Sie. Bleichröder sowieso nicht. Aber für jemanden wie Sie gäbe es jedenfalls manche gute Verwendung.«

Mit diesen Worten wandte sich der Reichskanzler von Bruno ab. Er widmete sich den beiden anderen Gästen, einem russischen General und einem russischen Diplomaten. Bruno blieb ziemlich perplex zurück.

10

Das Telegramm erreichte ihn, als er mit Immanuel von einem langen Spaziergang zurückkam. Er hatte die freien Abendstunden genutzt und war mit seinem Hund über zwei Stunden unterwegs gewesen. Beide waren sie nun hungrig und müde, doch sehr zufrieden. Bruno musste die Tür nicht selbst aufschließen. Seine Haushälterin empfing ihn. Irgendwie spürte er augenblicklich, dass etwas nicht stimmte. Noch bevor er eine Frage stellen konnte, streckte sie ihm ein Stück Papier hin.

»Bitte, Herr Doktor. Das ist vor einer knappen Stunde gekommen. Ich habe Sie sofort gesucht, aber nicht finden können. Da hielt ich es für besser, wenn ich hier auf Sie warten würde.«

Sein Gefühl hatte ihn nicht betrogen. Die wenigen, abgekürzten Sätze, die er las, trafen ihn wie ein Schlag. Er zog seine Taschenuhr heraus, klappte sie auf.

»Kurz nach acht Uhr. Frau Michaelis, es muss jetzt alles sehr schnell gehen. Um Viertel vor neun fährt ein Nachtzug, mit dem ich nach Stuttgart komme. Diesen muss ich unbedingt erreichen. Richten Sie mir einen Koffer mit dem Nötigsten. Ich rufe eine Kutsche. In einer Viertelstunde will ich auf dem Weg zum Bahnhof sein.«

Er erreichte den Zug rechtzeitig. Als er im Abteil saß, zog er das Telegramm aus der Innentasche seiner Jacke und las es zum wiederholen Male.

›Ihre Frau Mutter schwer erkrankt. Kommen unbedingt notwendig. Hirsch.‹

Die zwei abgehackten Sätze sagten alles. Vor drei Wochen war noch ein Brief von seiner Mutter gekommen, in dem sie ihren schlechten Gesundheitszustand andeutete. Noch einmal las er das Telegramm durch, dann steckte er es wieder weg und versuchte, die finsteren Gedanken zu vertreiben. Das wollte ihm jedoch nicht gelingen. Auch seine Versuche, etwas Schlaf zu finden, hatten kaum Erfolg. Sein ungutes Gefühl wurde immer stärker, und mehr und mehr überwältigte ihn die Angst um seine Mutter. Erst als der Morgen dämmerte, vor einer Stunde war der Zug in Leipzig abgefahren, nickte er ein. Dabei träumte er von seiner Mutter.

Er sah sich als kleinen Jungen an der Hand seiner Mutter. Um sie herum wurde geschossen. Es blitzte und krachte. Sie befanden sich mitten in einem Schlachtengetümmel. Überall lagen Tote und Verletzte. Doch gerade so, als wären sie vollkommen sicher und geschützt, gingen sie weiter. Sie duckten sich nicht, suchten keine Deckung, und selbst als eine Granate unmittelbar vor ihnen explodierte und das Erdreich aufriss, liefen sie einfach weiter. Der kleine Bruno schaute zu seiner Mutter auf. Doch sie lächelte nur.

»Es wird höchste Zeit, dass wir ihn finden. Viel Zeit bleibt uns nicht mehr. Aber es ist wichtig. Wir müssen zu ihm gehen.«

»Wen meinst du denn, Mama?«

»Deinen Vater, du Dummerchen. Dein Vater möchte dich doch noch einmal sehen. Du wirst jetzt bald allein sein. Deshalb will er sich verabschieden.«

»Aber Vater ist doch tot. Hast du mir nicht immer gesagt, er sei schon vor langer Zeit gestorben?«

»Ja, schon. Aber er hat doch noch nicht Auf Wiedersehen gesagt. Das wird er jetzt nachholen.«

Wieder schlug eine Granate vor ihnen ein. Zwei Männer wurden zerfetzt. Doch sie reagierten überhaupt nicht darauf. Dann rasten plötzlich mehrere Reiter auf sie zu. Aber anstatt auszuweichen, winkte seine Mutter nur mit der Hand und befahl in aller Ruhe: »Geht weg! Geht weg! Ihr haltet uns nur unnötig auf.«

Und mit einem Mal waren keine Reiter mehr da. Stattdessen sahen sie einen Hügel, hinter dem die Sonne unterging. Es war kein Krieg mehr. Im Gegenteil. Die Landschaft lag friedlich da, und seine Mutter sagte noch, sie hätten es sicherlich gleich geschafft.

Und da stand auf einmal sein Vater auf dem Hügel. Er sah ihn winken, und voller Freude wollte der kleine Bruno loslaufen. Seine Mutter hielt ihn aber fest.

»Nein, nein, Bruno. Er winkt nur mir.«

Wieder schaute Bruno seine Mutter an. Er begriff nicht, was sie ihm sagen wollte. Da sah er endlich seinen Vater wieder, und nun sollte er nicht zu ihm gehen dürfen. Eigenartigerweise überfiel ihn eine große Traurigkeit. Aber auf seltsame Art und Weise ahnte er, dass es wirklich nicht ging.

Sein Vater winkte immer noch. Bruno hob beide Hände und rief: »Papa! Papa!«

Tatsächlich antwortete ihm sein Vater. Er hörte seine Stimme. Ganz zweifelsohne! Es war die Stimme seines Vaters.

»Du bist ja ein Mann geworden, Bruno. Dann kommst du bestimmt gut allein zurecht. Weißt du, es ist einfach die Zeit gekommen.«

Bruno bemerkte verwundert, dass er nicht mehr der kleine Junge war. Er stand als Erwachsener neben seiner Mutter und wollte fragen, wofür nun die Zeit gekommen sei.

»Magdalena«, rief da aber sein Vater.

Seine Mutter umarmte ihn und lachte dabei ganz fröhlich.

»Magdalena.« Noch einmal rief sein Vater.

Danach ging sie auf ihren Mann zu. Auf halbem Wege drehte sie sich noch einmal um. Immer noch lachte sie. So als ob sie unwahrscheinlich glücklich wäre. Bruno war nun wieder zu einem kleinen Jungen geworden. Auch er lachte. Als seine Mutter bei seinem Vater auf dem Hügel angekommen war, nahm er seine Frau in seine Arme.

»Ich danke dir, Bruno, lieber Bruno!«, hörte er seine Mutter rufen.

»Mama, Mama«, schrie Bruno. Er war jetzt voller Angst

und konnte gar nicht verstehen, warum er gerade noch gelacht hatte. Noch einmal rief er seine Mutter.

In diesem Augenblick wachte er auf. Irritiert schaute er um sich. Er schwitzte und wäre am liebsten aufgestanden. Doch hätte er damit alle anderen Fahrgäste in dem Abteil aufgeweckt. So blieb er sitzen und versuchte, sich selbst zu beruhigen.

Bruno kam zu spät. Man hatte seine Mutter im Wohnzimmer aufgebahrt. Die Hirschs kümmerten sich um alles. Benjamin, der sich in Stuttgart aufhielt, versuchte ihn zu trösten. Normalerweise wäre ein Zusammentreffen mit seinem Freund ein Grund zur Freude und zum Feiern gewesen. So aber waren es traurige und stille Tage. Von Benjamins Mutter erfuhr Bruno, wie furchtbar schnell alles gegangen war. Bereits seit einigen Tagen hatte sich seine Mutter sehr unwohl gefühlt.

»Sie hat gestern Abend noch mit uns gegessen. Als sie aufstehen und heimgehen wollte, setzte sie sich wieder und sagte ›Mir wird so übel‹. Mein Mann wollte schon nach dem Arzt rufen lassen, da ist sie einfach gestorben.«

Frau Hirsch erzählte es ihm so schonend wie möglich. Der herbeigerufene Arzt konnte nur noch den Tod feststellen. Das Herz seiner Mutter, das ihr schon längere Zeit Schwierigkeiten bereitete, hatte einfach aufgehört zu schlagen.

Zwei Tage später fand die Beerdigung statt. Bruno erledigte alle Formalitäten. Er blieb noch weitere zwei Tage in Stuttgart und reiste dann nach Berlin zurück.

11

Bruno trauerte sehr um seine Mutter. Außer mit Döhnig sprach er aber mit niemandem über ihren Tod. Um nicht ganz in Depressionen zu verfallen, stürzte er sich in die Arbeit. Das half ihm ein wenig. Todmüde kam er immer erst nach Hause, als es schon dunkel war. Nach dem Essen und nun eher kurzen Spaziergängen mit Immanuel legte er sich meistens gleich ins Bett, wo er aber nur einen unruhigen Schlaf fand. Morgens stand er deshalb sehr früh auf, dann schleppte er sich ins Büro. Er war derart niedergedrückt, dass er selbst seine vorgesehene Reise nach Versailles infrage stellte. Irgendwie zweifelte er inzwischen daran, ob es überhaupt Sinn machte, dorthin zurückzukehren. Die zweite Septemberwoche verging, und seine Stimmung hellte sich immer noch nicht auf.

Döhnig hatte einige Tage gezögert, bis er ihn ansprach.

»Herr Kohler«, sagte er zu ihm, als er wieder einmal sein Angebot zu einem gemeinsamen Mittagessen ausgeschlagen hatte. »Ich möchte nicht Ihre Gefühle verletzen. Aber Sie machen da etwas falsch. Und ich denke, es ist an der Zeit, dass ich mich dazu äußere.«

Bruno reagierte zunächst eher reserviert. Döhnig ließ sich aber nicht beirren.

»Es hat alles keinen Wert. Irgendjemand muss es Ihnen sagen. Wir kennen uns nun etliche Jahre. Ich erlaube mir deshalb, Sie auf – nun sagen wir einmal – Fehlentwicklungen aufmerksam zu machen.«

Bruno setzte sich und schaute ihn an.

»Ja nun, Herr Kohler. Natürlich ist noch nicht allzu viel Zeit seit dem Tod Ihrer lieben Frau Mutter vergangen. Sie haben mir ja immer wieder von ihr erzählt. Und deshalb verstehe ich auch Ihre Trauer. Aber lassen Sie mich als Freund sagen, der es gut mit Ihnen meint: Sie quälen sich zu sehr. Ich beobachte Sie sehr genau und muss leider befürchten, dass Sie über Ihren Schmerz krank werden. Wenn mich nicht alles täuscht, so möchte ich doch meinen, es liegt daran, weil Sie nicht richtig Abschied genommen haben. Sie sind zu schnell nach Berlin zurückgekommen. Sie wären besser noch einige Zeit in Stuttgart geblieben und hätten sich nicht gleich wieder in die Arbeit gestürzt.«

Bruno kämpfte mit sich. Er musste mehrmals schlucken. Nur mühsam gelang ihm ein Unterdrücken der Tränen. Dr. Döhnig sah sehr wohl, was in ihm vorging. Vorsichtig fuhr er fort:

»Sie sind ein robuster Kerl. Klug noch dazu, und die Welt steht Ihnen im Prinzip offen. Doch – so plump sich das anhören mag – Sie sind auch nur ein Mensch! Und vielleicht spüren Sie, wie schnell man fürchterlich leiden kann. Wie weh einem etwas tut, und wie man plötzlich erkennen muss, dass trotz aller Stärke und Fähigkeit und aller Kraft der weiche Kern hervortritt und einen auf das reduziert, was jeder von uns ist – auch wenn wir es nie zugeben würden: ein armes, unsicheres Wesen, das das Schicksal beuteln und fürchterlich aus der Bahn werfen kann. Wenn es dazu kommt, werden Sie sich anstrengen können, wie Sie wollen. Sie werden wenig Erfolg haben.«

Da endlich platzte es aus Bruno heraus.

»Es tut weh. Es tut wirklich weh. Ich versuche ja, es zu vergessen und wegzuschieben. Aber es gelingt einfach nicht. Ich wehre mich dagegen. Aber glauben Sie mir, irgendetwas ist da in mir. Ich habe das Gefühl, es frisst mich auf. Es drückt mich nieder. Es lastet wie ein ungeheures Gewicht auf mir. Ob ich ins Bett gehe oder morgens aufstehe: Immer ist es schon da. Ich kann es gar nicht genauer beschreiben. Ich spüre nur, wie es Besitz von mir ergreift und mir keine Chance lässt. Sie werden es nicht verstehen. Aber ich habe das Gefühl, alles um mich herum bedeutet mir nichts mehr, absolut nichts mehr.«

»Ach Bruno, wie gut ich Sie verstehe.«

Döhnig hatte ihn zum ersten Mal mit seinem Vornamen angesprochen. Obwohl sie sich inzwischen recht vertraut geworden waren, hatte er ihn doch noch nie Bruno genannt. Aber irgendwie tat es ihm gut, dass ihn Döhnig derart vertraulich anredete.

»Ich verstehe es gut. Sehr gut sogar«, wiederholte der Prokurist. Dann erzählte er ihm seine Geschichte.

Ein Jahr vor Brunos Geburt stand Dr. Rudolf Döhnig bereits längere Zeit im Dienst eines schwerreichen, westfälischen Adligen, der im Gegensatz zu vielen seiner Zeitgenossen mit größtem Interesse die Entwicklung und den Einsatz von Dampfmaschinen beobachtete. Er war fasziniert von der neuen Technik, die er für seine Unternehmen nutzen wollte. Ihm gehörten nicht nur etliche Textilmanufakturen. Auch im Eisenbahnbau investierte er Kapital. Daneben nannte er zwei Fabriken, die Gewehre und Kanonen herstellten, sein Eigen. Er erkannte Wirtschaftszweige, denen eine ausgezeichnete Zukunft offenstand, wenn man nur über das notwendige technische Wissen verfügte und es entsprechend anwenden konnte. Aus diesem Grund entsandte er Döhnig, diesen jungen, energischen und ehrgeizigen Mann, ein Jahr nach England. In das Land also, in dem die Industrie im Vergleich zu Deutschland schon gewaltig fortgeschritten war. Er sollte dort das Fabriksystem studie-

ren und sich mit den Fortschritten in der Technik vertraut machen. Obwohl technisch überhaupt nicht ausgebildet, konnte Döhnig die Arbeit aber mit Bravour bewältigen. Vor allem knüpfte er hervorragende geschäftliche Beziehungen. Im zweiten Jahr leitete er bereits eine neu gegründete Zweigniederlassung in Liverpool. Die Geschäfte liefen bestens. Er wurde hervorragend entlohnt und fand Zugang zu den besseren Kreisen. In dieser Zeit verliebte er sich in die Tochter von Sir George Michaelson, einem der führenden Industriemagnaten Liverpools. Elisabeth erwiderte seine Liebe. Sie heirateten ein dreiviertel Jahr später. Im Abstand von zwei Jahren kamen zwei Töchter zur Welt. Die Erstgeborene erhielt den Namen der Mutter von Elisabeth: Ann-Jennifer. Die zweite Tochter wurde nach seiner Mutter getauft. Ann-Jennifer und Theresia bereiteten ihm viel Freude, und mit Stolz sah er sie heranwachsen. Als sie drei und fünf Jahre alt waren, wurde Elisabeth wieder schwanger. Beide freuten sie sich sehr auf das Kind.

Dann erhielt er von seinem Vater einen Brief aus Deutschland. Seiner Mutter ging es sehr schlecht. Sie hatte den Wunsch, ihren Sohn und seine Familie zu sehen. Da sie selbst nicht reisen konnte, brach Rudolf Döhnig mit der ganzen Familie auf und verbrachte vier Wochen in der Nähe von Hamburg, wo seine Eltern wohnten. Trotz der Krankheit seiner Mutter waren es zunächst schöne Wochen. Von seinem Vater wusste er nur zu genau, wie es um sie stand. Seine Kinder freuten sich an der Großmutter, die tapfer mit der ihr noch verbliebenen Energie mit den beiden Mädchen spielte und ihre Krankheit verbergen konnte. Von einem Tag auf den anderen verschlechterte sich dann jedoch ihr Gesundheitszustand dramatisch. Auch der Arzt hatte nicht mehr helfen können. Nach der Beerdigung schickte er seine Familie nach England zurück. Er musste seinem Vater helfen und deshalb noch mindestens zwei weitere Wochen in Hamburg bleiben. Zwar fühlte er sich nicht besonders gut bei dem Gedanken, Elisabeth und die Kinder allein reisen zu lassen. Doch Elisabeth redete ihm seine Sorge aus. So kehrten sie ohne Ehemann und Vater nach Liverpool zurück.

Rudolf Döhnig trauerte zwar um seine Mutter. Doch als er nach vierzehn Tagen selbst die Rückreise antrat, freute er sich auf das baldige Wiedersehen mit seiner Familie. Er kam spät in der Nacht in Liverpool an. Schon als der Zug in den Bahnhof einfuhr, sah er den hellen Schein am Nachthimmel des nördlichen Stadtrandes. Er ahnte sofort, dass es dort brennen musste, doch machte er sich noch keine Sorgen. Erst als er sich mit der Kutsche zu seinem Haus fahren ließ, bemerkte er eine unangenehme Nervosität. Diese steigerte sich, als er mitbekam, dass der Brand in seiner Wohngegend wüten musste. Dann nahm er auf einmal die aufgeregten Menschen wahr, die sich gegenseitig etwas zuschrien und durcheinander liefen. Plötzlich tauchten Feuerwehrleute und Bürger mit Eimern auf. Auch Pferde, die Löschkutschen zogen, galoppierten über die Pflastersteine. Sie wurden von Feuerwehrleuten angetrieben, die die Brandglocken läuteten. Seine Kutsche kam nicht mehr voran. Die Straßen waren verstopft. Döhnig sprang heraus. Jetzt beschlich ihn eine dumpfe Angst. Er begann zu rennen. Immer wieder musste er anderen Menschen ausweichen. Der nächtliche Himmel war nun hell erleuchtet. Und dann drang plötzlich das schreckliche Knistern und Krachen an seine Ohren. In diesem Augenblick wusste er es. Instink-

tiv begann er zu schreien. Er rannte jetzt wie von Sinnen darauf los, rempelte andere Leute an, stolperte über sie, riss manchen auch einfach um. Als er endlich in die Victory Road einbog, wurde seine böse Ahnung zur Gewissheit.

Rudolf Döhnig hatte nicht mehr helfen können. Zwar versuchte er in seine lichterloh brennende Villa hineinzugelangen. Doch wurde er von zwei Männern daran gehindert. Er schlug wild um sich und konnte sich aus deren Griffen befreien. Er rannte auf die Haustür zu, aus der die Flammen herausschlugen. Die Hitze versengte ihm augenblicklich die Haare. Dem Irrsinn nahe musste er seine Chancenlosigkeit erkennen. Er brüllte noch die Namen seiner Frau und seiner Kinder, als er längstens von starken Armen zurückgezerrt worden war. Wie wahnsinnig schrie er. Er klammerte sich an den älteren Mann und begann zu weinen. Sein Schwiegervater nahm ihn in die Arme und streichelte ihn wie einen kleinen Jungen. Auch ihm liefen die Tränen über das Gesicht. Beide wussten, dass sie die Liebsten auf der Welt, die sie besaßen, verloren hatten.

Das Haus brannte bis auf die Grundmauern ab. Es konnte nie geklärt werden, wie es zu dieser Katastrophe gekommen war. Die Beerdigung seiner Familie fand unter großer Anteilnahme der Bevölkerung statt. Er blieb noch fast ein halbes Jahr in Liverpool. Jeden Tag ging er auf den Kirchhof, haderte mit seinem Schicksal, betete und weinte und klagte seinen Gott an. Schließlich hörte das Weinen auf. Er betete nur noch, und irgendwann war die Zeit für ihn gekommen, um wieder nach Deutschland zurückzukehren.

Bruno hatte ohne ein Wort zu sagen zugehört. Niemals hätte er ein solches Schicksal seines väterlichen Freundes vermutet. Ihm saß ein Kloß im Hals. Er räusperte sich, bevor er leise fragte:

»Wie viele Jahre sind seither vergangen?«

Döhnig lächelte auf eine milde Art und Weise. Er schaute auf irgendeinen Punkt an der gegenüberliegenden Wand. Bruno kam dies etwas merkwürdig vor. Er verstand nicht recht, warum der Mann nun lächeln konnte. Doch Döhnig gab ihm selbst die Antwort.

»Nächstes Jahr wird es um diese Zeit genau fünfunddreißig Jahre zurückliegen. Es liegt schon so lange zurück. Und doch kommt es mir vor, als wäre es gerade gestern gewesen. Ich habe viele Jahre mit meinem Schicksal gehadert. Je mehr Zeit jedoch verging, desto mehr fand ich aber wieder meine innere Ruhe. Heute denke ich mit großer Liebe an meine Familie zurück, ohne dass es wehtut. Manchmal habe ich Augenblicke, da fühle ich meine Frau und meine Töchter ganz nahe bei mir. Es ist dann, als gäbe es die vielen Jahrzehnte gar nicht. Irgendwann habe ich gemerkt, wie der Schmerz nachgelassen hat. Und gleichzeitig wuchs das Gefühl, das mich mit ihnen heute noch so sehr verbindet. Es mag sich vielleicht paradox, womöglich verrückt anhören. Aber meine glücklichsten Momente sind diejenigen, in denen ich fühle, dass sie bei mir sind. Ich kann dieses Gefühl nicht einfach herstellen. Es kommt ab und zu von ganz allein. Es ist schwierig zu beschreiben, aber ich empfinde es jedes Mal wie einen wunderschönen, sanften Traum. Wenn ich aus ihm erwache, bin ich immer ein sehr, sehr glücklicher Mensch.«

Döhnig sprach diese Worte wie zu sich selbst. Er schien wie entrückt, milde lächelte er. Bruno blickte in ein Zärtlichkeit ausstrahlendes Gesicht. Tatsächlich war die ansonsten strenge Miene des Prokuristen ganz verändert. Bruno bemerkte diese Veränderung deutlich. Er wunderte sich gerade darüber, warum Döhnig sich ihm gegenüber derart offenbart hatte, da klärte ihn der so viele Jahre ältere Mann, der sein Vater hätte sein können, auf.

»Ich habe zwar keinen Sohn gehabt. Aber als ich Sie vor nun zehn Jahren zum ersten Mal sah, dachte ich schon damals, in diesem Alter wären meine Mädchen jetzt auch. Ein paar Jahre älter zwar, aber doch dieselbe Generation. Ich habe Sie all die Jahre beobachtet und gesehen, wie Sie sich entwickeln. Ihre Energie, Ihr Geschick, Ihren Mut, Ihr Fortkommen: All das habe ich mit Genugtuung registriert. So gut ich konnte, wollte ich immer meinen Beitrag dazu leisten. Bei Ihnen war ich mir von Anfang an sicher, dass Sie es verdient haben. Und heute freue ich mich einfach darüber, weil ich mich offensichtlich nicht in Ihnen getäuscht habe. Aus niederem Stand haben Sie sich bravourös hochgearbeitet. Nur, jetzt bereiten Sie mir Kummer. Deshalb erzähle ich Ihnen das alles.«

»Ich …«, wollte Bruno ansetzen. Aber Döhnig unterbrach ihn.

»Lassen Sie mich noch eines ausführen. In manchem erkenne ich mich in Ihnen natürlich wieder. So wie Sie leiden, erging es mir damals auch. Am liebsten wäre ich damals mit dem nächstbesten Schiff nach Amerika aufgebrochen. Nur fort von Liverpool. Weg aus England, weg, in eine ganz andere Welt, um alles zu vergessen. Aber glauben Sie mir: Es wäre der falsche Weg gewesen. Mich hat Gott sei Dank mein Schwiegervater zurückgehalten. Ich verdanke ihm sehr viel. Er war ein starker, aber doch empfindsamer Mann, der wusste, wie es um die Menschen steht.

Nun, von ihm habe ich gelernt, nicht einfach wegzugehen. Man muss bei seinen Verstorbenen bleiben, bis man den unwiderruflichen Abschied akzeptiert hat. Bevor dies nicht gelungen ist, wird einem das Leid das Herz zerschneiden. Und Sie, mein lieber Bruno, sind nach meinem Gefühl zu früh aus Stuttgart zurückgekehrt.«

»Ich bin so irritiert und weiß gar nicht, was mit mir los ist. Sie wissen doch, ich habe vor etlichen Jahren meine Amelie verloren. Damals bin ich doch auch nach einigen Monaten weggegangen. In den beiden letzten Kriegen habe ich vielfach Tod und Elend erlebt. Manch guter Kamerad ist dabei auf schreckliche Weise ums Leben gekommen. All das hat mich letztlich aber nicht derart durcheinandergebracht, wie ich es nun erlebe. So furchtbar und schrecklich alles war, es ging immer weiter. Und das ist nun ganz anders. Auf einmal bricht in mir alles zusammen.«

»Wenn ich es richtig zu beurteilen vermag, dann wirken schlimme Ereignisse nicht immer in der gleichen Weise. Kein Mensch kann wohl erklären, weshalb uns der eine Schicksalsschlag völlig aus der Bahn wirft, ein anderer aber mehr oder weniger gut verkraftet wird. Nur, wenn es einen trifft, dann muss man das Loslassen lernen. Und das geht nicht, wenn man einfach aufbricht und alles hinter sich lassen will. Ich vermute, Sie haben eine enge und liebevolle Beziehung zu Ihrer Mutter gehabt. Sie haben mir ja einmal von Ihrem Vater erzählt, der schon früh ums Leben gekommen ist. Wenn man dann all die Menschen verliert, von denen man in Liebe angenommen worden ist, kann es einem auch als Erwachsenen passieren, dass die Seele zerbricht und das Gefühl unterzugehen um sich greift.«

Döhnig schwieg einen Moment.

»Gehen Sie nach Stuttgart zurück. Bleiben Sie solange,

wie Sie es für richtig halten. Es wird Ihnen bald besser gehen. Da bin ich mir ganz sicher. Und eines ist natürlich völlig klar: Sie können jederzeit zurückkommen. Die Tür steht für Sie immer offen. Mit Bleichröder werde ich selbstverständlich reden.«

Bruno nickte. Er stand auf, streckte dem Prokuristen die Hand entgegen und sagte:

»Lieber Herr Dr. Döhnig! Ich danke Ihnen, ich danke Ihnen sehr.«

Döhnig hielt seine Hand fest. Dann umarmte er Bruno.

»Lassen Sie sich Zeit. Sie werden von selbst merken, wann eine Rückkehr sinnvoll ist.«

12

In Stuttgart kümmerte sich Benjamin um Bruno. Der Freund, der noch vor Ausbruch des Krieges mit Frankreich eine chemische Fabrik zur Herstellung von Farben gegründet hatte, war sensibel genug und wusste daher genau, wie er mit Bruno umzugehen hatte. Voller Stolz führte Benjamin seinen Freund am übernächsten Tag nach seiner Ankunft durch seine Fabrik. Nach einem ersten Rundgang zog er Bruno an ein Fenster und deutete über den Hof, wo gerade ein Gerüst entfernt wurde. Er klatschte in die Hände. Wie ein begeisterter Junge erzählte er von seinem neuesten Projekt.

»Agrarchemie! Mein zweites Standbein. Die Farben laufen schon fast von allein. Nun will ich mir ein Gebiet erschließen, das nicht nur Gewinn abwerfen, sondern den

Menschen helfen soll. Kannst du dich erinnern? Solange ist es gar nicht her. Als wir noch Kinder waren, gab es Missernten. Die Menschen mussten hungern. Nicht nur Schädlinge zerstörten in manchen Jahren ganze Ernten. Es gab auch Jahre, da wuchs nur wenig. Der Boden gab einfach nicht mehr her.«

Sie gingen über den Hof in das zweite Gebäude. Als sie eintraten, kam ihnen ein Mann in ihrem Alter entgegen. Er wirkte allerdings nicht wie ein Arbeiter. Trotz des warmen Wetters trug er einen Anzug aus dicker, englischer Wolle. Selbst die Weste war zugeknöpft.

»Ah, das ist geschickt. Da kann ich dir gleich einen meiner wichtigsten Mitarbeiter vorstellen. Dr. Werner Semmele, seit vier Wochen bei mir.«

Benjamin machte die beiden miteinander bekannt. Bruno erfuhr von Kontakten seines Freundes zum Lehrkörper der nahen Landwirtschaftlichen Hochschule in Hohenheim.

»Ich habe Herrn Dr. Semmele schlichtweg abgeworben. Er hat bei Professor Ludwig gearbeitet, dem führenden Chemiker in Hohenheim. Er beschäftigt sich mit der Düngemittelherstellung. Dr. Semmele hat auf diesem Gebiet promoviert. Es war nicht einfach, ihn zu bekommen.«

Der Mann wirkte eher schüchtern, aber schon seine äußere Erscheinung wies darauf hin, dass man es mit einem hervorragenden Analytiker zu tun haben musste. Die Brille mit den dicken Gläsern, die hohe Stirn und die präzise Ausdrucksweise – Bruno fühlte sich automatisch an einen Gelehrten erinnert. Sie verabschiedeten sich, und Benjamin schwärmte weiter von dem Vorhaben, das er anpacken wollte.

Bruno spürte nach einer Woche, wie ihm leichter wurde. Die vertraute Umgebung, die Stationen seiner Kindheit, die er aufsuchte, die Gespräche mit den ihm vertrauten Menschen verfehlten nicht ihre Wirkung. Zudem erfuhr er von Benjamins Heiratsabsichten. Erstaunt sah Bruno seinen Freund an, als er davon hörte.

»Ich werde heiraten! Jawohl, ich werde heiraten. Was sagst du nun?«

Bruno war wirklich überrascht. Bisher hatte Benjamin nicht die geringste Andeutung gemacht. Er blieb stehen, lachte seinen Freund an und fragte:

»Ja, und? Erzähl schon. Wer ist die Auserwählte, und wann findet die Feier statt?«

»Schneller als du denkst. Noch sechs Wochen. In der Woche nach dem Laubhüttenfest wird die Trauung sein. Das meiste ist schon vorbereitet. Und damit du es weißt: Du bist nicht nur herzlich eingeladen. Ich erwarte sogar, dass du dabei sein wirst. Rachel will dich endlich kennenlernen.«

»So, Rachel heißt die glückliche Braut. Also dann, erzähle schon von ihr. Woher kommt sie? Wie alt ist sie?«

»Sie ist wunderbar. Einfach wunderbar. Als ich sie kennenlernte, war sie gerade siebzehn. Seither sind vier Jahre vergangen. Aber wir ahnten von Anfang an, dass wir zusammengehören. Kennengelernt habe ich sie in Köln. Ich habe für meinen Vater dort einige geschäftliche Dinge erledigt. Und dabei sind wir uns im Haus eines Geschäftspartners über den Weg gelaufen. Denke dir nur, mit den Sterns stehen wir seit über zwanzig Jahren in geschäftlicher Verbindung. Wer hätte denn je gedacht, dass die Kinder einmal diese Geschäfte aufs Private ausdehnen würden?«

Benjamin lachte herzlich bei diesen Worten.

»Rachel Stern heißt sie also?«

»Ja, Rachel Stern. Sie ist ein Traum. Du wirst sehen.«

Benjamin erzählte noch einiges von seiner Braut. Am liebsten hätte er Bruno gefragt, ob er nicht auch in Berlin ein Mädchen zurückgelassen habe. Doch wollte er seine Gefühle nicht verletzen. So verkniff er sich die Frage. Überraschend erhielt er aber eine Antwort. Irgendwann fing Bruno nämlich von selbst an. Er schilderte ihm die Kriegsereignisse in Frankreich und schließlich das Zusammentreffen mit Fabienne. Er teilte ihm auch die Bedenken mit, die ihn zwischenzeitlich plagten.

»Also, ich denke, bei nüchterner Betrachtung hat das doch keinen Sinn.«

Sein Freund runzelte die Stirn.

»Bei nüchterner Betrachtung? Was ist denn das für ein Gerede? Bei nüchterner Betrachtung! Wenn ich das schon höre! Seit wann willst du so etwas nüchtern betrachten? Ich habe das Gefühl, dir muss man einen kräftigen Stoß geben. Da verliebst du dich in ein Mädchen, das lässt dir sogar einen Zettel – ja eigentlich fast einen Liebesbrief – zukommen. Und du betrachtest es nüchtern! Also bitte, am besten du kommst ganz rasch wieder zu dir. Bruno! Du hältst vielleicht das Glück in Händen. Wo ist dein Mut? Menschenskinder, ich verstehe ja, dass es dir derzeit nicht besonders gut gehen kann. Aber bei allem, was recht ist! Das Leben geht weiter. Und wenn einem das Leben schon eine Chance bietet, muss man zugreifen.«

Benjamin hatte sich regelrecht hineingesteigert. Er stutzte einen Moment.

»Am 28. September? Das ist ja schon in sechs Tagen. Oh je, da wird es aber Zeit, dass ich ein ernstes Wort mit dir rede.«

Benjamin zerstreute alle seine Bedenken. Er redete mit Engelszungen auf Bruno ein, machte ihm Mut und war erst zufrieden, als ihm sein Freund versprach, dass er nach Versailles reisen würde.

Drei Tage später saß Bruno im Zug nach Straßburg. Dort hatte er bis zur Weiterreise nach Paris einen halben Tag Aufenthalt. Er machte sich schon Sorgen, ob er rechtzeitig ankommen würde. Doch erreichte er in den Spätnachmittagstunden des 27. September Versailles, wo er in einer kleinen Pension ein Zimmer fand. Er wurde zwar als Deutscher nicht besonders freundlich behandelt, doch das spielte für Bruno keine Rolle. Er hatte wieder zu sich selbst gefunden, war optimistisch und freute sich auf das, was ihm der nächste Tag vielleicht bringen würde.

13

Das Fest war in vollem Gange. Bruno hatte bis zum Mittag gewartet, ehe er sich auf den Weg machte. Als er auf dem Festplatz eintraf, erkannte er gleich die Szenerie vom Frühjahr wieder. Die Buden, das Karussell, die Musiker, die Bänke und Tische – ihm kam es vor, als sei gar kein halbes Jahr vergangen. Nur die Bäume hatten sich verändert. Anstelle der Frühlingsblüten trugen sie jetzt reiche Früchte. Äpfel und Birnen waren gereift und luden zum Pflücken ein.

Er blieb fast zwei Stunden auf dem Festplatz. Von Fabienne war aber nichts zu sehen gewesen. Seine Hoffnung, sie würde plötzlich auftauchen, erfüllte sich nicht. Es war schon gegen fünf Uhr am Nachmittag, da beschloss er ein anderes Vorgehen. Er verließ das Fest und begab sich zu Fabiennes Haus. Bruno schwankte nun zwischen der Hoffnung, er würde sie endlich wiedersehen, und der Befürchtung, sie überhaupt nicht anzutreffen oder abgewiesen zu werden. Aufgeben wollte er auf keinen Fall.

Das Haus lag verlassen da. Er spazierte zweimal die Straße hinauf und herunter, ging jeweils langsam an Fabiennes Haus vorbei, doch konnte er nicht das geringste Anzeichen entdecken, das einen Hinweis darauf gab, ob jemand daheim wäre. Also machte er sich schließlich wieder auf den Weg zum Festplatz. Die Musik spielte, als er wieder dort ankam. Über alle Unterschiede hinweg – alle feiern sie gern und schauen zu tief ins Glas, überlegte Bruno. Mitten in diesem Gedanken hielt er inne.

Es kam derart überraschend, dass er einige Sekunden benötigte, um sich bewusst zu werden, wer nicht einmal zehn Meter von ihm entfernt stand. Endlich hatte er begriffen. Er hätte vor Freude am liebsten gejauchzt. Aber er beherrschte sich und schaute nur in ihr Gesicht. Fabienne lächelte ihn an, bemerkte wohl seine Überraschung und wartete. Die Musik hörte auf zu spielen. Alle applaudierten heftig und forderten vom Trompeter eine Zugabe. Bruno nahm seine Umgebung schon nicht mehr wahr. Er hatte nur noch einen Blick für Fabienne, die abwechselnd zu dem Musiker und zu ihm schaute. Wenn ihr Blick auf ihn fiel, lächelte sie sanft und ein wenig verschämt. Bruno war augenblicklich klar, sie hatte ihn nicht vergessen. Nach der Zugabe war der Trompeter ziemlich erschöpft. Er musste eine Pause einlegen. Die Menschen kehrten auf ihre Plätze zurück. Fabienne wartete, bis sie allein dastand. Jetzt ging Bruno auf sie zu. So nervös er in diesem Moment auch war, er strahlte über sein ganzes Gesicht. Fabiennes Haare fielen über ihre Schultern, sie trug ein einfaches braunes Kleid und eine beige Bluse. Ihr Gesicht war im Gegensatz zum Frühjahr braun gebrannt, was ihr ausgezeichnet stand.

»Fabienne«, sagte Bruno leise. Es war fast ein Flüstern. Er musste sich räuspern, um seiner Stimme mehr Kraft zu verleihen.

Sie lächelte ihn immer noch an. Bruno sah in ihre dunklen Augen. Dies verwirrte ihn aber, er spürte, wie sein Herz heftiger schlug. Etwas steif setzte er dann fort:

»Ich freue mich sehr, Sie wiederzusehen.«

»Ich hätte nicht gedacht, dass Sie wirklich kommen werden.«

Fabienne reichte ihm die Hand. Bruno ergriff sie voller Freude. Noch einmal räusperte er sich.

»Auf diesen Augenblick habe ich mich all die Monate gefreut. Die ganze Zeit habe ich daran gedacht, wie es sein würde, wenn ich Sie wiedersehe.«

»Und wie ist es?«, fragte Fabienne keck.

Bruno hatte nun seine anfängliche Unsicherheit verloren.

»Es ist wunderbar. Wenn ich das so sagen darf – ich freue mich über alle Maßen.«

»Sie heißen Bruno, nicht wahr?«

Er nickte lächelnd.

Zwei andere junge Männer kamen auf sie zu. Sie waren jünger als Bruno, etwa in Fabiennes Alter. Dem einen sah man deutlich an, dass er zu viel getrunken hatte.

»Fabienne, du musst mit meinem Freund unbedingt tanzen«, fing der weniger Angetrunkene der beiden an. Auch er war angeheitert, sein rotes Gesicht sprach Bände.

»Georges kann doch gar nicht mehr richtig gehen. Beim Tanzen würde er mir nur auf die Füße treten. Im Übrigen tanze ich niemals mit einem Betrunkenen.«

»Aber Fabienne! Georges wird todunglücklich sein. Das darfst du ihm nicht antun.«

»Wer so viel trinkt, ist selbst schuld, Jean.«

»Du übertreibst. Er hat zwar das eine oder andere Glas geleert. Aber betrunken? Nein, nein! Georges ist völlig klar im Kopf, ist es nicht so?«

Bei diesen Worten stieß Jean seinem Freund in die Rippen, der dann auf läppische Weise Jeans Frage bejahte.

»Mir könnt ihr nichts vormachen. Jeder sieht doch, wie betrunken er ist.«

»Du bist ungerecht, Fabienne. Ich habe so gut wie gar nichts getrunken«, versuchte Jean mit gespieltem Erbostsein zu erwidern. »So behandelt man doch nicht seine Freunde. Wer ist denn das überhaupt?«

Bei dieser Frage deutete Jean auf Bruno.

»Auf jeden Fall jemand, der sich nicht derart kindisch aufführt wie ihr.«

Fabiennes Antwort verärgerte die beiden natürlich. Bruno bemerkte sofort, wie sie ihn ungut zu mustern anfingen. Er wollte die Situation entspannen.

»Ich bin zu Besuch hier. Bruno ist mein Name. Und ihr heißt Jean und Georges, wie ich mitbekommen habe?«

»Du passt gut auf. Alle Achtung! Aber was hast du eigentlich mit unserer Fabienne zu schaffen?«

Noch bevor Bruno eine Antwort geben konnte, schimpfte Fabienne los.

»Es reicht jetzt. Ihr seid unmöglich. Euer Benehmen ist nicht zum Aushalten. Also lasst uns in Ruhe!«

»So ist das jetzt. Deine alten Freunde schickst du einfach fort. Und einen wildfremden Menschen ziehst du uns vor. Ich muss schon sagen ...«

»Jean, höre bitte auf. Es ist besser, ihr schlaft euern Rausch aus. Danach können wir wieder vernünftig miteinander reden.«

In diesem Augenblick fing die Musik wieder zu spielen an.

Jean griff nach Fabienne.

»Los, komm! Tanze mit Georges. Zeige dem Fremden, wer hier deine Freunde sind.«

Fabienne wich zurück. Sie wurde wütend und stieß Jeans Hand energisch weg. Der fasste aber nach und packte sie fest am Handgelenk. Georges lachte blöde dazu.

»Lass los! Du tust mir weh.«

»Nun stelle dich nicht so an. Auf, tanze mit Georges ...«

Bruno ging dazwischen.

»Es ist gut. Lass sie los, der Spaß ist vorbei.«

Jean ließ Fabienne los. Er baute sich aber drohend vor Bruno auf. Georges lachte nicht mehr.

»Hat dich jemand um Einmischung gebeten?«

Jean tippte Bruno mit dem Finger auf die Brust. Bruno wollte antworten, da trat von hinten ein Mann zu ihnen, fasste Jean um die Schulter und zog ihn einen Schritt zurück. Es war Victor, Fabiennes Bruder. Er beruhigte Jean, und nach einigem Hin und Her zog er mit Georges davon.

»So sieht man sich wieder. Ich bin ehrlich überrascht.«

Victor sah bei diesen Worten abwechselnd zu Bruno und Fabienne.

»Seien Sie froh! Die beiden haben nicht bemerkt, dass Sie Deutscher sind. Wir hätten dann sicherlich rasch die schönste Schlägerei gehabt. Die zwei lassen sich nicht immer einfach besänftigen. Normalerweise muss man sich vor ihnen in Acht nehmen. Ständig fangen sie Streit an.«

Bruno bedankte sich für sein Eingreifen. Dann fragte er, ob er sie zu einem Glas Wein einladen dürfe. Beide nahmen seine Einladung an. Bevor sie sich an einem der Tische setzten, gab ihm Victor noch den Rat, sich am heutigen Abend nicht unbedingt als Deutscher erkennen zu geben.

»Wenn die Leute getrunken haben, sind sie schneller aggressiv als sonst. Und Sie müssen wissen, die Wunden des Krieges sind noch längst nicht verheilt.«

Victor wechselte dann aber rasch das Thema. Er fragte Bruno regelrecht aus. Dieser ließ es sich gefallen. Vor allem, weil er sah, wie sich auch Fabienne interessierte und aufmerksam zuhörte.

14

Er ertrank. Ein gewaltiges Gewicht zog ihn nach unten. Er wollte den Mund aufreißen zum Atmen. Aber auch dort drückte ein Gewicht. Es war furchtbar. Die Luft blieb einfach weg. Und so sehr er sich auch bemühte: Kein Atemzug gelang mehr. Er fühlte sich hinuntergezogen in eine Tiefe, aus der es kein Entrinnen gab. Erst als er die Augen aufriss, merkte er, dass er gar nicht ertrank. Mit einem Mal war er hellwach. Gleichzeitig packte ihn die Angst wie ein eiserner Arm. Er begriff die Situation. Irgendjemand musste in sein Zimmer eingedrungen sein, der ihm nun mit aller Kraft ein Kissen auf das Gesicht drückte und dabei auf seinem Körper saß, damit er sich nicht wehren konnte. Der Schweiß brach ihm aus allen Poren. Er wollte mit den Armen rudern, merkte aber mit zunehmendem Entsetzen, dass auch diese festgehalten wurden. Er spannte alle Muskeln seines Körpers an, um sich in einem letzten Versuch aufbäumen zu können. Diese immense Kraftanstrengung verbrauchte aber rasch das letzte Quäntchen Sauerstoff, das noch in seinen Lungen war. Er hörte, wie es in seinen Ohren zu rauschen anfing. Gleichzeitig wurde ihm schwindelig und schlecht. Etwas stieg aus seinem Magen auf, das seinen Weg über die Speiseröhre nach draußen suchte. Der Gedanke zu ersticken ließ ihn noch einmal aufbäumen. Mit geradezu übermenschlicher Kraft und einem versuchten Brüllen verschaffte er sich tatsächlich ein klein wenig Luft. Der Griff um seine Arme lockerte sich. Dies genügte ihm, um ein weiteres Mal die Arme hochzureißen. Dieses Mal brach er den Widerstand und bekam beide Arme frei. Sofort schlug er unkontrolliert auf denjenigen ein, der auf ihm sitzen und ihm das Kissen ins Gesicht drücken musste. Er spürte, wie die Knöchel seiner Faust gegen andere Knochen knallten. Im nächsten Moment konnte er einatmen. Er brüllte jetzt, schlug weiter blind zu und atmete schnell zweimal ein und aus. Über und neben ihm schimpften mindestens zwei Personen. Es war stockdunkel in dem Zimmer. Er konnte absolut nichts erkennen. Da traf ihn ein Schlag mitten auf den Mund. Seine Lippen platzten auf. Unmittelbar darauf konnte er sein eigenes Blut schmecken. Einige seiner eigenen Schläge gingen in die Luft und am Ziel vorbei. Plötzlich bekam er Haare zu fassen. Er krallte sich fest, riss wie wild daran. Der Mann über ihm heulte auf. Damit verhinderte er aber nicht, dass ihm ein Stück Kopfhaut regelrecht herausgerissen wurde. Der Mann schrie vor Schmerz. Bruno wusste deshalb genau, wo er sein Ziel treffen konnte. Mit aller Macht schlug er in das Gesicht hinein. Einmal, zweimal, dreimal. Er hörte die Knochen knacken. Er spürte, wie er Zähne einschlug und die Nase seines Widersachers mit einem schrecklichen Schlag regelrecht zerstampfte. Der Mann brüllte, versuchte selbst zuzuschlagen, was ihm aber kaum gelang. Dann wurde er zurückgezogen. Zwei Männer machten sich aus dem Staub. Wenig später waren Stimmen auf der Treppe zu hören. Einer der beiden fluchte und schimpfte, dann schlug die Haustür. Plötzlich stand der Wirt der Pension mit einer Kerze im Zimmer. Hinter ihm, ebenfalls mit einer brennenden Kerze in der Hand, seine Frau, die verängstigt in den Raum spähte. Als sie näher kamen, schrie die Frau kurz auf. Sie sah, was Bruno in der Hand hielt. Mit unglaublichem Staunen und Entsetzen blickte Bruno auf das große Haarbüschel. Es war aber nicht nur das Haar, das er in der Hand hielt. Es hing ein ordentlicher Hautfetzen daran. Von ihm tropfte Blut auf das Leinentuch, das die Matratze bedeckte. Bruno schauderte. Er musste sich fast übergeben und konnte zunächst gar nichts erklären. Als sich die Wirtsleute gefasst hatten, schickte der Mann seine Frau Verbandszeug holen. Er selbst rannte nach einem kurzen Gespräch mit Bruno zur nächsten Polizeistation.

Brunos Verletzungen hielten sich in Grenzen. Er hatte einige Schürfwunden im Gesicht, auch ein geschwollenes und blaues Auge, aufgeschlagene Lippen und zwei lockere Schneidezähne. Bei Weitem schlimmer hatte es den Mann erwischt, der ihn töten wollte. Keine drei Stunden nach der Tat nahm die Polizei Jean, einer der beiden Pöbelnden vom Vortag, fest. Bruno hatte ihn ziemlich furchtbar zugerichtet. Ihm war gar nichts anderes übrig geblieben, als einen Arzt aufzusuchen. Allein die Schmerzen waren nicht auszuhalten. Der verletzte Kopf mit der abgerissenen Kopfhaut sah schrecklich aus. Wo einmal eine Nase gewesen war, konnte nur noch breitgeschlagener Knorpel und zersplitterter Knochen ausgemacht werden. Der Mund war eine einzige wunde Höhle. Jean wimmerte vor Schmerzen. Der Arzt musste ihm Morphium geben, um ihn überhaupt einigermaßen versorgen zu können. Jeans Kumpan Georges wurde am frühen Morgen festgenommen. Er hatte sich zunächst noch verstecken können. Hunger und Angst trieben ihn dann nach Hause, wo ihn bereits ein Gendarm erwartete. Georges war so gut wie nicht verletzt. Außer einigen Kratzwunden und einem verstauchten Daumen fehlte ihm nichts. Er war im Gegensatz zu dem heulenden Jean geständig. Deshalb konnte Bruno noch vor dem Mittag von der Polizeistation in die Pension zurückkehren. Zwei Gendarmen hatten mit größter Sorgfalt ein Protokoll angefertigt, das er und das Wirtsehepaar unterschreiben mussten. Georges saß bereits in einer Arrestzelle, Jean dagegen musste auf jeden Fall noch im Hospital bleiben und behandelt werden.

In seinem Zimmer betrachtete Bruno seine Verletzungen. Das dunkelblaue Veilchen an seinem Auge wirkte fast ein wenig komisch. Die brennenden Lippen waren aushaltbar. Die Zähne taten ihm schon mehr weh. Er wusste, dass er eine ganze Zeit lang bestenfalls flüssige oder weiche Nahrung zu sich nehmen konnte. Ansonsten dachte er aber daran, wie glimpflich er doch davongekommen war. Die beiden Kerle hätten ihn zweifelsohne umgebracht. Sie waren in die Pension, deren Tür nicht abgeschlossen war, einfach hineingelangt. Auch Bruno hatte seine Tür unvorsichtigerweise nicht verschlossen gehabt. Für die beiden war es deshalb ein Leichtes, nachdem sie sich an die Dunkelheit gewöhnt hatten, ihm ein Kissen auf den Kopf zu pressen. Jean war dazu auf ihn gesprungen und hatte ihn mit seinem ganzen Körpergewicht aufs Bett gedrückt. Georges musste am Kopfende des Bettes gestanden haben. Vornübergebeugt hatte er beide Arme Brunos ergriffen, damit ihm so gut wie keine Gegenwehr mehr möglich gewesen wäre. Er hatte allerdings Brunos Kraft unterschätzt.

15

Fabienne wartete mit ihrem Bruder bereits am Brunnen. Als Bruno näher gekommen war, bemerkten beide sein malträtiertes Gesicht. Das fröhliche Lächeln von Fabienne wich aus ihrem Gesicht. Mit ernster und fragender Miene schaute sie Bruno an. Auch Victor fragte überrascht, was denn geschehen sei. Bruno erzählte von dem Vorfall in der Nacht.

»Mir geht es aber gut. Lassen wir uns also gar nicht erst den Tag verderben. Die blauen Flecken werden von selbst vergehen und die Verletzungen schnell heilen. Alles in allem bin ich ja doch glimpflich davongekommen.«

Fabienne konnte seinen Optimismus zwar nicht ohne Weiteres teilen. Skeptisch betrachtete sie sein Gesicht, wobei sie heftig auf die Übeltäter schimpfte. Doch schließlich machten sich die drei auf den Weg. Victor hatte die Wanderung zum Versailler Schloss empfohlen. Die drei spazierten auf einer der drei großen Avenuen, die von der Stadt auf das Schloss zuführten, an diesem Herbstnachmittag nebeneinander her. Bruno freute sich an der Umgebung. Er hatte sie viel trister in Erinnerung. Die warme Jahreszeit, die sich bereits verfärbenden Blätter der Bäume und Sträucher und dann natürlich die Nähe von Fabienne versetzten ihn in eine glückliche Stimmung.

Sie unterhielten sich rege. Alle möglichen Themen wurden angesprochen. Gegenseitig teilten sie sich einiges aus ihrem bisherigen Leben mit. Es war ein sehr angenehmer Nachmittag. Nur auf eines hoffte Bruno vergebens. Er wäre gern mit Fabienne wenigstens für einige Zeit allein gewesen. Aber dazu war es nicht gekommen. So kehrte er am Abend in seine Pension zurück, einerseits glücklich über den schönen Tag und das Zusammensein mit Fabienne, andererseits aber doch etwas enttäuscht darüber, dass Victor nicht von ihrer Seite gewichen war. Fabiennes Lächeln hatte ihn zwar verzaubert. Ihr Strahlen und ihre Fröhlichkeit wirkten noch immer nach und bestimmten seine Gedanken. Er dachte an die wenigen Berühungen, die sich wie zufällig ergeben hatten, und die ihn so gefangen nahmen, obwohl es nur ganz kurze Momente gewesen waren. Er begehrte Fabienne. Die junge Französin bezauberte ihn. Sie fesselte seine Gedanken und vermittelte ihm ein Glücksgefühl, das er schon viele Jahre vermisst hatte.

16

Der nächste Tag wurde für Bruno zu einer furchtbaren Enttäuschung. Wie es verabredet war, wartete er am Spätnachmittag wieder am Brunnen. Doch nur Victor erschien zu dem Treffen. Schon als er ihn allein herankommen sah, beschlich Bruno ein ungutes Gefühl. Victor bestätigte dann nur noch seine Befürchtungen.

»Sie wird nicht kommen. Ich selbst kann aufrichtig sagen, dass es mir leid tut. Aber Sie müssen verstehen. Unser Vater und unsere Mutter haben von der Bekanntschaft mit Ihnen erfahren. Gestern hat man anscheinend schon in der Nachbarschaft darüber gesprochen. Zumindest musste sich Mutter einige spitze Bemerkungen gefallen lassen. Es konnte fast nicht anders kommen. Sie sind ein Deutscher. Auch wenn Sie uns so sehr geholfen und gar gerettet haben, der Hass und die Abneigung sitzen tief. Fabienne darf jedenfalls nicht mehr mit Ihnen zusammentreffen. Ersparen Sie mir Einzelheiten darüber, was sich am gestrigen Abend bei uns noch abgespielt hat. Unsere Eltern werden keinen weiteren Kontakt dulden. Mit Blick auf unsere Nachbarn und Bekannten verstehe ich diesen Standpunkt sogar, obwohl ich ihn nicht teile.«

Bruno hörte Victor an. Er unterbrach ihn nicht. Als er geendet hatte, wusste er zunächst nichts darauf zu antworten. Er fühlte sich betroffen, sah aber gar keine Möglichkeit für eine Änderung der Situation. Schließlich entschloss er sich, Victor gegenüber seine Gefühle offen zu zeigen.

»Ich liebe Ihre Schwester. Seit ich sie gesehen habe, steht für mich fest, dass sie die Frau meines Lebens sein kann. Die Vorstellung, sie nicht wiedersehen zu können, würde mich ganz krank machen. So verfeindet unsere beiden Völker auch sein mögen: Ich will mich nicht damit abfinden, dass darüber Fabienne für mich nur ein schöner Traum bleiben soll.«

»Es sind die allzu frischen Wunden, die nach einem halben Jahr noch längst nicht verheilen konnten. Sie können Fabienne leider nicht wiedersehen. Es wäre eine Schande für die Familie, wenn sie mit einem Deutschen Freundschaft oder gar mehr pflegen würde. Ich sage dies wirklich nicht gern. Aber lassen Sie uns den Tatsachen ins Auge sehen.«

Bruno konnte zunächst wieder nichts erwidern. Er dachte zwar angestrengt nach. Doch irgendwie wusste er um die Richtigkeit von Victors Behauptungen. Andererseits wollte er nicht einfach resignieren. Der gestrige Tag war viel zu schön gewesen, um alles nur als wunderbare, aber kurze Episode abzutun. Victor überreichte ihm einen Brief.

»Das ist der einzige Dienst, den ich derzeit für Fabienne und Sie erledigen kann. Meine Schwester hat mich gebeten, ihn Ihnen unter allen Umständen zukommen zu lassen. Mehr kann ich allerdings nicht tun. Im Gegenteil, ich muss Sie um der Vernunft willen zu meinem großen Bedauern um Abreise bitten.«

Bruno nahm den Brief, steckte ihn in seine Jackentasche und reichte Victor die Hand.

»Ich werde zwar abreisen, aber damit doch nicht einfach aufgeben. Sie waren mir ein Freund. Und wenn wir zwei uns verstehen konnten, warum soll mir dies mit Ihren Eltern nicht möglich sein? Ich will optimistisch sein, obwohl im Augenblick vieles, vielleicht sogar alles, dagegen spricht. Auf jeden Fall werde ich Fabienne nicht einfach vergesssen können. Victor! Sie müssen mir helfen. Ich weiß nicht, was sie in ihrem Brief schreibt. Aber falls ich mich nicht völlig täuschen sollte, so hat sie doch wenigstens etwas Gefallen an mir gefunden. Deshalb kann nicht einfach heute schon alles vorbei sein.«

Bruno verbrachte noch zwei Tage in Versailles. Inständig hoffte er auf ein weiteres Zusammentreffen mit Fabienne. Aber so sehr er sie auch herbeisehnte, sie kam nicht. Schließlich wäre Bruno auch über einen Besuch Victors froh und dankbar gewesen. Er hätte dann wenigstens noch einmal über Fabienne reden können. Doch seine Hoffnung wurde enttäuscht. Dann wollte er noch einen letzten Versuch unternehmen. Am frühen Mittag, die Herbstsonne stand hoch am Himmel und ließ die ganze Umgebung strahlen, nahm er seinen Mut zusammen und machte sich auf den Weg zu Fabiennes Elternhaus.

Bruno bog um die Ecke. Keine hundert Meter entfernt konnte er schon den Garten und einen Teil des Hauses von Fabienne sehen. Seine Nervosität steigerte sich. Er blieb kurz stehen. Dann blickte er in den blauen, wolkenlosen Himmel, atmete kräftig durch, schloss die Augen und ballte seine Hände zu Fäusten. Er wollte es wissen. Es konnte einfach nicht sein, dass er keine Chance mehr bekommen sollte. Er öffnete die Augen, sah wieder zum Haus hin und wollte gerade mutig darauf zugehen. In diesem Augenblick hörte er den Knall. Fast gleichzeitig wurde er nach vorn geschleudert. Auf eigenartige Weise registrierte er, wie ihm seine Beine den Dienst verweigerten. Er schlug auf die Knie, zum ersten Mal spürte er einen heftigen Schmerz. Mit einer Hand griff er nach vorn, fand auf dem Boden Halt, drehte den Kopf ein wenig, was ihm aber wieder Schmerzen bereitete. Sein Rücken fühlte sich warm an. Irgendetwas lief dort hinunter. Er schloss die Augen, weil er sich plötzlich sehr müde fühlte. Mit Mühe zwang er sich, noch einmal aufzuschauen, weil er Stimmen hörte. Viele Stimmen, ein ganzes Stimmengewirr. Manche schrien regelrecht. Die Hand, auf die er sich stützte, lief dunkelrot an. Verwundert kniff er die Augen zusammen. Blut, ging es ihm noch durch den Kopf. Bei diesem Gedanken wich langsam die Kraft aus seinem Arm und aus seiner Hand. Er knickte um. Mehr bekam Bruno nicht mehr mit.

Binnen weniger Minuten umringte eine Menschenmenge den auf der Straße liegenden Deutschen. Ein Mann mit einem riesigen, schwarzen Schnurrbart kniete neben dem ausgestreckten Körper. Er hatte Bruno das Hemd aufgeknöpft und dann auf den Bauch gedreht. Gerade riss er das Hemd entzwei, als sich Victor durch die Reihen kämpfte. Energisch fragte er, was geschehen sei. Irritiert blickte der Mann mit dem Schnurrbart zu ihm auf. Er ignorierte Victor, öffnete stattdessen eine lederne Tasche, die neben ihm stand. Dieser entnahm er ein beiges Tuch, faltete es einige Male und drückte es dann auf den blutüberströmten Rücken unterhalb des rechten Schulterblattes.

»Rasch! Die Binde! Auswickeln, aber schnell.«

Der Arzt deutete mit seiner freien Hand auf den kleinen Koffer. Victor beeilte sich. Dr. Adolphe Vuillard, führender Chirurg am kleinen Versailler Krankenhaus, war zufällig auf dem Nachhauseweg gewesen. Als er den Schuss gehört hatte, war er rascher gegangen. Er ahnte, etwas Böses musste geschehen sein. So sah er noch, wie Bruno zusammenbrach. Er lief los und handelte sofort. Professionell versuchte er nun die Wunde zu stillen. Trotz seiner großen, schweren Hände, die an seine bäuerliche Abstammung erinnerten, ging er außerordentlich geschickt vor. Victor half ihm. Die Umstehenden gafften neugierig, mutmaßten auch bereits, es wäre hier wohl nichts mehr zu machen. Manche erklärten Bruno bereits für tot. Dann bahnten sich zwei Gendarmen den Weg durch die Menge. Mit harschen Worten trieben sie die Menschen ein Stück zurück. Einer der beiden Polizisten gab zwei dabeistehenden Jungen eine Anweisung. Sie rannten daraufhin sofort los.

»Wie steht es?«, fragte Victor den Arzt, als dieser die Binde verknotete.

»Ich fürchte miserabel«, gab Dr. Vuillard zur Antwort. Mehr wollte er eigentlich nicht sagen. »Ich kenne den Mann«, setzte Victor noch einmal an. »Er ist ein Deutscher und auf Besuch hier.«

»So, ein Deutscher! Ziemlich leichtsinnig. Er hätte wissen müssen, dass er nicht besonders willkommen ist. Nicht in Frankreich und schon gar nicht in Versailles.«

Dr. Vuillard stellte dies ganz sachlich fest. Dann ereiferte er sich aber doch.

»Aber wie dem auch immer sei! Der arme Kerl ist von hinten einfach niedergeschossen worden. Eine Sauerei ist das! Eine Sauerei! Wo sind wir denn, wenn man bei uns am helllichten Tag aus dem Hinterhalt abgeknallt werden kann? Deutscher hin, Deutscher her! Es ist eine Sauerei.«

»Wird er es schaffen?«, wagte Victor noch eine Frage.

»Mhm. Schwierig, schwierig genug. Die Kugel steckt im Körper. Sie muss so schnell wie möglich heraus. Wenn die Lunge verletzt ist, wird sie kollabieren. Dann sehe ich kaum eine Chance.«

Bei diesen Worten galoppierte ein Pferdewagen heran.

Es war der Sanitätswagen des Krankenhauses, der von den beiden Jungen herangeholt worden war. Zwei Sanitäter sprangen vom Bock. Sie bahnten sich rücksichtslos einen Weg durch die gaffende Menge. Bruno wurde dann auf die mitgebrachte Bahre gelegt. Einer der Sanitäter nahm noch einige Anweisungen des Arztes entgegen. Dann trugen sie Bruno auf der Bahre zum Wagen.

17

»Hör mit dem Weinen auf! Weißt du denn überhaupt, wie wir dastehen? Dass sich gerade meine Tochter in diesen Deutschen verlieben muss! Wie kommt dieser Mensch überhaupt dazu, hierher zu reisen und dich zu belästigen?«

»Vater, er belästigt sie doch nicht …«

»Ach was! Sei ruhig. Du unterstützt sie doch nur. Und was ist das Ergebnis? Halb Versailles schaut auf uns und kann es nicht fassen! Ich begreife es nicht. Nein, ich kann es einfach nicht begreifen. Meine Tochter! Weint um diesen hergelaufenen Deutschen, den niemand gerufen hat. Mein Gott, welche Schande für die Familie!«

»Du übertreibst in deiner Wut. Im Übrigen tust du ihm Unrecht.«

Wieder war es Victor, der seinem Vater widersprach. Fabienne saß auf einem Hocker und weinte. Victor schaute zu ihr hin. Er wollte gerade noch etwas anfügen, da fuhr sein Vater bereits wieder auf.

»Unrecht, Unrecht, Unrecht! Sonst fällt dir nichts ein. Noch vor einem halben Jahr standen die Deutschen in

Frankreich. Unser Land haben sie verstümmelt, und jetzt sollen gerade die LeRoys mit ihnen die große Freundschaft pflegen? Wie stehen wir denn da? Begreifst du denn nicht? Unsere Nachbarn werden mit Fingern auf uns zeigen. Wir werden zur Schande für die ganze Stadt. Nein, nein, das werde ich nicht erlauben.«

Um seine Worte zu unterstreichen, stampfte Fabiennes Vater wütend mit dem Fuß auf. Für seine Tochter war das allerdings zu viel. Mit überraschend fester Stimme entgegnete sie:

»Immerhin hat er uns gerettet. Wer weiß, was mit uns geschehen wäre, hätte er damals nicht eingegriffen. Ob er nun ein Deutscher ist oder nicht: Ich bin ihm zumindest dankbar für seine Hilfe.«

»Ja, ja! Dankbar! Verliebt bist du. Und deshalb willst du nicht sehen, was um dich herum vorgeht. Da setzt einfach der Verstand aus. Verliebt sich in einen Deutschen und weiß nicht mehr, was sie tut.«

»Ich weiß sehr wohl, was ich tue! Victor und mir hat er das Leben gerettet. Schon allein deswegen brauche ich ihn nicht zu verleugnen.«

Ihr Vater drehte sich um und ließ sich schwer auf das Sofa fallen. Die Mutter, die sich bisher nicht gemeldet hatte, blickte von einem zum anderen. Dann sagte sie mit ihrer ruhigen, besonnenen Art:

»Der junge Mann liegt vielleicht im Sterben. Und wir zanken uns um Beiläufigkeiten.«

»Es sind keine Beiläufigkeiten!«, fiel ihr ihr Mann ins Wort.

»Bitte, lass mich aussprechen. Ich weiß, wie unangenehm das alles ist. Aber trotzdem: Erinnere dich bitte daran, wie froh wir im Januar über den Deutschen gewesen sind. Die Kinder haben schon recht. Wer weiß, welches Unglück über uns gekommen wäre, wenn er Victor und Fabienne nicht geholfen hätte? Bei allem Durcheinander darfst du gerechterweise das alles nicht ignorieren. Er muss ein guter Mensch sein. Sonst hätte er sich damals anders verhalten.«

»O Gott. Von mir aus. Er hat sie gerettet! Ich akzeptiere das. Gut, dafür können wir ihm dankbar sein. Aber muss sich meine Tochter deswegen gleich in ihn verlieben? Muss es gerade ein Deutscher sein? Und dies in solchen Zeiten?«

Monsieur LeRoy war wieder aufgestanden. Die Worte seiner Frau hatten ihre Wirkung nicht verfehlt. Er schien etwas besänftigt, und sein Ärger ließ nach. Er begann im Wohnzimmer auf und ab zu gehen. Fabienne trocknete ihre Tränen. Niemand wusste so recht, was es nun noch zu sagen geben sollte.

Als sich die LeRoys stritten, operierte Dr. Vuillard die Kugel aus Brunos Rücken. Bei dem Eingriff verlor Bruno noch mehr Blut, obwohl der Chirurg so vorsichtig wie irgend möglich zu Werke ging. Schließlich hielt er die Kugel in seiner Chirurgenzange. Er ließ die Wunde von seinem Assistenten versorgen, wobei er aber sehr auf eine peinlich genau ausgeführte Arbeit achtete.

»Er hat viel Blut verloren. Trotzdem besteht eine Chance, wenn sich keine schlimmere Entzündung einstellen sollte. Wie durch ein Wunder sind anscheinend keine inneren Organe wesentlich verletzt oder gar zerstört worden. Wie beurteilen Sie seinen Zustand?«

Die Frage überraschte seinen Assistenzarzt. Er schluckte und überlegte. Dann erst antwortete er.

»Er hat eine starke Konstitution. Insoweit wird er meines Erachtens den Blutverlust verkraften können. Das Problem dürfte sich aus einer möglichen Infektion ergeben.«

»So sehe ich es auch. Hat man eigentlich den Täter ermittelt?«

Dr. Vuillard wechselte mit dieser Frage abrupt das Thema.

»Keine Stunde nach der Tat wurde er bereits verhaftet. Es ist der Vater von diesem Tunichtgut. Jean heißt er mit Vornamen. Wie man mir sagte, hat dieses Früchtchen erst vor wenigen Tagen einen Anschlag auf den Deutschen versucht. Ist aber schiefgegangen. Dieser Jean hat den Kürzeren gezogen und wohl ordentlich etwas verpasst bekommen.«

»Natürlich, ich erinnere mich. Den Burschen habe ich selbst gesehen. Er hatte eine böse Verletzung am Kopf. Meines Wissens wurde er vom Kollegen Bouvier behandelt.«

»Der Vater wollte sich anscheinend an dem Deutschen rächen. Mit einer Pistole hatte er ihm aufgelauert. Heute Mittag schien ihm ein günstiger Zeitpunkt. Zwar wollte er sich sofort, nachdem er den Schuss abgegeben hatte, aus dem Staub machen. Aber zwei Anwohner, die gerade in ihren Gärten arbeiteten, haben bei der Befragung durch die Polizei letztlich doch ausgesagt, nachdem sie anfangs gar nicht reden wollten.«

Dr. Vuillard nickte zu diesen Worten.

Mitten in der Nacht erwachte Bruno aus seiner Bewusstlosigkeit. Er fühlte sich unendlich schwach. Sogar das Drehen seines Kopfes erforderte eine erhebliche Anstrengung. Dazu plagten ihn heftige Schmerzen in seiner linken Schulterhälfte. Er versuchte sich an das Vorgefallene zu erinnern. Das gelang ihm aber nur bruchstückhaft. Erst als am frühen Morgen eine Krankenschwester nach ihm sah, konnte er Einzelheiten erfahren. Bruno hätte die Schwester noch vieles mehr fragen wollen, doch fühlte er sich nach wenigen Sätzen wieder sehr müde. Er schloss die Augen. Als er wieder erwachte, war es fast schon Mittag.

Bruno wurde gut gepflegt. Die sorgfältige Behandlung zeigte nach einigen Tagen erste Erfolge. Seine Kräfte kehrten langsam zurück. Am achten Tag nach dem Anschlag konnte sich Bruno aus eigener Kraft wieder etwas aufrichten. Nur auf dem Rücken zu liegen, war ihm noch nicht möglich. Er bevorzugte eine Seitenlage. Ab und an legte er sich auf den Bauch, wobei er immer rasch einschlief. Als er aus einem seiner Träume erwachte, dachte er zunächst, er würde immer noch träumen. An seinem Bett standen Victor und Fabienne. Beide lächelten. Fabienne hielt einen kleinen Blumenstrauß in ihren Händen.

VII

1872 – 1879

1

Es war vier Uhr morgens an diesem ersten Tag des Jahres 1877. Vor zwei Stunden waren sie von der Silvestergesellschaft zurückgekommen, todmüde zusammen ins Bett gegangen und nach einem flüchtigen Kuss miteinander eingeschlafen. Bruno war aber schon nach einer halben Stunde wieder aufgewacht. Seine Versuche, wieder einzuschlafen, blieben ohne Erfolg. Also hatte er sich schließlich aus den Armen seiner Frau gelöst. Zuerst ging er im Haus umher, dachte auch noch an ein Glas Wein, schob aber doch diesen Gedanken wieder beiseite, weil er fühlte, dass er für diesen ersten Tag des neuen Jahres schon genug getrunken hatte. In seinem Arbeitszimmer setzte er sich dann an seinen großen Schreibtisch, auf den er ganz besonders stolz war. Sein Schwiegervater hatte ihn ihm zur Hochzeit geschenkt. Bruno saß in seinem Ledersessel und dachte intensiv an seine beiden Söhne. Den Kindern ging es gut. Mit Dankbarkeit dachte er an die Jahre zurück und erinnerte sich, wie sie auf die Welt gekommen waren: sein Ältester schon ein Dreivierteljahr nach ihrer Vermählung. Er hatte ihn nach seinem Vater getauft. So gab es wieder einen Peter Kohler in der Familie. Sein zweiter Sohn Martin, nach seinem Schwiegervater getauft, wurde 1875 geboren. Bruno betrachtete dann das Ölgemälde an der Wand, das eine lächelnde

Fabienne zeigte. Er hatte das Bild erst vor einem Jahr anfertigen lassen und dachte daran, wie vortrefflich es dem Künstler gelungen ist. Überhaupt seine Frau: Er war mit ihr unendlich glücklich. Nach einer Weile stand er auf. Er fühlte sich auf eine eigenartige Weise sehr wohl, gerade so, als hätte er ein klein wenig zu viel getrunken. Ab und zu empfand er dieses leichte, beschwingte Gefühl, das er dann jedes Mal genoss. In solchen Augenblicken gönnte er sich meistens eine Zigarre. Er ging auch jetzt zu dem hinter ihm an der Wand aufgehängten Schränkchen. Dort befand sich seine Zigarrensammlung. Er wählte seine Lieblingszigarre aus. Danach stellte er sich ans Fenster. Die Nacht war sternenklar, zwar kalt, aber wunderschön anzusehen. Er zündete die Zigarre an und entschloss sich, sie auf dem Balkon zu rauchen und dabei auf das schlafende Berlin zu sehen.

Bruno trat auf den Balkon, nachdem er sich noch einen dicken Mantel übergezogen hatte. Ihm war ausgesprochen wohlig zumute. Noch einmal verscheuchte er den Gedanken an einen Wein oder ein Glas Cognac, das er normalerweise sehr gern zu sich nahm, wenn er rauchte. Er sog die kalte Luft ein, die ihn regelrecht erfrischte. Bei etwa einem Drittel der Häuser brannte noch Licht. In einigen Straßenzügen leuchteten schwach die Laternen. Alles schien so friedlich. Bruno lehnte sich an das Geländer. In letzter Zeit ertappte er sich ständig dabei, wie er immer wieder einzelne Szenen aus seiner Vergangenheit Revue passieren ließ. Oft fühlte er sich dabei ganz und gar glücklich, manchmal aber auch melancholisch. Doch stellte er mit einiger Verwunderung fest, dass ihm auch dieses Gefühl guttat. Er zog an seiner Zigarre, genoss das Aroma und sah sich plötzlich wieder auf seiner Hochzeitsfeier in Versailles, auf der ihm sein Schwiegervater das Zigarrenrauchen als einen Genuss vorgestellt hatte.

Nach seiner Genesung war er nach Berlin zurückgekehrt. Bismarck hatte ihm nach wie vor über Bleichröder die Aufgabe eines Finanzbeauftragten für die Abwicklung der französischen Reparationszahlungen angeboten. Döhnig überredete ihn schließlich dazu. Doch letztlich ausschlaggebend war für Bruno dabei die Chance gewesen, ständig in Paris zu tun zu haben. Damit ergab sich gleichzeitig immer wieder die Gelegenheit zu einem Abstecher nach Versailles. So konnte er mindestens ein- bis zweimal im Monat Fabienne besuchen. Als das Frühjahr anbrach, fragte er, ob sie seine Frau werden wolle. Danach bat er bei ihrem Vater um ihre Hand. Der zierte sich zwar zunächst ein wenig. Doch wusste er nur zu gut, dass auch er sich in das Unvermeidliche schicken musste. Die Hochzeitsfeier wurde für das letzte Juniwochenende festgesetzt. Das Einzige, was von Bruno erwartet wurde, war sein Beitritt zur katholischen Kirche, um eine katholische Trauung möglich zu machen. Bruno fiel dieser Schritt nicht schwer, auch wenn er sich selbst deswegen noch keineswegs einen überzeugten Christen nennen konnte.

Daran erinnerte sich jetzt Bruno nur allzu gut. Er kam geradezu ins Träumen. Dann fasste er mit seiner Hand an seinen Rücken. Er rieb mit der Faust ein wenig und spürte die Narbe, die als Einziges von dem Mordanschlag in Versailles übrig geblieben war. Die Täter waren längst verurteilt, die Schmerzen vergangen.

Sie tanzten, bis ihnen schwindelig wurde. Fabienne bat völlig außer Atem um eine Pause. Sie war die strahlende Schönheit auf dem Fest. Die Sonne war an diesem wunderschönen Junitag längstens untergegangen, aber keine Gäste gingen in das Wirtshaus, um in dem großen Tanzsaal weiter zu feiern. Alle Verwandten, Bekannten und sonstigen Gäste hielten sich im Garten auf, tanzten, aßen und tranken im Überfluss. Es ging bereits auf Mitternacht zu, doch kaum jemand dachte ans Heimgehen. Manche Kinder lagen auf mitgebrachten Decken unter den Bäumen oder in zwei Gartenhäuschen und schliefen schon geraume Zeit. Doch ihre Eltern feierten noch so ausgelassen wie die anderen Erwachsenen. Immer wieder stießen sie auf das Wohl der Brautleute an und ließen das Paar ein ums andere Mal hochleben. Fabienne, umschwärmt und gefeiert wie ein Star, trug ein einfaches, weißes Brautkleid. Ihren langen Schleier, der mit Blumen über und über verziert war, trug sie zu dieser späten Stunde schon nicht mehr. Bruno spürte an diesem Tag nichts mehr von den Vorurteilen, mit denen man ihm zunächst begegnet war. Viel zu diesem unverkrampften Verhältnis hatte seine Schwiegermutter beigetragen, die ihn in ihr Herz geschlossen und maßgeblich das junge Paar in den zurückliegenden Monaten unterstützt hatte. Vor allem war sie es gewesen, die ihren Mann überzeugen konnte, damit er sich nicht mehr der jungen Liebe in den Weg stellte. Monsieur LeRoy war lange Zeit noch schwierig gewesen und konnte gar nicht akzeptieren, dass ausgerechnet seine Tochter einen Deutschen heiraten wollte. Er hatte sogar zwei Einladungen Brunos nach Berlin ausgeschlagen mit der Begründung, er weigere sich, deutschen Boden zu betreten. Erst als ihm seine Frau ordentlich ins Gewissen redete – nach Victors Erzählung musste dies als recht unerquickliche Auseinandersetzung zwischen den Eheleuten geschehen sein –, ließ er sich endlich umstimmen. Bruno empfing sie dann in Berlin und reiste mit ihnen nach einigen Tagen in seine Heimatstadt Stuttgart. Sowohl in Berlin als auch in Stuttgart waren die LeRoys gern gesehene Gäste bei allen möglichen Bekannten Brunos. Besondere Bedeutung erhielt der Besuch bei Familie Hirsch, weil sich Monsieur LeRoy mit dem jüdischen Kaufmann, der auf vielfältige Beziehungen nach Frankreich verweisen konnte, von Anfang an bestens verstand. Die Liebenswürdigkeit Brunos tat ein Übriges. Monsieur LeRoy anerkannte schließlich seine Bemühungen. Und als er sich vor der Abfahrt in Stuttgart von Bruno verabschiedete, umarmte er ihn gar, reichte ihm fest die Hand und dankte ihm besonders herzlich für die schönen Tage.

Die Hochzeitsgesellschaft hatte sich erst in den frühen Morgenstunden aufgelöst. Die warme Nachtluft, die ausgelassene Atmosphäre, der Wein und das Essen hatten viele Gäste länger verweilen lassen, als diese sich zunächst vorgenommen hatten. Kurz bevor das Morgengrauen einsetzte, verschwanden endlich auch Fabienne und Bruno. Beide waren sie überhaupt nicht müde, eher aufgedreht und unendlich glücklich. Bruno zog sich aus. Als ihn Fabienne in der Unterwäsche sah, drehte sie sich ein wenig verschämt weg und begann ebenfalls, etwas umständlich ihr Kleid auszuziehen. Sie entkleidete sich nicht ganz. Sie bemerkte, dass Bruno sie ungeniert beobachtete. Rasch schlüpfte sie deshalb unter die Bettdecke. Bei ihrem Liebesspiel versuchten sie, nicht allzu viel Lärm zu machen. Doch als sie gemeinsam den Höhepunkt erreichten, vergaßen sie ihre Umgebung. Beide waren sie nassgeschwitzt, küssten sich gegenseitig auf den Hals und die Schultern und mussten abwechselnd lachen. So als erschiene ihnen das, was sie gerade erlebt hatten, als etwas Unglaubliches. Endlich schliefen sie ein. Die Sonne war bereits am Aufgehen. Sie ahnten zu diesem Zeitpunkt noch nicht, dass sie an diesem wunderschönen ersten Tag ihres gemeinsamen Lebens ihren ersten Sohn gezeugt hatten.

Im März 1873 kam ihr Sohn Peter zur Welt. Sie wohnten damals schon etliche Monate in Berlin. Nach ihrer Hochzeit waren sie noch eine Woche in Versailles geblieben, dann musste Bruno wieder seine Arbeit aufnehmen und nach Berlin zurückreisen. Schon bald bemerkte Fabienne ihre Schwangerschaft. Als der Herbst kam, wollte sie ständig mit ihrem Mann zusammen sein. Bruno holte sie nach Berlin. Er arbeitete noch bis zum Jahresende in den speziellen Diensten Bismarcks. Danach kehrte er ins Bankhaus Bleichröder zurück. Dort erhielt er von dem Bankier auch ein hervorragendes Angebot. Alles hing mit Dr. Döhnig, seinem Trauzeugen, zusammen. Döhnig hielt eine kolossale Überraschung bereit. Schon einige Zeit hatte Bruno an ihm eine Veränderung bemerkt. Der Prokurist sprühte vor Lebensenergie. Er war häufig zu einem Späßchen aufgelegt. Seine Strenge wich auch gegenüber seinen Mitarbeitern einer Milde, die nicht wenige verwunderte. Zu Beginn des neuen Jahres, als er von den Kohlers zu einem Abendessen eingeladen wurde, fragte er noch, ob er auch in Begleitung kommen dürfe. Es klang fast etwas verschämt und schüchtern. Doch Fabienne und Bruno hatten ihm bedeutet, dass dies doch selbstverständlich sei. Sie staunten nicht schlecht, als dann am Arm von Döhnig Fabiennes entfernte Tante mit vor der Tür stand. Was allein Bruno schon auf der Hochzeitsfeier aufgefallen war, hatte sich also doch zu einer ernsthaften Angelegenheit entwickelt. Niemand sonst hatte etwas bemerkt. Isabelle de Laurent wurde noch einen Monat später Döhnigs Frau. Aber damit nicht genug. Dr. Döhnig gab sein ganzes bisheriges Leben auf. Er zog in das kleine Dorf in der Normandie, in dem seine Frau wohnte. Dort beabsichtigte er die letzten Jahre, die ihm noch blieben, zu verbringen und glücklich zu genießen. Gelegentliche Briefe und der eine oder andere Besuch ließen auf einen strahlenden Dr. Döhnig schließen, der seine Frau nur liebevoll Belle nannte. Beide waren nicht unvermögend und konnten sich einen sorgenfreien Lebensabend leisten. Vielleicht deshalb und weil ihm Bruno sehr ans Herz gewachsen war, schenkte Döhnig den Kohlers sein Haus in Berlin. Fabienne und Bruno waren zunächst ganz platt. Ja, sie wollten dieses großzügige Geschenk erst gar nicht annehmen. Aber Döhnig ließ sich nicht beirren. Und schon wenige Wochen nach der Geburt ihres Sohnes zogen sie deshalb in die kleine Villa mit dem schönen Garten. Beruflich trat Bruno an die Stelle seines Gönners und väterlichen Freundes. Bleichröder hatte keinen Augenblick gezögert, ihn zum Nachfolger seines verdienten Prokuristen zu bestellen.

In jeder Hinsicht hatte sich für Bruno alles zum Besten entwickelt. Doch sollte es im Jahr der Geburt Martins auch Zeichen dafür geben, dass Schwierigkeiten drohten. Bruno dachte an die Geburt seines zweiten Kindes vor zwei Jahren. Mit diesen Gedanken kehrte er in die Gegenwart zurück. Er warf die Zigarre in den Garten, schaute noch einen Moment den Sternenhimmel an und dachte daran, was das neue Jahr wohl für ihn bereithalten mochte.

2

Das Jahr verlief weitestgehend zufriedenstellend für Brunos Familie. Die Arbeiterfrage beschäftigte ihn immer wieder. Aber konkretere Schritte unternahm er nicht. Der Sommer verging, ebenso der Herbst. Mitte November war dann schon ausgesprochen kaltes Wetter. Der Winter sandte mächtig seine Vorboten. Dann, im letzten Monat des Jahres, sollte es für Bruno zu einem unliebsamen Zusammenstoß mit einem Vertreter der preußischen Justiz kommen, weil er seine Auffassung über die Lage der Arbeiter nicht verleugnen wollte. An dem Tag, als es Anfang Dezember zum ersten Mal schneite, hielten sich Bruno und seine Frau abends im Hause des württembergischen Gesandten am preußischen Hof auf. Baron von Spitzemberg zählte schon seit einigen Jahren zu Brunos Bekanntenkreis. Er hatte dem württembergischen Adligen das eine oder andere Mal in delikaten Finanzangelegenheiten geholfen und darüber sein Vertrauen gewinnen können. Der Baron schätzte Brunos Fähigkeiten und lud ihn regelmäßig zu den von ihm ausgerichteten Abendgesellschaften ein. Bruno erfuhr von ihm immer das Neueste aus Stuttgart und über den württembergischen Hof. Auch an diesem Abend sprachen sie ausführlich miteinander. Zu fortgeschrittener Stunde, einige Gäste waren bereits am Aufbrechen, bat der Baron die Anwesenden noch zu einem – wie er es nannte – Schlummertrunk. Alle nahmen an einem riesigen, ovalen Eichenholztisch Platz. Zwei Diener servierten zunächst erlesenes Konfekt. Dann durfte sich jeder männliche Gast nach Wahl einen edlen Cognac oder einen besonders schön gereiften schottischen Whisky einschenken lassen. Den Damen wurde ein Likör oder ein Glas exzellenter französischer Rotwein angeboten. Die Gespräche verliefen zunächst in lockerer Atmosphäre, zum Teil sogar recht amüsant. Die gute Stimmung wurde erst getrübt, als nun die meisten Gäste wirklich ans Aufbrechen dachten. Am Anfang hatte Bruno noch gar nicht darauf geachtet. Zu seiner Linken saß zwei Plätze weiter Oberstaatsanwalt Geier, der immer lauter sprach, dabei einmal sogar mit der Faust auf den Tisch schlug, was in dieser Gesellschaft ganz und gar ungewöhnlich und nicht schicklich war. Wie andere auch hörten Bruno und Fabienne nun genauer hin. Geier redete mit rotem Kopf. Bruno dachte zuerst, der Staatsanwalt wäre angetrunken. Nach und nach verstummten die übrigen Gespräche. Jedermann achtete alsbald nur noch auf Geier. Dieser ereiferte sich immer mehr.

»Jawohl! Meine Damen und Herren! Gegen diese Umtriebe wird rigoros vorgegangen. Und das mit Recht! Wenn wir nicht von Anfang an ordentlich Einhalt gebieten, wird uns der Pöbel noch auf der Nase herumtanzen. Ich persönlich vertrete seit Jahren die Auffassung, dass wir nur scharf bestrafen müssen. Dann werden diese Staatsfeinde schon zur Ruhe gebracht werden.«

»Wen meinen Sie denn, verehrter Herr Oberstaatsanwalt?«, schaltete sich Major von Brednitz ein, der ihm schräg gegenüber saß.

»Wie bitte?«, fragte Geier etwas irritiert, weil er gerade richtig in seinem Element gewesen ist und unvermutet unterbrochen worden war.

»Der Pöbel. Um wen handelt es sich da?«, fragte der Offizier.

»Das liegt doch auf der Hand, Herr Major. Die Sozialisten, das Lumpenpack natürlich. Und all ihre Anhänger. Es gibt heutzutage kaum noch anständige Arbeiter. Sie werden zunehmend aufmüpfiger, wählen sogar die sozialistische Partei. Man dürfte denen gar kein Wahlrecht gewähren. Wo kommen wir hin, wenn dieses ahnungslose Pack bestimmen darf, wer im Reichstag sitzt?«

Bruno hörte aufmerksam zu. Seine gute Laune war allerdings wie weggeblasen. Er bemerkte, wie sich innerlich in ihm etwas heftig sträubte. Doch beherrschte er sich noch.

»Ungebildete Leute sind das. Ahnungslose, absolut Ahnungslose! Doch scheuen sie sich nicht, Rechte einzufordern. Da kann ich nur lachen. Dummdreist und unverschämt zugleich! Aus solch einer Mischung entstehen uns schnell Revoluzzer. Deshalb – ich sage es Ihnen noch einmal – so scharf durchgreifen wie möglich, um dem Pöbel von Anfang an die Grenzen aufzuweisen.«

Bruno konnte sich nunmehr nur mühsam beherrschen. Einige der Gäste stimmten dem Oberstaatsanwalt vorbehaltlos zu. Zum Teil bestätigten sie ihn begeistert in seiner Überzeugung. Diese Bestätigung beflügelte Geier in seinen Ausfällen.

»Schauen Sie sich einmal die Lebensverhältnisse von diesen Menschen an. Es wird einem schlecht. Keine Ordnung, keine Sauberkeit, Kindergeschrei, schlechteste Manieren und oft genug noch arbeitsscheu.«

Bruno fühlte, wie er sich nicht mehr zurückhalten konnte.

»Ich habe mir die Lebensverhältnisse angeschaut.«

Der Oberstaatsanwalt beugte sich ein wenig vor und blickte zur Seite, um zu sehen, wer ihm ins Wort gefallen war.

»Ah. Da hören Sie es, meine Damen und Herren. Herr Dr. Kohler ist ebenfalls meiner Meinung.«

Doch Geier verkannte die Situation vollständig. Bruno ahnte, dass er sich voraussichtlich mit seinem nächsten Satz einen Feind schaffen würde.

»Keineswegs! Ich bin keineswegs Ihrer Meinung, Herr Oberstaatsanwalt.«

Geier zuckte regelrecht noch ein Stück nach vorn angesichts dieses Widerspruchs, mit dem er überhaupt nicht gerechnet hatte. Sein sowieso schon roter Kopf verfärbte sich noch mehr. Doch bevor er zu einer Erwiderung ansetzen konnte, fuhr Bruno fort:

»Die Lebensverhältnisse, meine Damen und Herren, sind in der Tat miserabel. Aber der Herr Oberstaatsanwalt irrt gewaltig, wenn er das diesen Armen anlastet. Sie kämpfen nämlich oft genug ums tägliche Überleben. Sie rackern sich ab. Trotzdem droht ihnen Tag für Tag die Gefahr, ins Bodenlose abzustürzen. Wird der Ernährer krank, steht die Familie vor dem Nichts. Die Wohnungen – ja, das ist häufig bestenfalls ein Hausen. Aber können sich denn diese Menschen Besseres leisten? Wissen Sie, was solch ein Arbeiter verdient? Eine schöne Wohnung ist dabei eine bloße Illusion. Und ungebildet sollen sie sein! Wie der Herr Oberstaatsanwalt eben einmal kurzerhand feststellt. Auch da gebe ich ihm recht. Aber warum sind sie denn ungebildet? Doch nur, weil sie keine Chance haben, in eine ordentliche Schule zu gehen. Wo und wann sollen sie denn etwas lernen, wenn bereits die Kinder in die Fabriken müssen?«

Einen Moment lang war alles mucksmäuschenstill. Alle hatten aufmerksam zugehört, manche dabei erstaunt die Augenbrauen hochgezogen. Geier rang um Fassung. Nicht nur, dass hier einer für die Arbeiter Partei ergriffen hat! Nein, ihm war vor versammelter Runde überdeutlich widersprochen worden. Etwas Derartiges hatte er seit Jahren nicht mehr erlebt. Zumindest konnte er sich nicht an einen ähnlichen Vorfall erinnern. Ihm zu widersprechen! Ihm, dem Oberstaatsanwalt! Und dann noch in einer derart eindeutigen Angelegenheit! Er beugte sich noch weiter vor, schaute Bruno giftig an, schüttelte energisch den Kopf, wobei er kaum mehr die überschäumende Wut, die ihn packte, beherrschen konnte.

»Da staune ich aber nicht schlecht! Der Herr Doktor sympathisiert demnach mit den Umstürzlern? Oder wie soll ich das Ganze verstehen? Auf welcher Seite stehen Sie eigentlich? Erklären Sie sich einmal!«

Manche murmelten bei diesen Worten des Oberstaatsanwaltes zustimmend, andere nickten wie zur Bestätigung mit dem Kopf. Fabienne legte kurz die Hand auf Brunos Knie. Sie gab ihm damit ein Zeichen, dass es gefährlich werden dürfte.

»Ich stehe überhaupt nicht auf der Seite von Umstürzlern. Aber Sie verwechseln da einiges. Die meisten Arbeiter und deren Familien haben einen schweren Stand. Sie sind trotzdem nicht radikal, sondern sorgen sich um ihr tägliches Brot. Und dieses müssen sie sich oft genug unter wenig erfreulichen Umständen verdienen. Es ist schlichtweg ungerecht, diese armen Menschen als Umstürzler zu bezeichnen und sie trotz ihrer schwierigen Lage auch noch zu diskriminieren. Ihre Verurteilung dieser Menschen beruht ganz einfach auf Vorurteilen und Nichtwissen.«

Geier verlor vollends die Fassung. Mit einem Satz sprang er heftig auf, sein Stuhl kippte nach hinten. Fast hätte er noch seinen Cognacschwenker umgestoßen.

»Sie Ahnungsloser! Ihre Gesellschaft ist eine Zumutung! Wie können Sie es wagen! Ich muss stark annehmen, dass Sie offenbar nicht wissen, auf welcher Seite Sie zu stehen haben.«

Spitzemberg unterbrach ihn. Er sah, wie die Situation außer Kontrolle geriet, und unternahm einen Vermittlungsversuch.

»Sicherlich alles nur ein Missverständnis, meine Herren! Vielleicht sollten wir das Thema für heute belassen und zunächst cinc Aussprache in kleinerem Kreis versuchen. Denn eines ...«

Weiter kam der Baron nicht. Geier fiel ihm ins Wort. Er wollte sich von nichts und niemandem aufhalten lassen.

»Pardon, Herr Baron. Aber auf diese Weise ist die Sache nicht zu erledigen. Ich fordere von Ihnen eine klare und eindeutige Erklärung, Herr Dr. Kohler! Sonst werde ich Ihrc Gcsinnung höheren Ortes zur Sprache bringen.«

»Tun Sie, was Sie nicht lassen können. Ich denke, ich habe mich eindeutig genug erklärt. Wenn Sie nicht in der Lage sind, darüber vernünftig zu urteilen, ist das Ihre Angelegenheit.«

Geier schnappte hörbar nach Luft.

»Sie Lümmel!«

Er geriet nun völlig außer sich.

»Was erlauben Sie sich! Sie wissen wohl nicht, mit wem Sie es zu tun haben. Nehmen Sie sich in Acht! Sie können – wie es scheint – Ihre Herkunft nicht verleugnen! Wie mir bekannt ist, stammen Sie doch auch aus solch primitiven Verhältnissen? Und wie war die Sache mit Ihrem Vater? Wie ich weiter weiß, gehörte er doch auch zu den Revoluzzern! Bekanntlich fällt der Apfel ja nicht weit vom Stamm. Passen Sie nur auf, dass es Ihnen nicht ebenso ergeht wie Ihrem Vater.«

Die Provokation war maßlos. Der Staatsanwalt besaß augenscheinlich über Bruno Informationen. Mit zornigem Genuss versuchte er ihn darüber zu verletzen. Bruno stand langsam auf. Seine Frau suchte seine Augen. Als sich ihre Blicke trafen, wusste er, dass sie ganz auf seiner Seite stand. Obwohl Geier ihn mit der Anspielung auf seinen Vater zutiefst getroffen hatte, sagte er ruhig:

»Ich werde Ihnen nicht den Gefallen tun und mich zu einer Beleidigung hinreißen lassen. Auf jeden Fall bin ich stolz auf meinen Vater und mein Herkommen. Wie das bei Ihnen ist, entzieht sich meiner Kenntnis. Wenn ich allerdings Ihre Gesinnung und Ihre schlechten Manieren bedenke, will ich das auch gar nicht wissen. Womöglich wäre es eine recht unangenehme Überraschung!«

Geier trat zwei, drei Schritte auf Bruno zu. Einen Moment lang sah es danach aus, als wollte er sich auf ihn stürzen. Sein wutverzerrtes Gesicht, seine Zornesadern, die auf seinen Schläfen hervortraten, verrieten, wie er sich mühsam beherrschte. Mit überraschend leiser Stimme sagte er dann unmittelbar vor Bruno stehend:

»Das wird Ihnen noch leidtun. Sie werden schon sehen! Mit Ihnen werde ich mich befassen. Und dann Gnade Ihnen Gott.«

Mit diesen Worten verließ der Oberstaatsanwalt den Raum. Bruno setzte sich langsam. Es herrschte völlige Stille. Auf eine bestimmte Art und Weise fühlte er sich erleichtert. Ihm kam es vor, als hätte er schon lange auf eine solche Szene gewartet. Jetzt war es endlich heraus. Und er war froh darüber.

Nach diesem Vorfall löste sich die Abendgesellschaft rasch auf. Als Bruno und Fabienne in ihrer Kutsche nach Hause gefahren wurden, hielten sie sich wie zwei Frischverliebte an den Händen fest. Nach einer Weile fing seine Frau an:

»Ich glaube, es war an der Zeit, lieber Bruno. Es war notwendig für dich. Du hast es richtig gemacht.«

Bruno lächelte seine Frau dankbar an. Sie wählte genau die richtigen Worte. Mehr als alles andere tat ihm gerade jetzt ihre Unterstützung gut. Der Streit hatte ihn sehr aufgewühlt. Aber die Nähe und das Verständnis seiner Frau beruhigten ihn wieder.

Doch bereits der übernächste Tag brachte ein unangenehmes Gespräch mit Bankier Bleichröder, der Bruno am frühen Nachmittag zu sich kommen ließ. Er äußerte sich zunächst sehr zufrieden mit Brunos Arbeit, doch kam er rasch auf die ihm eigentlich wichtige Angelegenheit zu sprechen.

»Sie werden ganz zweifelsohne beneidet, mein Lieber. Und wirklich, Sie können sich glücklich schätzen. Es gibt in meinem Freundes- und Bekanntenkreis kaum jemanden, mit dem ich Sie in dieser Hinsicht vergleichen könnte. Tun Sie also nichts Unbesonnenes, das Sie eventuell in Schwierigkeiten bringen könnte.«

»Ich verstehe nicht ganz. Wie kommen Sie darauf, ich könnte etwas Unbesonnenes tun?«

Bleichröder machte eine kurze Pause. Er nickte nachdenklich und erwiderte dann:

»Genau genommen haben Sie vielleicht bereits etwas Unbesonnenes unternommen. Nicht, dass ich es missbillige. Mir geht es vielmehr darum, Sie rechtzeitig vor manchen Menschen zu warnen, die Ihnen Schwierigkeiten bereiten können.«

Bruno wusste natürlich, worum es ging. Der Vorfall mit

dem Oberstaatsanwalt bei Baron von Spitzemberg war offensichtlich unverzüglich dem Bankier berichtet worden.

»Geht es um Oberstaatsanwalt Geier?«

Bruno bemerkte, wie das Thema dem Bankier an und für sich unangenehm war. Wieder machte dieser eine kurze Pause, wieder nickte er nachdenklich.

»In erster Linie geht es mir um Sie. Aber wenn Sie schon wissen, wer hinter all dem steckt: Ja, der Oberstaatsanwalt wurde gestern persönlich bei mir vorstellig. Er konnte kaum seine Wut unterdrücken und forderte mich geradezu mit Vehemenz auf, mich von Ihnen zu trennen.«

»Ich kenne die Mächtigen und weiß natürlich, wie rasch sie ein Urteil über einen fällen. Jedoch gibt es Situationen, da muss wenigstens widersprochen werden.«

»Schon, mein lieber Dr. Kohler. Ich stimme Ihnen in diesem Punkt sogar zu. Aber ich rate trotzdem zu einem diplomatischen Vorgehen. Überlegen Sie sich, ein Oberstaatsanwalt, noch dazu ein Major der Reserve! Und Sie widersprechen ihm energisch in aller Öffentlichkeit. Es ist für ihn eine Prestigefrage. Damit wird die Sache zu einer rein persönlichen Angelegenheit. Worum es ursprünglich ging, benutzt er nur noch als Vehikel, um Ihnen den Garaus zu machen.«

»Diplomatisch war mein Verhalten sicherlich nicht«, gab Bruno zu. »Aber persönlich geworden ist zunächst einmal Geier. Und dabei hat er eine Grenze überschritten. Das konnte ich mir nicht bieten lassen.«

»Ich sehe das durchaus auch so. Aber noch einmal: Wenn man es mit Leuten wie diesem Geier zu tun hat, benötigt man ein Stück Gelassenheit. Solche Typen legen es nur auf eine Provokation an und verlieren dann jedes Maß. Manchmal ist es einfach das Beste, man schweigt zu einer Sache. Ich kenne diesen Menschen seit Jahren. Wenn so einer einmal Blut geleckt hat, gibt er kaum mehr auf. Doch will ich auf jeden Fall sehen, was ich für Sie tun kann. Gegebenenfalls findet sich eine Möglichkeit zur Besänftigung. Und eines sollen Sie selbstverständlich wissen: Eine Trennung von Ihnen kommt für mich überhaupt nicht infrage. Da denkt der Herr Oberstaatsanwalt etwas vermessen, wenn er glaubt, er könnte vor mir den starken Mann spielen und mich zu solch einem Schritt nötigen.«

Mit diesen Worten legte der Bankier seine halbaufgerauchte Zigarre in den Ascher. Das war gewöhnlich das Zeichen dafür, dass er eine Unterhaltung für beendet ansah. Bruno stand auf und dankte Bleichröder für das offene Gespräch und seine Unterstützung. Beim Hinausgehen verabschiedeten sie sich mit einem kräftigen Händedruck.

3

Die deutsche Bevölkerung hatte sich vom Schrecken des Attentats eines geistesgestörten Handwerkers in Darmstadt auf den Kaiser noch nicht richtig erholt, da geschah das Unfassbare. Am 2. Juni 1878 saß Kaiser Wilhelm in seiner Kutsche. Er war an diesem Morgen schlecht gelaunt, da er eine Auseinandersetzung mit seiner Frau hinter sich hatte. In den letzten Wochen stritten sie häufig wegen ihres Sohnes. Kronprinz Friedrich entfremdete sich ihnen immer mehr. Die Kaiserin schob dafür die Schuld vor allem ihrer Schwiegertochter zu. Prinzessin Victoria war ohne Zweifel eine starke Persönlichkeit, die ihren Ehemann erheblich beeinflusste und die all die Jahre kaum etwas zu einer Verbesserung der Beziehungen zum Kaiserpaar getan hatte. Doch Kaiser Wilhelm war in der Zwischenzeit das Gezänk und die Sticheleien mehr und mehr leid geworden. Er bemerkte, wie sich sein Sohn veränderte. Wilhelm nahm seine Umgebung nicht wahr. Leicht vornübergebeugt stützte er seinen Kopf mit einer Hand ab. Deprimiert dachte er über die verworrene Familiensituation nach. Mit einem Seufzer lehnte er sich dann zurück. Er schaute kurz aus dem Fenster und registrierte dabei immerhin die strahlende Sonne. Aber auch der schöne Tag konnte seine Stimmungslage nicht aufhellen. Noch einmal seufzte er und schloss einen Moment die Augen. Ihm kam gerade sein Enkel Wilhelm in den Sinn, der ebenfalls immer wieder Anlass zu großer Sorge bot. Da krachte es zweimal kurz hintereinander. Der Kaiser wurde zur Seite gerissen, rutschte von seinem Sitz herab und schlug mit dem Kopf an die Wagentür. In eigenartig verkrümmter Stellung lag der bewusstlose deutsche Kaiser in seiner Kutsche. Die Menschen, die zu diesem Zeitpunkt Unter den Linden spazieren gingen und ehrfurchtsvoll stehen geblieben waren, als sie die Kutsche des Staatsoberhauptes sahen, gerieten völlig außer sich. Es erhob sich ein wildes, entsetztes Geschrei. Jedermann wusste sofort, dass auf den deutschen Kaiser geschossen worden war. Der Monarch wurde bereits von seinem Adjutanten und einem Wachsoldaten aus der Kutsche gezogen. Eine Gruppe weiterer Soldaten stürzte sich auf einen schwarz gekleideten Mann, der keine Anstalten zur Flucht oder zur Gegenwehr machte. Seine Arme hingen herab, in seiner rechten Hand hielt er eine Pistole.

Als Bruno am Abend dieses Tages von dem neuerlichen Attentat auf Kaiser Wilhelm erfuhr, ahnte er nicht im Mindesten, dass darüber sein Leben eine entscheidende Wendung erhalten sollte. Beim Abendessen besprach er noch das Ereignis mit Fabienne, nicht wissend, welche Entwicklung sich alsbald für ihn ergeben sollte.

»Der Kaiser ist schwer verwundet. Man fürchtet gar um sein Leben.«

»Weiß man denn etwas über den Täter und sein Motiv?«, fragte seine Frau.

»Soweit bekannt ist, soll es sich um einen Dr. Karl Nobiling handeln. Doch niemand hat eine Ahnung, was ihn zu dieser Tat getrieben hat.«

»Er wird hoffentlich nicht den Sozialisten angehören? Da hätte Bismarck dann doch einen überzeugenden Grund, gegen sie vorzugehen.«

»Das ist mir auch zunächst durch den Kopf gegangen. Nachdem er gerade im Reichstag mit seinem Gesetzesentwurf, die Sozialistische Partei zu verbieten, gescheitert ist, würde er nun voraussichtlich ein leichtes Spiel haben. Aber ich weiß momentan nicht, ob Nobiling tatsächlich zu den Sozialisten gehört.«

»Wenn der Kaiser stirbt, wird sich einiges in Deutschland ändern. Der Thronfolger ist jedenfalls kein Freund Bismarcks«, bemerkte Fabienne.

»Friedrich ist die Hoffnung der Liberalen in Deutschland. Wenn er Kaiser wird, werden wir den Einfluss seiner englischen Frau deutlich spüren. Die Konservativen haben bereits mächtige Angst davor. Für die Freiheit in Deutschland wäre es aber an der Zeit, dass es zu einem Machtwechsel kommt. Du kennst ja meine Auffassung. Bismarck steuert einen streng konservativen Kurs. Kaiser Wilhelm lässt ihn gewähren und hat rein gar nichts im Sinn mit einer fortschrittlicheren Politik. Warten wir es ab, was mit einem Kaiser Friedrich geschehen würde. Bismarck dürfte dann kaum länger im Amt bleiben.«

Wenige Tage nach dem Attentat arbeitete Bruno noch am späten Abend in seinem Büro. Es war bereits dunkel und keiner der Angestellten mehr anwesend. Nur der fünfzigjährige Arbeiter Josef Heidemann versah noch seinen Dienst in den Räumen des Bankhauses. Heidemann war ein einfacher Mann, der als Mädchen für alles von den Botengängen bis zum Saubermachen alle möglichen Aufgaben erledigen musste. Er arbeitete zuverlässig und fleißig und hatte seit seiner Anstellung vor nunmehr fünf Jahren nicht einmal Anlass zu Kritik gegeben. Im Krieg gegen Frankreich hatte er sich schwere Verletzungen zugezogen. Er humpelte wegen seines steif gebliebenen Knies und ging ständig gebeugt, weil ihm zwei Granatsplitter in seinem Rücken nach wie vor zu schaffen machten. Trotz dieser Beeinträchtigungen klagte er nie.

Bruno las einen unterschriftsreifen Geschäftsbrief zum wiederholten Male. Da klopfte es energisch an die Eingangstür. Barsche Stimmen verlangten ein sofortiges Öffnen. Verdutzt legte Bruno sein Schreibzeug auf den Tisch. Da kam auch schon Heidemann verschreckt zu ihm. Er schaute Bruno fragend an. Immer noch wurde lautstark gegen die Tür geklopft.

»Machen Sie auf«, wies Bruno den Arbeiter an und erhob sich.

Zu Brunos Überraschung standen zwei Gendarmen und ein Mann in ziviler Kleidung vor der Tür. Kaum waren sie eingetreten, fragte der Zivile, ob ein gewisser Heidemann anwesend sei. Seine Stimme klang bedrohlich, Heidemann wich erschrocken zurück.

»Bist du das?«, setzte der Zivile nach, als er dessen Reaktion bemerkte. Nun mischte sich aber Bruno ein.

»Darf ich erfahren, worum es sich handelt?«

»Sie haben keine Fragen zu stellen. Ist das da Heidemann?«

Bruno ließ sich von dem Mann nicht einschüchtern. Er stellte sich vor seinen Arbeiter, verschränkte die Arme vor der Brust und sagte in aller Ruhe:

»Ich bin der Prokurist dieser Unternehmung und verlange Aufklärung über diese Aktion. Wer sind Sie überhaupt?«

Doch Brunos Haltung nötigte dem Zivilen keinerlei Respekt ab. Er baute sich vor ihm auf.

»Wenn Sie nicht augenblicklich kooperieren, lasse ich Sie auf der Stelle festnehmen. Ist das nun Heidemann oder nicht?«

Dabei zeigte er auf den verschreckten Arbeiter, der hinter Brunos Rücken noch ein paar Schritte zurückgewichen war.

»Ihre unverschämte Tonart wird Ihnen vielleicht noch leidtun. Ja, das ist Herr Heidemann. Und Sie sagen mir auf der Stelle, was gegen ihn vorliegt.«

Der Zivile ignorierte Bruno.

»Los, festnehmen! Sofort ins Präsidium mit ihm.«

Rasch gingen die Polizisten auf Heidemann zu, fassten ihn an Schultern und Händen und führten ihn hinaus. Er drehte sich dabei fast flehentlich zu Bruno um.

Gerade als Bruno etwas sagen wollte, wurde er wieder angebellt.

»Sie haben hier nichts zu fragen. Wenden Sie sich an Herrn Oberstaatsanwalt Geier, wenn Sie Auskunft wünschen. Ansonsten werden die weiteren Ermittlungen ergeben, inwieweit Sie gegebenenfalls selbst betroffen sind.«

Mit diesen Worten drehte sich der Mann in Zivil um und verließ das Haus. Die Haustür ließ er offenstehen. Einigermaßen irritiert blieb Bruno zurück. Er war perplex über das unverschämte Vorgehen und dachte gerade darüber nach, wie er jetzt vorgehen könnte. Da hörte er auf der Straße Geheul und Geschrei. Er eilte nach draußen und sah, wie sich eine Frau an Heidemann klammerte und furchtbar weinte. Die Gendarmen schimpften und wollten sie zurückzerren. Bruno eilte auf die Gruppe zu.

»Unterstehen Sie sich, in eine polizeiliche Aktion einzugreifen«, herrschte ihn der Zivile an. Einer der Polizisten versetzte der Frau einen Schlag ins Gesicht, die deshalb zu Boden ging. Daraufhin drehte Heidemann durch. Er schlug mit der Faust zu, traf den Polizisten auf das rechte Ohr und schlug ihm sogar noch sein gesundes Bein in den Unterleib. Der Polizist brach mit einem Stöhnen zusammen. Die Frau hatte sich in der Zwischenzeit aufgerappelt. Sie klammerte sich wieder laut klagend an ihren Mann. Es war Heidemanns Ehefrau. Entsetzt sah Bruno, wie der Mann in Zivil eine Pistole gezogen hatte. Er dachte schon, er würde auf Heidemann schießen. Doch er schoss nur einmal in die Luft. Alle erschraken. Die Frau heulte laut auf. Der andere Polizist packte sie an den Haaren und riss sie dann brutal um. Ihr Mann wurde derweil von dem Zivilen in Schach gehalten. Bruno kam der Frau zu Hilfe. Ihr

Gesicht blutete. Sie weinte nur noch leise vor sich hin. Der unverletzte Polizist half dem anderen beim Aufstehen.

»Sie kommen alle mit«, befahl der Zivile. Nach wie vor richtete er die Pistole auf Heidemann.

Eine halbe Stunde später saßen sie in einem Verhörraum des Berliner Polizeipräsidiums, das in fast verkommenen Gebäuden am Molkenmarkt untergebracht war. Eine Stunde lang tat sich gar nichts. Dann trat der Zivile in den Raum. Zu Brunos Überraschung stellte er sich vor, zwar nur mit Nachnamen, aber nun wusste er wenigstens, dass er es mit einem Vertreter der politischen Polizei zu tun hatte. Die politische Polizei war in den letzten Jahren von Polizeipräsident Guido von Madai umfassend organisiert und aufgebaut worden. Ein ganzes Heer von Polizisten, Beamten und Spitzeln, so wurde längstens gemunkelt, hatte nicht nur in Berlin, sondern in ganz Deutschland ein Beobachtungsnetz errichtet, um all das, was irgendwie verdächtig erschien, auszuspähen und zu überwachen. Der Mann in Zivil nannte sich Rudecker. Bruno wunderte sich über gar nichts mehr, als dieser erklärte, er sei einer der persönlichen Mitarbeiter Geiers.

»Sie können heimgehen«, herrschte Rudecker Bruno an. »Und das nächste Mal achten Sie darauf, wen Sie bei sich arbeiten lassen. Ihr Einsatz für diesen Heidemann ist jedenfalls verdächtig genug.«

Bruno achtete nicht besonders auf die Worte Rudeckers. Er verabschiedete sich von den Heidemanns mit Händedruck. Dabei versprach er ihnen seine Unterstützung. Die Frau weinte leise vor sich hin, ihr Mann saß zusammengesunken auf dem Stuhl, als er kurz darauf den Raum verließ.

4

Bruno schlief in dieser Nacht nicht. Die Ereignisse hatten ihn zu sehr aufgewühlt. Er saß lange mit Fabienne zusammen, die ihn zu beruhigen versuchte. Am nächsten Morgen versuchte er die Hintergründe der Aktion in Erfahrung zu bringen. Doch kam er dabei zunächst nicht weiter. Bleichröder, den er einschalten wollte, hielt sich nicht in Berlin auf. Kurz vor der Mittagspause fragte ihn dann sein Sekretär, ob er für Frau Heidemann zu sprechen wäre. Gleich darauf stand die völlig aufgelöste Frau vor ihm. Sie hatte erst vor zwei Stunden das Polizeipräsidium verlassen dürfen. Frau Heidemanns Gesicht war geschwollen, zwei bläuliche Beulen an ihrer Stirn und Blutkrusten auf ihren Wangen erinnerten an die Gewalttat des vorigen Abends. Bruno bot ihr einen Stuhl an. Schluchzend berichtete sie.

Ihr Mann ging regelmäßig am Abend in seine Stammkneipe. Dort hatte er anscheinend einfach so dahingesagt, der alte Kaiser werde wohl seine Verletzungen überleben können, weil niemand in ganz Deutschland eine bessere Versorgung erhalte als er. Und dann hatte er noch gemeint: »Unsereins müsste da schneller dran glauben.« Irgendjemand musste ihn deswegen denunziert haben. Wahrscheinlich dürfte ein im Lokal anwesender Spitzel bei der Polizeibehörde Meldung gemacht haben. Die Staatsanwaltschaft wollte nun gegen ihren Mann Anklage wegen Majestätsbeleidigung erheben. Rudecker habe gar erklärt, er werde dafür sorgen, dass »einige Jährchen herausspringen«, weil er zu allem Übel sogar noch einen Polizisten niedergeschlagen und Widerstand gegen die Staatsgewalt geleistet habe.

»Was soll denn nun werden?«

Frau Heidemann weinte wieder. Sie schaute Bruno bittend an, doch konnte er im Moment keine Lösung anbieten.

»Lassen Sie mir ein wenig Zeit, Frau Heidemann. Ich verspreche Ihnen auf jeden Fall, mich der Sache anzunehmen. Alles, was in meiner Macht steht, werde ich für Ihren Mann tun.«

Frau Heidemann schöpfte ein wenig Hoffnung.

»Sie helfen uns doch, nicht wahr, Herr Doktor?«

Bevor sie aus der Tür trat, wollte sie sich noch einmal versichern.

»Sie lassen uns nicht im Stich, Herr Doktor? Mein Mann hat immer so gut von Ihnen gesprochen. ›Der Herr Doktor ist ein guter Mensch‹, ja, das hat er immer wieder gesagt. ›Bei dem gelte ich etwas‹, hat er oft erzählt. Bitte, Herr Doktor, helfen Sie uns. Sonst weiß ich nicht mehr weiter.«

»Ich werde Sie nicht im Stich lassen«, versprach Bruno.

»Gehen Sie jetzt aber erst einmal nach Hause. Ihre Kinder brauchen Sie. Ich will in der Zwischenzeit sehen, was getan werden kann. Und kommen Sie morgen früh wieder vorbei. Wir werden dann schon mehr wissen.«

Frau Heidemann drückte ihm dankbar die Hand. Bruno sah ihr nach, dann schloss er nachdenklich die Tür. Er überlegte angestrengt, wen er am besten ansprechen sollte. Was Heidemann getan hatte, war seiner Auffassung nach keinesfalls eine Majestätsbeleidigung. Doch hatte er erst vor kurzem gehört, dass die Justiz geradezu hysterische Urteile fällte, wenn auch nur der geringste Verdacht eines solchen Vergehens vorgelegen hatte. Nach dem zweiten Attentat auf den Kaiser dürfte sich diese Hysterie noch steigern, dachte Bruno deprimiert für sich.

5

»Schauen Sie zu und hängen Sie dem Mann etwas an! Wenn Sie das schaffen, wird es nicht zu Ihrem Schaden sein. Im Gegenteil. Ich werde mich persönlich für Sie beim Herrn Polizeipräsidenten einsetzen.«

Oberstaatsanwalt Geier lächelte Rudecker bei diesen Worten an. Es war aber kein fröhliches Lächeln, sondern – das bemerkte selbst Rudecker – voller Hass. Der Polizeimann musste heute dem Oberstaatsanwalt Rede und Antwort stehen, weil dieser das Protokoll über die Verhaftung Heidemanns gelesen hatte und dabei auf den Namen Kohler gestoßen war. Geier insistierte fast fanatisch und wollte jede Kleinigkeit des ganzen Vorganges immer wieder hören. Rudecker kam sich vor wie in einem Verhör. Ihm schien es, als ob der Staatsanwalt zwanghaft nach irgendeiner Möglichkeit einer Verhaftung Kohlers suchte. Aber schließlich hatte er zu seiner Enttäuschung einsehen müssen, dass Kohlers Verhalten absolut keinen Anlass für einen derartigen Schritt bot.

»Rudecker! Hören Sie einmal ganz genau zu. Ich sage es noch einmal: Ich biete Ihnen eine einmalige und gewaltige Chance. Wenn Sie mir diesen Kohler liefern, ist Ihre Laufbahn gesichert. Sie wissen ja, wie wenige Inspektorenstellen oder gar Kommissarstellen es gibt. Nur die allerbesten Polizisten kommen zum Zuge! Sie haben bisher gute Arbeit für mich geleistet, aber …«

Geier schwieg genüsslich einen Moment und ließ seine Andeutung die notwendige Entfaltung bei seinem Untergebenen nehmen.

»… aber, gut ist nicht gut genug. Für besondere Positionen muss man sich besonders auszeichnen. Eine besondere Leistung! Das ist es, worauf ich Wert lege. Und Ihnen gebe ich die Chance zu solch einer besonderen Leistung.«

Rudecker wollte antworten und seine Ergebenheit demonstrieren. Da fiel ihm Geier ins Wort. »Ich halte viel von Ihnen. Sie haben den notwendigen Biss. Das bemerke ich. So etwas fällt auf. Prinzipiell braucht unser Staat solche Männer wie Sie. Aber es gibt natürlich noch andere, die auch gut sind. Das ist Ihre Konkurrenz. Zeigen Sie also, dass Sie von allen der Beste sind. Liefern Sie mir diesen Dr. Kohler!«

Damit war Rudecker entlassen. Er begab sich in sein kärglich eingerichtetes Büro im dritten Stock des Polizeipräsidiums. Seine zwei Kollegen, die mit ihm dieses Zimmer teilten, waren nicht anwesend. Seit fünf Jahren saß er in diesem schäbigen Büro. Selbst bei schönstem Sommerwetter drangen keine Sonnenstrahlen durch das kleine Fenster an der Nordwand. Alles schien trüb und düster, egal, welche Jahreszeit gerade war. Eines wusste Rudecker ganz genau. Wenn es die Chance gab, hier herauszukommen, würde er sie nutzen. Schon die letzten Jahre hatte er sich alle Mühe gegeben, um bei seinen Vorgesetzten aufzufallen. Sein Ehrgeiz brannte stärker denn je. Das hatte seinen Grund vor allem in Oberstaatsanwalt Geier. Seit er ihm vor nunmehr eineinhalb Jahren zugeteilt worden war, ist er nicht nur einmal befördert worden. Er spürte auch wieder Freude an seiner Arbeit. Als fanatischer Gegner der Arbeiterpartei ging er mit zäher Begeisterung jedem Verdacht nach. Jedes Mal, wenn ihm eine Verhaftung gelang, empfand er ein Gefühl tiefer Befriedigung. Nach einer Weile ging Rudecker in dem miesen Büro auf und ab. Die Aufforderung des Staatsanwalts war eindeutig. Er musste nur diesen Kohler ans Messer liefern, dann stand seinem Sprung ins Inspektorenamt nichts mehr im Wege.

6

Bruno ahnte von all dem nichts. Im Laufe der Woche hatte er zweimal versucht, mit Heidemann im Gefängnis sprechen zu dürfen. Schon das war verdächtig genug. Aber er wollte dem armen Mann und seiner Frau unbedingt helfen. Doch er kam keinen Schritt voran. Alle Türen schienen verschlossen. Er fand niemanden, der ihn unterstützte. Als die Gerichtsverhandlung gegen Heidemann stattfand, trat er als Zeuge auf. Aber trotz seiner eindeutigen Aussagen kam es zu einem verheerenden Urteil. Es lautete auf sieben Jahre Zuchthaus. Heidemanns Frau schluchzte. Bruno selbst war ebenfalls tief erschüttert. Sieben Jahre Zuchthaus! Ein ungeheures Strafmaß! Regelrecht geschockt führte er Frau Heidemann nach draußen.

7

Rudecker arbeitete zäh und verbissen. Er ließ Bruno den Sommer über bespitzeln, einige Angestellte des Bankhauses wurden ausgefragt, wenn sie in irgendeinem Wirtshaus in leutseliger Stimmung bei einem Krug Bier in ein Gespräch verwickelt wurden. Doch es ergab sich nicht der erhoffte Erfolg. In der zweiten Augusthälfte verließ Bruno mit seiner ganzen Familie Berlin. Rudecker war zu dieser Zeit bereits recht griesgrämig. Geier drängte ihn. Aber nichts, rein gar nichts, konnte er ausfindig machen, mit dem Kohler hätte belangt werden können.

»Lassen Sie sich etwas einfallen!«

Das hatte ihm Geier erst vorgestern mit Nachdruck gesagt. Der Oberstaatsanwalt verhehlte kein bisschen, dass er langsam mehr erwartete. Vier Tage nach der Abreise der Kohlers, die zwei Wochen in Frankreich verbringen wollten, fasste Rudecker einen Entschluss. Er wartete noch einen Tag, überlegte reiflich und machte sich in den Abendstunden auf den Weg. Zweimal drehte er eine Runde um Kohlers Haus. Natürlich hatte er auch an den alten Hund gedacht, den die Kohlers hielten. Angst musste er vor ihm sicherlich keine haben. Soviel er wusste, war der Hund fast erblindet und alles andere als sehr wachsam. Vorsichtshalber hatte er sich aber auf ein Treffen mit ihm eingestellt. Als es dunkel geworden war, kletterte er geschwind über den Zaun und verschwand hinter dem Haus. Einige Minuten wartete er hinter einer dichten Hecke versteckt. Es rührte sich nichts. Dann untersuchte er die drei Fenster im Erdgeschoss. Sie waren alle mit Fensterläden fest verschlossen. Am Ende der Hauswand befand sich noch ein Kellerfenster. Aber fünf parallele Gitterstäbe verhinderten auch dort jedes Hineinkommen. Rudeckers Frustration nahm zu. Er musste unbedingt in das Haus gelangen. Einerseits hoffte er, endlich etwas zu finden, mit dem Kohler belangt werden könnte. Andererseits würde er, falls sich nichts bemerken ließ, schon selbst dafür Sorge tragen, dass man ihm etwas anhängen konnte. Auf diesem Gebiet hatte er Erfahrung und war sehr zuversichtlich, etwas arrangieren zu können. Noch einmal testete er die Fenster. Sie boten nicht die geringste Chance. In der Zwischenzeit war es völlig dunkel geworden. Er begab sich in gebückter Haltung zur linken Hausseite. Dort tastete er ein weiteres Fenster ab. In diesem Augenblick hörte er, wie das Gartentor geöffnet wurde. Gleich darauf ging jemand über den Kiesweg. Und wieder einen Augenblick später wurde die Haustür aufgeschlossen. Rudecker war an die Hausecke geschlichen. Doch nicht schnell genug, um sehen zu können, wer da ins Haus gegangen war. Er überlegte jetzt fieberhaft. Im Haus mussten Kerzen angezündet worden sein. Denn durch die Fensterläden drang nun ein schwacher Lichtschein. Vorsichtig schlich er zur Haustür. Er schaute sich dabei ständig um, spähte zur Straße hin und hörte auf jedes Geräusch. Dann drückte er auf die Türklinke. Die Tür war nicht verschlossen. Als er sie einen Spalt weit geöffnet hatte, lauschte er einen Moment. Dann trat er rasch ins Haus hinein und schloss leise die Tür. Wieder wartete er und hörte auf die Geräusche. Die Person hielt sich im ersten Stock auf. Sie ging offensichtlich von einem Zimmer zum anderen. Immanuel kam dahergetrottet. Er knurrte nur ganz leise. Sofort warf ihm Rudecker das vergiftete Stück Fleisch hin. Der Hund schnappte danach. Es schien ihm zu schmecken. Er zog sich in eine Ecke zurück und legte sich kauend auf den Boden. Rudecker schlich nun zur Treppe, immer darauf bedacht, nur ja kein Geräusch zu machen. Als eine Diele knarrte, hielt er erschrocken inne. Doch nichts geschah. Er suchte nach der Kellertür. Im Keller wollte er abwarten, bis die Person wieder gehen würde. Er öffnete eine Tür, spähte hinein und bemerkte, dass es sich um die Küche handelte. In diesem Augenblick kam jemand die Stufen herunter. Rudecker erschrak wieder und schlüpfte rasch in die Küche. Das geschah aber viel zu hektisch. Den Eimer, der hinter der Tür stand, hatte er nicht bemerkt. Als er ihn umstieß, schepperte es ungemein laut.

Die Tür wurde aufgerissen. Eine Frau stieß einen Schrei aus, machte auf der Stelle kehrt und rannte zur Haustür. Sie hatte schon die Klinke in der Hand und rief bereits um Hilfe. Da packte sie Rudecker am Genick und am Oberarm. Er riss sie herum und warf sie in den Hausflur zurück. Sie fiel dabei auf den Hund, der Schaum vor dem Maul hatte und sich mit verdrehten Augen auf dem Boden wand. Noch einmal stieß die Frau einen Schrei aus. Sie lag jetzt auf dem Boden. Rudecker erkannte sie. Es war die Frau Heidemanns. Sie starrte ihn an, rutschte hastig auf dem Boden liegend zurück und wollte dann aufstehen. Rudecker kam auf sie zu. Er war außer sich vor Wut. Gleichzeitig spürte er aber die Erregung. Im schwachen Lichtschein erkannte er, wie ihn die Frau entsetzt anstarrte.

»Du dummes Weib!«

Rudecker bückte sich, packte sie brutal an den Armen und zog sie mit einem Ruck hoch. Sie war leichter, als er gedacht hatte. Völlig überraschend schlug ihm die Frau aber plötzlich ins Gesicht. Rudecker ließ sie los. Gleich darauf rannte Frau Heidemann in die Küche zurück. Er stürzte hinter ihr her. Sie wollte gerade die Tür hinter sich zuschlagen, als er dagegen flog. Beide stürzten sie zu Boden. Bevor er einen klaren Gedanken fassen konnte, spürte er einen heftigen Schmerz. Die Frau hatte ihm ihre Fingernägel ins Gesicht gegraben. Dabei verletzte sie ein Auge. Es tat sofort höllisch weh. Er tränte augenblicklich. Er konnte daher nicht mehr richtig sehen. Deshalb schlug er einfach mit den Fäusten zu. Beim vierten Schlag landete er einen Volltreffer. Der Schlag traf auf die linke Schläfe der Frau. Sie ließ augenblicklich von ihm ab. Er warf sie beiseite, knallte ihr zweimal die Hand ins Gesicht und sprang auf sie. Rudecker verlor nun die Kontrolle. Voller Geilheit machte er sich über die Frau her. Er riss ihr wie von Sinnen das Kleid auf, zerrte sich selbst die Hose herunter und hatte nur noch einen Gedanken. Frau Heidemann versuchte sich noch einmal zu wehren. Aber Rudecker würgte sie brutal. Er stöhnte dabei und glaubte sich bereits am Ziel. Schon sehr benommen und überwältigt von Todesangst stieß die Frau mit letzter Kraft ihr Knie in den Unterleib ihres Peinigers. Sofort durchflutete ihn ein krampfhafter Schmerz. Rudecker zuckte zurück. Frau Heidemann trat mit dem Fuß noch einmal zu, erwischte ihn aber nur an den Rippen. Immerhin konnte sie sich befreien. Sie rappelte sich auf, merkte, dass sie den Griff der Küchenschublade in der Hand hielt. Sie zerrte die Schublade heraus und griff nach einem Küchenmesser. Mit dieser Bewaffnung wollte sie an Rudecker vorbei und fliehen. Der Polizist hatte sich aber wieder einigermaßen erholt. Als er auf sie zukam, stach sie mit dem Messer zu. Rudecker brüllte auf, weil sie ihn tatsächlich verletzte. Die scharfe Klinge hatte ihm die Wange aufgeschlitzt. Völlig außer sich stürzte er trotzdem vorwärts. Die Frau wollte ein weiteres Mal zustoßen. Doch bekam Rudecker ihr Handgelenk zu fassen. Mit der Faust der anderen Hand schlug er voller Wucht in ihren Magen. Die Frau sackte zusammen. Rudecker konnte ihr das Messer entwenden. Voller Wut rammte er es ihr in den Leib. Als das Messer in ihren Körper drang, riss sie voller Entsetzen die Augen auf. Geradezu irre lachte Rudecker und stach immer und immer wieder zu.

Sie war längstens tot, als er wieder zu sich kam. Er schaute auf die in einer sich ausbreitenden Blutlache liegende Frau. Dann sah er auf seine Kleider, die ebenfalls über und über mit Blut besudelt und verschmutzt waren. Der perverse Polizist hatte einen Höhepunkt erlebt. Und obwohl ihm die bizarre und schreckliche Situation jetzt völlig klar war, fühlte er sich zutiefst befriedigt. Nach einer Weile stand er langsam auf. Er ging zum Spültisch und machte sich so gut es eben ging sauber. Die von ihm abgeschlachtete Frau interessierte ihn schon nicht mehr. Sorgen bereiteten ihm allein die Wunde an seiner Wange und sein Auge, das nach wie vor übel schmerzte. Er fand ein Geschirrtuch, mit dem er vorsichtig seine Verletzungen abtupfte. Doch konnte er die Blutung in seinem Gesicht nicht stillen. Die Wunde, die ihm das Messer zugefügt hatte, war zu tief. Schließlich gab er es auf. Notdürftig brachte er seine Kleider in Ordnung. Als er aus dem Haus schlich, nahm er nur das Messer und das Geschirrtuch, das er auf seine Wunde drückte, mit.

Am nächsten Morgen ließ sich Rudecker verarzten. Die Wunde musste genäht werden. Er ärgerte sich aber nicht darüber, dass er zukünftig mitten im Gesicht eine große Narbe haben würde. Vielmehr war er der Meinung, die Menschen würden ihn dadurch eher respektieren. Und darauf kam es ihm schließlich so sehr an. Andere sollten ihn gefälligst respektieren. Noch besser war es allerdings, wenn sie Angst vor ihm hatten. Das Messer und das Geschirrtuch ließ er noch am gleichen Tag verschwinden. Seine Verletzungen erklärte er mit privaten Auseinandersetzungen, die niemanden zu interessieren brauchten. Als wäre nichts geschehen, ging Hasso Rudecker schon wenige Stunden später wieder seiner normalen Arbeit nach.

8

Es ging bereits auf Mitternacht zu. Der schwül-heiße Tag, der letzte im August, ließ die Menschen auch noch in der Nacht stöhnen, da nicht einmal ein Luftzug für die herbeigesehnte Abkühlung sorgte. Vereinzelt blitzte es, in der Ferne hörte man bereits ein schwaches Donnern. All die Menschen, die nicht schlafen konnten, hofften auf ein Gewitter und einen Wolkenbruch, der dann endlich für eine Erfrischung sorgen würde. Die vier Männer, die zu dieser späten Stunde im Reichskanzleramt zusammensaßen, interessierte das Wetter jedoch nicht. Sie befassten sich mit weitaus Wichtigerem. Fürst Bismarck gegenüber saß kerzengerade sein Innenminister, Graf Friedrich zu Eulenburg. Zu Bismarcks Rechten stellte der Berliner Polizeipräsident Madai gerade sein Glas auf den Tisch zurück. Links von Bismarck redete Heinrich von Treitschke auf Madai ein. Alle vier Männer verband eine heftige Abneigung gegen die Sozialdemokratie. Seit zwei Stunden berieten sie den Entwurf eines ›Gesetzes gegen die gemeingefährlichen Bestrebungen der Sozialdemokratie‹.

In dieser Nacht kehrte Bruno mit seiner Familie nach Berlin zurück. Sie hatten eine schöne Zeit in Fabiennes Elternhaus in Frankreich hinter sich. Zwar waren die Kinder übermüdet, als sie aus dem Zug stiegen. Doch alle freuten sich auf ihr Heim. Wenig später bog die Droschke in ihre Straße ein. Gleich darauf hielt sie vor ihrem Gartentor. Johlend sprangen die Kinder auf den Gehweg. Bruno lud mit dem Fahrer noch die Koffer ab. Dann bezahlte er ihn und gab auch ein ordentliches Trinkgeld dazu. Fabienne war derweil schon zur Haustür gegangen. Irritiert bemerkte sie, dass die Tür nicht verschlossen war. Sie wartete auf ihren Mann.

»Es ist nicht abgeschlossen.«

»Was? Frau Heidemann ist doch sehr zuverlässig. Das ist aber komisch.«

Bruno trat rasch in den Flur. Sogleich stieg ihm ein unangenehmer Geruch in die Nase. Er blieb verwundert stehen und schnupperte. Auch Fabienne runzelte wegen der schlechten Luft die Stirn.

»Hier stinkt es!«, sagte Peter, der hinter ihnen stand.

Wieder schaute Bruno seine Frau verwundert an. Fabienne zuckte mit den Schultern, gerade so, als wollte sie sagen, sie verstehe das Ganze nicht.

»Als wenn etwas verfaulen würde«, stellte sie dann fest. Sie standen vor der Treppe, die nach oben führte. Links von ihnen lag schräg gegenüber die Küche, die Tür war nur angelehnt.

»Das ist ja ekelhaft. Frau Heidemann hätte das doch bemerken müssen. Ich glaube, es kommt aus der Küche.«

Schon wollten die Kinder zur Küche rennen. Bruno konnte sie gerade noch schnappen und zurückziehen.

»Hiergeblieben! Ich will erst sehen, was da nicht stimmt.«

Bruno ging zur Tür. Er öffnete sie vollends. Der ekelhafte Gestank, der ihm entgegenschlug, nahm ihm fast den Atem.

»Pfui Teufel, da wird einem ja schlecht!«

Peter und Martin hielten sich hinter ihm die Hände vor die Nase. In diesem Augenblick sah ihr Vater das Schreckliche.

»Oh Gott!« entfuhr es ihm. »Um Gottes willen«, sagte er noch einmal voller Entsetzen. Dann besann er sich. Er drehte sich rasch um, nahm seine Söhne und befahl ihnen in barschem Ton, sofort nach oben in ihr Zimmer zu gehen.

»Fabienne, bleib stehen. Bleibe um Gottes willen stehen. Geh nicht in die Küche!«

»Was ist denn los?«

Peter stellte sich bockig an. Der Gestank war für ihn kaum auszuhalten. Aber seine Neugierde war stärker. Er entwand sich dem Griff seines Vaters und konnte einen Blick in die Küche werfen. Er schrie auf, drehte sich noch weg, doch sein Magen rebellierte sofort. Er sackte auf die Knie, erbrach sich, und spuckend und weinend rang er nach Luft.

»Bring Martin nach oben. Bitte, bring ihn rasch weg.«

Fabienne war ganz durcheinander. Sie schnappte ihren Jüngsten und zog ihn nach oben. Als sie zurückkam, hatte sich Peter etwas erholt. Er weinte aber noch heftig.

»Geh nach oben. Wir reden nachher«, sagte sein Vater. Sein Sohn schaute ihn ungläubig und fragend an. Er zitterte am ganzen Leib. Fabienne nahm ihn in den Arm und führte ihn weg. Bruno zögerte einen Moment. Er ging zur Haustür, öffnete sie ganz und atmete einige Male tief ein und aus. Dann kehrte er, die Luft anhaltend, in die Küche zurück. Er konnte es nicht fassen, was er dort sah. Vor ihm lag in einer vertrockneten Blutlache die verwesende Leiche von Frau Heidemann.

9

Eine halbe Stunde später standen vier Gendarmen und zwei Inspektoren in der Küche. Sie hatten Tücher um Mund und Nase gebunden. Anders war es nicht auszuhalten. Fabienne und Bruno saßen im Nebenraum. Ihnen fehlten die Worte, und das Entsetzen stand ihnen noch ins Gesicht geschrieben. Ihren Söhnen hatten sie strengstens untersagt, nach unten zu kommen. Von Zeit zu Zeit gingen Bruno und Fabienne abwechselnd nach oben. Sie sahen vor allem nach Peter, der die grauenhaft entstellte Tote gesehen hatte. Längstens hatten sie auch ihren treuen Immanuel auf der Kellertreppe entdeckt. Das getötete Tier wollte Bruno so schnell wie möglich im Garten hinter dem Haus begraben.

Am Abend dieses schlimmen Tages erschienen Kriminalkommissar Krüger und sein Gehilfe Rudecker bei den Kohlers. Krüger war einer von sechs Kriminalkommissaren der politischen Polizei in Berlin und Rudeckers unmittelbarer Vorgesetzter. Beide richteten ihr Denken und Handeln an den Vorgaben von Oberstaatsanwalt Geier aus, der in ihnen seine größten Sozialistenhasser und Sozialistenverfolger besaß. Krüger, ein untersetzter Mann von annähernd sechzig Jahren mit einem pockennarbigen Gesicht und einer ausgeprägten Menschenverachtung, galt als völlig rücksichtslos, wenn es um die Aufklärung von Straftaten ging. Er war am Ende seiner Karriere angelangt, auf die er, wenn er es auch nach außen nicht zugab, sehr stolz war. In den letzten Jahren konnte er in der Verfolgung der Sozialdemokraten Erfolge wie keiner seiner Kollegen vorweisen. Daneben hatte er aber auch einige Kapitalverbrechen aufgeklärt, an deren Lösung andere kläglich gescheitert waren. So stand er in der besonderen Gunst Geiers und von Polizeipräsident Madai. Am Morgen noch hatte er an einer Besprechung teilgenommen, die von Madai kurzfristig anberaumt worden war. Madai hatte die Sitzung wie immer mit verbittert erscheinender Miene und ohne Gruß an seine Untergebenen eröffnet.

»Was ich Ihnen mitzuteilen habe, ist absolut vertraulich zu behandeln. Wer auch nur in den nächsten zwei Wochen eine Andeutung über den Sachverhalt anderen gegenüber macht, den bringe ich persönlich hinter Schloss und Riegel.«

Die Kommissare waren diese rüde und einschüchternde Behandlung durch ihren Präsidenten gewohnt. Sie lästerten zwar hinter seinem Rücken über ihn und rissen sogar Witze über manche seiner Marotten. Doch keiner hätte es jemals gewagt, in Gegenwart des Polizeipräsidenten aber auch nur ein kritisches Wort zu sagen. Jedem stand glasklar vor Augen, er würde noch am gleichen Tag entlassen werden.

»Der Herr Reichskanzler und preußische Ministerpräsident arbeitet seit mehreren Monaten an einem Gesetz gegen die Kommunisten. Noch im September wird die Regierung diesen Gesetzentwurf dem Reichstag vorlegen. Im Gegensatz zu früheren Vorgehensweisen geht der Herr Reichskanzler und Ministerpräsident davon aus, dass die notwendige Mehrheit für das Gesetz zustande kommen wird.

Sollte dies der Fall sein – und ich zweifle nicht im Geringsten an der Auffassung des Herrn Reichskanzlers –, wird es Arbeit zuhauf für uns geben. Wir werden dann endlich ein Instrument in Händen haben, mit dem wir unter den Vaterlandsverrätern gründlich aufräumen können. Und zwar rigoros! Merken Sie sich vor allem dieses, meine Herren! Rigoros! Wir werden dieses Pack hinter Gitter bringen, wo immer es möglich sein wird. Pardon wird nicht gegeben! Das Gesetz bietet uns ausreichende Möglichkeiten für ein entschiedenes Vorgehen. Ich erwarte von Ihnen ein entsprechendes Handeln. Bei jeglichem Zögern werde ich Sie persönlich zur Rechenschaft ziehen. Sie tragen in dieser Hinsicht auch die Verantwortung für Ihre Untergebenen.«

Danach stellte Madai den Gesetzentwurf im Einzelnen vor. Er kommentierte verschiedene Paragrafen ausführlich, ergänzte manches durch eigene Bemerkungen und Interpretationen und schärfte seinen Kommissaren mehrmals das geforderte rigorose Vorgehen ein. Der Polizeipräsident bezeichnete abschließend Krügers bisherige Arbeit als vorbildlich, was diesen mit sichtlich großem Stolz erfüllte.

10

Daran erinnerte sich Krüger, als er im Wohnzimmer der Kohlers saß. Er gab sich zwar verbindlich, aber Bruno entging nicht, dass er sich vor ihm und vor Rudecker in Acht nehmen musste. Er hatte sich zwar nichts vorzuwerfen. Doch den beiden war nicht über den Weg zu trauen.

»Wie uns der Arzt nach einer ersten Untersuchung mitgeteilt hat, dürfte die Frau schon etwa seit zwei Wochen tot sein. Wann sind Sie denn nach Frankreich aufgebrochen?«

Bruno und seine Frau schauten sich kurz an.

»Genau vor fünfzehn Tagen sind wir am frühen Morgen aufgebrochen.«

»Aha, dann wird der Mord wahrscheinlich kurz nach Ihrer Abreise verübt worden sein. Interessant ist ja, dass die Ermordete die Frau eines zu einer längeren Haftstrafe verurteilten Mannes ist. Wie ich höre, haben Sie sich erheblich für diesen Mann eingesetzt. Was mich – ehrlich gesagt – doch einigermaßen wundert. Ein Mann in Ihrer Stellung, Herr Dr. Kohler, gibt sich normalerweise nicht unbedingt mit solchen Menschen ab ...«

»Herr Heidemann ist nicht einfach ein ›solcher Mensch‹, Herr Kommissar. Er war bei mir beschäftigt und hat viele Jahre ordentlich seinen Dienst verrichtet. Ich kann nichts Nachteiliges über ihn sagen. Mit Verlaub, aber alles hätte keineswegs so kommen müssen, wie wir es jetzt erleben.«

»Wie meinen Sie denn das? Worauf wollen Sie hinaus?«

»Herr Kommissar, ich werde die ganzen Umstände über Heidemanns Verhaftung und die dann erfolgte Verurteilung hier nicht erörtern. Dies steht wohl auch nicht zur Debatte. Es geht vielmehr um die Ermordung seiner Frau. Eine Tragödie sondergleichen!«

»Ja, ja, sicherlich. Aber ganz so einfach ist es eben doch nicht. Heidemanns Frau wurde schließlich von Ihnen beschäftigt. Die Frau eines rechtmäßig Verurteilten! Ich bitte Sie, Herr Dr. Kohler! Das müssen Sie mir schon erklären, wie Sie dazu kommen, solch eine Frau für sich arbeiten zu lassen.«

»Die Sache ist ganz einfach. Die Familie befand sich seit der Verhaftung des Vaters in Not. Ich sage noch einmal: Heidemann hat zu meiner vollsten Zufriedenheit gearbeitet. Da werde ich den Mann, immerhin auch Kriegsversehrter, der für sein Vaterland sein Leben riskiert hat, doch nicht einfach im Stich lassen, wenn man ihn für Jahre ins Gefängnis wirft und damit seine Familie dem Elend aussetzt.«

Krüger wartete einen Moment. Es sah aus, als überlege er angestrengt. Die Frage, die er dann stellte, machte Bruno vollends klar, worauf er hinauswollte.

»Das hört sich alles ein wenig vorwurfsvoll an. Sind Sie denn der Meinung, der Mann wäre ungerechtfertigterweise verurteilt und eingesperrt worden?«

Bruno ließ sich Zeit mit einer Antwort. Er ahnte allzu gut, in welche Situation ihn der Kommissar hineinzumanövrieren versuchte.

»Dazu habe ich im Augenblick nichts zu sagen. Vielleicht ist es angezeigt, dass wir uns über den Mord an Frau Heidemann statt über andere Vorkommnisse unterhalten.«

»Die Dinge hängen doch wohl zusammen. Man wird das eine nicht von dem anderen trennen können. Ich möchte Sie auch darum ersuchen, nicht den von mir eingeschlagenen Gang der Untersuchung zu werten. Worüber wir uns unterhalten, das bestimme doch hoffentlich noch ich. Also, Herr Dr. Kohler, Ihre Meinung zu der Verhaftung und Verurteilung Heidemanns!«

Bruno wurde gereizter. Er durchschaute das Spiel Krügers. Der Kommissar wollte ihm eine unbedachte Äußerung entlocken. Ihm schien es, als wäre der Tod von Frau Heidemann für den Polizisten nur eine Nebensache. Sein Interesse galt ihm selbst. Unangenehm empfand er die ganze Zeit auch Rudecker, der ihn und seine Frau abwechselnd fixierte. Rudecker hatte noch kein einziges Wort gesprochen. Aber wenn seine Blicke ungeniert seine Frau musterten, hätte ihn Bruno am liebsten hinausgeworfen. Irgendwie spürte er dabei, dass es mehr war als ein bloßes kriminalistisches Interesse, das sich hinter diesen Blicken verbarg.

»Ich habe mich bereits erklärt, Herr Kommissar. Verzichten Sie bitte auf ein Insistieren. Ich habe nichts zu den Vorgängen um Herrn Heidemann zu sagen. Akzeptieren Sie bitte diese Auffassung, die übrigens auch im Einklang mit den mir zustehenden Rechten steht.«

»Ah ja, Sie sind Jurist! Wie konnte ich das vergessen? Natürlich wissen Sie um Ihre Rechte.«

Und nach einer kurzen Pause fuhr der Kommissar fort: »Sie wissen dann aber doch genauso gut über Ihre Pflichten Bescheid! Sich nicht über ein Subjekt zu äußern, das unseren König und Kaiser auf das Schwerste beleidigt hat, ist – wie soll ich sagen – na, sagen wir einmal, doch etwas ungewöhnlich.«

Bruno hätte ihm allzu gern die Meinung gesagt. Aber er erkannte die Provokation, mit der Krüger ihn aus der Reserve locken wollte. Zu gern hätte er für Heidemann Partei ergriffen, aber es lohnte sich nicht. Zumindest nicht im Moment. Im Hinterkopf regte sich allerdings bei Bruno ein Gefühl, das ihm sagte, worauf es in Zukunft ankommen würde.

»Ich bewege mich nur im Rahmen unserer Gesetzesordnung. Ihre persönliche Meinung interessiert mich dabei nicht. Sie sollten vielmehr meine Haltung respektieren. Sie verhören mich hier schließlich nicht als Verdächtigen in einer Mordsache. Da erwarte ich von Ihnen schon entsprechende Maßstäbe, auf die hin Sie als Vertreter von Recht und Ordnung verpflichtet sind.«

Krüger musste sich auf das Äußerste beherrschen. Wahrscheinlich war es schon lange nicht mehr vorgekommen, dass ihm jemand derartige Antworten gegeben hatte und sich nicht einschüchtern ließ. Rudecker schaute seinen Chef an. Er wartete auf ein Zeichen, damit er endlich hätte eingreifen dürfen. Aber der Kommissar schloss nur kurz die Augen. Dann sprach er weiter.

»Wer verdächtig ist oder nicht, kann derzeit nicht definitiv festgestellt werden, Herr Dr. Kohler. Für mich liegt eine vollkommen offene Situation vor. Nach Ihrer Darstellung sind Sie zwar kurz vor der Ermordung von Heidemanns Frau abgereist. Aber ob das tatsächlich so gewesen ist, bedarf sicherlich noch der eingehenden Untersuchung.«

»Was wollen Sie damit sagen?«

Fabienne fiel dem Polizisten ins Wort. Sie hatte bislang geschwiegen. Ihr war jedoch die Taktik Krügers rasch klar geworden. Die Anwesenheit der beiden Polizisten empfand sie daher als höchst unangenehm. Sie spürte eine Gefahr, vor der sie sich ängstigte.

»Gar nichts will ich damit sagen. Ich muss nur alle Möglichkeiten bedenken. Und nach aller Erfahrung sind es immer wieder einmal eher undenkbare Situationen, die zu einem Verbrechen geführt haben. Das heißt, um es genauer auszudrücken: Jeder, der mit der Ermordeten zu tun hatte, zählt zum Kreis der Verdächtigen. Und da die Frau in Ihrem Hause ein- und ausgegangen ist, werde ich – so unwahrscheinlich es Ihnen erscheinen mag – immerhin auch die Möglichkeit in Erwägung ziehen, dass Ihr Mann etwas mit dem Mord zu tun haben könnte.«

Fabienne erschien Krügers Darstellung geradezu unglaublich. Am liebsten hätte sie lauthals gelacht über diesen Unsinn. Doch sie beherrschte sich und antwortete nur:

»Tun Sie, was Sie nicht lassen können. Es gehört wohl zu Ihrem Beruf, derart Absurdes zu erwägen.«

»Ja, ganz recht, gnädige Frau. Wollen wir es für heute genug sein lassen.«

Zu Rudeckers Überraschung stand Krüger auf. Gerade hatte er sich noch gefreut, dass er gleich die Erlaubnis erhalten würde, die beiden in die Mangel zu nehmen. Etwas enttäuscht stemmte er sich aus dem bequemen Sessel.

»Selbstverständlich werden wir noch einmal vorbeikommen müssen. Halten Sie sich unbedingt zu unserer Verfügung. Mit Sicherheit ist das letzte Wort noch nicht gesprochen.«

Mit dieser Feststellung, die wie eine Drohung klang, drehte sich Krüger um und verließ nach einem knappen Gruß das Haus. Rudecker folgte ihm.

11

Auf Bismarcks unermüdliches Bestreben nahm in namentlicher Abstimmung der Reichstag in der Nacht vom 19. zum 20. Oktober 1878 mit zweihunderteinundzwanzig gegen hundertneunundvierzig Stimmen das ›Gesetz gegen die gemeingefährlichen Bestrebungen der Sozialdemokratie‹ an. Der Bundesrat stimmte bereits am 21. Oktober diesem Sozialistengesetz zu. Noch am selben Tag trat es in Kraft. Am Tag nach dem Inkrafttreten des Sozialistengesetzes saßen Geier, Krüger und Rudecker zusammen. Der Oberstaatsanwalt schaute äußerst unzufrieden.

»Der Mord im Hause der Kohlers ist doch sehr mysteriös. Können Sie Kohler deswegen nichts anhängen? Herrgott aber auch! Krüger! Rudecker! Hier hätten Sie doch zugreifen müssen.«

Die Kritik traf beide. Rudecker kniff die Lippen zusammen. Er hätte gern geantwortet, ihm fehlten aber die Worte. Krüger beherrschte sich mit Mühe.

»Geraten Sie nicht aus dem Gleichgewicht«, fuhr Geier fort, dem die Reaktion der beiden nicht verborgen geblieben war.

»Packen Sie ordentlich zu. Gerade jetzt! Das Sozialistengesetz gibt uns weitgehende und hervorragende Möglichkeiten. Wenn dieser Kohler auch nur Kontakt mit einem Sozialisten aufnimmt, wird er eingebunkert! Das ist doch nicht zu viel verlangt. Bleiben Sie ihm ständig auf den Fersen. Die Gelegenheit, ihn zu stellen, kann doch gar nicht ausbleiben. Am besten wäre es allerdings, wenn ihm der Mord angehängt werden könnte. Ist denn da gar nichts zu machen?«

Rudecker bemerkte gar nicht, dass der Oberstaatsanwalt eine Frage gestellt hatte. Dazu war er viel zu verwirrt und mit seinen eigenen Gedanken beschäftigt. Krüger antwortete.

»Wir sind nicht vorangekommen. Zunächst dachten wir noch, man könnte Kohler die Tat anhängen. Aber nach Auskunft des Pathologen muss er schon vor dem Mord nach Frankreich aufgebrochen sein. Er hat das am Verwesungszustand der Leiche definitiv so festgestellt.«

»Ach, wie das solch ein Mediziner mit Sicherheit wissen will! Da hätten Sie nachbohren müssen. Kohler ordentlich unter Druck setzen, das ist es, was ich erwarte. Hätten Sie ihn doch vorübergehend eingesperrt. Wir hätten ihn dann schon mürbe gemacht.«

»Es gab zu meinem Bedauern absolut keine rechtliche Handhabe dafür …«

»Hören Sie bloß damit auf!«

Energisch unterbrach ihn Geier.

»Ich brauche wahrhaftig von Ihnen keine Belehrung über das, was rechtlich möglich ist und was nicht. Da muss man eben die Sache forcieren und ein wenig steuern. Aber nun dürfte es sowieso zu spät sein. Damit das zwischen uns klar ist: Lange warte ich nicht mehr auf eine Erfolgsmeldung. Liefern Sie mir diesen Kohler, sonst verstehe ich bald keinen Spaß mehr.«

Geier hörte sich bedrohlich an. Er meinte es zweifelsohne ernst. Zwar erschreckte Krüger dieses Maß an eindeutiger Drohung. Doch konnte er sich damit weit besser auseinandersetzen als Rudecker. Dieser kochte innerlich vor Wut.

»Ich glaube, zwischen uns gibt es im Moment nichts mehr zu besprechen. Ich habe mich eindeutig ausgedrückt. Also, meine Herren, ich erwarte demnächst eine Erfolgsmeldung. Sonst muss ich ernsthaft über Konsequenzen nachdenken.«

Damit waren die beiden Polizisten entlassen. Schweigend gingen sie die Treppen hinunter. Am untersten Absatz hielten sie inne.

»Rudecker! Klemmen Sie sich hinter diesen Kohler. Vier Wochen gebe ich Ihnen. Dann muss etwas gegen ihn vorliegen. Stellen Sie es an, wie Sie wollen. Hauptsache, Sie kriegen den Kerl.«

Rudecker versuchte zunächst eine Rechtfertigung,

indem er in aller Ausführlichkeit seine Versuche in den letzten Wochen, Kohler etwas anzuhängen, beschrieb.

»Ja, ja. Das glaube ich ja alles. Schwierig genug ist die Sache. Da brauchen Sie mir gar nichts vorzujammern. Aber Geier will Kohler. Also tun wir ihm den Gefallen. Strengen Sie sich an! Denken Sie sich etwas aus! Irgendetwas wird Ihnen schon einfallen. Hauptsache ist doch, dass sich etwas gegen ihn findet. Das ist doch für einen erfahrenen Polizisten keine unmögliche Aufgabe. Also, Rudecker! Vier Wochen! Dann haben Sie ihn im Sack, oder wir beide werden nichts mehr zu lachen haben. Mir kann das zwar mehr oder weniger egal sein. Bei mir geht es um nichts mehr. Aber Ihre Laufbahn ist dann schlicht und einfach beendet! Verstehen Sie, Rudecker! Beendet! Das Ende der Fahnenstange! Und das in Ihrem Alter. Keine besonders reizvolle Perspektive. Sie werden dann in zwanzig Jahren noch den Laufburschen spielen. Wenn es das nicht sein soll, dann strengen Sie sich gefälligst einmal ein bisschen an.«

Mit diesen Worten ließ ihn Krüger stehen. Rudecker fühlte sich ganz schlecht. Deutlicher hätte ihm nicht vermittelt werden können, dass er am Ende der Hackordnung als kleines Licht dastehen würde. Da seine Dienstzeit an diesem Tag sowieso bereits vorüber war, machte er sich auf den Weg zu seiner Wohnung. Anstatt sich aber zu beruhigen, steigerte er sich in eine kolossale Wut hinein. Er fühlte die ihm zuteil gewordenen Erniedrigungen geradezu als körperliche Schmerzen. Mit ihm war wieder einmal in einer Weise umgesprungen worden, die er zutiefst hasste. Ihm war vollständig klar, dass sein Wohl und Wehe davon abhing, wie er sich nun in den Augen des Oberstaatsanwalts bewähren würde. Ein überheblicher

Oberstaatsanwalt drohte ihm alles kaputtzumachen. In seinem Kopf rasten die Gedanken. Eine fast ohnmächtige Wut trieb ihn um, als er endlich die Tür zu seiner Wohnung aufschloss. Er wusste nicht, wen er mehr auf dieser Welt hasste: den Oberstaatsanwalt oder Kohler. Aber eines wusste er genau: Gegen Geier konnte er überhaupt nichts ausrichten. Ihm war er auf Gedeih und Verderb ausgeliefert. Deshalb war ihm eines vollkommen klar: Er musste Kohler fassen. Seine einzige Chance bestand darin, diesen Prokuristen ins Gefängnis zu bringen.

12

Bruno ahnte längst, dass Geier es auf ihn abgesehen hatte. Der Hass dieses Mannes verfolgte ihn nun schon seit Monaten. Erst vor wenigen Tagen hatte ihn Bankier von Bleichröder zum wiederholten Male gewarnt. Der Bankier verfügte natürlich über mannigfache Kontakte. Über sie erfuhr er auch von möglichen Intrigen Geiers gegen seinen wichtigsten Angestellten.

»Er hat seine Handlanger auf Sie angesetzt. Sie kennen beide. Kommissar Krüger und sein Vasall Rudecker werden Ihnen nachstellen, wo immer es geht. Alle drei halte ich für alles andere als Ehrenmänner. Doch wegen Geier müssen Sie die Angelegenheit ernst nehmen. Geier verfügt über mancherlei Beziehungen. Selbst beim Innenminister findet er Gehör und wird geschätzt. Also, lieber Dr. Kohler! Nachdem das Sozialistengesetz vom Reichstag gebilligt wurde, werden diejenigen, die sich auch nur in die Nähe der Sozialdemokraten begeben, verdächtigt werden können. Ich vermute, hier werden die Herren zupacken wollen. Auf irgendetwas müssen Sie sich in dieser Richtung jedenfalls gefasst machen.«

Fast wortwörtlich erzählte Bruno nun schon zum zweiten Mal die Warnung des Bankiers seiner Frau. Er ging wie schon so oft in letzter Zeit mit Fabienne im Tiergarten spazieren. Beide mochten sie diese riesige Park- und Gartenanlage mitten in Berlin. Jetzt, im Spätherbst, hatten sich die Blätter der zahlreichen Bäume und Sträucher verfärbt. Helles Gelb mischte sich mit Rötlichem bis hin zu Dunkelbraunem. Die Natur zeigte sich in einer beeindruckenden Farbenpracht. Sie spazierten ganz langsam. Beide hielten den Kopf ein wenig gesenkt. Dann fing Fabienne das Gespräch wieder an.

»Bleichröder meint es sicherlich gut mit dir. Du solltest seinen Rat beachten. Dieser Oberstaatsanwalt macht mir Angst. Und so, wie Krüger und Rudecker bei uns aufgetreten sind, erwarte ich wahrlich nichts Gutes.«

»Natürlich nehme ich die Sache sehr ernst. Andererseits frage ich mich, was sie mir wirklich anhängen wollen? Es gibt nichts, absolut nichts, womit sie mich belangen können. Und dass ich nach wie vor Heidemann unterstütze, kann mir doch auch niemand übel anrechnen. Er ist ja noch nicht einmal Mitglied bei den Sozialdemokraten, der arme Mann. Man muss sich das einmal vorstellen. Von einem Tag zum anderen ist für ihn eine Welt zusammengebrochen. Er sitzt im Gefängnis, seine Frau ist tot, ermordet, und er kann nur noch verzweifelt darüber nachdenken, was aus ihm werden wird.«

»Das Urteil gegen ihn ist eine Schande. Kann denn da gar nichts dagegen unternommen werden? Für ein lächerliches

Delikt muss der Mann etliche Jahre im Kerker sitzen. Das ist doch eine himmelschreiende Ungerechtigkeit. So etwas darf in einem zivilisierten Staat nicht vorkommen.«

Bruno schwieg zunächst. Schon seit geraumer Zeit spielte er mit einem Gedanken. Nun überlegte er, ob er Fabienne davon erzählen sollte. Er wusste zu gut, dass damit seine bisherige Berufslaufbahn eine grundlegende Änderung erfahren würde. Fabienne merkte, wie er intensiv nachdachte, und fragte schließlich, ob er ihr etwas sagen wolle.

»Ach Fabienne. Es ist nur so eine Idee. Ich wälze sie hin und her und komme zu keinem richtigen Schluss.«

»Na, dann erzähle davon. Ich werde dir schon sagen, was ich davon halte.«

Bruno ging noch einige Schritte weiter. Dann erreichten sie eine Bank, die unbesetzt war. Er rief seine Jungen und ermahnte sie, nicht zu weit fortzurennen.

»Ich habe eine juristische Ausbildung. Zudem alle Zeugnisse, die notwendig sind, um bei Gericht zugelassen zu werden! Ich habe bisher nur noch nicht davon Gebrauch gemacht.«

Er machte eine kurze Pause.

»Was ich sagen will, Fabienne: Gerade jetzt, nachdem mit dem Sozialistengesetz ohne Zweifel Unrecht geschieht, denke ich darüber nach, meine Anstellung bei Bleichröder aufzugeben. Ich überlege, ob ich mich als Anwalt niederlassen soll.«

Bei diesen Worten schaute er seine Frau an. Er rechnete damit, dass sie überrascht, vielleicht sogar ablehnend reagieren würde. Doch nichts dergleichen geschah. Im Gegenteil. Fabienne nickte. Gerade so, als hätte er etwas ausgesprochen, was für sie schon lange feststand.

»Als Anwalt könntest du die Verteidigung Heidemanns

übernehmen. Ich verstehe dich, ich verstehe dich sogar sehr gut. Um ehrlich zu sein, irgendwie habe ich auch bereits in dieser Weise überlegt. Wir sind nicht unbedingt auf deinen Verdienst bei Bleichröder angewiesen. Es geht uns gut. Wir haben das Haus, dazu ein kleines Vermögen. Wenn du meinst, du könntest als Anwalt Menschen helfen, dann werde ich nicht im Wege stehen.«

Bruno fühlte sich erleichtert. Endlich hatte er es ausgesprochen. Und er stieß bei seiner Frau auf Verständnis. In aller Ruhe besprach er sich dann mit ihr. Sie wägten sorgfältig das Für und Wider dieses einschneidenden Schrittes ab. Letztlich waren sie aber beide der Überzeugung, dass es gewagt werden musste.

13

»Es ist selbstverständlich Ihre Entscheidung. So sehr ich sie persönlich bedauere. Aus Ihrer Sicht scheint es notwendig.«

Bleichröder spazierte mit Bruno durch den Park seiner Villa. Zum wiederholten Male bewunderte Bruno den alten Baumbestand und die sehr gepflegten Hecken und Sträucher. Immer wieder waren englische Gartenmöbel aufgestellt, die zum Verweilen einluden. Es roch frisch und würzig. Beide Männer hatten zu dieser frühen Morgenstunde auch Mäntel übergezogen. Bleichröder wollte noch am frühen Nachmittag nach Italien aufbrechen und dort drei Wochen verbringen.

»Ich will nicht überstürzt alles stehen und liegen lassen. Wenn Sie einverstanden sind, bleibe ich noch bis zum

Frühjahr in Ihren Diensten. Es wäre dann genug Zeit, nach einem geeigneten Nachfolger Ausschau zu halten.«

»Natürlich begrüße ich es, wenn Sie noch einige Monate für mich arbeiten und die Geschäfte abwickeln. Ersatz wird schwer zu finden sein.«

Sie kamen an einem schön angelegten Teich vorbei. Einige Enten vergnügten sich bereits im Wasser, andere hingegen schliefen noch am Rande des Teiches mit in ihr Gefieder gesteckten Köpfen. Die beiden Männer blieben stehen und betrachteten die Idylle.

»In einer anderen Sache möchte ich Sie noch um Ihre Hilfe bitten.«

»Was für einen Wunsch haben Sie auf dem Herzen?«

»Es geht mir um Heidemann, der bei uns beschäftigt gewesen ist.«

»Ah ja, der arme Tropf. Ich habe selbst schon hin und wieder an ihn denken müssen. Was schlagen Sie vor?«

»Am liebsten würde ich noch in Berlin um meine Zulassung als Anwalt nachsuchen und dann eine Wiederaufnahme des Verfahrens anstrengen. Bis ich die Zulassung erhalte, vergehen aber mit Sicherheit einige Monate. Und dann bin ich womöglich bereits in Stuttgart. Was Not tut, ist ein niedergelassener Anwalt, der den Mut hätte, den Prozess wieder aufzurollen.«

»Schwierig, mein lieber Dr. Kohler! Sehr schwierig!«

Der Bankier zuckte mit den Schultern.

»Ich verstehe aber Ihr Anliegen. Verzeihen Sie mir, wenn ich mich nicht eindeutiger ausdrücke. Ich muss zu meinem Leidwesen auch manche Rücksicht nehmen. Aber vielleicht kann ich doch etwas erreichen.«

Bleichröder wirkte nachdenklich. Als würde er ein Für und Wider abwägen, wiegte er seinen Kopf hin und her.

»Das ist es, worum ich Sie bitten möchte. Vielleicht ist es Ihnen aufgrund Ihres Einflusses möglich, etwas für Heidemann zu erreichen. Und wenn nur das Strafmaß reduziert werden würde. Heidemann ist ein gebrochener Mann. Ich fürchte um sein Leben. Mich würde es nicht wundern, wenn er Selbstmord beginge. Man muss ihm einen Lichtblick bieten. Ich selbst würde den Anwalt bezahlen, falls einer zu finden wäre. Wenn Sie noch bei der einen oder anderen Stelle Ihre Beziehungen nutzen könnten, wäre wohl eine gewisse Chance gegeben.«

»Mhm, die Sache ist wahrhaftig nicht einfach. Aber ich verspreche Ihnen, dass ich meinen Teil dazu beitragen werde. Lassen Sie mir noch etwas Zeit. Ich werde in den nächsten Wochen nicht in Berlin sein. Aber mein Sekretär wird in der Zwischenzeit nach einem geeigneten Anwalt Ausschau halten. Falls Sie Heidemann im Gefängnis aufsuchen, können Sie ihm andeuten, es wird zumindest etwas für ihn versucht werden. Vielleicht hilft ihm das ein wenig. Machen Sie ihm aber keine allzu großen Hoffnungen. Wie es letztlich ausgehen wird, weiß heute keiner von uns beiden. Wir sprechen dann noch einmal miteinander, wenn ich aus Italien zurückkomme.«

Bruno bedankte sich bei Bleichröder. Sie waren nun wieder an der Villa des Bankiers angekommen. Bleichröder hatte es plötzlich sehr eilig. Deshalb verabschiedeten sie sich rasch voneinander. Bruno ließ sich in einer Droschke nach Hause fahren.

14

Rudecker sann in seinem tristen Büro darüber nach, wie er Bruno Kohler zur Strecke bringen könnte. Er zermarterte sich das Gehirn. Die vier Wochen, die ihm Krüger eingeräumt hatte, um Kohler etwas anzuhängen, waren demnächst abgelaufen. Jedes Mal, wenn er seinem Vorgesetzten begegnete, wurde er daran erinnert. Schon öfter hatte er Bruno nachgeschnüffelt und auf eine Chance gehofft. Sogar abends und nachts hatte er versteckt in der Nähe seines Hauses auf der Lauer gelegen. Ohne jeden Erfolg! Das Einzige, was ihm dabei auffiel, waren Brunos schöne Frau und ein junges Mädchen aus der Nachbarschaft, das bei Kohlers ein- und ausging und auf die Kinder achtgab. Ansonsten bemerkte er nicht die kleinste Kleinigkeit, mit der sich etwas anfangen ließ.

Es verging noch einmal fast eine ganze Woche, bevor in Rudeckers Gehirn ein Plan Gestalt annahm. Die erste Idee hatte er spontan beim Aufstehen an einem frühen Morgen gehabt. Sie musste noch ein, zwei Tage reifen. Dann machte sich der Polizist an die Umsetzung.

Der erste Novemberabend bot diesiges und nasskaltes Wetter. Immer wieder regnete es. Ein starker, rauer Wind machte deutlich, dass der schöne Herbst endgültig vorbei war. Mit einem Helfer stand Rudecker bei diesem Wetter in einer dunklen Ecke schräg gegenüber von Bleichröders Geschäftshaus, in dem Bruno trotz der späten Stunde noch seiner Arbeit nachging. Zum wiederholten Male zog Rudecker seine Taschenuhr hervor. Mit Mühe entzifferte er in der Dunkelheit die Uhrzeit. Nur noch eine Stunde bis Mitternacht! Er rieb sich die frierenden Hände und vergrub sie dann in seinen Manteltaschen. Endlich ging das Licht in Kohlers Büro aus. Über zwei Stunden waren vergangen, seit sie sich in der Kälte versteckt hielten. Kurz darauf trat Bruno Kohler aus dem Gebäude. Er schloss die Eingangstür ab und eilte dann rasch davon. Rudecker wartete noch fünf Minuten. Dann gab er dem Polizisten ein Zeichen. Der bückte sich und hob zwei Pakete auf.

»Noch nicht«, flüsterte Rudecker. »Ich gehe als Erster. Wenn ich die Tür geöffnet habe, kommen Sie sofort mit den Zeitungen nach.«

Rudecker eilte über die Straße. Im Laufen zog er einen Bündel Schlüssel hervor. Er hatte schon andere Türen aufbekommen und war zuversichtlich, dass er auch diese Eingangstür mit seinen Dietrichen knacken konnte. Er arbeitete schnell und präzise. Tatsächlich musste er nur zwei seiner Spezialschlüssel versuchen. Das Schloss gab nach, schon stand die Tür offen. Er winkte seinem Helfer, der sofort herangerannt kam. Rudecker schloss die Tür auf, wartete einen Moment, bis er sich an die Dunkelheit gewöhnt hatte, und ging dann mit vorsichtigen Schritten zu Bruno Kohlers Büro.

In dem Büro konnte er sich gut orientieren. Eine vor dem Gebäude angebrachte Straßenlaterne spendete genügend Licht. Zielstrebig öffnete er einen großen Schrank, der an der rückwärtigen Seite des Zimmers viel Platz einnahm. Fünf Fächer wurden sichtbar. Alle waren sie bis auf das unterste Fach mit irgendwelchen Schriftsachen und Ordnern vollgestapelt. Im untersten Fach lagen dagegen nur einige Karteikarten und eine alte Schachtel mit abgenutzten Bleistiften und einem leeren Tintenfass.

»Los, da rein mit dem Zeug.«

Rudecker hielt die Karteikarten in seinen Händen. Der Polizist löste die um die Pakete gebundenen Schnüre und schob sie ins Fach. Rudecker legte die Karteikarten und die Schachtel obenauf. Er betrachtete kurz sein Werk. Zufrieden schlich er sich dann mit seinem Helfer davon. Draußen spähte er die Straße auf und ab. Kein Mensch war um diese Zeit mehr zu sehen. Sorgfältig schloss er die Eingangstür ab. Mit raschen Schritten machten sich die beiden Polizisten davon.

»Zu niemandem ein Wort!«, erklärte er barsch dem Hilfspolizisten.

»Dass dieses hier eine geheime Aktion ist, muss ich nicht besonders hervorheben. Wenn die Angelegenheit gut ausgeht, werde ich Sie lobend erwähnen. Sollten Sie vorher auch nur das geringste Wort über diesen Abend verlieren, werden Sie die längste Zeit bei der Polizei gewesen sein.«

Sein Helfer bestätigte unterwürfig, er könne sich auf ihn vollkommen verlassen. Er bedankte sich sogar noch dafür, dass er für eine solche Aktion ausgewählt worden war. Als sich die beiden Männer trennten, waren sie vollständig durchnässt. Rudecker fühlte sich trotzdem sehr wohl. Er verspürte gar ein Hochgefühl. Kohler konnte ihm nun nicht mehr entkommen.

15

Fabienne und Bruno frühstückten in aller Ruhe. Die Jungen schliefen noch, sie mussten erst in einer Stunde aufstehen.

»An Weihnachten werden wir nach Stuttgart reisen. Ich habe mich schon mit Hirsch in Verbindung gesetzt. Er hält bereits nach einem geeigneten Haus für uns Ausschau. Vielleicht können wir uns das eine oder andere dann auch gleich anschauen.«

»Ich habe gestern mit Peter und Martin zum ersten Mal sehr ausführlich über den Umzug gesprochen. Sie sind ein wenig traurig, weil sie doch einige Freunde in Berlin zurücklassen müssen. Auch der Abschied von Agathe wird ihnen sehr schwerfallen.«

»Da brauchen wir uns aber doch keine allzu großen Sorgen zu machen. Sie werden in Stuttgart rasch neue Freunde finden. Um Agathe ist es allerdings wirklich schade. Sie ist schon ein sehr liebes, verantwortungsbewusstes Mädchen.«

»Die Jungen bestehen auf ein tolles Abschiedsgeschenk für sie. Das ist eine Bedingung, die sie mir gestellt haben.«

»Natürlich soll sie das bekommen. Das hat sie auch verdient. Wir haben ja noch einige Monate Zeit. Es wird uns schon etwas sehr Schönes für sie einfallen. Vielleicht können die Jungs auch herausbekommen, was sie sich sehr wünscht. Rede doch noch einmal mit ihnen.«

Bruno trank seine Tasse aus. Dann stand er auf, wusch sich in der Küche die Hände und zog seinen Mantel an. Er umarmte seine Frau, gab ihr einen Kuss auf die Wange, und fröhlich verabschiedeten sie sich voneinander.

Als Bruno an seiner Arbeitsstätte ankam, bemerkte er sofort, dass etwas nicht in Ordnung war. Vor dem Gebäude standen zwei Gendarmen an der Tür. Auf der Straße sah er den typischen Berliner Gefängniswagen, die sogenannte

Grüne Minna, stehen. Neugierig beschleunigte er seine Schritte. Er wollte rasch ins Haus, doch die Gendarmen versperrten ihm den Weg. Erst als er ihnen seinen Namen nannte, blickten sie sich erstaunt an und gaben den Weg frei. Einer der beiden folgte ihm und rief nach Kriminalschutzmann Rudecker. Bruno trat in sein Büro, auf seinem Stuhl hinter seinem Schreibtisch saß Rudecker, der ihn abschätzig musterte.

»So, der Herr Dr. Kohler gibt sich endlich die Ehre! Wir warten schon seit einer halben Stunde auf Sie, verehrter Herr!«

Bei diesen Worten erhob sich Rudecker umständlich. Süffisant lächelte er Bruno an und baute sich vor ihm auf.

»Was ist hier los?«

»Moment, Moment, Herr Dr. Kohler! Sie haben überhaupt keine Fragen zu stellen. Was hier los ist, werden Sie gleich noch erfahren. Kohlhammer, kommen Sie her und passen Sie auf, dass der Herr nicht das Weite sucht.«

Der Gendarm, der ihm gefolgt war, stellte sich hinter Bruno und griff nach seinem Oberarm. Irritiert sagte Bruno: »Das werden Sie aber erklären müssen. Hoffentlich wissen Sie, was Sie tun.«

»Oh, das weiß ich sehr genau. Und damit Sie es wissen: Nicht ich habe etwas zu erklären, sondern Sie.«

Wieder lächelte ihn der Polizist gehässig an. Er drehte sich um, ging ein paar Schritte auf den Schrank zu und öffnete ihn. Bruno staunte noch darüber, da er völlig ahnungslos war. Er schaute auf die Fächer und konnte nichts sehen, was von irgendeiner Bedeutung sein sollte.

»Nun, der Herr kennt anscheinend nicht einmal den Inhalt seiner Schränke. Na, kommen Sie einmal her.«

Der Gendarm hielt ihn immer noch fest, als er auf den Büroschrank zuging.

»Und jetzt schauen wir uns einmal das unterste Fach an.«

Fast triumphierend forderte ihn Rudecker auf, den Inhalt herauszuziehen. Bruno bückte sich, griff nach den beiden nebeneinander liegenden Stapeln.

»Schau an, schau an! Was haben wir denn da? Habe ich es nicht immer schon gesagt? Der Herr Dr. Kohler sympathisiert mit den Sozialdemokraten!«

Erstaunt schaute Bruno auf das vor ihm liegende Material. Es waren mehrere Ausgaben der sozialdemokratischen Zeitschrift Vorwärts sowie zehn Exemplare der roten Liederbücher. Er kannte beide Schriften. Wie sie aber in seinen Schrank gekommen sein sollten, war ihm völlig unerklärlich.

»Das sieht überhaupt nicht gut für Sie aus! Das hätte ich allerdings von jemandem wie Ihnen ganz und gar nicht erwartet. Sie sind doch sonst so klug! Herr Dr. Kohler! Sozialdemokratische Druckschriften! Und diese in der Menge! Tja, da werden Sie viel erklären müssen. Auf jeden Fall hätten Sie wissen müssen, dass das Gesetz gegen die gemeingefährlichen Bestrebungen der Sozialdemokratie Derartiges strengstens verbietet. Mir bleibt nichts anderes übrig, als Sie festzunehmen.«

Rudecker setzte einen gespielten, mitleidigen Gesichtsausdruck auf. Bruno sah ihm seine Genugtuung an. Er erhob sich und baute sich vor dem Polizisten auf.

»Das hier ist ein Komplott. Ich kenne diese Sachen nicht. Jedenfalls habe ich sie nicht in meinem Schrank verstaut.«

»Das müssen Sie mir nicht erklären. Sparen Sie sich Ihre Worte für den Richter und den Staatsanwalt auf. Ich kann nur feststellen, dass – wie es doch offensichtlich scheint – Sie verbotene Schriften und Literatur bei sich aufbewahren. Vielleicht geben Sie sie sogar weiter, was die Angelegenheit verschärfen würde. Immerhin, jede Ausgabe des Vorwärts ist fünfmal vorhanden. Und dann zehn Liederbücher! Zehn! Die brauchen Sie doch nicht für sich selbst. Wie dem auch immer sei: Das Verbreiten dieser Druckschriften wird Ihnen womöglich noch weitere zwei Jährchen hinter Gittern einbringen.«

Jetzt lachte Rudecker auf eine schäbige Art und Weise. Er rief den zweiten Gendarmen herein und ließ Bruno von beiden zum Polizeiwagen bringen.

16

Eine halbe Stunde später fuhr der Wagen durch das breite Tor des größten preußischen Staatsgefängnisses, der Strafanstalt in Plötzensee bei Berlin. Rudecker lieferte Bruno persönlich bei dem Wachhabenden ab, sprach kurz mit dem Mann und ging dann einfach fort. Bruno wurde behandelt wie ein Verbrecher. Er musste in einen Nebenraum gehen und sich dort bis auf die Unterwäsche ausziehen. Dann bekam er eine Anstaltshose und einen Anstaltskittel. Zweimal stellte er eine Frage. Jedes Mal wurde er böse angeherrscht. Als er aus dem Nebenraum trat, musste er einen Zettel quittieren, auf dem alles eingetragen war, was man ihm abgenommen hatte. Ein Wärter kam und führte ihn den Gang entlang. Bevor eine Eisentür geschlossen wurde, drehte sich Bruno noch einmal um und fragte, ob seine Frau verständigt werden würde. Er erhielt keine Antwort. Stattdessen stieß ihn der Wärter vorwärts und befahl ihm, den Mund zu halten. Er kam an mehreren Zellen vorbei, die alle mit zehn oder noch mehr Gefangenen belegt waren. Am Ende des Ganges befand sich eine Zelle, in der nur vier Gefangene auf ihren Pritschen saßen. Der Gefängniswärter öffnete die Tür. Er schob Bruno in die Zelle und schloss wieder zu.

Die Mitgefangenen schauten ihn neugierig an. Die ganze Situation war für Bruno absurd. Er blickte sich in der Zelle um und versuchte, sich über seine Lage klar zu werden.

»Nun stehe da nicht herum und warte auf besseres Wetter. Suche dir lieber ein schönes Plätzchen in unserem Hotel aus, und mache es dir bequem.«

Der Mann, der ihm das sagte, stand von einer Pritsche auf.

»Du scheinst ein Vornehmer zu sein! Sehr gut rasiert und gewaschen. Die Haare ordentlich geschnitten. Na, dann erzähle einmal, mit wem wir es zu tun haben.«

Bruno stellte sich kurz vor.

»Ich bin zu Unrecht verhaftet worden. Jemand hat sich etwas Böses ausgedacht, das mir angehängt werden soll.«

Kaum hatte er den Satz zu Ende gesprochen, fing ein allgemeines Gelächter an. Der Mann vor ihm lief vor lauter Lachen rot an. Als er sich beruhigt hatte, klopfte er ihm jovial auf die Schulter.

»Menschenskinder, das sind wir doch alle. Das Dumme ist, es glaubt uns keiner. Na, du wirst es schon noch lernen. Bist du zum ersten Mal im Knast?«

Bruno bejahte, worauf der Mann meinte, dass es für ihn dann besonders schwer sein dürfte.

»Also jeder von uns hat schon Bekanntschaft mit dem Gefängnis gemacht. Bis auf Lothar.«

Der Mann zeigte auf den im hinteren Eck sitzenden Gefangenen.

»Ansonsten hat ein jeder schon ein paar Jährchen abgesessen. Übrigens: Ich heiße Erwin, Erwin Budderich.«

Bei diesen Worten hielt ihm der Mann seine große, schwielige Hand hin. Er begrüßte Bruno wie einen alten Freund und strahlte dabei über das ganze Gesicht. Danach stellte Erwin die anderen Zellengenossen vor. Lothar war ein Gewerkschaftsmitglied und wegen des Sozialistengesetzes seit zwei Wochen eingesperrt. Neben ihm saß Anton Herberger, ein Berufsganove, wie Erwin voller Vergnügen mitteilte.

»Aber nicht bösartig«, fügte er hinzu. »Er kann es eben nicht lassen. Beklaut ständig die Leute. Vorzugsweise treibt er sich auf Bahnhöfen herum. Er ist überzeugt, dass diese für seine Zwecke hervorragende Arbeitsplätze sind. Er stellt sich mitunter aber einfach blöde an und lässt sich erwischen.«

Auf der anderen Seite saß mit ausgestreckten Beinen ein recht junger Mann, der unglücklich aussah.

»Das ist unser ärmstes Schwein«, begann Erwin mit seiner Erklärung. »Gerade zwanzig Jahre alt ist der Lümmel. Er hat aber bereits die Frau eines reichen Industriellen verführt. Der alte Sack hat sie vernachlässigt, und deshalb bekam unser Nesthäkchen eine Chance. Er hat sie tatsächlich etliche Male genutzt.«

Wieder lachte Erwin voller Begeisterung.

»Na ja, vor sechs Wochen ist es dann aber schiefgegangen. Der alte Knacker kam zu früh nach Hause und erwischte die beiden im Bett. Er geht mit seinem Stock auf Rudi los, der wehrt sich natürlich, haut ihm mächtig auf die Rübe, und schon sitzt er hier bei uns wegen schwerer Körperverletzung. Pech nennt man so etwas! Vor allem, weil unser lieber Rudi erst vor einem Jahr aus dem Gefängnis entlassen worden war. Der Junge ist noch nicht ganz trocken hinter den Ohren, aber mit den Weibern hat er es schon dick. Er hat wahrhaftig eine reiche Witwe beklaut, die ihn rangelassen hatte. Das muss man sich einmal vorstellen! Da findet so ein Jüngelchen ein gemachtes Nest, und was tut er? Anstatt sich ordentlich zu vergnügen, nimmt er ihr auch noch den Schmuck weg. Rudi, Rudi, Rudi! Sehr undankbar bist du, das muss ich schon sagen. Jetzt darfst du dafür leben wie ein Mönch. Schwierig, was? Bei deiner Kraft und Energie!«

Wieder lachte Erwin. Er strich dabei über Rudis Kopf, der jetzt noch unglücklicher dreinblickte als vorher.

»Und du? Warum bist du hier?«

Bruno fragte neugierig Erwin, der ihm einen Platz neben sich anbot.

»Mir geht es wie Anton. Ich weiß auch nicht, wie sich alles entwickelte. Aber irgendwie konnte ich nie richtig im Leben Fuß fassen. Ich habe mich halt so durchgeschlagen. Allerdings hat mir der liebe Gott eine besondere Begabung mit auf den Weg gegeben. Die habe ich schon als junger Kerl bemerkt. Ich bekomme nämlich jede Tür auf. Es ist ganz eigenartig. Du kannst mir jedes Schloss vorsetzen. Von der normalen Haustür bis zum Panzerschrank. Ich sage dir: Bisher habe ich sie alle aufgekriegt. Leider waren die Eigentümer davon nicht so begeistert wie ich. Ab und zu ist es dann eben schiefgelaufen. Jetzt sitze ich gerade eine dreijährige Strafe ab, die Hälfte der Zeit ist aber bereits vorüber. Ich schaue demnach meiner Entlassung zuversichtlich entgegen.«

Erwin freute sich selbst über diesen Witz am meisten. Der Mann lachte gern und schien ein lustiger Zeitgenosse zu sein. Er war fast so groß wie Bruno, aber sehr dick. Ein paar graue Haarsträhnen, die ihm vom Kopf abstanden, konnten die Glatze nur notdürftig verdecken. Erwin ging auf die sechzig zu und hatte nach eigener Auskunft mehr als ein Drittel seines Lebens hinter Gittern verbracht.

17

Fabienne fiel aus allen Wolken. Sie erfuhr von der Verhaftung Brunos erst am Abend. Ein Mitarbeiter des Bankhauses war zu ihr gekommen und hatte sie über das Vorgefallene informiert. Obwohl es inzwischen dunkel war, ließ sie eine Droschke kommen. Zunächst wollte sie nach Plötzensee fahren. Sie sah dann aber rasch ein, dass dort heute Abend nichts erreicht werden konnte. Den Gedanken, das Polizeipräsidium aufzusuchen, verwarf sie ebenfalls wieder. Wer am ehesten helfen konnte, war ohne Zweifel Bleichröder. Deshalb ließ sie sich zu der Villa des Bankiers bringen. Während der Fahrt legte sich ihre Aufgeregtheit. Stattdessen packte sie mehr und mehr die Wut.

Die Villa Bleichröders lag fast völlig im Dunkeln. Nur im Erdgeschoss brannte hinter zwei Fenstern Licht. Fabienne wies den Kutscher kurz an, er solle warten. Dann ging sie raschen Schrittes zum Haupteingang. Energischer, als sie es beabsichtigt hatte, klopfte sie an die schwere Türe. Es dauerte einen Augenblick, dann erschien der Hausdiener.

»Sie wünschen?«

»Kann ich bitte Herrn von Bleichröder sprechen? Es ist dringend, sehr dringend.«

»Bedaure, der …«

Fabienne unterbrach ihn nach dem ersten Wort. Sie meinte, abgewimmelt zu werden, was für sie überhaupt nicht infrage kommen konnte.

»Ich bin die Ehefrau von Herrn Dr. Kohler. Bitte melden Sie mich bei Herrn von Bleichröder an. Es ist wirklich dringend. Sagen Sie ihm, es geht um meinen Mann.«

»Gnädige Frau, zu meinem Bedauern kann ich Ihren Wunsch nicht erfüllen. So gern ich ihm auch nachkommen möchte.«

Fabienne schaute ihn fragend an.

»Gnädige Frau, Herr von Bleichröder befindet sich im Ausland. Er wird nicht vor zwei Wochen zurück sein.«

Jetzt fiel es Fabienne wieder ein. Bruno hatte ihr von der Italienreise erzählt, aber in der aufgewühlten Situation war es ihr entfallen. Sie hatte sich umsonst herbemüht. Deprimiert ging sie zur Droschke zurück. Dort überlegte sie, wie sie nun vorgehen sollte. Es war schon zu spät, um noch irgendetwas erreichen zu können. Obwohl es ihr sehr schwerfiel, entschied sie sich nach einer Weile für die Rückfahrt.

Am nächsten Morgen fuhr Fabienne zunächst zum Staatsgefängnis nach Plötzensee. Ihre Hoffnung, dort etwas erreichen zu können, wurde aber bereits am Gefängnistor im Keim erstickt. Ein ruppiger, unfreundlicher Beamter ließ sie zunächst in der Kälte warten. Obwohl sie innerlich kochte, beherrschte sie sich und wartete mit äußerster Geduld, bis der Beamte endlich fragte, was sie eigentlich wolle. Fabienne trug ihr Anliegen vor.

»Ein Dr. Kohler? So, so! Ein Doktor gar. Na, heutzutage wundere ich mich über nichts mehr. Aber hier im Gefängnis nutzt ihm der schöne Titel gar nichts. Vor dem Richter sind alle gleich.«

Wenn es nur so wäre, dachte Fabienne. Aber sie ließ sich nichts anmerken und bat um ein Gespräch mit ihrem Mann.

»Ja, Gnädigste! Da sind Sie aber auf dem Holzweg. Ihren Mann sprechen? Nie und nimmer! Wo kämen wir denn hin, wenn jeder mit irgendeinem Gefangenen sprechen dürfte. Also, da sind Sie völlig umsonst hergekommen.«

»Es geht nicht um irgendeinen Gefangenen. Es geht um meinen Mann. Dr. Bruno Kohler. Er ist Prokurist im Bankhaus Bleichröder!«

»Das nutzt nun alles überhaupt nichts. Und wenn er der Kaiser von China wäre! Wer erst einmal im Bau ist, hat etwas ausgefressen. Dann gelten andere Regeln.«

»Mein Mann hat mit Sicherheit nichts ausgefressen. Es muss sich um ein Missverständnis handeln.«

»Gnädigste! Ich will Ihnen einmal etwas sagen. Wenn einer hier abgeliefert wird, dann liegt etwas gegen ihn vor. Sie können sich darauf verlassen. Das hat es überhaupt noch nie gegeben, dass wir hier einen hatten, bei dem es sich um ein Missverständnis gehandelt hätte. Nein, nein! Machen Sie sich nur nichts vor. Ihr Mann ist im Bau. Und dort wird er auch bleiben müssen. Das ist das Einzige, was sicher ist.«

»Und wann gibt man mir eine Gesprächsmöglichkeit mit ihm?«

»Was weiß denn ich? Jedenfalls kommen Sie hier nicht herein.«

»Das darf es doch nicht geben. Kein Mensch sagt mir,

was gegen meinen Mann vorliegt. Und ich soll mich einfach damit abfinden.«

»Hätte er sich eben anständig verhalten! Ein Verbrecher hat seine Rechte verwirkt. Da darf es einen nicht wundern, wenn man entsprechend behandelt wird.«

Fabienne erkannte die Aussichtslosigkeit. Sie drehte sich wütend und enttäuscht um und ließ sich zum Polizeipräsidium bringen.

Dort erging es ihr nicht viel besser. Immerhin wurde sie in den zweiten Stock geschickt. Sie fragte sich zum Büro von Oberstaatsanwalt Geier durch. Dessen Sekretär staunte nur ganz kurz über ihren Besuch. Dann musste sie sich von ihm einen ebenso anmaßenden wie auch arroganten Ton gefallen lassen. Letztlich erklärte er ihr, der Herr Oberstaatsanwalt sei überhaupt nicht anwesend.

»Warten Sie den Gang der weiteren Untersuchung ab. Dann werden Sie schon noch rechtzeitig erfahren, was Ihr werter Gatte auf dem Kerbholz hat.«

Mit diesen gehässigen Worten ließ er Fabienne abrupt stehen und ging fort.

Diese Szene hatte Rudecker beobachtet. Er trat nun vor Brunos Frau und versperrte ihr den Weg. Mit einem hinterhältigen Lächeln begrüßte er sie.

»So trifft man sich wieder!«

Fabienne hatte einen Moment lang Schwierigkeiten, ihn einzuordnen. Rasch wurde es ihr aber klar, um wen es sich handelte.

»Herr Rudecker, nicht wahr?«

»Richtig, sehr richtig. Sie erinnern sich an mich. Ich darf mir das als Ehre anrechnen.«

»Können Sie mir vielleicht helfen?«

»Ja, wenn Sie mir erst einmal sagen, worum es geht, kann ich eventuell behilflich sein.«

Rudecker verstellte sich. Er genoss die Situation und empfand jenes Überlegenheitsgefühl, das ihn so stark machte. Fabienne erklärte die Situation.

»Ei, ei, ei. Das ist aber eine üble Geschichte.«

Rudecker tat mitleidsvoll. Er runzelte die Stirn, kratzte sich dann ausgiebig an der Schläfe und legte den Kopf nach hinten.

»Was kann man da machen?«, ließ er sich vernehmen. »So auf der Stelle, verehrte Frau Kohler, kann ich auch nichts sagen. Dafür müssen Sie mir etwas Zeit lassen. Ich muss erst einmal herausbekommen, was Ihrem Mann tatsächlich vorgeworfen wird. Danach werde ich mehr sagen können. Lassen Sie mir einen Tag Zeit. Wenn Sie erlauben, werde ich Sie morgen oder übermorgen besuchen. Was ich tun kann, will ich gern für Sie versuchen. Versprechen kann ich allerdings nichts. Aber selbstverständlich kümmere ich mich um die ganze Angelegenheit.«

Obwohl ihr Rudecker instinktiv unsympathisch erschien, klammerte sich Fabienne an diesen Strohhalm. Sie bedankte sich bei ihm und sagte noch, er könne jederzeit bei ihr vorbeikommen.

18

Bruno war ziemlich durcheinander, als auch am dritten Tag seiner Haft nichts geschah. Seine anfängliche Hoffnung, er würde wenigstens einmal mit Fabienne sprechen können, zerschlug sich. Ihm erging es nicht anders als seiner

Frau. Jeder Versuch, über die Gefängniswärter etwas zu erfahren, endete kläglich in einer barschen Zurechtweisung. Erwin entpuppte sich als guter Ratgeber in dieser Umgebung. Bruno schenkte ihm sein volles Vertrauen.

Am Abend des dritten Tages tauchte Rudecker bei Fabienne auf. Er hatte sie absichtlich einen Tag länger warten lassen. In seiner wüsten Fantasie wüteten allerdings längstens irre Vorstellungen, die er nur mit Mühe beherrschen konnte. Als er an die Tür klopfte, hatte er eine Erektion, die er unter seinem Mantel verbarg. Fabienne öffnete. In ihren Augen las Rudecker zugleich Sorge und Unruhe. Der Polizist musste sich beherrschen, um nicht einfach über sie herzufallen. Als er im Wohnzimmer Platz genommen hatte, stürmten plötzlich die beiden Jungen herein. Sie stoppten erstaunt und blickten ihre Mutter fragend an. Nur knapp informierte sie ihre Söhne über die Arbeit des Polizisten, rasch schickte sie die Kinder wieder hinaus. An die beiden Jungen hatte Rudecker wiederum gar nicht mehr gedacht. Dass er nicht allein mit Brunos Frau war, enttäuschte ihn nun schon ein wenig.

»Was haben Sie herausgefunden?«, begann Fabienne das Gespräch.

»Es sieht nicht allzu gut aus, gnädige Frau. Leider. Aber ich will Ihnen von Anfang an nichts vormachen. Ihr werter Gatte hat einen großen Fehler begangen und wird dafür zur Rechenschaft gezogen werden müssen.«

»Was für einen großen Fehler?«

»Ich bin zwar selbst davon überrascht. Aber die Beweise sind offenkundig. Ihr Mann ist ein Sympathisant der Sozialdemokraten und vertreibt sogar deren Schriften. Zumindest spricht das, was in seinem Büro gefunden wurde, eine deutliche Sprache.«

»In seinem Büro?«

Fabienne versuchte ihre Gedanken zu ordnen.

»In seinem Büro, ja. Einen ganzen Schrank hatte er voll mit Materialien. Sehr unangenehm. Sie wissen, damit ist nicht zu spaßen!«

Der Kriminalschutzmann umschrieb mit ausführlichen Worten den weiteren Verfahrensgang. Er gab ihr Ratschläge, wie sie sich am besten verhalten sollte. Schließlich stand er auf und verabschiedete sich.

Rudecker marschierte eine Minute später die Straße hinunter. Er war frustriert. Überhaupt nichts war so gelaufen, wie er es sich ausgemalt hatte. Die Anwesenheit der Kinder hatte seinen wirren Plan unmöglich gemacht. Als er an einer Kneipe vorbeikam, ging er hinein und bestellte sich einen Schnaps. Nach dem dritten Glas legte sich seine Wut ein wenig. Er stellte sich wieder vor, was er alles mit ihr anfangen wollte. Seine Fantasien wurden immer ungezügelter. Es dauerte nicht lange, dann wurde er davon wie ein Wahnsinniger beherrscht. Er zahlte und machte sich auf den Weg. Zwar war es bereits dunkel, aber immer noch so früh am Abend, dass zahlreiche Menschen unterwegs und die meisten Straßen recht belebt waren. Seinen Drang konnte er nicht mehr beherrschen. Ein Abwarten bis Mitternacht, wenn nur noch ganz wenige Leute unterwegs sein würden und kaum mehr einer auf den anderen achtgab, kam nicht mehr infrage. Es musste bald passieren. Wie ein Wolf, der nach einem Opfer Ausschau hält, eilte er getrieben durch die Straßen. Er bewegte sich auf die Außenbezirke der Stadt zu. So gelangte er in die Elbingerstraße, schließlich stand er am Landsberger Tor. Dieses Tor war der Haupteingang zum Friedrichshain, ein bei schönem Wetter herrlicher Park, der neben dem Tiergarten von den Berlinern gern als Volksgarten genutzt wurde. Das hügelige Terrain mit seinen Aussichtslagen, ausgedehnten Rasenflächen und dichten Baumbeständen hätte Rudecker an dem trüben Novemberabend normalerweise nicht interessiert. Doch hatte er gesehen, wie zwei Frauen in den Park eingebogen waren. Rasch folgte er ihnen. Er hielt sich dabei seitwärts und lief nur über Gras, um ja keinen Lärm zu machen. Schemenhaft zeichneten sich die Gestalten in der Dunkelheit ab. Sie sprachen auffallend laut miteinander, vielleicht um ihr Gefühl der Unruhe in der nächtlichen Umgebung zu überspielen. Rudecker griff in seine Hosentasche und zog das Messer, das er neben seiner Schusswaffe immer bei sich führte, heraus. Ab und zu drehte er sich um und schaute angestrengt, ob ihnen jemand folgen würde oder sonst irgendjemand in der Nähe war. Als er seine Schritte beschleunigte, um die beiden Frauen zu überholen, klappte er die scharfe Klinge aus dem Schaft. Ständig strich er aufgeregt mit der Daumenkuppe vorsichtig über sie. Das Gefühl der Allmacht hatte sich wieder eingestellt. Er nahm alles wie im Rausch wahr. Als er auf das Kriegerdenkmal traf, versteckte er sich hinter der Säule. Wie vermutet, kamen die Frauen genau darauf zu. Er lehnte mit dem Rücken an der hinteren Seite des Denkmals, beide Arme voller Spannung. In seiner rechten Hand hielt er die tödliche Waffe.

Die Frauen gingen arglos an dem Kriegerdenkmal vorbei. Rudecker musste nur zwei große Schritte machen. Mit voller Wucht rammte er das Messer der Frau auf der linken Seite ins Genick. Er spürte, wie die Klinge trotz der harten Knochen bis zum Anschlag eindrang. Ohne irgendeinen Laut zu verursachen, knickte die Frau einfach ein und kippte nach vorn. Alles war derart blitzschnell abgelaufen, dass die andere Frau gar nicht richtig mitbekam, was vor sich ging. Sie erschrak zwar heftig, als sie die Bewegung hinter sich registrierte. Doch als sie das Grauen wahrnahm, das sie überfiel, war es schon zu spät. Rudecker hatte das Messer sofort wieder aus dem Genick seines ersten Opfers gezogen. Der anderen Frau schlitzte er mit einer heftigen Bewegung den Hals auf. Das Messer drang oberhalb der Kehle in die weiche Muskulatur ein, verletzte Luft- und Speiseröhre und schnitt die Halsschlagader auf. Instinktiv griff sich die Frau an ihren Hals. Sie drückte auf die schreckliche Wunde. Schon öffnete und schloss sie ständig ihren Mund und bekam doch nicht die Luft, nach der sie mit aller Kraft verlangte. Das viele Blut irritierte Rudecker nur kurz. Er warf die Frau vollends zu Boden. Sie schnappte immer noch nach Luft. Plötzlich schlug sie heftig um sich. Einen Moment lang glaubte Rudecker, sie würde sich zu wehren anfangen. Dann wurde ihm aber klar, dass die Frau mit dem Tode rang. Die ihr verbleibende, aber rasch verlöschende Kraft flackerte mit unkontrollierten Zuckungen der Gliedmaßen ein letztes Mal kläglich auf.

19

Am fünften Tag nach seiner Verhaftung gab es im Gefängnis nur ein Thema. Erwin hatte davon als Erster erfahren.

»Im Friedrichshain ist ein Doppelmord geschehen. Zwei Frauen! Einfach abgestochen. Eine soll sogar noch vergewaltigt worden sein. Die Polizei ist völlig aus dem Häuschen. Natürlich stürzt sich auch die Presse auf diese Sauerei. Sie hat erste Vorwürfe erhoben. Anscheinend will sich der Polizeipräsident der Sache selbst annehmen. Irgendwo in Berlin treibt auf jeden Fall ein Perverser sein Unwesen. Das gab es noch nie. Innerhalb weniger Monate drei Tote! Und immer ging der Mörder mit brutalster Gewalt vor. Das führt in der Stadt zu viel Unruhe.«

Bruno und Erwin setzten sich an den kleinen Holztisch in ihrer Zelle.

»Mit Heidemanns Frau hat es angefangen. In meinem Haus! Das ist jetzt mehr als ein Vierteljahr her.«

»Es muss ihm Freude bereiten, die Frauen zu erschrecken und dann umzubringen. Schlimmer als ein Tier! Hoffentlich kriegen sie ihn bald. Bei meiner Ganovenehre: Solch einem Typen gehört schnellstens das Handwerk gelegt. Was das wohl für ein Mensch sein mag?«

»Das ist doch kein richtiger Mensch!«, ließ sich Rudi vernehmen. Er lag auf seiner Pritsche, stand jetzt aber auf und setzte sich auf die Kante seiner unbequemen Liegestätte.

»Dieser Rudecker hat dich doch ins Gefängnis gebracht«, fuhr Rudi an Bruno gewandt fort. Sie duzten sich in der Zwischenzeit alle.

»Das ist auch so ein abartig Veranlagter!«

»Wie meinst du das?«, fragte Bruno neugierig.

»Dieser Mensch hat ganz besondere Vorlieben. Freut sich, wenn er Frauen quälen kann. Steigert sich geradezu hinein, wenn er sie würgt, beißt oder schlägt.«

»Komm, hör schon auf. Woher willst du das denn wissen?«

»Glaube mir, ich erzähle nur das, was ich mit Sicherheit weiß.«

»Dass Rudecker ein Schweinehund ist, ist mir ja klar. Das habe ich zur Genüge selbst erfahren dürfen. Aber als Polizist wird …«

»Die Drecksau hat ihre Neigungen, wenn ich es dir sage. Alle Damen bekommen es mit der Angst zu tun, wenn er auftaucht. Nur getraut sich niemand, etwas gegen ihn zu sagen.«

»Wen meinst du mit ›Damen‹?«

Erwin schaltete sich in das Gespräch ein.

»Dieser Rudi versteht sich schon einzurichten. Ich frage mich zwar warum, aber die Frauen haben für ihn einiges übrig. Und der Bursche nutzt das natürlich weidlich aus. Kurz gesagt: Rudi verkehrt im Milieu. Er hat darüber noch nicht viel erzählt und hält sich recht bedeckt. Aber in Zuhälterkreisen ist unser Rudi durchaus bekannt und wohl auch geduldet. Das ist mir zwar auch schleierhaft, aber so ist es eben.«

Neugierig geworden stand Bruno auf. Er lief in der Zelle hin und her.

»Aber wenn du es weißt, wissen es doch andere auch. Ein Polizist, noch dazu einer von der geheimen Polizei, könnte sich so etwas gar nicht erlauben.«

Rudi lachte jetzt überlegen. Er befand sich auf einem Terrain, von dem er einiges, Bruno aber kaum etwas verstand.

»Einer wie Rudecker kann einen Zuhälter mir nichts, dir nichts einsperren lassen. Nimm dich doch selbst als Beispiel. Du bist ein unbescholtener Bürger, noch dazu einer mit einem sehr guten Leumund. Und Rudecker bringt dich trotzdem in den Knast. Was denkst du, wie leicht es ihm fällt, einen aus dem Dirnenmilieu in die Plötze wandern zu lassen?«

»Die Zuhälter haben ihre Reviere genau abgesteckt«, erklärte Erwin. »Von denen kann es sich keiner leisten, auch nur eine Woche weg zu sein. Dort gelten unerbittliche Gesetze. Wenn einer auch nur für kurze Zeit die Kontrolle über seine Schäfchen verliert, dann war es das. Ruckzuck ist man aus dem Geschäft draußen. Um wieder Fuß zu fassen, musst du Streit suchen und gegen einen oder mehrere antreten. Meistens geht so etwas übel aus.«

»Weißt du etwas Genaueres darüber? Also, wie verhält sich Rudecker gegenüber den Mädchen?«

»Die Weiber sind hinterher völlig verstört. Anscheinend bringt er es nur, wenn er sie quälen kann. Auf jeden Fall habe ich einmal eine gesehen, die von ihm durch die Mangel gedreht worden ist. Sie ist von dem Saukerl zweimal in die Schulter gebissen worden. Aber nicht zu knapp, kann ich dir sagen. Das Schwein muss ihr fürchterlich wehgetan haben. Gewürgt hat er sie auch. Und dann bekam sie zusätzlich noch eins aufs Auge. Ganz zugeschwollen war es.«

»Das ist ja ein Ding!«

Bruno staunte nicht schlecht.

»Aber das kann doch wahrlich nicht verheimlicht werden. Das muss doch bekannt sein.«

»Bisher hat es jedenfalls funktioniert.«

Rudi zuckte nur mit den Achseln.

Den Rest des Morgens dachte Bruno darüber nach, wie er diese Neuigkeiten gegen Rudecker verwenden könnte. Er sah einen Lichtblick. Dieser Rudecker musste gestört sein. Wenn ein Beweis dieser Vorwürfe möglich wäre, sollte dadurch seine Glaubwürdigkeit ziemlich erschüttert sein. Allerdings ahnte Bruno überhaupt nicht, dass Rudecker der schreckliche Mörder war, der in Berlin sein Unwesen trieb.

20

Rudecker wurde zunehmend klar, so durfte er nicht weitermachen. Die Polizei war auch eine Woche nach dem Doppelmord in hellster Aufregung. Der Innenminister ließ Polizeipräsident Madai jeden Tag zum Rapport antreten. Wie es hieß, tobte der Minister, weil Madai nicht die geringsten Hinweise vorweisen konnte. Madai seinerseits gab den Druck an seine Untergebenen weiter, die hektisch allen möglichen Spuren nachgingen. Nicht, dass Rudecker ein schlechtes Gewissen geplagt hätte. Er haderte deshalb mit sich, weil er es übertrieben hatte und sich darüber der Gefahr aussetzte, schließlich doch entdeckt zu werden. Er hämmerte sich ein, dass sein Verlangen in nächster Zeit rigoros beherrscht werden musste. Es durfte jetzt eine ganze Weile nichts mehr vorkommen. Er musste sich im Griff haben. Mindestens solange, bis Gras über die ganze Sache wachsen würde. Momentan schien er sich beherrschen zu können. Wenn da bloß nicht Kohlers Frau wäre! Die Gedanken an sie konnte er nicht verdrängen. Daneben kam ihm immer wieder auch Agathe in den Sinn. Das junge Mädchen löste einen sehr mächtigen Reiz aus. Am liebsten hätte er sich gleichzeitig über beide hergemacht.

21

Am 2. Dezember wurde Bruno genau zur Mittagszeit in ein Vernehmungszimmer geführt, das durch Gitterstäbe in zwei Hälften aufgeteilt war. Fabienne wartete in der einen Hälfte. Bruno stürzte sofort auf die Gitterstäbe zu.

Fabienne streckte ihre Arme hindurch, und so gut es ging, hielten sie einander fest. Die Ermahnung des anwesenden Wärters ignorierten sie einfach. Erst als der Mann böse wurde und mit dem sofortigen Abbruch des Besuchs drohte, wurden sie vernünftig und ließen einander los. Fabienne standen die Tränen in den Augen. Auch Bruno musste mit seinen Gefühlen kämpfen.

»Bleichröder ist Gott sei Dank aus Italien zurückgekommen. Er hat diesen Besuch möglich gemacht.«

»Jetzt wird alles gut werden. Du wirst sehen. Bleichröder lässt mich nicht im Stich. Er wird sicherlich alle Hebel in Bewegung setzen, um mich hier so schnell wie möglich herauszubekommen.«

»Es wäre höchste Zeit. Peter und Martin vermissen dich sehr. Wir alle tun es. Martin weint abends und fragt nur noch, wann du ihn endlich wieder ins Bett bringen würdest.«

Bruno lächelte sanft.

»Ich rechne fest mit Bleichröders Unterstützung. Ihn wird man nicht wie mich einfach hereinlegen können.«

»Er hat sehr nett mit mir gesprochen. Wir können froh sein, dass wir ihn auf unserer Seite haben. Auf jeden Fall hat er mir versprochen, du würdest bis Weihnachten wieder auf freiem Fuß sein.«

»Das wäre schön. Dann können wir vier das Heilige Fest ganz besonders schön feiern.«

Fabienne trat nun ganz dicht an die Gitterstäbe heran. Sie griff nach den Händen ihres Mannes, die die Stäbe umschlungen hielten. Bruno dachte zunächst, der Wärter würde sofort wieder reagieren. Er schaute aber nur teilnahmslos zur Decke. Die Berührung tat ihm gut. Die warmen, weichen Hände seiner Frau, die ihn festhielten!

Nur eine einfache Berührung. Und doch ein ungeheures Gefühl! Er schloss einen Moment die Augen und genoss dieses lang vermisste Gefühl der Zärtlichkeit. Als er seine Augen wieder öffnete, lächelte ihn seine Frau an. Es war ein eigenartiges Lächeln. Er konnte sich zunächst keinen Reim darauf machen.

»Und? Was ist denn?«, fragte er, als er ihr in die Augen schaute. Ihm war es, als würde dort etwas aufblitzen. Er wollte eine Frage stellen, doch Fabienne kam ihm zuvor.

»Wir werden an Weihnachten wohl nicht zu viert sein, wenn ich mich nicht täuschen sollte.«

»Wie meinst du das?«, fragte Bruno irritiert und schaute sie ein wenig verwirrt an.

»Ja, so wie ich es eben sage. Mit der Zahl vier liegst du nicht ganz richtig.«

Bruno brauchte einen Moment, um zu begreifen. Dann konnte er das glückliche Strahlen in Fabiennes Augen endlich richtig deuten.

»Wir bekommen ein Baby?«

Bruno musste schlucken. Ihm war richtig warm geworden.

»Wir sind praktisch schon zu fünft«, flüsterte Fabienne. »Ich bin mir ganz sicher. Erinnerst du dich an die wunderbare Septembernacht. Sie ist nicht folgenlos geblieben.«

Fabienne kicherte wie ein junges Mädchen. Bruno war ganz und gar glücklich. Er vergaß völlig die Lage, in der er sich befand. Der Aufseher unterbrach aber kurz darauf dieses wunderbare Gefühl. Erst räusperte er sich. Das hörte sich noch an, als ob er Rücksicht nehmen wollte. Doch gleich darauf gewann sein Pflichtbewusstsein die Oberhand. Er öffnete demonstrativ die Tür und bedeutete den beiden, Abschied zu nehmen. Mit einem Strahlen sagte Fabienne ihrem Bruno Adieu. Da er sich sicher war, dass mit der Rückkehr Bleichröders seine Freilassung nur eine Frage der Zeit sein konnte, schien ihm der Abschied erträglich.

22

Es lag ein wenig Schnee auf den Straßen. Im Wohnzimmer war es aber angenehm warm. Die Holzscheite im Kamin prasselten. Erwartungsvoll saßen Peter und Martin auf dem Sofa. Ausnahmsweise zankten sie nicht miteinander. Dabei ging es ihnen gar nicht so sehr um die Bescherung, die am Abend stattfinden würde. Natürlich freuten sie sich auf den Heiligen Abend und das Weihnachtsfest. Aber weitaus wichtiger als das war, dass heute ihr Vater zurückkehren würde. Am Tag zuvor hatte es ihre Mutter von Bleichröder erfahren. Sein Gespräch mit Bismarck war wie erwartet günstig verlaufen. Nach Auskunft des Bankiers zeigte sich der Reichskanzler zwar alles andere als erfreut über die Einstellungen und Haltungen von Dr. Kohler. Doch er hatte seine Verdienste noch nicht vergessen.

Als sie die Pferdehufe auf die Pflastersteine schlagen hörten, sprangen alle aufgeregt auf. Sie liefen zum Fenster, zogen die Gardine heftig zurück und blickten hinaus. Ihr Vater stieg aus der Kutsche, sah seine beiden Söhne am Fenster stehen und winkte ihnen. Nun waren sie nicht mehr zu halten. Mit wildem Geschrei tobten sie los. Sie liefen ihrem Vater entgegen, rissen die Haustüre auf, stürzten die paar Stufen hinunter und fielen ihm gleich darauf in die

Arme. Peter und Martin klammerten sich fest an ihn. Martin weinte, sein Bruder kämpfte mit den Tränen. Er wollte tapfer sein. Als ihn sein Vater aber hochhob, umarmte er ihn heftig. Bruno merkte, wie er vor Freude schluchzte. Die ganze Zeit über stand Fabienne in der Haustür. Sie ließ die Jungen gewähren. Bruno trug Martin und Peter ins Haus, setzte sie ab und umarmte dann seine Frau. Fast eine Minute standen sie sich festhaltend nur stumm da, froh darüber, dass sie wieder beieinander waren und die schreckliche Zeit vorüber war. Dann streichelte Bruno sanft über ihren Bauch. Er küsste seine Fabienne zart auf die Lippen.

»Geht es euch allen gut?«

»Wunderbar! Es ist alles in Ordnung. Alle sind glücklich.«

»Und unser Nachwuchs?«

»Er oder sie macht gar keine Probleme.«

Hand in Hand gingen sie ins Wohnzimmer. Bruno zog seinen Mantel aus und setzte sich aufs Sofa. Er genoss die vertraute Umgebung und hielt in jedem Arm einen seiner Söhne. Es wurde an diesem Tag genau das wunderbare Weihnachtsfest, das Bruno seiner Frau bei ihrem Besuch im Gefängnis versprochen hatte.

23

Weit weniger zufrieden gab sich Oberstaatsanwalt Geier. Bruno Kohler war ihm durch die Lappen gegangen. Er sah auch keine Chance, seiner auf normalem Wege noch einmal habhaft zu werden. Ein persönlicher Mitarbeiter des Innenministers hatte ihn vor sechs Tagen aufgesucht und ihm Weisung erteilt. Dr. Kohler musste innerhalb der nächsten Tage freigelassen und das Verfahren gegen ihn unverzüglich eingestellt werden. Geier setzte sich an seinen Schreibtisch. Er griff wieder zu der braunen Mappe, die vor ihm lag. Zum wiederholten Male las er das Personalblatt. Er legte es zur Seite, sah sich noch einmal die Beurteilungen aus der Militärzeit des Mannes sowie die seiner vorherigen Dienststellen durch. Wahrlich nichts Besonderes, dachte Geier. Erst als er den als vertraulich gekennzeichneten Vermerk der geheimen Polizei über ihn in Händen hielt, lächelte er böse. Rudecker muss ein Sadist sein, ging es ihm durch den Kopf. Quält Frauen und hat noch seine Freude daran. Nicht zum ersten Mal brachte ihn der Oberstaatsanwalt in Zusammenhang mit den brutalen Morden der letzten Zeit. Erst war es nur ein vager Verdacht gewesen, eine zunächst absurd erscheinende Idee. Doch war er der Einzige, der diese Akte genauestens kannte. Rudecker war in gewisser Hinsicht mit Sicherheit nicht ganz normal. Bis jetzt hatte er allerdings noch mit niemandem über diesen Polizisten gesprochen. Irgendwie hatte er immer das Gefühl gehabt, er könnte mit diesen vertraulichen Informationen noch einmal etwas anfangen. Und die Zeit dafür schien gekommen.

Zu Beginn des neuen Jahres ließ Geier Rudecker zu sich kommen.

»Da haben wir nun ja Pech gehabt«, begann der Vertreter des Gesetzes, als Rudecker vor ihm stand.

»Unser allseits geschätzter Dr. Kohler! Spaziert einfach nach wie vor frei herum. Schade, schade, schade. Ich hätte ihn allzu gern angeklagt.«

Rudecker wusste nicht, was er sagen sollte.

»Und dabei haben Sie gute Arbeit geleistet. Meine Anerkennung! Sie haben ihn tatsächlich hinter Gitter bringen können. Muss nicht einfach gewesen sein. Aber Sie haben es zuwege gebracht. Zwar nicht ganz legal, aber darüber können wir beide schließlich hinwegsehen.«

Der Oberstaatsanwalt ließ seine Worte wirken. Er schaute Rudecker an und sah, wie es in dessen Kopf arbeitete. Geier lachte kurz auf, dann bot er Rudecker einen Platz an und setzte sich ihm gegenüber.

»Also, wie ist nun Ihre Meinung über die Freilassung Kohlers?«

»Ich weiß nicht, wie diese Freilassung zustande gekommen ist.«

»Es wird auch keinen Prozess geben. Die Gründe brauchen Sie nicht zu interessieren. Tatsache ist jedenfalls: Kohler ist uns durch die Lappen gegangen. Was immer wir auch tun – Kohler ist aus dem Schneider. Ein Glückspilz! Schlicht ein Glückspilz! Was können wir da bloß machen?«

Geier wusste natürlich längstens die Antwort. Er spielte aber mit Rudecker und wollte ihm keinen Ausweg lassen, wenn er zu der alles entscheidenden Frage kommen würde.

»Sie haben so manche Vorlieben«, erklärte er dem überraschten Polizisten. Dessen Hände wurden feucht, Rudecker spürte, wie sich auf seiner Stirn Schweißperlen bildeten. Geier bemerkte sehr wohl diese Reaktion. Belustigt nahm er Rudeckers schwitzende Stirn wahr. Er fühlte sich auf dem richtigen Weg.

»Ja, wie gesagt. Ihre Vorlieben! Mein lieber Mann, kann ich da nur sagen. Bis jetzt weiß nur ich davon. Aber das kann sich natürlich leicht ändern.«

Wieder machte Geier eine Pause und wartete die Wirkung seiner Worte ab. Nervös rutschte Rudecker auf seinem Stuhl hin und her. Auf seinem Gesicht bildeten sich rote Flecken. Mit der Hand wischte er zweimal über seine Stirn.

»Sie brauchen sich nicht so aufzuregen. Jeder hat doch irgendeine Schwachstelle. Ihre ist zwar einigermaßen peinlich, aber solange niemand davon erfährt …«

Rudecker war völlig durcheinander.

»Nun denn, Rudecker! Dass etwas Derartiges bei einem Polizisten nicht vorkommen darf, brauche ich nicht gesondert aufzuführen. Eigentlich müsste ich Sie aus dem Dienst entfernen lassen. Andererseits machen Sie Ihre Arbeit zu meiner Zufriedenheit. Es wäre wirklich schade, wenn ich auf Sie verzichten müsste.«

»Herr Oberstaatsanwalt«, versuchte sich Rudecker zu Wort zu melden.

»Kommen Sie, Rudecker. Sie müssen sich jetzt nicht erklären. Wissen Sie, eine Nutte ordentlich durch die Mangel drehen, ist eine Sache. Sie umzubringen allerdings eine andere.«

Nun war es heraus. Geier beobachtete die Reaktion des Polizisten. Er hatte sich genau überlegt, wann er diesen Satz sagen wollte. Und Rudecker reagierte wirklich auf die erwartete und erhoffte Weise. Geier war sich natürlich nicht ganz sicher gewesen. Aber wie Rudecker aufgeregt den Kopf hochriss, wie er ihn mit offenem Mund sprachlos anstarrte und wie seine Augäpfel erschreckt hervortraten, da wusste Geier, dass er ins Schwarze getroffen hatte. Einen Moment lang ließ er Rudecker noch zappeln. Dann schlug er ein weiteres Mal zu.

»Rudecker, ich liefere dich dem Henker ab! Noch bevor

das nächste Frühjahr kommt, liegst du verscharrt irgendwo auf einem Berliner Friedhof. Drei Morde! Brutalste Morde! Weißt du überhaupt, was das für dich bedeutet? Wenn ich dich aufhängen lasse, brauche ich mir um meine Zukunft keine Sorgen mehr zu machen. Ganz Berlin wartet darauf, dass der Irre ermittelt und festgenommen wird. Und dieser Irre sitzt nun vor mir. Ich hätte leichtes Spiel.«

Rudecker brach völlig zusammen. Er fing zu weinen an, rutschte vom Stuhl und hielt sich mit beiden Händen den Kopf. Auf Knien, den Oberkörper tief gebeugt und den Kopf fast auf dem Boden aufliegend rutschte er zu Geier hin und wimmerte wie ein kleines Kind. Angewidert stieß ihn der Oberstaatsanwalt mit seiner Stiefelspitze um. Rudecker fiel auf die Seite und lag immer noch zusammengekauert und schluchzend da.

»Mann, hör auf mit dem Gejammer! Das ist ja kaum auszuhalten. Bringt eiskalt Frauen um, vergewaltigt sie und winselt selbst wie ein dummer Hund, wenn es ihm an den Kragen geht. Los! Steh auf und setze dich wieder hin.«

Rudecker rappelte sich auf. Umständlich nahm er wieder Platz. Mit gesenktem Kopf saß er da und stierte auf den Boden.

»Glaubst du, ich würde mich mit Abschaum wie dir beschäftigen, wenn es da nicht etwas gäbe, wozu ich dich gebrauchen könnte?«

Rudecker horchte auf. Sollte es vielleicht doch noch so etwas wie Hoffnung für ihn geben? Wieder ließ ihn Geier warten. Er ging zur Tür, öffnete sie, spähte hinaus und kehrte auf seinen Platz zurück.

»Ich will keinen Hehl daraus machen: Am liebsten würde ich dich gleich aufhängen lassen. Aber vielleicht kommst du ja davon. Allerdings musst du dich als würdig erweisen. Du wirst für mich eine Aufgabe erledigen müssen. Das ist die Chance, die ich dir geben will.«

Rudecker schaute ihn mit seinen verweinten Augen an. Alles, alles werde ich tun, ging es ihm hektisch durch den Kopf. Er wollte dem Oberstaatsanwalt in jeder Hinsicht zu Diensten sein.

»Wenn du diese Aufgabe erledigt hast, wirst du von dir aus den Polizeidienst quittieren und verschwinden. Aus Berlin, aus Deutschland. Geh hin, wo immer du willst. Aber vor allem so weit weg, dass kein Mensch mehr in Berlin jemals wieder etwas von dir hört oder sieht. Das ist die Bedingung. Hast du das kapiert?«

Rudecker nickte rasch. Er war dem Staatsanwalt geradezu dankbar für dieses Angebot. Wenn er nur dem Galgen entkommen konnte, würde er alles tun.

»Die Aufgabe, die du zu erledigen hast, wird dir nicht schwerfallen. Du hast schließlich genügend Übung darin.«

Wieder stand Geier auf und ging abermals zur Tür. Noch einmal überprüfte er den Flur, damit sie auch wirklich nicht gestört werden würden.

»Um es kurz zu machen. Du wirst diesen Kohler umbringen. Wie, ist mir egal. Aber erledige ihn. Ein für allemal.«

Rudecker starrte ihn an. Er schluckte, dann fragte er wie ein Blöder:

»Kohler umbringen? Einfach umbringen?«

»Ich denke, ich habe mich deutlich genug ausgedrückt. Einen Monat gebe ich dir Zeit. Das dürfte für jemanden wie dich doch nicht allzu schwierig sein, oder?«

Rudecker beeilte sich mit dem Nicken.

»Du machst es also?«

Geier wollte eine Bestätigung hören.

»Sie können sich auf mich verlassen, Herr Oberstaatsanwalt. Sie werden zufrieden sein. Ich verspreche es Ihnen.«

Rudeckers Stimme hatte bereits wieder an Kraft gewonnen. Als ihn Geier entließ, sagte er ihm noch einmal, er habe maximal einen Monat Zeit, spätestens Ende Januar musste die Sache erledigt sein.

»Haben wir uns verstanden?«

»Vollkommen, Herr Oberstaatsanwalt. Sie können sich wirklich auf mich verlassen.«

Rudecker trat nach draußen und schloss die Tür. Auf dem Weg in sein Büro stellte er bereits erste Überlegungen an, wie er Kohler am besten töten könnte.

24

Zu Beginn des neuen Jahres reiste Bruno Kohler mit seiner Familie nach Stuttgart. Rudecker benötigte fast zwei Tage, bis er sich klar darüber war, dass die Kohlers gar nicht mehr in Berlin waren. Da er keinerlei Anhaltspunkte über ihren Aufenthaltsort und ihre Rückkehr besaß, wurde er zunehmend nervös.

Die Kohlers erlebten zwei schöne Wochen in Stuttgart. Sie waren Gäste im Hause der Familie Hirsch. Es fehlte ihnen an nichts. Eine ganz besondere Freude für Bruno war das Zusammensein mit seinem Freund Benjamin. Die beiden Männer trafen sich jeden Tag, unternahmen Wanderungen wie in ihrer Jugendzeit und lachten viel über ihre alten Geschichten. Bruno staunte über das, was sich Benjamin in wenigen Jahren aufgebaut hatte. Die von ihm gegründete Farben- und Teerfabrik im Stuttgarter Westen, der kaum jemand eine lange Lebensdauer prophezeit hatte, stand in wirtschaftlicher Blüte. Natürlich hielten Fabienne und Bruno Ausschau nach einem geeigneten Haus. Zwei Tage vor ihrer Abreise fanden sie ein ihnen zusagendes Objekt. Benjamin gab den entscheidenden Hinweis. Er hatte am Morgen von einer Witwe erfahren, die ihr Haus in der Reinsburgstraße verkaufen wollte, da es ihr nach dem Tod ihres Mannes zu groß geworden war. Beim Abendessen erzählte Benjamin davon. Schon am nächsten Vormittag sprach Bruno zunächst allein bei der Witwe, einer Frau Durant, vor, die ihn durch das Haus führte. Bruno war begeistert und bat darum, mit seiner ganzen Familie herkommen zu dürfen. Frau Durant hatte nichts dagegen. Im Gegenteil lud sie die Familie für den Nachmittag zu Kaffee und Kuchen ein. Ganz offensichtlich freute sie sich über die willkommene Abwechslung. Als sie dann erfuhr, dass Fabienne Französin war, geriet sie geradezu ins Schwärmen. Der Großvater ihres Mannes war Franzose gewesen, und die Familie Durant besaß vielfältige Kontakte nach Frankreich. Ihr Ehemann, der vor zwei Jahren plötzlich und überraschend gestorben war, hatte in besonderem Maße die französische Kultur geschätzt. Mindestens einmal im Jahr waren sie nach Paris gereist. Ein wenig traurig erzählte Frau Durant davon. Sie sprach immer wieder mit Fabienne französisch. Bruno hatte den Eindruck, dass sie den Nachmittag genoss. Als sie später durch das Haus gingen und sich die Zimmer anschauten, waren sich alle einig. Und der Preis, den Frau Durant verlangte, lag im

Rahmen dessen, was sie ohne große Schwierigkeiten aufbringen konnten. Der Rest war eine Formsache. Benjamin bot die Abwicklung des Hauskaufes an. Die Kohlers mussten sich danach um nichts mehr kümmern. Als sie Mitte Januar am Bahnhof Abschied nahmen, freuten sich auch die Jungen auf den Umzug nach Stuttgart. Sie hatten mit den drei Kindern Benjamins Freundschaft geschlossen und sich ausgesprochen wohlgefühlt.

Zwei Tage nach ihrer Rückkehr unternahm Bruno einen Ausflug mit seinen Söhnen in den Zoologischen Garten. Er nahm sich den ganzen Mittag Zeit für die Kinder, da er ab dem nächsten Tag wieder intensiv seine Arbeit im Bankhaus aufnehmen und dann auch nach und nach mit der ihm eigenen Sorgfalt die noch anstehenden Geschäfte erledigen wollte. An diesem Winternachmittag mitten in der Woche ging es im Zoo gemächlich zu. Als sie ein wenig durchfroren später wieder daheim waren, erwartete Bruno eine faustdicke Überraschung. In einem sehr feinen, edlen Briefkuvert fand sich eine Einladungskarte zu einem Zusammentreffen mit dem deutschen Kronprinzen. Ein wenig stolz und voller Freude fiel Bruno sogleich Waldenfels ein, der ihm schon vor längerer Zeit angekündigt hatte, er würde ihn gern Kronprinz Friedrich vorstellen wollen, der ihn selbst seit Jahren als Vertrauten und Ratgeber schätzte.

25

Bereits vier Tage später wurde Bruno am Abend eine große Ehre zuteil. Nach der Schlossbrücke bog seine Kutsche links ab, fuhr am Commandantur-Gebäude vorbei und hielt kurz darauf vor dem Kronprinzenpalais. Schon oft war Bruno an dem stattlichen Gebäude mit seiner eleganten Fassade und den hohen korinthischen Säulen, die den Balkon trugen, vorbeigekommen. Heute nun bekam er Gelegenheit zum Betreten des Gebäudes. Kronprinz Friedrich empfing ihn in ziviler Kleidung. Die Begrüßung fiel ein wenig steif aus, auch war Bruno anfangs ein wenig unsicher. Erst als er reihum den anderen Anwesenden vorgestellt wurde, legte sich seine Nervosität. Vor allem als sein Freund Waldenfels ihn bei ihrem Handschlag vielsagend anlächelte und ihm gar mit einem Auge wie ein heimlicher Verschwörer zuzwinkerte, fühlte er sich in der ungewohnten Umgebung wieder sicher. Gerade als der Kronprinz vorschlug, Platz zu nehmen, trat aus einer Seitentür seine Frau herein. Das Kronprinzenpaar verwickelte die Anwesenden in ein anregendes Gespräch. Auch Bruno wurde einbezogen. Er fühlte sich geschätzt. Seine anfängliche Befangenheit hatte sich völlig gelegt. Mit Freude genoss er diesen für ihn ungewöhnlichen Abend. Das Kronprinzenpaar interessierte sich zu seiner Überraschung für ihn. Ihre Fragen zu seinem bisherigen Leben, seinem Beruf und seiner Familie beantwortete er mit ein wenig innerem Stolz. Insbesondere die Kronprinzessin schilderte dabei auch das eine oder andere Mal Episoden aus dem Leben ihrer Kinder. Eigenartigerweise machte sie auf Bruno immer dann einen unglücklichen Eindruck, wenn sie von ihrem ältesten Sohn Wilhelm sprach.

Etwa zu der Zeit, als ein Aperitif gereicht und mit einer vorzüglichen Vorspeise das Abendessen eröffnet worden war, nahm in Rudeckers krankem Gehirn ein Plan Gestalt an. Zwei Stunden saß er bereits in einer Kneipe. Schließlich spürte er abermals die Erregung, die ihn immer dann ergriff, wenn er sich wieder eine Bösartigkeit vornahm. Fast eine halbe Stunde blieb er noch sitzen. Er ließ die Idee reifen, wägte ein Für und Wider ab. Dann wollte er aber mit einem Mal ganz rasch bezahlen. Er hatte seinen Entschluss gefasst.

Wieder eine halbe Stunde später stand Rudecker in seinem alten Versteck, von dem aus er das Haus Kohlers trotz der Dunkelheit gut beobachten konnte. Eine Laterne spendete genügend Licht. Es reichte zumindest aus, um die Vorderfront des Hauses einsehen zu können. Die Glocken einer entfernt liegenden Kirche schlugen zehn. Rudecker überlegte, ob Kohler schon zurückgekommen sein konnte. Er glaubte es zwar nicht, trotzdem ärgerte er sich darüber, weshalb ihm seine Idee nicht bereits früher eingefallen war. Er wollte in das Haus hinein. Das würde natürlich einfacher vonstatten gehen, solange der Hausherr selbst nicht anwesend wäre. Er malte sich zum wiederholten Male aus, wie er erst die Kinder, dann seine Frau umbringen und danach in aller Ruhe auf Kohlers Rückkehr warten würde. Er spürte seine Erregung, als er daran dachte, wie Kohler voller Entsetzen auf die Tragödie reagieren würde. Rudecker umklammerte dabei seinen Revolver, mit dem er ihn dann im Angesicht seiner ermordeten Familie niederschießen wollte. Nur ihn beabsichtigte er zu erschießen. Gleich nach dem Schuss musste er sich schließlich aus dem Staub machen, da wahrscheinlich jemand aus der näheren Umgebung auf den Knall reagieren würde. Für die Frau und die Kinder hatte er deshalb sein Messer vorgesehen, mit dem er geräuschlos den Tod bringen konnte.

Aber vielleicht brauche ich es für die Frau gar nicht, dachte er und spielte mit dem erregenden Gedanken, sie zu missbrauchen und mit bloßen Händen umzubringen. Ganz in seiner sadistischen Gedankenwelt gefangen, bemerkte er zunächst gar nicht, was vor sich ging. Fabienne kam mit Agathe aus dem Haus. Das Nachbarmädchen hielt Martin an der einen und Peter an der anderen Hand. Sie gingen bereits auf dem Gehsteig zum Haus Agathes, da erfasste Rudecker endlich die für ihn sehr vorteilhafte Situation. Fabienne hatte die Haustüre nicht abgeschlossen, als sie Agathe begleitete. Rudecker ahnte, dass Brunos Frau wahrscheinlich nur Agathe sicher daheim ablieferte, um gleich darauf wieder zurückzukehren. Der Polizist war wie elektrisiert. Er starrte auf die vier Personen und konnte sein Glück kaum fassen. Er wartete, bis sie die Gartentür vor Agathes Heim öffneten. Rudecker wusste, dass der Eingang auf der Rückseite des Hauses lag. Noch einen Moment geduldete er sich. Als sie um die Ecke bogen und nicht mehr zu sehen waren, rannte er los. Niemand sonst, der ihn hätte sehen können, befand sich auf der Straße. Er griff nach der Türklinke. Im nächsten Moment war Rudecker in Bruno Kohlers Haus.

26

»Mir gefällt Ihr politisches Interesse.«

Kronprinz Friedrich diskutierte schon geraume Zeit mit Bruno über politische Entwicklungen im Kaiserreich. Wie zufällig waren sie im Laufe des Abends auf dieses Thema gekommen. Bruno hatte sich zunächst sehr vorsichtig geäußert und eher zurückhaltend argumentiert. Friedrich und Victoria hatten ihn aber dann mehrfach zur freien Meinungsäußerung aufgefordert. Sie baten ihn nachdrücklich um ein offenes Wort. Und nachdem auch andere Gäste kein Blatt vor den Mund nahmen in ihrer Beurteilung der Verhältnisse in Deutschland, fühlte sich Bruno durchaus ermutigt. Er erzählte sogar freimütig von seiner Verhaftung und seinem Gefängnisaufenthalt.

»Das Recht wird mit Füßen getreten. Zumindest habe ich am eigenen Leib zu spüren bekommen, wie es ist, wenn man mir nichts, dir nichts ins Gefängnis geworfen wird.«

Victoria stellte ihm noch einige Fragen zum Gefängnis in Plötzensee. Dann überraschte sie ihn, als sie wissen wollte, ob er nun tatsächlich mit der Arbeiterklasse sympathisiere.

»Ich darf offen zu Ihnen sein, Kaiserliche Hoheit«, begann Bruno. »Danach müsste ich leugnen, wenn ich anderes behaupten wollte. Eine gewisse Sympathie hege ich schon seit längerer Zeit. Wenn ich von einer gewissen Sympathie rede, dann meine ich auch ehrlich, dass mir jeder Gedanke an einen Umsturz fremd ist. Was ich mir wünsche, ist eine Verbesserung der Verhältnisse der arbeitenden Bevölkerung, die trotz der ungeheuren Fortschritte in Deutschland nach wie vor viel auszuhalten hat und erdulden muss. Keine der Parteien scheint nach meiner Meinung bereit zu sein für eine grundlegende Änderung. Außer natürlich die Sozialdemokraten. Sie sind die einzigen, die sich mit Entschiedenheit für die Rechte der ärmeren Bevölkerung einsetzen.«

»Wissen Sie, ich bin überzeugt, dass es nicht die Sozialdemokraten sind, die diese Probleme im Reich lösen können. Letztlich predigen ihre Anführer den Umsturz. Es mag noch so mancher Integere unter ihnen sein, aber das kommunistische Geschwür wird die Oberhand behalten.«

Kronprinz Friedrich sprach engagiert, aber doch sachlich und ohne jede Verärgerung. Dann meldete sich seine Frau zu Wort.

»Wir betrachten die Verhältnisse durchaus auch mit Missfallen«, sagte sie mit Blick auf ihren Ehemann. »Was Albino betreibt, findet ganz und gar nicht unsere Zustimmung.«

Als Bruno die Stirn runzelte, klärte sie ihn auf, wen sie mit Albino meinte. Es war der Name, den das Kronprinzenpaar Reichskanzler Bismarck gegeben hatte.

»Wir wünschen uns einen Reformkurs, der die soziale Versöhnung zum Ziel hat.«

Friedrich nickte bei diesen Worten und ergänzte: »Die Kräfte, die Albino für seine Politik einspannt, verhindern eine Modernisierung des Staates. Ich meine nicht die wirtschaftliche Modernisierung. Diese ist enorm und für alle sichtbar. Aber die gesellschaftliche Entwicklung befindet sich damit nicht in Einklang. Im Gegenteil habe ich mitunter den Eindruck eines Zurücks, wenn Sie verstehen, was ich meine.«

Bruno wagte sich nun weit vor. Er berichtete von seiner Bekanntschaft mit Bismarck, für den er bereits in verantwortlicher Position gearbeitet hatte. Er kritisierte aber seine fehlende Reformbereitschaft und äußerte den Verdacht, der Reichskanzler würde lieber heute als morgen das Parlamentssystem wieder auflösen wollen.

»Wahrscheinlich haben Sie recht«, mischte sich Waldenfels ein. »Aber so weit wird er eventuell doch nicht gehen.

Dafür steht zu viel auf dem Spiel. Mag seine Regierungsweise reaktionär sein, er wird letztlich immer zähneknirschend die Verfassung akzeptieren.«

»Albino traue ich alles zu«, fiel ihm Prinzessin Victoria ins Wort. »Mich würde bei diesem Menschen ein Staatsstreich nicht wundern.«

Bruno staunte über die Offenheit, mit der das Kronprinzenpaar und Waldenfels sprachen.

»Wissen Sie«, fing dann der Kronprinz wieder an, »wenn Sie schon ein politisches Interesse und Verständnis haben, warum treten Sie nicht der liberalen Bewegung bei? Männer wie Sie sind dort sehr willkommen und vonnöten. Ich könnte Sie mit dem einen oder anderen führenden Politiker bekannt machen. Meine Kontakte sind recht intensiv, und meine Hoffnung ist, dass von dort der Anstoß für eine fortschrittlich-liberale Politik in Deutschland erfolgen wird.«

Bruno war einigermaßen überrascht über dieses Angebot. Er wies auf Schulze-Delitzsch hin, den er schon seit etlichen Jahren kannte. Auch Professor Mommsen, bei dem er studiert hatte, ließ er nicht unerwähnt.

»Sehen Sie, das ist doch ein hervorragender Anfang. Jemand wie Sie, gebildet, mit einem anspruchsvollen Beruf, nicht unvermögend und bestens situiert, sollte bei den Liberalen seine politische Heimat finden. Sie haben dort genügend Möglichkeiten, auch für die Rechte der Arbeiterschaft einzutreten. Lassen Sie die Finger von den Sozialisten. Ich glaube, Sie haben Talent für die Politik. Wenn Sie einverstanden sind, werde ich etwas für Sie arrangieren. Zumindest sollten Sie einmal Herrn von Bennigsen kennenlernen. Danach sehen wir weiter.«

Bruno bedankte sich für das Angebot des Thronfolgers. Er kannte Rudolf von Bennigsen bis zu diesem Zeitpunkt noch nicht persönlich. Er hatte nur immer wieder einmal von diesem Mann gehört, der als führender Politiker der Nationalliberalen Partei einige Jahre lang Bismarcks Politik unterstützt, sich in der Zwischenzeit jedoch von ihm entfremdet hatte und im Reichstag schwere Konflikte mit ihm austrug.

Als sich die kleine Gesellschaft einige Zeit später auflöste, bedankte sich Bruno bei dem Kronprinzenpaar. Friedrich versicherte ihm beim Abschied, er würde alsbald eine Einladung zu einem Treffen liberaler Politiker erhalten. In bester Laune ließ sich Bruno nach Hause fahren. Er war noch überhaupt nicht müde und freute sich darauf, seiner Frau über den Besuch erzählen zu können.

27

Rudecker stand hinter der Kellertür und lauschte. Nicht lange, da kehrte Fabienne in ihr Haus zurück. Er hatte damit gerechnet, dass die Kinder Lärm machen würden. Erstaunt registrierte er, wie nichts dergleichen geschah. Er hörte, wie die Haustüre verschlossen wurde und danach Schritte auf den Keller zukamen, dann aber in eine andere Richtung gingen. Er wartete und versuchte, sich einen Reim darauf zu machen. Es vergingen zehn Minuten. In der ganzen Zeit hörte er weder Kinderstimmen noch sonst irgendetwas. Es konnte folglich nur eine Person anwesend sein. Rudecker überlegte. Schließlich war er sich sicher. Die Frau Kohlers musste allein zurückgekommen sein. Die beiden Bengel waren wohl bei ihrem Kindermädchen geblieben. Seine

Erregung steigerte sich. Er wusste sich nun allein mit der von ihm begehrten Frau. Er knöpfte seinen Mantel auf. Leise ließ er ihn auf die Stiege gleiten. Zuvor nahm er noch seinen Revolver aus der Tasche und schob ihn in den Hosenbund. Er wollte es jetzt tun. Noch einmal drückte er sein Ohr an die Kellertür. Mit geschlossenen Augen lauschte er und konzentrierte sich. Fast eine Minute stand er so da. Schließlich drückte er langsam die Klinke. Vorsichtig öffnete er die Tür und spähte in den Flur. Er war überrascht, weil es dort genauso dunkel war wie im Keller. Er hatte eigentlich damit gerechnet, dass ein Licht brennen und es hell sein würde. Dann trat er in den Flur. In der Dunkelheit schlich er sich zur Treppe, die in den ersten Stock führte. Er wollte gerade seinen Fuß auf die unterste Stiege setzen, da hörte er aus dem nebenan liegenden Raum ein Geräusch. Wie er sich erinnerte, befand sich dort das Wohnzimmer. Er machte kehrt und versteckte sich hinter dem Geländer. Er wusste noch nicht einmal, ob er nicht doch gesehen werden konnte. Da ging die Wohnzimmertür auf. Ein Lichtschein fiel auf den Flur. Kohlers Frau trat heraus und ging in die Küche. Kurz darauf wurde eine Kerze angezündet. Rudecker konnte beobachten, wie Fabienne das Geschirr wegräumte. Sie trug nur ein Nachtkleid, was seine Gier aufs Höchste steigerte. Sein wildes Verlangen trieb ihn jetzt ungestüm an. Er zog seine Waffe aus dem Hosenbund und kam Schritt für Schritt aus seinem Versteck hervor. Dann wollte er rasch auf die Küchentür losrennen. Er bedachte dabei nicht, dass die unterste Stufe der Treppe in einem kleinen Halbkreis abschloss. Deshalb stolperte er. Schmerzhaft stieß sein Knie auf die Stufenkante. Auch seinen Revolver ließ er fallen, als er seinen Sturz abfangen wollte.

Diese Szene sah Fabienne bereits. Sie war beim ersten Geräusch herumgezuckt. Entsetzt nahm sie wahr, dass ein Fremder in ihr Haus eingedrungen sein musste. Sie fing sofort zu schreien an, schlug die Küchentür zu und wollte sie verriegeln. Doch der Schlüssel fehlte. Er steckte einfach nicht im Schloss. Die Angst übermannte sie. Im nächsten Moment lief Fabienne zum Fenster.

Rudecker ignorierte den Schmerz in seinem Knie. Nach dem Revolver, der weggerutscht sein musste, suchte er erst gar nicht. Er stürzte nur auf die Küche zu. Mit seinem ganzen Gewicht knallte er gegen die Tür. Sie flog sofort auf. Er sah, wie Fabienne das Fenster aufreißen wollte. Mit einem Satz sprang er sie an, warf sie um und stürzte mit ihr auf den Boden. Im Fallen rissen sie einen Stuhl um. Fabienne schlug mit der Stirn hart auf den Boden. Sie war benommen. Wie aus weiter Ferne hörte sie, dass ihr Nachthemd aufgerissen wurde. Dann stand der Mann plötzlich breitbeinig über ihr. Sie hörte eine bekannte Stimme. Gleichzeitig wurde ihr gewahr, dass sie nur spärlich bekleidet auf dem Boden lag. Voller Entsetzen schlug sie mit einem Bein zu, als sich der Polizist laut keuchend auf sie werfen wollte. Sie traf ihn mit Wucht in den Unterleib. Er stöhnte vor Schmerz auf. Doch stürzte er sich trotzdem mit seinem ganzen Gewicht auf Fabienne. Sie konnte seinen Schweiß riechen. Angewidert musste sie sich fast übergeben. Sie versuchte auf seinen Kopf einzuschlagen, doch Rudecker schnappte sie an beiden Armen. Im nächsten Augenblick biss er ihr in den linken Oberarm. Fabienne schrie auf. Der wahnsinnige Schmerz, als Rudeckers Zähne in ihr Fleisch drangen, überwältigte sie. Tränen schossen ihr in die Augen. Sie meinte, keine Luft mehr zu bekommen.

Sie hörte das wilde Stöhnen des Polizisten, der jetzt mehrfach ausholte und sie schlug. Instinktiv riss sie ihre freie Hand in die Luft. Sie krallte ihre Finger in sein Gesicht. Rudecker heulte auf. Fabienne spürte, wie sich ihre Finger zwischen seinen Zähnen und seiner Unterlippe befanden. Mit aller Kraft zerrte und riss sie daran. Ihre Fingernägel drangen tief in das Zahnfleisch ein. Sie fühlte mit Schaudern, wie sie Fleischfetzen in der Hand hielt, nachdem sie die ganze Unterlippe Rudeckers zerfetzt hatte. Rudecker warf sich zurück. Er brüllte und spuckte einen Schwall Blut auf Fabienne. Er saß nun auf ihr, fasste sich an seinen schwer verletzten Unterkiefer und spuckte noch einmal eine Ansammlung von Blut und Speichel auf sein Opfer aus. Voller Ekel versuchte sich Fabienne wegzudrehen. Endlich konnte sie noch einmal um Hilfe rufen. Ihr Hilferuf erstarb aber in einem Schlag Rudeckers. Er hatte sie auf das rechte Ohr getroffen. Es schien ihr, als würde ihr Kopf im nächsten Augenblick explodieren. Ihr wurde wieder schwarz vor Augen. Rudecker sprang auf und griff nach dem umgeworfenen Stuhl. Er stand jetzt vor ihr und holte mit dem Möbelstück aus.

28

Bruno hatte sich von der Kutsche nicht ganz nach Hause fahren lassen. Er stieg zwei Querstraßen davor aus, um die letzten Meter zu Fuß zu gehen. Er brauchte noch ein paar Minuten für sich, bevor er seiner Frau über all das berichten wollte, was ihm bei dem Kronprinzenpaar widerfahren war. Bruno genoss die Schneeflocken, die vom Himmel fielen. Es hatte sich bereits eine dünne Schneeschicht auf der Straße gebildet. Wie ein kleiner Junge schob er den Schnee zusammen, formte einen Schneeball und warf ihn voller Freude nach den Bäumen auf der gegenüberliegenden Straßenseite. Als er sein Ziel traf, freute er sich riesig. In bester Laune kam er an seinem Haus an. Da hörte er einen Schrei. Er blieb stehen, fragte sich, ob ihm sein Gehör vielleicht einen Streich spielte. Dann überfiel ihn aber mit einem Mal eine große Angst. Er stürzte die Stufen hinauf. Die Haustüre war verschlossen. In hellster Aufregung zerrte er seinen Schlüssel hervor. Als er den Schlüssel umdrehte, hörte er wieder einen Schrei. Völlig außer sich rannte er den Flur entlang. Dann sah er, wie Rudecker halb entkleidet über seiner am Boden liegenden Frau einen Stuhl schwang und im Begriff war, ihn auf sie herabzuschmettern. Bruno heulte wie von Sinnen auf. Er flog geradezu auf Rudecker zu. Rudecker war völlig überrascht. Er konnte ihn nicht mehr abwehren. Bruno knallte gegen seine Hüfte und riss ihn um. Rudecker stürzte in das Küchenfenster, das mit lautem Knall zerbrach. Er streckte dabei ordinär seinen Unterleib vor. Wie von Sinnen schlug Bruno zu. Rudecker heulte auf und sackte auf die Knie. Dann schlug Bruno mit dem Bein zu. Er traf seinen Feind mit der Stiefelspitze mitten ins Gesicht. Der Polizist brüllte wie ein waidwundes Tier. Er griff nach seinem Auge. Bruno sah, wie Flüssigkeit an seiner Wange herunterfloss, die sich mit dem vielen Blut vermischte. Das Schreien und Brüllen hörte nicht auf. Bruno wollte noch einmal zuschlagen, da erkannte er, dass Rudecker seinen Augapfel in der Hand hielt. Voller Entsetzen wich er zurück. Rudecker schrie entsetzlich. Er versuchte auf die Beine zu kommen, was ihm aber nicht gelang. Deshalb robbte er langsam zur Küchentür. Bruno sah zu seiner bewusstlosen Frau. Er bückte sich und wollte ihr helfen. Voller Sorge griff er unter ihren Kopf. Sachte klopfte er mit den Fingern seiner Hand gegen ihre Wangen. Er sah dabei die blutende Wunde an ihrem Oberarm. Mehrfach flüsterte er ihren Namen und hoffte, sie würde wieder zu sich kommen.

Als er aufstehen wollte, um ein nasses Tuch zu holen, stand Rudecker in der Küchentür. Bruno hatte ihn für einen Moment völlig vergessen. Als er ihn entsetzt anblickte, erschrak er über dessen Gesicht so sehr, dass er erst gar nicht den Revolver bemerkte, den Rudecker in der Hand hielt. Rudeckers Gesicht war nur noch eine blutige, entstellte Fratze. Die Unterlippe gab es nicht mehr. Nur noch Fleischfetzen hingen dort, wo sie ursprünglich einmal gewesen sein musste. Doch am schrecklichsten war das Auge, das wie eine weiß-gelbliche Kugel links neben dem Nasenbein an einem Muskel leicht hin- und herbaumelte. Als Bruno die Gefahr erkannte, war es zu spät. Auf unsicheren Beinen machte Rudecker zwei Schritte nach vorn. Dann hob er den Arm und drückte ab. Bruno warf sich noch zur Seite. Er spürte aber einen heftigen Schlag an seiner rechten Seite, und so sehr er sich auf den Beinen halten wollte, gelang es ihm nicht. Er brach ein, fasste sich dabei an die verwundete Stelle und bemerkte das warme Blut, das sich ausbreitete. Schwankend kam Rudecker auf ihn zu. Er fuchtelte mit seiner Waffe und lachte irre. Bruno wurde von Rudecker am Hemdkragen gepackt. Dabei lallte der schwer verletzte Polizist vor sich hin. Er bedeutete Bruno, sich auf den Stuhl zu setzen. An eine Gegenwehr war nicht zu denken. Den Revolver vor dem Gesicht musste sich Bruno fügen. Der wahnsinnige Polizist schob ihm den Revolver in den Mund. Bruno schloss die Augen. Ihm kamen seine Kinder in den Sinn. Alle seine Muskeln spannten sich in diesem Augenblick an.

Bruno hörte das Knacken. Es war so, als würde ein dünner Holzstab zerbrochen werden. Dann spürte er, wie die Waffe aus seinem Mund rutschte. Zu seiner Überraschung ließ Rudecker den Revolver los. Er fiel einfach zu Boden. Rudecker sagte kein Wort. Er schrie auch nicht, nur ein leises Glucksen drang aus seinem offenen Mund. Dann sah Bruno Fabienne hinter seinem Peiniger stehen. Sie zitterte. Rudecker gluckste noch immer vor sich hin. Nach einigen Sekunden trat er einen Schritt zur Seite. Er drehte sich ein wenig und schaute Fabienne an. Sie schlug entsetzt die Hände vor ihr Gesicht. Das, was einmal bei dem Polizisten ein Gesicht gewesen war, erschien als verstümmelte, blutig-große Wunde. Rudecker fing zu wimmern an. Wieder drehte er sich ein Stückweit. Bruno konnte erkennen, was geschehen war. In Rudeckers Hinterkopf steckte der eiserne Schürhaken, mit dem normalerweise die Platten des Küchenherdes auf- und zugedeckt wurden. Die vier Zentimeter lange, gebogene Spitze des Hakens hatte bis zum Anschlag die Schädeldecke durchbohrt, als Fabienne mit voller Wucht zugeschlagen hatte. Bruno wunderte sich, warum dieser Mann überhaupt noch auf den Beinen stand. Zu seinem Erstaunen ging Rudecker leise wimmernd und mit schleppenden Schritten aus der Küche. Unsicher setzte er einen Schritt vor den anderen. Fabienne und Bruno folgten ihm. Er ging zur Haustür, die offen stand, hinaus. Der Schwerstverletzte schwankte die wenigen Stufen hinunter. Für einen Moment hielt er sich am Geländer fest, dann schickte er sich zum Weitergehen an. Voller Unglauben schauten sie auf den Polizisten, in dessen Hinterkopf der Schürhaken steckte, der bei jeder Bewegung hin- und herwackelte. Als Rudecker die Straße erreicht hatte, wurde sein Wimmern lauter. Nach einigen weiteren Schritten fing er zu weinen an. Seine Schuhabdrücke zeichneten sich in dem frischen Schnee, der auf der Straße lag, ab. Schließlich schlurfte er nur noch zaghaft vor sich hin. Sein Weinen war verstummt. Bruno und Fabienne kamen ihm nachgelaufen. Brunos Verletzung schmerzte zwar, schien aber doch nicht allzu schlimm zu sein. Sie waren nur noch wenige Meter von Rudecker entfernt, da drehte er sich um. Er fing zu brüllen an. Seine Schreie klangen entsetzlich in der dunklen Nacht. Hinter den Fenstern der umliegenden Häuser wurden die ersten Lichter angezündet. Manche Fenster öffneten sich. Schon traten Bewohner aus ihren Haustüren. Sie wunderten sich über den ungewöhnlichen Lärm. Rudecker drehte sich vollends um. Er war nur noch drei, vier Meter von Bruno und Fabienne entfernt. Mit einem Mal hörte sein Brüllen auf. Ganz still stand er da. Dann fiel er plötzlich rückwärts auf die Straße. Menschen liefen zusammen und starrten entsetzt den Toten an. Es schneite immer heftiger. Die Schneeflocken fielen geräuschlos auf den Leichnam.

VIII

1883 – 1885

I

Vier Jahre nach dem Umzug kehrte Bruno zum ersten Mal wieder nach Berlin zurück. Die Zeit in Stuttgart hatte der ganzen Familie gutgetan. Es waren einfach schöne Jahre gewesen. Zu keinem Zeitpunkt mussten die Kohlers diesen Umzug bereuen. Alles war so gekommen, wie sie es sich gewünscht hatten. Die Einrichtung einer Anwaltskanzlei erwies sich als die richtige Entscheidung. Bruno arbeitete zwar nach wie vor ausgesprochen viel. Aber er war sein eigener Herr, und alle Erfolge kamen ihm nun unmittelbar zugute. Und die Erfolge sprachen sich herum. Seine Klienten empfahlen ihn weiter. Nach und nach wurde er zu einem der gefragtesten Anwälte in der näheren und weiteren Umgebung von Stuttgart. Neben seiner Aufgabe als Verteidiger vor Gericht beschäftigten ihn mehrere jüdische Unternehmungen als Rechts- und Finanzberater, darunter natürlich das von Hirsch. Das Schönste nach ihrem Einzug in das Haus in der Reinsburgstraße war allerdings die Geburt ihrer Tochter gewesen. Vierzehn Tage nachdem sie sich in ihrem neuen Heim eingerichtet hatten, war Anne-Catherine zur Welt gekommen. Das Mädchen, das Bruno abgöttisch liebte, wuchs so gesund heran wie ihre beiden Brüder. Vor drei Monaten hatten sie ihren vierten Geburtstag in Versailles gefeiert, wo alle Kinder von ihren

Großeltern furchtbar verwöhnt worden waren. Bruno hatte natürlich auch den Kontakt zu seinen Berliner Freunden und Bekannten weiter gepflegt. Insbesondere stand er mit Waldenfels in regem Briefkontakt. Über ihn erhielt er auch Einladungen zu Veranstaltungen der Deutschen Fortschrittspartei. Das liberale Programm der Partei, die die Rechte der Bürger gegenüber dem Staat unterstrich, daneben aber sozialpolitische Forderungen nicht vernachlässigte, interessierte ihn. Waldenfels schrieb ihm eines Tages, dass er demnächst eine persönliche Einladung nach Berlin erhalten würde. Die Parteiführung, die Kronprinz Friedrich nahestand, wollte ihn gern persönlich kennenlernen. Tatsächlich hatte er dann eine Einladung von Rudolf Virchow bekommen. Deshalb machte er sich auf nach Berlin, um an einem Treffen ausgewählter Parteimitglieder teilzunehmen, die die weitere politische Strategie besprechen wollten. Virchow konnte auf ein umfassendes politisches Engagement verweisen. Als Demokrat war er an der Märzrevolution von 1848 beteiligt gewesen. Mit Bismarck hatte er es sich längstens als Mitglied des preußischen Abgeordnetenhauses verdorben. Er war dann Mitbegründer der Fortschrittspartei gewesen und saß seit zwei Jahren im Reichstag. Bei der Wahrnehmung all dieser politischen Tätigkeiten wunderte es Bruno, wie dieser Mensch es anstellte, zugleich einer der berühmtesten Forscher auf dem Gebiet der Medizin und Professor in Berlin zu sein. Der Mann musste über eine ungeheure Arbeitskraft und eine unglaubliche Energie verfügen. In Virchows Brief klang auch ein eventuelles Treffen mit Kronprinz Friedrich an. Diese Chance war letztlich ausschlaggebend für Bruno gewesen. Er hatte sein Gespräch mit dem Kronprinzen und seiner Frau noch in bester Erinnerung. Einem möglichen neuerlichen Zusammentreffen schaute er mit Spannung entgegen.

In Berlin angekommen musste er sich zunächst einmal ein Hotelzimmer besorgen. Am späten Nachmittag des nächsten Tages meldete er sich bei Waldenfels. Der Architekt empfing ihn mit Freude und begrüßte ihn herzlich. Nach einem Begrüßungstrunk setzten sie sich ins Herrenzimmer, rauchten eine Zigarre und erzählten sich dabei all das, was sie in den zurückliegenden Jahren erlebt hatten.

Waldenfels klopfte die Asche seiner Zigarre ab.

»Wenn Sie Lust haben, können Sie mich gleich nachher begleiten. Ich werde noch heute am späten Abend mit dem Kronprinzen zusammentreffen. Virchow ist übrigens auch dabei. Das Treffen hat mehr privaten Charakter. Ich habe ein ganz ausgezeichnetes Verhältnis zum Kronprinzen, geradezu freundschaftlich. Deshalb kann ich ihn auch ohne weiteres fragen, ob Sie dazukommen dürfen. Das Schlimmste, was passieren könnte, wäre, dass ich Sie wieder wegschicken müsste. Was ich aber kaum glaube. Er kennt Sie ja. Wir haben sogar das eine oder andere Mal über Sie gesprochen.«

Bruno willigte gern ein. Er fühlte sich im Hause des Architekten ausgesprochen wohl. Zu seinem Bedauern waren die Frau und die Tochter Waldenfels nicht anwesend. Sie hielten sich in Dijon bei Verwandten auf.

Gegen zehn Uhr am Abend trafen sie im Kronprinzenpalais ein. Der berühmte Mediziner Rudolf Virchow wartete bereits am Eingang. Waldenfels machte sie miteinander bekannt. Sie tauschten kurz einige Freundlichkeiten aus, ließen sich dann aber bei Kronprinz Friedrich Wilhelm anmelden. Kurz darauf wurden sie ins Empfangszimmer geführt. Keine Minute später erschien der Kronprinz in Begleitung des liberalen Reichstags- und bayerischen Landtagsabgeordneten Franz Freiherr Schenk von Stauffenberg. Der Kronprinz begrüßte Waldenfels und Virchow und hieß auch Bruno willkommen. Nach der Begrüßung forderte Friedrich zum Platznehmen auf. Er ließ Cognac servieren. In gelöster Atmosphäre sprachen die Männer miteinander, wobei sich Bruno zunächst etwas zurückhielt. Später nahm er dann reger am Gespräch teil. Er unterstützte die Auffassung des Kronprinzen, der für die Arbeiterschaft eine Unfallversicherung einführen wollte. Vorsichtig kritisierte Bruno auch das Sozialistengesetz. Der Kronprinz hatte interessiert zugehört. Als sie auf Wahlrechtsfragen zu sprechen kamen, fragte er Bruno: »Was halten Sie von dem in Preußen geltenden Dreiklassenwahlrecht?«

Bruno überlegte es sich genau mit einer Antwort.

»Kaiserliche Hoheit! Ich bin Ihnen dankbar für Ihre Politik der sozialen Versöhnung. Es ist nach meiner Überzeugung für die deutsche Nation der einzig richtige Weg. Erlauben Sie mir deshalb anzumerken, dass ein Wahlrecht, das erhebliche Unterschiede zwischen den Menschen vornimmt und dabei die Mehrzahl benachteiligt, immer ein Stachel sein wird, der für Misstrauen und Unzufriedenheit sorgt. Ich habe mich – solange ist es noch gar nicht her – intensiv mit der Arbeiterfrage und den Lebensverhältnissen der Arbeiterfamilien befasst. Die allermeisten sind rechtschaffene Leute, die aber bei noch so viel Arbeit und Anstrengung niemals zu einem tragfähigen Einkommen oder gar zu Vermögen kommen können. Und sie dafür noch über ein völlig ungleiches Wahlrecht in einen schlechten Stand zu versetzen, halte ich für sehr problematisch.«

»Sie würden es demnach ändern?«

»Ich möchte nur raten, es dem Reichstagswahlrecht anzupassen. In den einzelnen Bundesstaaten unseres Kaiserreiches sollte in diesem Punkt kein abweichendes Recht gelten.«

Virchow war schon etwas unruhig geworden. Zwar war er ein Mann mit liberaler Gesinnung, doch stellte er sich gegen die Arbeiterpartei, von der er den Umsturz erwartete. Friedrich Wilhelm blickte ihn an. Er wollte seine Auffassung hören.

»Fürchten Sie nicht den Einfluss der Sozialisten? Was ist, wenn plötzlich Umstürzler die Mehrheit im Parlament erhalten? Kann dann überhaupt noch regiert werden? Meines Erachtens müssen wir sehr darauf achten, dass nicht diejenigen Macht erhalten, die statt der deutschen Nation die Internationale predigen und anstelle unseres Kaiserreiches die sozialistische Republik anstreben.«

»Mir sind diese Ideen selbstverständlich bekannt. Ich bin aber überzeugt, sie werden nur von wenigen ernsthaft vertreten. Die Masse wird davon nichts wissen wollen, wenn wir in unserem Staat eine Politik verwirklichen, die auf Gerechtigkeit und Menschenwürde achtet.«

Der Kronprinz nickte leicht zu der Antwort Brunos. Dann sagte er jedoch: »Führende Persönlichkeiten der Sozialisten vertreten aber gerade die radikalen Auffassungen. Ihr Einfluss darf keinesfalls unterschätzt werden.«

»Eure Kaiserliche Hoheit meint sicherlich Bebel und Liebknecht. Ich würde beide nicht überschätzen wollen. In wenigen Jahren – so meine Überzeugung – wird die sozialdemokratische Partei einen Richtungsstreit darüber erleben, welches der zukunftsweisende Weg sein soll. Es wird nicht ausbleiben – immer vorausgesetzt, die Politik einer sozialen Versöhnung wird verwirklicht – und die Arbeiterschaft sieht in dieser Partei zwar ihre politische Heimat, aber eben nur in dem Maße, in dem sie der Radikalität abschwört und einen gemäßigten Weg einschlägt.«

»Nun, ich bin nicht ganz so optimistisch wie Sie«, gab Friedrich Wilhelm zur Antwort. »Zugegebenermaßen sind meine Vorbehalte gegenüber den Sozialisten sehr ausgeprägt. Ich bin allerdings gespannt, welche Entwicklung sich in den kommenden Jahren ergeben wird. Womöglich haben Sie ja recht. Wir werden sehen.«

2

Den nächsten Tag verbrachte Bruno mit Waldenfels. Sie sprachen über private Angelegenheiten und über die neuesten politischen Entwicklungen. Neben Reichskanzler Bismarck stand der Kronprinz im Mittelpunkt ihrer Gespräche.

»Wir setzen große Hoffnungen in Friedrich Wilhelm. Bismarck hat ohne Zweifel seine Verdienste. Aber das Deutsche Reich muss eine moderne Ausrichtung erfahren. Und das kann der Reichskanzler nicht leisten. Auf Kaiser Wilhelm können wir ebenfalls nicht hoffen. Im Prinzip ist es Fürst Bismarck, der sowohl in der Innen- als auch in der Außenpolitik bestimmt, wo es langgeht. Um ehrlich zu sein: Der Kronprinz wartet schon lange darauf, das Steuer zu übernehmen. Natürlich sagt er das nicht deutlich und schon gar nicht in der Öffentlichkeit. Aber es heißt bereits, dass er vielleicht sogar übersprungen werden könnte. Sollte nämlich Kaiser Wilhelm noch etliche Jahre leben, würde sein Enkel, Friedrichs Sohn, das nächste Staatsoberhaupt sein können.«

»Prinz Wilhelm?«

»Ja! Immerhin wird selbst in unseren Kreisen bereits darüber spekuliert, ob er unser nächster Kaiser sein kann.«

»Wäre das so schlimm?«

»Nach meinem Urteil durchaus.«

Sie kamen gerade an einer Parkbank vorbei. Waldenfels bedeutete Bruno, dort Platz zu nehmen.

»Ich will es Ihnen erklären«, fing er dann wieder an. »Prinz Wilhelm ist vierundzwanzig Jahre alt. Er hat eine gute Ausbildung genossen und sammelt bereits Erfahrungen in den Staatsgeschäften. So betrachtet käme er für eine Thronfolge durchaus infrage. Aber das ist nur die eine Seite der Medaille.«

Waldenfels hielt einen Moment inne. Dann fuhr er fort.

»Ich habe die Entwicklung Wilhelms immer mit besonderem Interesse verfolgt. Dank meiner guten Beziehung zum Kronprinzenpaar kann ich wohl mit einiger Berechtigung sagen, dass mir ein fundiertes Urteil möglich ist. Und dieses fällt leider nicht sehr günstig aus.«

Wieder schaute er in den wolkenlosen Himmel. Er lobte den herrlichen Sommertag, atmete ein paar Mal die warme Luft ein und aus und erklärte schließlich: »Um es drastisch auszudrücken: Prinz Wilhelm stellt meines Erachtens eine problematische Persönlichkeit dar. Je älter er wurde, desto mehr fiel es mir auf. Zwischenzeitlich scheint mir ein Zerwürfnis mit seinen Eltern sehr wahrscheinlich. Dabei geht es nicht nur um eine – sagen wir einmal – normale Auseinandersetzung mit den Eltern. Nein, es ist viel mehr. Er kommt mit seinem Vater und seiner Mutter überhaupt nicht zurecht. Das gilt übrigens auch umgekehrt. Aber das allein mag vielleicht noch gar nicht viel besagen. Doch das, was er politisch äußert und wonach er handelt, ist ausgesprochen bedenklich. Mit liberalem Gedankengut hat das alles nichts, aber auch gar nichts zu tun. Er ist arrogant, impulsiv und ohne jedes Gespür, wenn es darum geht, wenigstens einigermaßen diplomatisch aufzutreten. Er hat eine Gruppe erzkonservativer Berater um sich versammelt, die alles andere als einen günstigen Einfluss auf ihn ausüben. Und dann zählt für ihn immer nur das Militär. Als würde es immerzu nur um Macht und die Demonstration von Stärke gehen müssen. Dabei hätte er beim Militär nicht die geringste Chance, wäre er nicht ein Hohenzollernprinz. Aber wahrscheinlich liegt darin das ganze Problem begründet.«

»Es tut mir leid, wenn ich nicht ganz folgen kann«, warf Bruno ein. »Es gibt wohl Zusammenhänge, die ich nicht kenne.«

»Ja, verzeihen Sie, wenn ich zu unsystematisch erzähle. Sie müssen eines wissen: Prinz Wilhelm ist mit einem missgebildeten Arm zur Welt gekommen. Darunter hat er viele Jahre leiden müssen. Alle möglichen Ärzte haben an ihm herumexperimentiert. Natürlich ohne jeglichen Erfolg. Der Arm blieb verkrüppelt. Für seine Eltern war das selbstverständlich eine große Sorge, wie Sie sich leicht vorstellen können.«

»Das ist mir tatsächlich noch nie aufgefallen. Auch habe ich darüber bislang nichts gehört.«

»Es ist all die Jahre kein öffentliches Thema gewesen. Im Prinzip wurde das Problem kaschiert. Schauen Sie sich einmal genau die Bilder an, die von Wilhelm veröffentlicht werden. Er nimmt dabei immer Positionen ein, die die Missbildung des linken Armes – um den linken handelt es sich nämlich – nicht erkennen lassen.«

»Und Sie meinen, dass dies ein Grund für die schwierige Entwicklung Wilhelms ist?«

»Ich bin mir ziemlich sicher. Wissen Sie, wenn ich bedenke, wie er darunter zu leiden hatte, wie er gewissermaßen tagtäglich seine Unzulänglichkeit erfahren musste, dann konnte eine Störung seiner Persönlichkeit fast nicht ausbleiben. Vielleicht haben seine Eltern dabei auch manchen Fehler gemacht. Alles in allem hat er eben eine bedenkliche Entwicklung genommen.«

Bruno nickte bedächtig. Waldenfels fasste ihn kurz darauf an der Schulter.

»Genug davon! Wissen Sie was?«, fragte der Architekt nach einigen Schritten. »Ich habe jederzeit Zugang zur Zuschauertribüne des Reichstages. Dorthin würde ich jetzt gern gehen. Wenn es noch nicht zu spät ist, erleben wir sogar eine interessante Debatte. Vielleicht erfahren wir, ob unser Deutschland einen neuen Weg in der Außenpolitik einschlagen wird. Das ist eine der wichtigsten Fragen in den kommenden Jahren. Kommen Sie! Wir haben dann sicherlich gerade vor diesem Hintergrund Gelegenheit genug, uns über die Thronfolge zu unterhalten.«

Bruno begleitete ihn gern. Er wollte etwas Neues erfahren. Zudem freute er sich auf den Reichstag, weil er noch nie bei einer Sitzung der Abgeordneten dabei gewesen war.

3

Zunächst staunte Bruno über die Hektik und das Durcheinander in der Lobby des Reichstages. Die sehr beengten Verhältnisse, mit denen das deutsche Parlament auskommen musste, trugen ihren Teil dazu bei. Mit einem Mal ließen aber die Abgeordneten all die Bittsteller, Interessenvertreter und Wichtigtuer kurzerhand stehen. Sie kehrten in den Plenarsaal zurück. Erst als Bruno mit Waldenfels auf der gut besetzten Zuschauertribüne einen Stehplatz gefunden hatte, bekam er mit, worum es ging. Der Reichskanzler stand am Rednerpult. Ohne Zeichen einer äußeren Emotion stellte Bismarck seine Überlegungen zu einem deutschen Kolonialreich vor. Als er seine Rede beendete, erhielt er Applaus von der Hälfte der Abgeordneten. Die der konservativen Partei erhoben sich gar und zollten damit dem Kanzler besonderen Respekt. Bruno wollte Waldenfels gerade etwas fragen, da hielt er voller Erstaunen inne. Er konnte kaum glauben, wen er sah. Ein Mann, den er in schlechtester Erinnerung hatte, trat soeben an das Rednerpult.

»Das gibt es doch nicht!«

»Wie bitte?« Mit einem Lächeln wandte sich Waldenfels an Bruno. Kopfschüttelnd wiederholte er: »Das gibt es doch nicht! Ich kann es nicht glauben.«

Waldenfels blickte nun auch zum Rednerpult. Da erfasste er die Situation.

»Oh doch, verehrter Herr Dr. Kohler. Manchmal darf man sich zwar wundern. Doch bei diesem Herren habe ich – ehrlich gesagt – immer mit so etwas gerechnet.«

Bruno starrte auf Oberstaatsanwalt Geier. Er vertrat als Abgeordneter die Deutsche Reichspartei. Erzkonservativ und reaktionär unterstützte sie alles, was ihren besonderen Interessen zum Vorteil gereichte, und fiel mit Vehemenz über diejenigen her, die liberale und soziale Rechte forderten. Geier steigerte sich gehörig in die ihm übertragene Aufgabe hinein. Seine Stimme füllte laut und aggressiv den Saal.

»Klar muss sein: Die Errichtung deutscher Kolonien ist eine Daseinsfrage für das Reich. Für unsere Industrie brauchen wir Märkte! Die Erschließung neuer Märkte! Da dürfen wir uns nicht von anderen europäischen Staaten an den Rand drängen lassen. Nein, nein, meine Herren! Es ist an der Zeit, um unsere Stärke, unsere deutsche Stärke in ordentliches Kapital umzumünzen. Es ist an der Zeit, den Sprung in die Welt zu wagen. Kolonien sind für uns nicht nur eine wirtschaftliche Notwendigkeit. Das ist nur die eine Seite der Medaille. Dic andere, ebenso wichtig, wenn nicht sogar noch wichtiger: Kolonien sind unsere Versicherung gegen eine mögliche Schwächung der deutschen Stellung unter den Staaten der Welt.«

Beifall von den Seinen war Geier gewiss. Die Unmutsäußerungen der Sozialdemokraten gingen dabei fast unter. Das ermutigte ihn zu einer noch schärferen Fortsetzung seiner Rede. Bruno hörte deutlich die an Kriegshetze erinnernden Worte heraus. Vor allem fiel ihm die Englandfeindlichkeit auf, die Geier unverblümt zum Ausdruck brachte.

»Lassen Sie uns gehen«, empfahl Waldenfels am Ende von Geiers hetzerischer Rede.

»Ich kapiere das alles nicht«, sinnierte Bruno. »Bismarck kann doch eine solche Rede nicht akzeptieren. Sie widerspricht seiner bisher betriebenen Politik. Mich wundert schon, dass ein Opportunist wie dieser Geier derartige

Töne anschlägt, die ihn gar in Ungnade fallen lassen können.«

»Er fällt nicht in Ungnade«, antwortete Waldenfels. »Ich bin überzeugt, seine Ausführungen waren wohl kalkuliert und wahrscheinlich sogar mit Bismarck abgesprochen. Sie haben sicherlich die Spitze gegen England herausgehört?«

»Ja, natürlich. Geier hat gänzlich unverschämt gegen die Engländer vom Leder gezogen.«

»Sehen Sie! Und damit liegt Geier voll und ganz auf Bismarcks Linie. England treffen! Das ist offenkundig seine Absicht. Er zielt dabei noch auf jemand anderen.«

»Das ist nicht Ihr Ernst?« Bruno ahnte, worauf Waldenfels hinauswollte.

»Doch, doch. Glauben Sie mir. Bismarck erkennt hierbei ein Mittel, dem Kronprinzenpaar ordentlich in die Parade zu fahren. Er kann Prinzessin Victoria nicht ausstehen, und die pro-englischen Sympathien von Friedrich Wilhelm sind ihm zuwider. Kurz gesagt: An einer anti-englischen Stoßrichtung ist Bismarck sehr gelegen.«

Nachdem Waldenfels Bruno die Zusammenhänge klargemacht hatte, unterhielten sie sich noch eingehender über die zukünftige Außenpolitik Deutschlands. Dann kam Bruno aber wieder auf Geier zu sprechen.

»Oh ja, dieser Geier!«

Waldenfels lachte etwas bitter auf, als er den Namen aussprach. »Er ist übrigens schon seit fast drei Jahren nicht mehr Oberstaatsanwalt. Bismarck hat ihn zu einem engen Vertrauten im Reichskanzleramt gemacht. Bei der letzten Reichstagswahl hat er dann tatsächlich ein Mandat erringen können. Geier ist recht einflussreich geworden. Wie es heißt, rechnen maßgebliche Persönlichkeiten mit seiner

Ernennung zum Minister in Preußen. Innenminister nach der Reichstagswahl im nächsten Jahr! So wird zumindest gemunkelt.«

»Lieber Gott! Das darf doch nicht wahr sein. Ich kann es kaum glauben.«

»Es ist leider so, mein Lieber. Sie werden sehen: An Geier führt kein Weg vorbei. Da Sie aber zwischenzeitlich in Stuttgart wohnen, brauchen Sie sich deswegen keine Sorgen mehr zu machen. Sie sind weit vom Schuss, wenn ich es einmal so ausdrücken darf. Damit sind Sie automatisch auch aus der Schusslinie dieses recht gefährlichen Menschen.«

4

Geier lag müde und erschöpft in dem großen Bett, in dem er in den letzten Jahren manche vergnügliche Nacht verbracht hatte. Er lag völlig nackt da. Seine neben ihm liegende Geliebte betrachtete seinen Körper, der sich durchaus sehen lassen konnte. Geier war trotz seiner fast fünfzig Jahre noch schlank. Selbst um die Hüften hatte er kein Fett angesetzt. Seine dichte Behaarung auf Brust und Bauch und seine Ausdauer beim Liebesakt schätzte Baronin Zita von Steinhausen ganz besonders. Sie hatte ihn vor drei Jahren bei der Feier ihres vierzigsten Geburtstages kennengelernt. Damals war sie bereits seit fünf Jahren Witwe. Sie hatte mehrere Liebhaber gehabt, aber keiner bereitete ihr ein solches Vergnügen wie dieser ehemalige Oberstaatsanwalt. Jedenfalls hatte sie sich in ihn verliebt. Sie war seine Vertraute geworden, die ihm aber auch manchen Weg ebnete. Seit gut einem Jahr drängte sie ihn zur Heirat. Doch Geier zierte sich. Und das, obwohl ihm diese Heirat gesellschaftliche Vorteile gebracht hätte. Als sie beim letzten Mal das Thema angeschnitten hatte, war er sogar ziemlich ungehalten geworden. Ihr tat diese Reaktion weh. In maßgeblichen Kreisen hatte sie seine Karriere gefördert und darüber gehofft, er würde sie schließlich zur Frau nehmen. Zwischenzeitlich spürte sie, dass sich ihr Wunsch wahrscheinlich kaum mehr verwirklichen ließ. Sie wollte sich das aber immer noch nicht endgültig eingestehen. Im Gegenteil. Die Baronin besaß ein eigenes, großzügiges Haus mit einem riesigen Garten in Berlin, verfügte über erhebliches Vermögen und war deshalb finanziell völlig unabhängig. Deshalb musste sie auch auf nichts und niemanden Rücksicht nehmen. Genau darüber dachte sie nach, als sie ausgestreckt, den Kopf auf den angewinkelten Arm gestützt, Geier betrachtete. Sie wollte einfach nicht verstehen, weshalb Geier einer Eheschließung auswich.

Etwa zu der Zeit am Morgen, zu der sich Geier von der Baronin verabschiedete, machte sich Bruno zum Bahnhof auf. Er fuhr an diesem Tag nach Stuttgart zurück. Schon beim Aufstehen hatte er mit Freude an seine Familie gedacht. Im Gegensatz zu Brunos Freude auf seine Familie zerbrach sich Geier den Kopf darüber, wie er die Baronin möglichst ohne Probleme loswerden könnte. Zwar waren die Liebesnächte mit ihr nach wie vor nicht zu verachten, doch bereiteten ihm diese Vergnügungen auch andere Frauen. Bisher war es ihm seiner Überzeugung nach gelungen, seine Eskapaden vor Zita von Steinhausen geheimzuhalten. Er hatte schon früher relativ einfach Frauen erobern können. Seit er Reichstagsabgeordneter geworden war, fiel ihm das noch leichter. Er wunderte sich selbst über sein starkes Verlangen, das in den letzten Jahren eher zu- als abgenommen hatte. Die jungen Frauen benötigte er vor allem zur Bestätigung seiner Vitalität und Kraft, denn mehr als er sich eingestehen wollte, machte ihm der Umstand zu schaffen, dass er im nächsten Jahr fünfzig Jahre alt werden würde. Der Gedanke an dieses neue Jahr stimmte ihn allerdings auch hoffnungsfroh. Sollten die Reichstagswahlen in diesem Jahr nämlich einigermaßen gut für seine Partei ausgehen, konnte er mit Fug und Recht die Verwirklichung seiner beruflichen Träume erwarten. Er starrte seit langer Zeit angespannt auf ein mögliches Ministeramt. Er durfte sich durchaus Chancen ausrechnen, hatte doch Bismarck selbst ihm diesbezüglich Hinweise gegeben. In seiner Partei galt er als großer Hoffnungsträger. Geier verdrängte die Baronin aus seinen Gedanken. Er konzentrierte sich auf die gerade zwanzigjährige Tochter eines Berliner Großkaufmannes, die er vor vier Wochen zum ersten Mal verführt hatte. Sie war von sich aus schon zwei Tage später wieder bei ihm erschienen, obwohl das gegen alle Konventionen verstieß und keineswegs schicklich für eine junge Dame aus gutem Hause war. Roswitha hatte ihm ordentlich den Kopf verdreht. Der Gedanke an ihren jungen, festen Körper mit den kleinen Brüsten, dem süßen Mund und dem bis dahin unberührten Schoß ließ ihn genüsslich schmunzeln.

5

Geier saß mit übelster Laune in einem Café. Er hatte sich den Tisch im hinteren Teil des großen Kaffeehauses ausgesucht, weil er auf keinen Fall von einem seiner zahlreichen

Bekannten zufällig gesehen werden wollte. Zunächst hatte er eine Tasse Schokolade getrunken, dann war er jedoch rasch auf Cognac übergegangen. Inzwischen stand der dritte bauchige Schwenker vor ihm. Und wie seine beiden Vorgänger trank er auch diesen Cognac auf die ihm liebste Art aus. Das praktizierte er allerdings nur, wenn er allein war. Er nahm den gesamten Inhalt in den Mund. Die goldgelbe Flüssigkeit schluckte er zunächst nicht hinunter, sondern ließ sie im Mund hin- und herlaufen. Er betrieb dieses Spiel, das ihm jedes Mal von neuem gefiel, gerade so, als würde er seinen Mund ausspülen. Erst nach einer ganzen Weile, wenn die Schärfe des Alkohols seine Geschmacksnerven überhaupt nicht mehr reizte, schluckte er ihn hinunter. Baronin von Steinhausen hatte ihn, nachdem sie dieses kleine Ritual zum ersten Mal bemerkte, herzlich ausgelacht, aber auch gerügt, weil sie das für eine Unsitte hielt. Irgendwann gerieten sie darüber sogar in Streit, weil ihm das ständige Herumnörgeln auf die Nerven ging. Seine Geliebte hatte ihm vorgeworfen, diese Unart wäre alles andere als gesellschaftsfähig. Überhaupt, Zita entwickelte sich mehr und mehr zu einem richtigen Klotz am Bein. In Gedanken durchlebte er noch einmal die Szene, die sich vor drei Tagen abgespielt hatte. Sie hatten zusammen das Abendessen eingenommen. Die ganze Zeit musste er sich dabei ihr Gemecker anhören. Er würde sie vernachlässigen, fände keine Zeit mehr für sie, wäre immer müde – Vorwürfe, Vorwürfe, Vorwürfe. Was dachte sich denn die Ziege? Schließlich ging es für ihn um etwas wirklich Großes. Wie hart hatte er arbeiten müssen, um so weit zu kommen? Und jetzt bestand endlich die Chance auf ein Ministeramt. Dieser Gedanke elektrisierte ihn geradezu. Seine ganze Kraft und Energie richtete er auf dieses Ziel aus. Die Baronin wollte das alles gar nicht verstehen. Sie kritisierte und missbilligte ein ums andere Mal das, was er unternahm oder nicht in ihrem Sinne erfüllte. Jedoch: Zita von Steinhausen war an diesem Tag gar nicht die wirkliche Ursache für seine miese Laune. Seine Gedanken kehrten wieder zurück zu dem eigentlichen Übel. Vor Wut ballte er die Faust. Als der Kellner vorüberging, bestellte er in rüdem Ton einen weiteren Cognac. Der Kellner kam seinem Wunsch mit untertäniger Beflissenheit nach. Das gefiel Geier und beruhigte ihn ein wenig. Er genoss es wie immer, wenn er sah, wie andere nach seiner Pfeife tanzten. Der Cognac wurde gebracht. Geier beobachtete den Kellner ganz genau. Wie er sich verneigte, wie er nach seinen Wünschen fragte und wie er dabei nervös darauf bedacht war, nur ja keinen Fehler zu machen – so muss das sein, dachte Geier, so muss ich bedient werden. Dafür habe ich geschuftet und auf alles Mögliche verzichtet. Es wird Zeit, dass die Leute vor mir kuschen. Dann kam ihm aber wieder in den Sinn, was ihn nun schon seit zwei Wochen plagte. Nur noch wenige Tage bis zum Weihnachtsfest. Doch die sicher geglaubte Einladung war tatsächlich bisher ausgeblieben. Er wusste von anderen, die die Einladung bereits vor Wochen erhalten hatten. Seine Enttäuschung steigerte sich, weil diese inständig erhoffte Einladung einfach nicht kommen wollte. In den letzten Tagen hatte er sogar aufgeregt seine Post durchgesehen. Zunächst deprimiert, dann zunehmend verärgert musste er sich letztlich eingestehen, dass Bismarck ihn offensichtlich übersehen hatte und ihn nicht bei dem Neujahrsempfang dabeihaben wollte. Jedes Jahr lud der Reichskanzler ausgewählte Persönlichkeiten zu einem Neujahrstreffen ein. Wer daran teilnehmen durfte, konnte sich seiner Bedeutung sicher sein.

Geier ballte wieder die Faust. Er sollte nicht dazugehören! Sein Ärger steigerte sich. Er musste sich regelrecht beherrschen, um nicht vor Wut loszuschimpfen. Wieder bellte er den Kellner an, der ihm den nächsten Cognac bringen sollte. Geier bemerkte, wie sich das unangenehme Minderwertigkeitsgefühl, das ihn schon sein ganzes Leben lang begleitete und plagte, wieder einstellte. Er hasste in diesem Moment Bismarck, der auf diese Art mit ihm umspringen durfte. Dabei hatte er doch alles getan, um ihm zu gefallen. Wie sonst noch konnte er seine Gunst gewinnen? Dass ihn dieser Mensch nun nicht einmal zu seinem Empfang einlud, machte Geier richtig krank. Er griff nach dem Cognacglas, spülte sich den Mund aus, verschluckte sich jedoch, und hustend spuckte er die Flüssigkeit zur Hälfte wieder aus. Einen Teil würgte er hinunter. Dabei sah er, wie ihn einige Gäste musterten. Zwar spürte er längstens die Wirkung des hochprozentigen Getränks, aber soweit konnte er noch einigermaßen klar denken, dass er in der Öffentlichkeit nicht unangenehm auffallen durfte. Man konnte nie wissen, von wem man beobachtet wurde. Ein kleiner Fehltritt, und schon wäre einer Denunziation Tür und Tor geöffnet. Schließlich war er kein Unbekannter mehr. Der Herr Reichstagsabgeordnete Geier zählte zu den führenden Männern seiner Fraktion. Und nicht nur einmal hatte er für Aufsehen gesorgt. Bei seinen Anhängern erreichte er dafür viel Beifall. Andererseits hatte er sich darüber etliche Gegner, ja Feinde geschaffen, die nur auf eine Gelegenheit zum Zurückschlagen warteten. Deshalb legte er nach dem Abklingen des Hustenanfalls einen Geldschein auf den Tisch, mit dem er zugleich ein großzügiges Trinkgeld zahlte. Äußerst beflissen brachte ihm der Kellner seinen Mantel und verabschiedete ihn ehrerbietig beim Verlassen des Lokals. An der frischen Luft spürte er die Wirkung des Alkohols stärker. Es schneite kräftig. Fast wäre er wegen seines unsicheren Schrittes auf dem Schnee ausgerutscht. Misslaunig machte er sich auf den Nachhauseweg. Er wusste nicht so recht, was er mit dem Abend anfangen sollte. Zwar wäre es ein Leichtes gewesen, die Baronin aufzusuchen. Aber schon bei dem Gedanken daran wurde ihm schlecht. Viel lieber wäre ihm da schon Roswitha gewesen. Ja, Rose – so nannte er das junge Ding in der Zwischenzeit – hätte ihn etwas beruhigen können. Doch dieser Wunsch konnte nicht verwirklicht werden. Wenigstens am heutigen Abend nicht. Rose kam immer tagsüber zu ihm. Sie mussten beide ihr Verhältnis geheim halten. Ihrem Vater log sie etwas vor, um ihre zwei-, dreistündige Abwesenheit zu rechtfertigen. Frustriert und gänzlich unzufrieden legte sich Geier keine halbe Stunde später ins Bett.

6

Geier ärgerte sich maßlos. Sie wird immer zickiger, dachte er. Baronin von Steinhausen hatte ihm gerade eine Szene gemacht. Seit zwei Wochen ging das nun so. Seit die Baronin durch Zufall dahintergekommen war, dass er sich nebenbei eine junge Geliebte hielt, zeigte sie sich zutiefst gekränkt. Am liebsten wäre er sie einfach losgeworden. In seiner Fantasie überlegte er bereits, wie er sie möglichst brutal demütigen konnte, wenn es erst einmal so weit sein würde. Aber – und das machte ihn besonders wütend – er durfte es sich vorerst auf keinen Fall mit ihr vollends verderben. Ihm war zu bewusst, dass dadurch seine Karriere mit einem Mal aus und vorbei sein könnte. Also fraß er seinen Hass und seinen Ärger in sich hinein. Doch heimlich freute er sich auf den Tag, an dem er sie zum Teufel jagen konnte.

»Wenn du noch einmal mit diesem Flittchen etwas zu schaffen hast, sind wir geschiedene Leute.«

Die Baronin wollte sich heute gar nicht mehr beruhigen. Seit über einer Stunde schimpfte sie. Immer wieder fing sie von Neuem mit ihren Vorwürfen und Vorhaltungen an. Zunächst hatte Geier ihr Verhalten noch ertragen können. Jetzt ging es ihm mehr und mehr auf die Nerven. Doch bemühte er sich, ruhig zu bleiben. Es kostete ihn einige Anstrengung, aber er beherrschte sich.

»Ich muss gehen. Um ein Uhr ist Fraktionstermin. Da kann ich unmöglich fehlen.«

»Würdest du auch von diesem Weibsbild fortgehen, wenn irgendein lächerliches Gespräch stattfände?«

Die Baronin giftete ihn böse an.

»Ich bitte dich! Es tut mir doch leid. Es war ein Fehltritt. Natürlich war das nicht richtig von mir. Es ist eben passiert. Aber ich versichere dir, die Sache ist vorbei. Was kann ich denn mehr tun, als dich um Verzeihung bitten?«

»Dass du mir das angetan hast! Du hast alles zerstört. Aber Gnade dir Gott, wenn du mich noch einmal belügst und betrügst!«

Geier hörte die unverhohlene Drohung sehr wohl. Er wusste, wie vorsichtig er zukünftig sein musste.

»Aber Liebste!«, versuchte er die Wogen zu glätten. »Ich weiß ja um meine Schuld. Es tut mir wirklich entsetzlich leid. Wenn ich es nur ungeschehen machen könnte …«

»Das hättest du dir früher überlegen sollen. Jetzt kannst

du leicht daherreden. Aber es ist eben geschehen. Ich komme mir ziemlich erniedrigt vor.«

»Ich werde alles wieder gutmachen. Gib mir eine Chance. Ich liebe dich doch.«

Geier griff nach ihrer Hand. Sie wandte sich aber ab und machte ihm nur weitere Vorhaltungen. Es drängte ihn mit Macht, ihr die ganze Wahrheit ins Gesicht zu schleudern. In Gedanken genoss er die Vorstellung, wie er sie bloßstellen und peinigen würde. Aber beim Gedanken an seine Karriere bekam er seine Gefühle wieder in den Griff.

»Ich muss wirklich gehen. Wir reden heute Abend weiter, ja?«

»Dich will ich gar nicht mehr sehen. Wer weiß, was du den Nachmittag über wieder treibst?«

»Nun sei doch nicht allzu ungerecht. Ich darf heute bei der Fraktionssitzung keinesfalls fehlen. Sobald sie vorbei ist, komme ich gleich wieder zu dir zurück.«

»Dir glaube ich kein Wort mehr …«

»Bitte Liebste! Ich verspreche hoch und heilig: Etwas Derartiges wird nie wieder vorkommen. Du bist die Einzige, die mir etwas bedeutet. Es wird alles wieder gut werden. Schenke mir trotz allem ein bisschen Vertrauen. Ich will alles tun, damit du wieder glücklich wirst.«

Zita von Steinhausen gab keine Antwort mehr. Geier wertete dies als Zeichen, dass sie sich zumindest ein wenig beruhigen würde. Er zog seine Taschenuhr hervor, ließ den Deckel aufschnappen und sagte dann mit sorgenvoller Miene, er müsse sich nun aber wirklich dringend auf den Weg machen. Die Baronin schwieg. Er ging zur Tür, blieb dort kurz stehen und sagte noch einmal, er werde auf jeden Fall am Abend zurück sein.

Erleichtert marschierte er mit zügigen Schritten los. Die Baronin war nicht seine einzige Sorge. Sie würde er zu gegebener Zeit schon noch loswerden. Nein, sie stellte nicht das eigentliche Problem dar. Wenigstens derzeit nicht. Viel schlimmer plagte ihn der Gedanke an seine junge Geliebte. Nachdem die Baronin von diesem Verhältnis erfahren und fast geradezu hysterisch reagiert hatte, musste er am Tag darauf einen noch härteren Schlag verkraften. Bislang wusste er nicht, wie er damit umgehen sollte. Die ganze Zeit schon überlegte er fieberhaft alle ihm in den Sinn kommenden Lösungsmöglichkeiten. Er verwarf jedoch alle Einfälle. Unzweifelhaft konnte ihm die Angelegenheit das Genick brechen, wenn sie bekannt werden würde. Er hatte Roswitha geschwängert. Sie einfach sitzen zu lassen, ging überhaupt nicht. Dafür war ihr Vater zu bekannt und zu einflussreich. Wenn er sie heiraten würde, – was sie ihm gleich begeistert vorgeschlagen hatte –, musste er mit einer schlimmen Reaktion der Baronin rechnen. Wie er es drehte und wendete, Geier kam zu keinem sinnvollen Ergebnis. So oder so konnte seine Karriere scheitern. Der Skandal schien unausweichlich. Ihn packte wieder die Wut, als er die Lobby des Parlamentsgebäudes betrat. Mit Roswitha hatte er ausgemacht, sie am Nachmittag zu treffen. Er musste deshalb die Fraktionssitzung vorzeitig verlassen und das in einer Situation, in der es um wichtige politische Entscheidungen und Weichenstellungen ging. Aber er durfte nicht riskieren, dass seine Geliebte sich irgendjemandem anvertraute und von ihrer Schwangerschaft erzählte. Der Skandal wäre damit perfekt gewesen. Immerhin hatte er sie bei ihrem letzten Zusammensein überreden können, zunächst niemandem etwas davon zu erzählen. Wie lange sie sich aber zurückhalten würde, konnte man nicht wissen. Eine Entscheidung war deshalb unausweichlich. Geier schaute sich nach bekannten Gesichtern um. Ein, zwei Abgeordnete grüßte er knapp. Einem reichen Unternehmer aus dem Westfälischen reichte er sogar die Hand und sprach einige Minuten mit ihm. Danach machte er sich zum Fraktionssitzungssaal auf. In diesem Augenblick erkannte er Bruno mit Waldenfels. Die beiden traten aus dem Raum der liberalen Fraktion. Geier blieb einen Moment stehen, dann wandte er sich aber ab und öffnete energisch die Tür des Tagungssaales seiner Fraktion.

7

Bruno hatte den ehemaligen Oberstaatsanwalt ebenfalls sofort erkannt. Waldenfels bemerkte seine Reaktion und sagte nur in leisem Ton, er solle sich von einem solchen Menschen nicht ablenken und den Tag vermiesen lassen.

»Wissen Sie, dieser Herr Abgeordnete hat mit Sicherheit seine schmutzigen Finger im Spiel gehabt, als mich Rudecker zu Fall bringen wollte. Wenn nun ein solcher hinterhältiger Mensch gar in ein hohes Staatsamt gelangen sollte, ärgert mich das schon gewaltig.«

»Ich verstehe Sie nur zu gut. Aber Geier ist leider so gut wie unangreifbar. Er konnte seine Stellung in den letzten Jahren deutlich ausbauen. Soweit meine Informationen stimmen, hat er einen erheblichen Anteil an der Entwicklung der deutschen Kolonialpolitik. Bismarck scheint große Stücke auf ihn zu halten. Also wundern Sie sich nicht, wenn im Herbst nach der Reichstagswahl Geier zum preußischen Innen- oder Justizminister ernannt werden wird.«

»Die Gerüchte gibt es demnach immer noch?«

»Ich fürchte, es sind nicht nur Gerüchte. Der Wahlausgang bleibt abzuwarten. Aber sollten die Konservativen Stimmen gewinnen können, kann sich das Geier zugute halten. Wir Liberalen werden dann die Leidtragenden sein. Doch das brauche ich Ihnen sicherlich nicht genauer auszuführen.«

»Das verspricht alles nichts Gutes. Was sich in Deutschland mehr und mehr entwickelt, widerspricht aller liberalen und demokratischen Empfindung.«

»Sie treffen den Nagel auf den Kopf. Glauben Sie mir, das ist es, was unserer Partei zunehmend Sorge bereitet. Nüchternerweise muss ich aber sagen, wir haben gewaltige Schwierigkeiten, unsere Wählerschaft an uns zu binden.«

Die beiden Männer betraten bei diesen Worten den dritten Stock des Gebäudes. In einem sehr großen Zimmer, das eher dürftig ausgestattet war, trafen sie auf den Kronprinzen und mehrere führende Politiker der liberalen Parteien. Bruno kannte die meisten bereits recht gut. In den Gesprächsrunden mit Kronprinz Friedrich Wilhelm fiel Bruno als kluger Kopf auf, der ausgezeichnet politisch zu analysieren verstand. Insofern war es nicht verwunderlich, dass er zunehmend von Friedrich Wilhelm geschätzt und in dessen Beraterkreis einbezogen wurde. Er gehörte damit zur Kronprinzenpartei, wie die Männer um Friedrich Wilhelm und seiner Frau auch genannt wurden. Kronprinzessin Victoria hatte maßgeblichen Anteil an diesen Kontakten ihres Mannes zu den Vertretern der liberalen Opposition. Der englischen Prinzessin war das gesamte

Bismarcksche System zutiefst zuwider. Sie setzte all ihre Hoffnungen auf ihren Mann, der aber zögerlich und mitunter gar resigniert erschien.

8

Gegen sieben Uhr am Abend kehrte Geier in seine Wohnung zurück. Diese Wohnung in einem herrschaftlichen Haus lag ganz in der Nähe der Berliner Prachtstraße Unter den Linden. Als er Reichstagsabgeordneter geworden war, hatte er sie sich wegen ihrer zentralen Lage zugelegt. Seine Stadtvilla, die er schon vor Jahren in Wilmersdorf gekauft hatte, suchte er häufig nur am Wochenende oder in sitzungsfreien Wochen auf. Erstaunt bemerkte er Roswitha vor dem Haus in der Mittelstraße. Fast wäre er wütend geworden. Eine Zeit lang hatte er während des Zusammenseins mit Prinz Wilhelm seine Sorgen vergessen, sich gar wohlgefühlt, weil er sich in der unmittelbaren Nähe des Hohenzollern sonnen durfte. Aber bereits auf dem Heimweg plagten ihn wieder die Gedanken an seine schwangere Geliebte, die ihm langsam lästig wurde. Doch musste er sehr vorsichtig sein. Ein umsichtiges Vorgehen war unabdingbar, sonst konnte sich ein Skandal entwickeln, den er politisch nicht überleben dürfte. Einen Streit vor dem Haus konnte er sich schon gar nicht leisten. Allein ihre Anwesenheit bedeutete fast schon des Guten zu viel. Sollte seine Affäre mit der Kaufmannstochter bekannt werden, wäre das nicht nur ein wenig schädlich für seine Karriere. Also beeilte er sich, mit ihr rasch ins Haus zu kommen. Eilig stieg er die Stufen nach oben, schloss seine Wohnungstür auf und schob Roswitha hinein. Er legte seinen Ausgehrock ab, blieb in der Garderobe stehen und bläffte sie an:

»Wir haben doch vereinbart, dass du keinesfalls zu mir kommst, wenn du unten vor dem Haus warten musst. Weißt du überhaupt, in welche Situation du mich damit bringen kannst?«

»Und meine Situation? Machst du dir auch Gedanken über meine Situation?«

Sie versuchte, ihm entschieden zu begegnen.

»Da kannst du ganz sicher sein. Denkst du vielleicht, ich bin davon begeistert? Ich habe dir von vornherein gesagt, wie ungelegen ein Kind käme. Aber du musstest ja schwanger werden.«

»Ist es denn meine Schuld? Du hast doch wohl deinen Teil dazu beigetragen!«

»Wer ist denn immer zu mir gekommen, weil sie es angeblich nicht aushalten konnte? Du bist doch ein Nimmersatt gewesen. Mache mich also bitte nicht für das ganze Malheur verantwortlich.«

Roswitha glaubte nicht, was sie von ihrem Liebhaber zu hören bekam. Sie lief vor Ärger und Scham rot an. Dann überlegte sie es sich und sagte zaghafter:

»Aber du liebst mich doch. Jedes Mal hast du mir versichert, wie sehr du mich liebst. Da kannst du doch jetzt nicht einfach mir die Schuld zuschieben und so tun, als ginge dich das alles nichts an.«

»Ja, ich liebe dich. Aber das Kind, verstehe mich richtig, das Kind passt nicht zu uns. Zumindest nicht zu diesem Zeitpunkt.«

Ihr schossen Tränen in die Augen. Sie versuchte es noch einmal.

»Und was ist mit unserer Heirat? Das hast du auch

immer gesagt. Heiraten würdest du mich! Wie oft war davon die Rede?«

»Ja, ja. Natürlich können wir eine Heirat ins Auge fassen. Aber nicht jetzt. Was glaubst du, was die Leute sagen werden, wenn sie erfahren, ich hätte heiraten müssen, weil ich ein junges Ding geschwängert habe. Das ist untragbar. Wenn erst die Wahl im Oktober vorüber ist, sieht die Welt in dieser Hinsicht schon wieder völlig anders aus.«

»Das soll ich dir glauben? Im Herbst ist unser Kind längstens auf der Welt. Und dann wäre es einfacher für dich? Das glaube ich dir nicht. Und meine Situation: ein uneheliches Kind! Den Vater darf ich nicht nennen! Unmöglich. Das wäre auch für meinen Vater eine zu große Schande.«

Roswitha weinte. Ihre Hoffnungen schwanden. Ihr fehlten die Worte. Ziemlich ungerührt schenkte sich Geier einen Schnaps ein und kippte ihn rasch hinunter. Er füllte das Glas ein zweites Mal, hielt es aber in den Händen und roch nur hin und wieder an der aromatischen Flüssigkeit.

»Jeden Morgen ist mir speiübel«, fing Roswitha nach einer Weile des Schweigens wieder an. Sie hoffte auf ein wenig Mitleid oder zumindest auf ein gutes Wort. Geier reagierte aber nicht. Er setzte sich nur in einen großen Ohrensessel und roch immer noch an dem Schnapsglas, gerade so, als ginge ihn die ganze Sache nichts mehr an. Rose wischte sich die Tränen aus dem Gesicht.

»Es fällt bereits meinem Vater auf. Schon zweimal hat er mich gefragt, was mit mir los sei. Lange werde ich meinen Umstand nicht mehr verheimlichen können. Dann wird ja doch bekannt, wer der Vater des Kindes ist.«

Geier trank sein Glas aus. Er atmete mit geöffnetem Mund, um dem scharfen Schnaps, der in seiner Kehle brannte, die Wirkung ein wenig zu nehmen. Danach legte er den Kopf bequem zurück, streckte provozierend die Beine aus und blickte ihr direkt in die Augen.

»Rose! Ich kann dir nur raten: Unternimm nichts Unüberlegtes und mache keinen Fehler. Vor allem, handle nicht voreilig. Ich gebe zu, der Schaden, den du mir zufügen könntest, würde mich ordentlich zurückwerfen. Aber bedenke deine eigene Situation! Das Töchterlein eines in Berlin bestens bekannten Kaufmannes ist schwanger! Dazu der missliche Umstand: Sie wird auch noch sitzen gelassen. Damit machst du dich unmöglich. Die Schande wird dein Vater kaum ertragen können.«

Geier hatte ganz ruhig gesprochen. Roswitha konnte abermals kaum fassen, was sie zu hören bekam. Ihr wurde übel, sie zitterte, und der Schweiß brach ihr aus.

»Na, komm schon. Setze dich, bevor du mir noch umfällst.«

Geier hatte ihre Reaktion bemerkt. Mit einem Gefühl der Überlegenheit behandelte er sie fast gönnerhaft. Er war aufgestanden, hatte sie unter dem Arm gefasst und auf das Sofa gesetzt. So verstrichen einige Minuten.

»Es gibt eine Lösung«, fing Geier dann wieder an. Fast augenblicklich hob sie den Kopf. Sie schaute ihn an und hoffte inständig, es würde sich vielleicht doch noch ein guter Weg für sie beide finden lassen. Fast sanft fuhr Geier fort:

»Schau einmal. Die Sache ist einigermaßen verzwickt. Aber glaube mir: Ich liebe dich. Ich will auch gar nicht abstreiten, wie sehr du mein Leben verändert hast. Jedes Zusammensein mit dir hat mir Freude, wirklich große Freude bereitet.«

Roswitha schöpfte wieder Hoffnung. Erwartungsvoll sah sie ihn an.

»Aber ich muss selbstverständlich an meine Zukunft denken. Gerade deshalb, weil es ja unsere gemeinsame Zukunft sein soll. Da muss ich alles zum Besten einrichten. Schließlich will ich meiner zukünftigen Frau etwas bieten können.«

Für einen Moment lächelte sie. Sie hatte sich doch nicht in ihm getäuscht. In Wirklichkeit meinte er es ja ehrlich mit ihr. Schon wollte sie ihm verzeihen. Sogar mit sich selbst haderte sie ein wenig.

»Also, Rose. Ich stehe zu dem, was ich gesagt habe. Du wirst meine Frau. Was kann sich ein Mann wie ich mehr wünschen als eine junge, schöne Frau an seiner Seite. In meiner Position brauche ich jemanden, mit dem ich mich sehen lassen kann. Eben eine Frau, die als Gesellschafterin die Gäste, die wir regelmäßig haben werden, umsorgen und bewirten wird. Dafür bringst du die allerbesten Voraussetzungen mit. Nur, gib mir und uns noch etwas Zeit.«

Die Bedeutung des letzten Satzes hatte Roswitha gar nicht mitbekommen, so sehr wirkten auf sie die Worte Geiers.

»Siehst du, es ist alles gar nicht schlimm mit uns. Wir müssen nur vernünftig sein und das Richtige tun. Dann haben wir eine gemeinsame glückliche Zukunft. Das verspreche ich dir.«

»Wenn du mich nur liebst! Ich will dir doch keine Probleme bereiten. Über alles liebe ich dich. Es ist sehr schön mit dir. Alles würde ich tun, wirklich alles, damit wir ein Leben lang zusammen sein können.«

Geier musste schmunzeln. Er stand auf, ging zum Fenster, blieb dort kurz stehen, dann drehte er sich um. An die Fensterbank gelehnt begann er zu sprechen.

»Liebste! Manchmal muss man wegen größerer Ziele

Dinge tun, die im Moment verwirren und Schmerzen bereiten. Aber wenn gewissermaßen das Ganze betrachtet wird, ist das alles auszuhalten. Einmal etwas Unangenehmes durchstehen und dafür ein Leben lang glücklich sein! So musst du es sehen. Dann ist vieles gar nicht besonders schwierig.«

Bei diesen Worten verlor sich Roswithas Hochgefühl wieder. Sie spürte instinktiv etwas Bedrohliches.

»Kurzum«, hörte sie ihn weiterreden, »wenn das Kind nicht wäre, hätten wir überhaupt keine Schwierigkeiten. Wobei, wenn man es recht bedenkt, zumindest derzeit von einem Kind gar keine Rede sein kann. Was da in deinem Bauch wächst, ist noch kein Mensch. Es ist genügend Zeit, um alles ungeschehen zu machen. Ein kleiner Eingriff, zwei, drei Tage Bettruhe, und die ganze Geschichte ist vergessen.«

Sie konnte nicht glauben, was Geier ihr nahelegte. Schockiert schüttelte sie den Kopf und fand überhaupt keine Worte mehr. Geier hatte mit dieser Reaktion gerechnet. Er ließ ihr Zeit, das Gehörte zu verdauen. Danach fuhr er fort.

»Ich verstehe sehr gut, wie du dich fühlst. Glaube aber nicht, mir würde ein solcher Schritt leichtfallen. Es ist jedoch für uns beide das Beste. Ich habe da jemanden an der Hand, der verschwiegen und diskret das Problem erledigt.«

»Du Unmensch, du furchtbarer Unmensch!«

Roswitha war aufgesprungen. Am liebsten wäre sie auf ihn losgegangen.

»Mein Kind wird nicht als Problem erledigt. Wie sprichst du nur? Du bist ja abartig. Dass du dich nicht schämst! Pfui Teufel! Was bist du nur für ein Mensch?«

Geier stand immer noch am Fenster. Er wirkte völlig ruhig.

»Übertreibe es nicht. Ich halte zwar einiges aus, aber du solltest es nicht überziehen. Wenn es mir zu bunt wird, streite ich die Vaterschaft ab. Wer weiß, vielleicht hast du neben mir noch andere Männer gehabt? Vielleicht muss ich mich mit einem Problem herumschlagen, für das ich gar nicht verantwortlich bin!«

Roswitha wurde schwarz vor Augen. Sie brach mit einem Weinkrampf zusammen.

»Womöglich habe ich etwas übertrieben. Es tut mir leid.«

Bei diesen Worten ging er auf sie zu. Er bückte sich ein wenig, half ihr auf und führte sie zum Sofa. Dann setzte er sich zu ihr, legte den Arm um ihre Schulter und reichte ihr scin Taschentuch, damit sie sich das Gesicht abwischen konnte.

»Denke vernünftig darüber nach. Glaube mir, es ist das Beste für uns beide. Du musst gar nichts befürchten. Ich habe doch meine Beziehungen. Kein Mensch wird etwas davon erfahren. Du brauchst dich um nichts zu kümmern. Ich werde alles veranlassen. Es gibt da eine sehr zuverlässige Frau. Sie macht das Kind weg. Das Einzige, was danach kommt, ist, dass du ein wenig das Bett hüten musst. Deinem Vater erklärst du, es gehe dir schlecht. Bevor du dich versiehst, ist die Welt wieder in Ordnung. Und nach der Reichstagswahl planen wir dann unsere Hochzeit. Das verspreche ich dir hoch und heilig. Du kannst dir aussuchen, wann du mich nächstes Jahr heiraten willst.«

Roswitha war völlig am Ende. Wie durch einen Nebel drangen seine Worte in ihr Bewusstsein. Sie konnte nicht mehr sprechen, so gewaltig war der Schock, mit dem sie kaum fertig wurde. Derweil schenkte sich Geier ein weiteres Mal an diesem Abend einen Schnaps ein. Mit sich sehr zufrieden kippte er ihn hinunter. In Gedanken spielte er bereits die notwendigen Maßnahmen durch, die er schnellstens veranlassen musste. Fast köstlich freute er sich darüber, dass ihm seine ehemalige Tätigkeit als Oberstaatsanwalt nun zugute käme. Er wusste ganz genau, wer ihm noch einen Gefallen schuldete.

9

Bruno fühlte sich ausgesprochen wohl. Die Abendgesellschaft verlief harmonisch und zeichnete sich durch anregende Gespräche aus. Waldenfels pflegte seit Jahren eine Tradition. Bevor die Sommerzeit begann und es richtig heiß in der Stadt wurde, lud er seine Bekannten, unter denen sich führende Persönlichkeiten der Berliner Gesellschaft befanden, zu sich ein. Seine Frau spielte die Rolle der charmanten Gastgeberin ganz hervorragend. Diejenigen, die einmal dieses Ereignis miterleben durften, schwärmten im Nachhinein noch lange davon. Die Waldenfels ließen es aber auch an nichts fehlen. Die Gäste konnten nur noch begeistert sein.

Später am Abend traf Bruno auf eine Gruppe, bei der der Gastgeber selbst stand. Bis auf eine sehr elegant gekleidete Frau, die etwa in seinem Alter sein musste, kannte er alle Personen.

»Ah, lieber Dr. Kohler! Schön, dass Sie sich zu uns gesellen. Sie kennen ja die verehrten Herrschaften. Aber eine Dame darf ich Ihnen, ja muss ich Ihnen vorstellen.«

Bruno lächelte zu diesen Worten Waldenfels.

»Frau Baronin, darf ich Ihnen einen guten Freund des Hauses vorstellen: Herr Dr. Kohler.«

Bruno verbeugte sich leicht, ergriff die angebotene Hand und deutete einen Handkuss an. Er lernte soeben Baronin Zita von Steinhausen kennen. Ihn wunderte noch, wie sie erstaunt die Augenbrauen hochzog, als sie seinen Namen hörte. Auch ihre weitere Reaktion deutete darauf hin, dass er ihr nicht ganz unbekannt sein musste. »Ja, selbstverständlich: Dr. Kohler«, antwortete sie fast eine Spur zu kokett. Zunächst sprachen sie dann nichts miteinander. Man unterhielt sich in der Gruppe. Erst nach einer Weile, manche Gäste hatten sich anderen angeschlossen oder waren in Zwiegespräche vertieft, stand Bruno plötzlich mit der Baronin alleine da. Im ersten Moment wussten beide nicht, was sie sagen sollten. Bruno überwand dann die Verlegenheit.

»Sie tragen ein reizendes Kleid, verehrte Frau Baronin. Ich freue mich aufrichtig, dass wir miteinander bekannt geworden sind.«

Die Baronin lächelte und bedankte sich für das Kompliment. Sie stellten sich gegenseitig die üblichen Fragen, um dann aber – wohl zur Überraschung beider – mit einem Male politische Fragen anzusprechen. Dabei zeigte sich die Baronin ausgezeichnet informiert. Sie kannte sich bestens aus.

»Wenn Sie ein derart willkommener Gast im Hause Waldenfels sind, gehören Sie bestimmt zur liberalen Fraktion?«

Die Baronin fragte ihn unverschämt direkt nach seiner politischen Gesinnung.

»Fraktion ist zu viel gesagt. Ich bin kein Abgeordneter, hege aber viel Sympathie für das liberale Gedankengut.«

»Könnte ein Mann wie Sie es nicht viel weiterbringen, wenn er eher der konservativen Sache zuneigen würde?«

Die Frage besaß einen provozierenden Unterton, den Bruno aber sehr wohl bemerkte. Er wusste damit umzugehen.

»Sie mögen recht haben, gnädige Frau. Aber es kann nicht immer das Ziel des Lebens sein, es möglichst weit zu bringen. Für mich gibt es Maßstäbe, an denen ich mich orientiere und die mir durchaus Zufriedenheit geben. Nach meinem Empfinden bringt mich dies schon weiter, aber sicherlich nicht in dem von Ihnen gemeinten Sinne.«

»Oh, bitte. Ich habe Ihnen selbstverständlich nicht zu nahe treten wollen. Ich finde es ausgesprochen respektabel, wenn jemand sein Leben nach Grundsätzen ausrichtet, die ihm eventuell sogar manchen Nachteil einbringen können. Die Vielzahl unterwürfiger Opportunisten, denen ich ständig begegne, reicht mir völlig aus. Manchmal denke ich, es gibt kaum mehr jemanden mit Rückgrat.«

»Woher kommt Ihr Interesse und Ihre Aufgeschlossenheit für Politik?«

Bruno versuchte, dem Gespräch ein wenig eine andere Richtung zu geben. Die Baronin erzählte ohne Umschweife von ihrem Bekanntenkreis, zu dem auch mehrere Abgeordnete zählten. Geier erwähnte sie allerdings nicht mit Namen. Von ihrem Geliebten, der sie in den vergangenen Wochen zunehmend enttäuscht hatte, sagte sie kein Wort. Die Betrügereien Geiers waren ihr nicht verborgen geblieben. Sie hatte ihn allerdings nie wieder zur Rede gestellt. In ihrer Seele war sie aber zutiefst verletzt. Geier war sich nicht im Mindesten klar darüber, was sich im Innersten der Baronin abspielte. Er fühlte sich in seiner zunehmenden Arroganz in einer Weise überlegen, die ihm jedes Gespür für die sich anbahnende Gefahr nahm. Zita von Steinhausen wartete nur auf die Gunst der Stunde. Sie würde die ertragenen Demütigungen rächen. Das stand für sie ohne Zweifel fest. Insgeheim freute sie sich sehr über Brunos Bekanntschaft. Noch bevor sie an diesem Abend auseinandergingen, hatte sie bereits entschieden, wie sie Geier mit Brunos Hilfe zur Strecke bringen wollte.

Bevor Bruno am nächsten Abend nach Stuttgart zurückreiste, traf er noch einmal mit Kronprinz Friedrich Wilhelm zusammen. Er wurde von ihm zu einem Gespräch, das unmittelbar nach der Reichstagswahl am 28. Oktober stattfinden sollte, nach Berlin eingeladen.

10

Geier brütete vor sich hin. Seit langem hatte ihn nichts mehr so sehr aus der Ruhe gebracht, wie diese dumme Geschichte. Es wurde höchste Zeit, die Schwangerschaft Roswithas zu beenden. Ein günstiger Augenblick schien gekommen. Roswithas Vater war am Vortag zu einer mehrtägigen Geschäftsreise aufgebrochen. Im Hause des Witwers lebten neben seiner Tochter nur eine Köchin und ein Hausdiener. Noch in der vergangenen Nacht hatte Geier deshalb Hermine Kusterhoff aufgesucht. Die ehemalige Prostituierte betrieb seit geraumer Zeit alle möglichen zwielichtigen Geschäfte. Sie war eine bekannte Adresse bei den Berliner Kriminellen. Ihr Einfluss in Verbrecherkreisen durfte nicht unterschätzt werden. Geier hatte mit ihr in seinen Jahren als Oberstaatsanwalt mehrfach zu tun gehabt. Vor fast fünfzehn Jahren war sie wegen ihm auch zu dreieinhalb Jahren Gefängnis verurteilt worden. Weil sie ihm später bei der Aufklärung anderer Verbrechen immer wieder einmal einen Hinweis gegeben hatte, genoss sie inzwischen gewissermaßen seinen Schutz. Hermine wusste allerdings ganz genau, dass über sie eine Akte existierte, mit der Geier sie ohne Probleme für etliche Jahre in den Kerker bringen konnte. Und nichts fürchtete die alt gewordene, ehemalige Dirne mehr, als noch einmal in den Bau gesteckt zu werden. Ihre panische Angst davor ließ sie zu einem willfährigen Spielzeug Geiers werden.

»Da staunst du, was?«

Er lächelte sie herablassend an.

»Hermine, Hermine! Die Zeit geht auch an dir nicht spurlos vorbei. Siehst gar nicht gut aus. Du musst besser auf dich achten. Pass vor allem auf, dass du nicht im Gefängnis landest. Dort würdest du so schnell verwelken wie eine abgerissene Blume auf einem Misthaufen.«

Geier fing sofort mit seinen unterschwelligen Drohungen an. Hermine fürchtete sich. Sie konnte seine Boshaftigkeit allzu gut einschätzen. Zunächst gab sie keine Antwort.

»Komm, setze dich zu mir. Ich habe etwas mit dir zu besprechen. Die Sache ist wichtig und eilig. Und wehe dir, du sagst irgendjemandem auch nur ein Sterbenswörtchen.«

Geier wartete die Wirkung seiner Worte ab. Dann fuhr er fort: »Du bist mir noch etwas schuldig. Das ist dir doch klar, oder?«

Hermine beeilte sich mit dem Nicken.

»Ich höre nichts. Schuldest du mir noch etwas, oder sollte ich mich am Ende gar täuschen?«

Er erwartete mehr von ihr als ein bloßes Nicken.

»Natürlich. Sie haben recht. Ich stehe in Ihrer Schuld, Herr Oberstaatsanwalt.«

»Dummes Frauenzimmer! Hast wohl nicht mitbekommen, dass es mit dem Oberstaatsanwalt schon eine Weile her ist. Ich bin Abgeordneter des Deutschen Reichstages. Verstehst du? Ab sofort sagst du ›Herr Reichstagsabgeordneter‹ zu mir, wenn du mit mir sprichst, klar?«

»Ja, selbstverständlich …«

Geier unterbrach sie. Er wollte rasch zur Sache kommen.

»Es ist nicht viel, was ich von dir verlange. Eigentlich nur ein Freundschaftsdienst. Damit die Akte da bleibt, wo sie sich seit Jahren befindet. Du kapierst doch, was ich damit meine?«

Die ansonsten so resolute Hermine Kusterhoff, die kaum jemals ein Blatt vor den Mund nahm, gab sich ganz kleinlaut und bestätigte all das, was Geier hören wollte.

»Es gibt da ein Problem. Und du kannst es für mich lösen. Morgen Abend, aber erst, wenn es schon dunkel ist, bringe ich eine junge Frau zu dir. Es muss alles vorbereitet sein und schnell gehen. Das heißt, du machst ihr ein Kind weg. Die Dame ist schwanger, was einfach nicht sein darf. Mir sind deine Fähigkeiten ja bestens bekannt. Also, ich kann mich auf dich verlassen?«

Hermine Kusterhoff betätigte sich schon seit Jahren als Engelmacherin. Manche schwangere Prostituierte war zu ihr gekommen. Bei einem versoffenen Arzt, der sie sich zeitweise als Geliebte hielt, hatte sie gelernt, wie man es anstellen musste. Eine solche Abtreibung war nicht ungefährlich. Aber in den zehn, elf Fällen, in denen sie geholfen hatte, war immer alles gut gegangen. Geier wusste von ihren Vergehen, die normalerweise mit hohen Zuchthausstrafen geahndet worden wären.

»Ich habe das schon über zwei Jahre nicht mehr gemacht. Gibt es denn niemanden …«

»Jetzt sei aber so gut! Rede mir nicht daher. So etwas verlernt man doch nicht. Keine Ausflüchte! Falls du irgendetwas dafür kaufen musst, gebe ich dir Geld. Ansonsten erwarte ich absolute Verschwiegenheit. An dem Tag, an dem du nur einen Pieps von dir gibst, lasse ich dich ins Zuchthaus stecken. Also, wie sieht es aus?«

Hermine blieb gar nichts anderes übrig, als ja zu sagen. Sie bat lediglich um ein paar Reichsmark. Dafür wollte sie die notwendigen Utensilien für die Durchführung der Abtreibung noch am nächsten Tag kaufen.

Bevor Geier zu Hermine Kusterhoff gegangen war, hatte er fast zwei Stunden auf die weinende Roswitha eingeredet. Er wechselte zwischen brutalen Drohungen und sanften Worten. Schließlich hatte er sie so weit. Roswitha wollte am nächsten Abend kommen und das Unvermeidliche über sich ergehen lassen.

11

Seine Sorge, sie würde nicht kommen, erwies sich als unbegründet. Tatsächlich kam Roswitha pünktlich wie vereinbart zu ihm. Froh darüber, behandelte er sie äußerst zuvorkommend. Viel zu langsam verging jedoch die Zeit bis zum Einbruch der Dunkelheit. Ständig befürchtete er, sie würde einen Rückzieher machen. Aber nichts dergleichen geschah.

Roswitha wirkte lediglich ängstlich. Als sie sich in seiner Kutsche auf den Weg machten, weinte sie leise vor sich hin. Nach zwanzig Minuten kamen sie vor dem Gebäude, in dem Hermine ihre Wohnung hatte, an. Er sah sofort, es war alles wie gewünscht vorbereitet worden. Zufrieden führte er Roswitha in dem schummrigen Raum zu dem hergerichteten Bett mit dem frischen Leinentuch. Sie zitterte. Als Hermine sie das erste Mal anfassen wollte, zuckte sie entsetzt zurück. Geier drückte sie aber auf das Bett, redete beständig auf sie ein und hoffte nur, sie würde keine Zicken machen.

»Beginnen wir. Bitte ziehen Sie sich aus.«

Hermine Kusterhoff bemühte sich um eine freundliche Stimme. Roswitha schaute verstört um sich. Das schmutzige, schlecht riechende Zimmer, die Frau mit dem faltigen Gesicht, die sie noch nie zuvor gesehen hatte und von der sie nichts wusste, dann deren ungepflegten Hände – all das jagte Roswitha Furcht ein. Sie wollte wieder aufstehen. Da packte sie Geier und schüttelte sie heftig. Roswitha fing augenblicklich zu schreien an. Sofort holte Geier aus und schlug ihr ins Gesicht. Sie fiel nach hinten, begann zu würgen und übergab sich.

»Verdammt. Jetzt versaut sie mir das ganze Bett.«

Hermine griff wütend nach ihren Haaren. Sie wollte sie vom Bett ziehen. Roswitha verlor dadurch völlig die Nerven. Sie brach auf dem Boden zusammen und jammerte laut.

»So tun Sie doch etwas. Am Ende wird noch jemand auf uns aufmerksam.«

Irritiert und unschlüssig schaute Hermine den Abgeordneten an. Geier schnappte sich einem Impuls folgend die junge Frau, zog sie wieder aufs Bett, schlug ihr ein wiederholtes Mal ins Gesicht, und als sie immer noch keine Ruhe gab, holte er zwei weitere Male aus. Halb bewusstlos lag Roswitha auf dem Bett. Sie konnte das, was um sie herum geschah, kaum mehr richtig wahrnehmen. Sie spürte zwar, dass sich jemand an ihrer Wäsche zu schaffen machte. Doch war sie zu keiner Reaktion mehr fähig. Geier selbst hatte ihr den Rock hochgeschoben und die Unterwäsche heruntergerissen.

»Auf, du Schlampe! Mach voran!«

Geier trieb schwitzend Hermine an. Sie ekelte sich, und trotz aller bösen Erfahrungen, die nichts zu wünschen übrig ließen, entsetzte sie die Situation. Sie musste sich einen Ruck geben, als sie Geier zum wiederholten Male anfauchte. Dann aber griff sie schnell nach zwei Instrumenten. Beide tauchte sie in heißes Wasser. Danach legte sie ein dickes Tuch vor Roswithas Schoß. Anschließend nahm sie ein bauchiges, spitz zulaufendes Gerät und spritzte damit eine scharfe Flüssigkeit in den Unterleib der Gepeinigten.

»Wir müssen einen Moment warten«, sagte Hermine, deren Hände zitterten.

»Ja, ja. Beruhige dich bloß. Wenn sie einen Muckser macht, stelle ich sie schon wieder ruhig. Wenn du mir nur nichts verpfuschst.«

Geier lief der Schweiß über das Gesicht. Er kochte vor Wut. Am liebsten hätte er beide Frauen umgebracht. Endlich griff Hermine zu einer Art Zange, die einen überaus langen Griff und an der Spitze eine Krümmung besaß. Auch mit diesem Instrument drang sie in Roswitha ein. Geier dauerte alles zu lange. Hermine operierte mit der Zange. Es sah danach aus, als würde sie ein Ziel suchen. Aufgeregt arbeitete sie mit zittriger Hand. Roswitha wimmerte nur leise vor sich hin. Die Augen hatte sie fast geschlossen. Als ihr Geier gerade ins Gesicht schaute, riss sie die

Augen plötzlich auf. Im gleichen Augenblick schrie sie entsetzlich und bäumte sich auf. Sie stieß mit einem Bein heftig nach vorn. Hermine wurde getroffen, mit einem Schrei flog sie nach hinten. Roswitha schrie vor Schmerzen. Mit beiden Händen griff sie an ihr Geschlecht und rollte sich vom Bett. Sie wälzte sich zusammengekrümmt auf dem Boden. Geier wusste nicht, was geschehen war. Selbst erschrocken reagierte er zunächst nicht. Erst als er das viele Blut sah, wurde ihm klar, dass etwas schrecklich schiefgegangen sein musste.

»Was ist passiert? Was ist passiert?«, wollte er aufgeregt von Hermine wissen. Dabei hielt er den Kopf Roswithas in der einen Hand, mit der anderen drückte er ihr den Mund zu. Hermine zitterte am ganzen Leib. Sie war zu nichts mehr fähig. Erst als Geier sie mehrfach anherrschte, sagte sie mit belegter Stimme, es sei wohl eine Ader zerschnitten worden. Roswitha wand sich noch immer. Die Blutlache war immer größer geworden. Geier sah, wie ihr das Blut in Strömen die Schenkel herablief.

»Tu etwas! Los, los, tu doch etwas!«

Nach viel zu langer Zeit war Hermine Kusterhoff endlich zu einer Reaktion fähig. Sie griff nach zwei großen Lappen und presste sie auf den verletzten Unterleib der geschundenen jungen Frau. Die Lappen saugten das Blut auf. Doch konnte damit der Blutstrom nicht gestoppt werden. Hastig zog sie aus einer Schublade weitere Tücher heraus. Als sie die vollgesogenen Lappen wegnahm, um sie durch neue zu ersetzen, tropfte das Blut gewaltig. Die Blutung war nicht mehr zu stoppen. Sie hatte es verpfuscht und war außerstande, Roswitha zu helfen. Die junge Frau verblutete vor ihren Augen. Irrigerweise schöpfte Geier Hoffnung, nachdem zunächst das Schreien, dann das Stöhnen seiner Geliebten aufgehört hatte. Es beruhigte ihn fast. Erst als er bemerkte, wie sie immer schwächer wurde und sich auch die nächsten Tücher mit Blut vollsogen, dämmerte ihm, dass Roswitha im Sterben lag.

Geier und Hermine Kusterhoff saßen etwa eine halbe Stunde später zusammen und berieten, wie es weitergehen sollte. Der sonst so hochmütige und herrschsüchtige Abgeordnete war für seine Verhältnisse ziemlich kleinlaut. Er sah in Hermine eine Verbündete, die ihm nun aus der verfahrenen Situation heraushelfen musste. Als Roswitha bewusstlos geworden war, hatte er sie losgelassen und sich deprimiert auf einen Stuhl gesetzt. Hermine drückte zwar die ganze Zeit Tücher auf den schwer verletzten Leib. Damit verhinderte sie aber nur das Ausbreiten des Blutes. Sie hatte zugesehen, wie Roswitha starb.

12

Eine Woche nach Roswithas Tod stießen zwei junge Burschen, die sich am Havelufer in Potsdam herumtrieben, auf einen eigenartigen Gegenstand im Wasser. Dieser schien sich in einem Wehr verfangen zu haben. Mit einer großen Latte stocherten sie mehrfach danach. Doch konnten sie ihn zunächst nicht frei bekommen. Einer der beiden wollte schon aufgeben, weil er sich zu langweilen begann. Sein Freund war allerdings hartnäckiger. Er suchte nach einem kräftigeren Stock, fand endlich einen und bearbeitete zäh und energisch den Gegenstand. Als sich das Bündel endlich löste, erhielt es noch einen Stoß. Dabei drehte es sich zur Hälfte. Die Burschen reagierten mit Entsetzen. Sie konnten nicht glauben, was sie sahen. Vor ihnen schwamm der aufgedunsene Körper einer Wasserleiche.

Bereits am nächsten Morgen erfuhr der Berliner Großkaufmann Albert Roskamp, dass er seine Tochter, die er längstens als vermisst gemeldet hatte, nie mehr wiedersehen würde. Der Mann konnte nicht fassen, was geschehen war. Die Polizei besaß keinerlei Anhaltspunkte, was mit Roswitha Roskamp geschehen war. Nach der Beerdigung musste Roskamp in eine Irrenanstalt gebracht werden. Dort zog er sich, nachdem er mehrere Tage getobt hatte, in sich zurück. Anfang September besserte sich sein Zustand. Er fand wieder zu sich. Schließlich wurde er Mitte Oktober aus der Anstalt entlassen. Als er nach Hause zurückkehrte, betrat er erstmals seit Wochen das Zimmer seiner Tochter. Dort stand und saß er stundenlang einfach nur herum. Seine Köchin und sein Hausdiener fürchteten schon, er würde wieder überschnappen. Doch Roskamp weinte nur immer wieder still vor sich hin. Später begann er systematisch das Zimmer zu durchsuchen. Noch bevor die Abenddämmerung hereinbrach, fand er in einem Stoffbeutel, der sich in der Tasche eines Wintermantels befand, zwei kleine, dicke Hefte. Er blätterte darin, las manche Seite im Stehen und setzte sich nach einiger Zeit auf das Bett seiner Tochter. Er benötigte fast zwei Stunden, um die Tagebücher seiner Tochter Roswitha durchzulesen.

13

Die Reichstagswahl am 18. Oktober 1884 wurde für die Fortschrittspartei und alle linksliberalen Kräfte in Deutschland zu einem Desaster. Bruno erlebte den Einbruch in Stuttgart, wo er seine Stimme abgegeben hatte. Als feststand, dass die Kronprinzenpartei von hundertsechs Reichstagssitzen auf siebenundsechzig zusammenschrumpfen würde, konnte er dieses Ergebnis kaum fassen. Fast eine Woche nach der Wahl erhielt er die angekündigte Einladung von Friedrich Wilhelm. Wiederum eine Woche später reiste er nach Berlin. Im Gegensatz zu Bruno befand sich Geier in Hochstimmung. Das Wahlergebnis konnte sich für die Konservativen wahrlich sehen lassen. Zwar war der Umstand, dass den Sozialdemokraten trotz aller möglichen Schikanen eine Verdoppelung der Fraktionsstärke im Reichstag gelungen war, für ihn ein gewisser Wermutstropfen. Aber die Erfolge seiner Partei, die er zu einem Gutteil auf seine Strategie und sein politisches Geschick zurückführte, konnte auch der Reichskanzler nicht mehr übersehen. Tatsächlich erhielt er von Bismarck wenige Tage nach der Wahl eine Einladung ins Reichskanzleramt. Als er es wieder verließ, wäre er fast geplatzt vor Freude. Seine Hoffnungen sollten sich erfüllen. Bismarck hatte ihm das Amt des preußischen Innenministers angeboten. Seine Vereidigung war für die erste Sitzung der Abgeordnetenkammer im neuen Jahr vorgesehen. Voller Stolz trat er aus dem Reichskanzleramt heraus. Einen Moment dachte er dabei an seine Affäre mit Roswitha Roskamp. Das trübte seine Euphorie nur kurz. Denn längstens machte er sich keine Sorgen mehr darüber, dass er mit dem Tod der jungen Frau in Verbindung gebracht werden konnte. Er wusste genau über die Untersuchungsschritte der Kriminalpolizei Bescheid. Sie tappte nach wie vor im Dunkeln. In der Zwischenzeit standen die Ermittlungen gar vor der Einstellung, weil es keinen Anhaltspunkt gab und andere Fälle die Kräfte der Polizei banden. Auch um Hermine Kusterhoff musste er sich keine Sorgen machen. Sie würde keiner Menschenseele etwas sagen. So spazierte Geier gut gelaunt zum nächsten Droschkenstand. Er ließ sich zu Baronin von Steinhausen bringen. Auch mit diesem Problem würde er alsbald mit Leichtigkeit fertig werden. Nur noch zwei Monate, während der er sich zurückhalten musste. Danach konnte er sie endlich abweisen. Die Zusammentreffen mit ihr waren ihm längstens zuwider. Er versuchte aber so gut es eben ging, sich nichts anmerken zu lassen. Dabei hatte er sogar das Gefühl, dass ihm sein Verstellen ordentlich gelang. Immerhin hatte sie in den letzten Wochen nicht mehr herumgemeckert wie früher.

Er prahlte regelrecht vor ihr.

»Da staunst du, nicht wahr? Das hättest du nicht gedacht? Aber ich habe es geschafft! Herr von Bismarck hat nicht mehr an mir vorbei gekonnt.«

»Ich freue mich für dich. Es ist schön, dass dein großer Wunsch nun in Erfüllung gehen wird.«

Die Baronin sagte dies mit einem Lächeln. Nie wäre Geier dahintergekommen, welch gerissenen Plan sich die Baronin hinter ihrer schönen Fassade zurechtgelegt hatte. Zwar schien seine Affäre mit einer jungen Frau seit dem Sommer vorüber zu sein. Aber sie wusste von anderen Liebschaften, die er hin und wieder pflegte. Die Baronin verfügte über Informanten, die auch Geier nicht überlisten konnte.

»Es wäre schön, wenn du in deinem neuen Amt eine Frau an deiner Seite hättest.«

Baronin von Steinhausen spielte erstmals seit längerer Zeit wieder auf eine Verheiratung an, obwohl sie sich keinerlei Hoffnungen machte. Sie wollte lediglich Geiers Reaktion testen. Geier stutzte, hielt geschwind inne und begann dann nervös hin und her zu gehen.

»Kannst du es dir gar nicht vorstellen?«

»Weshalb kommst du gerade jetzt wieder mit solch schwierigen Sachen? So etwas darf man nicht überstürzen. Ich weiß nicht, ob eine Ehe das Richtige für mich ist. Darüber haben wir nun doch oft genug gesprochen.«

»Ja, schon. Aber ein wenig Hoffnung hast du mir immer gemacht. Wenn erst einmal die Wahl vorbei wäre, wenn du dann mehr Zeit hättest, wenn du sogar ein Amt angetragen bekämst – das waren deine Worte oder täusche ich mich?«

»Ja, ja. Aber wie du dir das vorstellst, geht es nun auch nicht. Bloß weil ich nun Minister werde, kannst du von mir doch nicht von heute auf morgen eine Entscheidung verlangen.«

»Das will ich gar nicht. Nicht von heute auf morgen. Aber ein wenig hoffen. Das möchte ich schon. Und wenn ich dich an dem messe, was du früher gesagt hast, dann dürfte ich jetzt berechtigterweise Hoffnung schöpfen.«

»Was heißt hier berechtigterweise? Also, versprochen habe ich dir nichts. Das hört sich so an, als wenn wir ernsthaft …«

»Bitte entschuldige. So war es nicht gemeint«, fiel die Baronin ihm ins Wort. Sie gab sich keiner Illusion mehr hin. Bewusst wechselte sie das Thema. Später verabschiedete sie ihn freundlich. Nachdem er gegangen war, zog sie sich um. Bevor sie ihren eleganten Mantel anlegte, ging sie zu ihrem Sekretär, einer kunstvollen englischen Arbeit. Sie öffnete das Geheimfach und holte einen verschlossenen Briefumschlag heraus. Von einem Diener ließ sie den Brief zum Postamt bringen.

14

Hätte die Baronin geahnt, dass sich Bruno Kohler in Berlin aufhielt, wäre der Brief viel schneller in seine Hände gelangt. So öffnete er ihn neugierig erst Anfang Dezember, an dem Tag, als er wieder nach Stuttgart zurückgekehrt war. Er hatte zahlreiche, ausführliche Gespräche in Berlin geführt. Zweimal hatte ein Abendessen mit Friedrich Wilhelm und Prinzessin Victoria auf dem umfangreichen Programm gestanden. Der herbe Rückschlag für ihre Bewegung wegen des schlechten Wahlergebnisses hatte ihre Stimmung recht ordentlich gedämpft. Ihre politische Strategie wollten sie deswegen aber kaum ändern. Bruno saß nun an seinem Schreibtisch. Er öffnete den großen Umschlag, dem er fünf Seiten entnahm. Zwei Seiten waren jeweils zusammengeheftet. Eine einzelne Seite, die obenauf lag, las er als Erstes durch. Er war sehr überrascht. Der Brief stammte von Baronin von Steinhausen. Augenblicklich erinnerte er sich an ihr Zusammentreffen und ihr Gespräch anlässlich der Abendgesellschaft im Hause von Waldenfels, das schon wieder ein halbes Jahr zurücklag. Neugierig las er die wenigen Zeilen, die in gestochener Handschrift zu Papier gebracht worden waren.

Verehrter Herr Dr. Kohler!

Beiliegend übersende ich Ihnen zwei Briefe zu Ihrer weiteren Verwendung. Sie werden sie sicherlich mit größtem Interesse lesen, geht es doch um Ihre Person. Es ist höchste Zeit, dass Sie von deren Existenz erfahren. Ich bin überzeugt, Sie werden sie ganz in meinem Sinne zu behandeln wissen.

Ich verlasse mich auf Sie.

Baronin Zita von Steinhausen.

Daraufhin überflog Bruno rasch die beiden Briefe. Anschließend las er sie sorgfältigst Zeile für Zeile. Er konnte kaum glauben, was darin stand. Schon am nächsten Tag reiste er wieder nach Berlin.

15

Geiers Renommee war in den vergangenen Wochen enorm gestiegen. Er wurde von Mitgliedern der besseren Kreise regelrecht hofiert. Ständig erhielt er Einladungen. Wenn er ihnen dann Folge leistete, rechneten es sich seine Gastgeber zur Ehre an, dass er sich Zeit für sie nahm. Alles in allem fühlte sich der zukünftige preußische Innenminister so mächtig und stolz wie noch nie in seinem Leben. Er konnte den 10. Januar kaum erwarten. An diesem Tag sollte er sein neues Amt, das er so begehrt hatte, antreten. Zunächst aber freute er sich über die Einladung zu Bismarcks Neujahrstreffen. Er erinnerte sich noch allzu gut daran, wie er sich vor einem Jahr darüber aufgeregt hatte, weil die sehnlichst erhoffte Einladung einfach ausgeblieben war. Jetzt jedoch kam niemand mehr an ihm vorbei. Er summte sogar vor sich hin, was er sich selten genug erlaubte. Voller Stolz betrachtete er sein Äußeres im Spiegel seiner Garderobe. Er strahlte sich selbst kokett an bei dem Gedanken, schon in einer knappen Stunde der wichtigste Gast Bismarcks zu sein. Neben dem Reichskanzler würde er im Mittelpunkt aller Gäste stehen. Überrascht reagierte er auf das Klopfen an der Tür. Er öffnete. Vor ihm stand ein Bote, der ihm eine Depesche übergab. Immer noch bestens gelaunt nahm er ihm diese ab. Der Bote erhielt ein großzügiges Trinkgeld. Summend schloss er die Tür wieder. Dabei bemerkte er, von wem der Brief stammte. Als Absender war unschwer das Büro des Reichskanzlers zu erkennen. Interessiert brach er rasch das Siegel. Dann entfaltete er – immer noch vor sich hersummend – das Schreiben.

Geier konnte es nicht fassen. Er starrte entgeistert den auseinandergefalteten Brief an. Noch einmal las er die wenigen Zeilen. Er schüttelte energisch den Kopf, gerade so, als könne alles einfach nicht wahr sein. Dann warf er ihn voller Zorn zu Boden. Wie ein Irrer stampfte er auf ihm herum. Geier fluchte. Er geriet völlig außer sich. Er riss sich den Frack vom Leib, schleuderte ihn in einem Tobsuchtsanfall ebenfalls zu Boden. Er bückte sich, griff nach dem Schreiben und zerriss es mehrfach voller Wut und Zorn.

Bismarck hatte ihm über seinen Sekretär in dürren Worten ausrichten lassen, dass seine Anwesenheit am heutigen Abend unerwünscht sei.

16

Bruno war bereits wieder nach Stuttgart zurückgekehrt, als die Ereignisse in der Reichshauptstadt ihren Lauf nahmen. Die Briefe der Baronin von Steinhausen waren von Geier vor Jahren verfasst worden. In beiden Liebesbriefen erwähnte er einen Dr. Bruno Kohler, der ihm ein Dorn im Auge sei und den er deshalb aus dem Weg räumen lassen wollte. Ganz offen berichtete er von Rudecker, den er auf den hochgekommenen Schwaben, wie er sich ausdrückte, angesetzt hatte. Vor allem im zweiten Brief prahlte er mit Rudeckers Ergebenheit. Es fehlte auch nicht der Hinweis, dass es nur eine Frage der Zeit sei, bis der Polizist Bruno unschädlich gemacht haben würde. Geier hatte damals als Oberstaatsanwalt Eindruck auf seine Geliebte machen wollen. Er wollte ihr seine Macht demonstrieren und dachte nicht im Entferntesten daran, welche Wirkung diese Briefe noch einmal haben sollten.

Über seine politischen Freunde ließ Bruno die Briefe dem Reichstagspräsidenten vorlegen. Dieser bat keine Stunde später dringend um einen Termin beim Reichskanzler. Danach wurden hinter den Kulissen mehrere Gespräche geführt und Untersuchungen angestellt.

Das neue Jahr war erst wenige Tage alt, da erhielten die Abgeordneten der konservativen Reichstagsfraktion zu ihrer Überraschung die Einladung zu einer außerordentlichen Sitzung. Geier wusste zu dieser Zeit allein wegen der kurzfristigen Ausladung von Bismarcks Neujahrstreffen, dass etwas nicht stimmen konnte. Er ahnte aber noch nicht, was tatsächlich geschehen war. Ihn wunderte lediglich die Anwesenheit des Reichstagspräsidenten in der Fraktionsversammlung, was ganz und gar ungewöhnlich und an und für sich ohne seine Zustimmung nicht vorgesehen war. Am Ende der Sitzung wurde er von seinen Kollegen, die viel von ihm gehalten hatten, gnadenlos ausgebuht und ausgepfiffen. Mit ihrer ausdrücklichen Zustimmung teilte ihm der Präsident den Entschluss mit, seine Immunität als Abgeordneter aufzuheben. Im Übrigen erklärte der Präsident streng, er müsse in den nächsten Tagen mit seiner Verhaftung rechnen. Dem gerade noch auftrumpfenden Mann war ganz heiß und übel geworden. Unfähig etwas zu erwidern oder die Vorwürfe wenigstens ein wenig zu entkräften stand Geier auf. Er verließ kreidebleich den Saal. Die Abgeordneten verabschiedeten ihn mit Schimpf und Schande. Mehrere seiner ehemaligen Parteifreunde stellten sich ihm in den Weg. Einer spuckte ihn gar an. Geier öffnete die Tür, hörte das Gejohle und wischte sich die Spucke mit dem Ärmel von seinem Anzug. Er beschleunigte seine Schritte, durchquerte den Vorraum, vergaß sogar seinen Mantel an der Garderobe und stand schließlich im Freien. Einen Moment lang blieb er stehen, bevor er die Stufen hinabstieg. Es schneite kräftig. Auf den Stufen und der Straße lag Schneematsch. Den Mann mit dem Zylinder, der rechts am unteren Treppenabsatz stand, nahm er gar nicht wahr. Erst als er von ihm mit »Herr Geier« angesprochen wurde, hielt er inne. Er drehte seinen Kopf ein wenig. Geier sah noch die Armeepistole und hörte das ohrenbetäubende Krachen.

Augenblicklich wurde er zurückgeworfen. Er fiel auf die Stufen und spürte gleichzeitig heftige Schmerzen in seinem Bauch. Mit beiden Händen drückte er auf die Bauchdecke. Er stöhnte schwach und versuchte seinen Kopf anzuheben. Er registrierte, wie Passanten durcheinander liefen. Auch hörte er sie schreien. Dann blickte er den Mann mit dem Zylinder wieder an. Er beugte sich über ihn. Dabei fiel ihm der Zylinder vom Kopf und rollte die Stufen hinunter. In diesem Moment wurde die Tür des Gebäudes aufgerissen. Geier erkannte mit seinen verdrehten Augen den Reichstagspräsidenten und zwei seiner Fraktionskollegen. Er sah sie abrupt in der Tür stehen bleiben. Sein Versuch, den Kopf vorzubeugen, um dem Mann, der nun über ihm stand, etwas zu sagen, misslang. Doch wieder sah er den Lauf der schweren Pistole. Sie war keine zehn Zentimeter von seinem Gesicht entfernt. Den Feuerstoß des ersten Schusses nahm sein Gehirn noch wahr. Die nächsten vier Kugeln zerschmetterten seinen Kopf vollständig. Zum Entsetzen der Abgeordneten, die dem schaurigen Schauspiel zuschauen mussten, blieb von Geiers Gesicht nur eine zerfetzte, auseinandergesprengte blutige Masse übrig.

Als wäre es noch nicht genug, spuckte ihm der Mann mit der Pistole mehrfach in das zerstörte Gesicht. Er blickte die Leiche dann eine Weile an. Tränen liefen ihm über die Wangen. Die Abgeordneten wagten es angesichts der Pistole nicht, irgendetwas zu unternehmen. Wie erstarrt standen sie in der Tür. Dann ertönten mit einem Mal Trillerpfeifen herbeieilender Gendarmen. Der Mann richtete sich kerzengerade auf. Er schaute den Reichstagspräsidenten an, der ihn in diesem Augenblick erkannte.

»Herr Roskamp …«, murmelte er voller Erstaunen, weil er gar nicht fassen konnte, wen er da vor sich sah. Weiter kam er allerdings nicht. Albert Roskamp nickte nur leicht. Dann hielt er sich die Pistole an die Schläfe und drückte ab.

IX

1887 – 1888

I

Noch nie hatte es nach Brunos Empfinden einen derart kalten Februar gegeben. Die Menschen mussten heizen wie selten zuvor, damit es in den Häusern wenigstens einigermaßen warm wurde. Ständig fror das Wasser ein. Leitungen platzten, und tagtäglich berichteten die Zeitungen von armen, erfrorenen Menschen. Jedermann hoffte auf einen baldigen Frühlingsbeginn in diesem Jahr 1887, dessen brachiale Kälte schon zu viele Todesopfer gefordert hatte. Wieder einmal hielt sich Bruno in Berlin auf. Allerdings hatte die Reise dorthin fast kuriose Züge angenommen. Der Schienenverkehr war teilweise zusammengebrochen und mit fast drei Tagen Verspätung hatte er nach einer durchfrorenen Nacht, die er nicht noch einmal erleben wollte, endlich Berlin erreicht.

In der Reichshauptstadt ging es ihm jedoch gut. Er genoss seit nunmehr vier Jahren die Stellung eines persönlichen Beraters von Kronprinz Friedrich Wilhelm, der ihn zumindest einmal im Vierteljahr zu sich einlud. Bei diesen Gelegenheiten besuchte Bruno natürlich seine sonstigen Freunde und Bekannten. Zudem konnte er manche Geschäfte abwickeln. Er hatte im Laufe der Jahre vielfältige geschäftliche Beziehungen aufgebaut, wobei er im Besonderen mehrere Handelshäuser und Banken im Auslandsgeschäft beriet. Vor allem profitierte er von seinen Kenntnissen über die internationale Finanzwelt. Hatte er zunächst als Experte für den französischen Markt gegolten, war es ihm nach und nach gelungen, Geschäftsbeziehungen mit Fabrikanten und Bankiers zahlreicher anderer europäischer Staaten anzuknüpfen. Fast ein Viertel des Jahres befand er sich auf Auslandsreisen, bei denen er ausgesprochen erfolgreich operierte. Er galt sehr bald als äußerst zuverlässig, und verschiedene herausragende Persönlichkeiten brachten ihm ihr Vertrauen entgegen.

Seine Ehe mit Fabienne war so glücklich wie am ersten Tag. Sie klagte nicht über seine Abwesenheit. Immer wieder begleitete sie ihn auf seinen Reisen. Die Tage oder Wochen im Ausland wurden von beiden genossen. Oft genug waren sie Höhepunkte ihres Zusammenlebens. Die Kinder, die in diesen Zeiten von einer überaus zuverlässigen und liebenswerten Hausdame betreut wurden, entwickelten sich prächtig. Bei Peter konnten sie allerdings fast nicht mehr von einem Kind reden. Er reifte bereits zu einem jungen Mann heran, hoch aufgeschossen und ein wenig rebellisch, aber klug und sehr wissbegierig. Mit Wohlgefallen beobachteten ihn seine Eltern. Auch der fast zwölfjährige Martin bereitete ihnen keine Sorgen. In seinem Wesen ähnelte er wie seine siebenjährige Schwester eher der Mutter, wogegen Peter ganz offensichtlich auch von seiner äußeren Erscheinung deutlich nach seinem Vater kam. Das Glück, das der Familie in den zurückliegenden Jahren vergönnt war, wurde nur einmal heftig getrübt. Überraschend kam für sie die Nachricht vom Tod von Fabiennes Vater. Brunos Schwiegervater, der immer einen rüstigen Eindruck gemacht und der sich oft genug um die

Gesundheit seiner Frau gesorgt hatte, war vor eineinhalb Jahren bei seinen geliebten Gartenarbeiten einfach umgefallen. Herzstillstand diagnostizierte damals der Arzt. Der einzige Trost, den die Familie fand, war der Umstand, dass er ohne leiden zu müssen inmitten seiner kleinen Welt, die ihn zeitlebens überaus glücklich gemacht hatte, hatte sterben dürfen.

Im Arbeitszimmer des kronprinzlichen Palais, in dem Bruno am 11. Februar des Jahres 1887 mit dem preußischen und deutschen Thronfolger zusammensaß, trotzten die Feuer der zwei offenen Kamine der Kälte. Sie hatten ihre Stühle einander gegenüber vor einem der Kaminfeuer gestellt und nutzen die Wärme, die das Feuer ausstrahlte. Schon bei ihrer Begrüßung war Bruno die raue Stimme Friedrich Wilhelms aufgefallen, der sich im Laufe ihres Gesprächs ständig räuspern musste.

»Hoheit haben sich aber eine böse Erkältung zugezogen«, stellte Bruno fest.

Der Kronprinz winkte ab. Doch wurde er gleich darauf von einem Hustenanfall geplagt.

»Ihre Kaiserliche Hoheit sollte sich wohl besser ins Bett legen. Sie haben doch sicherlich schon einen Arzt hinzugezogen?«

Bruno sagte dies, nachdem der Husten endlich aufgehört hatte. Besorgt musterte er sein Gegenüber. Friedrich Wilhelm räusperte sich wiederum einige Male. Als er zu sprechen begann, war es eher ein Krächzen. Seine Stimme versagte fast ihren Dienst. Er benötigte etwas Zeit, bis er wieder einigermaßen ordentlich sprechen konnte. Der Thronfolger massierte dabei seinen Hals.

»Es ist eigentlich gar keine Erkältung. Ich bin nicht verschnupft. Auch habe ich keine richtigen Halsschmerzen. Mich plagt da seit geraumer Zeit etwas, was meine Ärzte auf das viele Rauchen zurückführen.«

»Sie verzichten dann hoffentlich auf Ihre Zigarren?«

Mit tiefer, rauer Stimme erklärte ihm der Kronprinz, wie schwer ihm dies falle. Fast mit etwas Stolz erwähnte er aber, er habe die Zahl der Zigarren in den letzten drei Monaten mindestens halbiert und im Februar überhaupt noch keine geraucht.

»Es wird sich schon wieder bessern. Natürlich ist dieses eiskalte Wetter Gift für meine Gurgel. Mein Leibarzt hat mir sogar zu einem Aufenthalt auf Madeira geraten, weil das dortige Klima günstig wirken würde.«

Friedrich Wilhelm hatte den Satz noch nicht richtig beendet, da hustete er wieder los. Der starke Hustenanfall nötigte ihn sogar zum Aufstehen. Er hielt sich an der Tischkante fest. Dann endlich trat nach Minuten wieder eine Beruhigung ein.

»Schrecklich, nicht wahr?«, krächzte Friedrich Wilhelm und setzte sich ganz ermattet wieder auf seinen Stuhl. Er klingelte nach seinem Diener und ließ sich von ihm Tee bringen. Nachdem er von dem heißen Gebräu getrunken hatte, sagte er: »Das tut gut. In den letzten zwei Monaten habe ich so viel Tee getrunken wie noch nie in meinem Leben.«

Es schien, als beruhige die warme, aromatische Flüssigkeit den kranken Hals des Kronprinzen. Das Krächzen verlor sich etwas, und mit festerer Stimme konnte er das Gespräch fortsetzen.

»Bismarck bereitet mir wie immer Sorgen. Wie ich weiß, will er den Reichstag auflösen, weil das Parlament seine Politik behindert. Er verhält sich dabei recht geschickt.«

»Von meinen Parteifreunden ist mir bekannt, dass er einen Militärhaushalt genehmigt bekommen will, damit er das Heer ausbauen kann.«

»Das mag für sich betrachtet sogar sinnvoll sein. Aber weil die Abgeordneten nicht gleich spurten, wie er möchte, zielt er auf Neuwahlen, die ihm die erforderliche Mehrheit bringen sollen.«

»Der Reichskanzler hat noch nie die Volksvertretung respektiert. Ich kann mir schon denken, wie verhasst es ihm sein muss, wenn die gewählten Vertreter des Volkes seine Politik nicht unterstützen wollen.«

»In dem Zusammenhang wagt er es übrigens, auch mich in seine Kritik einzubeziehen.«

Der Kronprinz trank einige Schlucke von seinem Tee, bevor er weitersprach.

»Mir wurde zugetragen, er habe einen grundlegenden Unterschied zwischen sich und mir ausgemacht. Anscheinend hat er in vertrauter Runde den Satz fallen lassen, er würde ohne mit der Wimper zu zucken den Reichstag missachten, doch der Kronprinz glaube bedauerlicherweise an Mehrheiten.«

Bruno wusste schon länger von den Anmaßungen Bismarcks. Noch nie hatte ihm gegenüber der Kronprinz dieses Verhalten allerdings bisher zum Thema gemacht.

»Haben Sie denn keine Möglichkeit zum Einschreiten, wenn der Reichskanzler sich derart unverschämt äußert?«

»Leider nein. Ich bin tatsächlich dazu verdammt abzuwarten, bis mein Kronprinzendasein beendet ist. Selbstverständlich kann ich das gar nicht schnell wollen, müsste dafür doch mein Vater sterben. Jedenfalls fürchtet Bismarck aber diesen Moment. Das Einzige, was ihm dann weiterhelfen könnte, wäre eine ihm genehme, möglichst durch und durch konservative Mehrheit des Reichstages. Und wie mir scheint, ist er gewillt, darauf hinzuarbeiten.«

Kronprinz Friedrich Wilhelm bekam von neuem einen Hustenanfall. Es dauerte wieder einige Minuten, bis er vorüber war. Wieder hatte er aufstehen und in gebückter Haltung die schmerzhaften Attacken durchstehen müssen. Bruno kam diese Erkrankung komisch vor. Wie konnte ein derart schlimmer Husten sein, wenn gar keine Erkältung vorliegt, fragte er sich und überlegte, ob nichts Schlimmeres dahinter stecken könnte. Später unterhielten sie sich noch über die Beziehungen Deutschlands zu Frankreich und Russland. Die Hustenanfälle des Prinzen unterbrachen dabei immer wieder ihre Unterhaltung. Als Bruno in sein Hotel zurückkehrte, machte er sich ernsthaft Sorgen um den Kronprinzen.

2

Alsbald erwies sich ihre Vermutung als Tatsache. Bismarck löste den Reichstag auf. Bei der Neuwahl erhielt der Reichskanzler die angestrebte konservative Mehrheit. Dieses Wahlergebnis bedeutete wiederum für den Kronprinzen eine abermalige herbe Niederlage. Er hatte zu dieser Zeit jedoch mehr denn je mit seinen gesundheitlichen Problemen zu kämpfen. Nachdem ihn Bruno nach der Wahl wiedertraf, genügte ihm ein Blick, um zu wissen, dass ein schwerkranker Mann vor ihm stand.

»Der Kronprinz sieht sehr schlecht aus. Er ist seit meinem letzten Zusammentreffen mit ihm sichtlich abgemagert. Und dann sein bleiches Gesicht! Was halten Sie davon?«

Bruno stellte die Frage an Rudolf Virchow, mit dem er gemeinsam ein Abendessen einnahm. Es war sein letzter Tag in Berlin in diesem Herbst. Bereits am nächsten Tag beabsichtigte er nach Stuttgart zurückzureisen. Professor Virchow galt zwischenzeitlich als die führende Kapazität Europas in seinem Fach. Der Mediziner hielt sich zunächst etwas bedeckt, nahm dann aber doch Stellung. Bruno hatte nämlich die Möglichkeit eines Ablebens des Kaisersohnes angesprochen.

»Verzeihen Sie, Herr Dr. Kohler. Ich bin nicht ganz unbefangen. Sie können nicht wissen, dass ich in die Krankengeschichte unseres verehrten Kronprinzen einbezogen bin.«

Interessiert blickte ihn Bruno an, sagte dann aber: »Pardon, dann will ich selbstverständlich nicht mehr nachfragen. Ich mache mir natürlich meine Sorgen. Wir setzen ja viele Hoffnungen in unseren Friedrich. Sollte er todkrank sein, würde das ein ungeheurer Schlag für uns alle bedeuten.«

»Als Mediziner bin ich an das Arztgeheimnis gebunden. Deshalb bitte ich um Verständnis, wenn ich Ihnen keine Einzelheiten vorstellen kann. Soviel darf ich aber schon sagen: Friedrich Wilhelm sind Gewebeproben entnommen worden; es ist allgemein bekannt, dass er seit Monaten von meinem schottischen Kollegen Mackenzie behandelt wird. Nicht nur der Kronprinz, auch seine Frau halten große Stücke auf ihn. Jedenfalls hat auch Mackenzie wie mehrere deutsche Ärzte eine Krebserkrankung in Erwägung gezogen. Vor allem, nachdem sich nach monatelanger Behandlung keine Besserung einstellte, musste man Befürchtungen in dieser Richtung haben.«

»Halten Sie denn eine Krebserkrankung für wahrscheinlich?«

»Da kann ich Sie vollständig beruhigen. Was ich Ihnen jetzt sage, muss absolut vertraulich behandelt werden. Ich kann mich doch auf Sie verlassen?«

Virchow sah Bruno fragend an.

»Wenn es Ihnen unangenehm ist, müssen Sie mir wirklich nichts sagen. Ich wollte nicht insistieren …«

»Aber nein. Ganz so gewaltig ist die Sache nun auch wieder nicht. Wissen Sie, Mackenzie hat mir mehrmals ein Gewebestück zur Untersuchung gesandt. Nach meinen mikroskopischen Untersuchungen und einer Reihe von Tests kann ich aber mit Überzeugung behaupten, dass es kein Tumor ist. Gott sei Dank, kann ich nur hinzufügen. Damit habe ich Friedrich vor allem eine riskante Operation erspart, zu der mein Kollege Professor Bergmann seit einiger Zeit geraten hat. Mackenzie war über meine Diagnose ausgesprochen erleichtert. Eine Kehlkopfoperation, wie sie Bergmann durchführen wollte, hätte nur sehr, sehr geringe Erfolgsaussichten gehabt.«

»Das hört sich wenigstens etwas optimistisch an. Wenn ich ehrlich sein soll, habe ich eigentlich mit dem Schlimmsten gerechnet.«

»Das müssen Sie nicht. Es ist zwar eine ausgesprochen hartnäckige Erkrankung. Doch bin ich zuversichtlich, dass eine Heilung möglich sein wird. Jedenfalls sehe ich überhaupt keine Lebensgefahr.«

Bruno freute sich zwar über dieses Urteil des berühmten Mediziners. Doch gewisse Zweifel besaß er trotzdem. Das Aussehen des Kronprinzen, der offensichtliche Verfall des noch vor Monaten starken Mannes, sein ständiges Husten und die gesundheitlichen Rückschläge nach kurzen Phasen der Besserung konnte und wollte er einfach nicht ignorieren. Aber sein Respekt vor dem Mediziner verbot es ihm, weiter in ihn zu dringen. Er gab sich daher mit der Antwort zufrieden und wechselte das Thema.

3

Sie saßen auf der Terrasse, die einen wunderschönen Ausblick bot. Schon eine Viertelstunde hatten sie nichts mehr miteinander gesprochen. Der deutsche Thronfolger, abgemagert und mit tiefschwarzen Augenringen über den eingefallenen Wangen, benötigte immer wieder längere Pausen. Bereits im vergangenen November war er mit seiner Frau nach San Remo aufgebrochen, weil die Ärzte sich von dem dortigen Klima wenigstens etwas Besserung versprochen hatten. Allerdings stand für sie zu diesem Zeitpunkt definitiv die verheerende Diagnose fest. Kronprinz Friedrich Wilhelm litt an Kehlkopfkrebs im fortgeschrittenen Stadium. Nach Wochen der Hoffnungen und vielfältigem Bemühen sahen sich diejenigen bestätigt, die schon längere Zeit vor dieser Krankheit gewarnt hatten. Virchow selbst hielt sich beschämt zurück angesichts seiner falschen Diagnose. In der Zwischenzeit waren sich alle Mediziner einig über die krebsartigen Gebilde, die bereits über die Hinterwand des Kehlkopfes hinauswucherten. Zeitweise verlor der Kronprinz seine Stimme völlig. Die Schwellungen an seinem Hals plagten ihn furchtbar. Manchmal drohte er bereits zu ersticken. Der Wintersonnenschein in Italien brachte dann vorübergehend etwas Linderung. Aber jeder musste der Tatsache ins Auge sehen: Es gab letztlich keine Hilfe mehr für Friedrich Wilhelm.

Als Bruno den Kronprinzen von der Seite musterte, geschah das nicht ohne Bewunderung. Er war von ihm telegrafisch in die Villa Zirio nach San Remo eingeladen worden. Bruno folgte der Einladung in der Hoffnung, dem Kaisersohn würde es besser gehen. Doch sollte er sich gewaltig getäuscht haben. Am 5. März traf er abends mit ihm zusammen und erschrak über das Aussehen des Mannes, der einmal deutscher Kaiser werden sollte.

Die Sonne strahlte nachmittags zwischen zwei und vier Uhr am kräftigsten. Der Kronprinz pflegte dann immer auf der Terrasse der Villa zu sitzen. Nach einer Weile griff er am heutigen Tag nach seiner Tasse, die mit englischem Tee gefüllt war. Bruno tat es ihm gleich. Er rührte allerdings den Teller mit Gebäck nicht an, weil er wusste, Friedrich Wilhelm würde davon nichts essen können. Das Schlucken fiel ihm mitunter derart schwer, dass er weitgehend auf feste Nahrung verzichten musste. Als er sich mit dem warmen Tee gestärkt hatte, nahm er das Gespräch wieder auf.

»Ich weiß, mir wird wenig Zeit auf dem Thron zur Verfügung stehen. Aber diese Zeit möchte ich nutzen. Einige Weichen müssen anders gestellt werden, damit das Reich nicht nur in wirtschaftlicher Hinsicht prosperiert. Wollen Sie mir dabei helfen, Dr. Kohler?«

Bruno war einigermaßen überrascht von dieser Frage.

»Wenn ich für Eure Hoheit von Nutzen sein kann, stehe ich selbstverständlich jederzeit bereit.«

»Lieber Kohler! Ich brauche Männer wie Sie. Es wird

schwer genug werden. Aber wenn ich zuverlässige Gefolgsleute in die wesentlichen Positionen bringe, habe ich eine Chance. Seit Wochen mache ich mir Gedanken, wen ich für die verschiedenen Funktionen vorsehen soll.«

»Es gibt ganz zweifellos einige ganz hervorragende Persönlichkeiten, auf die sich Eure Hoheit uneingeschränkt verlassen könnte.«

Bruno nannte einige Namen und verband damit auch Positionen, für die er sie vorsehen würde.

»Es ehrt Sie, dass Sie nicht auch an sich selbst denken. Sie müssen wissen, ich habe einige meiner guten Bekannten sehr genau beobachtet. Immer trieb mich dabei die Frage um, ob derjenige vielleicht eines Tages an der Umsetzung meiner Politik mitarbeiten könne. Sie fielen mir von Anfang an durch Ihr offenes Wort auf. Sie reden nicht um eine Sache herum und erwähnen unbequeme Wahrheiten. Das findet man nicht allzu häufig. Dazu kommen Ihre hervorragenden Kenntnisse in der Finanz- und Wirtschaftswelt. Und als ob dies alles nicht schon genug wäre, bringen Sie umfangreiche internationale Erfahrungen mit, von denen ich in den letzten Jahren ja selbst profitieren durfte.«

»Ich hatte bei all dem auch immer das Glück auf meiner Seite. Insofern dürfen Sie mich nicht überschätzen.«

»Sie sind zu bescheiden. Vielleicht mag das Quäntchen Glück, das jeder Mensch im Leben braucht, bei Ihnen eine besondere Rolle gespielt haben. Aber nur deshalb, weil Sie überaus tüchtig und entbehrungsreich gearbeitet haben. Niemandem fällt etwas in den Schoß. Es sei denn, er hat sich angestrengt und zäh seine Begabungen zur Entfaltung gebracht. Aus niederem Stand hochgearbeitet! Das ist schon eine bewundernswerte Leistung.«

Bruno geriet in Verlegenheit. Er fühlte sich durchaus geehrt, wusste aber nicht, was er antworten sollte.

»Also, ich will Ihnen sagen, was ich mit Ihnen vorhabe«, fuhr Friedrich Wilhelm fort, nachdem er seine Tasse leer getrunken hatte.

»Im Falle meiner Thronbesteigung wird Bismarck nur noch wenige Wochen im Amt bleiben. Dann werde ich für eine neue Regierungsbildung sorgen. Und Sie werden dieser Regierung angehören.«

Bruno konnte kaum glauben, was er da hörte. Erstaunt sah er Friedrich Wilhelm an, der jedoch gleich darauf einen Hustenanfall bekam. Später sagte er mit leiser, verzerrter Stimme: »Sie sind ein tüchtiger Mann, lieber Kohler. Auf Sie will ich keinesfalls verzichten.«

4

Bereits am übernächsten Tag, man schrieb den 8. März 1888, erreichte die Familie des Kronprinzen ein Telegramm, in dem um Rückkehr nach Berlin wegen der äußerst ernsthaften Erkrankung des Kaisers nachgesucht wurde. Kaiser Wilhelm stand im einundneunzigsten Lebensjahr und kränkelte schon geraume Zeit. Nicht zum ersten Mal war sein Ableben befürchtet worden. Doch erholte er sich bisher immer wieder von den Krankheiten. Sein Sohn befahl allerdings nach Eingang des Telegramms, mit den Vorbereitungen für die Heimreise zu beginnen. Er wollte rasch nach Berlin aufbrechen. Als die Bediensteten der kronprinzlichen Familie in den späten Abendstunden alles Notwendige erledigten, saß Kaiser Wilhelm ein letztes Mal mit seinem Enkel Wilhelm und zwei Ärzten zusammen. Prinz Wilhelm war von den Ärzten schon vor Stunden darüber informiert worden, dass sein kranker Großvater kaum die nächsten Tage überleben werde. Wilhelm genoss das Vertrauen des Kaisers. Und auch er hatte in all den Jahren, in denen er mit seinen Eltern im Streit lag, die Beziehung zu seinem Großvater besonders gepflegt. Er sorgte sich ungemein um ihn. Als der Kaiser trotz der Aufforderung der Ärzte gar nicht schlafen wollte, nahm ihn sein Enkel am Arm und riet ihm, doch ein wenig die Augen zu schließen, da er sicherlich müde sei.

»Ich habe jetzt keine Zeit, müde zu sein«, antwortete ihm sein Großvater. Aber er wehrte sich nicht mehr und schlief bald darauf ein.

Bruno erreichte am nächsten späten Vormittag mit dem Zug die deutsche Grenze. Er ahnte noch nicht, dass Kaiser Wilhelm I. in den Morgenstunden verstorben war. Der deutsche Kaiser hatte um 8.22 Uhr des 9. März für immer die Augen geschlossen. Prinz Wilhelm, der nunmehrige Kronprinz, weinte sehr um seinen Großvater. Er telegrafierte seinen Eltern. Der todkranke neue Kaiser trat daraufhin unverzüglich die Reise über die Alpen an. Als sich an diesem Tag die Nachricht vom Tode Kaiser Wilhelms in ganz Deutschland rasch verbreitete, schöpften die Liberalen große Hoffnungen. Sie vertrauten auf den neuen Kaiser und seine vielfältigen Pläne. Doch sie ahnten zugleich, es würde für Kaiser Friedrich III. um einen Wettlauf mit dem Tod gehen.

5

Sie feierten Fabiennes Geburtstag an einem herrlichen Tag mitten im Mai. Zahlreiche Gäste waren nacheinander am Spätnachmittag ihrer Einladung gefolgt.

»Nur schade, dass Mutter nicht da ist.«

Fabienne stand einen Moment lang allein mit Bruno in der Küche, wo sie noch einige Speisen für das Abendessen zubereitete.

»Sei nicht allzu traurig darüber«, antwortete Bruno, der seine Frau zärtlich von hinten umarmte und ihr einen Kuss auf das Ohrläppchen gab.

»In drei Monaten reisen wir alle nach Versailles. Dann wirst du drei Wochen lang bei deiner Mutter sein können.«

»Lass das jetzt doch sein«, wehrte Fabienne scherzhaft ab, der es unangenehm gewesen wäre, wenn sie in dieser Situation von jemandem gesehen worden wären. Bruno ließ sich allerdings nicht sonderlich beeindrucken. Er griff um ihre Hüften, zog sie ganz eng an sich und liebkoste ihren Hals. Fabienne wollte sich befreien. Sie drehte sich und blickte unvermittelt ihren Bruno an. Dann standen die beiden still voreinander. Sie schauten sich in die Augen, sprachen kein Wort. Bruno fing als Erster an zu lächeln. Er beugte den Kopf vor und küsste seine Frau, die ihn umarmte.

»Ich liebe dich. Ich liebe dich mehr als alles andere auf der Welt«, flüsterte sie ihm ins Ohr. Zärtlich streichelte Bruno über ihre Haare, die er wie alles an Fabienne so sehr liebte.

»Schick die Gäste einfach weg, dann können wir ins Bett gehen.«

Bruno sprach mit leiser Stimme.

»Bruno, Bruno«, schüttelte Fabienne tadelnd den Kopf. Sie schaute ihn mit gespitztem Mund an. Ihre Augen leuchteten, aber schließlich sagte sie: »Du musst die Nacht abwarten. Wir können unsere Gäste nicht einfach vor die Tür setzen, nur weil du dich nicht beherrschen willst.«

Beide kicherten bei diesen Worten wie zwei junge Verliebte, die ein schönes Geheimnis miteinander teilten. In diesem Augenblick ging die Tür auf. Ihr Hausmädchen Edith trat herein. Sofort trennten sie sich. Fabienne war etwas verlegen. Doch Bruno klatschte nur laut in die Hände, wandte sich zum Gehen und erklärte: »So, ich kümmere mich um die Gäste, damit sie uns nicht verdursten. Und ihr stellt uns hoffentlich demnächst ein hervorragendes Abendessen auf den Tisch.«

Schmunzelnd verließ er die Küche. Edith schaute etwas verlegen. Es war aber nicht das erste Mal, dass sie etwas von den Zärtlichkeiten der beiden mitbekommen hatte.

Die Kinder tollten auch dann noch im Garten herum, als die Sonne schon untergegangen war. Die Geburtstagsgesellschaft hatte sich das Essen schmecken lassen. Jetzt saß sie bei Wein und Cognac beisammen und unterhielt sich angeregt. Es war schon später am Abend, da hörte Fabienne ihre Tochter weinen. Sie dachte sich aber nichts Besonderes dabei. Kurz darauf kam Martin hereingerannt und bat etwas außer Atem seine Mutter und seinen Vater, mit in den Garten zu kommen.

»Bleibe nur sitzen«, sagte Fabienne zu ihrem Mann, der schon aufstehen wollte.

»Es wird wohl nicht so schlimm sein. Ich schaue einmal, was unser Mädchen angestellt hat.«

Fabienne ging mit Martin nach draußen. Sie beschleunigte ihre Schritte, bog um die Ecke und sah Anne-Catherine vor dem Apfelbaum liegen, der jedes Jahr besonders schöne Früchte hervorbrachte. Sie rannte zu ihr, bückte sich zu ihrer weinenden Tochter und fragte besorgt, was denn passiert sei.

Anne-Catherine hob ihr die Hände entgegen, die aufgerissen waren und bluteten. Auch die weißen Strümpfe und ihr Rock waren zerrissen. Ein Knie, ebenfalls schlimm aufgeschürft, war völlig verschmutzt.

»Sie ist vom Baum heruntergerutscht. Ich habe ihr noch gesagt, sie soll nicht hinaufsteigen. Aber sie hat einfach nicht auf mich gehört.«

Martin versuchte zu erklären, was geschehen war.

»Oh je, das sieht aber gar nicht gut aus.«

Fabienne streichelte ihre Tochter, die sich etwas beruhigte. Die anderen Kinder standen um sie herum und schauten neugierig.

»Sie war schon fast oben. Da ist sie an einem Ast hängen geblieben und aus dem Gleichgewicht geraten. Sie hat sich noch an den Baumstamm geklammert. Doch konnte sie sich nicht mehr festhalten.«

»Gott sei Dank, Martin. Wenn sie einfach heruntergefallen wäre, hätte noch Schlimmeres geschehen können. Komm, mein kleiner Liebling. Versuche einmal aufzustehen.«

Fabienne wollte ihrer Tochter aufhelfen. Sie saß aber nur auf der Erde und weinte. Schließlich hob sie Fabienne hoch und trug sie ins Haus.

»Sage deinem Vater, er soll einen Moment nach oben kommen.«

Fabienne ging bereits in den ersten Stock hinauf. In

Anne-Catherines Zimmer setzte sie ihre Tochter ab. Sie zündete die beiden Kerzen an, schlug dann die Decke des Kinderbettes zur Seite und legte anschließend ihre Tochter sanft auf das Bett. Bruno trat in das Zimmer.

»Ein großes Malheur. Hole doch bitte sauberes Wasser und einige Binden. Ich muss die Wunden säubern.«

Bruno schaute sich seine Tochter an, die immer noch weinte. Sie hielt die Hände von sich gestreckt und hatte ihre Beine angezogen. Er streichelte sie übers Haar und holte dann rasch die notwendigen Sachen. Fabienne zog Anne-Catherine vorsichtig aus. Ihr Kind beruhigte sich ein wenig. Erst als sie die Wunden reinigen wollte, weinte sie wieder, weil es ihr Schmerzen bereitete. Doch ließ sie die Prozedur tapfer über sich ergehen. Mit großer Sorgfalt verarztete Fabienne ihre Tochter. Keine Viertelstunde später schlief das Mädchen ein. Fabienne begab sich wieder zu ihren Gästen, von denen sie sich kurz nach Mitternacht verabschiedeten.

6

Kaiser Friedrich III. war sofort nach seiner Rückkehr aus San Remo ins Schloss Charlottenburg gezogen. Er nahm seine ganze, ihm noch verbleibende Kraft und Energie zusammen. Wenigstens einige seiner Pläne wollte er Wirklichkeit werden lassen. Aber so sehr er sich anstrengte und plagte, die Krankheit schritt unaufhörlich fort. Er fühlte mehr und mehr seine Ohnmacht. Nicht nur der Reichskanzler, auch sein Sohn Wilhelm opponierten gegen seine Politik, wann immer es ihnen möglich war. Kaiserin Victoria empörte sich über dieses Verhalten, aber auch ihr gelang es nicht, den Wall der Opposition zu durchbrechen. Dazu kam der fortschreitende Verfall ihres Gemahls, der nur noch ein Schatten seiner selbst war.

In tiefer Hoffnungslosigkeit quälte sich der Kaiser. Er konnte nicht mehr sprechen, war vollständig abgemagert und litt große Schmerzen. Er wurde bereits zur Abdankung gedrängt, doch hatte sich Friedrich entschlossen, bis zu seinem Tode auf dem preußischen und deutschen Thron auszuhalten. Der quälende Husten, der ihm in den Nächten den Atem nahm, besserte sich tagsüber ein wenig in der milden und warmen Mailuft. Deshalb ließ sich der Kaiser im Rollstuhl oder in einem kleinen Wagen durch den Charlottenburger Schlossgarten fahren. Er wusste längstens, dass ihm nichts und niemand mehr helfen konnte. Vor den Nächten hatte er Angst, umso mehr konnte er sich über einen Sonnentag freuen. Zu Beginn der letzten Maiwoche durfte er dann ein letztes Mal an einem schönen Ereignis teilnehmen. Sein Sohn Heinrich heiratete Irene von Hessen-Darmstadt. Zunächst hatte es so ausgesehen, als würde er keinesfalls an den Hochzeitsfeierlichkeiten teilnehmen können. Doch am Morgen der Hochzeit überkam den Kaiser der unbändige Wille, zumindest bei der Trauung zugegen zu sein. Er stand auf, ließ sich trotz der enormen Schmerzen ankleiden und erschien zur Überraschung aller Anwesenden in der Kapelle. Gerade wurde die Trauung vorgenommen. Friedrich III. sah voller Dankbarkeit zu. Nach der Zeremonie ging er langsam Schritt für Schritt auf seinen Sohn zu, der ihm entgegenkam. Friedrich umarmte ihn. Dann legte er seinem Sohn die Hand auf den Kopf. Einige Sekunden verharrten Vater und Sohn in dieser Position. In der Kapelle war es mucksmäuschenstill geworden. Als Kaiser Friedrich wenig später die Kirche verließ, liefen ihm Tränen über die Wangen.

7

Bruno und Fabienne machten sich erstmals vierzehn Tage nach dem Unfall ihrer Tochter größere Sorgen. Die Wunden eiterten. Ein Verbinden war nicht mehr möglich, da sie mit dem Stoff verklebten. Als Fabienne an diesem Morgen die Binden am Knie und an den Händen ihrer Tochter entfernen wollte, musste sie unendlich langsam und vorsichtig vorgehen. Trotzdem riss sie die Wunden wieder auf. Am Abend schickten sie nach ihrem Arzt, der wenig später kam und Anne-Catherine behandelte. Er verabschiedete sich noch recht zuversichtlich und wollte am nächsten Morgen wiederkommen. In der Nacht bekam Anne-Catherine dann jedoch hohes Fieber. Sie musste sich übergeben und klagte über heftige Kopfschmerzen. Bruno und Fabienne hatten in dieser Nacht kein Auge zugetan. Sie saßen am Bett ihrer Tochter, die in den frühen Morgenstunden zu fantasieren anfing. Als sie aus ihrem Fiebertraum aufwachte, wurde sie von einem heftigen Schüttelfrost geplagt. Ihre Eltern trösteten sie, flößten ihr Tee ein und trockneten sie ab, wenn sie wieder allzu verschwitzt war. Schließlich nahmen sie ihre Tochter mit in ihr Ehebett, wo es Anne-Catherine vorübergehend etwas besser ging. Fabienne blieb am Morgen bei ihr liegen. Sie legte ihre Hand sanft auf ihren Oberarm. So schliefen Mutter und Tochter noch einmal ein. Fabienne wurde aber schon wenig später wieder aus dem Schlaf gerissen. Anne-Catherine war mit schlimmen Schmerzen aufgewacht. Sie weinte laut. Bruno kam bereits ins Schlafzimmer gestürzt. Er nahm seine Tochter in die Arme, die sich aber gar nicht beruhigen wollte.

Erst am Nachmittag trat eine Besserung ein. Das Fieber war deutlich zurückgegangen, ebenso die Kopfschmerzen. Anne-Catherine fühlte sich nur sehr matt. Sie konnte zwar nicht einschlafen. Doch ihre Eltern dachten schon, das Schlimmste wäre nun überstanden. Bruno kümmerte sich um die Korrespondenz, die am Morgen gebracht worden war. Er fühlte sich etwas besser. Vor allem freute ihn ein Schreiben von Waldenfels, der ihn mitsamt seiner Familie nach Berlin einlud. Zudem kündigte er ein Zusammentreffen mit dem deutschen Kaiser an.

»Du freust dich jedes Mal auf Berlin, nicht wahr?«

»Schon. Das kann ich nicht abstreiten. Natürlich bin ich auch auf den Kaiser gespannt. Es muss ihm wohl sehr schlecht gehen. Aber vielleicht besteht noch ein Funken Hoffnung. Jedenfalls will ich ihn einfach nicht aufgeben. Es wäre so unendlich schade für Deutschland.«

»Denkst du manchmal an das Angebot, das er dir in San Remo unterbreitet hat?«

»Ja, natürlich. Das wäre eine mehr als attraktive Herausforderung. Würdest du mich unterstützen?«

»Was denkst du denn? Wann erhält man jemals ein Regierungsamt angeboten? Ich wäre sehr stolz, lieber Bruno.«

Sie unterhielten sich noch eine ganze Zeit lang über dieses Thema. Allzu große Hoffnungen machte sich Bruno zwar nicht. Aber er wünschte Kaiser Friedrich aufrichtig mehr Zeit als deutsches Staatsoberhaupt. Fabienne und er wurden dann bald müde. Schließlich hatten sie die vergangene Nacht nicht geschlafen. Sie begaben sich zu Bett, Anne-Catherine lag in ihrer Mitte. Sie klagte ein wenig, sie könne gar nicht einschlafen. Doch fühlte sie sich ansonsten deutlich besser.

Am nächsten Morgen, einem Sonntag, standen sie spät auf. Anne-Catherine hatte keine Probleme während der Nacht gehabt. Fabienne wunderte sich nur über ihre Mattigkeit. Ihre Tochter wollte nicht aufstehen, obwohl sie sagte, sie würde sich nicht unwohl fühlen. Sie brachte ihr wenig später etwas Tee und eine Scheibe Brot ans Bett. Doch hatte das kleine Mädchen keinen Appetit. Nach mehreren zwecklosen Versuchen stellte Fabienne das Tablett mit dem Frühstück auf den Nachtschrank.

»Ich lasse es hier stehen. Wenn du Hunger bekommst, kannst du es dir nehmen. Falls ich dir helfen soll, rufst du einfach nach mir.«

Bruno kam ins Zimmer. Er sah das nicht angerührte Frühstück.

»Was ist denn mit meinem kleinen Engel? Willst du gar nichts essen?«

Anne-Catherine schüttelte nur ein wenig den Kopf.

»Soll ich dir vielleicht helfen?«, versuchte es ihr Vater noch einmal.

»Ich bin nur müde, Papa«, antwortete seine Tochter mit leiser Stimme. Bruno tätschelte über ihre Wangen.

»Na, Fieber hast du fast keines mehr. Es wird schon wieder gut werden. Dann kannst du noch einen ganzen Berg aufessen!«

Wenig später verließ er mit seiner Frau das Schlafzimmer.

»Findest du das nicht komisch?«, fragte Fabienne besorgt.

»Ich weiß nicht. Sie wird wahrscheinlich von den Schmerzen und dem Fieber so stark belastet gewesen sein, dass ihr Körper nach Ruhe verlangt. Wir können doch froh sein. Das Fieber ist fast vollständig zurückgegangen. Und ebenso sind die Kopfschmerzen weg. Noch ein, zwei Tage, dann wird sich wieder alles einrenken.«

»Wenn du nur recht hast. Ich habe ein ungutes Gefühl. Irgendwie bin ich ganz beunruhigt und mache mir Sorgen.«

»Aber nein.« Bruno nahm seine Frau an der Hand und führte sie ins Wohnzimmer.

»Du wirst sehen, das Schlimmste ist überstanden, und unser Liebling wird in ein paar Tagen wieder mit den anderen Kindern herumtoben.«

8

Bruno sollte sich täuschen. Die Katastrophe nahm um die Mittagszeit ihren Anfang. Fabienne war zu ihrer Tochter hinaufgegangen. Bruno, der sich im Wohnzimmer aufhielt, hörte, wie sie plötzlich aufgeregt nach ihm rief. Er erschrak und rannte nach oben. Fabienne stand über ihre Tochter gebeugt und schüttelte sie. Im ersten Moment bekam Bruno gar nicht mit, was vor sich ging. Dann sah er seine Tochter. Ihm wurde glühend heiß. Er musste entsetzt schlucken. Sofort griff er nach dem Kopf seiner Tochter, deren Gesicht ganz eigenartig aussah. Es schien, als würde sie ihre Tochter angrinsen. Aber die gespannte

Gesichtsmuskulatur und die unnatürliche Querfaltung der Stirnhaut machte ihm unmissverständlich klar: Seine kleine Anne-Catherine litt an einer der bösesten Krankheiten.

Nach dem ersten Schock musste sich Bruno übergeben. Zu oft hatte er in solche Gesichter sehen müssen. In beiden Kriegen, in denen er vor Jahren als Soldat gekämpft hatte, war er Kameraden begegnet, die häufig nach Schussverletzungen genauso aussahen. Er erinnerte sich schlagartig allzu gut daran, wie oft erst nach Tagen der eingetretenen Verwundung, während deren sich die Soldaten nicht einmal schlecht gefühlt hatten, Kopfweh und Mattigkeit aufgetreten waren und sich dann das Gesicht verkrampfte in eben dieser Weise, wie er es jetzt bei seiner Tochter sehen konnte. Fabienne weinte. Sie drückte ihr Kind an sich, streichelte es sanft über den Rücken und murmelte, es würde bald alles wieder gut werden. Bruno säuberte sich oberflächlich. Dann trat er zu seiner Frau, die ahnte, was mit ihrer Tochter geschehen war.

»Komm«, sagte er leise zu ihr. »Nur einen Moment.«

Es kam der Augenblick, um das auszusprechen, was seiner Tochter das Leben kosten würde. Fabienne legte vorsichtig Anne-Catherine aufs Bett, deckte sie zu und hielt sich dann an Bruno fest. Er nahm sie in die Arme.

»Oh Gott, Fabienne. Oh mein Gott, mein Gott!«

Bruno war völlig aufgelöst. Er kämpfte mit den Tränen, obwohl er doch seine Frau hätte trösten sollen. Er konnte sich nicht beherrschen. Beide weinten sie, als er sagte:

»Sie hat Tetanus! Wundstarrkrampf! Es ist so schrecklich. Wundstarrkrampf! Unser Mädchen wird sterben.«

Fabienne und Bruno hielten sich fest. Sie hielten

die Köpfe gesenkt. Voller Schmerz dachten sie an das Schreckliche, gegen das sie nichts unternehmen konnten.

Im Hause der Kohlers wurde es in den nächsten Tagen still. Fabienne und Bruno weinten nicht mehr. Sie pflegten nur noch mit all ihrer verbliebenen Tapferkeit ihr geliebtes Kind, dessen Zustand seither deutlich schlechter geworden war. Die beiden Jungen waren wie erschlagen. Martin aß nichts mehr. Der große Peter hatte sich die meiste Zeit in seinem Zimmer eingeschlossen. Er wollte niemandem zeigen, wie sehr er weinen musste. Jeden Tag kam der Arzt zwei-, dreimal vorbei. So gut es ging, versuchte er zu helfen. Er instruierte die Kohlers vor allem darin, wie sie durch ständiges Streicheln von Brust, Bauch und Rücken zur Beruhigung ihrer Tochter beitragen konnten. Für den äußersten Notfall hatte er ein Barbiturat in Pulverform bereitgelegt, das Anne-Catherine unbedingt gegeben werden musste, wenn der Starrkrampf die Kehlkopfmuskulatur bedrohte.

»Achten Sie immer auf die Atmung. Die meisten Kranken ersticken. Sie merken es, wenn die Krämpfe auf den Kehlkopf und die Brustmuskulatur übergreifen. Lösen Sie das Pulver dann sofort in etwas Wasser auf. Versuchen Sie ihr soviel wie nur möglich einzuflößen. Es wird schwierig genug werden. Aber Sie müssen die Nerven behalten. Das Mittel entspannt die Muskeln, und es entstehen wenigstens keine weiteren Komplikationen.«

Die Krämpfe hatten tatsächlich immer wieder andere Körperteile erfasst. Am wenigsten waren noch die Arme betroffen. Umso mehr allerdings die Beine und vor allem die Bauchmuskulatur. Die Krämpfe dauerten zwar nur ein, zwei Minuten. Doch mussten die Schmerzen für das Mädchen fast unaushaltbar sein. Jedes Mal wurde Anne-Catherines Körper nach hinten gerissen, sodass ihre Wirbelsäule einen eigenartigen Bogen beschrieb. Beim ersten Auftreten dieser Krämpfe waren Bruno und Fabienne fast verrückt geworden vor Angst. Sie glaubten, ihre Tochter würde auf der Stelle sterben. Der Arzt hatte sie aber unterwiesen, wie sie einigermaßen Ruhe bewahren und ihrer Tochter eine Hilfe sein konnten. Anne-Catherine war dabei die ganze Zeit bei vollem Bewusstsein. Die Erkrankung beeinträchtigte sie in dieser Hinsicht überhaupt nicht. Deshalb mussten sie achtgeben auf das, was sie in ihrer Gegenwart sprachen. Anne-Catherine konnte alles hören und verstehen. Keiner von beiden wollte ihr auch nur andeutungsweise sagen, dass der Tod an ihre Türe klopfte.

9

Bruno wusste sich nicht mehr zu helfen. Deprimiert leerte er in der Nacht fast eine ganze Flasche Brandwein. Er war schon völlig betrunken, als ihn seine Frau zitternd auf dem Boden liegend fand. Sie schaffte es kaum, ihn auf die Beine zu bringen. Ihr Mann lallte nur noch. Fabienne legte ihn auf das Sofa, holte eine Decke und versuchte ihn zum Schlafen zu bewegen. Nach einer Viertelstunde vergeblichen Bemühens rief sie nach Peter, der in dieser Nacht auf seinen Vater aufpassen musste. Der Fünfzehnjährige wollte erst mit ihm schimpfen. Seine Mutter hielt ihn aber zurück.

»Sei ihm nicht böse«, sagte sie mit leiser Stimme zu ihrem ältesten Sohn, der auf dem Sofa neben seinem Vater saß und ihn festhielt.

»Er leidet ungeheuerlich. Sein Mädchen bedeutet ihm so viel. Und ansehen zu müssen, wie sie leidet und nicht helfen zu können, das bringt ihn fast um.«

Peter bemerkte die Stärke seiner Mutter, die in den letzten Tagen über sich hinausgewachsen war. Seinen Vater, in dem er immer einen starken Mann gesehen hatte, erlebte er erstmals in einer bis dahin fremden Weise.

»Er kann sich jetzt doch nicht gehen lassen. Wir leiden alle!«

Peter kämpfte mit den Tränen. Aber er hielt dabei kräftig seinen Vater fest, der mit den Armen ruderte und irgendetwas Unverständliches murmelte.

»Du kennst nur die eine Seite von deinem Vater. Es gibt noch eine ganz andere. Deswegen liebe ich ihn, und deswegen habe ich ihn geheiratet, obwohl damals wirklich alles dagegen sprach. Es stimmt, er ist ungeheuer stark, erfolgreich und klug. Er hat immer mit Fleiß und unglaublicher Energie an seinem Vorankommen gearbeitet.«

»Das weiß ich ja«, antwortete ihr Sohn und schaute dabei seinen Vater an. Der versuchte sich hochzustemmen.

»Peter, Peter, warum? Warum wird mir das angetan?«

Er blickte mit seinen glasigen Augen den Jungen an. Seine Sätze brachte er nur undeutlich heraus. Fabienne drückte ihn an der Stirn wieder nieder. Im nächsten Moment schloss ihr Mann die Augen.

»Du darfst ihm nicht böse sein«, sagte seine Mutter noch einmal. »Er liebt euch alle sehr. Er hat ungeheuer viel Gefühl in sich. Es gibt da eine sehr weiche Seite in ihm, die zeigt, wie er in Wirklichkeit ist. Seine Familie bedeutet ihm alles. Und schon immer war es so, dass er sich furchtbar grämte, wenn es einem von uns nicht gut ging.«

Fabienne streichelte ihrem Mann über die verschwitzten Haare.

»Er ist ein guter Ehemann und Vater, Peter.«

Peter hielt den Kopf gesenkt.

»Er ist ein lieber Mensch, oder?«

»Ja, Peter, das ist dein Vater. In meinem ganzen Leben bin ich keinem Menschen begegnet, der auch nur annähernd diese Liebe in sich hatte wie er. Was für ihn Bedeutung hat, pflegt und schätzt er ein Leben lang. Er hat es einmal nicht einfach gehabt, weil sein Vater schon früh verstorben ist. Aber noch heute erzählt er hin und wieder von ihm. Er versucht sich dann an einzelne Szenen seiner Kindheit zu erinnern. Jedes Mal habe ich dabei das Gefühl, er fühlt sich dabei ungemein glücklich. Er liebt seinen Vater heute noch, obwohl er vor fast vierzig Jahren von ihm gegangen ist.«

Dann erzählte Fabienne ihrem Sohn zum ersten Mal ausführlich, warum er auf den Namen Peter getauft worden war. Sie erzählte die ganze Geschichte von Peter Kohler, dem Vater ihres Mannes, den sie nach den vielen Jahren mit Bruno selbst gut zu kennen glaubte. Peter saß in dieser Nacht noch lange bei seinem Vater. Er hielt diesen starken Mann, der nun angesichts des Unglücks hilflos und niedergeschlagen war, fest wie ein Kind. Noch nie in seinem Leben hatte er ihn so sehr geliebt.

Am nächsten Morgen wiederholten sich die Krämpfe bei Anne-Catherine fast jede Stunde. Das kleine Mädchen stöhnte und schrie. Nach den Ausbrüchen fiel sie regelrecht in sich zusammen. Bruno hatte sich längstens bei Fabienne für sein Verhalten entschuldigt. Ihm tat es unendlich leid, dass er die Kontrolle über sich verloren hatte. Bei seinem Sohn Peter bemerkte er ein ihm eigenartig erscheinendes Verhalten, als er nach der Schule mit ihm zusammen war. Etwas später kam der Arzt und schaute nach Anne-Catherine. Nach der Untersuchung setzte er sich mit den Kohlers zusammen.

»Gibt es denn gar keine Hoffnung?«, begann Fabienne das Gespräch.

»Ihre Tochter ist von außerordentlicher Robustheit. Das hätte ich anfangs nicht gedacht«, antwortete Dr. Wielander, der am Katharinenhospital arbeitete. »Sie erschien mir recht zart, fast zerbrechlich. Im ersten Augenblick habe ich nicht geglaubt, sie würde auch nur eine Nacht überstehen. Ich staune ehrlicherweise, wie sie nun schon den sechsten Tag der Krankheit trotzt.«

»Dann können Sie doch etwas Hoffnung machen?«, fragte Bruno. Er und seine Frau sahen den Arzt fast flehentlich dabei an.

»Liebe Frau Kohler! Ich wünschte, ich könnte es. Diese erbärmliche Krankheit wurde in den letzten Jahren gut erforscht, nachdem wir bereits seit Hippokrates über ihre charakteristischen Zeichen Bescheid wissen. Das Tetanustoxin wurde aber gerade erst von Medizinern in der Forschung nachgewiesen. Man kennt inzwischen die Erreger. Aber es gibt leider noch kein wirksames Gegenmittel.«

Resignierend atmete Fabienne aus. Sie hob sofort den Kopf, als Dr. Wielander fortfuhr: »Die einzige – aber bitte, ich will Ihnen damit keine ungerechtfertigte Hoffnungen machen – die einzige Chance liegt womöglich darin, dass der Wundstarrkrampf erst etliche Tage nach der Verwundung aufgetreten ist.«

»Wie meinen Sie das?«

Bruno und Fabienne fühlten sich wie zwei Ertrinkende, denen ein Strohhalm angeboten wurde.

»Man hat beobachtet, dass bei einer längeren Inkubationsdauer der Krankheitsverlauf langsamer vor sich geht und nicht unbedingt tödlich ausgehen muss. Wie viele Tage sind zwischen dem ersten Auftreten des Starrkrampfes und der Verletzung vergangen?«

»Vierzehn Tage«, antworteten beide augenblicklich. Sie nahmen sich an den Händen und sahen plötzlich einen Hoffnungsschimmer.

»Mhm«, murmelte der Arzt. Bedenklich wiegte er den Kopf. »Bei einer kurzen Inkubationsdauer verläuft die Krankheit unweigerlich in wenigen Tagen tödlich. Vierzehn Tage, zwei Wochen, vielleicht, wenn wir sehr, sehr viel Glück haben …«

Dr. Wielander konnte den Satz nicht zu Ende sprechen. Anne-Catherine schrie. Peter stürzte die Treppen herunter und brüllte völlig außer sich um Hilfe. Schlagartig brach die aufkeimende Hoffnung bei Fabienne und Bruno wieder in sich zusammen. Sie rannten alle nach oben, Bruno mit einer solchen Gewalt, dass er das untere Ende des Treppengeländers umriss.

Anne-Catherine lag verkrampft und unnatürlich verrenkt schreiend im Bett. Auf einmal hörte das Schreien auf, sie fing an zu röcheln. Gleich darauf lief sie im gesamten Gesicht blau an. Fabienne geriet völlig durcheinander. Sie riss ihre Tochter hoch und schrie sie an.

»Weg! Weg!«, kommandierte Dr. Wielander. Er packte Fabienne und zog sie heftig zurück.

»Lassen Sie los! Sie erstickt uns sonst!«

Der Arzt brüllte fast. Bruno wusste nicht, was er machen sollte. Seine Hände zitterten. Schweiß brach ihm aus. Derweil öffnete Dr. Wielander mit raschem Griff seine Tasche. Er drückte danach das Mädchen energisch aufs Bett.

»Los, los, festhalten!«, herrschte er Bruno an. Er griff nach seiner Tochter, spürte mit Erschrecken die völlig verhärtete Muskulatur. Das Gesicht seines Mädchens war schon tiefblau angelaufen. Die Augäpfel traten entsetzlich hervor. Sie waren zudem völlig verdreht. Fast nur noch das Weiße war zu sehen. Dr. Wielander arbeitete trotz der Todesgefahr präzise. Er intubierte Anne-Catherine. Als er die Röhre in ihren Mund geführt und die Luftröhre gefunden hatte, besserte sich ihr Zustand. Sie bekam wieder Luft, gleichzeitig ließen die Krämpfe nach. Ihr Gesicht entspannte sich ein wenig, und ihre Haut nahm wieder eine bessere Farbe an. Dr. Wielander hatte Anne-Catherine mit seiner Kunst noch einmal das Leben gerettet.

11

Am Nachmittag dieses Tages ließen Fabienne und Bruno den Pfarrer kommen. Sie kannten ihn gut und waren froh, als er ihre Tochter segnete. Pfarrer Alois Hänle war ein gutmütiger und verständnisvoller Seelsorger. Er verstand das

Leiden der Kohlers nur zu gut. Noch während er mit dem Mädchen sprach, kam für Bruno ein Telegramm. Als er von der Haustür zurückkam, schüttelte er den Kopf.

»Etwas Wichtiges?«, fragte Fabienne.

»Nein, nein. Was kann es denn überhaupt noch Wichtiges für uns geben?«

Ziemlich erschöpft ließ sich Bruno auf einem Stuhl nieder.

»Ein Telegramm des Kaisers. Mein Gott, was könnte das jetzt bedeuten, wenn unsere Anne-Catherine gesund wäre!«

Resigniert schüttelte Bruno wieder den Kopf, gerade so, als könne er alles nicht glauben.

»Er will, dass du ihn noch einmal besuchen kommst?«

»Ja. Aber dieses Mal muss ich ihn enttäuschen. Wer weiß, wie es ihm geht? Wahrscheinlich steht er nun auch am Ende seines Weges.«

Der Pfarrer kam ins Zimmer. Ruhig setzte er sich zu ihnen. Er berichtete, er habe Anne-Catherine von den Schwestern Maria und Martha erzählt, die zu Jesus kamen, um ihm von der schweren Erkrankung ihres Bruders Lazarus zu erzählen.

»Es war schön zu sehen, wie Ihre Tochter zugehört hat. Sie ist ein Kind Gottes, das weiß sie ganz genau. Sie hält weit mehr aus, als wir ahnen.«

Traurig saßen Bruno und Fabienne nebeneinander auf dem Sofa. Der Pfarrer lächelte sie milde an.

»Lassen Sie uns ein Gebet miteinander sprechen. Gott lässt uns nie allein, wenn wir ihn brauchen.«

Pfarrer Hänle faltete die Hände. Die Kohlers taten es ihm gleich. So sprachen sie das Vaterunser. Danach saßen sie eine ganze Weile still beisammen. Dann fragte Bruno:

»Ist Gott denn wirklich bei uns? Wie kann er so etwas zulassen?«

Der Pfarrer überlegte, bevor er antwortete.

»Sie kennen sicherlich die Geschichte von Hiob?«

Bruno nickte, woraufhin der Pfarrer fortfuhr: »Hiob ist das beste Beispiel für Menschen im Leid. Ihm wurde alles, was er liebgewonnen hatte, genommen. Am Schluss lag er im Staub und wollte nicht mehr leben. Mit geballter Faust hat er seinen Gott angerufen und gefragt, wie er dieses Leiden zulassen kann. Für ihn schien alles unbegreiflich.«

Pfarrer Hänle hielt geschwind inne. Gerade so, als müsse er ein wenig nachdenken.

»Ich denke seit vielen Jahren über Hiobs Geschichte nach. Vielleicht habe ich bis heute keine wirklich befriedigende Antwort gefunden. Für mich selbst steht aber fest, dass ich beim Leiden der Menschen auf Jesus Christus schaue. Er geht mit denen, die leiden, durch die Finsternis. Er hat das Kreuz aufgenommen, um die Menschen zu erlösen. Ich glaube – mag vieles auch dagegen sprechen – Gott lässt uns gerade in schwersten Stunden keinesfalls allein oder im Stich. Er begleitet uns auch in den Stunden größter Not. Wir sollten Hoffnung und Vertrauen haben, selbst dann, wenn alles dagegen spricht. Sogar Hiob war das letztlich möglich, obwohl er Gott vorwarf, ihn vernichtet zu haben.«

Die Worte des Pfarrers taten Fabienne und Bruno gut. Er konnte sie in ihrem Leid trösten. Erst Stunden, nachdem er wieder gegangen war, wurde Bruno schlagartig klar, was er bis dahin nicht hatte begreifen können. Der Pfarrer, den Trost, den er spenden konnte, und sein Mitleiden – hat sich Gott uns so gezeigt?, fragte er sich. Darüber geriet er ganz durcheinander.

12

Am 6. Juni 1888 ließ sich Kaiser Friedrich III. zusammen mit seiner Frau vom Schloss Charlottenburg nach Geltow fahren. Ihre Kutsche hielt vor der Kirche des kleinen Ortes. Mit viel Mühe wurde Friedrich, der nur noch aus Haut und Knochen bestand, mit dem Rollstuhl in die Kirche geführt. Dann spielte seine Frau Victoria nur für ihn auf der Orgel. Mit geschlossenen Augen hörte er zu. Er wollte sich auf die Musik konzentrieren, doch seine Gedanken schweiften immerzu ab. Einen kleinen Erfolg hatte er vor wenigen Tagen erreichen können. Ihm war es gelungen, den reaktionären Innenminister von Puttkammer aus dem Amt zu drängen. Viel lieber hätte er etwas Derartiges allerdings bei Bismarck erreichen wollen. Noch vor wenigen Wochen hatte er sich furchtbar darüber aufgeregt, dass ihm die Entlassung des Reichskanzlers nicht möglich sein sollte. Heute dachte er ohne Hass und ohne Betroffenheit daran. Er wusste, seine letzten Tage waren angebrochen. Friedrich dachte über sein Leben nach. Er hatte sich mit allem abgefunden. Der deutsche Kaiser zürnte niemandem mehr, ertrug die Schmerzen und wollte nur noch in Würde sterben.

Als sie die Kirche wieder verließen, gingen ihm seine liberalen Freunde durch den Sinn. Er dachte auch an Bruno Kohler, der seiner Einladung nicht gefolgt war. Zu gern hätte er ihn noch einmal sehen wollen. Aber scheinbar musste er selbst mit einem schweren Schicksal kämpfen. Wenigstens das ging aus dem Telegramm hervor, das er vorgestern von ihm erhalten hatte. Der Kaiser nickte ein wenig ein. Auch darüber war er froh. Er spürte dann die Schmerzen nicht mehr, die ihm der hinterhältige Krebs bereitete. Selbst seine Speiseröhre war von dem Tumor durchfressen. Deswegen konnte er keine Nahrung mehr aufnehmen. Getränke mussten ihm mit Hilfe einer Kanüle verabreicht werden, ein Vorgang, den er besonders verabscheute. Die wenigen Augenblicke, in denen er Schlaf fand, empfand er deshalb als etwas Wunderbares. Er war dankbar dafür und sehnte sich danach, für immer schlafen zu können.

Kaiser Friedrich und Kaiserin Victoria wurden zu ihrem Schloss zurückgefahren. Zu dieser Zeit ereignete sich in Stuttgart ein Wunder. Wie in Berlin strahlte dort die Sonne vom Himmel. Fabienne stand mit ihrem Mann am großen Fenster des Wohnzimmers.

»Es könnte alles so schön sein«, sagte Bruno mit belegter Stimme. Seiner Frau standen Tränen in den Augen. Sie sah aus dem Fenster. Doch konnte sie sich über das herrliche Wetter nicht freuen. Bruno legte den Arm um ihre Schulter. Nach einer Weile umarmte ihn Fabienne. Sie hielt ihn still fest, den Kopf an seine Schulter gedrückt. Bruno musste immerzu schlucken. Er wollte tapfer sein, auch wenn der Schmerz kaum aushaltbar war. Als die Tür aufging, konnte er im ersten Moment nicht glauben, was er sah.

»Oh Gott!«, entfuhr es ihm. Er ließ Fabienne los, die ihn verwundert anschaute. Sie weinte hemmungslos, als ihre Tochter Anne-Catherine ins Zimmer trat und leise »Mama« sagte.

Epilog

Bruno wurde wach. Er blinzelte und rieb sich die Augen. Im Zimmer war es schon ein wenig hell. Der neue Tag brach an. Die Sonne stieg bereits zaghaft am Horizont empor. Er setzte sich an diesem frühen Morgen auf die Bettkante, verharrte eine Weile und hörte auf das Gezwitscher der Vögel, das durch das offene Fenster hereindrang. Schließlich stand er auf. Nur mit einer kurzen Hose bekleidet ging er um das Bett herum, in dem Fabienne noch fest schlief. Sie hatte die Beine angezogen und lag zusammengerollt wie ein Kind friedlich da. Er betrachtete sie und erlebte noch einmal in Gedanken versunken ihr Liebesspiel, das sie erst vor wenigen Stunden voller Glück genossen hatten. Bruno dachte an den weichen Körper seiner Frau, den er auch nach den vielen Jahren immer wieder von neuem entdeckte. Er schloss einen Moment die Augen, sog die Luft durch die Nase ein und erinnerte sich intensiv daran, wie sie sich ineinander verschlungen Freude und Befriedigung geschenkt hatten. Eigentlich wollten sie ursprünglich nur schnell einschlafen, weil Anne-Catherine mit ihnen im Zimmer schlief. Doch war aus ihrer Umarmung ein Streicheln geworden, das heftiger wurde, bis sie ihr Verlangen nicht mehr zurückhalten konnten. Ein Blick genügte ihnen, um sich vom festen Schlaf ihrer Tochter zu überzeugen. Dann liebten sie sich, bis sie erschöpft und schwer atmend beieinander lagen.

Anne-Catherines Bett stand neben dem Fenster. Liebevoll schaute Bruno sein Mädchen an, das sich in den letzten beiden Monaten von der furchtbaren Krankheit überraschend gut erholen konnte. Nachdem feststand, dass keine Nebenwirkungen mehr auftreten würden, waren sie vor zwei Wochen nach Versailles zu seiner Schwiegermutter aufgebrochen. Ihre Freude war riesengroß gewesen. Sie musste weinen, als sie ihre Enkeltochter im Arm hielt und voller Stolz bemerkt hatte, wie sehr sie ihrer Mutter ähnelte. Die alte Frau, die im nächsten Jahr ihren fünfundsiebzigsten Geburtstag feiern wollte, hatte das Gefühl, ihre Fabienne würde als kleines Kind vor ihr stehen. Sie war unendlich dankbar für diesen einen Augenblick, der ihr ungemein viel bedeutete.

Bruno wandte sich zum Fenster, zog den Vorhang zur Seite und atmete die frische und noch etwas kühle Luft ein und aus. Wenn die Sonne an diesem Augusttag erst einmal hoch am Himmel stand, würde sich die Luft sehr rasch erwärmen. Er konnte schon den heißen Tag ahnen, an dem die Kinder wie immer in dem nahegelegenen Weiher baden und spielen würden. Wieder hörte er auf das Zwitschern der Vögel, die sich gegenseitig mit ihrem Pfeifen und Geträller übertreffen wollten. Er beobachtete die erwachende Landschaft. Ihr Zimmer, es war die Dachkammer im hinteren Teil des Hauses, gab den Blick frei bis zum Waldrand, der gut dreihundert Meter entfernt lag und hinter dem sich nach wenigen Kilometern das Schloss von Versailles befand. Bruno dachte an den Tag, an dem er mit Fabienne und ihrem Bruder Victor dorthin spaziert war. Damals hat alles angefangen, ging es ihm durch den Kopf. Glücklich erinnerte er sich an die Anfänge seiner großen Liebe. Er betrachtete die bunten Blumen und Sträucher im Garten, die sein Schwiegervater überaus liebevoll gepflegt und gehegt hatte. Jetzt kümmerte sich Fabiennes Mutter darum, obwohl ihr das Alter dabei zu schaffen machte. Bruno befand sich in einer ganz eigenartigen Stimmung. Er fühlte sich völlig entspannt, ja geradezu leicht. Eine ganze Zeit lang beobachtete er das Hin- und Herfliegen der Vögel, sah, wie die Tautropfen von den Blumenkelchen und den Zweigen fielen, als die Tiere sich darauf niederließen. Fast hatte er das Gefühl, er würde auch fliegen können. Dann sah er einer Katze zu, die auf einen Busch zuschlich. Die beiden Distelfinken bemerkten aber rechtzeitig die ihnen drohende Gefahr, und mit aufgeregtem Schimpfen flogen sie davon. Bruno musste schmunzeln. Dann kam ihm Kaiser Friedrich in den Sinn. Er wurde sehr nachdenklich.

Friedrich war vor über zwei Monaten gestorben. Am 15. Juni hatte er für immer seine Augen geschlossen. Nur neunundneunzig Tage waren ihm auf dem deutschen und preußischen Thron vergönnt gewesen. Alle Hoffnungen, die Bruno und seine Freunde mit ihm verbunden hatten, verflogen in diesem Augenblick. Von seinem Sohn Wilhelm, der an diesem Tag deutscher Kaiser und preußischer König wurde, erwartete er nicht viel Gutes. Wilhelm II. war auch bereits durch markige Worte aufgefallen, die seine Befürchtungen eher unterstützten. Er schüttelte aber diese Gedanken ab, weil er fühlte, wie ihm ganz melancholisch zumute wurde.

Bruno konzentrierte sich wieder auf den blühenden Garten. Er sah das Schöne der vor ihm liegenden Natur und empfand eine große Dankbarkeit. Später drehte er sich um, mindestens eine halbe Stunde hatte er vor sich hingeträumt. Die ersten Sonnenstrahlen durchströmten jetzt schon das Zimmer. Er schaute noch einmal Anne-Catherine an. Dann dachte er an seine beiden Buben, die in der Kammer nebenan schliefen. Peter und Martin achteten seit der schweren Krankheit auf ihre Schwester wie auf ihren Augapfel. Bruno schloss die Augen und sah seine umtriebigen Jungen beim Baden, das ihnen in diesen Ferien mehr denn je Spaß bereitete. Dann ging er vorsichtig zu seiner Frau. Fabienne schlief nach wie vor friedlich in unveränderter Stellung. Minutenlang betrachtete er sie. Er sah ihre langen, dichten Haare. Bruno streckte die Hand danach aus. Er wollte sie streicheln, doch hielt er die Hand nur über ihrem Kopf. Dann beugte er sich zu ihr hinunter und küsste sie sanft auf das weiche Haar.

Manche Unterstützung kann nicht hoch genug wertgeschätzt werden. Ich hatte das Glück, von Rose Bienia (Literaturagentur Tübingen) ermutigt zu werden, die sich meinem ›Kellerkind‹ engagiert annahm. Und ich traf beim Gmeiner-Verlag auf eine Cheflektorin, über deren intensives Arbeiten und deren unermüdlichen, souveränen Einsatz ich nur staunen kann. Eine bessere Betreuung, wie die mir von Claudia Senghaas zuteil gewordene, kann sich kaum ein Autor wünschen. Das schöne Wort ›Danke‹ ist mehr als angebracht! Beiden verdanke ich den Eintritt in eine für mich neue Welt und das Gehen ganz besonderer, zugleich spannender und fröhlicher Wege.

Zeittafel

28. September 1818 Einrichtung des »Cannstatter Wasens« als Landwirtschaftliches Hauptfest und Volksfest durch die württembergische Königin Katharina und ihren Gemahl König Wilhelm I. von Württemberg am Ende einer schweren Hungersnot.

Dezember 1825 Dekabristenaufstand in Petersburg: Rebellion westlich gebildeter Offiziere gegen das autokratische Zarenregime und den neuen Zar Nikolaus I. Niederschlagung und rigoroses Vorgehen gegen die Anführer. Führende rebellische Offiziere werden gehängt.

1840 Fertigstellung des Wilhelmspalais in Stuttgart. Der klassizistische Bau war von König Wilhelm I. in Auftrag gegeben und von dessen Hofbaumeister Giovanni Salucci erstellt worden.

28. September 1841 Zusammen mit dem sechzigsten Geburtstag feiern zweihunderttausend Menschen in Stuttgart das fünfundzwanzigjährige Thronjubiläum von König Wilhelm I. in Stuttgart.

1845 In Stuttgart wird in wenigen Monaten eine Gasfabrik auf einem Areal zwischen der Lerchen-, Rosen- und Seidenstraße errichtet.

22. Oktober 1845 Die erste Teilstrecke der württembergischen Zentralbahn zwischen Cannstatt und Untertürkheim wird eröffnet.

4. Juli 1846 Fertigstellung des ersten Eisenbahntunnels unter der Mittelachse des Schlosses Rosenstein, der Stuttgart mit Cannstatt verbindet. (Baubeginn: 1. Juli 1844; Verzögerung der Fertigstellung durch Wasser- und Schlammeinbruch).

21. Februar 1848 In London erscheint das von Karl Marx und Friedrich Engels verfasste Manifest der Kommunistischen Partei (»Kommunistisches Manifest«).

März 1848 Märzrevolution mit Volksversammlungen und Petitionen breitet sich in ganz Deutschland aus. Die Fürsten werden zu umfassenden Zugeständnissen für demokratische Entwicklungen gezwungen.

18. Mai 1848 Die deutsche Nationalversammlung tritt in der Paulskirche zu Frankfurt zusammen.

28. April 1849 König Friedrich Wilhelm IV. von Preußen lehnt die von der Nationalversammlung angebotene deutsche Kaiserkrone ab. Erstarkte Fürsten beginnen gegen die Revolutionäre und die demokratischen Bestrebungen vorzugehen.

18. Juni 1849 Nachdem sich Mitglieder der Nationalversammlung in Stuttgart zu einem »Rumpfparlament« zusammengefunden haben, werden sie gewaltsam auseinandergetrieben.

Juni/Juli 1849 Vor allem preußische, aber auch württembergische Truppen unter dem preußischen Prinz Wilhelm –

dem späteren Deutschen Kaiser Wilhelm I. – schlagen die Revolution in Baden nieder. Am 21. Juni 1849 kommt es zur entscheidenden Schlacht bei Waghäusel. Am 23. Juli 1849 kapitulieren die republikanischen Truppen in der Festung Rastatt.

23. September 1862 Otto von Bismarck wird zum preußischen Ministerpräsidenten ernannt.

23. Mai 1863 Ferdinand Lassalle gründet den Allgemeinen Deutschen Arbeiterverein.

1864 Preußisch-österreichischer Krieg gegen Dänemark. Nach dem Sieg über Dänemark muss es die Herzogtümer Schleswig, Holstein und Lauenburg abtreten. Die Entscheidungsschlacht durch die siegreichen preußischen Truppen findet am 18. April 1864 bei den Düppeler Schanzen statt (Sicherung des Brückenkopfes am Übergang zur Insel Alsen und zu der Stadt Sonderburg).

1866 Krieg Preußens gegen Habsburg, Hannover und die deutschen Südstaaten (»deutscher Bruderkrieg«). Die Österreicher erleiden am 3. Juli 1866 eine vernichtende Niederlage bei Königgrätz. Preußen übernimmt nun auch politisch die führende Stellung in Deutschland.

Preußen begründet mit dem Norddeutschen Bund zunächst ein militärisches Trutz- und Schutzbündnis. Ab 1867 wird dieser zu einem Bundesstaat im Sinne eines föderalen Gesamtstaates unter Führung Preußens entwickelt.

1870 Die französische Regierung fordert von Preußen den Verzicht auf eine Kandidatur eines Hohenzollernprinzen für den spanischen Thron. Bismarck provoziert Frankreich mit der Veröffentlichung der Emser Depesche am 13. Juli 1870 aufs Schärfste. Am 19. Juli 1870 folgt die Kriegserklärung Frankreichs an Preußen. Die süddeutschen Staaten erfüllen gegenüber Preußen ihre Bündnisverpflichtungen (deutsch-französischer Krieg).

1./2. September 1870 Entscheidungsschlacht von Sedan. Gefangennahme des französischen Kaisers Napoleon III.

18. Januar 1871 Kaiserproklamation im Spiegelsaal des Schlosses von Versailles. Wilhelm I. wird Staatsoberhaupt des Deutschen Kaiserreichs. Bismarck wird danach Reichskanzler bis zu seinem von Kaiser Wilhelm II. am 18. März 1890 erzwungenen Rücktritt.

2. Juni 1878 Attentat auf Kaiser Wilhelm I. während einer Fahrt in offener Kutsche auf der Straße Unter den Linden in Berlin durch Dr. Karl Eduard Nobiling, nachdem erst drei Wochen zuvor der Klempnergeselle Max Hödel einen (missglückten) Anschlag auf den deutschen Kaiser verübt hatte.

22. Oktober 1878 Mit der Verkündigung erhält das Sozialistengesetz (»Gesetz gegen die gemeingefährlichen Bestrebungen der Sozialdemokratie«) Rechtskraft. Kurz zuvor war es vom Reichstag auf Betreiben Bismarcks mit Mehrheit verabschiedet worden. Jede sozialdemokratische Betätigung wird verboten.

1883/84 Beginn der kolonialen Betätigung Deutschlands, nachdem sich Bismarck jahrelang gegen eine Kolonialpolitik und damit verbundene Erwerbungen ausgesprochen hatte.

1884 Im März entsteht die Deutsche Freisinnige Partei als liberale Plattform gegen den konservativen Kurs Bismarcks. Führende Mitglieder (Ludwig Bamberger, Rudolf Virchow, Frank August Schenk von Stauffenberg u.a.) setzen auf eine Zusammenarbeit mit dem als liberal eingeschätzten Kronprinzen. Wegen dieser Nähe zu Kronprinz Friedrich Wilhelm wird diese liberale Partei auch »Kronprinzenpartei« genannt.

1888 Am 9. März 1888 stirbt Kaiser Wilhelm I. im Alter von einundneunzig Jahren. Sein todkranker Sohn, Kronprinz Friedrich Wilhelm, wird deutscher Kaiser. Als Friedrich III. steht er nur neunundneunzig Tage an der Spitze des Reichs. Am 15. Juni 1888 besteigt Wilhelm II., Sohn Friedrichs III. und Enkel Wilhelms I., als dritter Kaiser den deutschen Thron.

Weitere Romane finden Sie auf den folgenden Seiten oder im Internet:
www.gmeiner-verlag.de

PETER HERELD

Die Braut d. Silberfinders

271 Seiten, Paperback.
ISBN 978-3-8392-1260-8.

DER SILBERBERG Unweit von Hildesheim, im Jahr 1234. Auf ihrer Reise nach Cölln machen der Araber Osman und sein Freund Robert der Schmale in einem Gasthof halt. Hier treffen sie auf Adara, eine rothaarige Schönheit. Robert ist sofort von ihr verzaubert, und es kommt zu einer Liebesnacht mit weitreichenden Folgen: Am nächsten Morgen fehlt nicht nur von Adara jede Spur, sondern auch vom Geld der beiden Freunde, selbst Roberts Pferd hat die Schöne mitgehen lassen. Völlig mittellos beschließen die beiden Freunde, der Diebin zu folgen. Die Spur führt in die Kaiserpfalzstadt Goslar …

UWE KLAUSNER

Engel der Rache

322 Seiten, Paperback.
ISBN 978-3-8392-1267-7.

TODESENGEL Rothenburg ob der Tauber im Jahre 1418. Geheimnisvolle Vorfälle halten die Freie Reichsstadt in Atem. Am Anfang steht der Selbstmord einer 14-jährigen Färbertochter, deren eilig bestatteter Leichnam auf rätselhafte Weise verschwindet. Kurze Zeit später schlägt der Leichendieb erneut zu. Als dann auch noch die Frau des Baders tot aufgefunden wird, macht sich große Angst breit. Auf Bitten des örtlichen Franziskanerkonvents beginnt Bruder Hilpert von Maulbronn den mysteriösen Dingen auf den Grund zu gehen …

GMEINER

Wir machen's spannend

AXEL GORA

Die Versuchung des Elias Holl

ca. 330 Seiten, Paperback.
ISBN 978-3-8392-1276-9.

PASSIONEN Augsburg 1614. Der Baumeister Elias Holl erhält den Auftrag seines Lebens – er soll ein neues, epochales Rathaus entwerfen. Der Zenit seiner Karriere, endlich wird er als kreativer Künstler anerkannt werden. Doch die Aufgabe droht ihm zum Verhängnis zu werden. Elias muss nicht nur gegen die Intrigen seines Widersachers Matthias Kager ankämpfen, sondern auch gegen die Liebe zu der blutjungen Lia, deren Vergangenheit ein erschütterndes Geheimnis birgt. Immer tiefer gerät Elias in einen Strudel Leidenschaft, Angst und Lüge …

BERNHARD WUCHERER

Die Pestspur

518 Seiten, Paperback.
ISBN 978-3-8392-1264-6.

DER SCHWARZE TOD Staufen im Jahre 1634. Die Pest wütet im Allgäu, in der Bevölkerung herrscht Angst. Lodewig und sein kleiner Bruder Diederich, Söhne des Kastellans Ulrich Dreyling von Wagrain, belauschen auf dem Friedhof ein folgenschweres Gespräch zwischen dem Totengräber und einem Unbekannten. Unfreiwillig werden sie dabei zu Mitwissern eines schrecklichen Geheimnisses. Als ein Geräusch die Jungen verrät, können sie gerade noch entkommen, werden jedoch von nun an unbarmherzig verfolgt. Obwohl statt ihrer zwei andere Knaben umkommen, schweben die beiden in ständiger Lebensgefahr. Und dann scheint auch noch die Pest ihre Opfer zu fordern …

GMEINER

Wir machen's spannend

OLIVER BECKER

Die Sehnsucht der Krähentochter

469 Seiten, Paperback.
ISBN 978-3-8392-1261-5.

DER EINSAME TOD Teichdorf im Schwarzwald um 1640. Nach drei ruhigen Jahren kehrt der Krieg zurück nach Baden. Doch noch schlimmer als das heranrückende französische Heer ist für die Teichdorfer Dorfbewohner die Bedrohung durch einen spanischen Söldnertrupp und die Heilige Inquisition. Selbst vor Hexenverbrennungen schreckt man nicht mehr zurück. Bernina, die Besitzerin des Petersthal-Hofes, ist in großer Sorge um ihre Mutter, die »Krähenfrau«, die aufgrund ihrer besonderen Heilkräfte ins Visier der Inquisitoren gerät. Als dann noch ihr Mann Anselmo verschwindet nehmen die schrecklichen Ereignisse ihren Lauf …

MARTIN BÄHR

Moser und der Tote vom Tunnel

225 Seiten, Paperback.
ISBN 978-3-8392-1266-0.

TATORT TUNNEL Die südliche Pfalz im Jahr 1888. Eine Explosion am Münchweiler Tunnel bei Pirmasens erschüttert die Bauarbeiten der Queichtalbahn, einer internationalen Fernzugstrecke. In der allgemeinen Aufregung fällt anfangs niemandem auf, dass einer der ungarischen Arbeiter verschwindet. Wenige Tage spater findet man nahe der Baustelle seine Leiche, kurz darauf werden die Einzelteile eines damals hochmodernen französischen Gewehres entdeckt. Die königliche Regierung in München beauftragt Kriminalrat Moser, einen ebenso schrulligen wie fähigen Kriminalisten, diesen Fall aufzuklären …

GMEINER

Wir machen's spannend

Alle Gmeiner-Autoren und ihre Romane auf einen Blick

ANTHOLOGIEN: Mords-Zillertal • Mords-Sachsen 5 • Secret Service 2012 • Tod am Tegernsee • Drei Tagesritte vom Bodensee • Nichts ist so fein gesponnen • Zürich: Ausfahrt Mord • Mörderischer Erfindergeist • Secret Service 2011 • Tod am Starnberger See • Mords-Sachsen 4 • Sterbenslust • Tödliche Wasser • Gefährliche Nachbarn • Mords-Sachsen 3 • Tatort Ammersee • Campusmord • Mords-Sachsen 2 • Tod am Bodensee • Mords-Sachsen 1 • Grenzfälle • Spekulatius **ABE, REBECCA**: Im Labyrinth der Fugger **ARTMEIER, HILDEGUNDE**: Feuerross • Drachenfrau **BÄHR, MARTIN**: Moser und der Tote vom Tunnel **BAUER, HERMANN**: Philosophenpunsch • Verschwörungsmelange • Karambolage • Fernwehträume **BAUM, BEATE**: Weltverloren • Ruchlos • Häuserkampf **BAUMANN, MANFRED**: Wasserspiele • Jedermanntod **BECK, SINJE**: Totenklang • Duftspur • Einzelkämpfer **BECKER, OLIVER**: Die Sehnsucht der Krähentochter • Das Geheimnis der Krähentochter **BECKMANN, HERBERT**: Die Nacht von Berlin • Mark Twain unter den Linden • Die indiskreten Briefe des Giacomo Casanova **BEINSSEN, JAN**: Todesfrauen • Goldfrauen • Feuerfrauen **BLANKENBURG, ELKE MASCHA** Tastenfieber und Liebeslust **BLATTER, ULRIKE**: Vogelfrau **BODENMANN, MONA**: Mondmilchgubel **BÖCKER, BÄRBEL**: Mit 50 hat man noch Träume • Henkersmahl **BOENKE, MICHAEL**: Riedripp • Gott'sacker **BOMM, MANFRED**: Mundtot • Blutsauger • Kurzschluss • Glasklar • Notbremse • Schattennetz • Beweislast • Schusslinie • Mordloch • Trugschluss • Irrflug • Himmelsfelsen **BONN, SUSANNE**: Die Schule der Spielleute **BOSETZKY, HORST (-KY)**: Der Fall des Dichters • Promijagd • Unterm Kirschbaum **BRENNER, WOLFGANG**: Alleingang **BRÖMME, BETTINA**: Weißwurst für Elfen **BÜHRIG, DIETER**: Schattenmenagerie • Der Klang der Erde • Schattengold **BÜRKL, ANNI**: Narrentanz • Ausgetanzt • Schwarztee **BUTTLER, MONIKA**: Abendfrieden • Herzraub **CLAUSEN, ANKE**: Dinnerparty • Ostseegrab **CRÖNERT, CLAUDIUS**: Das Kreuz der Hugenotten **DANZ, ELLA**: Geschmacksverwirrung • Ballaststoff • Schatz, schmeckt's dir nicht? • Rosenwahn • Kochwut • Nebelschleier • Steilufer • Osterfeuer **DIECHLER, GABRIELE**: Vom Himmel das Helle • Glutnester • Glaub mir, es muss Liebe sein • Engpass **DOLL, HENRY**: Neckarhaie **DÜNSCHEDE, SANDRA**: Nordfeuer • Todeswatt • Friesenrache • Solomord • Nordmord • Deichgrab **EMME, PIERRE**: Zwanzig/11 • Diamantenschmaus • Pizza Letale • Pasta Mortale • Schneenockerleklat • Florentinerpakt • Ballsaison • Tortenkomplott • Killerspiele • Würstelmassaker • Heurigenpassion • Schnitzelfarce • Pastetenlust **ERFMEYER, KLAUS**: Drahtzieher • Irrliebe • Endstadium • Tribunal • Geldmarie • Todeserklärung • Karrieresprung **ERWIN, BIRGIT / BUCHHORN, ULRICH**: Die Reliquie von Buchhorn • Die Gauklerin von Buchhorn • Die Herren von Buchhorn **FEIFAR, OSKAR**: Dorftratsch **FINK, SABINE**: Kainszeichen **FOHL, DAGMAR**: Der Duft von Bittermandel • Die Insel der Witwen • Das Mädchen und sein Henker **FRANZINGER, BERND**: Familiengrab • Zehnkampf • Leidenstour • Kindspech • Jammerhalde • Bombenstimmung • Wolfsfalle • Dinotod • Ohnmacht • Goldrausch • Pilzsaison **GARDEIN, UWE**: Das Mysterium des Himmels • Die Stunde des Königs

Alle Gmeiner-Autoren und ihre Romane auf einen Blick

GARDENER, EVA B.: Lebenshunger **GEISLER, KURT**: Friesenschnee • Bädersterben **GERWIEN, MICHAEL**: Isarbrodeln • Alpengrollen **GIBERT, MATTHIAS P.**: Menschenopfer • Zeitbombe • Rechtsdruck • Schmuddelkinder • Bullenhitze • Eiszeit • Zirkusluft • Kammerflimmern • Nervenflattern **GOLDAMMER, FRANK**: Abstauber **GÖRLICH,HARALD**: Kellerkind und Kaiserkrone **GORA, AXEL**: Die Versuchung des Elias • Das Duell der Astronomen **GRAF, EDI**: Bombenspiel • Leopardenjagd • Elefantengold • Löwenriss • Nashornfieber **GUDE, CHRISTIAN**: Kontrollverlust • Homunculus • Binärcode • Mosquito **HÄHNER, MARGIT**: Spielball der Götter **HAENNI, STEFAN**: Scherbenhaufen • Brahmsrösi • Narrentod **HAUG, GUNTER**: Gössenjagd • Hüttenzauber • Tauberschwarz • Höllenfahrt • Sturmwarnung • Riffhaie • Tiefenrausch **HEIM, UTA-MARIA**: Feierabend • Totenkuss • Wespennest • Das Rattenprinzip • Totschweigen • Dreckskind **HENSCHEL, REGINE C.**: Fünf sind keiner zu viel **HERELD, PETER**: Die Braut des Silberfinders • Das Geheimnis des Goldmachers **HOHLFELD, KERSTIN**: Glückskekssommer **HUNOLD-REIME, SIGRID**: Die Pension am Deich • Janssenhaus • Schattenmorellen • Frühstückspension **IMBSWEILER, MARCUS**: Schlossblick • Die Erstürmung des Himmels • Butenschön • Altstadtfest • Schlussakt • Bergfriedhof **JOSWIG, VOLKMAR / MELLE, HENNING VON**: Stahlhart **KARNANI, FRITJOF**: Notlandung • Turnaround • Takeover **KAST-RIEDLINGER, ANNETTE**: Liebling, ich kann auch anders **KEISER, GABRIELE**: Engelskraut • Gartenschläfer • Apollofalter **KEISER, GABRIELE / POLIFKA, WOLFGANG**: Puppenjäger **KELLER, STEFAN**: Totenkarneval • Kölner Kreuzigung **KINSKOFER, LOTTE / BAHR, ANKE**: Hermann für Frau Mann **KLAUSNER, UWE**: Engel der Rache •Kennedy-Syndrom • Bernstein-Connection • Die Bräute des Satans • Odessa-Komplott • Pilger des Zorns • Walhalla-Code • Die Kiliansverschwörung • Die Pforten der Hölle **KLEWE, SABINE**: Die schwarzseidene Dame • Blutsonne • Wintermärchen • Kinderspiel • Schattenriss **KLIKOVITS, PETRA M.**: Vollmondstrand **KLUGMANN, NORBERT**: Die Adler von Lübeck • Die Tochter des Salzhändlers • Schlüsselgewalt • Rebenblut **KOBJOLKE, JULIANE**: Tausche Brautschuh gegen Flossen **KÖSTERING, BERND**: Goetheglut • Goetheruh **KÖHL, ERWIN**: Flatline • Grabtanz • Zugzwang **KOPPITZ, RAINER C.**: Machtrausch **KRAMER, VERONIKA**: Todesgeheimnis • Rachesommer **KREUZER, FRANZ**: Waldsterben **KRONECK, ULRIKE**: Das Frauenkomplott **KRONENBERG, SUSANNE**: Kunstgriff • Rheingrund • Weinrache • Kultopfer • Flammenpferd **KRUG, MICHAEL**: Bahnhofsmission **KRUSE, MARGIT**: Eisaugen **KURELLA, FRANK**: Der Kodex des Bösen • Das Pergament des Todes **LADNAR, ULRIKE**: Wiener Herzblut **LASCAUX, PAUL**: Mordswein • Gnadenbrot • Feuerwasser • Wursthimmel • Salztränen **LEBEK, HANS**: Todesschläger **LEHMKUHL, KURT**: Kardinalspoker • Dreiländermord • Nürburghölle • Raffgier **LEIMBACH, ALIDA**: Wintergruft **LEIX, BERND**: Fächergrün • Fächertraum • Waldstadt • Hackschnitzel • Zuckerblut • Bucheckern **LETSCHE, JULIAN**: Auf der Walz **LICHT, EMILIA**: Hotel Blaues Wunder **LIEBSCH, SONJA / MESTROVIC, NIVES**: Muttertier @n Rabenmutter **LIFKA, RICHARD**: Sonnenkönig **LOIBELSBERGER, GERHARD**: Mord und Brand • Reigen des Todes • Die

STUTTGART